U0448613

走火

盈年 著

作家出版社

一

那天是夏末秋初，轻度雾霾，天色灰蒙蒙，路边的树木很好地诠释了什么叫作青黄不接，迎面是刚度过酷暑的人们还不适应的凉风。

这个很难称作风和日丽的日子，江蘅母女搬进了江家。

江蘅本来不姓江，因为妈妈改嫁给江父，她刚刚改成姓江。

江母还很年轻，二十七八岁年纪，容颜秀丽婉约，瓜子脸，大眼睛，皮肤白皙，只是过于瘦小纤弱，她的表情总是低眉顺眼，看上去就更弱小了，站在那里，仿佛都要被那连花枝都吹不动的小风吹倒了。

江蘅才六岁，她长得比她妈妈更美，双眼如同清泉般澄澈晶莹，她也是微微低着头，脚步却很轻盈，沉静让她的美比起活泼烂漫的女孩更具特色。

江父帮她们拿着简单的只有两个包裹的行李，带着她们走进单元门。进到家里，换过鞋子，江母就开始自觉而勤快地收拾东西，并且轻手轻脚怕吵到别人。江蘅则难免小幅度地左右看看。江家和她曾经的家差不多大，比她姥姥家大很多，她在姥姥家要跟妈妈打地铺，现在又有了自己的小房间。江家是三室一卫，主卧在南边，两个门对门的次卧在北边，南北之间隔着一道承重墙。

江父则径直走到一间次卧门前，不耐烦地朝里面吼道："给我出来！"

没有回音。江父又吼一声："没听见吗？快点！"他强行咽下后半句——"跟你妈一个死样子"。门里传出一种轻而奇怪的声音，像撞击又像摩擦。

江父彻底失去耐心，一把推向门。门被推开一条缝，就戛然而止，里面传出咣咣几声响，显然是门背后顶了东西，但是体积和重量都不太够，江父撞了几下，还是撞出了一道能过人的缝。

晌午时分，卧室里竟一片黑暗，拉着窗帘也没开灯。

江父大步走进去，很快连拖带拽地拉出一个小男孩，就是他跟前妻的儿子、八岁的江易了。

江父粗鲁地扯着他的手腕，江易的胳膊快要脱臼了，衣袖也快要断了。几步路的距离，眨眼间他就被拖到江蘅母女面前。

白炽灯下，两个陌生女性的面前，他一动不动，保持沉默。他头发被剃得很短，脸色白得发青，小鼻子小眼小嘴巴，相貌平平，但有种挥之不去的阴郁。

江父还在骂他："不懂事的东西！还不叫阿姨！"他并没有提到江蘅。

江父催促着，江易始终紧闭着嘴，薄薄的唇绷成一条线。

江母想劝，又不敢反驳江父，只敢小心翼翼地对江易露出讨好的笑容，江蘅清泉般的眼睛里也满是温柔的善意。

江易反而更难回应，又要挣开父亲往屋里跑，被江父一把推倒，摔在冰冷的瓷砖上。

江父怒吼："畜牲！我说话不管用吗？让你叫人你听不懂吗？"

江易摔得不轻，一时半会儿都站不起来，依旧是紧闭双唇，一声不出。江父紧跟着抬脚便要踹过去，江易看到他的鞋底，他被羞耻感笼罩着，无力抵抗或闪躲，只能闭上眼睛，但是他父亲的脚并没落下。

他只听到女孩清泉般的声音："叔叔，哥哥只是需要点时间，慢慢就好了……"

江母也跟着低声劝道："对，对，慢慢来……"

按江父的脾气，事情发展至此，本是不打江易一顿不算完的。但他总要顾虑在新婚妻子面前的形象，只好忍住没动手，动口是忍不住的，他不断地骂着。

江易睁开眼，只看见江蘅挡在他前面，他觉得难以启齿地羞耻，原本疼得动弹不得，硬是强撑着爬起来冲回卧室，又搬过椅子堵住门。他还想搬桌子、书柜、衣柜甚至床过来挡门，但他搬不动。他也想锁门，但门锁早就被踹坏了。他当然知道，这把小椅子根本拦不住江父，但他固执地要做些什么。

他跟江蘅的第一面就这样尴尬地结束了。

在江父的安排下，江蘅进入他们所在区最好的小学五小读一年级，江易也在那里读三年级。学校离家虽不远，步行也要近二十分钟，还要过几条大马路。江母不放心，每天接送他们。但江易拒绝跟她们一起，他总是避开江母伸过来要替他拿书包的手，加快脚步把她们甩在后面很远。江母后知后觉地恍悟，她以为江易是不想他同学看到知道他有了后妈。事实上，这只是原因之一，更重要的是江父当着她们母女对他疾言厉色让他觉得很难堪。

江父和江母都是丧偶一年有余，经人介绍认识结婚。江母是个不错的后妈。她从小就受到重男轻女的原生家庭"女人就应该伺候男人"的教育，经历了前夫家常便饭虐待折磨的悲惨，前夫酒驾丧命后回娘家暂住又受尽弟妹的白眼。这时候，江父愿意娶她，愿意帮她养大她的女儿，给无处可去的她们一个家，并且还不会打她们。她觉得这已经是山一样大的恩情，自然对他的儿子非常好，好得小心翼翼、低声下气。

不过江易也不是难相处的孩子，他并不像很多半大孩子那样排斥继母或继父，事实上，他就没有怎么跟江母和江蘅相处。他永远缩在自己的小房间不愿见人，丧母的阴影一直笼罩着他。

虽然江蘅也是年幼丧父，然而阴戾暴力的父亲和生养孩子的母亲意义不一样，江易受的打击远比她严重。江母嫁过来之前，就跟江蘅说了好多次，叔叔对我们有恩，哥哥是叔叔的儿子，什么事情都要让着哥哥，不能跟哥哥发生矛盾等等。但江蕍想的是，哥哥没有妈妈很可怜，一定要对他好。当然哥哥纵然不可怜，她也会好好待他，她本就是很温和的性子，永远为别人考虑。

江母每天近乎讨好般地照顾着他们，江蕍很懂事，力所能及地帮妈妈做家务。江父经常加班，江易总是关着门。

日子就这样波澜不惊地过着。

两周后，一个平常的周日，江父要带全家人去跟他最好且唯一的朋友高叔叔一家吃晚饭。

这个高叔叔是他的同学兼同事，多年交好，江父再婚，当然也要聚一聚。

江母已经关灯关窗准备要出门时，江易依然紧闭房门，江母怕江父生气又凶他，几次好声好气地劝他快出来，半晌，江易才憋出三个字："我不去。"

江父出来见状，果然脸色一沉，眉毛一拧，一脚踹开江易的门，咣的一声，门后又堵着那把薄木片做的椅子，那可怜的椅子被门与墙壁夹击，螺钉瑟瑟发抖，似乎快要散架。门只开了三分之一，但江父并不胖，他侧过肩膀就挤了进去，腿一个横扫就把这把他已经忍无可忍的椅子扫开，一把拎起江易的衣领，把他像货物一般拎出房间，摔到家门口的玄关处，喝道："换鞋！"

江易挣扎着站起来，他小小的身影被江父的影子笼罩，但就是不服从，硬着头皮不去碰鞋架上的鞋子，咬着牙道："我不换！我不去！"

江父一拳砸在他头上，把他直接打翻在地："你个畜牲！反了你了！"

"叔叔，不要打哥哥。"江蕍跑过来蹲下，小心地扶住他的肩膀，想帮他站起来，"哥哥，你为什么不想去？"语气耐心而温柔，江易一面羞愧难当想将她推开，一面又伸不出手。

江母弱弱地站在旁边，拉住江父的衣袖，对江易央求着说："易易，咱们就听你爸爸的去吧，好不好？"

江父暴怒："还能由着他？"指着江易大骂，"畜牲，赶紧给我站起来，不然我让你半个月下不了床。"

江易猛地跳起来，一把推开江蘅，朝江父大声吼道："你打吧你打吧，你除了会打人还会什么？！"

江父勃然大怒，一脚将儿子踹倒在鞋架上，江易撞翻金属鞋架倒在地上，脏兮兮的鞋子落了他一身。江蘅马上冲到鞋堆里抢救他："哥哥，你没事吧？"

江母也颤抖着走过来，捡起他常穿的那双运动鞋，含泪劝说："易易，咱们就穿上鞋去吧，就吃顿饭，很快就回来了……"

江易还想坚持，但见江蘅检查他全身上下擦伤的关切，江母怕他父子再起争端的恐惧和哀求，他的心突然就软下来，咽了口唾沫，不再辩驳。

江母蹲下来，把他的脚套进鞋子里，开始给他系鞋带，这半个月来，每天都是她给江易系。她嫁过来前，他是不系鞋带的。

但江父却是第一次留意，他当即大喝道："你别管他！"说着，两步过来一把将江母拉开，他手握住江母胳膊时，她吓得哭了一声，身体抖得像筛子，显然是被前夫家暴留下的后遗症。不过江父并没想打她，他只是把她拉到一边，然后直面江易训斥道："自己系！鞋带都要别人系，你还不如去死！"

也不知是愤怒还是恐惧，江易拿起两根鞋带，手指都在发抖。

他先是打了一个死结，又要打第二个，这时江父大手一挥就要给他一耳光："你个傻×，是不是根本就不会！"这巴掌却没能落在江易身上，因为江蘅挡在了他前面，江父硬生生地收住手，回头对江母道："让你女儿走开！"

江母还惊魂未定，诺诺地应着，快步走过来，从背后双手抱着女儿的肩膀把她拖走，结结巴巴地说："蘅蘅，到旁边去……"

江蘅欲言又止，她显然很不放心，身不由己地被母亲拉到一边，双眼还是担忧地看着江易。

江父倒也没有马上施展拳脚，而是先骂骂咧咧地演示了一遍鞋带的正确系法，然后才是一巴掌抽向江易的头："系吧！"

江易头被打偏，屈辱地蹲下来，忍着痛捡起鞋带开始系，但是，他看这么一遍能不能记住先且不表，这一巴掌之后是绝对记不住的。

所以他完全不明所以。

江父一脚踹在他肩膀上："还不会是吗？你没脑子啊！你他妈猪狗不如的废物！"

江父夺过那只鞋，左右开弓对着他的脑袋抽过去。这次不仅江蘅再度奔过来用身体挡在江易面前，就连唯夫是从的江母都不忍看下去，走过来抱住江父的手臂低声劝说："求你别这样，求你别生气了，我……我来给易易系吧……他慢慢就学会了……"

江父再次推开她，这次下手比刚才轻了很多，并不是他对江易的怒意减少，而是他发现她已经被吓坏了。

他说："你别管！八岁还不会系鞋带，活着有什么用？你！"他把鞋子砸到江易身上，凶神恶煞，"你今天要是学不会，我弄死你！"

他越紧逼，江易当然越学不会。他就蹲在鞋子旁边不知所措，又是委屈又是仇恨，到后来甚至鼻涕眼泪都出来了。

江蘅蹲在他旁边，用纸巾像照顾小宝宝一样给他擦眼泪擦鼻涕，拍抚他的后背，安慰他："哥哥，你别着急，我们再看一遍……"

她捡起那只鞋，拿起鞋带手把手地给他示范。其实六岁的她在这之前也没系过鞋带，但她刚才看江父暴跳如雷地演示，已经学会了。正常这个年龄的女孩看到这一幕早吓哭了，哪里还能注意动作。

"哥哥，你看，先打个结，然后把它折过来，绕过去……"

江易听着她的柔声细语，看着她白嫩的指尖在他脏兮兮的鞋带间灵活地翻，她的每个动作无比清晰，让他思绪糊成一片。

后来发生的事，他的记忆很混乱，好像是她拉着他的手指，牵着他系出第一个蝴蝶结，他爸在旁边又骂了他什么话，他一点印象都没有了，只记得江蘅雪白的手，就像两只白色蝴蝶，一直飞舞在他的脑海和睡梦里。

最终，江父理了理他打儿子打乱的衣服，迈腿朝家门走去："走吧！"

二

尽管闹成这样,江父还是要带他们去跟那个高叔叔一家聚餐,该说他守信有义还是冷酷无情呢?

他们这么一闹耽误了一会儿,到了饭店,高家一家三口已经开好包间在等他们了。

江叔叔问了房间号一路走进去,黄色壁纸的长廊里,并不融洽的一家四口氛围怪异。江叔叔一言不发地走在前面,妈妈跟在他后面,江易还在悲愤交加强忍泪水,江蘅走在最后,她感受到哥哥的难过也很难过,又不知道怎么安慰他才好。

他鞋子上的蝴蝶结耳朵随着他的脚步轻轻摇晃。

到了,江叔叔推门进去。屋里的人听到声音也站起来。

江叔叔跟高叔叔打着招呼:"不好意思来晚了,这个混蛋耽误了时间。"他话里犹有怒意,说着一把将江易按过来,"过来,叫人!"

江易衣服后心被拎着,显然很不舒服,他抬头冷冷地看了高叔叔一眼,就是不出声。

江蘅站在他后面,水灵灵的眼睛看着他的侧脸,清澈而关切。

高叔叔是个很俊朗的男人,江蘅的爸爸也很玉面书生,但过于清秀,秀气的五官遗传给女儿是花朵一般,在他本人脸上就显得过于阴柔,有点男生女相。或许这也是他性格那么暴戾的原因之一。而高叔叔就很阳光,眉眼舒展,笑起来牙齿整齐而洁白,充满生气与活力。

高叔叔的妻子跟他一样姓高,高阿姨也很漂亮,五官精致,好像还化了妆,看着她跟她妈妈,眉眼却冷冷的,眉目间还带着点鄙夷。江母也感受到那冰冷的目光,局促地低下头去。

江叔叔并没注意到女人之间的暗流涌动,他在推搡江易:"你听不懂人话还是哑巴了?让你叫人没听到吗?看来打得你还是轻!"

江易低着头双唇紧闭,江蘅心惊又担忧地看着他。

高叔叔打着圆场:"算了算了,不是什么大事。"

江叔叔没有放手的意思:"不,就要治治他这个毛病!"

一个跟江易差不多大的小男孩打破僵局，他走过来拉住江蘅的胳膊："你就是江蘅？"

他几乎跟高叔叔一模一样，不用问也知道是他和高阿姨的儿子高渐明了。江蘅对他点点头。

"你好漂亮！"高渐明心直口快，童言无忌，他拉着她的手往里走，"我叫高渐明！傻站着做什么啊？到里面坐吧！"

江蘅不好意思甩开他，也不好意思跟他走，有点为难地站在那里，更是可爱。

高渐明朝他爸妈喊："你们都杵在那儿干吗？准备站着吃饭啊？"

高叔叔善解人意地往包间里走："是啊，咱们都坐吧。"

高渐明安心地拉着江蘅往桌边走。江叔叔不好再驳他们父子面子，只好走进去，江母才敢跟着进来。江蘅扭头看她的哥哥江易，受到二次伤害的江易还赌气站在门边，不过下一秒他被江叔叔强行拖了进去。

高渐明拉着江蘅坐下，让她坐自己旁边。高阿姨走过去，坐到她儿子边上，斜睨着他，用鼻子哼着气："你倒是挺热心的。"

高渐明没理会他妈，开始更加热心地帮江蘅拆一次性餐具，江蘅赶紧伸手接住："谢谢，我自己来就好……"

高渐明兴致勃勃地问她："你在哪儿上学？"

江蘅并没有心情跟他闲聊，出于礼貌回答："第五小学。"

高渐明面露喜色："那我们在一个学校！我在三年级一班，有事就去找我！你在几班啊？"

江蘅还没答话，便听高阿姨冷言冷语地说："人家继哥哥就在那里，用得着你吗？"

大人们的脸色突然都难看起来。江易攥着拳头一言不发，江蘅也低下头去，她感觉到高阿姨并不喜欢自己，担心自己刚才说出校名是不是不对的。

高渐明面显不悦，他在家听母亲说过，江父跟江母各自丧偶刚过一年又组建家庭，口吻满是鄙夷，顺带着鄙视江易和江蘅。他觉得两个人都是单身在一起并无不妥，再说这事无论对错跟孩子没关系，讨厌母亲的阴阳怪气，见江蕵白皙美丽的样子更增好感，无视母亲继续帮江蕵张罗："你喜欢吃什么？我给你夹，要不要再点点？"

江蕵连忙说："谢谢，不用了……"

高叔叔轻拍了儿子一下："你好好吃饭，哪儿来那么多话。"

高叔叔跟江叔叔都来自无辣不欢的省份，但菜是高妈妈做主点的，她认为小孩应该饮食清淡，菜品几乎都不辣，虽然高渐明并不忌辣。她倒是无意中照顾了确实不吃辣的江易，至于江蕵，她其实也没有忌口，不过她基本只吃了碗里的米饭。

江家四个人因为出门前的风波，情绪不高，高妈妈也拉着脸，大家匆匆吃完，不欢而散。

回到家，江易没换鞋就回了卧室，他想脱下鞋子摔打出气，但想到江蕵教他系鞋带的画面，手上又没了力气，他一个猛子扑到床上，突然想起去世的妈妈，眼泪又不争气地掉下来。

他还趴在床上悲伤，有人轻声敲了敲门。

江易知道不是后妈就是江蕵，因为他爸是从不会敲门的。

他有点紧张："谁啊？"

江蕵清澈的声音："哥哥。"

江易从没怎么关注过女孩子，从不知道女孩的声音这么动人。

他过去给她开门，只见她抱着医药箱站在门口。

江蕵走进来，把医药箱就近放在床头柜上，从中拿出棉签和药水，今天江易被他爸踢到鞋架上，她看到他身上有好几处擦伤。她看着他，很温柔地说："哥哥，以前我爸爸打我后，我就会擦这个。"说着，她抬手用指关节碰了碰她的嘴角，那里有一道不易察觉的疤痕。

而他见她要给自己上药，原本有些恼羞，再说这种皮肉伤对他来说是家常便饭，从来不擦药。但听她说她爸居然打过她，顿时替她不平的愤怒盖过了他自己的难堪，同时倍感亲切。其实江蕵这么说，用意就是怕他敏感，否则她并不会把父亲的事讲出来。

江易怒道："你爸怎么能打你！"

江蕵笑了，眉眼弯了一下。她用棉签蘸了药水，轻轻擦他的伤处:"已经没事了,哥哥,你也会好起来的。"

那药所过之处一片冰凉,又如此暖热。

次日,江母隔着门小心翼翼地给他道歉。她觉得如果她提前把江易的鞋带系好,就不会有这件事了。江易并没往这里想,他完全没有怪阿姨,只是羞于见她。

江叔叔跟高叔叔依然是最好的朋友,只是双方家属聚会并不愉快,之后他俩便单独约。高渐明对江蘅印象不错,也仅限于"长得漂亮、性格不错",正常男生都会对这种女孩有好感,但也仅限于好感。这个年纪的男孩忘性也大,虽说在一个学校,毕竟不同楼层,江蘅又不常出班门,他们很少遇到,迎面高渐明会跟她打招呼,江蘅每次都很礼貌地叫他高同学。

高渐明奇怪道:"我比你大,你怎么不叫我哥哥?"

江蘅:"我有哥哥,就不能叫你哥哥了。就像有了妈妈,别人就只能叫阿姨一样。"

高渐明看她说得还挺像那么回事,被她逗笑了:"但我比你高两年级啊,你就叫我同学吗?"

江蘅低头"嗯"了一声,她还太小了,不知道"学长""师兄"这种概念:"你姓高……"

高渐明哈哈一笑:"有道理!"

那时候年纪小,没想太多,他扭头就干别的去了。

江蘅更无暇想其他,江家就像一个凶险难测的湖泊,江叔叔随时可能狂风大作掀起千层浪把江易拍在沙滩上,她每天都在提心吊胆准备保护哥哥。

江叔叔跟她爸爸虽然相貌、职业、气质各异,除了性别,看不出共同点。但相处久了就会发现,他们有一点简直一模一样,就是阴晴不定、喜怒无常或者说根本没有喜。他们除了阴沉着脸准备发作,就是表情凶狠正在发作。

甚至他们发作的模式都如出一辙,先是在一片寂静中,突如其来的低吼，寸寸紧逼的脚步，然后就是劈头盖脸地拳打脚踢，主要打脸和头，身上也会光顾。而且不同于某些男人打完就道歉，道歉完再打，周而复始，都搞出了一个"蜜月期"的说法。他们从不道歉，并且下一次更狠。

区别是，爸爸发作时她跟妈妈都不能幸免。而江叔叔的发作对象只有江易一人。这并不会让江蘅觉得好过，相反，她希望被打的是她。因为打在别人身上，痛在她心里。

平时她也很内向，生怕打扰到别人，吃过晚饭帮妈妈收拾完，就躲在自己的小房间安静地学习做作业，作业做完就预习复习。别人家的客厅总是充满欢声笑语，他们家有两个孩子却空空如也，只有江叔叔常常坐在那儿看电视。

她只有一种时候会冲出房间，就是江叔叔打江易的时候。而这种情况隔三岔五就会出现。江易身上总是带着伤。

江叔叔跟多数父母不同，他并不是很关心江易的学习，虽然每次考完试江易都不到平均分，他也会动手，但频繁的暴力主要原因就是单纯地看他不爽。

每一次，江蘅都会拦在中间，江叔叔从来不碰她，但她人小力轻根本拦不住他，江易总是被打得鼻青脸肿头破血流。

最糟的一次，江叔叔一拳砸在他左眼上，直接把他打倒在冰冷的地板之上。江易眼前一片漆黑，看不见听不见，仿佛去了另一个世界。江蘅全力拉住江叔叔的腿也没能制止他又踢了江易几脚，才喘着气离去。

江母跟着江父出去，还弱弱地给他们带上了门，似乎怕他们的呼吸声再次惹怒江父。

江易躺在地上，知觉一点点复苏，他的右眼先睁开，看到江蘅在月光下皎洁如月的脸。

她满脸关切之情夹杂着痛苦和担忧，双手扶着他的肩却不敢摇晃："哥哥……你觉得怎么样？"

江易伸手揉了揉左眼，那里一片漆黑："眼睛……看不见了……"

两个孩子来不及因为家暴悲伤，他们被对失明的恐惧笼罩。视力还能复原吗？他会不会从此就瞎了？

他用力揉着受伤的左眼，就像平时被眯住眼睛那样，试图把淤血像眼屎和沙子那样揉出。

"别揉，哥哥，不能揉……"江蘅在跟他说话，声音还是那么婉转动听，却格外轻柔和沙哑。

他停下手看向她，完好的右眼依稀看到她美丽的双眸满是关注和焦急。

她说："哥哥，我们去医院……"

说着，她就来搀扶他。他想起了什么，没有配合："不用。"

她试着抱起他的肩膀又不敢用力，即使她用全力也是徒劳，她毕竟太小了，根本弄不动他。

江蘅坚持："不，哥哥，要去医院。我去叫救护车，让他们接我们去医院……"

她要起身，被他一把拉住："别走。"他看着她全心全意为他着急的样子，感受着指间她手腕的温度，慢慢闭上眼，轻声道："我没事，睡一觉就好了……"

江蘅道："不行……"她还没出口的劝说被他轻轻的一句话堵了回去。他说："没事的，我以前……也被他打成这样过，没有去医院，两周就好了。"

江蘅不知道说什么，他的手还拉着她的衣袖，刚才她情急之下单膝蹲在他旁边，她怕他不舒服不敢动，便一直以这个姿势在他身旁陪着他。

室内仿佛突然安静下来，伤处也不再疼痛。

江易突然说："我想我妈了。"

这是他第一次对别人提他的母亲，他的禁区。

江蘅不知道如何回答，只是下意识轻柔地拍抚着他的后背。

他闭着眼，紧紧拉着她，似乎把她当作唯一的支点。他慢慢地把头埋在她怀中，那里好温暖。

他在黑暗中失声痛哭，口中含混不清地喊着："妈——"

他喊了一声又一声，因为伤口和哭泣吐字不清，但那注定得不到回应的呼唤里，饱含了多少思念、多少深情。

他的泪打湿了她的衣襟，他的呼喊打碎了她的心。她拥住他，抚摸着他的头发，用最温柔的声音回答："哥哥，妈妈听到了，她在回答你，虽然她不在了，但她的爱永远在这里……"

江易顿了顿，然后开始发抖，他的哭声也颤抖得一塌糊涂："她不要我了，她把我一个人扔在这里——"

他泣不成声，她也泪流满面。

如他所言，他的眼睛在两周后好转。随着淤血散去，他们的关系重回同一屋檐下的陌生人。那一晚的敞开心扉让冷静下来的江易无所适从，他不知所措，能做的只有远离她。他又不能搬走，只有再次把自己关在房间，紧锁房门与心门。江蘅向来是温顺而体贴的，她完全配合了他的疏远。但他无法欺骗自己，有什么已经质变。

三

时光匆匆，父母老去，孩子长大。

江蘅到了九岁，江易和高渐明十一岁。

那一年夏天，南非足球盛宴，大街小巷飘荡着世界杯主题曲，各大商铺都借势做着相关的广告，人们讨论着各自喜欢的球队和球员。

江叔叔对体育运动无感，闲暇时间他喜欢看财经或者社会新闻，所以江家没有掀起任何与足球相关的风浪；那个年代孩子们也没有手机或电脑，无法自己上网，所以江易和江蘅原本离足球很遥远。

但是学校里大多数学生都在家长主要是父亲的带动下有所耳闻，迅速投入足球的热潮，男生头头是道地预测比赛结果，女生叽叽喳喳地议论着哪个球员更帅气。而高年级的男生，自发在学校的操场上踢起比赛。

他们所在的小学体育课不教足球，操场只有两百米跑道，只为美观铺了人造草皮，连球门都没有。高渐明是班长，也是个很有行动力的孩子，别的同学都说拿两块砖头意思一下就是，他觉得那样不精准，硬是让他爸帮忙买了门框和网过来装上。这也不是什么坏事，校方也没反对。

这些并不了解足球规则的孩子便在不规范的场地上踢开了，那也是江蘅第一次看到人踢球。

那跳动的白色，延长的曲线，使她感觉身体里好像有什么东西动了。

学校为支持学生的兴趣爱好，器材室备有几个足球篮球，场上的男孩用着一个，还有剩余。这天中午，午休时分，江蘅他们在三年级的末尾，九岁的孩子还太小，相比足球，他们同学更多讨论的是动画片。在毛利兰和灰原哀谁更配柯南（新一）的争论里，江蘅默默离开教室，走出教学楼，在操场边的体育器材室借了粒足球。体育老师刚吃饱饭，正边打着瞌睡边百无聊赖地听收音机，根本没有搭理她。事实上，场上飞奔的男孩他也是从没关注过，在他看来那就是一帮孩子一时兴起三天热乎劲瞎踢一气。

江蘅拿的那个球很旧了，黑白格子都一定程度地变色，缝线边缘冒着毛皮，气也不是很足，分量很轻，又很神秘。

她走出器材室，迎面便是蓝天白云碧草绿茵。似乎受红线牵引，她松开手，足球落在脚边，她轻轻地踢着球，走到操场的角落。依旧有些高年级的男生在场上踢球，她在边缘开始自己踢着球玩。

她不想左右跑动惹人注意，就一下下把球往竖直方向踢，踢起来，用脚接住，再扬起。

那时她还不知道这叫作颠球。

她开始一次次断掉，再弯腰捡起球，松手让它落下，然后用脚去接……她触球十分轻盈，声音都很轻，球在空中快速翻转，而后她适时地再次颠动它。中间当然也断过好多次，她的长发随着动作起伏开始散乱，额头泌出汗珠，多次弯腰拾球至腰酸背疼，只有双腿越来越灵活，渐入佳境。

"五……六……七……八……九……"

她第二次连续颠到九时，听到有人在对她喊："蘅蘅！你踢得好好啊！"

美妙的波浪线应声而断,她抬头看去,不远处的球场上,高渐明边朝她招手边朝她跑来,他的衣摆在风中飘扬,脸蛋有些发红,双眼闪闪发光:"你也喜欢足球?别只是颠了,来跟我们一起踢吧!"

说话间他就跑到她面前,揽过她的肩膀,江蘅瞬间脸颊泛红。

他拉着她跑过边界线,站到场中,场上其他男孩,江蘅一个都不认识。他骄傲地给他们介绍:"她叫江蘅,我俩家长是好朋友,看我们蘅蘅漂亮吧?"

他一句自然脱口的"我们"让江蘅变得满脸通红,他余光看到更觉得她可爱极了。

如果谁说江蘅不漂亮,那当然是谎言。男生总是对漂亮的女孩特别友善,但他们是在踢球而非选美,不是以颜值论英雄的时候。

有男生抗议:"漂亮是漂亮,但她弱得跟小白菜一样,能踢吗?"

江蘅的脸更红了,甚至说不出一句辩驳的话。高渐明紧紧搂着她,就像衣架撑起衣服那样撑着她的身子,他毫不示弱地一脚把球闷给质疑者:"谁小白菜啊?你刚才没看见吗?球给你,你能颠成她那样吗?"

那男生不说话了,在高渐明的强烈要求下,江蘅加入了他们的比赛。有男孩问江蘅:"你踢什么位置?"

江蘅懵懵懂懂地看着他:"请问……有什么位置……"

几个男孩哄然大笑。江蘅知道她问了个蠢问题,再次脸红起来:"抱歉……"她负疚地看向高渐明,她觉得她没接住他的好意。

她的神色让这些毛头小子更觉好笑,一个对足球一无所知、脸皮还薄得跟面皮一样的小女孩,她能踢球吗?

高渐明却丝毫不以为意,他一手扶着江蘅,另一手左右挥动,朝每个嬉皮笑脸的男孩拍过去:"笑什么笑?这说明人家女孩单纯!你们问得就不怀好意,她又没学过足球,更没踢过比赛,连规则都不知道,她哪知道她踢什么位置?她初次接触就踢得这么好,这是天赋,你们还有脸笑人家?"

江蘅听他句句为维护她,很是局促,她不知道他们男生一贯是这样的,这已经算清水版本了。何况高渐明人缘一向不错,这些男孩也都算他朋友,笑归笑,并没有敌意。

一个高大而陌生的男生摆摆手:"好吧好吧,快午休了,抓紧踢吧。"

高渐明带着江蘅往中线走,正午的太阳下,他的笑容很灿烂:"规则阵容几分钟就能学会,场下我教你。这次咱们先随便,你就记住把球踢进网里就是胜利,咱们边踢边看,很快就知道你适合踢哪里。"

江蘅在点头,她脸上红晕褪去,露出白如羊脂的肤色,漂亮得就像个瓷娃娃,至少一半男生都在偷偷看她,那些眼神让她更加不自然。

中场发球,运动起来的球才是场上最耀眼的明珠。男孩们的注意力终于从她转移到球上。

球在哪里,旁边总是围着一堆人,他们抢得比打折季超市里抢购特价商品的大爷大妈更激烈,还伴随着呼喊叫嚷声,江蘅向来谦让他人,没有去挤,只是站在场边空当,远远观望。

高渐明却不会让她观望,他一手拉着她往禁区里跑,他抢到球,居然抬脚就把球传给她。

江蘅一愣,她观察这些男孩这一小会儿,看了他们各式各样的踢法,感觉用脚的侧面也就是足弓传接球是最对的。她下意识地停住它,动作很标准、很灵巧,球很听话。她全无经验,接球后居然就站在原处。她的脚跟球匆匆握了个手,脚尖触感很模糊,脑子更是蒙的。仓促之间,她转过多个念头,把球还给高渐明?他会不会觉得她不领情?直接打门?那会不会太嚣张了?传给队友?他们好像是两个班之间在比赛,相互之间自然知道谁是哪边,但她除了高渐明一个人都不识得,大家又都穿着同样的校服,她分不出谁是队友谁是对手。

全场近二十双眼睛都看着她,她大脑一片空白。踢球不能想太多,敢问路在何方,路在脚下。她正茫然,几个男生向她围抢过来,像一阵风向她吹来,顺便把球也吹走了。

她回过神,脚下已经空荡荡。她甚是羞愧,抱歉地对高渐明说:"对不起……"

高渐明哈哈一笑,一点也不生气,他拉起她的手臂,又带她去抢球了。他的技术在这些孩子里算好的,加上放松的状态和不薄的脸皮,总能抢断得手。令人瞠目结舌的是,他一拿球又传给江蘅,但这一下没传好,打在她大腿的高度。

他们都暗叫不妙,这球她肯定接不住了。

有的男生调侃他:"见色忘球啊!"

高渐明骂道:"滚!"

若是平时,江蘅听到这些早已满面红霞,但她腿碰到球,竟就顾不上别的了。她抬起腿,就那么巧妙地一绕,球如绕指柔般丝滑地顺腿而下,停在脚边。她几乎完全是本能,身体自己会动一样。她再谦卑,也知道这下感觉是对的。就像她做数学题,思路通畅,水落石出,并不需要对答案就知道自己是正解。

她接到这个传球前,本来有些顾虑,想着一停球就原路把球踢回去给他。但她跟球这么一牵绊,突然就像生出心灵感应一般,她不想把它让给他人,她想一路带它冲锋直到顶点,便是球门里面。她轻轻拨了球一下,抬腿跑起来。球滚得那么舒展,线条那么美好。她抬眼望去,几个应该是对方的同学又围了过来,最前面的一人已经快碰到球了。她不想跟他们冲突,但更不想拱手让人。她一盘一带,直接过掉这个同学,球就像长在她鞋子上,跟着她走。

迎面又是一个,她半低着头,不敢去看人家的脸,她为过掉他感到抱歉,但她不得不这么做。

又是一个旁敲侧击,她又摆脱一名同学,带着球跑到球门边,背后男生开始"哇哦"地叫喊,守门员满脸警惕地看着她。她忽然心慌意乱,球场上处处是对抗与较量,她是再谦让不过的性格,不想跟任何人有冲突,不想驳任何人的颜面,不想让任何人失望。但她控制不住自己——她看着空门,一种从没有过的欲望在心底野蛮生长,从脚下破茧而出,她的身体再次自己动了,直接抽射打门,球贴着草皮,就像它主人的脚步一般悄无声息地闪电般滚进了球网……

所有人都惊呆了,包括江蘅自己。

她回过神来,第一句话说的居然是:"不好意思……"不是调侃,她是真的觉得抱歉,她没有控制住欲望,在他们的比赛中出了风头,让他们的守门员感到难堪。

刚才被她过掉的同学脸上犹有震惊之色，走过来问她："你练过？"江蕗摇摇头："没有。"

今天是她一生之中第一天碰足球。

高渐明第一个反应过来，他跑去捡回球，欢呼着奔向她，抱住她肩膀欣喜地道："我说什么来着？蕗蕗就是有天赋！什么见色忘球，传给她就是对的！长得好，踢得好，成绩也好，简直就是完美的！"

这次江蕗脸红得高烧一般了。

比赛继续。

不用说，高渐明当然是继续拿球就给江蕗，就连江蕗本人都尝到了甜意，她也勇敢地上前拼抢。她原本怕人，不敢跟人抢球，但现在她更向往那粒球，所以敢与人争抢。

他们踢的毕竟是野球，前锋后卫虽然名义上有区分，实则就是瞎踢。后卫中腰前锋并没什么传接球配合，几乎人人都想拿球自己踢自己破门，必不可少的守门员好像都是剪刀石头布输了不情不愿去当的。所以除了高渐明并没人会传机会给江蕗，她必须自己去抢。

她毕竟比他们都要小两岁，又是女孩，一直以来营养也很一般，场上大多数男孩都比她高，但她实在太灵巧，让他们防不胜防。一来二去，谁攻谁守，她也看出了端倪。江蕗跟普通女生不一样，别的女孩看到男生们踢球，大多觉得就是一群猪在抢着拱一棵白菜一样，多看一眼都想打哈欠。但江蕗却能参与其中，并把每个摩肩接踵的来回都看得清清楚楚。再说球出界之类的时候，高渐明就会在旁边给她介绍，这是一班的谁谁，那是二班的谁谁，她很自然地记下并分清。他还顺便给她讲了越位，江蕗瞬间领会。

高渐明在五年级一班，江蕗也想到了江易，他在五年级三班。

二班一个男生带球在中场，江蕗一个转动就把球拨了过来，二班男生反扑，甚至想要犯规，伸手去抓她——如果让一个三年级女孩两度进球，也太没面子了。但他居然没拉到她。江蕗的长短跑速度都是全班甚至全年级女生中最快的。

江蕗再次展现了她比德芙还丝滑的过人，过五关斩六将逼进禁区，二班男生也严阵以待，她面前排起人墙。江蘅哪见过这场面，面对空门，她有点心急，一记回传，把球踢给了高渐明。高渐明跟她隔着七八米远，但她居然精准地一道直塞，绕开几个同学，硬拉出一条直线把球传回他脚下。

高渐明射门。往常他们这些孩子都不怎么会防守，守门员更是形同虚设，只要射正必得分。但围堵江蘅的人墙还没散开，他的射门直接打在一个同学腰上被挡了回来，双方队员一拥而上，门前一片混乱。

江蘅已经很自觉地跑过来，虽然没有人教过她"抢点"这种概念，但她很自然地无师自通了。

她站得很巧，球从她面前飞过，她毫不犹豫地抬脚打门，一道不可思议的弧线，直接破网。她简直把高年级男生的比赛变成了个人的表演秀。

高渐明再次搂着她热烈庆祝。

午休音乐响起，他们毕竟不能像正式比赛那样踢上下半场各四十五分钟。比赛以二比零告终。

二班的人长吁短叹地摆手离去，谁能想到向来势均力敌（菜鸡互啄）的局面被一个小姑娘打破。

一班的人也觉得这场胜利来得胜之不武，有点嘀咕："小妹妹踢得不错，但毕竟不是我们班的，还是女生，这样不好吧？"

江蘅是多么内向的人，听到这话，马上像做错事的孩子一样低下头。高渐明随意地把手搭在她肩上，很开朗地说："有什么不好的？蘅蘅跟我是发小，再说她也是一班，三年级一班而已。以后她就跟我们一起，如果谁有意见，"他朝二班的同学那边高喊，"我们也允许你们带一个三年级的女生！六年级的都行！"

足球按说是每队十一人，但他们每个班也就十几个男生，又不是人人都喜欢足球的，根本就凑不够"十一罗汉"。今天一班来了八人，二班来了十人。平时也就这么几个人，他们学校虽然是小学，每学年也搞分班考试，按成绩分班。一班成绩比二班好点，有空踢球的人也相对少点。

二班的人好像笑着骂了一句，高渐明一番话说得大家都捧腹大笑，再没人有意见。江蘅还隐隐觉得有点不妥，走下绿茵场，离开足球，她又变回了那个羞涩腼腆的小白兔，但踢球实在让她很喜欢，她便没有推辞。

高渐明搂紧了她，盛夏的风正很热，刚运动完的他们都出了汗，有种蒸桑拿的感觉。他侧脸看着她，四目相对，江蘅的眼睛极美，如泉水般晶莹清冽，线条精致，光波盈盈，他一近看，竟不觉痴了。

四

第二天放学，晚上，她妈妈在收拾家务，她在厨房刷碗，江叔叔在沙发上看电视，江易把他自己关在卧室里。再平常不过的一天。

只听到有敲门声。江蘅并没有多想，还在回味着足球。妈妈过去应门："是渐明啊……"

高渐明的声音传入耳畔："阿姨好，我来找蘅蘅。"

江蘅洗完最后一个碗，在碗架上放好，走出厨房，就看到他神采奕奕的脸："蘅蘅，我来接你去我家。"

她当然记得他说过要带她了解足球，没想到他真会来，她虽然才九岁，已经很明白很多话都是气氛需要和一时兴起："高同学……？"

江母弱弱地问："是去……做什么呢……"

高渐明兴高采烈地朝江蘅道："你忘了吗？我们说好的，我要跟你讲足球规则。我找了好多影像光盘，去我家一起看吧！"

江蘅当然很想去，一方面她很感兴趣，另一方面她也不愿让高渐明扫兴。

江母很轻柔又有点不解地道："足……球？学校里最近在学这个吗？"她对足球的了解，就仅限于顾名思义的用脚踢的球而已。

江蘅还没说话，高渐明就抢着说："对啊，阿姨，蘅蘅踢得可棒了！"

江蘅的脸瞬间红透。江母只当他抬举江蘅，但既然是学校在教的，就不会有什么错，也不再多问。

高渐明过来拉她："咱们走吧？"江蕖试探性地看了看妈妈，妈妈则询问地看向江叔叔。妈妈大事小事都要听江叔叔的意见。

江叔叔显然没觉得有什么，他对江蕖的事并不上心，高渐明又是他最好的朋友的孩子，比他自己的亲侄子还亲，头也不回地说："那就去玩吧，路上注意安全。"

高渐明应了一声，拉着江蕖就走。江蕖匆匆穿上她仅有的那双洗得发白的粉色布鞋，深深浅浅地跟他去了。

高渐明家离江家并不远，高叔叔跟江叔叔是同事，房子都是单位分的，基本可以算是邻居。高渐明带着江蕖进了门，他很愉快地喊着："爸，妈，我们回来了。"

江蕖换上高渐明递过来的拖鞋，礼貌地跟高家父母问好："叔叔、阿姨好。"

高阿姨脸色依旧冷："江蕖来了。"

他父亲很和善地摸了摸江蕖的头发，称赞她："蕖蕖，叔叔好久没见你了，在这儿就跟自己家一样，桌上有水果点心，想吃什么自己拿。"其实他也未必喜欢江蕖，他是真的在说场面话。

江蕖当然什么都不会拿，还是乖巧地说："谢谢叔叔。"

高渐明已经把桌上吃的都打包抱进他卧室，顺便把江蕖拉了进去。

高阿姨用余光看着高叔叔冷言冷语："你们大的小的都挺喜欢她啊。"

高叔叔看了她一眼，想要解释又作罢，摇摇头转身走进书房。

高渐明的房间虽然听不到这些，敏感的江蕖还是低声问兴致勃勃给她推荐巧克力桃酥的高渐明："高同学，阿姨好像不太高兴，我是不是给你们添麻烦了？"

高渐明随口就是那句最经典的话："我妈那人就那样，别理她就好了。"他做出无奈的表情，"你能不能别叫我高同学？光我们班就有三个姓高的，你分得清在叫谁吗？"

江蕖也有点不好意思："那你觉得该叫什么？"

高渐明想了想，说："你要是不想叫我哥哥，就叫我渐明吧，我没小名,我爸妈就这么叫我。"他撒了个小谎,他是有小名的,因为太肉麻,他上小学后就严禁父母喊。

江蘅点点头:"好的,渐明。"

渐明的房间收拾得很干净,完全不像有些男孩子天天跟猪窝一样,或许警察家庭的孩子大多是如此。他屋里有台电视,还有部影碟机。他先是找了块蓝色的毛绒垫子铺好,又找了两个抱枕当坐凳,让她先坐下,然后就去捣鼓影碟机,很快画面就出现。

他显然花了一番心思,准备得很详细。先是放了一个足球规则解说的视频,里面各种规则,黄红牌、门球、角球、任意球、点球等判罚应有尽有。他事先就知道一些,又提前学习过,便充当解说,给她一一讲解。她很快就搞清楚了。

然后,是他准备的特别节目。最佳球员的集锦。

江蘅跟着他看,当时年轻气盛、风华正茂、惊若翩鸿的众多球员一一在屏幕上亮相,精彩纷呈。他们风格各异,各有千秋,都值得敬仰和敬佩。江蘅看得目不转睛。其实高渐明并没有特别喜欢谁,他对足球甚至也可说只是玩玩而已,他也没有什么能特别给她推荐的,集锦当然就是进球的合集,每一个都很精彩,他都看得眼花缭乱。

画面一转,一段模糊的影像,一个响亮的名字,一个夕阳下的背影。

他的脚步仿佛让风云变幻,他结实的肌肉让足球显得渺小而乖巧,他进球后腾空跃起握拳振臂,力度直达人心。古龙说马是线条最美的,但绝对美不过他,他奔跑的双腿是魔术师挥舞的手杖,他脚下的球是奇迹的见证,是飞舞的白鸽。

前面那些都很惊艳,而他是震撼。

那一瞬,她对足球的爱翻了百倍。

他问她:"你最喜欢谁?"

答案毫无疑问。

她回问道:"你呢?"

他似乎要开口回答,又闭唇不语。

她也没有多问。

他送她回家时，夜幕早已降临。他把她送到家门口，她用钥匙开门，家里一片黑，所有灯都关了，没看到有人。江叔叔睡得早，妈妈自然是陪他一起休息了。

她很诚挚地说："今天谢谢你。谢谢你，带我了解足球，带我见识这么多伟大的球员，以及……足球的奇迹。"

高渐明笑道："不谢，明天咱们跟三班踢，加油！"

她轻声问："我哥哥会来吗？"

高渐明双手靠在脑后："你不知道你哥哥吗？他从不参加。"

高渐明虽然跟他们自幼相识，却不了解他们的情况，想当然地以为他们是兄妹，应该再熟悉不过。江蔊点点头，如果江易也在场上，她恐怕不知道怎么踢，但又想和哥哥分享足球的喜悦。

高渐明看着她清亮的眼眸，心在怦怦跳："那明天见！"江蔊应着："明天见，你回去慢点，注意安全……"

他又笑得很洒脱："我能出什么事。"

她边进屋，步伐轻盈，轻轻关上门，换完鞋子，她还沉浸在震撼之中，满脑子都是足球跳跃的影子，江易的房门突然开了。他屋里只开了盏台灯，光线微弱，他背着光看不出表情，他的眼睛也很暗，看不清神情，或许他只是故意压抑。

她轻声问道："哥哥？"

江易的声音也很低，但没有恶意，相反颇为拘束："你回来了就好……"

墙上的挂钟指向十点半。其实不算很晚，只是对于小学生来说有些晚了。

那夜过后，他开始疏远她，而江父的注意力逐渐转移到再婚妻子身上，只要江易没有碍事，就比较少打他了，虽然对他依然没好气，大多数时间都是无视他。江蔊跟江易的交集变得少之又少。只要他在家，永远都是把自己关在屋里，吃饭闷头不语，他甚至有半年没跟她说过一个字。但她从不会忽略他的存在。

她渐渐长大了，自觉地帮妈妈做更多家务，比如做早餐、刷碗、洗衣服、收衣服，江易的衣服总是她晾干、叠好，敲门进他房间给他放到衣柜里，再把脏衣服收出来，洗净后周而复始。

他很内向甚至封闭，每当这时候也埋着头从不看她。他们几乎没有交流。

江蘅道："哥哥，对不起，吵到你了。"

江易急忙摇摇头："没有……你们……"他又低下头去，"玩什么了？"

江蘅道："看关于足球的视频。"

江易点点头，问："你喜欢足球？"

江蘅肯定地点点头，又道："哥哥，你要不要一起踢？"提起足球，她不自觉面带笑意。

江易摇摇头，道："你踢吧，我……我不会。"

说完，他就退回房门内，临关门补了一句："蘅蘅，你……你别跟高渐明走太近，他……他不是好人。"

江蘅有点疑惑地看着他，他却没解释，很快关上了门。

虽然黑，江蘅已经很熟悉这屋里的格局，毫不费力地回到房间，脑海里满是他的背影。

次日，中午吃完饭午休时间，跟三班的比赛，果不其然江易没有来，他跟所有同学都很疏远，也不热爱运动，从不参加集体活动。他知道江蘅要参加比赛，非但不去现场看，甚至不下楼上厕所，只怕遇见。

江蘅踢得很顺，前一天看的足球集锦给了她很多灵感，那些天才的传停盘射，她牢牢记在心里，在场上自然而然地发挥出来，当然她完成的还没有原版十分之一好，但在学校赛场已经是碾压的存在。

她再次独中两元。

最开心的当然是高渐明，其他同学也开始正视这个问题——这个洋娃娃般的小女孩是个足球天才。

两天后，中午踢比赛之前，高渐明把江蘅叫过去："蘅蘅！"

他站在远离操场、教学楼背后、食堂旁边的小道上，四下无人，只有食堂的抽油烟机在嗡嗡作响。

江蘅朝他走过去，穿过枝繁叶茂的老槐树来到高渐明面前，充满灵性的眼询问着他有什么事。

高渐明向来晴空万里的脸上突然浮现一抹粉霞，但很快就烟消云散，他从背后拿出一双鞋摆在她面前，笑容明朗地道："今天穿这个踢吧！我觉得你现在穿的这双布鞋限制了你的发挥，虽然已经很棒了，但你穿运动鞋肯定会踢得更好！那天你换鞋的时候，我看到你的鞋号。"

那是双很漂亮的白色运动鞋，标签都还没摘。

江蘅一怔，她脚上还是那双发白的粉色布鞋，准备一直穿到小得穿不进去为止。上一个冬天，她就是穿这双薄薄的布鞋过的，里面穿双层袜子御寒。这之前她的每一双鞋都是这样，要穿一整个春夏秋冬。小孩子长得快，买了鞋没多久又要买新的，而她妈妈没有工作，她花的每一分钱都来自江叔叔，所以能省则省。换作别的家庭，妹妹可能会穿哥哥的旧衣服。但她妈妈不敢动江易的东西，哪怕压在箱底，也不敢拿给她。江叔叔从来不正眼看她，哪怕她光着脚去上学，他也不会留意。至于江易，虽然跟父亲出于完全不同的原因，他也从没仔细打量过江蘅。而且他是个粗心的孩子，看不到细节。

她根本没有运动鞋。

江蘅低头看了看那双崭新的洁白的运动鞋，低头道："谢谢，渐明。但我不能收。"

高渐明早就想到她会是这个反应，当下来了一句："不，你不能不收，要不就是不给我面子。我跑了好几家鞋店挑了半天，花了三个月的零用钱，你不能不领情。"

江蘅当然不会不领，但她有充足的理由不能领。她妈妈跟江叔叔知道了必然会多想。她收了别人的东西，代表她觉得他们对她有所亏待，不过原因不能说，容易影响他对叔叔和妈妈的判断。即便她瞒得很好不让他们知晓，她也没有钱回礼。而且高渐明这礼物不仅是物品，还承载着情谊，如他所云。虽然他们还是小学生，然而现在的小孩都早熟，三四年级班里已开始传各种绯闻，江蘅不是木头，她能感觉到高渐明对她的好感，这个她更是无法回应，这种事也不能明说，如果她是会错意自作多情，那就尴尬又伤人了。

她只能低头说道："不是，我很感谢，但……我没办法回送你什么。"

高渐明："礼物是为了让人心情愉快，而不是走形式吧？你收下，我就很开心；你不收，我会很不开心。"

江蘅不想驳他颜面，终究还是觉得不妥，看着自己鞋尖踌躇不答。

他们虽然远离人群，毕竟不是隐形，高渐明的同学路过，下意识朝他们看过来，那目光让江蘅不适，就背过脸去。

高渐明的情商派上用场，很自然地挥手喊他们过来，用他们的名义劝道："江蘅同学，你就收下吧，你帮我们班踢球，大家都想表示表示。回去我跟他们平摊，这双鞋就算是我们全班送给你的。"

他同学也都不是不谙人事的小孩，当下会意纷纷附和，其实高渐明也不想这样，他的心意莫名其妙成了集体的感谢，但不这样说江蘅不会同意。

对手班的人到了，抱着球在那边喊："你们干吗呢？人齐了吗？开始吧？"

高渐明对江蘅道："蘅蘅，快去换上吧，咱们该开始了。"

他的同学附和着。

人家话都说到这个程度，江蘅再推脱就不懂事了，当下点点头："谢谢！"

她换上那双柔软的运动鞋，奔跑起来比原先那双硬底布鞋轻盈了数倍。

她熟能生巧，越踢越好，绿茵场变成了她的舞台。

场下，她又和高渐明一起看了世界杯的决赛，那是深夜，月色打底，有种别样的优美。他们共同见证西班牙队捧杯，那是他们一起经历的第一场决赛。

五.

炎炎夏日,阳光毒辣,挥汗如雨的男孩之中,江蓠的身姿是赛场上别样的清凉。飘逸如风,身影曼妙,短袖短裤,雪白的藕臂随跑动摆动,是场上最亮丽的风景,原来只有个别女孩看喜欢的男孩踢球,自从有了江蓠,场边挤满男生。

看过她踢球的男孩,没有一个不对她心生爱慕。

除了她的对手。

因为有她,将近一个月,一班场场连胜。

那些比她大两岁的男孩,除了犯规无法阻拦她。

放暑假前可能是最后一次比赛,江蓠带球在禁区里突破,眼看又要推出一个必进球时,被对方一名同学直接迎面推倒。

她下意识地双手撑在身后,倒得很文雅,这很标准的女孩动作,也是男孩喜欢她的原因。热爱运动的女生大多坚毅阳刚,但她在技术不逊于男生的同时,始终姿态柔美轻盈。

这一下摔得不轻,没人教过她如何翻滚卸力,尾椎骨直接撞在土面隐隐作痛,所幸年轻骨密度高并无大碍,要是老年人摔这么一下八成就得交待。她定了定神,就准备站起来继续抢球,腿还没打直,眼睛已经在左右寻找球在何处,却看到那本应是场上的焦点已经被抛弃,高渐明他们一拥而上将她包围,神情焦灼,高渐明弯下腰来扶她:"摔到哪里了?没事吧?疼不疼?"

江蓠还不会说话就挨打,还不会走路就被父亲踹倒,这还没有记忆中十分之一疼。她很轻松地跃起:"没事没事……"

高渐明没等她说完,见她并无大碍稍感放心,看完伤员就要讨伐施害者,转脸就冲向刚才推人的男生,直接抓起他的衣领怒吼:"你居然敢推她?你推女孩子!还是不是男人?"

推人男牛久经败仗,也是怒不可遏,刚才那么一推也击溃了他残存的理智,他振臂甩开高渐明,粗声吼回去:"你还知道她是女孩子?女孩子就别跟我们男生一起踢啊!你们班天天靠一个小女孩赢球,还要不要脸!"

江蘅正不知所措,高渐明就不甘示弱地反击:"你们班连一个小女孩都踢不过还输不起,到底谁不要脸!"

这两句话直接把个人冲突上升到班级矛盾,双方同学一拥而上,你来我往,打起群架。赤拳肉搏,鼻血横飞。有人说足球是和平年代的战争,他们用热血点燃年轻的战场。

矛盾的根源——豌豆花一样娇美的江蘅被推到一边,二十几个男孩在烈日正红的操场上明目张胆地拳打脚踢。江蘅一遍遍试图穿插到他们中间分开他们,但这不是赛场,冲动厮打的男孩不是顾虑犯规的防守球员,她根本插不进去,只能一声声说着别打了别打了,但她柔软的声音被他们此起彼伏的拳脚声和骂街声淹没。

围观看比赛的同学们也炸了锅:"打起来了!快去叫老师……"

根本不用谁去叫,场上喧闹的声音已经引来了在操场旁边体育办公室打瞌睡的体育老师和在教学楼办公室里吹空调的班主任。

成年人响亮而严厉的声音:"干什么呢!"

战况激烈的半大小子们被几个成年男性老师合力才分开。老师本想把他们带到办公室,但办公室空间容纳不下,只能就在球场处理。

鼻青脸肿的男孩们排成一排,江蘅和那粒惹事的足球单独站在一边。

江蘅的班主任也被叫来,五年级一班、五年级二班、三年级一班三个班的班主任跟体育老师站在他们对面。

好事的旁观同学七嘴八舌地讲述着事情经过,老师简单检查了男生们的伤势,值得庆幸的是都只是皮外伤,不用送医院,直接进入批评教育环节。

"马上要放假了还给我惹事,带头惹事的三个把家长叫过来!其他人罚站写检查!"

老师定性惹出这场是非的,是推人男生、高渐明和江蘅。

高渐明昂首挺胸:"老师,不关江蘅的事,你要请就请我家长,别找她麻烦!"

"你什么态度?就冲你这句话,她家长我请定了!"

可能是小学老师当久了，大人也变得孩子气。

而江蘅听到没人重伤才稍感放心，罪恶感还是将她笼罩，全程低头看着球。

三个班主任给家长打完电话，让他们在操场上等着家长过来，同时言辞不断地批评着，不理智，不省心，不懂事，男生没有男生样，女孩没有女孩样，车轱辘话来回说了一遍又一遍。

他们终于说累了，换体育老师说。

体育老师的重点跟他们略有不同，他对二班的男孩嘘道："你们也太没用了，一个小女孩都防不住，还要上手推人？"

推人男生终于逮到话头："老师，不骗你，就是防不住……"二班男生纷纷附和。

体育老师来了兴趣："是吗？"他看了看江蘅，这个貌似弱不禁风的小女孩。他朝她招招手，"你带球过来，我来防你。"

江蘅照做。她脚尖一点，一盘一勾，球就跟着她走。

体育老师看到这一下已经愣在原处。且不说技法的巧妙，寻常的学生，哪有带球过来是用脚带的意识。

江蘅站到老师对面，抽球发力，老师张开双臂，左右抢断，换普通学生早就被晃晕了，但江蘅——她身形一闪，老师抬脚去触球却扑了个空，球和她都不见了！

老师站稳重心，难以置信地看着她。江蘅不好意思地低下头去，男孩们开始起哄。这个年龄的孩子就是单纯，老师还要大张旗鼓地处理他们的斗殴，他们已经在为一记漂亮的过人齐声喝彩。

老师问江蘅："你学过足球？"

江蘅摇摇头。

体育老师瞪大了眼睛。

男孩们开始一吐为快地讲述江蘅多么不可思议。

"她能从背后射门……"

"她能用身体任何一个部位停球……"

"她能在我们七八个人之间把球直接射进去……"

体育老师瞠目结舌："有这么夸张吗？"

高渐明自豪道:"当然,谁骗你?蘅蘅,去踢给他看!"

江蘅一怔,看向体育老师。体育老师选了一个接近角球的任意球点,他示意江蘅:"你能在这里射门吗?"

江蘅点了下头:"应该可以。"

体育老师走到门线里:"来吧。"

江蘅逆着光看了球门一眼,抬脚挑射,和她数次破门一样,一道完美的弧线,球应声入网。

体育老师眯起眼睛,走向旁边一脸严肃觉得他们不务正业的江蘅班主任:"我想我要打个电话给体校。"

江蘅班主任是个戴无框眼镜的男人,浑身散发着古板的气息:"你的意思是?"

体育老师点点头:"是的,你知道我有这个责任,推荐有天赋的学生。"

江蘅班主任俯视着江蘅苍白秀美的脸,他当然知道这个说法,但是他来这个学校十六年了,从没见过成功被体校足球队招收的先例:"你觉得她有天赋?"

体育老师看着江蘅那修长而均匀的双腿:"说是为足球而生都不为过。"

江蘅班主任显然不信:"她数学也很不错,那我是不是也能说她为数学而生?"

体育老师眼里发着光:"这不一样。数学好的孩子每一届每个班都会有,但她这样踢球的女生,我教了十几年体育还没见到过。"

他说得肯定,班主任也不得不信了几分,再次朝江蘅望去,他的眼神,也从对一个堕落优等生的审判变为对一个足球天才的打量。

"那叫体校的人过来看看吧。"

体育老师约了体校老师过来考查,体校老师是个身材高大、秃头长脸的男人,脖子上挂着口哨,腋下夹着记分册。

他们对江蘅做了足球的测试,颠球、定点射门、带球绕杆,江蘅几乎都是满分。

江薇结束考核走下场,她罕见地没有低头,而是看着老师,眼里带着殷殷期盼,而高渐明在旁边为她的出色表现兴奋鼓掌。

秃头老师点了点头。

老师办公室。江母坐在老师面前,双手攥着衣襟,紧张不安地看着身旁的江父。

向来乖巧的女儿突然被请家长,老师还坚持要父母双方都到场,把江父这个继父都给叫了过来,看来事情非同小可,连教务处处长兼副校长都来了,旁边还有个陌生的高个子秃头男老师,眼神一直没从女儿身上移开过。

办公室里,老式的涂漆木椅,不锈钢暖水壶。

班主任给他们搬椅子倒水,对一旁的江薇也换了柔和的面孔。

"江薇妈妈,您别紧张,这次叫您过来,起因是江薇跟男生踢球,孩子们没控制好情绪,有些肢体冲突……"

打架?江母攥衣襟攥得更紧,她一边看女儿有没有受伤,一边马上道歉:"老师对不起,给您添麻烦了……"

班主任摆摆头:"啊不,这件事已经处理好,现在主要是跟您说江薇转学体校的事。"

转学?体校?信息量有点大,江母一时反应不过来:"孩子的错误这么严重吗?不能在学校读了吗?"

秃头老师面露不悦,体育老师撇撇嘴:"看您这话说的,体校不是工读学校,是专门培养体育特长生乃至运动员的学校,能被录取是非常难得的事。"

江母更是错愕,在她的脑海里,体育、奔跑跳跃都是男孩的事,但老师这么讲,她不敢反驳,先是道歉:"老师对不起,我不知道……"

秃头老师干脆利落地开口:"简单说吧,我是体校的老师,我们给令爱做了测试,符合校队的招收标准,如果家长同意,就办理转学手续,以后在我们那上学。这是大事,你们可以考虑考虑。"

这太突然了,江母一时间还无法接受:"谢谢老师,但是……我觉得女孩子还是应该有女孩的样子……"

秃头老师面露不耐之色:"照您这么说,女孩不能搞体育?我们国家女子排球、足球、乒乓球怎么发展起来的?"

他语气严厉,江母竟胆怯地垂下头:"不是……"

副校长,珠光宝气的女领导,跟江母年纪相若,气质云泥之别,也悠悠开口:"江蘅妈妈,你这观念要改,学体育的女孩不比男孩少,谁说女子不如男对吧?我的建议是尽量让孩子去,孩子有天赋就要支持她发展。××体校女子足球队在全市都是很突出的,机会很难得,孩子过去练好了也是为校争光。"

江母软弱的耳根已被吹动,但她不敢做主,扭头看向江父,低声道:"该不该去呢?"

江父还没说话,在旁边教室被请完家长、带着他爸出校门却驻足江蘅家校联会门边的高渐明一把推开门,意气风发道:"当然要让蘅蘅去,她喜欢又有天赋,不去就太可惜了!江叔叔如果不愿意出学费和住宿费,让我爸爸来出好了!"

高父站在他背后对江父笑道:"孩子不懂事,别介意啊。"

秃头老师冷冷道:"学费住宿费加起来每学期一千多,不计其数的家长愿以几百倍的钱把孩子送进来。"

无论江父本意如何,当着这么多人他都不能说不愿意。

他一时不知道怎么回应高家父子,选择逃避,转头对江母道:"想去就去吧。"

江母这才得到指令一般地问江蘅这个最关键也最核心的问题:"蘅蘅,你想去吗?"

江蘅向来不给别人添麻烦,早已习惯于隐藏自己的需求,问她想不想买好吃的食物、好看的衣服、新款的学习用具,她永远说不想。

但这次,她点点头,轻柔而坚定地说:"想。"

江母顿了半响,又用询问的目光,唯唯诺诺地看向体校的秃头老师:"老师,孩子才九岁,就要离开家……"

秃头老师:"大部分孩子都是五六岁就来训练了,九岁已经算很晚的。"

窗外的大树已经枝繁叶茂,树叶在夏风中沙沙作响。

那场以班级为单位载入校史的群架，导致了两个结果：全校同学被禁止午休时间踢球，江蘅同学转入体育运动学校。

六

江蘅是五小第一个被选入体校女足的学生，她的事迹被贴在校宣传栏，里面还添有她"活泼开朗、团结同学"等无中生有、富含教育意义的细节。

体校要求住宿，每个月放两天假。她准备自己收拾行李，但妈妈执意为分别在即的女儿多做一点儿事，最后收拾出来一个小包。不是故意从简，而是江蘅就只有这么多东西。

那个周天的下午，妈妈送她出门，一路都在抹眼泪。江蘅看在眼里，痛在心里，她觉得自己很不孝，没有陪伴在妈妈身旁，以后家务又是妈妈一个人做。看着妈妈单薄的肩膀，她差点就要开口留下来。

妈妈似乎已经悲伤得摇摇欲坠，她扶着女儿的肩膀才勉强站稳，含着眼泪说："蘅蘅，去跟叔叔再见，还要说谢谢，知道吗？"

江蘅懂事地点头，走过去隔着餐桌对在看电视的江叔叔说："谢谢叔叔，叔叔再见。"

江叔叔调着遥控器，他其实听得很清楚，但并没有理会。

江蘅回过头，走向家门边的妈妈，她经过江易的卧室，只见他房门的门把手一直是被按压下去的状态，她对里面轻声道："哥哥，再见。"

卧室里传出细微的声音，一秒两秒三秒……门把手一直被压着，过了数分钟，却没开门。江蘅好脾气地等待着，把手良久不动，她终于不得不狠下心，迈步离开。

门内，江易按着门把手，久久没有松手。他不是不想见她，不是不想跟她告别，而是他不知道怎么说，甚至不知道能不能说。

他耳朵贴着房门，听着她的脚步声渐渐走远，直到咔嗒一声关门音，什么都听不到了。

江蘅到体校女子足球队后，被分到U10（under 10）组，再次被测试，最终被安排为前锋。这是最招摇、最容易出风头的位置。

她的队友姑娘们普遍因营养充足肌肉发达而人高马大，她跟她们同龄，却只有她们眉毛那么高，大腿还没她们的胳膊粗。

她就像一朵娇滴滴的小花，而她的队友们则是硬邦邦的小树。

小树联盟很排斥她这个新来的异类，晚上训练完回到寝室，江蘅进门，她正低着头转回身准备关上门，或许是缺乏自信，她关门总是要转过去面朝着门，不敢看屋里的人。

她还没碰到门把手，一个长相棱角分明、眉眼刚毅的女孩走进来，胳膊戴着袖标，这是U10组的队长、原来队内最佳的前锋钱泳仪。钱泳仪只比她大几个月，却比她高出半头，胳膊有她腿那么粗。钱泳仪不胖，只是江蘅太瘦。两人隔着空门面碰面，江蘅及时往旁边避开一步，门口虽狭小，两个小女孩错身并不难，但钱泳仪并没让步，反而大步径直向前，手臂有意无意地撞在她肩膀上，江蘅直接跌倒在地。

队里的2号"啊哈"一声笑："你们看哪，让人一推一个跟头的前锋！"

室友哄堂大笑，没人来扶她，她默默站起来，刚起身就被人掐住下巴，是个秀眉大眼、樱桃小口的漂亮女孩，美中不足就是皮肤微黑，不知是从小练球晒的还是生来如此，一双水灵灵的秀目迸发着单纯的怒光。

这是原来队里的队花，在她到来后只能屈居第二的踢中场的周蓓。

"你长成这样，还不如去卖唱！"

周蓓说完，把她狠狠甩开，在她脸上留下五道鲜红的指印。

不管她们怎么敌对，江蘅都置若罔闻，默默做着自己的事，学习或者练球，从不回应。

晚上，在电话亭，她妈妈的电话。

妈妈的声音很轻，带着哭腔和鼻音，每次都是如此，轻声是怕吵到江叔叔，哭腔是因为思念她："在新学校还好吗？同学们对你好吗？"

江蘅永远温声回答："挺好的。"

她们的时间安排是上午体能训练，下午语数英，晚上专业训练。

正如教练所言，九岁起步已经算晚，她的很多队友已经有三四年甚至更久的训练和比赛经验，她初来乍到，各方面跟她们的差距还很明显。

她能做的只有加倍苦练。陡然增加的强度让她浑身肌肉酸痛不已，每天蹲下上厕所都很困难，但她感觉到身体即将突破临界点的快感。

不到两个月，她的各项数据已经完全赶超她的队友，在这之后，球场逐渐变成她的舞台。

身体素质跟上后，她的天分便展示出来：灵巧的过人，丝滑的盘带，清爽的停球，精准的传球，刁钻的射门。她很擅长小角度，有时队友甚至无法理解她怎能在那样的瞬息、那样的方寸、那样的弧线那样地破门。

她唯一的弱点是身体对抗，肢体冲撞往往居下风，就像2号说的那样，一撞就倒的前锋。她与生俱来的天赋绝对顶级，但成长过程中长期营养不良，即使是现在，别的队友一年数万元营养品补身体，她饭卡里的钱能吃饱已经需要精打细算。

细腻的技术和快捷的速度可以稍作弥补，所以她在这两处苦下功夫，总是颇有成效，她尽量在被撞倒之前就跑远。

随着时间推移，队友对她的厌恶有增无减，因为她在球场上大放异彩，在考试中还要高居榜头。

连续三次，期中、期末、期中，她全是全校第一，并且远远甩开第二名。

她原来在全区最好的小学名列前茅，到了体校当然是独一档的存在。虽然训练占据了大量的时间，但她从没放松过学习。

后来者居上，而且是球技、成绩、容貌全方位地居上，怎能不招人讨厌？

次年春天，江蘅进入体校后第一个赛季。教练选十一岁以下的U11校队名单，让她随队替补，她总能扭转局势，转危为安。但她的小队友还没成熟到把集体利益放到个人喜好之上的程度，她越一锤定音，她们越想消她的音。后来，即使比赛危急的最后关头，江蘅替补登场，以周蓓为首的中场依然不愿意传球给她，江蘅只能用个人能力自己去对手脚下抢来机会。

教练反复发作训斥,才稍稍好一点。但不满挤压在心胸,就像不断打气的气球,早晚是要爆的。

她们想找到她的缺点和污点,直到不知道从哪儿得知她的家庭情况,在一天自主训练时,周蓓看着江蘅皓白如月的脸庞和脖颈,终于爆发了。

绿意盎然的草场,徐徐东升的朝阳。

江蘅听到有人喊她:"何蘅?"

恍然间,梦回遥远的童年。她侧脸看向声源,却是周蓓微黑的俏脸:"她是何蘅,不是江蘅。"

"她现在的爸爸不是她亲爸,她原来也不姓江。她爸酒驾把自己撞死了。她妈妈又嫁给现在这个江叔叔,这才有了我们的江蘅。"

女孩们叽叽喳喳地发表意见。

"虽然你爸人不怎么样,毕竟是你亲爸,他死了你就跟别人姓,这不是两姓家奴吗?"

"你跟你后爸——一个没有血缘关系的男人住在一起,不会不方便吗?共用一个马桶、一个淋浴,不会硌硬吗?"

江蘅向来温和的表情消失了,但她什么都没回答,只是低头颠球。依然平稳而轻盈,只是每一下都比平时高一些。

周蓓一脚向她的球踢去:"你只是个拖油瓶,在我们这儿装什么?"

江蘅脚背一揽将球留住,转过脸看着她,脸颊在朝阳下白得发光,声音如常:"我跟你们一样,是这里正式的学员,这里不是你们的领域,你们只是比我来得早一些。至于你们说的有关我家庭情况的话,我在原来的学校已经听过很多遍,而且他们用词比你们犀利得多。我建议你们多把精力放在球场或者考场,而不是在这种事情上找优越感。"

说完,她不去看她们一眼,继续颠球。

她们都没听过江蘅说这么多话,甚至好像她进队大半年,她说的字加在一起也没有这一段多。她们毕竟也是千挑万选的足球小将,不是无事生非的流氓女混混，见她这样不软不硬地回应，面面相觑愣在原处。

钱泳仪挥挥手："行了，都练球吧。"

那之后，奇迹般地再没什么人在明面为难她。她们都不能不承认，江蘅言之凿凿的样子太美了，简直美不胜收。

江蘅还在不断攀升，随着年龄增长，她快速地长高，很快和她的队友们相差无几，身体的线条也愈发优美。风吹日晒，白皙如初，岁月似露珠，在她眉间凝固，从青涩逐渐成熟的态度。她的球技越来越好，跟队友初步和解后，场上机会越来越多，几乎场场都有进球，教练频频让她首发。

她开始拥有属于她的数字——7号。

夏天的气息扑面而来。

盛夏是足球最盛行的季节，虽然欧冠等冬天也在踢，但最著名的世界杯是在夏季。

轻便的夏装与轻盈的脚步更相宜。虽然冬天球员们也是短袖短裤，但裹着羽绒服的观众难免会心生距离。

江蘅她们在四年级升五年级的暑假，参加了U11年龄段的市级联赛。

这是她的第一次大型联赛。

U11的比赛是上下半场各三十分钟，不打加时赛。她们场场连胜杀进决赛，决赛开场十五分钟，钱泳仪破门得分打破僵局，第二十分钟，对方迅速扳平。比赛第二十七分钟，江蘅进球二比一领先。

上半场暂时领先，下半场开局对方攻势如虹，她们守得也算是可圈可点。第四十二分钟对方成功撞墙式配合冲破防线进球，她们被二比二追平。对方士气大振，门将和后卫发挥神勇，抢断扑救造越位，连续破坏钱泳仪和江蘅的花样射门。时间越来越少，她们难免都逐渐开始心态失衡，第五十分钟，对方的射门被防守队友手臂顶开，黄点套餐，对方成功罚进，她们被二比三反超。

距离比赛结束仅十分钟，全队内心崩溃，毕竟是这些孩子踢的第一场大型赛事决赛，家长们在看台摇旗呐喊，更是喊得她心慌意乱。

比赛的第五十五分钟，江蘅禁区前带球被对方防守球员背后铲倒，判任意球。江蘅主罚，直接打门破网，三比三追平。

比赛进入最后阶段，如果六十分钟还是平局，就要罚点球分胜负。双方体力都到达极限，但求胜欲空前强大，身体几乎透支。第五十七分钟，钱泳仪中场拿球，跑了两步对方还没围过来时直接一脚远射，球大力冲网，锁定胜局。

比赛到了第五十九分钟，即最后一分钟，江蘅她们都忍不住频频抬头看计时器，毕竟是孩子，等不及要拥抱胜利，替补席的队友嘴角已经提前扬起笑容。

终场哨响起，她们队四比三获胜，获得冠军。

衣带泥土、汗流浃背的队友们从四面八方冲过来，欢笑着把江蘅和钱泳仪团团围住，轮流把她们抛起庆祝，她们都是梅开二度，钱泳仪一和四，打破僵局和奠定胜果，江蘅二和三，再度赶超和扳平比分，都是球队头号功臣，都是那一天那一刻那个场景最闪耀的明珠。

那一届整场比赛的进球数据和决赛相同，江蘅跟钱泳仪都是八球，并列第一，同为最佳射手。

庆祝时刻，家长们纷纷冲到场上为孩子献上鲜花，为这一纪念时刻增添色彩，而妈妈随江叔叔有事情要办没有来，江蘅本来平静地看着队友们家家欢庆，突然看到明媚的阳光里，高渐明拿着一束鲜红花束朝她跑来。

那是她的第一束鲜花，第一面金牌。

赛后，球队的每个小球员都得到一个小奖励，可以在球队库存的足坛名宿球衣里挑选一件自己最喜欢的带走。队友们大多选了足坛近年后起之秀或好看的款式，而江蘅当然选那年和高渐明看录像时，震撼她的那件年代久远的深蓝色球衣。

她进体校以后，鲜少有休息时间，一有空便到影像资料室看他的录像，他的每一场比赛，只要能找到资源的，她都看过，并深深记住每个瞬间。

那也并不是娱乐，而是一种极致的向往与充实。

这件球衣，她视若珍宝。

她还做了一件有点变态的事，每次比赛，她都会把那件球衣穿在球队的蓝色球衣里面，很巧，她们的球衣也是蓝色。外面什么都看不出来，她球衣上印的"江蘅"与他的名字重叠在一起，仿佛她在跟他并肩作战。

七

赛后，又是日复一日的训练，但有足球相伴，便充满浪漫。

两个月后，某个非著名的杯赛，江蘅她们带着冠军的余热再次踏上赛场。这次幸运女神并没有光顾，她们进入决赛，决赛却诸多不顺，几次射门不是被扑出就是打偏，双方比分一直是零比零，直到最后三分钟，对方一名替补登场的姑娘破门，她们零比一惜败，得了银牌。

哨声响起，她全场跑了七千多米，也跑出了几次机会，但因为种种原因都没有变成得分，那一瞬间双腿疲软，不禁模糊了眼眶。不只是她，钱泳仪、周蓓……她们队的女孩几乎都哭了。

她们不是爱哭的人，但是想到为了比赛她们日以继夜地训练（当然对手肯定也是如此），跑过那么多路，受过那么多伤，过五关，斩六将，到了最后关卡，以这样的结局被绝杀，叫人如何不泪流？

虽然不是什么重大比赛，但只要输了球，尤其是决赛输球，泪水就是必然。看着拥抱庆祝的对手，就像看到两个月前的自己，更是心酸。

队友的爸爸妈妈都到场下来，安慰着自己的孩子。和两个月前那次夺冠一样，她妈妈没有来。这回是家里厕所的下水坏了，妈妈在看着工人修理。妈妈并不是不想来，而是她各种比赛太多了，校级的，区级的，市级的，厂家赞助的，预选赛，小组赛，决赛，每年一两个月都在比赛，妈妈是家庭主妇，一个家各种问题总是层出不穷，妈妈就有各种事务要忙，看不过来。

戴着银牌，她已经抹去泪水，忽然看到了穿藏蓝色衬衫的高渐明。他也正看着她，俊朗的眉眼间满是关怀。

"渐明？你……你没上学吗？"

今天是周五，工作日。

"请假了。"其实他是旷课从学校溜出来的，中学又不是大学，请假必须家长给班主任打电话，他妈才不会配合他不上学来看她比赛。

她也猜到了，认为这不合适，却又不知道怎么劝说，为难地看着他。

他朝她微笑，竖起大拇指："别难过，已经很棒了！"

她更加为难，动动嘴角又不知道该如何作答。

他的目光细细扫过她身上的浅蓝色短袖，有点好奇地问："你里面还穿了一件？是冷吗？"

其实那么微弱的色差很难察觉，江蘅穿了一个赛事，除了更衣室亲眼看她穿衣的队友，只有他一人发现。

正是9月初，虽然早晚的风已有凉意，但上下午的阳光还是热的，尤其是冬天零下几度都穿短袖满场飞奔的球员，不应该觉得冷，相反，这是适合运动的秋高气爽的好天气。

江蘅也摇摇头，道："不是。"

高渐明："那为什么呢？"

江蘅道："因为我很喜欢他。"

高渐明第一反应是她跟喜欢的男生穿情侣装，想想才发现不是，她胸口处的浅蓝下面隐隐有个标识，细看像是徽章。

江蘅也察觉到他的目光，清楚地说道："这是他的同款球衣。"她眸中熠熠生辉，又有种难以言喻的羞惭，大概是觉得自己本场表现太差，不配提那个名字。

高渐明恍然，随口问："你还喜欢他？"

江蘅道："当然。"

永不改变。

高渐明不仅是比赛的时候去看,不比赛的时候,他也隔三岔五往体校跑,学习最忙的时候,每周也至少去一回。

他已经上初一,学习量比小学陡增,江蘅几次劝说,才把频率降为两周一次。

各种节日,他总想送她礼物,也都花了一番心思准备,但她都一一婉拒,他才不得不作罢。说起来,他送过她的唯一一样礼物,就是那双白色球鞋,他当然没有让其他同学和他分摊那双鞋的钱。

距得亚军一个多月后,已经是11月,天已经很冷,室外呼气成雾。那是一个周末的早晨,天还没亮他就出门,直接打车来到体校。他知道她八点半就要开始早训,只能抢在吃早饭的时间见她一面。他已经来看过她好多次,门卫师傅都认识他,直接帮他把刚跑完早操的江蘅叫出来。

天已经亮成青色,有点像远山的云雾。下雪了,又降温了,他属于不畏寒的,只穿冬季校服,现在的温度正常人穿羽绒服都会觉得冷,江蘅也仅穿了一件运动外套,当然,她一会儿还要穿短袖上球场。

他们好像都长高了一些,略显大人模样。那是个单纯的年纪,只要能见到她,什么都不必做,他就很欢喜。她要训练时间紧张,只能和他到食堂一起吃顿早饭,他就已经很满足了。

落雪的早晨,热气腾腾的食堂,玻璃窗上结了一层水雾,学生来来往往的嘈杂声,有种别样的暖意。高渐明本来想请江蘅的,但是食堂必须用饭卡,他只能下次回请了。

他跟江蘅一起排队打饭,江蘅问他想吃什么,他当然是说都可以,跟她共进早餐吃的怎会是饭。他们近距离站在一起,嗅到她身上的幽香,他已经飘飘然了。

买饮品的窗口,其实非常简单,果汁、咖啡之类的根本就没有,只有一个选项:牛奶。据说以前也有豆浆,但是这个供货厂家被爆出卫生不合格,暂时断货。这里高渐明表示:"我就不用了,我妈天天逼我喝牛奶,我都要有阴影了。"

江蘅便买了一杯牛奶。食堂的包装也很简单,就是一个大号一次性纸杯，连盖子都没有。

他们找座位坐下，开始吃简单的早餐。高渐明注意到，江蘅拿起那杯牛奶，直接闭上眼睛，快速喝掉，全程不看一眼，吞咽速度快得似是要将咽的是什么遗忘，快得他还没来得及眨眼，一大杯牛奶就见了底。

她睁开眼睛放下纸杯，才开始吃别的东西。

高渐明问道："你也不喜欢喝牛奶？"

江蘅点点头。她完全是为了营养，准确地说，是为了身体素质，为了足球。买不起更昂贵的补品，至少也要摄入平价易得的蛋白质。

高渐明默默在心里记下，她不喜欢牛奶。

因为高渐明频繁出现，江蘅的队友基本都认识了他。

江蘅和钱泳仪在晾衣杆处晾衣服的时候，钱泳仪突发感叹："他不错。"

江蘅在挂那件她所钟爱的球衣，闻言侧脸看向她。

"我是说经常来看你的人。他穿二中的校服说明成绩不错，看穿戴用品家境虽然不特别好，但应该是正经人家，长得也帅，最重要的是对你用心并且持久。"

钱泳仪一双慧眼，就像洞察场上形势一般分析着。

江蘅松开手，并不反驳，拿起空盆转身离开："我先回去了。"

因为这件球衣，江蘅喜欢哪位球员也慢慢传开，这让她在男生中受欢迎的程度再度飙升。

审美这么桀骜不羁的女孩实在不多。

有一个学音乐的长发男孩想追她，听说当天就去烫了个人家年轻时同款的爆炸头，画了跟他相似的浓眉，意气风发地来表白，队友姑娘们见状都哈哈大笑，江蘅也不禁莞尔，笑着跟对方握个手，事情也就算过去了。

她们数人入选区队，训练更艰苦。体育运动本就能锻炼一个人的精神，奔跑中，她逐渐不再低头。很多赛事不在京内举办，她们坐火车飞机走南闯北，穿过全国各地大好河山，在众目睽睽、闪光灯聚焦之下比赛、领奖，征战多年，人的气质总会有些改变，她开始习惯从容应对各种场面。

次年，江蘅六年级，文化课面临小升初。

那时的小升初是以五年级下学期和六年级上学期的两场考试总分排名计算，考试为全市统考。五下考试时她正值赛季，多少略受影响，成绩也是区队第一名，在市里只排五百开外，这当然也已经很不错了。

六上统测，她相对有时间专注复习，全市排一百多名，数学单科满分，全市也不过十几人，很多重点小学都没出一名，在区队更是史无前例。队里为示表彰，送了她一个奖品——一面精巧的翻盖式镜子。

1月底，小学考完试放寒假，当然区队不放假，只是不上课，全天训练。

北京的街头已经很冷。那个年代的街道，小贩在卖糖葫芦和氢气球，乞丐当街行讨，报刊亭的老板宣扬着晚报的头条。

高渐明已经初二，初中的期末考试比小学统测晚一些，还在上学。放学后他跟同学说说笑笑地走出来，他已经长高了许多，跟成年人相差无二。

他们在校门口的小卖部买了点吃的，边走边吃完，在路口分道扬镳，坐了两站公交车，再拐几个弯就到了家住的小区。

很平常的一天。

但又很不平常，因为他在他家楼下看到她的身影。虽然隔着二三十米，逆着夕阳，脸都看不清，他还是一眼就认出了她。她穿着宽大的白色运动外套，脸比衣衫还要白，长发低盘在身后，作为萧条的冬景里这抹白色身影的黑色轮廓。

"蘅蘅！"他马不停蹄地跑向她，她有些不好意思，虽然她现在跑比走还熟练，但还是踌躇了一下，才迈步迎上去。

距离本就不算很远，他们这样双向奔赴，几乎瞬间就碰面。

他满脸欣喜之色："你怎么来了？我正准备放假去看你呢！你来多久了？外面冷，快进屋里坐。"

他从口袋里掏出钥匙就要拉她走向单元门，她轻轻闪开："不了，渐明，我就不进去了。"

他想着他妈在家，她可能觉得不方便，便不勉强。

江蘅微微低头，额前的几缕发丝徐徐垂下，别样淑女。她从包里拿出一个礼盒递给他："我想把这个送给你。"

高渐明一怔，问道："为什么啊？今天也不是我生日啊……"

江蘅轻声道："你生日的时候，没什么能给你。"

高渐明道谢接过，细细看看那礼盒，当然不是挑剔或窥探，只要是她送的，他便视作无价之宝，只是他生性仔细，习惯性观察人或物。见盒面印有镜子图案，奇怪道："是面镜子？"女生送男生镜子，倒是少有听闻。

江蘅点点头："嗯，这是队里给的。"她绝无炫耀之意，纯属怕他误会她拿人手一份的用品敷衍他，补充道，"因为统测数学满分。"

高渐明眼中一亮，这礼物实在意义非凡，区队第一个因学生数学优异颁发的奖品，承载她无数个埋头苦战、殚精竭虑的夜晚，便不由自主地推拒："蘅蘅，心意我领了，但这太有意义了，你应该自己留着。"

江蘅轻轻推回去。

高渐明也不是婆婆妈妈、磨磨叽叽的人，当下也不再推辞，展眉笑道："那我替你收藏。"

他动作流畅地连续拉开外套和校服的拉链，小心翼翼将镜子装进衬衫的怀兜："谢谢！"

江蘅看着他，目光清亮："以后咱们别再……相互送东西了吧？"

高渐明心想她收了那双球鞋，居然记了这么多年，还要礼尚往来把这般来之不易的奖品送给他，哭笑不得："好吧。"

江蘅表情放松下来："嗯。"

高渐明关怀道："你为什么要单独跑一趟？我过去的时候给我不就好了吗？"

江蘅低声道："因为想送给你，所以就给你送过来。你学习也很紧张，假期好好休息，不用总去看我。"

他莫名地感动，就想拉住她进家门："谢谢……那你吃完饭再回去吧，我到你们学校食堂吃过，你还没在我家吃过饭呢。"他看着她晶莹的眼眸，实在舍不得她走，"你要是不想见我妈，我请你到饭店吃。"

"不是，我六点还要训练，得回去了。"

这是个无法拒绝的理由。

"那……你等我一下。"

他转身跑进单元门，不到一分钟就又出来，拿了一瓶热牛奶出来，塞到她怀里："我家里热的饮料只有这个，知道你不爱喝，拿着暖手就行。"

她还没来得及推辞，那温热的牛奶瓶已经被塞过来。

"谢谢……你快回去吧，外面冷。"

"我看着你走了再进去！"

她只好点点头，转身离去，她知道他一直在背后目送着她，走出大约十米，忍不住回头看。他在朝她笑："下周见！"

下周他就期末考完。她踢足球以后，再没有寒暑假——寒暑假都是全天训练，每个月只有两天的休息时间，而那两天她往往要待在家里，她妈妈得看着女儿一解相思之苦。他想见她，只能平时去区队报到。

次年，她十三岁，入选 U14 省队集训队。她毕竟年龄偏小几个月，虽然选拔赛表现优秀，并没被求稳的教练带去，钱泳仪因为选拔赛发挥失常也没入选。她们队的人都没去成，在寝室里抱成一团哭了一场，就跟丢冠时一样。

八

她们并没等太久，经过一年加倍刻苦的训练，几个最优秀的正式晋级 U15 北京市女子足球队。

江薇的身高早已和队友们并驾齐驱，身体有了更美妙的曲线，技术也有了很大的提升，她灵巧、柔韧、快速，教练对她的评价是："除了身体对抗差一点，几乎是完美的。"

她们入选并参加全国青少年联赛，这比赛事关重大，决赛现场会有国家队教练现场观战结合过往数据选人。如果表现出色便有望入选U15女子国家队，此后便是为国效力。

她们加倍努力，披荆斩棘，走到四分之一决赛。

省队领导不知道出于什么考虑，做出如下决定："由于比赛的重要性，后续赛前放假半天，让球员回家跟家人在一起调整状态，第二天早上直接从家里出发去赛场集合。"

之前的比赛都是照常住在宿舍，大巴把她们直接送去赛场。这对她们来说还是破天荒头一回。

江薇妈妈很开心，她每个月只能见女儿两天，多半天也是好的。那天下午江薇回到家，她就在各种紧锣密鼓地张罗，把江薇在学校洗过的球衣又洗了一遍，还把她的球鞋给刷了，怕不干又用吹风机吹。

那晚，江薇躺在近年很少睡的床上，紧张得闭不上眼，比小升初统测紧张一百倍。因为语数英什么水平什么分数，不会有太大的误差，但足球是圆的，差之毫厘，失之千里，以弱胜强从不稀奇，而且她们跟明天要比赛的这支球队实力差不多，胜负均大有可能。

选拔赛、预选赛历经多少辛苦，她们在腿上绑着沙袋甚至铅袋练习，一天甚至跑两万米。

漫漫黄沙浸饱血汗的来路犹在身后，开阔高原布满曙光的未来若隐若现。

她一夜没睡，她不知道当天晚上这个家里只有江叔叔一个人睡着了。

比赛上午九点开始，八点队员集合入场热身，教练要求她们七点半在球场门口集合，六点三十分，她已经简单吃过早餐站在餐厅里准备出门了。

U15省队的球衣跟U11校队不同，是纯白色。江薇没直接穿球衣，而是穿着自己的白色短袖，妈妈把球衣装在袋子里带过去再换，她们坐公交车过去，穿着球衣太引人注目。

那件深蓝的球衣，她当然已经套在里面。

看着时针一点点转，她心跳得越来越快。

江易已经十六岁了，在读高中。他成绩远不如高渐明，学校比高渐明的差很多，但两校都规定七点十分要到校，所以他也起来了，却连校服都没换，低头站在餐厅墙边，学着江蘅的样子不停抬头看表读秒，餐桌上的早餐一口都没动，面部表情紧绷，显然也紧张到煎熬的程度。

妈妈还在一遍遍检查包包里的东西，她能为女儿做事的时间实在不多，所以特别珍惜："参赛证、学生证、球衣、球裤……户口本要不要呢？"

江蘅："不用的，妈妈。"

妈妈自顾自道："还是带上放心些……"

妈妈匆匆回卧室拿了户口本出来，还拿了一堆东西，巧克力、红牛、汗巾……"妈妈给你买的，不知道能不能用上……"

这些东西队里都有配，江蘅看着妈妈忐忑不安的模样，还是柔声说道："谢谢妈妈。"

妈妈："不，不要谢妈妈……时间差不多，咱们该走了。"她又慌慌张张、语气卑微地对在房门打开的主卧里穿戴衣帽的江父说："那我先去送蘅蘅了……"

江父"嗯"了一声。

江蘅懂事地道："妈妈，其实我可以自己过去。"

江母诺诺道："不，不，妈妈送你……妈妈要送你的。"

妈妈忙忙叨叨地准备换鞋出门，江蘅帮妈妈拿着装了一堆用不上的东西的袋子，她告诉自己那是母爱。

她正准备对江叔叔和江易说再见，突然江易一个字一个字地说："加油。"

江蘅下意识地应着："谢谢，哥哥。"

江父穿戴完毕，出了主卧朝江易走去，才发现他没换校服，没动早餐，没好气地道："关你屁事！你校服呢？饭怎么没吃？一天到晚不知道在干什么！"

江易抿着嘴巴，下垂的双手已经握拳。江母六神无主，一脸慌张。

江蘅轻声道："哥哥去上学吧，我们先走了，叔叔再见。"

她脚步很轻，没有声音，却瞬间便带着她妈妈走得不见踪影。

那天，因为妈妈在场边，她加倍地努力，虽然妈妈根本看不懂门道。

U15 的比赛已经很接近 U17 和成年组，上下半场各四十五分钟，只是仍不打加时赛。这场她没能直接进球，但积极跑动创造机会，制造了一次角球亲自罚出，周蓓抢点头球被扑，禁区内一通混战，钱泳仪助攻右后卫将球打入。

这个进球大家都有功劳。

最后她们一比零取胜，进入半决赛。

她跟妈妈回家，能吃一顿午饭和一顿晚饭，就又得回队里训练，准备下周的半决赛。

妈妈开始陷入又要送女儿离开家的伤感，但想到一周后女儿又将回来，心情又晴朗起来。她对比赛一窍不通，九十分钟的比赛，她目光全程跟着女儿跑，关注的却是女儿有没有长高，有没有消瘦。不知不觉，女儿已经长成亭亭玉立的大姑娘，这五年她作为母亲，为女儿做的太少太少。

江蘅被撞倒，虽然她马上就爬起来继续比赛，妈妈还是瞬间就开始流泪——这是江蘅不太愿意妈妈来看她比赛的一大原因。球场上这种事情太常见了，妈妈每次看到都要心疼落泪，有多少泪才够流？

对于最后的赛果，妈妈只知道女儿的队伍赢了，但进球的不是女儿，是女儿的队友。她既高兴，又怕女儿失落，站在她的角度，她只能问："蘅蘅，中午想吃什么？"

家里做饭永远都是按照江叔叔的要求，江蘅从来就没有欲望，当然说："都可以。"

妈妈又开始扭过头抹泪，江蘅都不知道怎么安慰才好。

中午家里就她们母女两个，就是简单地煮面条，晚上江叔叔和江易回家，妈妈就去准备饭菜。

江蓠进厨房帮忙，妈妈手忙脚乱地把她推了出去："你比赛那么辛苦，怎么能再让你干活呢？"她听说孩子一场比赛要跑近万米，那是什么概念？

江蓠心情复杂地出来，她朝江易的房间走去，想就早上江叔叔对他的训斥安慰他几句。她还没敲门，江易就开门出来。两人视线猝不及防地交会，都尴尬地匆忙别过脸。

江易很白也很消瘦，短袖下面能看到骨架，脸蛋却有点婴儿肥而略显圆润，神色羞涩闪躲，又带着诚恳期盼："蓠蓠，咱……们赢了吗？"

江蓠嘴角带笑，眼中有着难以抑制的光彩："嗯。"

江易喜悦之情溢于言表："那就好。"

他们不像别家的兄妹，他对她从没有欺负或亲昵，这么多年几乎都只是回避，他是那种看上去脾气很差其实很脆弱的人，总是用冷漠阴郁的表情伪装自己，偶尔就会忍不住关心她。

他说完，转身要回屋，脚下却没动，踌躇半晌才小心地问出想了好几年的问题："那你下一场比赛，我……能去看吗？"

江蓠想都没想便答道："当然，正好下场是下周六，哥哥不用上学。"

江易郑重其事："我……怎么买票？"

江蓠眸光闪烁："不用的，家属免票。"她有点羞涩，好像自己影响了赞助商的收益，忽略她本就是看点的一部分。

他们正说着，气氛融洽，江父开门进来，家里温度骤然降低。

江父"砰"的一声摔上门，瞪了江易一眼："你他妈不写作业在这儿晃什么？"

江易脸上变色，眼神发直正要回嘴，江蓠已经在给江父解释："叔叔，是我耽误哥哥时间了，哥哥你快去写作业吧。"

江父无视她直接骂江易："还不快滚回去！"

江易瞪着江父，目中怒意红如火，一低头，对上的却是江蓠春江湖水般的目光。

江母在厨房也听到动静却不敢作声。江蓠匆匆在家吃过低气压的晚饭，便踏上了返队的车程。

半决赛转瞬而至。

又是半天假期，妈妈为接她又耽误了准备晚饭，到家已经七点多，一进门就紧赶慢赶地忙活，江叔叔坐在沙发上看着电视，语气不悦地说了句："这省队也是，每次比赛前都让回来干什么？"

江母眼波软弱，抱歉地看看他，又抱歉地看向江蔷。

江蔷当没听见，快速帮妈妈清洗着蔬菜。

夜里，江蔷平躺在床上，心跳得非常快，就像进行曲的节拍。

漆黑的卧室，简单的家具，似乎都有了沉默倒数的色彩。

虽然联赛在体育界根本排不上号，但已经是她们这个级别小运动员的最高殿堂。意义还不仅如此，之前说过，如果这次决赛表现优秀，就有可能入选U15女子国家队，从今往后便是为国出征。

这要用所有美好的词汇去形容，也是她毕生的梦想。

次日早上，江叔叔还没起，他周末总是要多睡一会儿，在今日再好不过，避免无数尴尬。

早上六点半，江母穿着睡衣，抱着准备出门穿的裙子，手里拿着装好的手提袋，袋子里又是并不需要的户口本和红牛饮料之类的东西，轻手轻脚地开门从主卧出来。房间里一片黑暗，隐隐传出江叔叔的鼾声，她摸黑无声地收拾这些东西实属不易。其实她大可以提前在昨晚准备好放在阳台，但她并不会做计划和统筹安排。

她轻轻去厨房准备早餐，才发现江蔷已经快做好了。跟平时一样，白米粥，馒头，咸菜。江叔叔不讲究吃，他要求早餐永远是这几样最普通的东西。

江蔷起得比妈妈早，准确地说她就没怎么睡。简单吃过早餐，她又穿着上次出门穿的那件白色短袖，白色下隐隐发蓝。

她们快出门时，江易从屋里出来，他穿着校服制服里的白衬衫，虽然他并没长着偶像剧男主的脸，但干净的衣着还是让他清爽了不少。

江母看到他，目中露出怯意，语气低微："易易起来了……早餐在锅里……"平时的周末，江易很少会多睡一会儿。因为如果江父起床看到儿子还在睡，便是一顿暴揍。

江易低着头，不仅回避着继母的眼神，一眼都不敢看江蘅："不用了阿姨，我不吃。"

说着他就走进卫生间，关上门洗脸，他用手捧起一捧冰凉的水，重重砸在脸上。

江母怕吵着他，轻声问江蘅："蘅蘅，咱们走吧？"

江蘅点点头，她还在紧张中，在计算着还有几分钟开场。

她们母女走后十分钟，江易从卫生间开门出来，径直冲出家门。

其实他们三个人同一个起点同一个终点，百分之百顺路，完全可以一起去，但江易不敢。他特意比她们晚出门十分钟，搭她们下一班公交车。

八点，江蘅她们从球员通道走上绿茵赛场开始热身，江易他们从赛场正门走上观众席。江易挑了个最后一排角落的位置，他固然是怕被她妈看到，不知怎的也怕被她看到。他视力很好，最后一排也能清清楚楚看到她的脸。球场露天，四面八方都是风口，夏风在他耳边呼呼作响，有种梦一般的虚幻感。

恍惚中，他突然看到高渐明的脸——他沐浴在阳光之下，嘴角带着笑意，眼神明亮，神采飞扬，好像不是来看比赛，而是来约会。

而且他顺着高渐明的眼神看去，永远能看到他想看的那个人。

答案昭然若揭。

高渐明很快就发现了有人在看他转过头来，两个人毫无征兆地对视，江易面露怒色，细眉竖起，高渐明朝他不屑地一笑便转回去专心看比赛，或者说，看她比赛。

江易胸口情绪翻滚，但相比于高渐明，场上更是他情之所牵，他的注意力回到赛场，逐渐发现情况远比他想的可怕。

哨声响起，中场发球，每当江蘅拿球时，观众席就爆发出阵阵欢呼，男生的欢呼。别的女孩都没这种待遇。

高渐明还不在其中，他跟江易一样，无声地观看。

显然江蘅的仰慕者不计其数。

但是，江易又惊喜地发觉，江蘅全程都没有故意往观众席上看过一眼，只有出来捡界外球时，目光掠过人群，定格在球上，眼底依旧清明谦逊。

这说明那些男生都是单相思，他们看着她，她只看着球。

这是江易第一次看江蘅的比赛，她跑动时优美的曲线，被阳光染成金黄随风摆动的发梢，短裤与长袜间雪白的大腿，无一不让人心驰神往。

难怪这么多男生为她而来。

那场比赛并不顺利，双方踢得都有些沉闷，或许是比赛过于重大，都怕出错，两边都在打防反，没人想传控。对江易这些志不在此的外行来说就更难熬了，耗过了九十分钟，双方都是零进球，直接进入点球大战。

场下观众为之一振，这是最精彩的环节，一锤定音。

场上已奔跑了九十分钟的姑娘们则呼吸都变得凝重，她们毕竟很年轻，大赛经验不多，点球经验更少。这是场心理素质的考验，而她们都是十四岁的孩子，心理能强到哪里去？

抛硬币决定，对方先罚，她们队后罚。

双方球员各站球门一侧，站成一排，胳膊搭在旁边队友的肩膀上，筑起人墙，共同面对。

对方10号即是队长一马当先，这是个长相彪悍的女孩，稳稳罚进。

压力到了她们这边，她们也是队长钱泳仪先罚，她是9号。

钱泳仪站到点球点，胆小的队友已经闭上眼不敢看。但见她一个假动作骗过门将，声东击西，轻松破网。

后面几名队员就没有两个队长沉稳，四轮过后，江蘅她们队一人罚失，得三分。对方两人罚失，得两分。

毫无疑问，第五轮是赛点。双方教练都紧张得目不转睛。

对方先罚，那是个高挑的美女，凤眼微睨。准备，助跑，打门。干脆利落。球进了。

双方三比三打平，现在只看她们队第五个点球能不能进，若进，她们获胜。若不进，点球继续。

江蘅走向点球点。

夏风吹起她的发丝，拂过她的脸庞。

点球的顺序是赛前教练早就排好的，第一个出场和赛点出场压力最大，她跟钱泳仪是全队技术最好的两人，所以她们一头一尾。

看到她出场，场边又是一阵喝彩声，群情激昂，不是喝倒彩。她妈妈虽然不明白情况，但也被氛围影响，屏住呼吸。高渐明压低声音左右制止着呼喊的男孩："安静！这样影响她心态！"江易也紧张得心都提在嗓子眼，全神贯注地望着她。

什么胸有成竹气定神闲不慌不忙都是小说中装模作样的写法，她紧张得大脑一片空白，但亦因为如此，屏蔽了喧嚣，忘记了重担，眼里只剩下足球，就像平时无数次练习那样，在蓝天下，绿草上，球门前，听着哨声，起脚打门。

是她最常用的风格，一个刁钻的角度，球贴着球网滑入门内。

下一秒，她的队友们欢歌笑语，对方队员黯然离场。队友们欢喜地抱住她，江蘅似乎还没反应过来，拘束地抿起嘴角应着。场边一阵欢呼，多少男孩振臂高呼。江母双手交叠放在胸口，泪眼蒙眬。高渐明喜形于色，左手握拳击在右掌掌心。江易也长出了一口气，一颗心终于放回肚子里。

多年之后回忆，那大概应该是她最幸福的一瞬间，至少那么多人都在单纯地希望她赢。

回到家，是十一点半，她还在喜悦之中，虽然跑了一万一千多米，丝毫不觉得累，她上楼梯时都像是踩在云端。

打开家门，阳台的窗户也大开着，对流风扑面而来，江叔叔的习惯，白天家里不开灯，堂厅纵深近二十米，自然光还是偏暗。

她丝毫没感到凉意。

厨房里，江母开始准备午饭，和上回一样，手忙脚乱地把要帮忙的她推出厨房。江叔叔十年如一日地在看着电视，这会儿看的是财经新闻。

江蘅当然不会打扰他，回到自己的小房间。她没坐到桌前，而是在房间里走来走去，心情激动时是坐不住也站不住的。十几分钟后，她的房门被敲了敲，听脚步声她就知道是谁，应道："请进。"

江易走进来，他的白衬衫隐隐有汗渍贴在后背上。

江蘅并未多想，眸光清亮地看着他。

他站在她对面，目光闪躲："蘅蘅……恭……恭喜。"

江蘅察觉到他不太高兴："谢谢，哥哥。"

江易沉吟半晌，欲说还休，最终挺费力地说出来："高渐明……好像……也去了……"

江蘅抬眸看向他，眼底一片清澈，跟她的心思一样坦荡。她知道高渐明的用意，她知道他看的不是球而是她，她知道这已经超出正常异性朋友的范畴，但是她不知道怎么处理。而江易，她不觉得这跟他有什么关系，总之，不做解释，只是静静地看着他。

江易先绷不住，他低下头问道："你们……在一起了吗？"

江蘅："没有。"很平静的语气。

江易难掩喜色，扭扭捏捏地说道："那就好。"

江蘅脸上的尴尬之色更复杂。

好在她没有时间儿女情长。

九

决赛。

2015年6月××日。

天空一碧如洗，白云徐徐舒展。

决赛在Y体育场举行，虽然不是规模宏大的C体育场，但也是举办过多届经典赛事、历史悠久的体育圣地。

八点，检验证件入场，这参赛证来之不易。

她们这次的球衣是白色，白衣飘飘，飘飘欲仙。

双方队员依次入场，拿着球开始热身。

谁也不会在这时浪费体力，只是为了找回球感，做简单的射门、传控、颠球练习。

江蘅在颠球，她是个恋旧的人，这是她跟足球的初遇，她便持之以恒。

她第一天练颠球能颠九个，现在只要她愿意，她能颠到上万个，只不过没那么多时间。

裁判吹响哨声，热身结束，她们要去更衣室稍作调整，准备开始比赛。

她们转身向球员通道走去，因为紧张而面无表情。江蘅突然听到一个陌生的女孩声音："你就是江蘅？"语气不善。

江蘅本想屏蔽，但她不能，因为四个身影已经堵在她面前，充满她整个视线，她的队友钱泳仪等人察觉不对也围了过来，钱泳仪拿出队长姿态，挡在江蘅前面质问："你们有什么事？"

陌生女孩没有离去的意思，江蘅不能躲在队友背后，便抬眸正视她们。那四个女孩都一身橙色球衣，最前的一个左臂戴着队长袖标，是她们决赛的对手球队的10号。

橙衣10号瞟了一眼钱泳仪，微眯着眼，字字清晰："你是钱泳仪吧？让开点，没人找你，还有这几个无名之辈。谁都知道你们队现在就靠一个江蘅。但你们不觉得羞愧吗，场场依仗这么一个连自己的名字都没有的人？"

钱泳仪脸色一沉，扭头直接走进阴暗的通道里。事实上，江蘅轻盈灵巧，钱泳仪敏捷有力，两人不分伯仲，都是球队的核心。橙衣10号这么说，当然是故意挑拨离间。

毕竟是孩子，江蘅的队友有几个当时就来了情绪。江蘅摇了摇头，直接绕开几个橙衣女孩要离开。她根本不想跟她们浪费时间。

橙衣10号一句话让她们驻足："据说你爸爸活着的时候，你妈妈天天被他打得鼻青脸肿都不离婚，他走了刚过一年你妈就改嫁了，还真是没男人活不下去啊！你妈昨晚陪你后爸睡了吗？"

她们站成斜角，旋转镜头偏爱的站位，可以营造对抗感。

"我很不明白，你怎么有脸站在这里跟我们一起踢球？"

她的声音并不大，在空旷的球场更是跟风声和背景音混为一体，根本引不起观众的注意。旁人看来，只道是两队队员之间有旧相识，顺路叙旧。

但场上球员都听得清清楚楚。江蘅的队友纷纷扭头看着她，每双眼睛都充满不安。体校的旧人想起她们也曾用这嘲讽她，当时她说她们的言语不算犀利，如今算是听到了犀利的版本！还是在这么重要的赛场之上！其余人也担心她状态受到影响，甚至直接一巴掌扇过去，被裁判提前红牌罚下。

江蘅的脸色也显而易见地沉了下去，白皙的脸庞隐隐发青。她低下头，又慢慢地抬起，居然扬起一抹笑容，淡淡地看了橙衣10号一眼。

橙衣10号到底是急切，有点乱了阵脚地抢着问："你没反应吗？"

江蘅淡淡道："没有。因为我知道，你们就是想影响我们比赛的心态啊。"

说着，她迈开腿，头也不回地走进球员通道，周蓓等人愤愤地瞪了橙衣女将们几眼，也向更衣室走去，迎面看到江蘅的背影，目中也带了几分不满。

无论如何，是因为她的私事，在这么重要的关头，带来了一场风波。

留给她们调整的时间已经不多了。

更衣室内，教练正在激情演讲摇旗呐喊，钱泳仪站在第一排积极响应，江蘅在最后一排静静地听。教练喊完最后一句，转身带着她们往外走："走吧！"

钱泳仪走过江蘅，江蘅低声对她说："我们每个人对团队来说都很重要，别受她们干扰。"

钱泳仪昂起头，没有停下脚步，扔给她一句："我知道。"

八点五十。

队员在入场口候场，就是大型赛事转播最开始，两队球员带着小球童候场的位置。她们这种比赛当然没有球童，只是两队队员静静站着。这个年纪的女孩走到哪里都叽叽喳喳，但她们鸦雀无声，没人说笑，没人说话，也没人笑。只有观众席传来的声音。

八点五十五。

正式入场，江蘅看到贵宾席上正襟危坐的几名穿教练服的中年人，那当然就是U15女子足球国家队的教练。女孩们几乎都不约而同往他们那里看。

这是比赛，也是考试。她们是球员，也是考生。他们就是考官。他们桌前、笔下的推荐表，填上谁的名字，或许就改写了谁的人生。

双方球员相互交错走过彼此，相互击掌以示友好。钱泳仪绷着脸跟橙衣女孩们完成了击掌，但江蘅没有做到，她只是在她们面前走过。嘴上说着没关系，身体却是诚实的。她无法跟反感至此的人握手。

抛硬币决定由她们队先发球，队长钱泳仪先出球。

不同于半决赛的步步求稳，现在每个人都想在选拔官面前表现突出，进攻球员攻势如潮，防守队员也生龙活虎，人影交织，战况激烈。

但细细看去就发现，这激烈中有诸多的不和谐。

最明显的就是，江蘅被排挤在比赛之外。

江蘅她们队是442，她跟钱泳仪为两个前锋。橙衣姑娘是433，以周蓓为代表的中场拿到球，只传给钱泳仪一人，后场开大脚，也都是朝着钱泳仪。

即便江蘅积极地跑动，抢到优于钱泳仪的位置，还是没什么人传给她球。

她们似乎都想证明，她们没有江蘅也能赢。哪怕她们只有十个人。

如此一来，"唯一"的前锋钱泳仪就成了橙衣姑娘们的重点照顾对象被特殊照顾，三百六十度严防死守，钱泳仪虽然技术不俗，毕竟不能穿墙遁土，两脚难敌八腿，全程哑火。

江蘅站在那里，仿佛又回到五年前，初来乍到被队友排挤的时代。她数次从对手脚下抢断为自己争取机会，但那毕竟太少了，都没能成为进球。

相比之下，橙衣女孩的配合就各行其是，行云流水，虽然她们的后卫和门将鞠躬尽瘁，最后防线还是被一记撞墙式进攻撕裂，上半场橙衣女孩一比零领先。

中场休息时，教练在更衣室大骂："为什么不传江蘅？你们在搞什么？还想不想赢？"

下半场开局，时间的紧迫和比分的落后让女孩们被迫放下成见，重新给球到江蘅，当然还是没有钱泳仪多，两人的比例大概二七四六之间。

江蘅的参与给橙衣女孩的防守带来很大的压力，她轻灵飘逸，快速如风，球在她脚下就像被拴上无形的绳索，几乎铲不下来，只能把她团团围住，逼出边界。

即使是钱泳仪拿球，她们也得分心提防旁边另辟蹊径的江蘅，以至于不能像上半场那样防得钱泳仪滴水不漏。但现在钱泳仪经过上半场多次过门不进，又被教练一通训斥"独"，心态已经有点崩。加之她上场就憋着一口要战胜江蘅的气，全力以赴，欲速则不达，发挥越来越差，甚至有几次对方的防守球员根本没碰到她，她自己就踢趴了。

而江蘅因为上半场跑动相对少于她，体力略充沛，她制造的威胁明显大于钱泳仪。随着时间推移，比赛到了七十分钟，后场也开始着急，她们越来越多地传球给江蘅，但因为疲劳，传球失误越来越多，有一脚传远了，江蘅不得不疾速去追，总算追上了，她准备突破，几个后中卫朝她围过来，后背突然被大力横推，身体控制不住地倾倒，眼见这个机会又要浪费。千钧一发，她视线模糊如光影，余光看到钱泳仪在左前方，站位后于前面两个防守队员不越位，想都没想就用失去平衡前的最后力气精准地一脚斜传，球像箭一般飞向钱泳仪。

江蘅倒在草皮上，但她没有多做停留，翻身跃起，眺目而观。橙衣女孩原本都在想着这个背后推人犯规，裁判会不会给黄牌，看到球如一道白光般闪出都没反应过来，等回过味来再去追一切都来不及。钱泳仪接球，无人盯防，她也来不及计较这是来自江蘅的助攻，裁判没有吹停，直接带球轻松晃过对方门将，打入空门。

裁判示意进球有效，计分牌的数字变成一比一，然后一张黄牌举到推人女孩的面前。

比赛第七十五分钟，橙衣女孩离胜利只十五分钟的距离，被这样不可思议地扳平。

橙衣女孩们满面怒容，江蘅她们队的白衣姑娘们抱在一起，多愁善感的队友喜极而泣。

比赛继续，橙衣女孩显然不想拖进罚点球，她们想速战速决，攻势猛烈。但是白衣女孩也被苦苦等来的希望振奋，群情激昂，防守严密，同时策动着频频反击——最后十五分钟，零比一到二比一的反超，希望上演童话般的结局。

　　双方的求胜欲都很强烈，都争分夺秒，你争我抢，手上的动作也越来越多，逼得裁判频频吹哨。

　　就这样比赛到了八十二分钟，钱泳仪带球进入禁区，防守队员像马蜂一样扑过来。她被逼得只能小角度打门，她根本没把握，但是她看到江蘅在跟她并排跑，并且侧脸在看她，白如羊脂的脸神色焦急。这些年风吹日晒，江蘅不知怎的就是晒不黑。

　　江蘅的位置要比她的好，对方球门正好没人盯防，如果传过去，以江蘅的水平门将拦不住她，大概率能变成得分。

　　但钱泳仪实在不愿意让江蘅来做这个杀死比赛的英雄！

　　她起脚打门，她是朝着球门的边角打的，但她确实不擅长小角度破门，尤其是在已经累到腿软的情况下。球没有朝她预想的方向走，而是软绵绵地飘向球门中偏右一米左右的位置，被门将牢牢抱住。

　　场边的教练失望而愤怒地吼叫，江蘅什么都没说，继续投身抢球。

　　计时器读到九十分钟，教练示意伤停补时三分钟，主要来自于她们刚才那段频繁犯规。

　　这三分钟里，双方都想创造奇迹，但是奇迹之所以叫奇迹，就是因为难得一遇。

　　重要赛事的决赛，胜败在此一举，有人说亚军是最大的失败。双方都竭尽全力，橙衣姑娘的板凳比较深，紧急换了几个进攻队员上来，能跑能冲，给她们的后防造成很大压力，逼得她们全队都回防，才勉强有惊无险。钱泳仪一直在后悔，如果再给她一次机会，她一定传给江蘅。她愿意把本场最佳让给江蘅，只要她们队能夺得冠军。只可惜机不可失，时不再来。

　　江蘅的教练不是不想加强进攻力，但是她们的替补前锋技术都远在江蘅和钱泳仪之下，虽然她俩已经疲于奔命，也不敢轻易换下。

　　比赛在这种令人焦灼的氛围里进行到第八十九分钟，教练已经开始盘算点球了。橙衣姑娘们的点球水平很高且稳定，本次赛季踢过两场，都弹无虚发取胜，而且橙衣门将很会扑点球，两场都扑出了两个。钱泳仪她们队点球虽然也不差，但是总会有失手，显然不如对面，情况看来不容乐观。

场上，江蘅其实也已经有点跑不动了，但绝对不能停。

正坚持着，她看到橙衣一个中场队员在中场拿球准备策动进攻，灵光一闪，直接冲过去一盘一带断了下来——五小的操场上，她第一次踢比赛，高渐明传球给她，她克服内心的谦让，摆脱二班那个同学的一幕突然在眼前浮现——她相信自己能把这个球像五年前那个一样打入球网。

她开始提速，对方的后卫一个个朝她扑过来，她一一闪开，灵动如球尖舞者。

橙衣10号追过来，用身体撞向她，橙衣10号身材比江蘅大一个号，肌肉坚硬，显然是力量型的球员，两人身体接触面江蘅都是一阵钝痛，若是平时她早已摔倒，但是她这次身体里平地起惊雷般爆发出一股力量，直接撞了回去。

这个10号开场前说的那些话，她毕竟不是没有反应。

她非但没有被撞倒，也没有失球，只是一步踉跄，下一秒已经调整好，把橙衣10号甩在身后。

没有犹豫，她起脚打门，球直接飞向右上方的死角，职业门将都未必扑得出来，牢牢撞入球网。

比分改写为二比一。

江蘅抬起头，明媚的阳光让她有些眩晕，谁都知道这个最后一分钟的进球意味着什么。

满场的欢呼声，她也做了她标志性的庆祝动作——鞠躬。她感谢观众，感谢队友，感谢教练，感谢对手，感谢足球。

直起身，看到她的队友们包括钱泳仪都在欢呼着奔向她，刚才的龃龉已经不复存在。江蘅向来都不是很擅长应对这种场面，她只是尴尬而腼腆地朝她们走去。

迎面突然出现一个高大的身影，一个起伏的胸膛，一个愤怒的泪光。

一个橙色的10号。

她愤怒地抬起脚，使出全身的力气，重重地踹在江蘅的肚子上。

腹中肠穿肚烂、刀割火燎地剧痛，江蕢倒了下去，来不及看一眼领奖台摆好的奖杯，来不及看一眼满场遍席的观众，来不及看一眼身旁还在跳动的足球。

她在赛场上被撞倒、推倒、踢倒过无数次，每一次，她都立即就站起来继续拼抢，哪怕她的小腿被对方的鞋钉划得皮开肉绽，即使仅有的两三次脚踝扭伤大腿拉伤实在站不起来，她也会当即坐起，示意队友自己没事，让她们安心。

但这一次，她没能起来。

她不停地告诉自己，妈妈、哥哥、高渐明、那么多支持自己的观众都在场下，要显得若无其事，不能让他们担心，但纵然全力挣扎也无力抬身。毕竟身体伤到一定程度，意志无法战胜。

裁判、教练、队友、队医……好多人围了上来，他们的影子遮住了她的上半身，他们都在喊她的名字，声声叠叠，名压着姓，姓压着名。一个人的名字能被这么多人同时呼喊，也是一种福气和荣幸。

但她无法回答，剧痛似乎让她变成了哑巴，而且慢慢地痛觉都不太清楚了，她逐渐失去意识，觉得眼皮好沉重，再也抬不起来了，不得不闭上眼，陷入了黑暗之中，什么都不知道了。

十

救护车上，江母哭了一路，快到医院时晕倒过去，嘴唇乌紫，心律紊乱，经抢救恢复意识，诊断为中度的心肌劳损。

江蕢诊断为肠破裂，急诊做修补手术。所幸送来得及时，手术很成功。

手术后她麻药劲还没过，要观察二十四小时，这期间江母一直守着她。

江易跟高渐明都来了，但护士拒绝让这两个看上去就情绪冲动要惹事的未成年男人进监护室探望。两个男孩都心有怒意，江易大吼让高渐明这个无关人员滚，高渐明寸步不让地嘲讽他这个哥哥只是徒有虚名，两人争执不下，大有动手之势，直接被护士请出医院大门。

江易在高渐明眼里一直都是个交流障碍的精神病，高渐明在江易看来则是嘴恶心恶的卑鄙男。他们早已互看不顺眼，江蘅总算解除危险，他们稍微放下心来，新仇旧账一起涌上头。

江易抓着高渐明的领子朝他怒吼："都是你带她去踢什么足球！不是你，她根本不会去什么体校踢什么足球，根本不会伤成这样！"他五官都很小，盛怒之下整张脸都在撕扯。

高渐明一把甩开他："江易，你的猪脑子抓重点的能力真是清奇。推动她的不是我，是她自己的能力。再说这是光彩的事！她受伤我也很难过，但这是那个伤人者的错！"其实他之前无意中看到江蘅脚踝受伤就已心生悔意，这次见她重伤手术又怎会事不关己？只是被厌恶的人当面斥责，当然要驳回去。

江易瞪圆眼睛怒视着他："高渐明，你以为就你聪明别人都傻吗？你什么企图以为我不知道吗？"他重重推了高渐明一把，眉头紧锁薄唇扭曲咬牙切齿："我警告你，别打蘅蘅的主意！"

高渐明一向反应快速体能强健，现在身高也已经比江易高些，并没被推倒，伸臂格开了江易的手，嘴里冷笑："你今天哪根筋搭错了，这么多年从没见你这么关心她。你有什么资格来警告我？她妈都没反对，轮得到你这个没血缘也不尽职的哥哥来管吗？"

江易吼道："如果哪个哥哥把妹妹嫁给你，那只能说明他就是个傻×！因为你实在是太差劲了！"

"最差劲的是你吧！有你这么个哥哥，是她为数不多的缺点之一！"

两个男孩扭打在一起。

江易虽然个子小略吃亏，但是也使了全力。那天他们都挂了彩，各自回家后，江叔叔对着江易二话不说一顿毒打。高妈妈大闹一场，一连数日上下学接送高渐明，其余时间不允许他出门一步。

江易虽然没被限制，但他不愿江蘅看到自己经历两次风霜的脸，便也没去医院探望。

江蘅手术后数小时，在病房醒来，睁开眼睛看到一切皆白色的病房，以及在她床边、双眼红肿、仍在垂泪的妈妈。

她说的第一句话是："妈妈，我没事，对不起，给你们添麻烦了，让你们担心了。"语气温和，目光轻柔。

事实上，她根本不是没事，麻药劲过去，开腹的刀口剧痛，比受伤时有过之而无不及，她用尽全身力气才控制住没有发抖。

妈妈一直在哭："蕬蕬，妈妈好害怕……"

江蕬安抚地笑了笑，她鼻中还插着透明的氧气管，虚弱而苍白。她努力抬起头，看了眼自己的衣着，果不其然，是蓝白条纹的病号服。

她说出恢复意识后的第二句话："妈妈，我的球衣呢？还……还在吗？"一共两件，白色，印着她的名字，是她的梦想。蓝色，印着他的名字，是她的信仰。她实在怕急救的时候，医护人员或者谁换了她的衣服随手扔掉了。

江母流泪道："在的在的，妈妈都给你洗好了，回去就拿给你。"

江蕬长长地松了口气："谢谢妈妈……"

她想伸手给妈妈拿张纸巾，腹部一用力钻心地痛。妈妈看到她的动作，忙拉住她的手："蕬蕬，你要什么？妈妈给你拿。"

"没什么，"她笑笑，扭头看向妈妈，柔声问，"妈妈，我们签过协议，赛场上受伤医药费、手术费由比赛主办方来负责，他们付了吧？"她知道这笔钱并不算小数，江叔叔不会情愿为她出，还好有这样的规定在，不会成为妈妈的拖累。她问完，不等妈妈回答，自己已经看明白了，她住着条件这么好的单人病房，说明就是公家买的单。如果是江叔叔掏的钱，她一定住在八人间。她放下心来，又想着她们球员都有人身保险，这样的情况应该能赔偿保金。江蕬的本意是不把金钱放在心上，但是她希望妈妈过得好一点，低着头跟江叔叔开口要钱的时候少一点。

妈妈含泪点头，她根本无心想这些事，江蕬被送上救护车时，确实有主办方的人陪同前来，缴费时也跟她交接，她当时哭得六神无主，对方说什么都听不见，只是机械地点头照办。

江蕬也没问妈妈她的病情，她知道妈妈说不清楚，而且妈妈念到女儿身受的伤病之称，必然会感同身受地泪花滚滚。

她等到医生来查房时才礼貌而细致地自己询问:"医生,请问我现在怎么样?"

这样一个容貌清绝、思路清晰、谈吐有礼的女孩,医生很难不喜欢,当下温言解释:"你是撞击伤导致的肠破裂,不过经过手术已经没事了,观察两周没有不良反应就能出院。七天内不能进食,完全恢复需要三个月。"

江蘅目光清亮地道:"我是踢足球的,这次伤病会影响日后比赛吗?"这是她最关心的问题。

医生看着她温和而执着的眼神:"恢复得好不会影响,完全康复以后你的身体素质还跟原来一样,但是这三个月你要好好注意,避免伤口感染,不能劳累。"

心头的巨石终于落下:"谢谢医生。"

她住院第二天,病情稳定,撤掉氧气管、止痛泵和监护仪。

橙衣10号被父母带过来看望她,软弱的江母是不会拒绝的那种人,虽然明知道对方是女儿受伤的始作俑者,还是一脸怯弱地站在旁边端茶倒水。

橙衣10号一家显然是有文化且不差钱的优质富裕家庭,一家人穿着得体而精致,带了一堆包装精美的礼品和营养品。

病房里,她的父母神色严肃,疾言厉色地训斥女儿的暴躁荒唐,自责教女无方,言辞严厉得江母心生畏惧。

橙衣10号已经脱掉球衣,穿着米老鼠图案的短袖T恤,她也不再是橙衣10号,她被所在的省队开除,被相应的足球协会处以两年禁赛。

她埋着头微微驼着背站在父母中间,双手背在身后,就像两座山峰间的山谷,看上去一点也不凶悍了,她的头发很粗也很黑,用粉色皮筋高高扎在脑后,深深低着头,那粉色皮筋隐约可见,略微泛着油光的额头上冒出来两粒红红的青春痘。

她毕竟还是个十四岁的孩子。

她父亲在推搡她:"听我们说了这半天,还不快自己给人家道歉！"

她两天前稳健的下盘变得软烂如泥，被父亲这么一推就跌出一米，跟父母拉开距离，独自面对江蘅。

她的声音带着哽咽："对不起，我错了……请你原谅我……"江蘅无声地看着她。

橙衣10号又道："那不是我的本意，我就是想让你发挥得差一点……我知道你妈妈很不容易。"

她父母以为她的意思是，解释她踢江蘅的肚子只是想让她受点伤影响她表现，没控制好力度搞得这么严重，至于提到江妈妈则是在跟江蘅套近乎打感情牌，顿觉不妥，先前教女儿背过的道歉信根本没这句，双双皱起眉。

江母听她说起自己，则羞怯地埋下头去。

一直没说话的江蘅这时终于开口道："争强好胜是好事，在球场和人生路上都是可贵的品质，但是最好不要再用伤害别人的方式，无论是行为还是言语。"

赛场上的恶意伤人，严格来说，也算故意伤害罪，橙衣10号已满十四岁，需要负法律责任，如果被起诉，即使因为年龄关系被判缓刑免于坐牢，这辈子也是前途尽毁。

橙衣10号的父母听懂她字里行间已然是不再追究，喜上眉梢，拉着女儿连连道谢，跟刚才赤眉瞪眼厉声呵斥的模样判若两人。

他们显然并不知道女儿用江蘅的私事做文章的前奏，说来说去都是在说那一脚。

他们没有留意，江蘅并没说没关系。

如果仅有后者，她会说的。

橙衣10号的父母反复表示想赔给江家一笔钱，江母不敢拿主意，打电话问江父，江父扔下一句："不需要。"

他想得很简单，他的家里，不需要江蘅带来的任何东西，如果可以选择，他连她这个人都不想要。

她住院第三天，她的队友钱泳仪等人来看她，江母诺诺地把病房让给她们。她们进门的时候,背着一个大包,带着一个大号的果篮、一捧五颜六色的花。她们神色都有点忐忑而游离,面对江母更是看都不敢看一眼。江母不知道那天赛前橙衣10号说的难听话,也看不懂赛场的风云波动,以为这些姑娘都是被突发事故吓到了,联想到自己这些天的提心吊胆,含泪给她们搬好椅子倒了水,就默默去走廊尽头哭泣。

江蘅看到她们,神色却很平静:"辛苦你们过来,请坐。"短短三天,她本就不饱满的脸瘦了一圈,显得泉水般清雅的双眼更大了。

她们都没坐,钱泳仪先开口:"江蘅,你还好吧?严重吗?"

江蘅温言道:"谢谢,不严重,下周就能出院了。"

事实上,当然很严重,至少她踢足球这五年,从体校到省队都没有人受过这么严重的伤。

周蓓把花放在她床头:"希望你尽快好起来……"她向来骄傲的俏丽脸庞低了下去,"如果我们按计划踢,也许上半场就遥遥领先了,她们就得输得心服口服,至少不是这样最后一分钟被反超的冲动,你就不会这样了……"

江蘅依旧温和:"我们按照阵型踢了这么多年,也有很多次颗粒无收,她的情绪谁也无法预料,这是偶然,你别多想。"

得到安慰的周蓓喜笑颜开,其他姑娘也明显轻松不少。提起比赛,江蘅脸上也浮现出光彩:"最后咱们赢了吗?"

周蓓:"赢了啊!"

江蘅苍白的脸出现一抹笑容,尽管一如往昔地收敛,但她的眼角很明显弯了一下,让床头柜上的鲜花黯然失色。

"那就好。"

"你的奖牌我们带过来了。"周蓓打开背包,拿出一块金牌,虽然是镀金的,在阳光下依旧光彩夺目,她把它戴到江蘅脖子上。奖牌很轻,江蘅静静感受着它的分量。

"还有奖杯。"周蓓又从包里拿出一个有冬瓜那么大的奖杯放在床头柜上,大概是举着太显眼,她们才装在包里。

钱泳仪插话道:"有六公斤重,你就先别捧了,别抻到刀口。"

江薇轻声道："谢谢。"

她没有去捧，只是抬起纤细的手，用手背静静触碰，手腕上针眼清晰可见。

队友们没能待太久，她们还要赶回去参加晚间训练，临走前，钱泳仪跟她说："你好好休息，早点回来。这次夺冠的纪念合影还没拍，等你回来一起。"钱泳仪不是周蓓那种细腻表达的性格，她这是在委婉地道歉，江薇明白。

她的眼角好像有点湿润："好。"

她的身体慢慢恢复，一天，医生查房，她妈妈去买早餐，不在旁边。

医生简单问了她几句，并无大碍，顺口问道："你家没别的人来吗？这么多天一直是你妈妈在这里，她的情况不能受累啊。"

江薇听出他话里的含义，问道："她的情况是指……"

医生道："你妈妈没跟你说吗，你还没送过来她就晕倒了，查出来是心肌劳损，心脏病的一种。"

江薇大受震撼，长长的睫毛也在发抖："医生……那我妈妈的劳损，是以前就已经形成，还是这次的刺激造成的？"如果是她刺激，那实在是罪孽深重。

医生道："应该有很长时间了，病灶早已形成并不断扩增，这次刺激只是诱发晕厥导致发病。你妈妈的病情一般多见于五十岁以上的人，她还这么年轻，平时是不是很操劳，心情也不好？"

江薇点点头，心情沉重。

医生宽慰道："你不要多想，现在你的主要任务就是把自己的身体养好。你妈妈以后只要坚持服药，保证休息，情绪稳定，让病情不再加重，就没有多大问题。"

江薇："谢谢医生。"

妈妈回病房后，江薇开始喝无固体的小米汤，一直在思索怎么开口，终于道："妈妈，您回家休息吧，我已经能自己照顾自己了。"

她还插着引流管，床都下不了，显然不能自理。妈妈连连摇头："那怎么成呢？"

江蘅再三劝说，妈妈只是反复说着那不成。江蘅不得已说出："心肌劳损不能劳累……"

妈妈顿时像做错事的孩子一样慌张："你……怎么知道？"

江蘅："医生告诉我的，他也觉得您过于辛劳，所以您快回家休息吧！"

妈妈含泪道："蘅蘅，妈妈没事，如果不能在这儿看着你，妈妈才会坚持不住。这件事别跟你江叔叔说，我怕他知道了……就不让我来了。"原来母亲就没把自己的病情告诉任何一个人。

江蘅默然，不得已顺着母亲道："那您吃过药睡一会儿，我自己看着输液。"

江母睡的陪护家属的折叠床，硬而不结实，目测就很不舒服，但总比不眠不休好些。江母虽然放不下，毕竟疲惫不饶人，躺着没有两分钟便昏昏睡去。江蘅看着母亲疲惫的脸，目中满是不忍和内疚。

接下来，教练来看过她几次，每次都是神情古怪地说两句过场话，就叫妈妈一起出去单谈，每次都谈很久。妈妈回来后，总神色哀伤。

她隐约看到教练半透明文件袋里的推荐表和白色文件，看到妈妈无所适从地送走教练后又借口出去给江叔叔打电话，对着手机听筒含着眼泪点头。

她有了不好的预感。

她出院前三天，营养液滴滴点点，妈妈坐在她床边，吞吞吐吐欲说还休，江蘅终于忍不住开口询问："妈妈，选拔结果出来了吗？我……选上了吗？"

妈妈一直想说又不敢说，此时受问，战战兢兢排除万难回答出口："出……出来了……蘅蘅……你……你教练说，你被……被选上了。"

江蘅虽然有预期，目中还是露出欣喜的光芒。妈妈见状，目中哀色更浓。江蓠感觉自己好像明白了几分，向来温和顺从的她忍不住主动争取："江叔叔不愿意让我去吗？为什么？需要我怎么做，他才能同意？"

江母见她激动，急忙说："不是，不是，蓠蓠，不是你江叔叔不同意……"她战战兢兢结结巴巴地说，"而是……至少一百万的赞助费。而且以后……每踢一场比赛，都得交钱……重要的赛事，一场就要十几万……以后如果进入俱……俱乐部，更是要几百万……"

江蓠只觉得视线一片黑暗。

"家里实在拿不出这么多钱……而且你教练说，并……并不全是钱的事，有钱的还要排在有关系的后面……"江母的语气更是低微，"教练说如果以后不……不做职业球员，那这个……这个继续踢下去就没有什么用了……就算中高考可以作为特长生特招……但是你成绩这么好，其实也不用特招……如果把训练的时间，用去学统考的那些科目，分数只会……只会更高。"

"蓠蓠……"江母小心翼翼地隔着被子碰了碰她的手臂，"妈妈实在心疼你……十五年，你受了这么多苦，妈妈从来都不知道，你……你身上那么多伤……"江母喉头哽咽住，她是在江蓠术前检查才听医生说出女儿瞒了多年的各种新伤旧伤，江蓠微微侧过脸。

"还有这次，妈妈特别害怕，如果你有个三长两短，妈妈真的会活不下去……妈妈看了好多相关的资料，球场上就像战场上一样，有的球员，一次受伤，留下终生残疾，甚至……当场就……"妈妈想到那可怕的可能，已经泣不成声。那些案例，江蓠比母亲清楚。她们学过、祭奠过，并从中总结如何保护自己免于受伤的办法。江蓠向来不觉得这是退却的理由，她认为体育竞技的风险相比它的魅力微不足道，何况即使是吃个面包，都有可能被噎死。即使这次经历重伤手术的切肤之痛，她依然没有改变观点。并且规则日趋严格的球场上，凶狠的、危及身体健康的犯规几乎销声匿迹。奔跑、抢点时肢体冲撞的确不可避免，但只要注意保护好要害就不会太严重。她这次是被恶意报复，这种概率并不高。

但看着母亲的泪水，她还是没有解释，哪怕概率小到百分之零点一，在妈妈心中发生在女儿身上就是百分之百。

"别哭了，妈妈，您不能激动。"

"蘅蘅，妈妈求求你……"

看着母亲柔弱的肩膀，苍白的嘴唇，晶莹的泪水，单薄的胸膛，病弱的心，她做出了决定。

她静静地躺回病床，枕在枕头上，侧脸看着母亲，目光和语气一样，平静而温柔："妈妈，我不踢了。"

十一

那年夏天，江蘅从省队转到普通初中，彻底告别了绿茵场。

出院一周后，江蘅基本恢复了八九成，便能回省队办手续。

她跟教练说了几句道别的话。向来严肃的教练，跟这个他高度评价的前球员最后一面也并没什么表情。这种事每几年都会发生，他已经习惯了。

赛场本就充满离别，人生也是。

天赋过人却因为各种原因搁浅埋没的孩子就像球场上的人造沙砾一样多，甚至有的根本没有机会踏入正式的赛场，相比之下，江蘅已经算幸运。

这一行，或者说，任何一行，成功才是小概率事件。

回到宿舍收拾东西，她收起足球专用的、带鞋钉的球鞋，知道以后再也不会有机会穿起它。别人挂靴都是三四十岁，她居然是十四岁。

或许不算吧，到目前为止她还是学生，而非职业运动员。

这是还未开始的结束。

队友们都来了，二十几个姑娘挤在狭小的六人间，汗水的味道夹杂了离别的气息。

2号女孩在安慰她："以后咱们还是可以约着一起踢球。"还记得当年，U10 宿舍，钱泳仪撞倒江蘅，就是她放声大笑："一推一跟头的前锋！"

江蘅领情地点点头，心里想的却是算了吧。决定一刀两断，便不要藕断丝连。

感性的周蓓眼圈已经红了："一定要走吗？"

江蘅退队的官方说法是家庭原因，至于"母亲不舍""继父没钱赞助"等细节照顾她的颜面都没说，周蓓她们很难不把这件事跟这场伤联想到一起。

江蘅朝她微笑，点了点头："这队从来不是靠我一个人，没有我，你们一样可以。"

很多女孩都哭了。

她来，她们冷眼相待；她走，她们热泪涌流。

她们一直看不起她，这里的女孩大多数出身富裕，看不起家境普通又复杂的她。让她们从排斥到接受再到赞同，是她带来的一场场的胜利，一次次的奔跑，一粒粒的进球。

二十天前的决赛，橙衣 10 号旧事重提，让怀疑和排斥凸显复苏，她梅开二度打消了所有的质疑，或许橙衣 10 号踢倒她的前一秒，她们刚刚完全接受认同了她。

钱泳仪没哭，她问江蘅："你带奖牌了吗？"她指的当然是最近的这场冠军。江蘅是回来收拾行囊，不太可能带着奖牌。她已经想好，如果江蘅没带，就把自己那块递给她。

但江蘅点了点头，她怎会不记得在病房里，钱泳仪临走前说过的那张纪念照？不仅奖牌，她连球衣都带了。

钱泳仪抹了把鼻子，拿出队长的领袖气质，一挥手："走吧，大家都把球衣换上，咱们去球场上拍照。"

姑娘们纷纷换上一身白衣，走上训练过无数次的球场，夕阳正好，绿茵被染黄。

她们白衣翩翩，长发飘飘，青春正年少。她们站在球门前，站在梦的彼岸，站在她们全力守护又拼命突破的门线之上，听着身后宽大的球网在晚风中轻轻作响。每个人脖子上都戴着一块闪闪发光的金牌，对着镜头笑容灿烂，江蘅一如既往地站在最边缘。

她们本来想拉她到中间，想想又收回手，跟从前一样，没什么不好。

她们随便拉了一个旁边篮球场打球的小男生，过来帮忙拍照。男孩不过十一二岁，看上去呆头呆脑，并不明白她们在做什么，见到奖牌和奖杯，猜到是夺冠合影，疑惑为什么不当时获胜在赛场拍，却也不多问，只是傻乎乎地按照指示摁动快门，定格了这一瞬间。

拍完照，又在夕阳下说了几句话，江蘅就劝她们去吃晚饭，晚上还有训练。队友们想送江蘅出大门，被江蘅婉拒了。她一个人来，还是想一个人走。

她们散在了晚风里。江蘅面向球门静静地看着，草坪上的影子却有两个。

钱泳仪没有走。

钱泳仪朝她走来，两个人面对面站立，钱泳仪逆着夕阳，看不清表情："江蘅，我也要走了。"

江蘅轻轻点点头，并不意外。

钱泳仪："我问了教练，选上 U15 的是我们两个人，你的名字排序在我之上。"

江蘅没有动，她再心甘情愿，也无法不心酸。

钱泳仪走到她身旁，眼神里有种深切的同情，她知道江蘅绝对不是自愿退出，她家里已经为她交了那笔赞助费，那天在医院看到江蘅弱不禁风的母亲，并未露面的继父，想到她平时简单到空空荡荡的衣柜，她想她很理解。

钱泳仪："我很后悔，那个球没有传给你。"那是她能给江蘅的最后一个助攻。

江蘅低声道："没关系，泳仪。即使你给我，我也不一定能打进去。最后比赛还是赢了，我进了球，鞠了躬，我……我没有遗憾了……"

是啊，但本以为是开始的成为结局，没能踢上一场一百二十分钟的比赛，没有遗憾吗？

钱泳仪轻轻拍拍她的肩膀，江蘅平复了一下心情，抬头看着她，夕阳映入眼眸，光芒万丈："祝福你，你继续加油，我先走了。"

她转过身一步步走远，眼泪终究还是洒在足球场上。

她极力想平静地离开，终究还是破防。

回到家里，她脱下球衣换上睡裙，躺在床上睡去，其实并没睡着，却也绝不清醒。

她一直是个清醒理智、面对现实的人，此时却不愿醒。

傍晚七点，房门被轻轻推开，略显吃力的脚步声和隐隐的水声，她听得很清楚，却无力做出反应。

是妈妈端着一盆水蹑手蹑脚地走进来，她当然以为女儿睡着了，没有开灯，就着黄昏的暮色，小小声地走到床边，蹲下来，把水盆放在地上，用毛巾蘸了水，掀开女儿的被子和衣服，轻轻为她擦拭身体。

这么热的天，孩子出去忙了一天，肯定出了汗，她已经睡了，就别叫她起来洗澡，那就用毛巾擦擦也好——妈妈就是这么想的。

江蘅想说不用，让妈妈去休息，但她属实不太舒服，居然连睁开眼的力气都没有。

妈妈怕江叔叔找她，也怕江蘅受凉，匆匆擦了一遍就把她衣服拉回去，为她盖好被子，端起盆转身出去。

灯光昏暗，她没看见，她未拧干的毛巾流出的水，沾湿了江蘅腹部刀口贴的纱布。

江蘅当然有感觉，她知道应该处理，甚至是必须，但她实在太累，别说起床，她根本无力开口说话，只能躺在床上，敷着湿答答的纱布，沉沉睡去。

睡梦中，她逐渐感到眩晕，浑身上下渐渐泛起说不出的凉意。她不怕冷，冬天零下几度穿着短袖短裤在球场奔跑是常事。此时明明是夏季，还盖着薄被，却只觉寒意渗透四肢百骸，皮肤也竟自起了寒栗。

等妈妈发现她的异常，已经是第二天早上，她因为刀口感染引发高烧不退。妈妈惊慌失措地哭着叫来江叔叔，两个人把她送到医院，医生检查过后,严厉地责备:"告诉过你们刀口还不能长时间沾水!"妈妈拉着衣服低头哭泣,就像个犯下大错的孩子。

江蘅还在昏迷,住院治疗,她模模糊糊感觉到自己身处异地,却是完全没有力气一探究竟。她物理上当然很难受,刀口刀割般地剧痛,发烧引起的头晕恶心、浑身乏力,但是这些都及不上那种如蛆附骨的寒冷感觉。正常人穿着短袖坐在室内都会汗流浃背的炎热天气,她却冷得浑身发紧、嘴唇发紫,医生都不得不让她盖三层被子也无法缓解。

她是灼热的,热得滚烫,但是温度无法传导,没有未来,就像永远到不了燃点的可燃物,永久地停留在名为低温的孤寂里。

身体的冷和心理的冷混在一起,贯彻她整个身体,里里外外都似结了冰。

经过治疗,炎症消除,高烧退去,那种寒冷的感觉始终不减。她恢复意识后,就看到妈妈站在她床边哭泣,眼睛肿得像两个桃子:"蘅蘅……对不起……都是妈妈的错……弄湿了你的刀口……"

江蘅虽然还头痛欲裂,额头还有种灼烧般的眩晕,但还是瞬间明白了怎么回事,提起气息,苍白而干燥的嘴唇轻声答道:"没有,妈妈,是我自己的汗。"事实如何已不重要,重要的是她要宽慰母亲。

妈妈还在哭,眼神却有了焦点,泪眼清澈而蒙眬:"是……吗?"

江蘅使了很大劲,才拖动虚弱的身体,朝妈妈点点头。

妈妈的眼泪又流下来,弯腰抱着她哭泣,哭声饱含心疼,那种令人心疼的自责总算是少了一些。

妈妈的怀抱本该是暖的,她的眼泪更是滚烫,但是江蘅还是阵阵发冷,仿佛置身冰天雪地,无法逃脱。

直到出院那天,夏意更盛,阳光毒辣,刚买的冰棒撑不过一分钟就会融成水,但江蘅还是穿了两层衣服。妈妈带到医院的衣服都是短袖,她便穿了两件,就像球场上那般,却是物是人非,昔日"并肩作战"的心情,已是此生再难见。

湿热的夏风隔着两件衣服吹在身上,只觉似是腊月北风。她双臂相互扶住,才没有打颤。

从此，她落下了怕冷的毛病。

三天后，钱泳仪把冲洗好的照片邮寄给她，她把它轻轻放进装所有奖牌、奖章、相关照片的抽屉里。她静立边缘，眉目收敛，抿唇微笑，跟以前的数张一模一样。

很仔细看才能发现，只有这张，她的球衣特别白。

因为她只穿了这一件。

为什么明知道是最后一次穿球衣，却没加多年来贴身的那一件？

因为在决赛前她就想好，如果能入选U15国家队，她往后余生，国家队的球衣，只会穿中国队的。

亦因为她在退队同意书签字的那一瞬，已经亲手放弃梦想。

接下来的日子，她平静地在家里养病，几乎没有怎么休息，夜以继日地学习，她需要知识的陪伴，才能不那么思念赛场。

她并未表现出悲伤，妈妈每天看江叔叔的脸色尚且来不及，见她表面平静便安了心。至于江叔叔，则一如既往地当她是透明人。江易却知她受打击匪浅，并不敢跟她说话，在同一屋檐下沉默着。

平静没有两天就被高渐明打破。

自从跟江易打架后，高妈妈顺藤摸瓜查出向来品学兼优的儿子每次逃学都是去看江蔺比赛，又说高渐明长这么大仅有的两次打架都是为了她，要禁止儿子跟她来往。高爸爸虽然情绪没妻子激烈，但立场和态度相同。他父母还采取没收手机、上学接送、周末不让出门等方式强行阻拦，高渐明跟父母大吵数架，最后还报警说父母侵犯他人身自由，当然不了了之。这个年纪的孩子，堵是堵不住的，江蔺手术后一个月，距离期末考试仅有三天，他再次从学校逃学而出去看她。

那是周二，江叔叔上班，江易上学，妈妈做着做不完的家务，她正在卧室的床上看数学题。她已经接受现实，并付诸行动。

有人敲门，她并没放在心上，妈妈过去开门，然后脚步声向她的房门走来，不是妈妈的，妈妈几乎没有脚步声。

门被推开，妈妈的声音："蔺蔺，渐明哥哥来看你了。"

高渐明站在门口。

江蕤背靠床头，半坐在床上，长发柔顺地盘在耳后，穿着条深蓝色睡裙，裤子会勒到刀口，而她只有这么一条睡裙。她的手术刀口本已初步愈合，发炎再度处理过后，伤情反复，只能再次卧床静养。

天很热，屋里没有空调或风扇，甚至窗户都关着，室内很是闷热。她腿上还搭着一床薄被，被角床单都很平整。她靠在床头的后背挺直，被单下双腿并拢笔直，大腿上放着本数学练习簿，右手拿着笔正书写着。她的肢体横平竖直，线条却温和流畅。

她躺着比别人坐着还有坐相。

听到声音，她抬起头来，妈妈已经在对高渐明说："你先坐，我去倒水，切水果……"

"阿姨，不用忙了。"

"不忙不忙。"说着妈妈已经走了出去，留他们两人在房内。

江蕤知道她房里温度高，问他："要开窗户吗？"声音很轻，比山涧泉水还清凉。

高渐明虽然还不知道她留下怕冷的后遗症，但想着她大病未愈，身体弱，注意保暖是对的。他身体素质很好，适应性强，冷热均不惧不介意，当下随口答道："没事，不用。"

他看着她，见到想见的人，藏不住地高兴。他的脸已经完好无恙，淤青尽数消失："你好点了吗？医生怎么说的？"

江蕤不知道他跟江易打架的事，便只是说道："渐明，我没事，你……没上学？"

高渐明随意地说："现在都是期末复习，不讲新课，不去也没关系。这个月我爸妈发神经，天天盯着我跟犯人一样，你住院我都没能去看你。"他把书桌前的椅子拉到床边，坐下，很郑重地说，"对不起啊……"

江蕤一顿，道："这……这完全没有关系，你爸爸妈妈没事吧……"她想就他说的劝慰他些什么，又怕触犯他家私密，隐隐还觉得晦涩，便没有多言。

轻轻的敲门声，江母送进来一个托盘，托盘上是一杯凉白开和一个果盘。"谢谢阿姨。"

"不谢不谢。"

江母出去,轻轻为他们带上门。高渐明看着江蘅光洁的脸庞,江蘅很清瘦,脸庞的轮廓却很水润,这场手术又减了十几斤,更显得清纯,她毕竟才十四岁。

"他们没事,你别多想,现在就好好养伤。"他本来神色温和,提到她的伤就露出怒容,"说起来我就生气,你好好地比赛凭什么受这个罪?踢你的人抓起来了吧?"

江蘅轻声道:"谢谢……我没报案。"

高渐明瞪大了眼睛,身体不禁前倾靠近她:"为什么?你们这种情况,在赛场上伤到人,如果双方都是无意冲撞在一起,是不需要负法律责任。但是她明摆着恶意犯规,还是在你进球后比赛暂停的阶段,肠破裂构成轻伤,她已经满十四岁,绝对的故意伤害罪。你不懂法吗?"

江蘅当然知道,若非如此,橙衣10号的父母也不会拉着她来低声下气地请求原谅。

高渐明如此关切,简直把她的事当作自己的事,江蘅只能感激,同时也有了种不好的预感。

她看着高渐明,解释道:"在比赛最后一分钟被逆转是很痛苦的,她才十四岁,没管理好情绪一时冲动情有可原,也没有造成什么不可挽回的后果,她已经被禁赛两年,也来向我道过歉,何必一定要追究到底呢?"

高渐明面显怒色,一一驳回:"你在说什么?逆转她犯规还是犯法?输赢都是比赛合理的结果,如果接受不了就不要参加,再说怎么痛苦也不是故意伤人的理由。刑法都规定十四岁承担法律责任,只不过会从轻判处。你都伤成这样了,还要怎么不可挽回?禁赛是她应得的,那不能代替法律的惩戒。就像成年人犯罪,公司会开除他,难道因此他就不用坐牢了?至于道歉,如果有用要警察干吗?她伤害了你,你追究她让她受到法律的惩罚,那是理所当然。你怎么能这么算了?"

江蘅知道他说的每句话都对，在法律和道德上都是正确的，但是……不能要求一个自幼面对母亲跪在父亲面前的女孩，有多么黑白分明的是非观。

她缓缓道："因为她伤害的人是我。"

高渐明怒而起身："决定她受不受惩罚，法律比你有资格！你不报警，不起诉，就是纵恶！任何理由都不是踢人的借口！"他虽然在控制，音量还是不由自主地提高。

十二

江蘅无声地跟他对视着，这是两个人相识以来第一次争执。

良久，江蘅才开口道："你替我考虑，我很感激。但是我们的观念不一致……请你小点声，我妈妈身体不好。"

高渐明点点头，下意识地道个歉："不好意思。"他重新坐下来，"你还小，上纲上线说什么观念还太早。你家长……对这事也是这个态度？"他想起江蘅还是未成年人，如果她父母要追究她原谅也没用。

江蘅轻轻道："他们……没有什么态度。"

高渐明想想江母那懦弱的样子，就知道她根本不能对簿公堂。虽说"女子本弱，为母则刚"，而江母之前做的一切事情都证明，她为母依然弱。她的另一监护人法律上的父亲更是不管不问，想想实在可怜，便说："那以后你要是再遇到这种事呢？"他想着，青少年联赛在社会上尽管没什么关注度，在体育生内部影响已足够广泛，这场决赛以及这记犯规想必足以载入史册。如果肇事者不受惩罚，其他人纷纷效仿，那是多恶劣的影响。虽然她已经受到禁赛的处分，但是高渐明始终认为，没有拘留逮捕审判服刑，就是逍遥法外。

江蘅平静如湖面的双眼，终于泛起涟漪："不会了。我已经退队，不会再上赛场。"

高渐明不敢相信自己听到的："你说什么？"他震惊得忘记了问到这个消息的起因。

江蘅静静地看着他，似乎在思考他是不是没听清，是否要重复一遍。事实证明，高渐明已经听清了，他愣了半响，才道："因为这次受伤有阴影，顾虑人身安全，选择离开？"

江蘅下意识地道："不是。"

她没那么贪生怕死。

高渐明不解："那是为什么？"其实换作他，也不会因为这种原因退场。他的理想是跟他爸爸一样，成为人民公安。执行任务，别说伤筋动骨，哪怕牺牲，也是绝不后悔。

他问那句为什么，江蘅眼里有一闪而过的犹豫，随后还是说道："谢谢你的关心，但我……我不想说。已成定局的事，何必再去说呢？"

"是不是有什么难处？你说出来，我们一起想办法。不是说决赛过后 U15 国家队要选人吗？你选上了吧？"

江蘅这次居然淡淡地笑了："很快就要期末考试了，关系到高二的分班，你要好好准备，回学校上课吧，别因为我分心。"

"这么大的事你不告诉我，我怎么能不分心？"高渐明再次长身而起，看着她漩涡般的眼，"你被选上了对不对？那场决赛你的表现，除非教练眼瞎才会不选你。身穿国家队的球衣，参加国家级别的联赛，这是多宝贵的机会！如果表现良好，就能入选青年队，再然后就是成年国家队，可以参加女足世界杯！那是所有女足运动员的梦想啊！多少人望尘莫及！你居然放弃？！"

通往梦想的路就在眼前，她怎会不神往？她比谁都想走过去。但是不能迈腿，越向往就越心碎，还不如控制自己不去想。

"小点声好吗？"

他吸了口气，深深地问她："你放弃的程序正式办完了吗？"

"渐明……"

他又急了起来："我问你办完了没有？！"

江蘅的平静与他的急躁形成鲜明对比："你不要这么激动。"

"快点告诉我！"

"办完了。"

高渐明气得几乎要摔杯子了："为什么？你不喜欢足球吗？五年

来，日日夜夜地苦练，一场一场地比赛，从替补到支点，好不容易才走到今天。每天早晨天不亮就起来跑步，晚上对着月色练习射门，拿过的每一块奖牌，受过的每一次伤病，你都忘了吗？你怎么能选择放弃？！"

他说得那么动情，往昔的一幕幕似乎又在她眼前浮现，江蘅缓缓道："我不是选择放弃，我是别无选择。"

高渐明待要追问，江母推门进来，她脸色灰白。刚才高渐明如演讲般激动，江母还是听到了。她显然对男性的吼叫有心理阴影，眼神惊恐如受惊之鸟。

"渐明……是我不好，家里实在交不起那笔赞助费，我……也怕蘅蘅再出事……没能让她踢下去……"

"赞助费？要多少？"他第一次听说有这回事。

"一百万，还只是开始……"

高渐明终于明了。

一分钱难倒英雄汉，何况几百万，普通家庭一辈子也不过能存下这么多钱。想也知道，江叔叔那样观念保守的家长，认定只有考大学、考公务员才是稳妥的正道，别说给没有血缘的继女，就算是亲生儿子，也不可能倾家荡产卖房卖车地支持他去踢球，换作他爸也是一样。

而江母，虽然她有意隐瞒，但江蘅出院后她们回到家里后，江叔叔还是发现她在吃的药和病历，又把这件事告诉了高叔叔，现在高渐明也知道了。那个橙衣 10 号一脚，倒下的是两个人。这样一个身心脆弱的母亲，怎能舍得女儿再次冒着风险踏入和平年代的战场？她的女儿怎能忍心让病弱的妈妈担忧挂念？

如她所说，这是别无选择。

高渐明看看暗自垂泪的江母，低头看看眼神空虚的江蘅，觉得自己这通发火实在荒唐，他明知道江蘅那么热爱足球，做出这样的选择，她比谁都难过，即使她不说，他也应该想到必然是有不得已的苦衷。退一步说，退队不退队都是她自己跟她家长的权利，他有什么资格在这里大呼小叫，要求人家给他解释？

他的愤怒顿时被难堪覆盖，他想起自己的来意是看望大病未愈的江蘅，她还躺在床上面带病容，这是她家里，她心脏不好的妈妈就在一墙之隔，为自己的情绪失控感到羞愧，体态、语气、表情都松弛下来："阿姨，对不起，我刚才有点激动……"又向江蘅道歉，"刚才是我不好。"

"没关系，"江蘅也去安慰母亲，"妈妈，没事。"

江母见他消气，苍白的脸才恢复一丝血色。

高渐明："是我不对，我先走了。"

江母唯唯诺诺地道："要不……吃过饭再走吧？"

要是平时，高渐明可能就留下了（忽略跟江易的矛盾），但现在江蘅因伤卧床，他又实在尴尬，便推辞道："不了，谢谢阿姨，我先走了。"他回头看看江蘅，她也正目送他，泉水般的眼睛澄澈透明。

高渐明："你好好休息，我过几天再来看你。"

江蘅轻声道："考试加油。"她还记着他的分班考试。

那时的高考还是分文理，这学期开学时已经分过文科理科，高渐明跟江易都选择了理科。虽然他们在不同的学校，期末考试兼分班考试是全区统考，他们在同一天考了同一套试卷。

高渐明所在的二中，是全区最好的高中，以前叫重点现在叫示范性，他们区教育水平相对偏弱，不能和东西海那些常年每届几十个清北生的名校相比，极个别具备超越环境才能的学生也都在中考便考去外区实力雄厚的学校，二中乃至全区已经二十多年没出过一个清北生。高渐明还留在这里上高中，是因为他的学习成绩虽然优秀但不算优异。而江易所在的十九中，则是普通得不能再普通的普高，每年出一个上六百分的都是奇迹。

高渐明虽然带有情绪，但他并不是会被情绪影响思考的人。江易也没开心颜，但他并没有什么下降空间。他俩都正常发挥，成绩出来，高渐明被分到实验班，江易则进了基础班。这两个班高考的平均分大概相差一百二十分。

分班结果出来，暑假如约而至。

高渐明带着一堆东西再次摁响了江家的门铃。

这是个周五，江叔叔上班，其他人都在家。江易一如既往地把自己关在卧室，江蘅行动毕竟不很方便，所以又是江母来开的门。

高渐明见到江母第一句话就是："阿姨，对不起，上次真的很不好意思……"

江母比他还不好意思："没有，没有……"有种人好像生来就不会责怪，江母就是这种人。

"这是给您买的水果和补品……"若是买给江蘅，江蘅根本不会收，高渐明学聪明转换了方向。

江母更不好意思地说："啊……谢谢你……"其实她也不想收，对她来说接受礼物比接受命令困难得多，也是因为这样她才不会拒绝，她把礼物理解为命令她接受的东西，不敢拒绝。

高渐明又说了几句好话，才往江蘅屋里走。

江蘅静静地站在窗边看着他，她大概已经听到了声音。

她现在已经短暂地坐在桌前，应该是直接从椅子上站起身了，床上的薄被铺得很整齐。

高渐明有点喘息："蘅蘅，你能站着了？太好了。"

江蘅静静地看着他："还好没影响你考试。"两家的父亲已沟通过儿子的成绩，江叔叔以高渐明为例骂过江易好几次，江蘅当然也听见了。

高渐明明亮的眼神难得地柔和："上次的事情实在抱歉，我不了解情况，话也说得太重。"

"没关系，"她的声音很安静，"你是为我着想，我很感谢。"

高渐明又道："阿姨身体不好，我还弄得她跟我道歉，很过意不去。"

江蘅温言道："我妈妈就是那样容易自责的性格，并不是你的错。"

高渐明看着她沉静柔和的面容，用"人淡如菊"形容似乎不太合适，她更像夜里那皎洁的月亮。虽然夏日的午后燥热难耐，坐着就会流汗，看到她便能心静下来。

高渐明道："凭什么进 U15 还要交赞助费？倒底是赞助足球队还是赞助教练？教练这么搞早晚被整治，既然决定回学校，就要准备中考了……"他从包里拿出一堆参考书、笔记本之类的书本，放在她桌前："蘅蘅，这是我初三的笔记和感觉质量比较高的辅导书，虽然过去了两年，考纲没有多大改变，应该还勉强能用。"

江蘅主观上并不想收，与矜持无关，而是她并不需要。她有自己的复习思路和计划，并不需要别人的轨迹。但是他都沉甸甸地背了过来，不收好像又不太礼貌，便犹豫不答。

高渐明一眼看出她不太想要，便笑道："那你不看我的打算看谁的？你哥的？你就是不复习直接上考场，都比他考得高。"

江蘅温声道："你别这样说，我是准备自己复习。"

她答着，心里想着接下来要说的事情。

这件事情，拒绝男孩，她其实很有经验，过去几年，跟她表白的男生不计其数，甚至有的在学校里、球场外围堵她。她每次都是略带尴尬地微笑，然后说一句不好意思便转身离开。无论对方高低胖瘦穷富美丑，她都是这个反应。

她从不得意，也不害羞，有点内疚，最主要的是尴尬。

面对别人的真心毫无感觉，这是件很尴尬的事。

她垂目视地，显然很难开口，却不得不开。

"渐明，我想问你件事，这很难为情，但是又不得不说……"

高渐明智商在线，看着她晦涩的表情，已经猜到七八分："如果这件事是我喜不喜欢你，那就不用问了，傻子都看得出来。重点是，你不喜欢我吗？"

他自以为是个通透的人，江蘅对他有没有男女之情，却一直拿不准。说实话，感觉更像没有，这不可理喻，他们青梅竹马，两小无猜，虽然不想无耻地赞美自己，但他实在没有什么缺点，从小到大喜欢他的女孩就没断过。而且他对她还有特别的意义，他是第一个慧眼发现她有足球潜力的人，推她上球场，为她打架，歪打正着促进她的梦想。他陪伴她比赛，她夺得冠军给她送花，屈居亚军为她鼓气，与她同喜同悲。尤其她家人待她不好，算起来，用俗套的说法，他自以为是她生命里的一道光。他不知道，对江蘅来说，那些时刻她确实被照耀着，但光不是他，而是足球。

她的声音像是飘到了光束之外:"很抱歉,是的。"

比起失落,他更多的是不解。他的笑容僵了僵,然后勉强扯起嘴角,揉了揉她的头发,不知道是在安慰谁:"那是你还小,不知道什么是喜欢。"

她十四岁,其实已经不小了。他这个年纪时,已经做过关于她的梦了。何况女孩应该比男孩早慧才对。

江蘅也不反驳,慢慢抬手将他揉乱的头发整理回原样:"但我知道什么是不喜欢,对不起。"

这句话就像一记暴力抽射,差点把高渐明砸蒙。他好不容易回过神,声音出奇平静:"你今天为什么突然说这些?"他甚至联想到偶像剧恶婆婆"给你五百万,离开我儿子"的恶俗剧情。

江蘅轻声道:"我早就该说的……"她声音里一片坦然,没有半分被逼无奈。

高渐明沉默片刻,道:"那今天先到这儿吧,我回去想想,然后我们再谈。"

江蘅不知道还有什么可想、有什么可谈的,她觉得自己已经把话说得很直白清楚,直白到因伤人而愧疚的程度:"你的书……"

高渐明转身准备离开,他眼角扫过桌面那些书本,对江蘅道:"你就留下吧,我已经很没面子了,你还要我颜面扫地吗?"

他是半开玩笑的语气,她还是住了嘴,默默目送他离开。

开学后,江蘅进入附近划片的十三中读初三,十三中和十九中一样很普通,不过,半路掉头的体育生一般都是垫底,但她在省队都能进市前两百,又经过一个暑假的专心学习,第一次月考,她就是毫无疑问的年级第一名。

高渐明去十三中找过江蘅一次。他在校门口等到她,叫住她:"蘅蘅,我就几句话说完就走。"

瑟瑟秋风里,他告诉她他三个月的思考结果:"你看上去气色不太好,没事吧?你那个手术对身体影响很大,要好好休息,得多吃点有营养的东西,补补身体。上次回去之后我想了很久,我觉得感情是可以培养的，我们还年轻，有大把的时间。"

"……渐明，我们已经相识八九年，我觉得不必再费工夫。"

"那是因为你还小，只能酝酿亲情，培养不出爱情，所以来日方长。当然现在确实不是时候，你要中考，我要高考，等考完了再说，你高考完再说也行。这期间我们就当朋友吧，我会少去找你，或者不去，但是你知道我会一直想着你。听说你月考全区前十，了不起，还是别看我那些书了，别耽误了你。"

说完，他就摆摆手，骑自行车离开了。已经10月中旬，路上行人都穿着羽绒服，去年这个季节她还穿着短袖短裤在露天足球场上奔跑如风，如今却裹着棉衣背着书包在中学门口走得很缓慢。而他只穿着松松垮垮的校服运动衫，里面也没套两件衣服，在臃肿的人群中格外清爽。

她全程只说了那么一句话。

十三

那次手术之后，尤其是刀口感染高烧以后，她变得非常怕冷。她伤口痊愈但身体大不如前，长时间不能正常进食的亏空，多日来卧床的消磨，手术本身、术后用药的损伤，让她比原来虚弱数倍，原来能持续奔跑上万米，现在长时间走路都无法坚持，当然对正常生活没有影响。

但对绿茵场的怀念，一日胜过一日，取而代之的是废寝忘食、起早贪黑地学习。她的成绩越来越好，期末考试她甩得年级第二看不到边。

冬天的操场。

她拿了个球，走到操场角落的乒乓球台边，那边常年没有人。她动作幅度很小，生怕被别人看到，像个偷吃的孩子一般颠起来。

一下，两下……

几个月不碰，脚下竟生疏了不少，高低起伏、节奏速度，都不是最合适的位置。

一个不小心，球收得偏后，她用脚后跟去接，接到了却没能颠起来，球毫不留情地落地沾灰。

这么快就生疏了吗？虽然不减当年也没什么实质意义了……但她还是一样地热爱着……

她弯腰捧起它，泪水落在球上，留下两道清印。

下半学期，她继续蝉联年级第一，完全是在跟自己比较，区排名越来越高。高渐明信守承诺，最多一个月才给她打一个电话。

江蕾初三、江易高二的4月，桃树刚开了花，一模刚出成绩，她考得很不错，全区第五名，回家没有直接说，因为两天前哥哥月考成绩出来，换算排名在区后百分之二十，二本线都没到，但江叔叔这几天好像心情特别好，就像签查水表的单据一样签了家长通知书，根本不甚在意。

她准备私下偷偷让妈妈给成绩单签字，但她没找到机会，因为这些天妈妈几乎一直跟江叔叔待在一起，就连做晚饭的时候，江叔叔也反常地陪在厨房里跟她耳语，语气温柔而喜悦。

江叔叔不讲究吃，他们家向来吃得很简单，今天却准备得很丰盛。最后一道菜出锅，江叔叔居然在帮着妈妈端菜，这些事往常都是江蕾做，他从来都只等着吃的。江蕾见状默默收起成绩单，和平时一样给全家人擦桌子摆椅子盛饭摆筷子。

餐桌收拾好，准备开饭，江叔叔瞄到江易的座椅空着很是不满，抬声道："吃饭了！不知道自己出来吗？等着谁叫你呢？"

江蕾又预感不好，江叔叔已习惯成自然用呵斥狗的语气跟江易说话，而江易已经不是当年那个任由宰割的小男孩，大战往往一触即发，他们父子难分高下，每次都各有损伤。

江易的房门重重拉开，他阴着脸走出来，坐到他的椅子上。他动作很重，椅子发出"咚"的一声响，却没移动江蕾摆好的位置半分。他们家餐桌是长方形，江父江母坐一边，江易江蕾坐一侧。

江叔叔目露凶光："你犯贱吗？不知道轻点啊！"

江蕾轻声道："叔叔，是我没有摆好。"

江叔叔闻言不再理会，进厨房扶正在端汤的江母："你别动，这个重，我来，我来。"

江母说着没事却抢不过他，只好两手空空地跟了出来。

江易对父亲的背影怒目而视，如果不是江蘅在旁边，早已破口大骂了。

江蘅看着母亲走出来，她步子比以前慢了两倍，似乎瘦了几分，发黄的脸上流淌着幸福的神采，似乎明白了什么。

江易埋头看着饭菜，只想赶紧吃完回房。

江父跟江母坐下，却不着急动筷子，看着对面两个他都不顺眼的孩子，宣布："阿姨怀孕了，以后家里的事由你们来做。"

原来几天前，江母月信没有准时来，他们就猜测有了，今天终于到医院确认了。

江父显然是在同时跟他们俩说话，但他对江母的称呼是阿姨，因为根本没把江蘅当一回事。

而江蘅对他的态度和事情都已经有了预期，心中隐隐有个顾虑，又不便当着江叔叔的面说，只得先点点头。

江母的目光却很怯弱，显然是怕两个孩子反对，见江蘅点头才稍感安慰。

"啪"的一声，江易的筷子直接掉到地上，江蘅弯腰捡起来，到厨房洗净再拿出来递给他。

饭后，江叔叔看电视，江蘅刷锅洗碗，妈妈轻轻到厨房看她，很是愧疚地解释："蘅蘅，你江叔叔一直希望再要个孩子，现在说是放开了，我们就……没有跟你商量，你生气……"

江蘅摇摇头，她当然不会生气，近年政策放开，很多能生的家庭都生了，比如她的舅妈今年也拼着三十五岁的高龄生了二胎儿子。何况妈妈和江叔叔是二婚，并没有共同的孩子，能负担得起的基础上选择再要，也是人之常情，她理解，只有一个问题："妈妈，我没有意见，但是您的心脏能承受吗？"

这是她唯一关心的问题。

妈妈说:"医生说可以的,只要定期复查就好。"

江蘅拿着妈妈的病历,背着她去医院挂了号问过医生,得到同样的答复,心脏病人在控制良好的状态下也可要孩子,这才放心。

从那天起,家里几乎所有事情都是江蘅做。妈妈在家养胎,每天早上起来她准备全家的早餐和妈妈的午餐。她跟学校申请不上晚自习,每天放学买好菜回家做饭,然后洗全家人的衣服打扫房间,除了全程戴着耳机听英语,丝毫不像还有两个月就要中考的孩子。江易经常要帮她洗碗,江蘅推辞,他也磨着不出去。但他总是洗不干净,每次江蘅都得再洗一遍。

她忙碌于灶台、阳台和书桌之间,丝毫没有几个月前在球场奔驰的影子。

她孝顺而贴心,不仅把家务打理得井井有条、一丝不苟,每天炖各种汤给妈妈补身子,买来各种据说对宝宝皮肤好的水果削好给妈妈吃。她成绩没受到丝毫影响,二模考得比一模还好。

江易的成绩反而每况愈下,5月的月考直接年级垫底。江叔叔无暇顾及,他满心都在江母肚子里的宝宝上。

可惜,江母毕竟不年轻了,胎象不稳,不到三个月就开始见红,加上心脏负担加重,供血不足,经常晕厥,虽然他们都小心翼翼,6月初,孩子刚满四个月,刚显怀,胎停育。

清宫手术,能看出是个男孩。

术后,江蘅在医院照顾江母,江母整夜抱着她哭泣,她为没能给江父生下一儿半女却顺利生下过她感到抱歉,江蘅只能温柔而和顺地拍抚母亲的后背。

江父痛失爱子,整天整天地在阳台抽烟。江易则在背后骂他,阿姨身体不好,又这么大岁数还要什么二胎。

江母出院回家坐小月子,依然是江蘅照顾她。那是6月中旬,离中考还有不到半个月,学校已经不要求必须到校,江蘅全天在江母床前照料,表面只在母亲哭累了睡着的时候抽空复习,但其实她已经准备得很充分,并几乎除睡觉外不间断地在脑海里回放重播。

中考，她以全区第二名（第一名含加分）的成绩被全市最好的高中Y大附中录取。

她没什么反应，从平时表现来看，如果不是这个结果，便是发挥失常。妈妈还沉浸于流产悲痛，江叔叔更置若罔闻，江易看不出悲喜，高渐明很节制地给她寄了一张明信片。

整个暑假，她一边自学高中知识，一边照顾妈妈，妈妈因流产大伤元气，因悲痛心脏问题加重，身体非常虚弱，需要像照顾婴儿那样精心呵护，疏导排解。

Y大附中要求全员住校，但江蘅申请走读，因为妈妈需要人照顾，家务也需要人做。这时候江父才觉得有这么个继女也不错，免费长期的保姆，而且知冷知热，值得信任。

江母只是心疼女儿辛苦，她是那种只要自己能动绝不会麻烦别人的人。但是她并不知道，高中生这样根本不正常。因为在她的观念里，十几岁的女孩在家里干活照顾弟弟哥哥是应该的。她的成长环境里，根本没有几个女孩子读过大学，她自己也仅是初中毕业。虽然江蘅考到全市最好的高中，她高兴归高兴，可潜意识里觉得都是一场空。因为"教育""学府""知识"对她而言都是模糊的概念，柴米油盐才是现实。在她的脑海里，女人，家庭是第一位的。结婚前，这个家是娘家；结婚后，便是夫家。如果女儿结婚成家，她就是瘫倒在床命不久矣，也绝不让女儿舍下小家庭来照顾她。

江蘅从不反驳她，她总是快速高效地完成家务，便全身心投入学习中。所幸Y大附中离家不远，来回的路程并不耽误时间。江蘅依然是那个争分夺秒的江蘅，几乎从不给自己留休息时间，就连买菜做饭之时，也都戴着耳机听英语或者文言文。

她的时间安排比很多高三的同学还紧密，但观者并不会觉得紧张，因为她从不匆忙慌乱，有条不紊，不知疲倦，不舍昼夜，严谨准时得像一台机器。

江易升入高三，学校每周只放半天假，作业量陡增，江叔叔化大价钱给江易报了名师的辅导班。不同于青春文学里相互取长补短的主角,江蘅很少参与江易的学习,尤其是他高中以后。因为她认为教育是门学问,归纳总结要点、传授方法技巧,她不可能比专业的有经验的教师教得清楚。亦因为她发觉她在旁边,他本就难以集中的注意力会更加弥散。

江易天天补习居然毫无进步,成绩不升反降,江叔叔大发雷霆,他用了几个月的时间,勉强接受了江易大概率是他此生唯一的孩子这个事实,再次被这个孩子的不如人意气得七窍生烟。

家长会上,上一届优秀毕业生的母亲被请来分享经验,她第一句话就是,我家孩子高中这三年,我苦不堪言。

家里有两个高中生,本该是空气都沉重如山,但江家除了每回江易考试出成绩后江叔叔的大发脾气,毫无紧张压迫感。

别人家的高中生都是重点保护动物,父母恨不能把饭喂到嘴边,孩子除了学习什么都不用做。而他们家,不仅高一的江蘅包揽所有家务,高三的江易也开始热衷于帮忙干活。

晚饭后,她正在厨房关着门边听听力边洗碗,厨房门轻轻被推开又关上,不到三平方米的小空间多了个人。

江易垂着头走过来,就要帮她刷碗。

江蘅温和地说:"哥哥,你去休息吧,我一个人可以。"

江易含含糊糊道:"不用,我跟你一起。"

江蘅目光略复杂地看了他一眼,江易回避着她的视线,伸手接过她刚洗净的碗,用毛巾擦拭。

一个月后,他做这个动作的时候,却握到了她的手臂上。

她的手很美,完全符合"纤纤玉手""春葱""柔荑"等美好的词语,但不算柔若无骨,她柔而有力,十指纤细而灵巧,只是因为沾水触感冰凉。

江易并没有感觉到冷,他没有任何感受,感官好像全体失灵,大脑一片空白,本能地瞬间抽回手,猛地转过身,脚步紊乱到差点把自己绊倒,跌跌撞撞,落荒而逃。

江蘅没有惊呼,没有松手,没有闪躲,没有呆滞,她仅仅是拿着碗，连手带碗再次泡进水里，细细地又洗了一遍，再拿抹布擦干，放进碗柜。

虽然他极力掩盖，但她一目了然他紧绷的身体里有什么在呼之欲出。

数年前就在若隐若现，她也早有察觉，不知道怎么面对，只能希望那是错觉。她把听力的音量调大了一挡，加快速度洗完剩下的碗。

一连数月，没有再起波澜，他们平静地度过了十八岁和十六岁的生日。

表面风平浪静，他们默契地保持距离。

她依旧洗碗，他再没踏入厨房一步。

她依旧给他送洗净晾干叠好的衣物并给他打扫房间，只是改为他晚自习不在家的时候。

这一天，夜里三点，她结束学习，简洁利索地拿着装有换洗衣服和洗漱用品的盆，走进厕所准备洗漱洗澡。

她总是在这个时间洗澡。

因为妈妈一直对于让江叔叔抚养江蘅心怀有愧，所以她尽可能不让他感受到江蘅的存在。自从搬进江家，她的牙刷、牙杯、毛巾等物品，妈妈都让她放在自己房间，洗漱时再拿过去，用完便带回来。而她去洗漱洗澡的时间，只能在江叔叔睡着的时候，避免让江叔叔看到她的人，听到她制造的声音，上厕所也尽量在夜晚。江蘅一一做到，这不是什么大事，她一向通情达理。

何况她是这个屋檐下起得最早、睡得最晚的人，早起是因为做早饭，晚睡则因为她总要学习到两三点。她觉得把时间花在不省人事的睡觉上是一种浪费，在体校每天六点半吹哨必须起床，而她总是挑灯夜战到两点才安枕，这也是她踢球五年又大病一场，中考还能考上全市最好的高中的原因。

当年体校还没翻修，宿舍楼里没有通水管，厕所澡堂都是单独的。洗澡要经过大半个校园澡堂。澡堂的窗户密封条年事已高，四处漏风，最冷的三九天，洗个热水澡堪称冷热两重天，而她当时身体素质很好，从不感冒头疼。但现在，即便是炎炎夏日，她也要把窗户关得严严实实，虽然手术过去了一年，腹部的刀口都褪色成淡淡一条线，她对冷的敏感却丝毫未减。

她穿着宽大的毛衣和运动裤走进浴室，带上门，打开江父为省电装的小夜灯，黑暗的厕所仅此一缕幽光。她把盆放在洗脸台上，正准备脱衣服，脑海中回顾着刚才做的那道数学压轴题。她永远是这样，不是做题，就是想题。

她突然停下，因为听到很轻很轻的脚步声，随后厕所门被推开。

她没有锁门，因为门锁是坏的，不仅卫生间、主卧、两个次卧、厨房，这个家里除了防盗门，所有的锁都是坏的，在九年前她跟妈妈搬来时就是如此，江叔叔没有修的意思，妈妈不敢提，她更不会问。

江薇站在洗手台后的镜子前，看着镜中走进来的身影，思路原地中断。

江易反手带上门，走到她背后，低语："薇薇，我……"

他吞吞吐吐，欲说还休，似要解释又如欲告白，最终什么都没说出口。他压抑的懦弱太多，量变到质变，变成大胆，两步上前，用行动代替了语言，从身后抱住了她。

她刚才听他有话要说，便下意识打算转过来看着他，但他抢在她之前，因为他不敢看她的眼。

他抱得很轻，仿佛她是棉花糖做的一般。她惊讶过后，便准备跑出他的怀抱。而他察觉到她的动静，手臂突然收紧——这一抱，他用了好几年才鼓足勇气，怎么能放弃。

这不是她第一次被拥抱，妈妈多次悲伤时抱着她无助地哭泣，以前在球场也经常跟队友拥抱庆祝，有时还被对手抱摔，但除儿时高渐明搂她庆祝再没男性近身。

他的手臂固执如铁，炙热的呼吸喷在她颈后，她全力竟也挣不开，只得开口劝道："哥哥，你放开我。"压着声音，怕吵醒妈妈和江叔叔。

江易向来听她的话，这一次却恕难从命。江薇只能继续挣扎，他刚才仓促间把她连人带胳膊一起搂住，手臂箍在她肋骨处，她试图摆脱,他跟着收紧,但他的手突然无意中碰到她胸口的柔软——

他只觉得自己亵渎了信仰,心慌意乱,手不自觉地一松。怀里的江蘅得到机会,一个扭身逃出,她居然没直接逃跑,而是转过身来直面他,双眸就像被投入石子荡起涟漪,但逐渐恢复平静的温暖湖面:"哥哥,你为什么这样?"

他胸膛下剧烈起伏,就像刚被轰炸过的余震,根本说不出话,背过去不敢看她,手都不知道往哪儿放。

江蘅看着他的背影,柔声道:"我知道高三压力很大,你又是这个年纪,对女性有好感很正常。但我是你妹妹,我们不能这样。你现在要好好学习,考进一个好大学,会结识更多更好的女孩……就像一句话说的,你见过海洋,就不会再留恋池塘。"

换作别的女孩,也许给他一巴掌扭头就走,也许疾言厉色厉声指责,也许抱着自己的身体惊慌未定,也许跌跌撞撞逃离现场,谁能想到她会这样条理清晰循循善诱?

他背对着她,背影僵硬得像木头,似乎点了点头。

她的语气就像在安抚雷雨交加的夜晚受惊的孩子:"我们都把这件事忘了吧。"

他出去以后,她只觉得脚下发软,倚靠在洗手台上。她并没有表现的那么淡定。就像以前在球场上,无数次被撞倒后若无其事地爬起来继续奔跑,其实她并不是不疼痛,只是必须保持冷静。

十四

次日,他起床时看到了在厨房忙碌的她,看上去一切正常。只有她自己知道,那天她早餐很罕见地也吃了煎馒头片,这是他喜欢的做法,不过她吃的是单面煳成黑色的,煎第一份时心神恍惚导致焦煳,重新弄第二份给他,煳的她来吃。

虽然他点头答应,在饭桌上也一如既往地深低着头,跟她没有半点眼神交流。

她再次做出改变。她不再在家里洗澡,改为午休时间去学校澡堂。但她清楚这个办法还是治标不治本。

晚上,江叔叔在客厅看电视时,她去打扫主卧,妈妈虚弱地躺在床上,她十分钟扫完地擦完桌子换完垃圾袋,准备出去之前,伸手拿掉耳朵里的耳机,走过去跟妈妈低声说:"妈妈,我没有别的意思,只是学习任务很重,我想去宿舍住,能不能让江叔叔请个阿姨,将来我连本带利还给他。"

她已经很努力地措辞委婉,但是五年的足球生涯以及最终的选择结束让她发生了质变,变得干脆利落。

妈妈就像突然被人抽了个大嘴巴,脸色骤变,嘴唇颤抖:"蘅蘅,你……你要搬出去?"

"您别多想,住宿更节省时间。"

妈妈瞬间落泪:"是妈妈拖累你了……"

江蘅牙都要掉了:"妈妈,您别这样,就当我什么都没说过。"她目光无奈地看着母亲的泪眼,想也知道会是这个结果,她这次提议除了让妈妈哭了一晚差点病情加重,没有任何作用。

一切认命罢了。

江蘅的学习越来越好,在这个高手云集的学校都能排到上游。在理科的领域她也如鱼得水,她总能乘风破浪,淘出正确的答案。语文和英语她并不喜欢,只因为是高考要求,就像员工为生存而从事无感的职业,无关喜好就事论事地完成。

Y大附中的硬件在全国都排前几名,游泳馆、咖啡厅、阅览室、多功能体育馆……还有一个十一人制标准的足球场,午休跟晚休会有学生在那里踢球。

有时候,她会提前一些到校,清晨的球场永远无人问津。她一个人会悄悄到操场颠球,重复曾经的训练项目,虽然没有教练在旁记录,她也清楚地感受到速度、柔韧性都大不如前,她毕竟不再是从前那个少年。

蓦然抬头,仿佛还在赛场,队友在旁边穿插跑位,教练在场边摇旗呐喊,脚步声和呼喊声呼啸而过,光影划过眼前——定睛再看,空无一物。

这是每天除了睡觉,她唯一不会想着学习的时间。

期末考试,她在Y大附中排名年级前四十。江易依旧在普高中下游徘徊。

考完试当天回到家,她就开始写作业,复习下一学期的知识。下学期的内容,对她来说已经是复习,因为暑假里她把整个高中所有内容都自学过一遍,当然仅限语数英和理综,她也经过文理分科,毫无疑问选择理科。

三点多,妈妈跟叔叔早已进入梦乡。她终于关灯,躺到妈妈铺好的床上合眼睡去,因为疲惫落枕即眠。

过了不知多久,她又听到脚步声,顿时睡意全无。她睁开眼坐起,只见床边默然站着一个黑影。

虽然伸手不见五指,她还是一眼就识出了他。她六岁就跟他朝夕相处,别说他的身影,就算只是呼吸声,她也听得出来。

他的呼吸声很重,似乎内心也压抑着洪流,一触即发。

他漆黑的双眼凝视着她。

"哥哥,你有什么事?"

他喘息着没有回答,直接躺上床,躺进她的被子,翻身压住她的身体。她犹在棉被的温暖里,却被冰冷的他贴上,不禁寒战连连。

以她的反应和动作速度本不该被他压住,但冬夜的寒冷侵蚀,让她变得缓慢和麻痹。

江易在颤抖,他不敢也不想冒犯,但他实在害怕失去,又不知怎么靠近、怎么挽留。

他已经思想激烈斗争了很多天,不想再游走边缘,他要直接突破底线。

她在推他,那力度让他惶恐,他怕被推远,伸手全力抱住她,抱得好紧。

江蕙全力推他也推不开,且不说他的力气本就比她大得多,他整个人一百一十斤的重量就压得她动弹不得。

她强作镇定,用气声劝他:"你还记得我上次说的吗?"

"记得,"他给予肯定的答复,"但是,蘅蘅,我不是对女性有好感,我是……喜欢你……只喜欢你……你如果是池塘,别人最多算阴沟……而且你不是池塘……"

他反应慢,语言表达能力也很差,江蘅说什么,他想都不用想就会下意识地点头。那天江蘅的说教他根本一个字都没听进去,但当场还是身不由己地点头。回去之后,朝思暮想,组织语言,遣词造句,在心中反复演练好几个月,终于对她说出口。

他表白得无比艰难,就像是在承认自己是个小偷。他不善于表达,或许是因为从小他爸爸总是用拳头跟他说话,他并不知道怎么说出为情理不容的爱意,直接做了出来。

他冰冷的手指颤抖着拉下她的裤腰,她的双腿依旧白皙修长,他来不及欣赏,强行压了上去。

江蘅试图挣扎脱身,她曾以灵巧的技术过人无数,但现在不是球场,而是她的床。他要的不是她的球,而是她的人。现在的她,也已经不复当年。她原本就不擅长身体对抗,病后更是气虚乏力,他们体力悬殊,什么技巧都是枉然。

但是他也没能轻易得手,她一直在推拒在抗拒,他又怕伤到她,不敢用力去按她的肢体,只是傻乎乎地去抱她,试图压在她身上。

混乱中,江蘅努力保持冷静:"哥哥,你冷静点。"

江易答道:"我很冷静。"说这话的人一般都不冷静,就像自称没醉的人通常都醉了。江易内心也为他的不冷静忐忑颠簸,他竟敢如此待她!恍惚中,他贴上她,私密部位跟她错位摩擦,好像不对劲……

江易对这件事的理解,仅限于过审播出的电视剧里,男主角抱着女主角躺在床上,翻身压在女主角上面,画面就开始模糊,生命就完成和谐。高中的生物知识让他大概知道男孩跟女孩的生殖器官,二者结合,他以为脱掉裤子抱着她压着她,就是合二为一。

事到临头,才发现根本不是这么回事。

他模模糊糊地意识到,似乎是角度不对,两个人这么平行着,根本进不去，他不会拐弯。如果想凑在一起，好像得分开她的双腿，抬起她的……

那个画面他连想都不敢想，江蘅在他心里，冰清玉洁得近乎圣洁，她的双腿凝练了奇迹和艺术，他怎么可能把她摆成那个姿势？

他不知所措，心慌意乱，脑子里嗡的一声，居然无比尴尬地还没开始就提前结束。

他随后冷静下来，看到自己的杰作，只觉得自己罪孽深重，把她弄脏了。他意识到自己做了多么不可原谅的事情，大惊失色，手忙脚乱，从床上滑到地上，跪在冰冷的地板上，不住地道歉："对不起，对不起……"

江蘅还躺在床上，已经简单处理完并穿戴整齐。

她想都没想报警的事，不管他对她做了什么，她都不会把他送向监狱。哪怕他杀了她，她也会在生命的最后替他遮掩证据，让警察找到他的时间来得尽可能晚一些。

无论发生什么，她都不会去伤害他。

她也没有第一时间回答江易，她还在接受这个事实的过程里。

家里的暖气并不热，平时都需要穿着薄棉袄或厚毛衣，她只穿着单薄的睡衣，如处冰窖之中。坠入谷底地塌陷，又如释重负地解脱。

底线已基本突破了，不必再担惊受怕。就像一场比赛，比分落后，没能扳回一城，终场哨响，败局已定，没有机会再拥抱胜利，却也不必再奔跑焦虑。坦然接受失败，谁都想赢，但输也是一种结局。

她调整着呼吸，已经全部接受，慢慢坐起，缓缓对他说："哥哥，你先起来，这很糟糕，但事已至此，我们只能把伤害降到最低，就当什么都没发生过……"

而他根本听不进去，没有起来更无法释怀，反向承受不了压力哭了出来："蘅蘅，我知道错了，都是我的错，但我实在不知道该怎么做……我妈走后，我爱的只有你。我已经失去了她，我不能再失去你……"

他开始痛哭流涕："你知道吗，她走的那天，就在对面……当时我住在这里，我爸在主卧……"他很多年没这么叫过江叔叔了，或许是在最伤感的时候,措辞都变得柔和,"我妈住我现在那间,他们一直分居。那天夜里,我们都睡了以后……

"她没有留下一句话、一个字。当时她已经好几个月没跟我说过话了……

"那天晚上,不知道为什么我睡得特别不安稳,到后半夜就睡不着了,突然特别想去看看她……"

江蘅已经坐到床边他的面前,看着他的双眸里只有温柔和怜悯。他的神色那么痛苦,仿佛回到那个不愿回想的瞬间,甚至比当时更痛苦,因为那一幕永远定格,因为他从未遗忘。

江易哭道:"我看到……我看到满地都是血,她倒在床边,坐在血里,脑袋耷拉着,脖子有一道很深的伤口,翻出来白花花的肉,血还在不停地流……我去拉她的手,想把她拉起来,但满手都是滑滑的血,怎么拉都拉不动,我脚下一滑,倒在她的血泊里,感觉那些血一点点冷掉了……我满身都是我妈的血,后来我想去洗,又不舍得洗,因为那是我妈留给我的最后的东西……"

他哭着抱住她的双腿,就像溺水的人抱着浮木,泣不成声。泪水打湿了她的裤腿,她仿佛看到了数年前被江父打得左眼短暂失明、伏在她怀里哭喊妈妈的那个小男孩。

江叔叔跟江母说,江易母亲是死于意外,从没解释过其中详情,江母从不敢问,江蘅更不会问。

这房子是江叔叔单位分的,不能出租或变卖,他没钱买新的,只能继续住。江易也绝对不想走,因为这里到处都是他妈妈的回忆。

他妈妈去世后,那间卧室就空了。后来,江蘅母女要搬进来,江叔叔找人把江易妈妈自杀的次卧打扫干净,准备给江蘅住。江易坚持要自己住,让江蘅住他那间。他不想一个小女孩一无所知地住在出过人命的房间,也不想妈妈的亡魂看到父亲另娶新人的孩子。江父不同意,他嫌凶房不吉利,不让儿子去。对江易来说,那是他亲妈,跟他血脉相连,他怀念守护尚且来不及,又怎会嫌弃。他自己搬进去,被父亲打了好几次,最后他威胁父亲,要把妈妈的死状告诉江母,江父才不再阻拦。

这些事，江易没有再说，他淹没在那片暗红、沉浸在悔恨里。

"那天晚上我要是早点起来，就能阻止她，我怎么没起来啊……"

他妈妈性格固执而抑郁，自从结婚、产后更甚，她不同江父交流，甚至也不理会嗷嗷待哺的江易。江易小时候本来以为妈妈不爱他，直到有一回，他不小心打翻父亲喝剩的罐装啤酒，弄脏了搭在一旁的警服，江父过来一脚把他踹倒在地，继而是拳打脚踢。

那是江父第一次打他，那时他五岁。

他不可避免地哭叫，但没想过会有人帮他，抱着头缩成一团挨着拳脚等待江父消气时，突然看到一个黑色的身影，那是他妈妈。她冲过来将江父撞开几米，紧接着就对他连撕咬带抓挠，江父愣了下就一巴掌把她打得摔出去，而她不管不顾地再度扑向他，跟他扭打在一起。两个人瞬间都挂了彩，她凶狠的姿态简直像一头母狼，以至于那时强壮的江父一时间都无法制服。

她和他搏斗着，嘴里发出似叫似吼的声音，因为多日不说话，也因为情绪激动、剧烈运动，她的声音尖锐而含混，不易分辨。江易愣愣地坐在地上，半天才听清楚，她说的是："你敢打我儿子！"

原来妈妈一直把他当作儿子的。

往后这么多年，每当想起那一句话，想起他妈妈扑过来的身影，他都会和五岁的自己一样，泪流满面。

这段过往足以成为任何一个孩子的阴影，足以打动任何一颗尚有人性的心，江蓠怎么可能不动容。

他绝不是故意卖惨博得她的同情，只是在跟最喜欢的女孩差点发生了最亲密的关系这最脆弱的时候，忍不住说出了心底最深处埋藏多年的秘密。

那是他毕生难愈的伤口，他用自闭和阴郁将它藏在心灵深处，但从心理学上讲越痛苦越要倾诉，越压抑越破碎，自从母亲离开，他已经苦苦抑制了十一年，但毕竟才十八岁，终于溃不成军。

她情不自禁地伸出手，抚摸着他的头发，柔声道："哥哥，那不是你的错……"

他哭到哽咽："对不起，对不起……"不知道是说给死于非命的母亲,还是差点被侵犯的她。

江蘅弯下腰,轻轻拍抚着他的后背:"没关系,没关系……"

仿佛回到十年前那个夜晚,泪流成河的男孩,温柔安抚的女孩,漆黑如水的长夜。

但他们早已不是那个纯真无邪的年纪与关系。

待他稍微平静下来,她继续轻轻拍着他的后背,声音温柔得没有一丝私情:"哥哥,我不愿意在你这么伤心的时候说这些,但不能不说。你永远不会失去我,我们永远是亲人,力所能及的事,我都愿意为你做,但我们不能成为爱人。"

这两个"但"如雷轰顶,击碎他残存的自尊,他再也无法驻留,猛然从她怀里抬起头,头也不回地冲了出去。

跟十年前一样,天亮后他主动地躲避她,就像躲避最不堪的往昔。早餐,她照旧把煎馒头片递给他,这回正常发挥,一次成功,没有煎糊。她已经修炼出来了。他却没有接,腹中空空便背包要上学去,惹得江叔叔摔盘子摔碗。

她觉得这是好事,说明他总算长了志气。

然而一周后他的目光又开始往她身上游移,她预感事情又要曲折。

他不知道她怎么还跟以前一样对待他,在他看来发生亲吻就算私订终身,何况他们只差一步就融为一体。

他看着她的身影,听到她的脚步,甚至是想到她住在这个屋檐下,都会回忆起那个涕泪交流的夜晚,胸口就像被灌了一碗滚烫的蜂蜜。

两周后,他终于忍不住,再次在夜里进了她的房间。

那是午夜三点,他推开她的房门,看见紧闭的窗帘之下,台灯萤火般的光晕。她坐在灯前,徐徐书写着题目。

他顿时觉得自己像见光则毙命的魑魅魍魉,被照出丑陋卑劣的本质模样,却又无法压抑对那光亮的向往。

他走进去,推上门,站在角落,声如梦呓:"蘅蘅,对不起,我就……就想看看你,马上就出去。"

江蘅转过身来,灯光勾勒得她的脸颊更白皙。江易羞愧地别过脸去。

她披着开身的深灰色毛衣,见他穿着单薄的睡衣,站起身从衣柜里找了块蓝色毛毯,走过去递给他。

"不用……"他下意识地拒绝,怕弄脏她的东西。

江蘅明白他的意思,轻轻把毛毯打开,披在他肩上,语气温和地说:"哥哥,坐吧。"

江易似梦似幻地顺着她的手势,坐在她的床边。他们俩的床都是按江父意思布置,硬木板铺了一张薄褥,再铺上淡蓝色的床单。但江易坐在她这里,就觉得格外柔软。

江蘅回到桌前,继续书写,神态安然,仿佛他不存在。

他披着温暖的毛毯,看着台灯下她奋笔疾书的背影,觉得荒唐又幸福。屋里没有一丝烟雾,他却仿佛看到蓝田日暖。

恍惚中听见她说:"哥哥,你快要月考了,准备得怎么样?"

"啊。"他仓促地应着,"还好。"好什么好,他完全没有学习的心思,每回都是裸考。

她的声音很平静,平静得很严肃:"如果你不困,现在应该也是准备时间。"

江易无声地笑了笑。他妈妈生下他就在抑郁,从没关注过他的任何事,包括学习。他爸爸给他的除了暴力还是暴力。他只能在她身上感受到电视剧里才能看到的家人温暖。

江蘅的亲妈式说教还在继续:"人可以做错事,但不能做蠢事。"

江易抿抿唇,道:"可是我不是没学过,是学也没用。再说……"他转过去背对着光晕里的她,"我这样的人,也配有未来?"

江蘅的视线从卷面上抬起,只听他一字一字地道:"我只是个强奸犯,就应该进监狱,根本不配参加高考,更不配他让我报的警校。"

她放下笔,回头看着他,双眸明如秋水:"谁说你是强奸犯,我第一个反对。"

江易大震,颤抖着看着她,如蒙特赦地难以置信,又唯恐自作多情地胆战心惊,生怕她话锋回转,说出扎心的话,比如:"你就是个畜牲。"

她的声音传来,就像往他心里种下一盏灯:"你只是年轻时做了一件不好的事，不应该被这件事影响终生，那不能代表你的本性。"

他大受震撼，视线一片模糊，站起来走出房间。

次日早晨，那块蓝色毛毯被叠好放在餐桌前她的椅子上。

十五

江易主动申请去学校住宿。简陋的十二人间，勉强挤下六张金属上下床，床间距为零，就像货架上罗列的沙丁鱼罐头般罗列着。床架的漆都脱落得斑斑点点，露出红黑色的锈。男孩们就像焖烂的鱼肉躺在里面，把他们烤熟压烂的是模拟考和高考。

江易算是插宿生，被安排在别班男寝的空床，他原本就默默无闻，在自己班里都是背景板、空气人，更不要说其他班级。整个宿舍没人认识他，他也不认识任何人。这个阶段他们当然没时间也没心情交朋友，都把彼此当作会呼吸、会走路的大号台灯。

这种脚都伸不直的局促环境居然让他感到前所未有地放松，因为跟他爸不在同一屋檐下。尽管每天要听那十一个男生因为开空调还是开窗争执不休，鼻腔里充满汗臭和体臭，经常被打呼磨牙放屁梦话吵得睡不着，但至少呼吸是自由的。

倒计时终于变成一，高考来临，学校净校清场，住宿生也必须回家。

6月6号，他回到家里，江蘅也在。晚上，他又忍不住走到她卧室门口却不敢进去，只站在她门前，看着门缝透出来的黄色灯光，便感到莫名地心安。

接连两天的考试也很顺利，虽然依然有很多题连题干都读不懂，就好像一个个陌生的国度，近在眼前，却没有连通的路径，他走不过去，也不想走过去，他觉得他已经是在场最幸福的考生之一：高考阶段，一日三餐，都是自己喜欢的女孩做的饭，晚上睡觉，也跟她二门之隔、方丈之远，而且他们之间曾有几乎是世上最近的距离……他敢说全国考生有如此经历的都没几个。

6月8号，考完英语，他兴冲冲地走出考场，意料之内的，没有看到她的身影，却看到江父站在人群之中。

幼儿园他妈妈接送过他几天，往后便都是自己上下学，从没有过父亲在校门前等候他的先例，刹那间有点恍神。

儿时记忆里的父亲高大、挺拔、严肃，领带平整，裤腿笔直，脸部棱角分明。

眼前的江父两鬓斑白，面容沧桑，一米七出头的身高在长大后看来算不上伟岸，穿着宽松的灰色老头衫和黑色短裤，脚上穿一双拖鞋，早已不是当年那个非工作时间也酷爱一身警服的青年。

阳光灿烂，就像刑满释放。

江父朝他迎过来，急不可耐地询问着："考得怎么样？感觉难不难？"

江易怀揣心事，没有作答。江父急躁起来："怎么不说话？都不会吗？你干什么吃的？我就多余问你，难题简单题你都不会做，你这个废物！"

江易心烦意乱还得应付他，更是一个头两个大，随便吼了声："你走啊！"

他加快脚步，把日渐苍老的父亲甩在身后。

江易在父亲的狂轰滥炸中闯进家门，满眼期冀，只见江蕊也从厨房走出来，目视着他柔声询问："哥哥，考得还好吗？"江母也在女儿背后投来关切的目光，她从未以继母的位置自居，但对继子的关心绝非虚情假意、表面功夫。

他硬着头皮道："还好。"

正常发挥。没有偏科。

那边江叔叔接了个电话，冲过来把江易一把按在餐桌前："网上能找到标准答案了，赶紧估分！高叔叔说渐明估了六百五十多分，你跟他根本没的比，你什么都不是……"

他确实是迫不及待地想知道儿子的分数，期望有奇迹发生，话到嘴边却变成恶言。

江易才不配合，让他再看一眼试卷都是煎熬，何况他出考场就把答案忘得干干净净，而且很多题目是蒙的，早就不记得了。说实话他现在只想做一件事——和江蘅待在一起，他觉得她那么宽慰他，否认他是强奸，说明他还有机会。但他不敢当着她妈妈表达出来，只得甩开他父亲自己回卧室。

江父在背后大骂："我怎么生了这么个畜牲……"

江蘅温凉的声音："叔叔，您别生气。今天哥哥高考结束，应该是个开心的日子。估分的事，我去劝劝他。"

江母也在劝："是，是啊，你别生气……"

江父气急败坏地喊道："今天是他走向灭亡的日子！爱估不估，我不管了！"然后就是愤怒的摔门声。

两分钟后，江易的房门被敲响，很轻的两下，他赶过去开门，差点被自己的脚绊倒。

他抬起头，这两天第一次定睛看向她。虽然他回家后余光一直锁定她，但总不敢正视。只见她梳着低马尾，身穿着Y大附中校服，白底红边的短袖和长裤。肩膀一片平整，没有胸衣肩带的轮廓，因为她从来都在里面套短袖。一来，她怕冷，再热的天也穿双层。二来，这是当年双层球衣留下的习惯。

她走进来，面朝着他，手腕一转反手带上门，一如在赛场高效利落，说话声音却很温柔："哥哥，如果不太累的话，最好趁记忆清晰估下分数，研究报志愿可以作为参考。"

面对她，江易马上换了态度："你叫我做，我就做。"

江蘅行动力向来很强，很快用江易手机帮他找到估分软件递给他。

她那个级别的学生通常考完试就立刻对答案估分，不知道江易这种学生根本不愿也不需要提前估分，他一如既往到不了五百分。

"对不起……"江蘅没看屏幕，看他表情已知结果，温柔地微笑道："哥哥，我没有关系，你已经努力了，希望能考上理想的院校。"

江叔叔一直让他报警校，这样只要通过联考就有稳定工作，她不便参与这么重要的事，不发表意见。

江蘅放好刚才估分用的手机，略一斟酌，开口道："哥哥，现在考完了，我有些话要对你说。"

江易顿时紧张地看着她。

江蘅语气依旧温柔地陈述："两个月前我妈妈复查，心功能各项指标基本正常，不是很需要我照顾，我学习量也越来越重，住宿效率会更高些。所以我现在住学校，这两天因为高考临时放假，今天晚上就要返校了。"

她说的不是要一刀两断。江易如释重负，他本来反应就慢，在她面前更是几乎没有思考能力，根本没意识到这个行为本就意味着离开，直接习惯性地点头："你觉得好就好。那晚上我送你过去。"

江蘅善意地应着他："不用了哥哥，你在家里休息吧，我自己就可以。"江易不同意。她九岁那年，去体校住宿报到的下午，隔着门对他说再见，十一岁的他站在门内压着门把手，想出去跟她道别，却怎么也没勇气拉开门，直至她的脚步声渐行渐远消失不见。

这一次他一定要送她，但最后也没送成。因为晚饭前江叔叔回家了，江易不估分他动怒，估完分他同样大怒。他拿着早已弄来的上届分数线和志愿报纸，翻来覆去地分析各个警校可能性，说着说着就话锋又对准江易不争气没出息，父子大吵一架，江蘅终于还是得以独自出家门。

她出门后不久，就在晚风里看到了一个人。

那是天黑最晚的季节，晚上七点天幕仍是蔚蓝色，路灯珍珠项链般妆点道路的脸，温热的晚风吹得枝繁叶茂的杨树沙沙作响，远方的路灯宛如一条看不到边的珍珠项链，在蔚蓝天幕下发着一串清冷的白色灯光。

项链远端有个高挑而清俊的十八岁少年牵着一个穿着米色连衣裙、白色凉鞋的九岁女孩，女孩长发柔顺光泽，容颜温秀雅致，衣着款式简洁却大方文雅，气质文静却在蹦蹦跳跳，对少年有说有笑，少年含笑应着，眉眼间满是宠溺疼爱。终于，女孩眺望路灯项链的尽头，嘴角笑容消失，若有所思地凝视，脚步也慢下来，少年迁就着她的速度也停下来，清澈的眼里满是不忍和怜惜。女孩似乎不想回家，最后却又有所牵挂不得不回。她主动伸手叫了一辆出租车，少年为她打开车门，他们先后坐上去，车子开远。

高渐明站在江蘅面前几米处，远景那串路灯的光亮遥遥从他身后映过来，他身材高挑，发梢被汗水打湿，明亮的眼黑白分明。

"渐明？"

"是不是要问我怎么来了？"他的笑意微带压迫感，"你不肯去，只能我来啊。"

他们已经近一年没有见过，他凝视着她皎洁的脸庞，她从稚气未脱趋于成熟，眉眼间有种沉着的气质，却跟记忆中一模一样。

6月6号的傍晚，他给她打电话，告诉她考完英语走出考场希望看到她，说完便挂断，连续两天心无旁骛。

然而今天下午三点四十分，考场门外，他看到的是他明确拒绝过的、穿着旗袍的高妈妈。

数小时后提起，他眼里仍不乏失望之意。

当年江蘅拒绝他是果断干脆，现在更是毫无悬念："抱歉，我不去对你更好。"

高渐明的眼睛明亮而锐利，想在她身上看出端倪却徒劳无功，敏锐的嗅觉还是察觉到异样："发生什么事了吗？你好像比以前更排斥我了？"

江蘅道："什么事都没发生，我也没有排斥你，只是觉得我们不必再见面。"

高渐明扬起嘴角道："还说没有？两年前你可不是这态度。"他嘴角的笑容消失了，"你交男朋友了？"

"没有，只是因为我们都长大了。"

"莫名其妙发出这种感慨就证明你有事，告诉我怎么了？"

他上前一步，似乎要把她掌控。虽然他还在成为警察的路上，但是他这种刨根问底、明察秋毫的性格，实在很适合这个职业。

夏风拂过，在鬓角流芳，江蘅强迫自己调整状态，对他微笑道："一点事都没有，渐明，我对你的态度跟两年前一样。"

刚从高考战场下来的人，最懂得什么叫愈挫愈勇、屡败屡战："巧了，我也一样。"他看着她背上的书包，"你要去哪儿？上辅导班？"这种假设都让他觉得奇怪，江叔叔会出钱给江蘅补习？

江蘅淡淡道："是回学校。"

高渐明点点头，想说什么又忍住，转而豁然道："本来想说送你，估计你不想让我送，就不为难你了，正好我今晚班级聚会，我们改天再聊。"

江蘅道："谢谢。听说你考得不错，提前祝贺你考取理想的大学。"

"又是我爸在那儿乱说，"高渐明语气随意地笑道，"到时候发现答题卡涂错，直接落榜复读就尴尬了。"

江蘅轻声笑道："别这么说，不会的。"

高渐明是多严谨的人，他不算多顶尖的学生，最难的题往往做不出来，却能稳定在六百五六十分，就是因为他会做的题从不失分。

江蘅回到学校，一方净土，耳清目明，学海无涯。

她并没有多喜爱除去数学其余的学科，语文和英语甚至越学越厌恶；也没有多强烈的欲望要通过高考改变命运，她早已想好未来的职业；亦没有树立一个理想的目标学府作为憧憬，虽然所有老师都定义她要预备清北；她更不在乎班级年级的排名，她只在球场上争第一。

她夜以继日，废寝忘食，不知疲惫，只是觉得学习比休息有意义，只是不想浪费时间。

高考分数公布，高渐明六百五十七分，过一本线一百二十分，最终被公安大学录取；江易四百九十三分，过二本线五十四分，被警察学院录取。

高渐明跟他朋友一起出国旅游，在踏入警校的严格规范之前，享受这个最轻松也最漫长的假期。江易独自待在家里，他不打游戏，不玩手机，他觉得电子产品都是张牙舞爪不通人事的怪兽。他每天坐在椅子上面壁发呆，一待便是一整天。

他只是很思念她，她临近期末，连续几个周末不回家，他终于决定去看她。7月初的一个礼拜六，下午两点，最炎热的时候，大地反复变成桑拿室。坐到出租车上，司机开着空调，冷气逼人。他握住短袖没遮住的手臂，自我取暖。

他不喜欢空调。儿时他爸为省钱省电根本没安装空调，从来都是凭肉体硬抗夏暖冬凉，但他就是觉得夏日的酷暑比冬季的严寒好受得多，可能是心理上已经太冷，物理上自然倾向热一点。后来江蕺因怕冷连自然风都无法承受紧闭门窗，更让他彻底选择趋暖而避寒。

这是他第一次去Y大附中，这个无数学生家长久仰大名的殿堂，在京内有多个分校，校服均为红白相间的款式，只是背后的校名略有差别。江蕺他们是本部，只有四个大字，没有任何续貂。

他没想到Y大附中的校门居然对着马路，校门前的平地很有限，这样从正门看没有纵深，颇显突兀。校门口装有道道围栏，假山般宽大的牌匾印着校名，庄严肃穆。因为周末的缘故，校门处空空无人。

他径直走过去，毫无疑问被门卫拦住盘问，最后他以哥哥来看妹妹之由勉强过关。

走进校门，绕过那面牌匾，他发觉Y大附中大得超出他的想象，一眼望不到边，仅教学楼就有数栋，根本不知道从何找起。偶尔会有三三两两的学生走过，在周末的校园自由活动，有意无意看到他，都视如空睹，没一人目光为他驻留。

他外表过于平凡，穿着最普通的白色短袖，扔在人群中存在感还不如空气。兜兜转转，左右打听，总算是找到江蕺所在的宿舍楼，宿管把他带到一楼的快递收发兼家长见面室，打了个座机电话把江蕺叫下来。

江蕺见到他，很友好温和地问了问他最近的情况，给他买了瓶水，心平气和地聊了几句，最后还把他送出校门。

江易本想跟她说几句心里的话，但她的脸颊在阳光下白得很圣洁，他不敢触碰。

十六

期末考试，江蕺年级排名前三十名，升入高二，分入理科第一实验班。暑假，她入选封闭式数学夏令营。Y大附中这种学校，本就以课余生活丰富多彩著称，高一的暑假更是各种活动让人眼花缭乱。江蘅当然选择数学。夏令营在暑假最后一天结束，跟开学无缝衔接，而江易8月中旬就去大学报到完美避开。

她在夏令营表现优异，老师劝说她考虑数学竞赛，江蘅委婉谢绝，数学并不是她以后准备选择的方向，她觉得不必将之作为日常。老师也表示理解，他的解读是很多竞赛生从高一入校乃至初三就在准备，她即便加入也是半路出家，希望未必有统招大。

高考生盼望三载的长假就这样匆匆流走，高中同学最后一次聚会，终究是各自奔天涯。

大学新生入校的第一件事当然是军训。

警校军训都比普通大学久。公大是三个月，江易的警校是一个月。

这是学生们从陌生到熟悉、同吃同住同流汗的最佳机会，高渐明当了区队长已经呼朋唤友；江易一如既往地融不进集体，休息时间独自坐在角落，面朝墙壁回忆与她日久天长的每个瞬间。

陆陆续续，警服发下来。学生们都兴高采烈地换上拍照发朋友圈，不得不说制服诱惑确有一番道理，笔直的警服让相貌普通变得可圈可点，高渐明那样本就明朗英俊更是熠熠生辉。他也发了朋友圈，有很多人捧场点赞，别说他本就玉树临风，就算其貌不扬，也会来很多朋友互夸互赞。但他最期待的人没有出现，难免失望，只觉得相片里的笑容都变得凄凉。

江蘅已经高二了，江叔叔也给她找了个虽不高档但基本功能都具备的手机用。他找她妈妈要了她的号码，她一注册完微信，他当然就加了她好友。手机在高中生群体很是普及，每个班都有微信学生群，某些搜题软件几乎顶替老师职能，刷题疲劳了刷刷手机也是常事。当然某些家长会没收孩子手机以免分心，但江母根本不会有这个意识。他觉得她不可能看不到他的朋友圈，那便只能是视而不见了。

他不知道，江蘅用手机只做两件事，查题和联系妈妈。微信完全是学校要求建学生群才注册，直接设定消息不提示并从不打开，她不发朋友圈更不会看，她判定那些都是浪费时间。

而江易是知晓的，所以他从不给江蘅发消息打电话。事实上收到警服那天，在一片欢声笑语里，他根本看都没看新衣服一眼，直接打包装进柜子。他看到这身似曾相识的衣服会想起那些他最讨厌的人，他父亲、高父、高渐明都曾是或将是这么一身。

他不想穿他们穿过的衣服、走他们走过的路，却还是无能地接受父亲安排。他鄙视自己。

9月，各校按惯例准备办运动会。警校如是，Y大附中亦如是。

江蘅她们班是理科实验班，班主任却是英语老师，一个三十五岁的女人，永远一身职业套裙，妆容精致，淡淡香水，脚踩高跟鞋。江蘅不知道其教学水平如何，她生来就不喜英语，在这个名师以背为核心的教学模式里直接发展为厌恶，好在她懂得勉强自己去做反感的事，就像逼迫自己放弃热爱的事一样。

班会课，班主任让体委统计运动会报名，她跟大多数的班主任一样，强调班级荣誉感，喜欢用班规刷存在感。运动会这种大型活动，要求必须全员参与，每个人至少报两个项目。

江蘅报的是女子八百米跟一千米这两项女生避之不及的项目。她的动机也很简单，别人都不想跑，那就由她来。这种长跑交给普通女生简直是折磨，对她来说就跟闹着玩一样，毕竟她曾经场场比赛跑动距离过万米。虽然她身体素质大不如前，各项成绩连省队的选拔标准都达不到，但较刚手术后已恢复了许多，甚至不逊于体育生。

两笔写完报名表交过去，她就专心做数学题了，无视班主任明晃晃的目光，别说只是用眼神警告，就算是点名喝止她都不会听的，这又不是英语课，她觉得她有权支配并利用自己的时间。

班主任已经清清楚楚地开口："江蘅，听说你以前是踢足球的？还差点选进国家队？"

此言一出，班里不少学生抬眼看向她，江蘅面不改色地抬起头，看着班主任答道："嗯。"

不是大众熟知的国家队，是U15青少年国家队。不是差点选进，是入选主动放弃。但她并不会纠正，好汉不提当年勇，何况她不到长城半途而废也非好汉。

她的同学们也都算是学生里的佼佼者，闻言还是引起不小的骚动。国家女子足球队？这些在课堂考场长大的孩子，对体坛的理解仅限全民狂欢的大型赛事，人声鼎沸、气势恢宏的竞技场……他们面面相觑，实在很难把那么盛大动感的场面跟眼前静静书写数学题的江蘅联系起来。

班主任站在讲台上，手按着多功能媒体，脚踩着深色高跟鞋："学校准备让你在运动会开幕式表演一段足球，就是那种一下一下地自己踢球，像海豚顶皮球那样……"

有知情同学提示："颠球。"班主任无所谓地继续道："对，颠球。你颠半分钟没问题吧？体育老师说这是你们的基本功。"

江蘅似乎斟酌了下措辞，才缓缓开口答道："老师，不好意思。那是足球，不是杂技。"

班主任面露怒容："你说什么？我们还有舞狮表演，难道参演同学都是小丑吗？"

江蘅声音如清水："舞狮是观赏性的节目，足球虽然也有娱乐性，但它是十一个人的运动，是行云流水和灵光乍现，而不是一个人在台前献艺。它可以是运动员兴起的乐趣，却不该是要宝的手段。"

班主任嘴角抽动，显然对她的拒绝极为不满，还是强忍怒意，又问："那你为什么不加入学校女子足球队？我们是市里少有的几个拥有女子足球队的学校，准备参加高中生联赛，你既然有这个经验，就应该尽一份力，为学校争取荣誉。"体育老师跟她说过，小时候在体校接受过专业训练的孩子，几年不碰球，高中加入校队都是碾压式的存在，更不要说入选过国家队的小运动员，那是千中挑万中选的高手。

江蘅淡淡道："因为我已经不踢了。"

所以体育选修课，她都选择田径而非足球。她把足球留在每个无人的夜，月光里相会，一个人，一个球，念念不忘的回响。

说完，她再度拿起笔，专心致志地书写数字符号。

班主任被她气得脸色发青："不要因为数学不错就自以为是，比你优秀的大有人在，而你的语文跟英语，跟班里靠前的同学还有很大差距！"

江蘅头都没抬，声音平如止水："老师，我知道，我没有自以为是，只是实事求是。"

笔尖转圈，她证明出题目要求的等式。

最后校方找来一个校足球队的女生，也是足球类高水平运动队体育特长生，完成了开幕式原定的足球颠球演出，Y大附中的运动会也算本市中学里数一数二的排场，那女孩大出风头，名声大噪，然而江蘅根本没看一眼——整个开幕式包括运动会，她除去上场跑了两场比赛，全程坐在观众席做数学和理综。

夏意渐消，秋高气爽，江易终于等到结营仪式，军训结束后开始正常上课，警校管理严格，平时封闭，只有周日下午允许自由出校，但晚上八点必须归宿，熄灯前要点名。

第一个周日，上午十一点四十五分点完名一解散，他就冲出学校，坐了三个小时的车，穿过大半个拥堵的北京城，回到家里。

到家已经是下午三点，打开家门，熟悉的气息。他一眼便看到江蘅，她站在阳台，面朝屋内，拿着块白色抹布擦着推拉门的玻璃，耳朵里插着耳机在听英语，听到他进来，隔着推拉门对他道："哥哥。"

江易就像被无形之绳牵引，步步走向她身畔："蘅蘅。"

她穿着白色卫衣、黑色长裤，长发低低盘在脑后，午后阳光静静洒在她脸上，散发静谧的柔光。她还不到十七岁，看上去却很成熟。

玻璃年岁已久，即便擦到最干净的程度，摩擦亦吱吱作响，仍有模糊的划痕和老去的浑浊难以消除。

阳台一侧是推拉门，一侧是连排的窗，宛如透明的阳光房，身处其中，光影反射，千千万万自我。

她的声音温柔如初："哥哥，你军训辛苦了，先休息一下，马上就可以吃饭。"

一家人都知道他今天中午回来，午饭早已做好，温在灶上，等他到家一起吃。

他能听见她的声音，却听不清具体的音节，就像干渴脱水的人，品不出梦寐以求的水的味道。他站在阳台上，头顶蹭过已经晾干的床单被套,那是他的。他会回来,虽然知道他只能短暂午休一下,她还是提前给他换干净的床上用品,把一个多月没睡过人的床单被罩拆下来换洗。

薰衣草洗衣液的清香盈鼻,喉头发干,声音沙哑,脱口而出:"我好想你。"站军姿、背包拉练、五千米……他汗流浃背的时候,脑海里全是她的身影。

她别开脸,语带尴尬:"别这样。"

她放下抹布准备走向厨房,他反而不可自控地朝她走近一步,她轻声道:"哥哥,你进入大学,应该开始新的人生。"

听到她话里的拒绝之意,他沮丧失望又焦急:"怎么开始?我每天除了睡觉都在想你!"

她双眼写满尴尬。他感觉自己身有千斤坠:"你住宿又参加夏令营……都是为了躲我吗?"

江蘅淡淡地笑笑:"不是。"

她从来就没想过躲,就像在赛场,面对再强的对手都不会退缩,面对再强的门将也不会腿软。亦如在题海,面对再难的题都不会放弃。

以前她确实想过搬走,那是因为她认为空间隔离是种有效的冷处理方法,避免事态升级。但她已经明白并无意义,妈妈还在家里,她不可能绝对脱离。而且她也不必躲避他,她只当他是个可怜的孩子,虽然已经濒临突破所谓的底线,她到底还是相信他的品质,她相信他不会逾越实质性的界限,不会对她造成不可逆的伤害。

她相信,一个那么赤诚热爱母亲的人,不会是个坏人。

她回宿舍,就是觉得学习效率比较高。参加夏令营,只是想探究数学的美好。

越钻研,越纯粹。

江易根本理解不了,只觉得她云淡风轻的笑容像一面镜子,映出他无理取闹的狼狈:"蘅蘅,那次都是我的错,我以后再也不那样了,我什么都听你的……"

江蘅抬眼看看远景:"哥哥,你还是没想明白。我们不可能成为那种关系。"

江易几乎崩溃:"我是想不明白,我不明白你为什么说跟我不可能?"

江蘅见他情绪激动,为避免被妈妈和江叔叔听到,静静抬起手关上推拉门。阳台俨然变成透明的密室,这一刻属于他们,或者说,属于他一个人。

他用力地咬字,几乎要把舌头咬破,"我们不是亲兄妹!我们没有血缘关系!法律上我们是可以结婚领证的,你看——"他说着,从兜里翻出手机,打开某些法律条文和相关案例给她看,她并没配合地侧过脸,脸庞柔和得像是有生命的雕塑:"我知道。"基础的法律常识,她都懂一点。

江易不解地问:"那为什么啊?你在意别人的看法吗?不会有人闲得没事成天盯着我们的。就算有,这种人我们不要搭理就好了。大不了,我们去一个没人认识的城市……去海南好不好?据说那里冬天也都二十多度。要不去云南,听说那边四季如春……"他眼里闪着亮晶晶的光芒,满是恳切、憧憬和期许。

江蘅的目光愈发无奈,就像面对横举竹竿过门无果急得哇哇大哭的孩子,她甚至不忍心开口点明:"哥哥,你忽略了最关键的问题。"

江易急道:"我明白你的意思。"他这几月思来想去,从各个角度分析思索,来之前打了一遍遍腹稿,"你放不下阿姨,而且她肯定接受不了。但重点是你啊,你能接受吗?"面对江蘅平静依旧的眼波,他逐渐失控,声音也越来越大,"你能不能接受没有血缘的兄妹或姐弟在一起?我要听实话!"

他在心里排练无数遍,早已做好打算,江母是她母亲,他祝愿她长命百岁,他愿意等几十年,等到他们成了老公公老婆婆再拜天地,不要孩子也没关系。甚至一辈子无名无分都无所谓,只要有她就足矣。但他怕对她妈妈不敬,没有说出口。

他的喊声在狭窄的阳台来回回荡,被两面反射的光怪陆离的刺眼阳光仿佛可见的音波。

江蘅直视着他,目光和声音依旧平静,平静得好残忍:"实话是,我能接受,但我没必要接受。"有些话她不忍说,但更不该一拖再拖,

"因为我不喜欢你。"

这才是她所说的，最关键的问题。如果她跟他两情相悦，她固然会顾虑母亲，如他所言，谈几十年的地下恋她能接受。重点是，她根本就不喜欢他，没有这么做的动机。

这个最简单也最残酷的事实就像一柄利剑，把他一剑封喉，他喉结滚动，哽住说不出话来。

虽然他们兄妹数载，但他从不敢说了解她。他每天亲眼目睹，她的生活最是简单不过，而日复一日的宁静背后的纯粹的毅力实在不简单。她做什么都很出色，他却从不知道她在想些什么，只隐约感觉她不是她妈妈那种封建传统的思想，否则他第一次推开她的浴室门，就应该听到尖叫，被洗发水瓶子之类的东西砸到。

她不跟他在一起的原因，和其他追求者一样，仅仅是因为不喜欢。只是她没能像拒绝那些人一样生硬拒绝他，大概是因为他们是家人，因为他们有着不会断绝的关系，因为他母亲的事让她始终对他满怀同情。

但那不是爱情，而且她也从没答应他。严格地说，他们最亲近的时刻，是未遂的强奸。

只是她不怪他。

她不怪他，不代表她爱他。

他愣了半晌，声音低下来，终于颤抖地、笨拙地、恳求地说："我可以改，你喜欢什么样的男生，你说……踢足球的？"他虽然是个卑微的普通人，却也从未这样求过谁。

江蓠彻底无语，柔声道："别再想这件事了，我没有男女之情地喜欢过谁。你好好休息，熄灯前还要回学校。"

"不！"多日以来的期盼近在指尖，他怎能任由流失于指缝，"你答应过我的，你说不会离开我……"他声音越来越低，自己也觉得这理由很不充分。

"是的。"她的神色依旧母亲般温柔，"但以爱人之分一生陪伴你，我力所不能及。"

"你怎么能这样？"他抽抽鼻子，语带哽咽，"我把什么都告诉你，我那么信任你,你怎么能这样?"

江蘅并不去跟他争论她待他如何,她变了一种方式安慰他:"哥哥,我没有丝毫不尊重你和你妈妈的意思,但你不必有太大的心理压力,那件事并没有你想象的那么秘密,十年前我擦地的时候,就看到过木地板缝隙里的血迹。"面积之大,覆盖之广,推断那房间里曾发生了什么并不难。

江易如五雷轰顶,看着她皓白的脸庞,只觉这多年在她面前形同赤裸,一时间根本说不出话来:"你……你……"

他按着玻璃门将之大力推开,手掌在玻璃上留下一个巨大而清晰的掌印。

十七

江易正要往家门跑,江叔叔从主卧出来,看着儿子的身影吼道:"吵什么?我就听到是你那恶心的声音,到家也不说一声,在阳台叽歪什么呢?就不应该等你这个畜牲!"

江易惨遭拒绝,满腔悲怒正无处发泄,被他爸这一骂,当下如同二踢脚一般一跃而起,抡起拳头就冲向父亲,江叔叔不愧是警察出身,颇具跟犯罪分子搏斗经验,面对袭击就像球员面对传球般本能反应,侧身避开,怒喝一声:"反了你了!"反手抓住江易的胳膊就要跟儿子扭打在一起。

原本这种时候都是江蘅第一个冲过去阻拦,但是这一次,没人比她更了解江易暴怒的原因,她连靠近他都觉得尴尬。

江易正准备马力全开,忽然手臂被一只软弱无力的手拉住,顺势望去,看到江母流泪的脸:"易易,别这样,别这样……"她也在哭泣着劝江父,别这样,别这样……

易易,这个天底下,只有江母一个人这么叫他,就像只有江蘅一个人叫他哥哥一样。

他母亲生下他就在抑郁,基本没怎么正眼看过他,跟他说的话更是寥寥无几，对他从没有过称呼，只是给他一个冷冷的眼神，他便知道在叫他了。他父亲信奉养男孩如果慈爱，孩子就会变成娘娘腔，从来都是畜牲长畜牲短地对他呼来喝去。

叫他小名的，只有江母一个人。

他看着江母苍白的脸庞、消瘦的脸颊，想起他儿时被父亲殴打，江蘅固然是旁边最冷静解决问题的一个，江母也从没有独善其身，每一次她都在旁边担忧哭泣、试图劝阻，只是江父一声吼叫便不敢多言，但下一次她还会来拦。

要他像父亲那般呵斥她让开，他做不到。

她就是这样一个软弱的女人，以她的立场和能力，已经为他这个继子做到全部。而且她是江蘅的母亲，想到他对她女儿做的事，他不能不愧疚。他逐渐冷静下来，回头看了眼身后的江蘅，她同样关切而善意地看着他。他发觉自己的愤怒是多么站不住脚。

他松开父亲的手，径直要往家门走，又是江母红着眼睛拉住他："易易，那么远回家来，怎么说走就要走呢？刚才蘅蘅因为什么惹你生气了，阿姨替她跟你道歉，求你别跟她计较好吗？"

江蘅默然不语。江易吸吸鼻子，抬不起头来："阿姨，没有，是我不好，我……我回学校了，晚上还要点名。"时间绰绰有余，这显然是借口罢了。

江母继续挽留："那也吃过饭再走啊？都做好了……"她压低声音，"你爸爸嘴上说得不好听，心里一直很惦记你……"

这句话让被劝说的人恶心反胃，被提及的人恼羞成怒，连带着江蘅都尴尬无比。

但江易好歹是留了下来，江蘅在厨房盛饭的时候，他回了趟卧室，看到一尘不染的浅蓝色床单和被子，他想把它拽下来，手伸出去，最终还是轻轻落在布面，抚摸着平整干净的被单，想象着她为他换上它的模样。

餐桌很快就准备好了，都是他喜欢的菜色，排骨是藕炖的，炒土豆是切成片的，回锅肉是用青椒且不放辣椒，所有菜不加葱和蒜。在江叔叔做什么吃什么禁止挑食的高压下，江易从小就没有表达自己喜好的习惯,但他好像生性偏好清淡,而江父和江蕤亲爸都偏向重口味,江母做的菜他确实有诸多不惯,却从未开口。江母总是看着江叔叔的脸色,不敢过多关注他。是江蕤从他饭桌上细微的表情和反应发觉他的口味,然后付诸实践。

江叔叔毫无察觉,他坐到桌边,还没动筷子就先动嘴,张口就是不好听的话:"没出息的东西,都上大学了,放半天假还要往家跑,你就是无能——"

江易脸色骤变,就想摔碗而去,想想江蕤为他做了这么一大桌子菜的辛苦又不舍得,只能紧绷着脸不说话。

江母紧张地看着江父,生怕他们父子又开战。江蕤思考措辞,正准备替哥哥说几句话,就听江父命令地道:"既然没本事地回来了就做点事,渐明他们学校给他贴了光荣榜,你高阿姨要看,待会儿吃完饭你就去二中拍照。"

这事他也没提前跟江母和江蕤说过,江母一脸茫然,江蕤莫名其妙,江易更是疑惑得来不及愤怒:"去他妈的。"

江父一筷子就抽过去:"去你妈的!"

他筷子上的汤水甩上江易的脸,江易大怒,还没骂出声来,江蕤抽了张面巾纸递给他,开口缓解:"叔叔,高阿姨要看光荣榜,为什么要哥哥去拍照?"

江母用哀求的目光看着江蕤,要她别跟江叔叔顶嘴,这么多年江母都是如此,而江蕤只能更委婉些,她认为需要说话时便不会保持沉默,尤其踢球以后。虽然她拒绝江易的示爱,但她永远视他为家人,他的事她当然还是关心的。

江易听她为自己疑问,满腔愤怒顿时转为喜悦,接过面纸擦着脸,语气也很轻松:"就是,跟我们有什么关系。"

江叔叔虽然没搭理江蕤,还是对着江易滔滔不绝地解释起来:"渐明这孩子谦虚,8月就张贴了光荣榜,他根本没跟家里说,你高阿姨前两天跟他高中同学家长聊天才知道,学校这个榜不是一直保留的,过几天这届高三月考后就要换成他们的排名表了!用你那猪脑子想想,高叔叔和高阿姨是大人,他们去拍合适吗!渐明还在封闭式军训,公大要求多严格!你这个废物怎么学都差着万丈远!赶紧去拍下照片给高阿姨做纪念,少废话!"

他理直气壮地指派江易,还不忘贬低他几句,江易的怒意再度被挑起,点对点反驳父亲对高渐明的称赞:"纪念什么啊,一个公安大学,又不是清华北大,用得着贴光荣榜吗?"

江叔叔闻言火冒三丈:"公安大学是警校里的最高学府!再说清华北大又怎么样,毕业还不是得找工作?能有公务员体面稳定吗?给你加一百分你都够不到渐明的边,你还有脸说?"

江易脸色黑得能滴水,直接站起身:"我告诉你,谁爱去谁去,跟我没关系!"

江叔叔也拔地而起,指着他的脸:"你这个畜牲——"

眼见这对父子又要剑拔弩张,江母跟江蘅也站起来,江母抱住身旁江父高高抬起的手臂,哀声道:"要不让蘅蘅去吧?"

江蘅没作声,她也觉得这件事有诸多不妥,但若是他们都没意见,她也不会反对。

其实江父的原意也并不是一定要江易去拍这个照片,但江易毫无商量地拒绝驳斥伤到他的面子,哪有做儿子的这样忤逆父亲,何况这儿子还如此不中用!他反而坚定态度,非要让江易去拍不可,便拉开江母的手,厉声道:"你别管,今天他——"

却未曾想到,这时江易沉声道:"我去。"

他阴着脸站在原处,不自觉握紧双拳。他根本不在乎再跟父亲撕破脸,他们父子之间早已没什么情面。只是他觉得以江蘅的性格,如果他坚持不去,最后给高渐明的光荣榜拍照的一定是她。他实在不愿让她再跟这个人有丝毫瓜葛,他宁愿选择自降身价去当摄影师满足高母可笑的虚荣心。

江父只道自己的父亲威严终于发挥作用,差强人意地坐下身来。江母以为江易是为避免矛盾升级,也松了口气,目带感激地看着他。

大概只有江蘅明白江易的内在想法,只感觉尴尬而复杂,这种人情世故比英语跟语文难料理得多。他们俩并肩坐在桌旁,两个人都没侧脸相顾一眼,无关介蒂与羞涩,只是混乱。

餐厅归于沉默,谁也无心下咽。

江易脾气、能力虽说都很一般,却是个信守承诺的人。他说去,那就一定会去。所以吃完味如嚼蜡的午餐,简单收拾过后,他就打车朝着高渐明的高中母校——区重点二中出发了。

那是四点多,二中在本区,但是在老城区,周边道路狭窄拥挤,又正值周末,三公里的路程走了四十多分钟,下午明媚的阳光一点点暗淡下来,不知怎的好像泛起了沙尘和雾霾,夕阳灰蒙蒙的。

他一路坐得昏昏欲睡,终于到站,二中的教学楼均为深灰色,正校门在修葺,学生都从侧门走,侧门藏在一条狭窄的小胡同里毫不起眼,当然即使是正门,也就是跟便利超市差不多的牌匾和门脸,跟Y大附中的富丽堂皇相差甚远,甚至还不如江易读的十九中活泼鲜艳。

或许是周末校门不关,或许是二中管理本就松散,或许是门卫的意识也在朦胧的夕阳里弥散,江易畅通无阻地走进校门。

校园里空空荡荡,有背着书包的学生走出来。今天是周日,江易想起二中跟十九中那样的普高最显著的差异之一就是,十九中高三是只有每周日休息半天,二中的高三是只有每周日不上晚自习到十点。

已是落日时分,大概下午五点十几分,高三学生已经放学有段时间,大多学子已经撤离,只有零零散散的几个学生踢着石子讨论着题目往出走。江易不想听,但声音传到他耳朵里,好像是物理,他是理科生,刚告别高中三个月,按理说至少该略知一二,但很遗憾那些公式在他听来已经如鸟语一般不知所言。

二中的校服是上白下黑的运动服,简洁大方,气质干净,但江易想起高渐明穿着这套衣服意气风发的模样就反感,并不愿多看,随便跟个男生打听了所谓光荣榜是在教学楼下的公示栏,按照他指的路找过去。

其实二中学校很小,占地面积大概还没有Y大附中的三分之一,只有两栋教学楼,一栋多功能楼,一个体育馆,一个食堂和一个图书馆。

那个光荣榜就在教学楼跟多功能楼之间最显眼的地方,来来往往的学生很难注意不到,文理各有一面榜,每边一共十名学生,应该就是文科理科各自的年级前十名。内容就是他们的照片、姓名、高考成绩、录取院校、老师评语，很常规的模式。光荣榜后面还有全年级所有学生的录取院校公报，同样是文理各一面，却是密密麻麻的小字，每个学生以成绩排名为序，个人信息只有姓名和校名，就像是衬托红花的绿叶。

理科的光荣榜上，高渐明六百五十七分，榜单排名第五，年级四百多人，当然算是不错，只是不知道他那心高气傲的母亲能否满意。

这里的照片都是校园日常照，应该是班主任在三年相处里抓拍的，照片里的高渐明穿着夏季的白色校服短袖，随随便便地坐在足球场上，两厘米左右的头发乱得很柔软，漂亮的锁骨若隐若现，笑容明朗，牙齿洁白而整齐，双眼晶亮的光泽如同阳光下晶莹剔透的蝉翼。

他确实是个很好看的男生。

江易心情复杂地拿着手机按下快门，电子产品最无情也最温和，不管拍摄者和观看者是什么心情，不管前因后果会发生怎样沧海桑田的改变，它只是平面地记录着那一刻而已。

拍完照片，留下玻璃展览柜里笑容灿烂的高渐明，他转身离开，有种莫名的茫然。

他走在旁观很小、身处其中却觉得很大的校园，神情恍惚间，居然迷路了。

恍恍惚惚，走上了一条无人问津的石砖小路。小路最多一米宽，路边墙侧还种了树，看上去是条偏僻小径，而非光明正道。

他心中郁闷，两眼茫茫，随便走走，就看到小路尽头迎面走来一个女孩。

已是黄昏，暮色昏黄，落叶知秋，褪色的石砖小径，夕阳柔和而昏暗的色调，她白色校服被落日染黄，行单影薄，长发低挽，眉眼低垂，怀抱两本旧书，沉默无声地低头缓缓走着，那画面宛如一张泛黄发旧的老照片。

四下静谧，只有鞋底踏在石砖或踩到落叶上的声音，都是他发出来的。那女孩低着头，走得很缓慢，膝盖似不便弯曲，她穿着老式的帆布鞋，每一步都避开落叶，悄无声息。

小径很短，女孩步入之时，他已走过半程，虽然她走得很慢，两人还是转瞬便相遇。

道路虽窄，亦可容两人擦着墙并肩通行，他们相距越来越近，两米，一米……即将擦肩而过时，江易叫住她："你叫什么？"声音低沉，语气粗鲁。

女孩僵在原地，这小径上没有其他人，他问的对象只能是她。她肩膀微颤，应声看向他，眸光微弱，正对上江易晦暗不明注视她的双眼，立即深深埋下脸去，低声回答："汤……汤旧画……"秋风拂过，数片黄叶萧萧而落，她单薄而脆弱的声音与落叶沙沙声融为一体。

江易并不去了解具体的写法和寓意，也没自报家门，而是又问："你在几班？"

他原本最是胆怯内向，跟江蘅尚且只敢先做后说，但面对这个名叫汤旧画的女孩，却生平第一次有胆子主动开口。

她给人一种感觉，一种别人怎么欺负她都不会反抗的感觉。

说话对她而言似乎很困难，声音发涩，断断续续："高……高三……文科二班。"

她怀里的书本封面上写着"地理"和"历史"的字样，江易却没注意，听她报出班名才知道她学文，莫名心生失望："学文的？"

汤旧画抱书的手臂不自觉一滞，低着头点了点，这次一个字也说不出。

江易不再言语，迈步离去。他侧身贴着墙走，并没接触到她，经过她的那一瞬间，她瑟瑟后缩，站立不稳。

那是高三的9月，距离高考仅剩八个多月，她转到文科的第一天。

十八

本学期第二周江易没有回家，江母以为他是生江父的气，其实他是不敢面对江蘅。

但他终究还是按捺不住心里蠢蠢欲动呼声汹汹，只不过忍了三天便缴械投降，周三的下午，他没有课的时间，谎称不舒服给队长请了假，再次打车来到Y大附中。

他那微薄的生活费，一大半都花在出租车上了。

他是下午四点多到的，江蕲还在上课，他便直接走进教学楼。

虽然他之前也来过江蕲学校，这是第一次走进这栋培养出无数栋梁之材的教学楼。

楼梯居然是旋转的，宛如童话故事里的城堡。明亮的落地窗，宽敞得能跑马的楼道，跟他那个小门小户的学校有天壤之别。

他终于来到江蕲班门前，她在高二理科第一实验班，顾名思义就是最好的班。他走到班级后门，教室里在上数学，他们的数学老师是个略微发福、三七分头、一脸和气的中年男人，应该是在讲压轴题，似乎难度很高，全班的学生都在埋头苦算，有的笔尖顿在半空一筹莫展。

他一眼就锁定江蕲，她的背影他不知道看过多少次，松松的低马尾，白皙的脖颈，背脊永远那么纤瘦又直挺。

她是全班最先停笔抬起头的，然后便微微举手示意，说是举手，动作幅度也只是抬到耳朵的高度而已。数学老师便走过来，看看她的草稿纸，赞许地点点头，指指黑板，示意她写上去。

江蕲便起身走上讲台，拿起粉笔书写，字体流畅而优美。

她小时候是多怕生羞涩的性格，跟生人说句话都会脸红。但经过绿茵场那五年，在万众瞩目下旁若无人地踢过那么多比赛，见什么都波澜不惊。

从周边同学的反应来看，这种事时有发生。江蕲在最好的学校最好的班，至少数学单科，依旧是最高水平的存在。当然她总分在这个班里还只是中等偏上，因为她的语文和英语在这个级别不能算突出。而高手过招，差之毫厘，失之千里。

那道题的题干在投影仪上，江易看在眼里，想在心里，可悲的是，别说他已经忘得七荤八素，就算几个月前在高考考场上遇到这道题，这种难度他必然是直接跳过，连题目都不读，因为读不懂。甚至江蘅的标准答案摆在眼前,他都不知所云。

其实很正常,这个班的学生都是朝清北冲刺的,而他长期游走在本科线边缘。毫不夸张地说,这班里任何一个人提前两年跟他同届参加高考,都会比他高至少一百七十分。

他看着她书写严丝合缝的论证过程得出结论,要转身回座位,她还没转过脸,他就急忙缩到墙后,生怕被她看见。

好在江蘅似乎并没察觉,她神色如常步速正常地回座位坐下,老师开始讲这道题,她已经开始做下一题。

江易贴在冰冷的瓷砖墙壁上,那看上去碧蓝如温玉的,贴上去是透心凉。他偷偷地看着,看着老师讲解完,进入下一道题,他又问江蘅的答案,她轻飘飘说出一个数字,老师又是点头示意,她再次走上讲台……

他早就知道江蘅是这般优秀,她总能把集体时间变成个人秀,无论球场还是课堂。这也是当年他一直不去现场看她比赛的原因,她在场上大放异彩,他在场边自愧不如。他甚至觉得自己不配喜欢她。

现在她离开绿茵场,弃武从文,数学依然一马当先。

他不是不明事理的人,他为她自豪,只是无颜见她,尤其是……被她拒绝以后。他自惭形秽,甚至无法想象,如果等会儿她的同学看到他,问他是谁,他要怎么回答。

他觉得自己给她丢人了,无论是作为她的哥哥,还是她的男人,哪怕追求者,他都像是痴心妄想吃天鹅肉的癞蛤蟆,甚至还不如,至少蛤蟆不会强奸。

下课音乐响起,不等班里的老师说再见,他转身仓皇而逃。

这时,一直垂眸解题的江蘅回过头,看了眼空无一人的教室后门。

江易回到宿舍,又是连日辗转反侧,寤寐思服。他知道江蘅从来都不爱他,他也从来都配不上她,高三那一次亲密是他非法抢夺而来,如今是该做了断的时候了。他想过放下江蘅,但是他二分之一的生命都在爱她,这份情简直刻骨铭心,身体都对她有了记忆,岂是说放就能放得下的。

他穿着警服，在卫生间的镜子前停留，他长相实在普通，小鼻子小眼睛小嘴巴，鼻梁有点长，既不清秀也不阳刚，跟俊美不沾边，面色苍白，脸跟身上都很瘦，显得亚健康，扔在人群里根本找不出来，单薄的肩膀，似乎撑不起沉重的肩章。

即使在这个平平无奇的二本警校，他也不能算好，上课不想听，作业不想写。但他也是有可取之处的吧，毕竟他也通过了体能测试，高中运动会他也曾一千米全校第三，毕竟他也是个人，总该有优点的吧。

他加倍努力地训练，他强己所难地学习，学着她的样子挑灯夜战地坚持，他不愿回家也不敢再去她的学校，但不管何时做什么，思绪永远以她为根基。

期中考试，他考了……全队第十二名，一共四十二人。

这是他从小学到大学最高的名次。看到进步，他像个孩子一样给点阳光就灿烂地开始畅想宏伟蓝图，他要努力拼搏，奋发图强，再接再厉，节节攀升，两年后她录取到哪所大学哪个专业，他就考同校同专业的研究生，他们以校友之名，堂堂正正地携手走在校园，步入职场。

他根本就不想做警察，也没什么爱好，他的梦想就是能跟所爱的人在一起。

那周日，他走出校园，给江蕗打电话约她出来，这次他不想再在家里说，惊喜的是她没有拒绝见面。

他选在家附近的一个咖啡厅，长这么大第一次去这种地方，深色的装潢，大提琴的伴奏，三十几块一杯的咖啡。

他们约在下午三点，他提前一小时就到店里，穿得很正式还打了领带，虽然脸还是那张脸，但西装革履总会精致一点。他选了个靠角落的安静位置，想为她点一杯喝的，却发现她熟知他所有喜好和忌口，而他连她爱喝什么饮料都不知道。

他确实没有为人处世的经验，不知道她喜欢什么，便纠结了半天，什么都没点。在服务员不满的眼神里，挂钟指到三点，江蕗准时推门进来，她穿着件很陈旧的、洗得发黄的白色外套，头发随意低低地盘着,随意自然而美丽。

他想开口叫她,又紧张得说不出话,她目光平静地扫视一圈,已经看到他,便朝他走来,步履轻便。

她坐在他对面,显然视他为很熟悉的家人:"哥哥。"

江易其实打了一晚上腹稿,看到她脑袋里又空空如也:"蘅蘅……那个……那个,你吃饭了吗?"这是他们第一次单独在外见面,他有种错觉,他们就是一对来约会的普通恋人。他们本来就没有血缘,她也能接受这种伦理关系,只要他努力一点,又有什么不可以呢?

江蘅微笑:"吃过了,哥哥你呢?"

其实他当然没有吃,他根本茶饭不思,但他还是习惯性地点头:"吃了。"

服务生小姐走过来,给江蘅递上一份饮料单:"您喝点什么?"

江易这才想起来自己还没给她点个饮料,羞得面红耳赤,江蘅礼貌地接过饮料单看了一眼,问道:"哥哥想喝什么?"

江易:"我跟你一样。"

江蘅点点头,直接把饮料单还给服务生,道:"那要两杯红枣枸杞茶,谢谢。"江易脸又红了,这是……他最喜欢喝的。

这家咖啡厅的规矩是先买单后上菜,他当然要抢着结账,她也没有争,因为他俩的经济来源其实都是同一个人,不必形式主义。服务生留下一句"请稍等"离去,留下他们二人独处,江蘅朝他笑了一下,昏暗的灯光里,她似乎更显白皙秀美,江易低着眼睛不敢直视。

红枣枸杞茶很快端了上来,为缓解尴尬,江易尝了一口,没有江蘅泡的好喝,有点偏甜。

江蘅也陪着他喝了一口,温言道:"哥哥,什么事?"

江易这才勉强想起自己的来意:"蘅蘅,我……我想说,我这次……这次考试已经有了点进步……"他都没好意思说具体名次,虽然微不足道却也是他多少天点灯熬油换来的,他只是吞吞吐吐含糊带过,还不忘先自己贬低一把:"我知道这不算什么,但我就是想告诉你,我会努力,变得优秀,变得一点点……一点点配得上你……"

他一直低着头,他也不知道自己怎么那么没用,当初硬上弓的匪气都哪儿去了，或许他从来就不是强盗，只是虚张声势："所以……能不能给我个机会……"

他终于抬起头看向她，眼神小心翼翼，又带着希望的光，却见她的面容依旧生动而美丽，目光温泉般温暖而平静，只是……毫无私情。

他的心一寸寸沉下去，眼里的光芒也消失了。

江蘅终于开口："哥哥，你进步了，我也很开心，但你可能有点误会，我从来没有觉得你配不上我，我对你没有那种感情，跟这些没有关系。"

江易感觉身体木头般僵硬，良久，才艰难地发出声音："你的意思是……我做什么都没有用？"

江蘅声音兰花般温柔："我觉得喜欢一个人需要理由，但反之好像并不需要，所以……你还是别在我身上浪费精力和时间了。"她呼吸轻柔，语气委婉，还带着红枣枸杞茶的清甜，但在他听来，再没有比这更残忍的话了。

她也知道自己很伤人，就算他把整杯烫嘴的枸杞茶都泼向她，她都不会责怪他，并且已经做好起身闪避和用手肘遮挡的准备。

事实上他根本不可能那么做，虽然他不知道该说什么做什么，但他知道不管怎么样都不能伤害她。尽管数度被拒绝，他一点都没有怨她，他只怨自己太差劲。不过他确实受了很大刺激，搭在桌面上的手，指肚都在颤抖着。

江蘅轻轻地吸了口气，不得不继续刺激他，她轻声道："我想跟你说，哥哥，以后别再去看我上课了。"

他身体剧烈颤抖："你……你怎么知道的？"

她没有看过他一眼，从没。

江蘅的声音很安静："你在教室后门看我的第一眼，我就感觉到了。你不必这样，会有比我更好、更合适的人。"

球场瞬息万变，寻找机会，配合队友，防范犯规……她们都训练得很敏感，背后有人目不转睛地盯着自己看，怎会毫无察觉，何况是如此熟悉的关系。

所以她根本不需要回头。

江易不再说话，上次被她告知母亲的死因并不是秘密，他还能落荒而逃，这次似乎连起身的力气都消失了。

他小心翼翼地遮掩，情深意挚地珍藏，在她面前都形同虚设，无处遁形，不被接纳。

江蘅站起转身离开，她目中微带歉意，却没有说抱歉。

桌上那两杯茶的热气消散，逐渐冷透，他终于站起来，头也不回地冲了出去。

从那天以后，江易再也没碰过红枣枸杞茶。

已经是12月，当天是阴天，天色灰暗，道路两侧的树木树叶基本落尽，只剩干枝。他不知怎的，恍恍惚惚，居然走了三公里路，走到了二中的校门口。

他毕竟是在这个地区长大的，街道路线，早已烂熟于心，那是高渐明的母校，本来他因为讨厌这个人，每次都绕着走。上次去给他拍照片之前，他以为这辈子不会踏进去。

没想到这一次，自己主动走到那狭窄的校门前，门禁跟上次一样松散，他径直走进二中的校园。

兜兜转转，又走到了那条小径。其实原本他的记忆力和方向感都很一般，但人在出离愤怒的时候，会爆发出自己都不知道的潜能。

他想看见她，又不想看到她。

再度踏上那条小径，日落时间已提前，上次霞光满天，这次晦暗不明，小径没有路灯，堆积的落叶也无人打扫，深蓝天幕下尤为凄清。

空无一人，只有落叶在晚风里擦动的声音。

他站了站，抿抿干燥的唇，转身离开，准备就此回学校去。

他转过身，就看到她迎面走来。

单薄的身影，低挽的长发，低垂的眉眼，怀里抱着两本旧书，肩膀却在轻轻打颤。

虽然他看不清她的脸，但能确定就是她，再没人有这般的气质，就像残破的落叶，在地上任人践踏，还怕发出声音，吵到践踏她的人。

天已经完全黑透了。

她远远感受到他的存在，显然也认出了他，不觉驻足。

瑟瑟冬风里，他逆着风走来，她竟不敢闪躲一般待在原处。

他声音沙哑，早已没有枸杞茶的润滑："你要去做什么？"

她不觉把书抱得更紧了些："还……还书……"

他问："上次借的？"

她知道他指的是他们第一次见面她抱着的书，颤抖着摇摇头，那次借的已经看完，这是两周前又新借的。

他不再多问，声音压得很低："去吧。"

她似乎没反应过来，不知所措又怯弱地看向他，他眼里一片漆黑，她立即低下头去。

他粗声道："走啊。"

她似乎抖了一下，依言抱着书往前走，每一步腿都会发颤。他跟在旁边，一言不发。

她不敢问他为什么跟着他，甚至不敢看他一眼，只能在这个陌生男人无形的压迫里，从漆黑走向漆黑。

他们走过小径，右前方便是图书馆，老式的双开门，门两侧各有一盏灯，在冬风里摇曳。

橘色的灯光照在她苍白的脸上，其实她生得也很美，美得很古典。眉目如画，薄唇如线，脸颊的线条跟身子一样单薄如纸片。

他没有多看。

她走上门前的台阶，推开门进去，她来不及犹豫要不要收回门上的手，他已经跟了进来。

图书馆内的大灯已经关了，或者说从没打开过，一片黑暗里只有前台亮着黄色的顶灯，有些像鬼火。

管理员正准备关掉这最后的孤灯，见他们过来，随口抱怨道："下回早点来，五点就下班！"汤旧画连续点头，呼吸声变得低微而急促，似乎很抱歉，又不知道怎么道歉。

还书手续很快就办完了，她把登记簿放回抽屉，拉上羽绒服的拉链，随口对汤旧画道："自己把书放回去，我先走了，你等会儿记得关灯，然后还要找门卫拿钥匙来锁门！"汤旧画又是点头答应，这个管理员本来就没什么责任心，这所学校的学生也没几个人会来图书馆，每个月都来的只有汤旧画一人，管理员跟她挺熟悉，以前也曾有过类似自己先下班让她找门卫拿备用钥匙锁门的时候，这孩子很老实，从没出过差错。

汤旧画点头，她的脖子却有点颤抖。管理员拍拍衣服，绕开他们大步走了出去，室内太黑，她根本没有注意到站在阴影里的江易没穿校服，即使注意到也不会留心，毕竟本校学生也有不爱穿校服的，很正常。

图书馆厚重的大门缓缓关闭，这个黑暗而封闭的空间里，只剩下他们两个人，她和一个来历不明的阴郁男人。

室内静得能听到彼此的呼吸。

汤旧画的手指同样苍白瘦弱，她拿起被登记完放在桌上的两本书，转身走向梳齿般排列的书架，层层密布的书籍有种压迫感，空气充满旧书的味道。江易也跟在她背后，他的呼吸似乎越来越压抑，越来越急促。

室内灯光甚暗，常人连书架上粘贴的类别名称都很难看清，汤旧画原本对图书馆很熟悉，但此刻有他在旁边，紧张得心慌意乱，也是多次走错书架，寻寻觅觅才把书放好。

第二本书归位时，他并没走进来，而是站在书架的出口那里远远看着她，眼里一片漆黑。她放下书，丝毫没有完成一件事的解脱感，相反，她双手空空，无枝可依，比刚才更加紧张。

她转过身，呼吸声微不可闻，低着头，双腿在发抖。她朝书架的出口，也就是他走过去，他远远站在那里，一动不动。

她快要走过半程，他突然两步上前，抓住她校服的衣襟，她惊惧得没有发出声，他反手扇了她重重一巴掌。

这是他第一次打女人，一个跟他无冤无仇甚至根本不认识他的高三女孩。

她上半身都被打偏出去，若不是被他拎着领口，早已撞上旁边的书架，脸上一片肿痛，脑中嗡嗡作响。

他并没停下来，拽着她把她拖到墙边两个书架之间。那里摆了一排墩子，供学生坐着阅读用，但年头已久，无人问津，落满灰尘，皮革都已脱落。

她还来不及反应，来不及恐惧，来不及呼吸，便被他面朝下按在那墩子上，那墩子太低又太窄，她被按着上身趴在上面，膝盖便只能跪在地面，他按着她的腰，另一手同时扯掉她的内裤和校服裤子，下身一凉，紧接着，一阵剧烈的尖锐的羞耻的剧痛，整个人似乎被撕开凿穿。

头顶的圆窗，一片昏暗，今夜没有月亮。

她没有叫出来，而是咬破了嘴里的肉，把剧痛吞进喉中。

她似乎已经习惯这种吞咽，只是这次吞得最艰难。

他终于结束，从她身后离开，看见她双腿之间浑浊里，明显的鲜红。

那坚硬的剧痛撤除，剩下的是绵长的钝痛。她身体失去受力平衡，勉强拉起裤子遮掩住痛楚，软弱无力地跪到地上，无声地哭泣着。

她不知道自己做错了什么，要遭到这样的对待。更糟的是，她甚至不敢问。

他听到那压抑而悲苦的哭声，鬼使神差地开口说："我会负责的。"他也不知道自己指的是结婚还是坐牢。

在他潜意识里，这是一件很庄重、要托付终身的事情。

九个月前，他尝试这样对江蓠，是做出了终身的选择。

九个月后，他真的这样对她，是放弃了终身。

他就像暗夜里的幽灵，无声无息地离开了。

她哭了很久，泪水浸透了发霉的皮革，终于起身离开，也只能起身离开。她痛得双腿不能并拢，无法正常走路，一瘸一拐，就像生了场大病般虚弱无力。

走过大厅，她纤细而白得毫无血色的手指轻颤着关掉了那盏唯一的顶灯，整个人陷入黑暗之中。

十九

江易回宿舍时,屋里灯光明亮,七人间的其余六个室友围坐成一圈在玩扑克牌,对子连兵,炸弹横飞,嬉笑怒骂,一片热闹。他推开门,室友们下意识扭头看向他,只见他领扣解开,领带取下,除此着装正常,只是脸色特别阴郁,眼神甚至有些阴森。

气氛一下子冷下来。虽然他们都不太喜欢他,表面功夫总要做做:"一起吗?"

江易从没跟他们一起过:"你们玩吧。"

江易没洗澡(他原来几乎天天洗澡,还被室友嘲笑像大姑娘),鞋都没脱就仰面倒下,睁着眼睛半天都不眨一下,活死人一样。

问话的男孩背对着他,跟其他人做嘴型评价他:"有病。"

男孩们纷纷耸耸肩撇撇嘴,视他无睹,张罗着牌局继续,小小的寝室很快又充满欢乐,当然与江易无关。

他一动不动地躺在床上,无声地等待着审判,或堕落。

牌局总会结束,喧闹总会平静,工作日总会到来,生活总要继续。新的一周开始。

一连三天,早操训练,队列点名,统一着装,正常上课,一如既往,平淡如水。

没有警车开进警校,也没有警察来找他,甚至连调查电话都没有一通。

他根本没有采取任何反侦查手段,帽子口罩没有戴,光明正大地出入二中,强暴其校内学生,事后直接打车回自己学校。虽然二中校舍老旧,虽然图书馆灯光昏暗,但想必总有摄像头,凭现在的技术,只要她报警,追踪锁定他根本不难。

只能说明她没报警。

他说不清是什么感觉,好像很复杂,好像又很空虚。

事隔三天,他想起3月底,江蕤对他说的那句,人可以做错事,但不能做蠢事。他这次算是蠢事还是错事？

谁有权回答？她还是她？

汤旧画单薄的身影和江蘅轻盈的身姿在他脑中交替闪现，让他夜不能寐。

汤旧画浑浑噩噩地上了晚自习，题目摆在眼前，每个字都认识，但根本读不懂什么意思。大脑一片模糊，感觉自己在黑暗深谷中坠落，只有身上的痛是清晰的。

月考，全程跟晚自习一样状态。

二中重理轻文，向来也是以理科见长。全年级五百多个学生，理科四百多人，文科仅九十余人。期中考试，她是文科第四十七名，很一般的成绩。

这次月考，她是文科年级第七十五名，被老师批评："退步明显。"而三个月前，高三开学考，她是理科年级正数第三名。

那个傍晚的漆黑压在她心里，一个月，她过得魂不守舍、昏天黑地。但她毕竟曾是个优秀的学生，厚实的基础和反复的刻苦修复着她的成绩单，期末考试，她总算有所回升，年级第六十名，这个名次对应普通的一本大学。

大学的期末考也如约而至，高渐明全队第一，江易挂了两科，江叔叔又生了好大一通气。江易懒得搭理，直接拉黑父亲微信。相比他犯的罪，这简直算单纯。

寒假终于来了，警校要求严格，不允许留校。他回到家里，跟小时候一样闭门不出，只是以前是封闭，现在是逃避。江蘅还没放假，他努力不去看、不去想。

Y大附中放假的日子越来越近，江母脸上露出虽在江父面前努力遮掩，亦藏不住的期待与欣喜笑容。

终于到了那一天，江母又亲自去接江蘅回家。江蘅当然早就说过不必她去，但江母一定要去。江母一如既往地轻手轻脚，从准备到出门只有关门那轻轻一声响，却敲得他心涛声依旧。

他强迫自己安静，他拿起手机刷新闻又关掉，他翻看需要补考的科目教材又扔开，他来回踱步，他坐立不安，脑袋里一团乱麻，全是……江蘅的身影。

他裹进被子，用枕头包住耳朵，闭目塞听，却又情不自禁地屏气凝神。

终于门又是轻轻一声被开关，后续的声音轻不可闻，说实话他没听出来她的脚步声。

江蘅脚下向来轻盈，别说是走，便是奔跑，她不想让别人知道，谁也听不到。但他知道她回来了，他知道她跟他仅一个过道的距离，他知道她就在那里。

那种心跳的感觉从来都没有变，他猛地坐起，又颓然埋头倒下去。

假期，每天跟她同一屋檐下，他全天躲在房间里，吃饭时不得不上餐桌，全程也不敢看她一眼。

距离如此之近却又不能靠近，实在折磨。

他活该忍受这种折磨。

年关到了。街道的路灯挂上红灯笼，家家户户贴上对联和福字置办年货。

江家过年一向很简单。以前，江易爷爷奶奶在世的时候，每年过年只要他爸放假就要回老家。老人家有四个儿子、两个女儿，江父是第三子，很不受重视的位置。他本人也不是会讨老人欢心的性格，老人对他并不亲近。至于孙辈，他们有四个孙子、两个孙女、一个外孙、两个外孙女，虽称不上子孙满堂，也差不多了，并没有多余的隔代亲分给江易这个比他爸还少言寡语不讨喜的小孩。江易母亲自杀，江父又娶了个带着拖油瓶的寡妇，这两件事都让老人成为老家那种屁大点事尽人皆知的小地方的笑柄，对他们一家都没有好脸色。

但江父又是个很传统的人，即使如此，每年春节，只要单位放假，他都要兴师动众，全家坐十几个小时的火车回老家过年。

江父是南方人，老家没有暖气，气候湿冷。江易讨厌过年，讨厌老家，讨厌亲戚，讨厌寒冷，讨厌那里的一切。

爷爷奶奶永远冷言冷语、冷眉冷脸，叔叔伯伯姑姑永远皮笑肉不笑，堂表兄弟姐妹永远趾高气扬，江父永远一言不发，江母永远战战兢兢。而江蘅是最尴尬的，因为她做什么都有人说不对，好像她的存在就是错的，但她好像并不在意，甚至每次都是她被奚落，他生闷气，她反过来安慰他。

他记得江母嫁给江父第一年春节，那是江蘅第一次去他的老家，当时江母不知道被叫去干什么活了，大伯母在厨房烙芝麻酱糖饼，没有孩子会不爱吃这种外酥里嫩的甜食。她做的时候，孩子们就围着锅台大呼小叫，做好以后，香味四溢，孩子们都吵着要糖多的部分，他跟江蘅全程在厨房外的小厅里看着，都没有出声。大伯母把饼切好，给除了他俩以外的每个孩子都分了一块，剩下的端给院子里玩鞭炮的邻居小孩，经过他俩时似乎还瞟了一眼，那糖饼的香甜味道和冷漠讥笑的眼神让他眼泪都掉了下来。

她温柔的声音传过来，她说，哥哥，你别难过，我去给你做。说着，刚满七岁小小的她就走进厨房，学着大伯母刚才的样子，加水和面，再加上红糖和芝麻酱，在锅里倒上油烙起饼来。她向来是很聪明的，就像看江父系鞋带一样，什么事情看一眼就能做得得心应手。

后来做好了，那是他第一次吃糖饼，热乎乎、甜蜜蜜的糖饼很好吃，在他心里甜了好多年。

他长大一点之后，爷爷奶奶陆续离世，以江父跟他兄弟姐妹的关系，根本没有团圆的必要，他们不再回去。在北京过年就简单得多，没有面和心不和的亲戚被习俗绑架来回走动，不用在家穿着羽绒服开电暖器取暖。江母会打扫房间，简单布置，买些十果糕饼，做一桌丰盛的饭菜，电视机开着放春晚，这就算是过年了。

就他们四个人。

江蘅每年都会给江易烙糖饼，只为他一个人，因为江叔叔跟妈妈都不吃，妈妈是身体原因不能吃甜的，江叔叔则是钢铁直男不碰甜食，而他还有个规矩，就是不能惯着孩子，大人都不吃的东西就没必要在餐桌上出现,这个孩子指江易,他从来都把江蘅当空气。所以江蘅向来是背着他偷偷给江易做的。不只糖饼,还有拔丝红薯、蛋黄南瓜、糖醋里脊……好在他几乎不进厨房,江蘅动作又快,这么多年都没被他发现过。

而今年……江易深知自己做了那么恶劣的事情,别说糖饼,他应该去吃牢饭,他根本不敢奢望。除夕夜,稀稀拉拉的爆竹声里,他冲过澡坐在书桌前百无聊赖地发呆数绵羊,房门突然被轻轻敲了两下。

他知道是她,顿时心跳加快,呼吸急促。他想过去开门,但又不敢靠近,又知道若不去应,虽然门都没锁,她也不会进来。所以他还是调整着呼吸,站起来,一步步过去打开门。

只见她站在门口,手中一盘似曾相识、冒着热气的糖饼。

江易本能地要别过脸去,但爱意战胜了愧意。他目不转睛地看着她。

这几个月他都在躲着她,已经近一百天没好好看看她了。

她刚度过了十七岁的生日,身形修长,比例完美而协调,皓白的脸庞,泉水般清冽的眼。

就跟梦里的一模一样。

"哥哥,新年快乐。"

"谢……谢谢……"

他下意识地接过那份糖饼,不用尝,看样子就知道跟十年前一模一样,醇香清甜。

他突然就崩溃了,手一松,那盘子掉在地上摔得粉碎。

咣当一声响,洁白的瓷盘碎片和黑芝麻色的糖饼散落在残存他母亲血迹的地面上,棋盘般斑驳。

他心底深处也被这么一下摔碎了,他低着头站在墙边,不敢看她的眼,只觉得自己是如此渺小肮脏又猥琐卑鄙。

按理说,辛辛苦苦、好心好意做的东西被人摔碎,至少也要有点情绪。她的表情却丝毫未改,依旧是温和而平静,看着表情扭曲的他柔声道:"哥哥,你怎么了?出什么事了吗?"

江易内心再次破防,他捂着脸哭了出来:"对不起,对不起……"

江蘅微惊，柔声劝道："没关系的。"

而江易显然没宽容自己，他弯下腰，手伸到地上的碎片里，江蘅轻声道："哥哥，别用手，我来吧。"

她便准备去阳台拿扫帚，但她马上就发现江易捡的不是瓷片而是糖饼碎块，他从桌上抽了一张面巾纸装着，嘴里小声地说："我都吃掉，你别生气。"

说着，他就把可能混有瓷碴的糖饼往嘴里塞，江蘅实在吃了一惊："我没生气，这些不卫生，不能吃了。"她伸手去拿他手里的饼块，他本来执意要放进嘴里，但她那灵巧的手指碰到他的一瞬间，他就失去了所有力气。

他跪倒在她面前，语气充满哀求和渴望："蘅蘅，我错了，求你给我一次机会。"

他并不觉得他放弃了尊严，因为他早已不配谈尊严。

他如此痛苦而虔诚，似乎乞求的不是一场相爱，而是一场救赎。

江蘅显然也很惊讶，她扶住他的肩膀想把他扶起来："哥哥，你起来。"

江易反手拉住她的手腕，就像溺水的人抓住浮木："求你了……"

江蘅轻轻掰开他的手指，声音亦很轻："对不起。"

她转身出去，就像风吹过，不留痕迹。

他久久跪在原地，终于身子一歪，颓然靠坐在墙角的阴影里，痛哭流涕。

心里的灯彻底熄灭了。

大年初一，最无聊的走亲戚环节，好在江家没什么亲戚走，还算清静。

江叔叔在北京交好的只有高叔叔一人，而过年按照传统毕竟还是跟家人而非朋友在一起，高叔叔如能放假，跟高阿姨每年争吵回谁家还来不及，基本顾不上江家。

虽然现在通信发达，祝福不必本人带到，不过对于两个大男人来说，互发拜年信息还是略显肉麻，所以江家的年往往都特别安静，电话都不响一声。

但是，从江蘅九岁那年开始，每个大年初一都有个人必然出现，就是高渐明。

如果他在北京，必然登门拜年。不过他很少在，他爷爷奶奶姥姥姥爷都很喜欢他，就算他爸单位有事不能走，他妈也会带他回去，只有他初三和高三这两年作罢。即使他人在老家，也必定打来电话。

江易对他反感至极，平静祥和里，他偏要来刷存在感。

今年较为特殊，高渐明姥姥身体不太好，高父跟高母回去探望，高渐明学校要求在派出所封闭式实习，提前体验为人民负重前行，所以他独自留在北京，住单位宿舍。

即使如此，大年初一的上午，他还是敲响了江家的门，穿着一尘不染、挺拔笔直的警服，带着一堆礼品。

是江母开的门，她脸色少见地红润，看到他眼前一亮。

大檐帽下，高渐明的笑容更加闪亮："阿姨新年好！"

"新年好，新年好，快请进来坐。"江母忙把他请进屋里，沏茶，倒水，端水果。江父正在看电视里昨晚春晚的重播，屏幕里一派欢天喜地，见到渐明和他胸口亮闪闪的胸徽，也笑容可掬地站起来，滔滔不绝地赞美他穿着警服比他爸当年还英俊。

高渐明从小就很擅长社交，又经过半年警校的磨砺，很擅长跟人打交道，场面话说得很漂亮，他跟江父寒暄两句，远处江易的房门打开，他穿着黑色棉睡衣，脸色阴沉，脸颊凹陷，眼神阴郁，跟这个气氛格格不入。

江易指着高渐明说出一个言简意赅的字："滚！"虽然他跟江蘅已经希望渺茫，但他依旧绝不容许这个人话都不会说的高渐明做她的丈夫。

餐桌边沏茶的江母笑容僵住，江父张嘴就要破口大骂："你这个畜牲……"高渐明伸手拦了下来："叔叔，我来跟江易说，正好我想跟他聊聊。"他嘴角甚至带着笑。江易还没反应过来，高渐明已经大步走到他门前，直接踏进来，带上门，跟他单聊。

高渐明比江易高一头，又戴着警帽，穿着制服，自然显得更为高大魁梧。他淡淡道:"我今天心情很好,不想跟你闹,你最好老实点。"

江易莫名被教训,暴跳,反手就想把他扔出去:"你有病啊!从我屋里滚出去!我跟你多一句话都没说!你不要再来找蘅蘅!她的事轮不到你管!"他怒不可遏,明明江蘅都明确拒绝了高渐明,怎么他还跟狗皮膏药一样纠缠不休。

只见高渐明笑了笑,直接甩开他,扬眉道:"你的事我是不想管,比如你几个月前进入我的母校,跟一个姓汤的高三女生在校图书馆做某些不可描述的事。"

这件事毕竟还是有人看到,而高渐明高中也是学校里的风云人物,虽然毕业了,学校里还是有不少朋友。那的确很隐秘,校方家长绝大多数学生都不知情,但就是能传到高渐明耳朵里。

江易的脸色瞬间比铁还青。

高渐明"哼"了一声:"开始我还挺奇怪,怎么会有女生看得上你?能正常上学的,应该都没有视力问题啊?听说是她我就不奇怪了……"他嘴角带着鄙薄和轻视的笑意,"她是我见过的最懦弱无能的女生,跟你倒是很般配。"

他语气里满是轻蔑和讥讽,江易脸上阴得能滴出水来。

高渐明讥讽道:"你们两厢情愿,当然是与我无关。但是江叔叔知道吗?需不需要我帮你告诉他,你穷得连带女孩开房的钱都没有,让他多给你一点儿零用钱。"

他说这段话,本意就是羞辱江易一番。毕竟他们已经上大学,又是男生,谈恋爱发生关系,在家长那里应该不是不能接受,告诉江叔叔不算多么有效的威胁。却见江易脸色骤变,肩膀都颤抖起来。他当然无所谓江父,但江父若是知道,全家都得知道。他绝不能让江蘅接触汤旧画的事。虽然江蘅跟他从来就不是恋爱关系,但他比背叛女朋友还罪恶和可耻一百倍。

高渐明察觉他的反常,以为他是怕父亲知道,心想他这么大的人交女朋友还偷偷摸摸遮遮掩掩,只敢在女孩学校做见不得人的事,敢做不敢当,讥笑道:"既然这么无能就别再生事,我可以替你瞒着。说起来,你是帮我拍照片才认识她的吧。那我还算你们的半个媒人,你是不是该请我吃顿饭?"

江易心想,他确实是无能,否则他应该跳起来,举起床头柜上的大头台灯,砸爆高渐明。

二十

江叔叔跟江母不知道,高渐明是怎么做到仅仅两三分钟就让江易偃旗息鼓,闭门不出。只见他打开门走出来,笑意盎然地对两个长辈说:"我们没事了。"还体贴地替江易带上门。

江母诺诺地应着,弱弱地朝门里问:"易易,要不要……要不要出来喝点茶?"

江易默不作声,他当然不会出来。江父则独断地答道:"他喝什么他喝?他只能让别人倒胃口。"他招呼高渐明,"渐明,过来坐。"

高渐明却并没有动,而是自然而然地问江母:"阿姨,蘅蘅呢?"

他眼睛看向厨房的方向,听着里面若有若无的烹饪声音,其实是明知故问。

江母连连应着,走过去推开厨房的门,高渐明远远看着灶台前炒菜的江蘅,轰隆隆的抽油烟杂音里,刺鼻的麻辣气味里,她白皙的脸庞上一片宁静,拨动炒勺的手平静得像弹琴,她耳朵里还插着耳机的线,显然在一心二用,一半听着一点五倍速播放的英式发音,一半看着锅里的鱼。江叔叔是个重口味,喜好重油重辣。

在油烟缭绕的厨房做重油重辣的荤菜,却像在午后阳光里的书房阅读细水长流的书。

她早已听到高渐明来了,但认为门外局面过于尴尬,还是锅里的鱼腩和耳内的外语比较好处理,听他们没有大的动静便没出去。

江母对她道:"蘅蘅,渐明哥哥来了。"

江母从来都是这么称呼高渐明,肉麻得江蘅浑身不适。她耳机都没摘,侧脸朝高渐明点点头。江母已经走到她身后,解开她身上的米色围裙:"妈妈来弄,你去陪渐明哥哥说会儿话。"

江蘅显然不愿意，反复推让，但江母执意如此，她只能让开灶台前的位置和炒勺，走出厨房。

高渐明看到她，这次是发自内心的笑容："蘅蘅，好久不见，新年快乐。"

江蘅应道："新年快乐。"

她根本不想跟他多待，现在江易已经让她疲于应对，根本无心再处理高渐明的事。但正逢佳节，他不辞辛苦请假过来，她也不能过于冷淡，便请他坐到沙发上，给他倒了一杯铁观音。

高渐明是喝茶的，江易也喝，但现在只接受蜂蜜柠檬茶，以前还有红枣枸杞茶。

高渐明看着她的那双清泉般的眼睛，只觉得那是警衔之外的荣誉："蘅蘅，你看我穿警服怎么样？"他进入大学校园就切换大人模样，这还是第一次，像个孩子一样邀功，等待夸奖。

江蘅以示尊重地看看他，点点头，语气平淡："好看。"

高渐明觉得不对劲，女生不是都有制服诱惑吗？那些小说里不是说女主看男主穿制服警服觉得多么魅力四射吗？转念一想，又豁然开朗了，微笑道："当然球衣也不错。"

他也迷恋穿球衣的她。

过了会儿，他摘下帽子，按学校要求，他是三毫米寸头，但英俊的男子什么发型都英俊，高渐明就属于这一种。

他简直让室内蓬荜生辉，而江蘅还是不为所动。

虽然她很努力地保持礼节，迎合过年的欢乐气氛，面带微笑，眼神也很平静，但高渐明还是一眼就看出她并不高兴。

"有什么不愉快的事情？"

"没有。"江蘅努力调整情绪，礼貌地询问他在警校的生活学习，高渐明一一回答并回问她，还算和谐。

江母又端了一盘切好的猕猴桃和苹果出来，其实这两样水果茶几上的果盘里都有，但这盘是她削皮切块插上小叉子的。

高渐明谢道："谢谢阿姨，您别忙了。"

江母紧张地用围裙擦着手："不忙不忙，渐明，中午在这儿吃饭吧。"

高渐明礼貌回道："不了，我是请假出来的，一会儿就得回单位。"

江母答应着，灶台还点着火，她没说两句便匆匆退回去。

江父眼睛看着舞美色彩鲜艳如动漫的小品，嘴里搭腔道："是在哪里实习呢？部属院校就是正规，你看江易他那个学校，这个假期没安排也没管理，跟你们根本没法比……"

江蘅强制自己去听耳机里的内容，转目看向窗外，虽然江易不在，但她还是很难容忍别人对他恶言相向，尤其是江父，这个本该最支持、最信赖他的父亲。她觉得江易的古怪性格，跟这有直接的关系。高渐明看在眼里。

他跟江父应付两句，见江父的注意力回归那小品节目，便轻声问江蘅："你叔叔说江易让你不舒服？"

江蘅把音速调快一挡，没有回答。

高渐明喝了一口茶，他跟她相识多年，她对江易的爱护他当然很了解，但今天他突然生出一种猜测："你不开心跟他有关？"

江蘅的语速也跟音频一样加快："我没不开心。"

这反应对高渐明来说，无疑是肯定他的猜测，他看着她的眼睛和颈动脉："你喜欢他？"

其实说出这个问题，他也觉得很荒唐。他由衷地认为江易单恋江蘅比两个人两情相悦或者江蘅单方面倾心江易的概率高得多，大概就是 99.9% : 0.099% : 0.001% 的比例。当年她肠破裂手术，江易在手术楼楼下警告他离江蘅远一点，两人大打一架，后来回想，他也怀疑江易对她产生了不正常的感情，自从知道汤旧画的事后便打消了疑虑。以江易的条件，他实在想象不出，这个人有什么资格和自信脚踩两条船。但是排除掉所有不可能，剩下的就是事实。他已经脑补出江蘅喜欢江易因他跟汤旧画交往而失落的逻辑链。

江蘅向来平静的嘴角都因这个滑稽的问题扬起："当然不是。"她唇红齿白，贝齿如玉，那抹笑比被小品逗笑还要自然，不是假话，高渐明放下心来。本应如此，江蘅如此优秀，天之骄女，他实在无法想象她会喜欢江易那样一个无能之辈。

大概只是兄妹之情吧，毕竟他是她官方承认的唯一的哥哥。他想起儿时她对他说的"我有哥哥，不能这么叫别人"，面露笑意，目光却锐利，他想不通江蘅的心事究竟是什么。

江蘅则反感他明察秋毫的研判，她又不是他的罪犯，她侧脸看向他："渐明，我想我已经跟你说得很清楚……"

高渐明示意她看看电视里歌舞升平的春晚、旁边坐着的胖墩江叔叔，不紧不慢地道："今天是初一，当着家人的面，你却连虚与委蛇的心情都没有，可见让你烦心的事不简单。"

虽然他分析属实，但江蘅想起身就走，不管她有什么事，都不关他的事，想着他毕竟是一片好意，只能强忍着回答："我只是在听英语。"

高渐明道："你不是因为听英语才顾不上跟我说话，而是不想理我又不方便离场才听英语。但你情绪不好，与我跟英语都没关系。"

他那咄咄逼人的强硬语气就像一根长棍，搅得她心烦意乱，连耳机里的对白都错乱起来。

高渐明想起什么，突然觉得自己明白了："你跟钱泳仪还有联系吗？"

去年秋天，钱泳仪满了十七岁，入选了女足U18国家队，加入某甲级俱乐部，现在正准备上中超赛场。

提到足球，江蘅的眼波变得温柔起来，这个问题她没点头也没摇头，因为她跟钱泳仪其实并没有联系，但她也听说了这消息。毕竟她曾是体校的学生，而钱泳仪的入选在体校也算是光耀门楣，往届师生无人不知。

高渐明不无惋惜地看了眼江叔叔，后者根本不知道他们在说谁，也并不关心，看着有点冷场的小品，压根毫无察觉。

高渐明回过头，看着江蘅柔声道："你现在这样也很好。"

江蘅点点头，如果可以选择，她当然宁愿在零下几度的露天球场穿着短袖踢球，而不是在温暖如春的室内戴着耳机听英语。但既然别无选择，便努力做到最好。

她祝福钱泳仪，但不嫉妒。

他俩一左一右地坐着，高渐明居然信手地摘下她左耳耳机，放到自己右耳里，江蓠再次无语，神色也变得颇不自然。并非她多么矜持，而是她比较独立，从没跟谁共用过耳机。

听孔里标准而快速的美音女声就像高铁窗边的风景，呼啸而过。

他离开高中校园半年，还算是记忆犹新，尤其英语本来就是他的强项，在大学也依然是必修课，他又刚考过了四级在准备六级，本以为再听高中听力会跟童谣一样简单，没想到居然只是堪堪跟上而已。

这绝对不是本市高考难度的模拟听力，好像根本就不是听力的文稿，更像是阅读的文稿。是Y大附中的配套练习还是她自己找来的练习，就不得而知了。

他陪她听了会儿，总算起身告辞。

这实在是尴尬至极的拜年了。之后的日子，尴尬还在继续。一无所知的家长，各怀心事的孩子，简单又复杂。

春节七天，江易都没出过房间，高渐明的话给他造成心理阴影，他最见不得人的丑事居然早就被别人当作笑料。听高渐明话里的意思，显然并不知道是他强迫汤旧画，也就是说，应该不是她自己说出去的。其实在他心中，汤旧画是纯粹的受害者，不明所以的高渐明居高临下，居然说她懦弱无能、跟他很配，给他很大冲击。

他后悔、自责、悔恨，却也无处放逐、不得归宿。他想着，消息能传到高渐明那里，也有可能传到江蓠耳朵里，于是感到无比恐惧。又觉得就算江蓠毫不知情，就算瞒天过海，他的过错也不可撤销。

他是个一无是处的人，本来就配不上她，又犯了这么下作的罪孽，根本配不上任何清白之身。他根本没脸再见她，只能把自己反锁在房间——那个他母亲永久离开的房间，那个他封闭自己多年的房间。

从小到大，他闭门不出都是常事，江蓠并没有很意外，只是把三餐送到他门口的架子上，那一盘摔碎的糖饼和溺水般的哀求之后，她也已不知怎么面对他。

初七，成人上班、高三上课的第一天下午，江易冲出家门，越走越快，把路人都甩在身后，后来甚至跑起来。在旁人眼里，他只是阴着一张招人讨厌的脸赶去投胎的低层次人，过目即忘。

他再次进入二中。

潜意识是个奇妙的东西。江易没有特意去记忆，他对这个学校却已经比对自己的母校还熟悉。有的人会下意识忘记自己的过错，但是江易则是强迫自己一遍遍去想、去贬低自己，贬入地底。

礼拜三的下午，下午第五节课结束，晚餐时间，中学生普遍抢饭积极，不知道是脑力和体力消耗太大需要补给，还是因为终于能短暂地不再被消耗所以珍贵。学生们三三两两从教学楼走向食堂，没有排队，急切的心情和从众的心理让他们摩肩接踵挨得很紧密。

天已经黑得像夜晚。

汤旧画是最后一个走出楼门的，她低着头，脚步慢得不正常，双腿比以前更僵直，脸色也白得过分。她的同学、老师看在眼里，全都视而不见，不知是高考压力让人麻木，还是她本来就太沉默。

她刚走上楼与楼之间的十字路，就仿佛被一种极度不安的感觉笼罩，整个人变得都僵硬，双腿又似乎在发软，似乎很痛苦，痛得站立不稳。几个月不见，她好像更瘦了，额前几缕细细发丝便能把脸颊遮住大半，身体也单薄如纸。

学校里装有路灯，但绝大多数都是坏的，敞开的楼门透出的白色灯光照亮了楼前的空地，除了那一小块净土，校园一片漆黑。

漆黑里站着一个人。

她虽没看向他，却已感受到他的气压，虽然她还没有直接正面地看过他一眼，却已经一辈子都不会忘记他，因为极度的恐惧，脚下一滞，肩膀不由自主地发抖，随后就埋着头，转过半个身子，用她能做到的最快速度试图绕开他。她僵直的双腿快走起来仍无法弯曲，就像个过于瘦弱的木偶，有种滑稽的凄惨。

她软弱到正常人看到都会生气的程度，江易看在眼里，胸口也怒意上升，只觉得高渐明说她"懦弱无能"实在没说错，这让他更加气愤，脑子一热，两步过去，轻而易举超过她，挡住她的去路，站在她面前却没有沾到她。其实他是个很怕和女生肢体接触的人，这么多年他一直下意识对江蘅忠诚。虽然已经与这个女生发生了最亲密的关系，心里还是把她当陌生人,或者有朝一日法庭上指控他的受害人。

但她太害怕,以为他又要那样对待她,身体往后缩,含糊不清地低声哀求:"不,不要,求你……"

江易本来只是因为高渐明的话莫名烦躁来到这里,并没想好具体要做什么,听到这话,他突然有种羞愧和愤怒化成的冲动,右手一把拉住她的胳膊。

她显然不愿意,重心下沉,脚底向后蹭着地面,身体往后退,试图退出他掌心。但论力气,十个她也不是他的对手。他手上一用力,便毫不费事地把她拖走。他脚步声很沉,走得却快,她根本跟不上,跌跌撞撞被他拖着走,一条手臂被他拽得生疼,似乎要被他活生生扯下来。

一路上,经过几个同学,她本可以呼救,却本能地把头埋得更低,生怕别人认出来。

周边的同学越来越少,道路越来越偏,虽然垂着头,她还是认出了路。

这是通往图书馆的路。

她向来走路都怕踩到落叶,步步避让,这时校园里已经没有落叶了。

穿过小径,走上石阶,他推开门,把她拖进去。

大门缓缓关闭,层高五六米的大厅,还是只亮着前台一盏顶灯。灯下却没人,正月十五之前图书馆开到晚六点,现在还没有锁门。管理员还没下班,只是又出去吃饭了。图书馆一向门可罗雀,没几个学生会来,也没什么珍贵的藏书,都是些旧版教材、五三王后雄等参考书籍、中高考要求必读书目、往届学生捐赠的《水力资源利用》之类无人翻阅的旧书,管理员都不觉得值得看守,经常擅离职守,工作多年也从未失手。

昏暗中列列陈书如同照妖镜,他拉着她走到后面一架书的角落,周遭的一切似曾相识,陈年纸张的气味,皮革脱落的木墩。

他正拽着她,还没走到书架的尽头,她已经崩溃,顿住脚步,沉下重心,怎么也不肯再往前一步,低着头说出破碎的哀求:"不,求求你,不要……"她眉间满是痛苦之色,眼里噙着苦涩的泪。

他侧眼看向她，眼神阴戾至极，反手又扇了她重重一巴掌，她被打得摔在地上，他直接俯身压住她，视她作蒲柳般，粗鲁地将她翻转过去，把她面朝下按在冰冷的木地板上，一把把她的内裤校裤拉下。

似乎还隐隐作痛的地方再次被撕裂。

她依旧紧咬着嘴唇，喉中不由自主地发出呜声，声音悲痛而绝望。

并不是上次相同的地点，因为这里抬起头，看不到圆窗。

这一次，他彻底把全身重量压在她身上。她显然毫无他以外的男女经验，身体还很青涩，被他压住的那一瞬，被电击般地颤抖。

她的文胸、秋衣、毛衣、校服外套被他一把卷到脖颈处，内裤校裤则挂在膝头，虽然不是赤身裸体，却比全裸更狼狈、更羞耻。

他终于结束，慢慢站直身，看着衣不蔽体的她。这一次她似乎已经失去魂魄，连穿衣服的力气都没有，甚至也忘记调整自己，还保持被他弄成的姿势。

他余光看到书架上折扇般排列的旧书，突然伸出手，一把推下来十几本，尽数砸在她已经受伤的半裸身体上。

他恨她为什么要借书，为什么要还书，为什么一借还偏偏都遇见他，为什么她是这么懦弱，是这懦弱吸引他，也是这懦弱让高渐明非议她，更是这懦弱让她不敢反抗他。

那些书自从放在那里，数年都不曾被取下，早已布满陈灰，这一摔之下，灰尘四起。

两个人鼻子都被呛住，却没人咳嗽，他转身离去，图书馆厚重的门被重重摔上，但门轴做过缓冲，只是吱啦一声响。

管理员吃饱肚子吧嗒着嘴回到岗位时，室内跟她出去时一样，昏暗，寂静，陈旧。她坐在前台，正准备玩起手机，突然听到静悄悄的馆里似有带着哭腔的呼吸声。

她高声问道："有学生吗？"

那呼吸声变得急促，还伴有布料摩擦、类似穿衣的声音。

她觉得奇怪，打着手电筒闻声过去，白色灯柱在一片漆黑中亮得很无情，她看到汤旧画衣衫不整、灰头土脸、披头散发地半坐半跪在地上，身边散乱着十几本书，她低着头，正含着眼泪在捡。

管理员顿时抱怨出声："啊呀！怎么搞得把书都弄掉了！如果损坏都是你负责啊！"

汤旧画呜咽着没有回答，管理员的手电灯光掠过她虽然努力背过去依然能看到肿印的脸，专注于检查地上那些旧书有无明显破损，还好没有，书还是那些书，只是少了些灰尘。

管理员放下心来，收回手电转身离开，扔下一句："你赶紧收拾回原状！再有下次不让你来图书馆了！"

汤旧画也不知道，她是怎么强忍着泪水，把那些书一本本归位的。

这些书单本或许不重，但十几本同时砸下，力度之大、面积之广让人想到石刑。

她浑身上下到处都在痛，不同的痛。衣服上、衣服里，都是书本的灰、地上的土、皮革的屑、他的液体和痕迹……

不知道怎么清洗。

夜深人静，汤旧画湿着头发点着台灯坐在书桌前，黄色的灯光映照着苍白暗淡又带着肿印的脸，更显人憔悴。

她拿着笔，面对文数试卷，远比理数简单的题目，毫无思路。

以前不是这样的。

她努力专心，但这两次的羞耻、恐惧和剧痛在心头挥之不去。她似乎被阴影彻底围绕捆绑，无处逃脱。

她手指脱力，笔掉在卷面，碳素点在白纸卷面，留下突兀而无助的两个黑点。她双手捂住嘴，无助地抽泣起来。

两天后的开学考试，她排在年级第九十三名，文科总共九十七人。

一塌糊涂，跌落谷底。

二十一

黑板上血红的倒计时要命般流失着，高考的脚步随着翻飞的白色试卷越来越近。这时候，如逆水行舟，不进则退，而她桨都拿不稳，被湍急的激流、奋勇的敌船冲撞得翻倒错乱。

十天后，周日下午放学，走出教学楼，她再次看到他。

依旧是重重的巴掌，面朝下按倒在地。

他在她身体最深处时，眼前凭空泛起一圈圈黑色的涟漪，恍惚间似乎听到她细若游丝的声音："你……为什么这……这样……对……我？"他胸口一疼，在她头侧面抽了一掌，语气凶狠："闭嘴！"

他一个用力，她痛苦呜咽，分不清是哪里痛。

这种事开始频繁发生。

她感觉到身体迅速改变，乳房因为增生胀大，但已不是原先小巧自然的弧度，私处由浅色变成深色，甚至不如以前柔软，就像操劳的手掌会长茧。

每个改变都让她无比羞耻。

她被强行从女孩变成了女人。

不是早恋，不是床伴，比卖春还不如，他每一次来，都是不由分说，把她拖到无人的角落，粗暴地进入，强暴地占有，事后提起裤子离开，没有留下只言片语。

她甚至连他的名字都不知道，却不敢问。

他那句闭嘴之后，她面对他再没说出一句话。

渐渐地，她也不再闪躲求饶，只是低头沉默着忍受。

谁都知道高三的时间多么宝贵，而她居然就这么过了一个月。

人是可以适应痛苦的，一开始，她面对知识点都觉得文字在漂浮，慢慢终于能看清具体内容。虽然效率降低，但背一遍记不住，背十遍总会有点印象。当然文科博大精深，绝对不只背这么简单，但机械而简单的背诵已经是她所能做到的极限。

江易隔三岔五去找汤旧画。

他以为他能忘记，他以为他能脱离，但她的身体淡得像水、空得像气。

那是个礼拜一，他在楼下等着她。只见她依旧是最后一个出来，似乎比平时还要晚一点。她背着书包低着头走出来，走姿奇怪，腿好像不能打弯一般。她走路一直不正常，有时会特别明显，比如今天。

五天不见，她好像更瘦了，额前几缕细细发丝便能把脸颊遮住大半，身体也单薄得像火柴棍拼成。

他直接走过去，一把拉住她细得不像话的胳膊，就要拖她走。

她已经有段时间不反抗了，这回却出乎意料地抗拒，不断往后缩着闪躲他拉她的手："不，不要……"

他根本没有耐心跟她拉扯，右手扯着她的胳膊，左手扬起，就在鸟兽散去的校园里给了她一耳光。她直接被打得摔出去，左臂被他紧攥着才没摔倒在地，饶是如此，身体还是被扇得折成九十度，极为狼狈。不远处有几个学生，大概不是她同届的并不认识她，江易依稀听到他们在议论那女生是谁。但他们跟她穿着一样的校服，却无一人挺身而出，相反，全都投来八卦的吃瓜目光，还有的掏出手机想拍下来。

光天化日里最后的安全感也在这一巴掌里破碎了，汤旧画不再挣扎，歪着身子站在那里，连站直的力气都没有了。江易用力一扯她的胳膊便拖着她走出一步，他忽然看到她脸上露出很痛苦的神色，就像伤口被撑开那样，痛得身不由己地弯下腰去。

明显是伤在前胸，他瞪大眼睛，有了很不好的预感，强行拉着她的胳膊，拖着她去熟悉的图书馆。管理员果然又去吃晚饭，馆内空无一人。他把她拉到角落甩在墙上，直接拉开她校服的拉链，一把掀起里面过时且单薄的线衣和睡衣，她慌乱地试图抬手遮掩，手臂被他一掌打开。

她深深埋下脸，他定睛看着她胸前——只见她左右两只乳房都呈紫黑色，高高肿着，就像两个圆茄子。

他沉声问："这是怎么弄的？"

自从那次他叫她闭嘴后，近一个月来他们就没说过话，她低头站在他面前，满面愧色，抽噎着发不出声音。

他声音骤然抬高："说话！"

她被吼得缩了一步，眼泪也掉了出来，颤抖着语气卑微地回答："是……我不小心撞到……"

"你当我是傻子吗！"他扬手便重重抽了她一耳光，她身体被打偏，耳朵里脑子中都嗡嗡作响。

他又吼了一句："说啊！"

她埋着头，捂着脸，抖得更厉害，嘴唇颤抖着，还是没发出声响。

江易更重的一巴掌抽过去，她被他扇倒。他接连着用拳打她的头，抓着她的头发撞墙，用脚踢她的脸，把对高渐明的愤怒，对江蘅的挫败，对自己的失望，对生活的绝望，全部宣泄到汤旧画身上。这个木讷懦弱的女孩没有一点能与江蘅相比，她当然不是替代品，她是发泄口。他需要发泄他的卑劣、下流、软弱……再压在心底，会压死人的。

她衣不蔽体地遭受拳打脚踢，神志都被打涣散。他终于勉强停下手，只见她倒在他与墙之间狭窄的空间，那块地不足一平方米，以至于她虽已没有半点力气还没能瘫倒在地，而是背靠着墙角，双腿蜷缩折叠，大腿和小腿折叠在一起，宽大的校服被踢打得胡乱挂在消瘦的身上，长发散乱地搭在胸前，脸部被头发遮住大半，露出来的小半张脸满是青肿，身体已经颤抖到接近虚脱，断断续续地带着哭腔，呼吸声充满痛苦和恐惧。

他也在喘息着："我再问你一遍，怎么弄的？"

她无法再隐瞒，双手无力地撑着地，膝盖着地，居然跪在他面前，低泣着说出："是……我……我后……后妈……"

声音极低微，吐字极艰难，似乎用尽了力气，道出那个称呼，再说不出话来。

他被她说话的姿势和内容震惊，愣了片刻，来不及思考便想着伸出手把她从那个屈辱的、低到尘埃里的姿态中拉起来，动作粗暴得可称作凶狠，将她背对自己按在墙上，扒掉裤子粗暴地进入。

他一次次凿墙般撞击她的身体，她几乎要被他弄死过去。

生活陷入混乱。

似乎是结束了高考和军训实习的压力，拜年时又察觉了江蘅跟他的疏远，高渐明联络江蘅的频率比以往有所提高。这些年，他保持每月给她打一个电话，现在上升到三天一个。如果她不接，她在家他就打家里座机，在学校他就打宿舍座机，而且通话里她必须状态饱满，否则他就要左右盘问猜疑。她不知道拒绝了多少次,但他断定她只是年纪还小,情窦未开。她被他跟江易一明一暗,搞得心力交瘁。

江易本来已经不敢面对她,不敢见她,不敢跟她同桌吃饭,不敢跟她擦肩而过,不同于小时候全天把自己关在卧室,上大学住宿的他直接不回家了。

但是这回他失控对汤旧画下了重手之后,不敢再去找她,他不敢看她脸伤成什么样,他知道一定是鼻青脸肿。

他一个人住在宿舍,脑海不由自主地不断回放他残暴对待她的画面,他无法承受那种寂静和恐惧,终于还是请假回了家。

江蘅并不知情,依旧做好他喜欢的菜色,为他铺好干净的床单。那菜他只能横着咽下,那床他彻夜难眠。

3月底的夜晚,他躺在床上,想起去年这个时候,他因为江蘅那句"谁说你是强奸犯,我第一个反对"感动得住到十二人间味道堪比鲱鱼罐头的男生宿舍闭关苦读,突然揪住自己的头发,痛苦呜咽,转而变成号啕大哭。

江父被吵醒过来,喝他吼他让他闭嘴,他置若罔闻。江母在旁边吓得不敢说话,最后江父扔下一句"跟你妈一样的精神病",拉着她回了房间。

而江蘅一直温声细语地问他怎么了,他捂着嘴,干呕着,无法回答,整张脸都扭曲着。他怎么告诉她,现在她反对也无效了。

他只能流着泪,一遍遍对她说着对不起。她温柔而尴尬地回答没关系,他却停不下来,跪在她面前说了一遍又一遍。

所有人都混乱了。

他再去二中,已经是4月中旬,北京几乎没有春秋,短暂的乍暖又还寒。

学生大多数都还穿着夹克或卫衣,她却只穿着单薄的校服,瑟瑟寒风里更有种被虐待的凄苦感。她脸颊苍白,青紫已消,但伤痕藏在眉梢眼角的怯意里。近一个月没见,她似乎又憔悴了些,他还以为她一个月没有他的摧残,应该圆润些才对。

她依旧低着头，视线范围只有千篇一律的地面，但走出教学楼大门便察觉他在附近。

如此陌生又熟悉的两个人，感知对方已不需要眼神。

他没有动手打她了，虽然动作依旧粗鲁。

冬天终究是要远去的，春寒料峭毕竟是强弩之末。

春暖花开，一模二模，高考的脚步越来越近。江易去找汤旧画的次数稳定在一个礼拜一次。

5月底，距离高考仅十几天。

整个校园已经是夏的景象了，学生们都穿着夏季校服白色短袖。五点放学后，篮球场还有男生在打球，还有女生在旁观。他看都没看场上的人一眼，在他心里这帮上蹿下跳的男生跟当年风一样飘逸的江蘅相比，根本就是一群互啄的菜鸡。

现在天黑得晚了，图书馆虽不开灯，圆窗洒进日光，一片明亮。

离开之前，一切都不一样了。

她还是单薄得像纸片或木叶。他把她背对着自己，按在墙上而不再是地上，在角落里做完。

她全程都非常安静，呼吸轻如阳光下尘埃浮动的韵律。

结束后，他把她转过来，她的头埋得很低，都看不到她的眼睛。他犹豫了一下，给她拉上校服外套的拉链。三十度的天气，她居然还穿着长袖外套。

他从没这样"照顾"过别人，简单的拉链反向对着他，他就操作不好了，连续几下都没对进去，他的气息明显急躁，她本能地开始发抖。

所幸他终于成功拉上去，他放开她，正准备离开，她突然身体前倾，低下头，他们本来就站得咫尺之近，如此一来她额头便搭在他的肩膀上。

他只觉得肩膀处多了一个东西，呆在原地，没有动弹。

她的声音微不可闻："你……还会再……吗？"

他根本没反应过来她说的是什么，却下意识地点头，他其实已经不会拒绝她任何要求。但她视线范围内只有他的衣襟，看不到。

下一秒，被他狠狠推开，后脑勺撞在墙壁上，巨大的冲击力，眼前一片漆黑，几乎失去意识，但还是能感受到羞耻和疼痛逐渐弥漫，传遍全身。

她失去力气，手脚冰冷，顺着墙壁下滑，膝盖着地。

他没敢再看她一眼，推完便头也不回地转身重步离开。

过了很久，她终于模模糊糊地恢复一点意识，发现自己已经倒在墙角，眩晕感和恶心感让她想吐又吐不出，手指颤抖着去触碰痛得一塌糊涂的后脑再收回，指肚满是鲜血。

她身后的墙上，也是一道刷不掉的鲜红。

高考终于如期而至。

江蘅升入高三，整个暑假都在正常上课。班里贴上倒计时的牌匾，倒数365天开始冲刺，但对她的状态并没有什么改变。她从来都是每分每秒都在学习，根本没给过自己休息时间。江易和高渐明都怕影响她学习，消停了很多，事实上他俩压根就没对她的学习造成过丝毫的影响，她从初三回归课堂，成绩从来都没有下降过。

7月底，江易才后知后觉地想明白汤旧画那句话的含义，其实他本来也没有想过要提裤子走人跟她做路人。她毕业离开二中，他又没有她的联系方式，本是无从找起。但有过给高渐明当摄影师的经历，江易知道二中会发榜，文理前十名是图文并茂，后面的学生也有排名、名字和录取院校。他想了想，8月底，录取结束，江易再次走进二中校门，果然看到2018届录取榜单。

他找了一会儿，才在密密麻麻的宋体小字里寻到她的名字。二中文科本届共九十七人，汤旧画是第五十一名，被京内一所一本大学录取。

这实在算不上金榜题名，虽然也在一本线上，比普通二本的他好得多，但是跟预备清北的江蘅有云泥之别，甚至比北京211的高渐明都弗如远甚。

当然，就算她名列榜首，在江易心中，她也不能跟江蘅相比，没有人能和江蘅相比。

新生报到。

学校有所谓的迎新志愿者，只提供问路服务，基本上一水的女生，烈日几乎晒花她们的妆容，每个人都面露不耐，为了优秀学生干部的奖励积分强行忍受。影视剧中积极帮漂亮学妹搬行李的醉翁之意不在酒的师兄根本不存在，帮你的只有你的家长。

文科院校都是女多男少，放眼望去，校园如女儿国。女生力气小，基本都是父母陪同，父亲搬东西，母亲铺床。只有汤旧画是一个人，她的行李跟她的人一样单薄。

宿舍是四人间，上床下桌，平心而论，条件不错。

其实在高三以前，她的理想院校根本就没有这个档次的普通一本院校，她一直稳定在年级前三，六百六十分左右，至少也应该是985。

但是让一个本来就不擅长语文和英语、全靠数学和理综锁定胜局的理科生，在高三的9月转文，用短短八个月的时间，补习寒窗十二年就没怎么正经学过的文综，实在是太难了。

何况这八个月里，正常女孩遇到一次就会崩溃很可能需要休学调养的噩梦，她承受了一次又一次……

最低谷的时候，她甚至掉出二本线，成为全年级的笑柄，那还是在他们不知道图书馆发生过什么的情况下，若是知道，只怕不知道会怎么说她不自尊、不自重、不自爱。

她不善于背诵和论述观点，在文科实在没有天分，通过勤能补拙，经过痛苦如自残的过程，总算是考到一所普通的京内一本大学，这也是二中这所区重点学生普遍的归宿，当然她本不该是这其中的一员，但险些连他们都及不上，也没有什么好遗憾的了。

其实她以前也没有明确的目标专业。她理科都很优秀，最好的是物理。自从初中有这门学科开始，她几乎每次都是满分。她高二那年，做当届的高考题，也就是江易、高渐明他们考的那套，也是满分。究竟喜不喜欢，她自己也说不清楚。

总之，文科生不能报考物理专业，她最终被汉语言文学专业录取，公认的适合女孩，却根本不适合她。但文史类专业本就远少于理工，她的分数也没有高到能任意挑选的程度,再加上……那是她母亲的喜好。

拿到录取通知书的那一刻,她其实很茫然,好像都尘埃落定,又好像迷雾般模糊不清,似乎一切都结束了,又似乎是刚开始。

二十二

新生入校,第一件事就是军训。刚放松了一个暑假的女孩们普遍经不起这样的风吹日晒严格要求,马上就叫苦连天。但人在痛苦的时候,很容易跟一起痛苦的人成为朋友。

宿舍是四人间,晚上熄灯之后,必不可少地要聊一会儿。

室友还很浪漫地搞了块地毯,促膝长谈,还点上一支蜡烛渲染气氛。汤旧画洗澡回来,她们就要她坐过去,她性格使然内心并不想过去,却又不会拒绝,最后还是坐到了地毯边沿。

四个女孩就到齐了,烛光摇曳,话闸打开。她们先是抱怨腿疼,又聊娱乐圈的八卦,最后说起高中的趣事,汤旧画全程静静倾听,没有插话,抱膝而坐,微微低头,烛光把她额前的发丝映得忽明忽暗。

不知道怎么回事,话题一转。

室友一,开朗大方的小个子女孩:"都谈过恋爱吧?来分享一下,从我开始。我谈过一个人,高一就在一起,文理分班后就分了,高三压力最大的时候又复合,上个月彻底分啦。"她的笑容略显黯淡,显然感情并没有语气那么洒脱。

室友二,身材曼妙,很会梳妆打扮,卸妆后没有眉毛,但桃花眼还是很好看:"我男朋友就是××。"××就是她们班上唯二的两个男生之一,"我们也是高中同学,他高考比我高二十分,还是为我来了这个学校这个专业。"

室友三,长相甜美,梳着歪马尾:"我没谈过,但我暗恋过……"她咻咻地笑,"我们高中理科的大神,永远年级前三,打篮球也很厉害,长得还特别帅,现在在清华,我从高一就喜欢他了……"她低下头,"他不认识我。"他永远也不会认识她了。

每个故事都有其动人之处,每个女孩都是一段故事。

轮到汤旧画,三个女孩都扭头看向她,她把膝盖抱得更紧,没有出声。

关键词,恋爱,男朋友,她脑海里浮现的,都是他的身影。

那个连名字都不知道的,永远粗暴而阴郁的男人。

她默不作声,室友们当然默认她有,只是害羞不敢承认。

室友一又开始说话:"那你们都……那个过吗?我跟前任高考完做过,结果没多久就分了。"声音中不乏悔意。

室友二不以为意地说:"当然有,都什么年代了。"

这个问题室友三就不用回答了,她们再次齐刷刷地看向汤旧画。汤旧画的脸埋进膝盖里,大脑一片混乱,她想起他们的每一次,那种冰冷、疼痛、羞耻,还有最后他的那一推,如蒙鞭挞。

这个反应在别人看来当然又是默认。而她整段夜话一言未发,抱膝埋头坐在边缘一动不动的样子,像极了木头人。

十四天的军训结束,正常上课。

所有老师点名的时候,都会觉得"汤旧画"这个名字特别适合他们专业,但事实上她对中文完全无感,只是强撑着一读再读。

开学两周后,上完一节无聊的古代文学鉴赏,她抱着书本,从教室走出来。

似曾相识的感觉。

抬首又见他。

他也正一言不发地看着她,虽然入校一个月,开学两周,很多女生已经发生质的改变,脱掉校服,换上青春靓丽的服装,黑框眼镜变成隐形,烫染头发,画眉涂唇,呼朋唤友,与高中时期的乖乖女判若两人。

但汤旧画还是原来的模样,素面朝地,长发低低地扎着,身穿褐色的线衣和黑色长裤,依旧是一个人。

其实他来的一路上心情都很复杂。他自责上次对她太过分,虽然他对她做的事没有不过分的,但是上次她主动问他会不会再来,对他毫无恶意,他不该不识好歹地推开她,更不该出手那么重,何况她当时马上就要考试了。

其实如果不是高渐明说过那种话,他绝对不会再去欺负她。但他知道这就跟他给高渐明拍照片认识她然后心生歹念一样,表面看跟高渐明有关联,实质上于情于法,都是他自己的全责。

他们已经四个月没见,历久弥新的恐惧让她肩膀不自禁地颤抖,瞬间低下头去,仿佛变成一座木雕。

校园里的树木落英缤纷,浓褐如云。

他走到她面前,眼里的愧疚藏得很深,她的头垂得更低,他有点怕她不原谅他,就像她害怕他再次推开她一样。

他轻声问:"你想去哪儿,做什么?"

她埋着脸纹丝不动,她不敢相信他是在跟她商量,不知道他指的是正常约会还是做那件事,随后她就为自己居然又想到那事无比羞耻,把头埋得更深。

江易看着她的样子,没来由地心烦,伸手抓住她细得一扭就会断的手腕,带着她走出校园。远远看去,一男一女,携手并行,本应像是校园里最常见的情侣,但他铁青的脸色,她低垂的脖颈,毫无温馨和谐,倒像是老鹰抓着捕到的小鸡。

他带着她走出校园,又漫无目的地走了好几条街,走得她双腿发软,即使被他扣着手腕还是跟不上他的步伐。她身体差到爬两层楼都会喘气的程度,根本坚持不住。江易侧脸看着脚步紊乱、呼吸急促、脸色苍白的她,满眼都是江蘅场均万米不知疲倦的身影。汤旧画察觉到他眼神里的不满,不知道自己又做错了什么,缩着肩膀再次颤抖起来,害怕他又一巴掌抽过来。她的脸对着沥青路看不到表情,但全身上下都写满恐惧。江易只是狠狠地往前拉了她一把。

他其实也不是故意要累她,只是在沿街找酒店。他从来不是个有条理的人,没提前做准备,也没现场用地图搜索导航,就这么满大街地找,那种小小牌匾门面污秽不堪的"甜蜜蜜""喜洋洋"宾馆他也不会走进去,最后总算找到了一家经济连锁酒店。

自动门打开,他拉着她走进去,走到前台,才松开她去办手续。

汤旧画站在酒店明晃晃的大堂，锃亮的墙壁和门柱反的光照得她满心惶恐，她明白他要做什么了，这是她第一次跟男人开房，虽然他们已经发生数次关系，但这种记录在案的感觉是不一样的羞耻。

她一直低着头站在柜台边上，前台小姐在登记他的证件，她一直都不知道这个男人的名字，这时候抬头看一眼便一目了然，但她不敢。

江易登记完，前台小姐索要汤旧画的证件，江易这才想起来问她带了没有，他们两双眼睛看着她，汤旧画又紧张地颤抖起来，从书包里找出来递过去，手指都在颤抖。她在害怕假设自己没带证件他会生气。

前台小姐把他俩的房卡和证件还给江易，告诉他们电梯的方位。江易接过东西，带着她往房间走去。

前台小姐也算是阅人无数，也难免忍不住多看了汤旧画的背影几眼，从来没见过这么沉闷而怯弱的女人，整个过程一次都没有抬头。

他们走进房间，棕色地毯，白色床单，深褐色的壁纸，有种别样的静谧。他随手关上门，两人得以独处，她再次控制不住地颤抖起来，就好像待宰的羔羊。

江易并没有着急做什么，他随意坐到床上，把右脚放到左膝上，他在家里、在学校从没这么坐过，向来都是双腿着地。只有在她面前，他觉得自己比较像个男人。虽然他跟江蘅也差点做过，但那段关系里他一直像个无理取闹的孩子。

汤旧画也不敢动，她颤抖着站在距离他两米左右的墙边，双手搭在一起，就像个听候吩咐的仆人。

她的样子让江易不禁皱起眉头，语气不快地说："你站那儿干吗？过来坐下。"

汤旧画抖得更加厉害了，依言走过去，坐到……他旁边，无声无息，就像一个影子。她似乎没有重量一般，没发出一点声音，就连气息都没有留下。别说香水，她连面霜都没用过。江易还是略带嫌弃地看着她，因为江蘅也不用那些，但就是有与生俱来的淡淡幽香。

她感觉到他的情绪，更加惭愧与恐惧地埋下脸去，双手不知所措地拉住裤子的布面。

江易见她怕得跟受刑一样，强迫自己放缓语气问道："你要说什么吗？"他的意思是想跟她聊聊，又不知说什么话题，所以问她。但他确实不善言辞，话说出口跟审问一样。

她身体一僵，随后又剧烈颤抖起来，在他面前低着脑袋，嘴唇颤抖着根本说不出话来。

江易看着她又木又怕的模样，耐心彻底消耗殆尽，直接把她按倒在床。

不想说就别说了，直接做吧。

熟悉的压迫和痛楚卷土重来，她闭上双眼，无声地承受着。

承受对她来说远比交流容易。

她已经四个月没被这样对待过，身体又变得紧缩，痛得不能起身。结束后，他穿好裤子下床，背对她站在床边，没有说话也没动作，就那么站着。

照他的脾气，本来是没耐心等除了江蘅以外的人。但是这时对她心怀愧意，强行忍受着，呼吸难免变得急促。

汤旧画还在疼痛中没缓过来，听着他的喘气声，反应过来他好像在等她，剧烈抖了一下，急忙哆嗦着穿好衣服，忍着双腿间的痛站起来，脚底发软站立不稳。

她好怕他嘲讽奚落她，他并没说什么，而是拿起桌上的意见簿递给她，声音低沉："你手机号。"

她愣了愣才反应过来，依旧不敢看向他，颤抖着接过意见簿，拿起上面别着的圆珠笔写下一串数字，又颤抖着递还给他。她字迹其实很秀美，但因为心情紧张，最简单的阿拉伯数字都写得歪歪扭扭。还好他并不在意，撕下那一页纸揣在兜里，便朝门口走去。

他们恢复了一个礼拜一次的频率，他会直接到她学校门口，发短信把她叫出来。

他也不知道她有没有课，总之，她每次收到短信都会依言出来，她根本不敢违抗他。

那天，她从校门口出来，他们班唯二那两个男生正好拎着购物袋走进校门里。

他们俩很自然地对她招手打招呼,她很拘束地匆匆点点头,便低着头朝他快步走过来。

他并没有什么反应,阴沉的脸色依旧阴冷,只因那是他的常态。但她怕得腿有千斤坠,不便打弯的双腿都在发抖。

酒店房间,他先刷卡进门,她跟在后面,她步入门中,身体僵硬,颤抖着带上门,后背贴在门边不敢走进去,站在原地,深埋着头,不断颤抖。

他看着她那惶恐畏惧的样子,没忍住重重推了她一把。

"你在怕什么?"

她直接跌了两步,身子撞在旁边的墙上,随后用手扶着墙壁,跪在他脚下,身体抖得像筛子,说的话就跟她的人一样软弱:"他们……只是普通同学……对,对不起……我错了……"

她说的是实话,江易闻言却更愤怒,她错在哪里,为什么这么卑微,为什么明明是受他欺负,还像妻子忠于丈夫一样忠于他?

他看看她跪着的膝盖,一脚把她踢到墙脚,然后手脚并用,拳打脚踢。这几个月,她每次见他都小心翼翼,生怕图书馆的噩梦又重演,现在到底还是发生了,而且变本加厉。她全身都被他打了个遍,重灾区是头和脸,被他用巴掌扇、用拳头砸、用脚踹了数不清多少下,头痛欲裂,惨不忍睹。他终于停下来,只见她跪在墙角捂着红肿不堪的脸瑟瑟发抖,已经不敢发出声音。

她那么凄惨,那么弱小,却并不惹人怜惜,反而让人生厌——没人会喜欢这种沉闷而懦弱的女人。他不知道该说什么,一把将她从地上拖起来,按到床上去。

他走后,她请了三天假才回学校上课,她被打得面目全非,没脸见人。

从那天起,本来就沉默寡言的她再也不敢跟别人说一句话,无论对方是男是女。

那次之后,他不再去校门口"接"她,而是到宾馆开好房,发短信让她过来,做完后他走人,她再一个人回学校。她永远都战战兢兢生怕惹他生气，但越这样他越生气，几乎每次见面她都会挨打，轻则几个耳光，重则拳脚相加。

她自觉已比妓女还下贱，但无法拒绝。

二十三

又是一年春来到，江叔叔跟江母坐在电视前看地方台的春晚，一个以亲情为主题的小品，一个孝顺儿子因带错给老父亲的礼物产生的误会，结局当然是父子和解，在煽情的配乐里深情拥抱，台下可能也是群众演员的现场观众纷纷看哭。

电视机前的江父也偷偷跟着抹眼泪，江母嫁给他这么多年，是第一次见他哭，她也随着伤心难过，又怕他尴尬，不敢表现出自己已发觉，江父突然红着眼睛看向她，声音沙哑地说："我们的儿子要是还在就好了。"

也许人老了就会变脆弱，年轻时经历生离死别都不为所动的钢铁直男，知命之年也会看着小品老套的情节感触落泪。也许他才发觉，他想有戏中那样一个儿子，会精心给他准备新年礼物，会担心他高不高兴，会给老迈的他一个肩膀。而江易根本就不是他的备选人，他所有的伤悲和遗憾的对象都是那个早早夭折的男胎。

江母闻言，当然也泪如雨下。

高三还是放春节假的，江蘅还是给江易做了糖饼。这次江易没有再矫情，他默默吃得干净，然后自觉洗了盘筷。

就像他们这一年的状态，和谐共处，互不相知。

平时，江母离不开女儿，江蘅放不下母亲，每个周末都会回家。江易大二管得比大一松，周末可以回家住。他心知应该留校跟她保持距离，却总是忍不住回家跟她共处。他只想离她近一点，哪怕以哥哥的名分。

江蘅如她所言，永远都把他当作亲人，照顾他陪伴他，她待他无微不至，一如从前。

他已经满心感激，别无所求。

因为所有求而不得的负面情绪都发泄给了汤旧画。

恍然一四季，莲花又盛开，2019年的高考也如期到来。有人戏称高考生是国家级保护动物，也差不太多。城市为之静音，交警为之开路，商家为之优惠。

但江家的这两天过得很安静，只有江母跟四年前江蕅参加联赛前一样忙忙叨叨，在出门前反复检查证件和考试用品，还跟风买了一堆号称能提升视力和注意力的补品背着江叔叔塞给她，江蕅当然是进学校后偷偷扔掉。

江易其实也很紧张，他甚至一晚上都没睡着，第二天早早起来，打开窗户，朝阳明媚，清风扑面，想到一会儿她将沐浴这微风走向考点，心驰神往。

他不敢出去跟她说一句加油，他怕她看到他激起不好的回忆，影响她考试的发挥。

他听着餐厅本就轻微的动静归于平静，感觉好像经历了一场告别。

他们终于彻底结束了最单纯的时代。

江蕅正常发挥，总分六百九十三分，市排名七十加，清华北大轮番给家长也就是她妈妈打电话。江母当然应付不来，她面红耳赤，受宠若惊，结结巴巴，唯唯诺诺，好像她女儿不该考那么高分给招生办添了麻烦一样，最后那些电话都是江蕅拿走接的，也不知道她跟那些步步紧逼的老师说了什么，手机突然安静下来。

江蕅结束通话，走进主卧，她轻轻带上门，其实没什么意义，因为这天是周四，江叔叔上班，江易上学，就只有她跟妈妈两个人在家。

江母站在床边，甚至都没坐下，还沉浸在被名校招生办轰炸的恐慌里惊魂未定。江蕅走到她身边，把手机递给她，她小心翼翼地接过来放到桌上，又小心翼翼地看向江蕅，小心翼翼地开口问道："蕅蕅，那……是报哪个？"

江蓠看着母亲，似乎斟酌了一下，慢慢开口："妈妈，这两所学校都很好，但还有很多其他选择，比如我们很多同学都去了国外……"她目光明慧，因为她的目标院校跟他们的还是略有不同。

江母睁大眼睛："你是说你要去国外的大学？"她恐惧地张大嘴巴，"那妈妈要很久才能见你一面了吗？"

且不说到那里需要飞多少小时，妈妈的心脏恐怕根本不能承受坐飞机，江蓠温言解释道："您现在身体情况稳定，我才放心地出去，只有四年就毕业了，长假也会回来，平时每天也都可以视频。"

江母急道："为什么呢？是不是你觉得江叔叔对你不好，让你不高兴了？"

江蓠很平静也很诚意地说："不是的，妈妈，我只是想去那里过几年。"

江母脸上写满恐惧，眼泪也流了出来，她哭着拉住江蓠的手哀求："蓠蓠，你不要走……"

她是如此不堪一击，软弱无依，手掌也软绵绵的毫无气力，仿佛江蓠若是就此挣脱，便要了她的命去。

江蓠沉默半响，轻轻拍了拍母亲的手背，柔声道："妈妈，我不走。"

江蓠最终被北京大学西班牙语专业录取，这是她的第一志愿第一专业。这个结果出乎所有人意料，以她的分数明明可以随意挑专业，而她又是那么不擅长外语。

回学校拿档案那天，天朗气清。她穿着深蓝色的短袖和黑色长裤，宽松的运动款式，配色跟她向往的那身球衣完全一样。

Y大附中已经放假，只有新高三在补习，因为部分学生已经不在北京，由亲朋好友来代取档案，校门把关松了不少。

江蓠走进校园，走到教学楼前，不出意外这是她最后一次走这条路，理应伤感，但那种伤离别在四年前她离开省队大门时已经感受得淋漓尽致。很多人怀念高中，其实是怀念跟同学并肩作战的拼搏岁月，而她已经经历过更加刻骨铭心的战友情。

那是下午三点，天色正蓝，柳枝摇曳，三三两两穿着自己衣服的准大学生之间，她突然看到高渐明的身影，他站在教学楼下擦得镜面般光亮的展柜前，正凝视着什么，看到玻璃上她的身影，转过头来看她："蘅蘅！"

她明白这是他准备好的偶遇，他早知道今天她要回学校。

她不能装作没看见，只好在教学楼大厅领过自己的档案，把那个牛皮文件袋夹在腋下，朝他走过去。

高渐明眼含笑意地示意她看那展柜，其实她知道那是什么，顺着他的指引看过去。

那是Y大附中的英雄榜，准确地说是清北榜，历届录取到清北的学生都榜上有名，原则上永久保存，校在榜在。榜上的每个学生只有三样东西，青葱的毕业证照片，烫金楷书铁画银钩的姓名和校名。简洁而庄严。那些照片里的学生无论相貌美丑，眼神都是一样的明亮而坚定，显然不是徒有虚名。相比之下，他那个被新高三月考排名换掉的光荣榜简直像小孩子闹着玩的。

江蘅是那种证件照也很漂亮的美人，那双清泉般的眼睛，仿佛隔着玻璃在跟高渐明对视。

而他又看了两眼，注意力便全转到身旁的她本人了。她的人比相片还要美千百倍。

她轻轻地看了看那榜单上的内容，嘴角也有淡淡的笑意，这当然足够光彩，也是她无数个日夜辛苦的回报。但她经历过球场，再难欣喜若狂。比如四年前半决赛她罚入的那个制胜点球，她永远记得那一刻的欣喜，欣喜到接近茫然。

那才是她的梦想。

哪怕金榜题名、名校高才，也只是退而求其次。

他们步步离开，留下榜上的少男少女，永远年轻，风雨不坏。

走在校园里的阳光大道上，旁边有喷水系统，按照节奏变换着数量高低，透明的水柱在阳光下晶莹闪亮，水声潺潺，空气里都是夏日的懒散，他含笑问她："我以为你会报数学系的。"

所有人都这么说。

她迎着灼热的夏阳，微微低下头，耳畔掠过一缕清风，浅浅地道："我不想跟足球彻底无关。"

西班牙语跟足球并没有直接联系，但10年夏天对她而言，跟足球密不可分，这是专属她自己的牵绊。

高渐明："你还记得10年那场决赛？"

江蘅道："永远都不会忘的。"

高渐明突然道："你还喜欢他吗？"

江蘅："当然。"

高渐明忽而微笑，说道："巧了，我也是。"

他看着她的侧脸，她长长的睫毛被阳光敷上金黄，柔美而梦幻。

江蘅听明白他的意思，别开脸回避他的注视："渐明，我并没有那种感觉。"

这显然在高渐明预料之中，他很自然地调侃道："我知道，但不应该啊。我们青梅竹马，从小一起长大，你人生到目前为止的每个转折点，我都陪在你身边。按照剧本，你不应该不喜欢我啊。"

江蘅只觉得一尘不染的百米路道阻且长，她文科本就一般，尤其不擅长写作，很艰难地说："渐明，如果说人生是一出戏，你不该把我当作女主角，以你的条件，完全可以结交更好的女生。"

他们走出校园，走入车水马龙的城市，校园旁边有个大型商场，他们走过商场的广场，商场正在做活动，广场挂满五颜六色的气球，在阳光里如同彩虹碎片。

高渐明穿的是便装，他一身休闲装，长身玉面；她一袭深蓝，似水流年，并肩走在路上，是郎才女貌，甚是登对。

高渐明语气随意地道："我活到二十岁，只有过两个理想。一个是警察，另一个就是你。我高考那年，男生公大录取分数线是五百三十七分，平均分是五百六十六，我是六百五十七分，但我从来就没考虑过别的学校别的专业。"

江蘅似乎笑了笑，她目视前方，淡淡道："这是两回事。"一件是一个人的事，另一件是两个人的事。

高渐明语带笑意："咱们走着看吧。"她高考结束，这意味着他终于能光明正大地追求她。

回到家里,她刚开门进去,妈妈就颤巍巍地迎过来,脚步飘飘,泪光盈盈:"蔷蔷,你不是回学校拿档案吗?怎么这么长时间……"

自从她表达出要出国留学的意思后,妈妈总是神经兮兮疑神疑鬼,她出门买菜都生怕她直奔机场远飞而去。江蔷毫无办法,安抚了两句,收好档案袋便进厨房做饭。

她填报北大并被录取,是板上钉钉的事实,但妈妈总是不敢相信。

录取结果出来已有几天,纸质的录取书还没寄到家,她早已让妈妈看过教育考试院官网的录取信息。但妈妈是个很传统的人,她就记得她小时候,村里最出息的学生考上大学,就是邮递员按着自行车的铃铛摇摇晃晃地送来录取通知然后全村欢庆,她不太相信网页那看得见摸不着的表格,一定要见到实实在在的白纸黑字才放心。

两天后,周六,全家都在。邮递员终于敲响了家里的门,是妈妈去开的——那段时间她总是守在门口,谁敲门她都第一个抢着去开。

"江蔷家吗?"

妈妈永远不分对象、不分场合地低声下气:"是,是……"

这时,江易的房门突然打开,他目光炯炯地走过来看着,满脸期待之色,两年前他自己的通知书送达时,他可是看都没看一眼,倒是江叔叔一刻也不等地抢过去替他读了好几遍。

邮递员塞进来一个厚厚的信封,他大汗淋漓,气喘吁吁,根本没心情看一眼信封上的校名,自然也不会像影视作品里那样道贺恭喜:"在这签字。"

妈妈小心翼翼地照做,字如其人小得如蚂蚁。

邮递员拿过单子转身下楼,妈妈甚至忘记关门,就低头小心地看向信封,她就看到一张精美的红底黄字的封面,还有熠熠生辉的四个大字"北京大学"。

她双手发抖,显然想拆开看一看里面的内容,但她手指轻得像棉,根本撕不开粘得牢固的开口。江易罕见地主动伸手,把信封接过去,暴力破解。他一面小心着不能弄坏封面,不能撕裂封皮的文字,一面急切地想撕开表皮看里面。这对继母子倒是很默契地忘记可以用剪刀。

江母轻声唤着："蘅蘅，你出来一下……"

她声音跟蚊子差不多大，但是江蘅还是听到了，开门走出来。在场的三个人，她是最直接的当事人，也是最平静的人，这只是一个必然到来的结果。

江易力气确实比江母大多了，刺啦一声，硬是扯开了封口。里面各种纸张有如书页，无一不是质量上乘，印刷精致。

他急忙把整个信封递给江蘅，由她亲自第一个查看，江蘅接过来，在他俩殷殷期盼的目光里，拿出里面的东西。

第一张就是校长签名盖有大红公章的录取通知书，江母拿过去看，只见"北京大学"名中"北京"二字，脸上便露出大大的笑容："太好，太好了……"

那纸通知书飘然落地，她双手失去力气，眼皮一翻，身子一软，便倒了下去。

那年夏天，救护车的鸣笛声比邮递员的喇叭声刺耳得多。
过度悲伤会导致心脏病发作，过度欢喜也会。
悲喜都是刺激。
江母住了一个月的院才出院，她又恢复了原来卧病在床、站立不稳的状态，而且比原来还要糟糕，时常需要戴二十四小时心电监护仪。

整个大学期间，除了军训期间不得不短暂住校，江蘅没有住过一天宿舍，每天早出晚归，白天在未名湖畔上课，晚上在家里照顾母亲。

江母的卧病在床反而给了高渐明机会，他隔三岔五以探望江母的名义来江家，其实所有人都知道他醉翁之意不在酒，甚至连江母都察觉了，但她由衷地喜欢这个仪表堂堂、正直可靠的年轻人，她非常赞成他们交往，频频给他们制造两人独处的机会。

蘅蘅，你去送送渐明哥哥……

蘅蘅，妈妈想睡一会儿，你陪渐明哥哥看会儿电视……

蘅蘅，妈妈不饿，你跟渐明哥哥出去吃饭吧，再顺便看个电影……

蘅蘅，你学校要求办银行卡，让渐明哥哥带你去……

末了，还总要加上一句，听渐明哥哥的话……

江蘅私下跟妈妈说过多少次她不喜欢渐明，她语气温软，妈妈便滔滔不绝地讲述渐明的诸多好处试图说服她，她稍显强硬，妈妈便战战兢兢、泪水涟涟好像受了很大的惊吓和委屈，江蘅最见不得这个，只能一次次地顺从。

她本就无法拒绝妈妈，何况是卧床不能起、胸口贴着电极、生命随着显示屏上的数字和曲线跳动的妈妈。

高妈妈生日的时候，妈妈甚至还拖着病体，要给高妈妈做对方喜欢吃的梅子酱，江蘅当然不能让她做，最后就变成江蘅亲手做好亲自送过去再顺便祝个寿。

二十四

江蘅上大学后，高渐明跟江家的来往前所未有地多，他简直就成了半个江家人，对此，江母欢喜，江父无感，江蘅无语，江易则是愤怒。

多少次他回到家，看到高渐明那张神采奕奕的脸，分分钟都想把他扔出去。但是这个混蛋偏偏知道他最不可告人的把柄，他只能忍气吞声。

终于，江蘅敲门给他送今年的糖饼时，他打开门接过来，这是他们一年来少有的近距离面对面。

他没有忍住，脱口而出："蘅蘅，你别跟高渐明好。"

江蘅微怔，她根本就没想跟高渐明好，轻声道："哥哥，你想多了。"

江易把糖饼就近放到门边的床头柜上，他低着头，声音低微："我知道他喜欢你，阿姨也喜欢他。我也知道我配不上你，这辈子是不可能了……"

他神色黯然，江蘅也难免动容："哥哥，你别妄自菲薄。我们只是不合适。""不合适"这三个字适用于所有拒绝的。

江易低下头，微长的发梢遮住他的眼，他继续道："如果你遇到一个好人我绝对不拦着，但是他真的不行。他……"他咬着牙，显然承受着巨大的痛苦和煎熬，"我妈走了不到一个月，他说她无能，他说她活该。"

这是他痛恨高渐明最根本也最直接的原因。

江蘅的睫毛微微发颤，意料之外，却又情理之中。

江易怕她不信，指着一片漆黑如夜里湖水的地板，说道："我向我妈发誓，没有骗你。"

江蘅知道他已经到了极限，缓声道："我相信。"

这件事当然是如假包换的事实。

那时江易母亲刚去世，江父心情不好，跟高父喝酒，江父带上江易，高父也带了高妈妈跟高渐明。

江易当时脑袋都是晕的，根本没心情吃东西，看到高妈妈给高渐明夹菜，背过身去流眼泪。

坐在他旁边的高渐明看到这一幕，附耳过来，表情很不屑地说："哭了？好没用啊。你妈是自杀的吧，自杀就是无能的表现，这种人活该去死。你还为她哭，跟你妈一样无能。果然是她的儿子。"

江易一直是个内向到自闭的孩子，虽然他从小看着父母互殴，五六岁就开始被父亲暴力对待，在此之前却从没有过对谁施暴的想法或冲动。但是那一瞬，他简直想废了他。

他一把掀翻了高渐明的椅子，而高渐明反应迅速，先一步从椅子上跳了下来，江易拼尽全力只是掀倒他的椅子，然后自己失去重心，连人带椅子翻倒在地。

桌边三个大人虽然没听见高渐明说了什么，但江易表情扭曲地动手他们都看得清清楚楚，高妈妈站起来，拉过毫发无损的高渐明，反复察看："没事吧？你没事吧？"

江父顿时起身过去，一脚踹翻摔得人仰马翻、被椅子压得无力站起的江易:"你他妈想干什么!你这个畜牲!给渐明道歉!"

江易摔得四肢酸痛,又被他爸一脚踹在胸口差点吐血,即使如此,他还是强行奋力站起,他额头摔青了一大块,很是狼狈,他用最大的声音吼了出来,即使妈妈听到他也问心无愧:"他说我妈无能,说她活该去死!"

三个大人安静了三秒,高妈妈不屑一顾地扫了他一眼,重回高渐明身上,检查他所谓的伤势,她觉得儿子说的根本就是对的,那也是她的观点。高爸爸也不以为意地接着喝起酒来。江父的反应是最大的,他直接给了江易一耳光,扇得他鼻血都喷了出来。

与此同时,江父吼道:"她就是该死!别再让我听见你提到她!"

江易满腔悲愤:"你才该死,她刚走啊,你这么说她,你还是人吗!"他环视他们所有人,张大嘴巴吼着,脸上亮晶晶黏糊糊的,鼻涕眼泪鼻血一起流进嘴里,"你们还是人吗!"

他才七岁啊,小小的双眼却目眦欲裂,满眶泪水,满目红丝,江父直接一拳砸在他眼睛上:"你妈才不是正常人!她就是个精神病!"

那一瞬间,江易觉得他被撕裂了,他觉得天地都在旋转,他觉得这人间跟他都已经扭曲。

余光里,高渐明看着他的眼睛里,都是瞧不起。

他的悲痛欲绝、歇斯底里,在高渐明看来,都是对说他无能很正确的证明。

这段往事,他并没有全部讲给江蘅听,他觉得现在肮脏的自己已经不配提儿时挚爱母亲的心。

他只是想通过这件事说明,高渐明不是良人。从小见大,七岁见老。

江蘅并没有立即做什么,她本来也没回应过高渐明,谈不上冷落他。

两周后,她在照顾母亲吃药。江母每天要吃很多药,什么时候吃,每样吃几颗,母亲总是搞不清,所以都是江蘅按时倒好温水拿好药片给她,照顾她服下。这天江母就水吞下药片,突然就想到高渐明送来的什么营养药，便开始源源不断地赞美他的好处。江蘅拧上药瓶的盖子，缓缓道："妈妈，如果一个人，对别人的母亲自杀的评价是懦弱无能活该，您觉得这是个好人吗？"

江母虽然单纯柔弱，但绝对不是傻子，相反，她心思特别细腻敏感，这种人向来是别人说一句，她都能脑补出十句。比如江蘅因为学校突然加课需要晚几个小时回家，怕她饿着给她点了外卖，她马上就觉得女儿嫌弃她要抛弃她，她倒也不会怨女儿不孝，而是自责自己成为女儿的拖累，江蘅到家时她还在抹眼泪。

所以结合语境，再联想到江易妈妈的往事，她很容易就会意，睁大眼睛："你说是渐明……他这样说了？"

江蘅沉默地看着她。

"那……是什么时候的事？"

"哥哥的妈妈去世后不到一个月。"

江母明显松了一口气，双眼也恢复正常大小："那时候他才七岁，不懂事，也许他只是在学哪个大人的话。"

江蘅道："妈妈，七岁的孩子有独立思考和判断是非的能力。"

江母小声道："就算是这样……渐明说的也不是没有道理，不管遇到什么困难，都不该做那种事。再说，你哥哥的妈妈……可能也有问题。"

江父婚前告诉她前妻死于意外，过了这么多年，还是坦诚相告是自杀。他并没有详细说，只是简单地说是精神病。从他的只言片语里，江母能感觉到江父对那个选择早早离开的女人充满厌恶。在江母看来，他对自己不错，却对给他生过一个儿子的结发妻子如此反感，说明那个女人多少做得不对。而且他身上有数道长短不一的伤疤，大多有一厘米宽，似是长指甲所挠，还有些细细一条缝，应是利器划伤。他右手食指还有一圈伤痕，清晰得就像一个指环。江父从未解释，江母还是能猜到是江易妈妈的手笔，虽然不知是他们谁先动手，但她从小被教育打不还手、骂不还口、逆来顺受的女德思想，这样凶悍还击的女人实在超出她的理解范围。

江蘅简直无语："妈妈？"

她的语气并不严厉，江母还是往后缩了缩。江蘅顿觉歉意，有个词叫作"惊弓之鸟"，她生父的暴力给母亲留下的阴影实在太深，这么多年过去依然惊魂未定。她实不该跟母亲争论让她不安，她默默收起药瓶，想到妈妈的病和风险，更是无条件妥协，她抬起头，朝妈妈笑笑，温柔地拉住她的手。

妈妈得到安慰，这才敢抬起眼小心翼翼地看着她，用低微而怯弱的语气："蘅蘅，那毕竟是过去好多年的事了，这些年渐明对咱们一直很好，你别因为这个跟他不愉快，好不好？"

江蘅没法拒绝，只得顺着她点头。

当然事实上她还是疏远了他，虽然以前她对他也不亲近。

暑假，高渐明邀请她去看校足球联赛女子 U11 组的决赛，九年前的这个赛事，她是场上的球员，那是她第一次踢大型联赛，也是第一次获得金牌和拿下最佳射手，更是第一次得到奖品——那件心心念念的球衣。

九年后，这是她第一次作为纯粹的观众现场看球（严格来说，以前作为学生看过师姐，也作为替补球员看过队友），也是第一次没有经过妈妈就同意了他的邀请。

他们是买票进场观看的。其实江蘅是前体校队员，她来看这种比赛应该是不需要买票的。但她不想占人便宜纠缠不清，惹来不必要的关注，高渐明更是想把这看台当作舞台，更不想节外生枝。

少儿组的比赛并不受重视，门票便宜也销量惨淡，他们坐在居中最好也最贵的位置，周围居然也有一半的座位都是空的。

露天的球场，绿茵依旧翠绿得栩栩如生。

江蘅离开赛场后，跟球队便很少联系，现在场上的年轻小将，她一个都不认得。

毕竟是决赛，两队都不是弱旅。她们踢得有声有色，可以看出随着现代足球教育理念的革新，阵容更加严密，配合更加默契。

高渐明很安静地遥遥观望，他猜测着江蘅会不会看着场上球员一举一动，思考着如果是自己会怎样处理，情绪激烈或者低落。但事实上江蘅眼里一片平静，她离开球场已经五年，对于足球实质性的经验都是在青少年时期，而她现在已经是个成年人了，很难用少时记忆去衡量成年人的身体。

而且这场球其实很沉闷，双方都是防守反击龟缩战术，没人想控球，场面如同便秘。

比赛第五十分钟，其中一队门将失误，长传直接传到对方前锋脚下，其前锋直接打门入网。

这一球之后场面才好看起来，因为时间已经不多，落后方着急反攻，打出一些配合制造攻势，而领先方也士气大振要守住这个胜利，攻守交替，互有来回。

但并不是所有努力都会有结果，直到哨响，这就是全场唯一一粒进球，也是决定比赛的制胜球。

这种少儿组的比赛，观众基本都不是球迷，而是家属或者亲朋好友，所以比赛虽然结束也没几人起身欲走，反而纷纷手机摄像准备记录颁奖阶段。

这是一场决赛，无论输赢都有奖牌。

获胜球队抱成一团又蹦又跳，似乎无论性别年龄，胜者的状况都差不多，就像历届著名杯赛冠军捧杯庆祝的纪念照片，都是一众人满脸欢喜在彩带和金雨中捧着奖杯欢呼，除了球衣颜色没有显著差异。

幸福的家庭都是相似的，而不幸的家庭，各有各的不幸。

今天不幸的这一家，球员姑娘们纷纷指责那个犯下大错的门将，门将小姑娘也是有几分脾气在身上的，朝队友大吼没她上一场的关键扑救，球队根本进不来决赛，其实她口中越大声心里越自责，也有跟她交好的队友帮她说话。而大多数队友情绪激动，根本听不进去，双方大吵一架，最后被教练和家属堪堪拉开。

而主办方急匆匆在球场上临时搭建领奖台，江蘅注视着场上年少气盛、生气勃勃的芸芸众生，声音沉静："渐明。"

绿茵场的比赛即将结束，观众席的戏码正式上演。

"你那个我的直接原因，是因为见到我踢球。你看啊，她们每个人踢得都比我好。"

她到底是含蓄，用"那个"代替了喜欢。

他们都很清楚。他跟她初见，是八岁那年随双方家长聚餐，当时她给他的感觉仅限于漂亮文静乖巧，固然印象不错，但绝没心生爱慕。情之所起，是十一岁那年，西班牙问鼎南非的夏天，他惊鸿一瞥，看到操场角落她第一次碰球，那一眼便改写了命运。

她说话的时候，双眼依旧看着场上的或哭或笑的女孩们。这比赛规模毕竟小，主办方请的场工好像也不太专业，一个颁奖台半天搭不起来。高渐明跟她一样，目视前方，目不转睛，嘴里就事论事："你觉得具体哪个人踢得比你好？原因是什么？"

其实单以这场比赛的表现而论，这场上的任何一个姑娘都不能跟巅峰的江蓠相比，但没关系，她们还年轻，她们还在场中，她们还有无限的可能。

纪录就是拿来被超越的，何况江蓠还不是纪录。

江蓠淡淡道："她们所有人。因为足球不断发展，现代体系逐渐完善，训练手段日益革新，现在的球员总是比以前的全面。"

高渐明微笑道："那现在小孩幼儿园课程难度堪比过去的初中，难道就代表他们都比以前的人聪明？先不说厚今薄古的理论是否成立，就算它有点道理吧，我喜欢你的也不单纯是球技，而是你踢球时那种专注和沉着。即使你从来没碰过足球，如果我偶然看到你做数学题，结果也不会改变。"其实还是有点不一样的，毕竟运动对视觉和心理有种最直接的冲撞，尤其是对于他这种信奉暴力机关的人。

江蓠沉默片刻，道："专注和执着的人很多。"

但全凭自觉十年如一日坚持的人又有多少？

高渐明用最随意的语气说道："但我看到的第一个是你，从此便再看不见别人了。"

"坐在观众席看少儿比赛的感觉怎么样？蓠蓠，"他勾起嘴角，"我为了你，在这又冷又硬的塑料椅上坐了二百三十一次。"

二百三十一，这是她从进入体校，参加比赛的总数。

江蓠的睫毛不易察觉地颤抖了一下，高渐明目视场上，余光却尽收眼底。

场边有彩色缎带垂下，在风中飘扬。领奖台终于搭好，主办方的领导和助理在台前就位，亚军先上台领奖，主持人开始念其球员的名字，扬声器开得并不太大，在夏日的阳光里显得很悠扬。

心情还未平复的第二名排成歪歪扭扭的队走上去领了奖牌，勉勉强强地跟教练合影，稀稀疏疏地解散离开。

重头戏开始，冠军领奖。

高渐明的声音变得很温柔："我看了你的每一场比赛。而你，就是我的决赛。获胜是每个球员的梦想，就像你是我的梦想一样。"他终于转过脸直视她，眼里流光溢彩，"你会因为球门的拒绝放弃打门吗？同理我不会因为你的拒绝放弃你。"

江蘅微微别过脸去，显然他这种混淆概念的表白让她很难受："渐明，比赛的意义是自强不息、超越进取。你这样看待我，实在太高估我。"

高渐明笑道："蘅蘅，别口头谦虚了。你表面说着我高估你，其实姿态最高的就是你。我为了你也算是费尽心力，你始终坚定不移，逼得我几乎要怀疑自己。"他嘴角虽然带着笑，却没有一点笑意。

江蘅本来早已不堪他带来的困扰，经他这么一说，倒好像是她油盐不进，驳了他的面子，伤了他的自尊，她是做错事的人。

江蘅微微低下头，有点费力地道："没有，我很尊重你，但是我实在不喜欢你。就算是比赛，总要有时间限制，五年了，应该结束了。"

她想到初三的秋天，他信誓旦旦要跟她"培养感情"，结果不过是白白浪费青春年华。

高渐明道："不，才刚刚开始。"

二十五

江蘅有些崩溃，她抬起左手支住额头："你这样没意义，你我不可能在一起。"出乎意料，她眼前忽然一片明亮，高渐明握住并拉起了她的手腕，力度并不很重，他的手掌却像焊住一般稳如磐石。

他直视她的双眼："为什么不可能？我们没有血缘关系，没有家族世仇，没有遗传学疾病，你从哪儿得出这个不可能？"

她抬起眼眸回视他，他嘴角的笑意消失了，周遭仿佛安静下来。他们难得有这么一场对视，如今的他们，一个二十一，一个十九，男才女貌，早已不是当年站在操场上被请家长的小学生，而是即将独当一面的成年男女。

江蘅不是那种被壁咚被强吻就心跳加快兵荒马乱的女孩，虽然被他的手像铁铐般握着，她神色如常，用右手去掰他的手掌，缓缓道："我……"

她一时间竟掰不开，高渐明手上加大力道，口中打断她的话："别说你不喜欢我，这个理由用过太多次已经失效了，换一个。"

江蘅道："你也记得我说过很多遍，那么你应该知道我从来都没喜欢过你。"

这还不足以让一个人退去吗？

露天的球场，阳光洒在高渐明英俊的脸上，他居然再次扯起嘴角，似笑非笑："其实我觉得咱们挺有缘的。前锋的目标是破门，刑警的目标是破案，虽然你不踢球了，那翻译也可以叫作破解。每个对手，除了踢假球的，都不愿意被射穿，你们难道就不攻破？每个嫌犯，除了自首的，都不愿意被绳之以法，我们难道就不抓捕？"

高渐明说完，才游刃有余地松开她的手。江蘅沉默片刻，道："这个比方不是很合适吧。"

高渐明回答："简而言之，两个人在一起总要有一方妥协，我向来不奢望事事都凭双方绝对自愿。爱情本来就不是婚姻的必要条件，就算你不喜欢我，不代表我们就不可能。"

江蘅实在无奈，台上的颁奖仪式接近尾声，观众也如鸟兽散，庆祝若是冗长，也会索然无味，很多事情都讲究见好就收。冠军已经合影完毕，球员陆续离场，周遭满是喧闹后的空虚。

她清晰简洁地说："那么我换个理由，我们观念不一致。比如橙衣 10 号的事，我现在依然不会追究，而你认为这就是纵恶。"

高渐明似乎思考了下，又是一副想通了不算什么的表情，其实他想说，那是你小时候没被教好，是非观念没有完全形成，我会好好教育你。但他考虑江蘅多少有些高才生的傲气，必然不爱听这种说教，便改口道："没关系，我们可以慢慢磨合。"

江蘅淡淡道："我觉得根本价值观的冲突无法磨合，比如我永远不会认为自杀的人活该，更不会到她的遗孤面前秀优越感，抱歉。"

她起身离开，高渐明瞬间做出反应，他一把拉住她的上臂："你是说江易他妈的事？他告诉你的？"

江蘅试图摆臂甩开他，未果。高渐明脑子里已经想好对策并流利地脱口而出："我承认我做法欠妥，但我那时才七岁，受我妈影响，现在长大回想，我当然知道不对，那不是我的本意，换作现在的我不可能那样对待死者家属。何况你的宝贝哥哥并不比我高尚多少，大一上学期，他带着我们学校一个高三女生在校图书馆做不该做的事，丝毫不顾虑女生的名声和学习，他当年已满十八，而那女生还未成年。"

他前半段解释，江蘅就听得很勉强，他把责任完全甩给家长和年龄，根本没有就这件事本身做任何反思。至于后半段，报复性地拉江易下水，对江蘅更是无效。其实江易"交女朋友"这件事，她早有感觉，虽然他瞒得小心翼翼，但他这样一个从不社交、从不外出、假期向来足不出屋的人，近一年来每个礼拜都固定出去一次，回家后第一件事永远是洗澡（如果事后回学校则不洗，他只是怕江蘅看出端倪），他去做了什么，江蘅怎会猜不到。说实话他能找到自己的生活，她欢喜还来不及。高渐明突然告诉她，他们的地点就在女生学校，女孩甚至未成年，她当然也觉得不合适，但高三女生即便不满十八也必年满十四，有选择权，她认为那是他们的自由（现实情况不是）。而高渐明不怀好意地传播他人隐私，更是让她反感。

但他毕竟已经认错，她又答应妈妈不因此事跟他生隙，她也不是得理不饶人的性格，她诸多不认同也没再做反驳，只是抽回手臂起身离开，他也跟着她站起。

场馆上方的摄影架的阴影打下来，他们走在明暗交替中。

江蘅终于总结说道："总之，请你别再找我。"

高渐明当没听见:"这件事我刚才已经表过态。"

江蕹最后说:"那至少请不要再把我妈牵扯进来。"

高渐明很从容:"我从来都没有拉你妈妈进来,我甚至还跟她说过好几次,让她安心休养,别为我们操心,是阿姨主动撮合,难道我能说不要吗?"

江蕹直白道:"你不要再出现在她面前,她慢慢就不会再提。"

高渐明振振有词:"江蕹同学,我是以结婚为目的的,我把你的母亲当作我的母亲对待,她身体不好,在家养病,我怎能不去看望,尽一份心?"

江蕹摇摇头,不知所言,从口袋里拿出耳机戴上,她依旧不放过每一分钟的听听力,不过现在听的是西班牙语。

她的拒绝再次以失败告终,高渐明依旧频繁出现,她能做的仅限于不再理会,专心于大舌音和床前尽孝。

这两件事都绝不轻易,每一件都让人精疲力竭。

高渐明的精力却如同用之不竭。

次年,他跟江易同年大学毕业,虽然学校不同,分数也差很多,但专业相近,户口也是同一个区,在江叔叔的各种求人找关系之后,江易被调到跟高渐明同一个单位,即区刑警支队。

工作繁忙,纪律严明,他俩入职第一年甚至都没什么私人时间,没有固定的双休日,晚上住在宿舍,手机二十四小时开机随时待命。高渐明很适应这种节奏并表现杰出荣获个人嘉奖,而江易力不胜任时常疏忽犯错日常被队长批评,每天都想辞职又不知自己还有什么能力,迷茫无措。

第二年开始,才逐渐有了休息时间,起码大多数周末能回家休息。高渐明父母给他买了房子,他早已不想跟父母住,就算不住宿舍也是独居。江易其实也不想看江父那张脸,被他数落自己是多么的烂泥扶不上墙,但他实在想见到江蕹,虽然不能在一起,能住在一起也是好的。他看着她有条不紊、轻松随意地洗衣做饭,便觉得岁月静好,此生足矣。

同年，汤旧画也大学毕业，在一家出版社做文字校对工作。这些年他们一直有联系，固定且唯一的模式是，江易不定时地发短信叫汤旧画到某某酒店，用她发泄，有时还伴随殴打，结束后拂袖而去，不留只言片语。好几次他叫她过去，自己却突然单位有事没到，她便一个人等到天黑。他从不解释，她也从不敢问。

这段不明不白的关系不清不楚地持续，而这两人多年来竟然也都只有这一段男女关系（除去江易心里一直想着江蘅）。

而高渐明的休息时间，大概分为三部分，一部分跟朋友往来，一部分自己调节，一部分就是以看望江母为名接近江蘅。

江母的病情一直没有好转，全靠江蘅精心呵护才没加重。江蘅的大学四年，是学生也是护工，而她的专业，西班牙语，事实证明她确实没有学习语言的天分，从小学到大学的英语都平平无奇（相比其他科目），何况又是国内最高学府的进度和强度，四年来她从没有休息过一天，一直保持着做家务都戴着耳机听听力的状态，在班里始终中等偏上，毕业时成绩单也算是漂亮，也获得保研资格。

但高妈妈闻讯就明示暗示江母读书过多的女孩必然强势，不适合为人妻子。高渐明本来还跟母亲争辩两句，后来也默许了。江父对于江蘅是否读研倒是无感，他从不当她是家人，她本科期间已是兼职自己支付学费和生活费，研究生更与他无关，他也不需要她工作赚钱，不过她读研对他并无好处，他也没动机反驳高母。

江母未语泪先流地跟江蘅哭诉，江蘅自己也没有特别强烈的深造欲望，遂放弃保研，还跟学校申请，希望不要浪费名额，把资格往下顺延给她后面名次的同学。如她所言，她读西班牙语只为保留跟足球的关联，学多学少都是一样了。

这件事根本没人跟江易商量，他知道时已经尘埃落定。他是唯一一个认为江蘅应该读研、放弃不可理喻的人，为此跟江叔叔大闹一场，虽然于事无补。

江蘅就业当然不难。北大的文凭到哪里都算是金字招牌，她大三就在一家五百强企业做翻译，薪酬不菲，毕业后本想留下来，但江母从江叔叔那里学来一个观念——公务员最稳定，又泪光闪闪地劝江蘅考公务员。公务员的工资没有江蘅准备入职的私企高，而且她觉得那种工作环境不太合适她，却还是见不得母亲哀恳的眼泪，参加了应届的公考，考试对她来说从来不是难事，最后被商务局录取。

有人说，国内的家长，孩子上学期间坚决不允许早恋，大学毕业后又开始催婚。事实上，江蘅工作稳定下来之后，江母就开始旁敲侧击劝她跟高渐明正式交往，江蘅当然是拒绝，好在高渐明也很"体贴"地表示他们还年轻不着急，江母才稍稍心安了些。

但随着时间推移，高渐明父母也参与其中。

高渐明喜欢江蘅，早在他十六岁逃学去看江蘅比赛，他父母就已经很明白。他们从来都不喜欢江蘅，本想着儿子长大自己便会忘记这不成熟的冲动，没想到他成年后反倒有愈演愈烈的趋势，更让他们无法接受的是，如此优秀的儿子居然是单相思。

最近几年，他们给他介绍各种年龄相仿、门当户对、温柔漂亮的女孩，试图转移他的爱情，那些女孩个个都好，但高渐明见都不见，就算被忽悠到饭店，他坐下便跟人家女孩来一句，我已经有喜欢的人了，今天权当看在长辈面上，一起吃顿饭。

而且高渐明的工作越来越忙，宝贵的休息时间，他宁愿去江家帮厨，也不回家吃他妈做的一大桌他爱吃的菜。

高妈妈终于忍不住了，打电话下通牒让他马上回来，结果高渐明还当耳旁风。她只能等高渐明有条不紊陪完江母，慢悠悠地回家来，才怒而摊牌。

高妈妈眉眼精致，眼角已经留有岁月的皱纹，虽涂有粉底仍隐约可见，她抱着怀站在高渐明面前，满脸怒容："我说过多少遍不许再去找她！有其父母必有其女，她父亲是个家暴的酒鬼司机，母亲更是无能到没上过一天班，她爸酒驾把自己撞死以后，她妈就又勾引到一个男的帮她养孩子。她比她妈有过之而无不及，上小学就勾引你为她打架……"

高家的装修风格是高妈妈做主的，墙壁都贴着深绿色的壁纸，所有的家具都是红木的，所有灯具都罩有圆柱式大灯罩，中式风格。

高渐明一身警服站于红木地板，别有一种风采："叫我回来就为了说这个？我还有事先走了。"

他越是这油盐不进的态度，他父母越是认定他被江蘅引诱迷惑，沙发上的高父皱起眉头，高妈妈更是直接啐道："你鬼迷心窍了！她有什么好啊？"

高渐明倒是不着急，他倚在墙上，一脸坦然："您不觉得多此一问吗？"他觉得江蘅优点过于显著，光环过多，夸张到没几个人能比拟的程度。

高妈妈当然也知道，她眯起眼睛，不屑道："她不就是北大毕业吗，只是本科，又不是研究生。再说清华北大又怎么样，毕业出来还不是要自己找工作。就算她运气好考上了公务员，她能给你带来什么帮助？她根本就配不上你！她能考到北大，不过是因为她高中在Y大附中水涨船高，你要是在那里学三年，你也能考得上。而她中考能进Y大附中，靠的是体育特长生的加分。她当初能被推荐到体校，还是你的功劳！她能被选上，谁知道是不是出卖了色相，就算没有，一个女生踢足球，能是什么正经人……"

这段话槽点过多，基本每句都够写一篇议论文，高渐明翻个白眼，都懒得解释，只是懒洋洋地说："她中考那时已经改了，体育奖项不加分。"

高妈妈不关心江蘅到底有无加分，更是武断地把高渐明为江蘅说的每句好话都理解为他在骗她，或者是他被江蘅骗了，一口回绝道："总之她就没有优点，最多是长得比较清高，但这对于做妻子来说也是缺点！正好她也没答应你，你马上给我断掉这念想！"

高渐明摆摆手，就准备转身出门，道："妈，我看你是更年期了，有空去医院开点药。"

高妈妈尖声吼道："你是不是想把我气成跟她妈一样的心脏病！"

高渐明觉得她不是心脏病，是精神病，但这话不能说，只好加快脚步远离病人。

"渐明，"一直坐在沙发上观战的高父终于开口了，高渐明停住脚步，高父站起身，就近把妻子请去他们的主卧，"你先歇会儿，我跟他说。"

高妈妈还在尖叫："你还有脸说什么？就是你识人不明连累了儿子！我早说过不要跟你那个同学走太近……"

高父强忍情绪："这种事父亲来说会比较有效。"

高妈妈觉得有几分道理，嘴里还是讽刺他："你能说出什么效果？"她瞥了高父一眼，朝卧室走去。

高父为她带上房门，转过来招呼高渐明："坐下说。"

高渐明不坐："爸，快点吧，我还要回单位呢。"

"不差这两分钟。"

高渐明只好坐到最近的单人沙发上，皮鞋蹭过高母拖得比脸还亮的实木红木地板，发出令人起鸡皮疙瘩的刺啦声响。

高父坐在他斜对面的主位长沙发上，慢悠悠地说："你妈带有感情色彩，说的话很多都是片面的。我很公正，江蘅跟她父母不一样，她有很多优秀的地方。但是，我也不赞成你跟她在一起。"

高渐明听到"但是"就想起身走人："没别的事我先走了。"

高父抢先抬起手臂挡了挡，让他别着急，高渐明眼底已有急躁之意。他久攻不下，难免心急，父母家人还都来唱反调，自然不悦。高父跟他四目相对，这对父子容貌颇为相似，尤其眼睛如出一辙地亮，只是一个年轻气盛，一个已经沉淀。

高父缓缓说："她要是跟她妈妈一样，那倒好办了。爸爸是觉得，她表面温和，其实很有性格，你降不住她。"

高渐明笑道："你降住我妈了？"

高父道："你妈脾气是不太好，但她只会说说而已，做不出什么实际的事情。"

高渐明点了下头，道："不过，我跟蘅蘅的事，你们做什么都没有用的。"他站起身，气定神闲，语气笃定："爸，我比她有性格。"

二十六

高家父母当然没那么容易妥协，毕竟，他们只有这一个儿子。

但高渐明心意已决执意如此，经过三四年的拉锯战，他二十六岁那年，他父母还是松口同意，原因依然是，他们只有这么一个儿子。

双方父母都已点头，就只剩下江蘅一个人反对。

高妈妈对此颇为不满："我儿子愿意娶她，本就是向下兼容，她有什么资格不同意？"其实她看不上江蘅是事实，但高渐明娶谁，她都会觉得是向下兼容。因为她向来充满优越感，特别喜欢抬高自己和打压他人，多年来已经成为习惯，当然她和她的儿子自身条件也属实优秀，久而久之，就看谁都低己一等了。

高父直接登门打开天窗说亮话："老江，嫂子，咱们这么多年，互相都很了解。渐明喜欢蘅蘅，我跟他妈也拗不过他。孩子们都不小了，就请嫂子劝劝蘅蘅，把这事情定下来吧。"

江父江母并肩坐在他斜对面，江母一直赔着笑点头，江父却道："她没少劝。"高父友善地微笑："再劝劝，她向来听嫂子的话。"

次日，周六，江易值班，不在家。

下午三点，天色青白，江蘅正在桌前精益求精地研读西语，被妈妈叫去主卧。江叔叔也没在家，他找借口出门，为江母的谈话腾出空间。

已经5月中旬，天气闷热，主卧里，妈妈脸色苍白，神色忸怩地坐在床上，腿上搭着薄被。

江蘅款款走进来，站在床边，轻声问："妈妈，什么事？"

妈妈吞吞吐吐："蘅蘅，你先坐……"

江蘅已经明白了，面对母亲殷殷目光，她还是依言坐在床边，整理着措辞——同一件事拒绝了太多次还有下一次，实在是让人头疼。

妈妈嗫嗫嚅嚅地开口："蘅蘅，高阿姨找人算过，下个月15号是个吉日，咱们把事情办了吧？"妈妈声音很小，说话时嘴也张开一条缝，像只可怜巴巴的小猫，"已经让渐明哥哥等了这么多年，你以后要加倍对他好。高阿姨比较严厉，你要乖巧些，讨她喜欢……"事实上，她见到高家人一直抬不起头。虽然高渐明一直对她很好，但她未来的亲家母实在不是善茬。以前高母就鄙视她本人一马配二鞍，现在更明说她女儿给脸不要脸，每次见面都是白眼加冷眼，她从来都是唯唯诺诺低着头道歉。

江蕷微微皱眉，这次劝说的目的从交往升级为结婚了？

"妈妈，我不会跟高渐明在一起，更谈不上跟他结婚对他好、讨好他妈妈。我从来没让他等，我不欠他，我已经明确拒绝了很多次。"

妈妈掰着手指，嘴唇轻颤地说起高渐明："渐明哥哥多好啊。他……"虽然家里没第三个人，她还是压着嗓子用气声说，"他不嫌弃江叔叔跟妈妈是二婚，不嫌弃妈妈的病，不嫌弃……你爸爸走得早，他各方面条件都出色，也许有时候有点强势，但男人都是这样，他已经脾气很好了，你做完手术那年暑假，他那么生气，都没有动手打你……"

当年江蕷没起诉橙衣10号，高渐明怒而拍案，在她卧室里大声斥责，居然在江母心里成为决定性的加分项，虽然他在她家里、她母亲生病时候、她病床前厉声训斥，但是动怒却没动手，江母确信他脾气好，值得托付终身。至于江蕷跟她讲过的，高渐明直言江易母亲活该一事，江母当时就没太重视，现在更是满心都是高渐明的好。在她的观念里，不打人的就是绝世好男人，嘴里说几句重话不算什么，就算高渐明直接骂江蕷或者她本人，她都不会还口，何况他评价的是个她们面都没见过的人，再说那也不算骂，只是童言无忌。

江蕷只觉得牙龈发软，无可奈何地别过脸去。江母以为自己顿悟了什么，睁大眼睛道："蕷蕷，你是不是另有喜欢的人？"

她情绪激动，脸色忽红忽白，额前浮现豆大的汗珠，身体虚弱得打颤。江蕷扶住她的肩膀，让她靠在床背上休息，安稳道："没有。"

江母还在忧心忡忡地劝解："蕷蕷你别跟你大学同学在一起，那些男孩子将来有了出息，就会抛弃你……单位里的同事，咱们也不了解，容易被人骗……想来想去，还是渐明好……"

实在很难跟这个对自己女儿没有准确了解的母亲讲道理。她确实是一片苦心和好心，可怜天下父母心。但她这一片心，确实不适用于江蕷。

江蕷也只能温言劝说，能拖就拖："您把身体养好，这事以后再说吧。"

妈妈闻言面露急色，反而撑着床要坐起来："你都这么大了，怎么能以后再说呢？"

江蘅扶住她，婉言道："现在很多二十四岁的女生还在上学。"其实在她目前预想的人生轨迹里，根本没有结婚这回事。

但妈妈显然不这样认为，她努力撑起上半身，高度还是比随随便便坐在床边腰背却挺得很直的女儿低半截，只能向上抬着眼睛看着她："那是她们不懂事，你不要学她们，不管什么年代，女人最重要的都是家庭和孩子。妈妈像你这么大的时候，你都上托儿所了。你表妹比你小一岁，今年都怀二胎了……"她泪珠滚滚，"妈妈这个身体，再拖下去，也不知道能不能等到送你出嫁，更不知道还看不看得到外孙……"

江蘅简直不知道怎么解释才好，她的母亲和母亲生长环境里的女性，恰恰是她最不想成为的那种人，但这样直说过于伤人，她站起来，尽可能委婉地直说："这件事不同其他。"

江母昂着头，神色已是恳求："蘅蘅，就是因为这件事不同其他，是你最重要的事，你一定要答应好不好……"

江蘅看着母亲，满眼无奈，江母的体力已耗尽，无力地靠在床背，佩戴的心脏监护仪器发出报警声。江蘅安抚着她的情绪，弯腰查看心电图，转身拿药喂她服下，整个过程江母都还在孜孜不倦地争取劝说，江蘅一个字都没回答。

妈妈陷入晕厥，心电图一马平川，身子软弱得像玩偶一般软倒在床。

这两年来，妈妈送急诊抢救已成为常态，这一次尤为严重，甚至下了病危通知书。

狭窄拥挤、人来人往的过道里，江蘅在通知书上签字，磨砂玻璃门的抢救室内，妈妈的生命岌岌可危。她是个多么忤逆不孝的女儿，明知道母亲的病最怕刺激，却不肯妥协母亲最在意的事情，残忍地伤害她那弱不禁风的心绪。

门终于打开，医生走出来，目光疲惫而麻木："你母亲暂时脱离危险了，需要留院观察几天，她要见你，你一定不要影响她的情绪。"

江蘅点头答应，道谢。母亲的每一次死里逃生都是一场奇迹，而她总是在制造危机。

急诊留观室根本不是电视剧里那样宽敞明亮又干净，十多人一间病房，患者跟家属挤得水泄不通，空气污浊，室内充满呻吟抱怨声。

江蘅母亲刚被推进来，被安排在靠过道的床位，全靠一面脏兮兮的屏风保留最后一点点隐私。

江蘅站在床边，看着她妈妈虚弱地躺在床上，盖着白色棉被，棉被之下没有穿衣服，胸口插着各种仪器和软管。

妈妈鼻子里插着氧气管，还是费力地看着她，眼睛里发着执着的光，泪水一滴滴顺着眼角滑过脸庞渗入发梢——这次病危她自觉不久于世，要在与世长辞之前看着女儿有个归宿的意愿更加强烈。

妈妈苍白而干裂的嘴唇还在费力地一张一合，发出沙哑而微弱的哀求："蘅蘅，求求你……"

在病床边，在泪光里，在心电图跌宕起伏的曲线前，江蘅终于还是点了头："妈妈，那就下个月15号吧。"

妈妈六神无主的眼睛终于有了光彩和希望，她因缺血而苍白的脸庞竟也浮现出粉红。

跟研究生的事情一样，没有人跟江易说这件事。三天后，他的上级领导就通知他到某沿海城市出差，这种出差本不少见，他没想太多，回宿舍简单收拾两件衣服就上路了。

这当然缘于江父的安排。儿女间暗生的情愫，江母一无所知，但江父并不是。毕竟他了解他唯一的儿子，毕竟他干了很多年刑警。

江父不解自己跟好友的儿子怎么都会喜欢她。诚然，她长得很美，受过顶级学府的高等教育，举手投足有种波澜不惊的气质，很难说她是在后天学习的过程中养成的这种气质，还是生来就拥有所以才取得成就，又或者是相辅相成。但也因为如此，作为妻子来说，她显然比疑神疑鬼的怨妇和泼赖嚣张的悍妇还难搞。她是有思想的人，这种人根本不会把家庭放在第一位，把丈夫孩子视作全部。这两个孩子看中她，实在自讨苦吃。

江父的观念跟江母一样保守，他也认为继兄妹的结合算是乱伦，何况江蔄也不是理想的结婚对象，他最感激江蔄的事，就是她没答应江易。不过，他是这两年觉得江易到了适婚年龄，关注他的男女关系才发现端倪，而江易在高三就濒临红线，他却是毫不知情，那时的江易在他眼里还是个乳臭未干的小屁孩。

高渐明跟江蔄的婚事，他也是赞成的。给好友一份人情，圆妻子一个心愿，去儿子一个心结。他知道自己儿子行事鲁莽幼稚，怕他搞出抢婚之类的闹剧，请人帮忙让他出长差，等江易再回北京，木已成舟，他不接受也得接受。

二十七

高渐明跟江蔄认识多年，见过无数面，这次隔空确定了关系。

这天，江蔄下班后，从单位走出来，准备像往常一样走向马路对面的地铁站，就看到高渐明站在路边朝她招手。她差点习惯性地绕开，想到他们已经好事将近，便朝他走去。

她的女同事们围过来七嘴八舌地打探，这是谁啊？你男朋友吗？你拒绝小张小李是因为他吗……

高渐明微笑着回应，我是她的未婚夫，下个月举办婚礼，到时请都来赏光。江蔄看着天边红霞，忍着没有扭头就走。

女同事们终于嬉笑着各回各家，高渐明顺手搂过她，她已经多年没跟男性有过肢体接触，难免稍有不自然，但克制得很到位，没表现出异样。

走出两步，高渐明说："你还没见过我的朋友同事吧？"

江蔄很平和，就像对待多年的老朋友："嗯。"

高渐明："周末你有时间吗？一起吃个饭认识一下？"

江蔄："好。"

高渐明侧脸看看她不施粉黛的丽容："你能不能化点淡妆？"

江蔄："好的。"

江蘅对于这种多人聚餐一直是无感的。并不是她应付不来人多的场合，否则她也不必参加十一人的运动了。而是她觉得，一众人为了共同的目标团结协作是好事，但是围坐在一起相互吹捧、各自谦虚、口是心非，实在毫无意义。

这顿饭的地点选在一个挺豪华的酒楼，能容纳二十人的大包间。来者大概十七八人，一半是男，一半是女。

大家入座就开始自我介绍。男的都是高渐明上学时的同学和上班后的同事，现在无一例外都是在职警察，周末时间，他们都穿着便装，但前襟后肩都横平竖直。警察队伍出来的人，都会有这种气质，一眼就能认出来。值得一说的是，江易就没有这种气质，他入警多年还是驼背低头内八字，像个受气的瘪三。

而女的均是他们的妻子或者女朋友，气质长相都中规中矩，职业多为教师、护士或公务员，穿着打扮都很得体，也都算得上好看。但江蘅坐在那里，满屋基本就看不到别人。人人都在看着她，她平静而从容地回应，经历过球场万众瞩目，这种场面当然不算什么。

饭桌上有这么多男人，自然少不了酒，很多女士也能喝两杯，几个男生纷纷表示，今天主要是为认识江蘅而来，怎么也要跟她喝一杯。

高渐明想起江蘅生父的悲剧很多件都离不开酒，说道："不用，她不喝酒。"

某个比他年长两三岁的昔日师兄、今日前辈不了解内情，劝道："凡事都有第一次。"他甚至还倒好酒，用圆桌上的转盘转到她面前，然后自己先喝了一口："弟妹，我先干为敬。"

整个过程江蘅都没说话。高渐明看着那杯白酒转过来，正欲再解释什么，江蘅已经微笑了下，道："没关系。"她伸手拿起那杯酒，放到嘴唇下方喝了一口，神情就像在喝白开水一般自然，然后放下酒杯，朝那个师兄点头致意。

一桌人插科打诨其乐融融，调侃了高渐明两句，便各聊各的去了。高渐明对江蘅轻声感叹："我还以为……"

江蘅也微微侧身看着他："谢谢你的好意，但我不会因为我爸的事否认小饮怡情,我平时不碰酒,只是不喜欢那个味道。"她看得很清楚,她爸爸和酒相关的悲剧无非两点,酗酒家暴和酒驾身亡。其实他不喝酒时也同样打人,他的暴力和买醉,皆因不满现有生活。至于酒驾,那跟单纯的饮酒本来就是两回事。

何况实际上她父亲的车祸,说完全是酒驾并不准确。她父亲生前是司机,出车时出了车祸,他当场死亡,对方司机只是轻伤。那晚他是喝了些酒,但驾驶中他没有出任何错误,事故是对方的全责,是对方抓住他酒驾这一点,硬是运作了一个双方责任五五开,没负法律责任,也没赔一分钱。货运公司也借势撇清关系,没给算工伤,也没给家属抚恤金。江母柔弱只会哭泣,江蘅毕竟还太小,以至于孤儿寡母身无分文地被大伯赶出家门。

高渐明看着她静若止水的神情,眼波微动:"这不是你第一次喝酒吧?"

江蘅似乎又笑了笑,微微摇了摇头。

高渐明马上投来"没想到你是这样的人"的眼神,江蘅不再说话,脸上却渐渐浮现出发自内心的笑容。高渐明以为她在回忆跟什么初恋情人的借酒壮胆,面色微沉,却听她娓娓道来,声音轻曼如同远处的风铃:"以前在球队里,难免肢体磕碰,有一次传接失误被球砸在脸上,嘴里破损多处,那是夏天,伤口发炎,教练让喝白酒消炎。我们队里类似的口腔创伤,都是这样处理。"

高渐明又问:"还有吗?"

江蘅淡淡道:"没了。"

高渐明脸色大为缓和,展颜笑道:"管用吗?"

江蘅微笑道:"三天就好了。"

高渐明道:"你们教练胆挺大,让未成年人饮酒,还没被查出来开除吗?"

江蘅不做回答。

杯中酒水还在断断续续冒着泡。

饭后,天已经黑透,城市的夜景繁华而空虚。

车水马龙的街头,他们跟同事告别,听到最多的便是两个成语:

百年好合，早生贵子。

婚礼越来越近，各种准备事宜杂乱而琐碎。江蘅属实不太明白，花费那么多时间、精力、金钱办这个仪式有什么意义。大概是因为她内心深处对这场婚礼态度消极，而她认同甚至向往的典礼，只要不劳民伤财，她都觉得很值得期待，比如某些杯赛的颁奖典礼。

不过，相比别的新娘挑三拣四货比三家，她还算是轻松很多，因为方方面面高妈妈都决定好了，她只需要去执行。

高妈妈明显掌控欲过盛，时间地点规模司仪礼服桌数全都是她一个人做主，当然也并没有人跟她争。

婚礼的服装，高渐明穿警礼服，高母的发挥空间只有江蘅的服饰。她选择的既不是西式婚纱也不是中式秀禾，而是一身红色的、款式像是上世纪九十年代女式西装的套装裙子，配上一个由红珠做成的头饰和一条红色项链。这是她的审美和喜好，高渐明只能说一言难尽，还好江蘅穿什么都好看，那么土的衣服，穿在她身上就变得出尘又清逸。

女方家来多少亲友，也是她给一个数目，让江家自己去凑数。江蘅从来都不知道，貌似举目无亲的妈妈居然还有那么多七大姑八大姨可以邀请。

那天晚上，吃过晚饭，江蘅在厨房刷碗，耳朵里还戴着耳机，水流的声音跟西班牙语混在一起。其实现在的她已经没有争分夺秒的必要，但是多年习惯成为本能，学习就像呼吸，休息就像犯罪。

厨房门打开一条缝，妈妈瘦弱的身体蹭着门框进来，看着江蘅熟练而轻巧地用白色抹布擦拭洗净的白瓷盘。母亲目中又是爱怜又是欣慰。女儿家务活做得不错，比她年轻时还要强许多，婆家人会喜欢她的。

江蘅侧脸看向母亲，目光跟水流一样清澈："妈妈？"

江母小心翼翼轻手轻脚地关上门，走到她旁边，手里拿着一张红色请柬，烫金的名字——高渐明 & 江蘅。

江母低眉顺眼地道："蘅蘅，那个，妈妈想，你……你爸爸那边的亲戚，"她心有余悸地回头看看门上那块透明度为零的磨砂玻璃，江父就坐在客厅沙发上,房子不大,沙发和这道门隔得并不远,"咱们就……就不请了吧?"

生前就不亲近这个孙女的爷爷奶奶早已离世,生父何家那边,除了八竿子打不着的远房亲戚,近亲只有大伯一家。大伯跟她生父兄弟不睦,几乎毫无来往,江蘅对他仅有的印象,就是她父亲去世后,这个几乎没见过面的大伯突然出现,夺走父亲的遗产即他们家的存款和房子。所以她们母女俩才会无家可归,到姥姥家睡了一年地铺,受尽舅妈的白眼和欺辱,所以妈妈才会仓促之间嫁给江叔叔。

这么一位大伯,自然没有邀请的必要。但是妈妈的理由却是:"怕你江叔叔不高兴……"

就事论事,他娶她的时候就知道她的过去,过去的人又没死绝,因为种种原因再度出现,他不高兴什么?但江蘅毫无意外地点头,她从不跟妈妈争辩。

江母说完事,却没有走,痴痴地看着女儿,眼泪怔怔地流了下来。

女儿长大了,要嫁人了,要从家里搬走,往后这样近距离看看她的机会,只怕越来越少……

江蘅会意,柔声道:"妈妈,我会常常回来的。"

江母眼里亮晶晶的,哭得却更厉害了:"不成的,不能总往娘家跑,逢年过节回来看看就好了……"

江蘅只觉这局面比复杂的句式还难搞得多。

江母泪水滴在请柬封面,匆忙用手抹去,又翻开查看里页,还好封面镀了蜡,水浸不进去。

江母看着那华文楷体的名字"高渐明 & 江蘅",视线聚焦在"江"字和"蘅"字,就像所有母亲拿到孩子的合照都是第一时间锁定孩子的脸,然后当作独照看那样,一眼就从孩子的出生望到了成年。

她软弱无力地说:"蘅蘅,对不起……改了你的姓,我知道对……对不起你爸爸……但是不改又对不起江叔叔……"她用尽力气把请柬放在灶台上,双手掩面哭泣起来。

江蘅柔声道:"我明白。"

这段话十八年前,妈妈就对她说过。

妈妈是个很传统的女人,在她的观念里,如果江蘅爸爸活着,即使每天被打得遍体鳞伤,她也没想过离婚。但他不在了,她只能改嫁。让别的男人养不是亲生的孩子她已经很抱歉了,怎能孩子还不跟他的姓?

她跟江父领完结婚证,顺便带女儿去派出所改姓,办完出来,"何蘅"已经是曾用名。

当时她就轻轻推着江蘅的肩膀,把她推到江父面前,近乎哀求地说:"蘅蘅,叫爸爸呀。"

江父摆摆手,转身走开:"不用,不用,走吧。"江母这才不知所措地拉着江蘅跟上他。

其实就算他也开口要求,江蘅也不会叫的。理由很简单,她有爸爸,不能再叫别人爸爸。虽然她的爸爸酗酒成性,对她们母女不是冷漠厌恶就是暴力相加,但他是她爸爸。

就好比教练就是教练,无论他多么暴力执教、昏招频出,他让裁判举换人牌子,球员就必须下场。

江蘅的价值观一直都很简单。何况她的爸爸其实也并非一无是处。他以古书香草为她起名,不顾全家反对为让她受更好的教育来北京城。

江蘅轻轻拍抚着江母单薄的肩膀,她的脸颊一片光洁,嘴角那道伤疤早在她十几岁还在绿茵场上奔跑时就已经消失不见了。江母瘦得只剩一把骨头,柔弱得仿佛一捏就碎,她根本不敢用力。越安抚,越脆弱。

江母顺势便靠在她怀里,抱住她身体,埋在她肩窝哭泣。这是她唯一的孩子,唯一的血脉,唯一的依靠。她曾多次这样抱着她彻夜哭泣,这可能是最后一次。女儿出嫁是她一直以来的期盼,但到了这一天,那种割肉般的不舍只有经历过才会懂得。

江蘅轻抚着母亲因哭泣起伏的后背,柔声道:"这些年,让您操心了。"

很多事就是这样,没想通之前,怎么说都不行。松口同意后,随便一个细节就让她反思,是不是应该答应得再早一些。

二十八

事实证明，江蘅跟高渐明的婚姻并不和谐，新婚第二晚，他们就发生了矛盾。

晚上十点，江蘅还坐在书桌前，阅读西语的资料。她习惯两点睡七点起，每天只睡五个小时，其他时间都在学习。昨天本来就因为婚宴同房破例，今天当然应该补回来。

时针刚指过十点，高渐明看她还没有收笔的意思，便走去房门口关掉灯："该睡了。"

房间陷入黑暗，唯一的光源只有月光下诱人犯罪的白色窗帘。

江蘅看了看他，并没有说什么，起身随他坐到床上。

事后，高渐明去卫生间清洗，出来又看到江蘅神色宁静地坐在书桌前看电脑，只亮着台灯且亮度是最低挡。

他就朝她走来，江蘅并没怎么关注他，他面不改色地走到她身边，随手按上她的笔记本，凝视着她说："该睡觉了。"

他多年警务生活，有制度，有纪律，到点熄灯，早睡早起，但是他本人其实也不是早睡的人，何况他也经常深夜加班，他让她睡觉，并没那么简单。

江蘅听了，伸手去拔充电线："你先睡吧，我还没看完，先出去了。"

她拔下插头，下一步，正准备拿起电脑，高渐明却反手压住。他手心朝上，手掌虚握，手背关节跟电脑屏幕的背面接触，动作类似是老师敲学生的桌子那样，只是略作停留："你看得完吗？我让你睡觉，没让你出去。"

江蘅明白了他的意思，放开充电线，抬起头看着他，声音沉静地说："还不到十一点。"

"早吗？"夏夜虽黑却不冷，但配上高渐明带有冷笑的声音，简直凉得透心，"你就那么喜欢熬夜？"

"我只是不想浪费时间，包括夜晚。"她的声音更沉。

高渐明的言语从来不匮乏："你觉得自己很感人很努力吗？其实那是愚蠢的自残。研究表明，每天至少要睡七个小时，你严重不足。长此以往，你学到点知识，获得些表面荣誉又怎样？你身体比以前差了多少，自己没感觉吗？"

江蓠身体的急转直下其实是十四岁那场伤病，术后感染的高烧。

高渐明不待她说话，话锋一转，又道："再说，你又取得了多大的成就呢？二三十岁的人了，说小时候的事没意思。你在高中时代算是不错，但也没进过年级前十。大学更不用提了，北大那么多人中龙凤的校友前辈，你这辈子能望其项背吗？毕业进单位已经两年，你没有过任何突出的表现，每天仅限于完成本职的工作。哪怕只跟你本科同班同学比，也算是很差劲吧。"

江蓠很安静地听完他的评价，他很巧妙地规避了她最大的优点和特长，当然那确实是小时候的事，她高中时都不屑于提，何况现在。她确实没什么了不起，她全都承认，但她根本就不在乎，因为球场之下，她从来就没想过要超过谁。

她只是不希望自己本可以做到的事情做不到，只是不想看着时间白白地溜走。

她缓缓站起，因为气质沉重，看上去有种慢动作的效果，表情有种庄重的严肃："我从不认为我有什么成就，但我不能这么早睡，因为这是对时间的浪费。时间就是生命，我不能浪费生命。"

上过赛场的人最明白一寸光阴一寸金。

高渐明看着她罕见的执着神态，一如既往的笔直背脊，没有多余的表情，只有坚韧的目光。他很喜欢这样的江蓠，但她这样对他，他很不喜欢："浪费生命？要不要还是让给予你生命的人来说句公道话？"

江蓠再好的脾气也要被他逼到临近崩溃："请你不要动辄便拿我妈说事。"

"没办法，跟你好好说没用啊。"高渐明双臂抱怀。

江蓠认为，她的时间安排是她的自由权利。但是，家本来就不是个讲理的地方。有可能高渐明才是对的，因为他们是一家人，她的每件事都跟他有关系。那么这种家人她实在无福消受、不敢恭维。

她不知道怎么处理这局面，站在原地，神色逐渐由愤怒转为无奈。

高渐明坐到床上，拍拍旁边那块床单："睡觉。"

江蘅终于迈腿走过去，虽然她脑海里还想着刚才文档里的词句。

生活继续，日子不咸不淡地继续，高妈妈经常在高渐明加班时不打招呼突然袭击，鸡蛋里挑骨头地明嘲暗讽江蘅一番，秀一秀婆婆的权威和完整家庭的高贵感，当然江蘅从不跟她计较，甚至都没告诉过高渐明。他们两人之间的关系也很微妙，虽然并没有直接发生矛盾，但江蘅每天都"减少"四个小时，高渐明也有他的心事，两个人都在忍耐着没有发作，家里就像笼罩着层层密布的乌云，不知道什么时候雨就会落下来。

他们的第二次正式不愉快发生在三个月后。

虽然高渐明让她早睡早起身体好，事实上她没有睡过一个好觉。

高渐明的家跟他的名字一样，采光很好，主卧和客厅都有一面墙是落地窗，通透明亮。

他喜欢开窗睡觉，这三个月以来日日如此，通风换气。江蘅怕冷怕风，三伏天都要关窗，这其实让她身心不适，但她不想在高渐明的家搞特殊化、个人化的举动，一直没表现出来，毕竟夏日炎炎，也不是不能忍受。

但一场秋雨一场寒，痛苦程度指数飙升。

他们一直盖着夏天的薄被，直到9月中旬，别说江蘅体质特殊，纵然正常人也会觉得偏冷，但高渐明仍没有更换的意思。

这天夜里刮风，窗户进来的风遥遥吹着江蘅，她仿佛又回到十四岁那年，手术后伤口感染发高烧的那段时间。正对着窗口的头隐隐作痛，阵阵眩晕，盖着薄被的身体四肢疼痛、浑身无力。

她坚持了近一个小时，实在太难受，甚至忍不住要发抖，轻轻起身往窗边走去，脸色已经苍白如纸。

突然听到他的声音："你冷吗？"他语气表面是关怀，细听却比秋风更凉薄。

她停住脚步，走回床边，在衣柜前停下，打开柜门，找出一件长袖外套，刚准备穿上，衣服已经就被他抽走。

她本来不至于这么容易被得手，但寒冷让她站立不稳，精神恍惚，恶心想吐，手心无力。

高渐明悠悠道："这是病，我帮你治治。"

她瞬间会意，看着他的眼里有转瞬即逝的情绪，随即不再跟他纠缠，坐回床上。他帮她把那件衣服挂好，关好衣柜的门，自己也躺好。

那一夜他睡没睡着，江蘅不知道。但她一夜都没有闭过眼。虽然她一向作息规律，过了午夜两点就很疲惫，昏昏欲睡。一旦在体感寒冷中入睡，她就会连续高烧至少一个礼拜，这么多年来都是这样。

她怕冷并不能解释为单纯的心理问题，而是那场伤病给她的身体造成了事实的影响，让她各方面机能有所下降，最显著的一点就是失去了抵抗寒冷的能力。虽然这后遗症很大一部分原因是她病时，心理也受到巨大挫折，心态对恢复起了副作用。但她的身体素质，确确实实是回不来了。

天越来越冷了，夜晚越来越难熬。

9月底，天气预报连续三天预告有雨，滴水未下。

夜晚，十点半。

卧室早已关了灯，但还不安静。

江蘅刚洗过澡不久，头发都还不是很干，湿着便盘在耳后。她白皙修长的双腿优美而灵活，一个随意而细小的动作，就能撩拨观者的梦，但她并没动。

白纱窗帘被晚风吹拂摇动，钻进来的风颇为凉薄。

事后，高渐明坐起来，刚好坐在窗户的影子边界处，以他的鼻子划分，月光洒在他半边脸上，一半洁白一半阴暗，他沉默了半晌，终于开口，声音也跟表情一样晦暗不分明："你……跟别的男人有过吗？"

他向来是个果断的人，这句话却犹豫了三个月。最终，他想明白,要么现在问,要么一辈子不问。他选择现在。

江蘅跟他新婚之夜没有见红,他当然知道这不能说明问题,也考虑到她运动员的经历,但她过于平静,就像完成一件工作,实在不像初经人事。

他问出口,心里还期待着她的否认。

江蘅听到这句话的时候,人还枕在枕头上,闻言直接笑了:"你在意这个?那很好。"她也坐起来,随手套上短袖T恤,她并没有专门的睡衣,从来就是拿宽松轻薄的衣服当作睡衣穿,按她本人的习惯现在早该穿长袖,短袖是高渐明的要求,"天亮去民政局吧。"她向来觉得处女情结愚不可及,都懒得去沟通交流,只想屏蔽。

她正准备下床,高渐明伸手按住她肩膀,她头都没回便侧身闪开,高渐明反手握住她的手腕:"你以为我是裹脚老太太带大的吗?我会有处女情结那种封建老旧的观念?这件事本身我当然不在意,"他陡然用力,把她身子转过来让她面向他,目光明亮又具有穿透力,"我在意的是,你为什么会不是?我认识你多少年,从没见你交过男朋友。你是什么时候?在哪儿?和谁?"

换句话说,如果事先知道她和哪位知名校友或体坛名将有过恋爱史,他根本就不会在意。但他心目中的她一直清心寡欲,冰清玉洁,这有点颠覆他的认知。从小一起长大的人,突然发现对她并不了解,这感觉甚至有点恐怖。而且他为等待她单身多年,她居然早就跟别人有过如此亲密的行为,他心里难免有些落差和不平。总之,他绝对不是简单粗暴地嫌弃非处女,而是多种复杂情绪的集合。

江蘅也领会到他的意思,她想了想,只觉得还是无法解释。

江易跟她那一回,根本就没进去。但若说她和高渐明还是第一次,显然也不太公平,虽然她没出血,完全是因为踢了那么多年球,做过那么多翻滚撕扯的动作。

她不会否认,也不想解释。如果据实以告,高渐明必然认定江易强奸,虽然是未遂。哪怕她模糊细节,他也会判断为乱伦。对象是江易这本来就是错误。以高渐明的性格,很可能会向单位举报或者告诉江父江母,没准还不会漏掉江易的女朋友。就算他不实施,也难保不会以此为威胁，搞出诸多事端。其实高渐明反复纠缠她的阶段，她曾经想过用这件事来劝退他，但马上就打消念头，便是因为这些顾虑。

她不会告诉他，也没打算费心思欺骗他，只想快速摆脱。她已经完全明白他婚后对她这般态度的缘由，显然他介意程度很高，没有磨合的可能和必要。

她推开他的手，从床上站起来："我觉得直接离婚比较简单。"

作为丈夫，遇到她这样逃避问题，新婚三个月就提离婚的态度，很难不被激怒。

不过高渐明怒点倒没么低，做刑警这么多年，什么人没见过，从来都是他突破别人心理防线。他抬眼看看她，忽然笑了，那种笑容没温度，随后也长身而起，因为高度改变，视线关系改为俯视："刚结婚就离婚，还是因为这种原因，你妈受得了吗？"

江蘅看着随风摇曳的白纱窗帘，只觉得自己上了条不该上的船。

她侧过脸，轻声道："如果你不想离婚，就别再问。"

高渐明用指背在她冰冷而光洁的脸颊上滑过："我提什么过分要求了吗？好吧，那再简单一点，告诉我那个人是谁，这件事就此翻篇。"

江蘅别过脸拒绝他的触摸，高渐明顿了顿，收回手。

江蘅轻蹙眉头，又勉强松开："那是过去的事。"

高渐明缓缓道："对啊，那是过去的事了，现在和未来要跟你在一起的人都是我，你还有什么不能说的？"

江蘅看着他说："你可以不跟我在一起。"

高渐明的眼神在转变，不再是丈夫，而是刑警："2017年6月8号，我高考完去找你，在你家楼下遇见你，还有2018年春节初一，我去你家看你，你状态都很不对劲，跟这人有关系吗？"

江蘅别开脸看向别处。

高渐明见自己预判准确，猜测更加大胆，目光更加锐利："那时候你们已经做过了？"

江蘅静静看着窗户的方向，窗外隐约传来淅淅沥沥的雨声，传说中的雨终于落下来。

高渐明也听见了，他的声音并不大，伴随着雨声，格外清冷：

"那时你才多大？"

江蘅不回答，这个问题也不用回答，是幼儿园数学题。

高渐明替她讲出来："十六岁。"他朝江蘅走近一步，下巴几乎贴上她的额头，"这么烂的人，你怎么看上的？"

他逼到面前，江蘅非但不后退，反而抬起头直视他，满眼都是不认可。

在高渐明看来，这就排除了强奸迷奸等特殊情况。他又笑了，比刚才更冷："我怎么从不知道，有过一位对你来说这么重要的人物出现？"

江蘅居然不反驳。

高渐明等待着，时间一分一秒地游走，她始终一言不发。

三分钟后，他走开数步，绕过大床，靠在床左边摆放的宽大书桌上，相对远距离地凝视着她，沉声道："我再给你一次机会。"

时间好像变得很缓慢、很磨人，江蘅终于开口，声音就跟夜色一样凉："谢谢，不用。"

高渐明深深地看了她两眼，她也站在原地回视着他。

夜凉如水，洁白的月光在被单上打着太极，他们之间的矛盾已经不可调和。

过了半晌，他调整表情，舒缓情绪，挺身离开书桌，走向宽大的双人床："睡觉吧。"

江蘅却没动，其实她最真实的想法，是转身走出卧室，走出家门。

高渐明站在床桌之间的空当，双人床的左侧，见她停在原地，很贴心地问："是需要跟你妈妈道声晚安吗？"

江蘅终于迈开腿，走回双人床右边，躺到床上。高渐明也躺下。床单已经冷透了。

被子跟床一样宽大，他们躺在被子里，都感觉不到对方的存在。

雨声不止，风雨随行。

二十九

虽然高渐明不愿离婚,似乎也没想好怎样跟她相处,他们冷战了十多天,打破格局的并不是什么突发事件,而是一个事实、一个结果。

一个顺理成章、自然而然的结果。

树叶变黄,秋雨渐凉,10月中旬,他们结婚满四个月。江蘅的某种生理现象延后了两个礼拜。

双方父母都希望他们早点要孩子,尤其是江母想在有生之年看到外孙,所以没有避孕。

他们差不多是同时发现的,去医院检查,等结果的时候,高渐明罕见地坐立不安,江蘅也少有地没戴耳机,就像等待抛硬币的两个人,但他们期望朝上的并不是同一面。

去拿报告的人是江蘅,这毕竟是她切身的事情,当然应该是她本人第一个知道。她看了看报告单,脸上并无明显表情。高渐明根本没办法观察分析她看到的是什么。好在随后她就把报告单递给他,他急匆匆地接过去,然后露出会心的笑容。

他才二十六岁,还没到渴望后代的年纪。他高兴的重点,不是他有了孩子,而是他跟她有了孩子。他们终于有了密不可分的联系。

其实他们还在冷战,他本不愿在她面前表现出情感,但此刻他确实情不自禁。

江蘅看在眼里,神色也变得柔和。

他们两个人的关系也一定程度上略有缓和。

比如孕妇需要保暖,高渐明主动提出关窗睡觉。

比如孕期需要休息,江蘅对早睡早起也不再有异议。

两边父母知道消息后,高妈妈姿态依旧很高,用鼻子哼了一声,说怀孕便是贬值,好像当初催生的人不是她一样,跟她大力反对江蘅保研事后又用只有本科文凭打压她如出一辙。江母则又把自己激动进了医院,还哭着跟医生感慨女儿也做了母亲,结果就是江蘅在孕早期在医院照顾母亲，然后又因为此事被高母指责负担重不顾家。高渐明当然从来都没觉得他妈是正确的，但他也从来都拿他妈没办法，只能尽量隔绝她。虽然他跟江蘅关系比较复杂，不过他对江母一直非常好。他去医院陪护的次数几乎跟江蘅一样多，态度亲切，照顾细致，堪称女婿楷模。

11月的第二个礼拜天。江易出差结束，回到北京。

每个城市都有其独特的味道，他终于从那个潮湿阴冷的异乡逃脱，回到干爽熟悉的土壤，他急不可耐地往家赶，江家所在小区堪称已经老了，楼道的白色墙壁起皮脱落老化成黄灰色，不像现在某些现代时尚的小区整面墙都是镜面，显得空间翻倍、富丽堂皇。

他在家门口，停下来用手做梳子抹了抹头发，转念又想想自己什么狼狈的模样她都见过了，自嘲地笑了笑，又梳了两下，才用钥匙打开门。

正是下午五点半，家家户户都在准备晚饭。厨房里传出烹饪声，他按捺着内心的雀跃轻手轻脚地走过去看，厨房的门没关，里面没有江蘅纤细轻盈的身影，却是臃肿的江父站在灶台边，他中年发福的大肚子几乎贴在灶台上。

江父正在炒菜，他显然对炒勺并不熟练，锅边到处是掉出来的菜叶，从这些边角料看他炒的是大白菜，但锅里的东西是黑糊糊的，想必是酱油放多了。

江易看着黑糊糊的白菜和父亲的大肚子，一阵生理不适，面部随之扭曲。江父察觉旁边有人，扭过头看向他，张嘴便骂："畜牲！回来也不知道说一声！单位怎么还没开除你！"吼声跟抽油烟机的声音混在一起，引人烦躁。

江易啥都没说，扭头便朝卧室走。他打开门，没有关便走进屋里，先把包扔到书桌上，桌面居然积了一层薄灰，他大学时一学期不回家，也没有过这种情况。

他转头看向对面江蘅的房门，只觉得心在跳。他不敢去敲门，不敢跟她说话，反而近乡情怯地关上自己的门，只想着等一会儿餐桌上自然能见到她。

备受煎熬的半小时后,他听到端盘子端碗的声音,却没听见江蓠出门,往常她早已去帮忙盛饭,不,近些年本来就是她做饭。但是家务全由她承担本就不合理,江父做饭本也是应该的。江易坐在椅子上正疑惑,江父一脚踹开他的房门:"吃饭了!你还坐那儿干什么?滚出来!"

江易懒得跟他计较,被骂的恼羞成怒跟即将见到江蓠的欢喜比起来都微不足道了。他没说什么,起身出去。

他坐到餐桌边上,桌上没有摆筷子跟米饭,只有一个盘子,盘子里拼着两道菜,一个白菜炒肉,一个西红柿炒鸡蛋,色香味俱欠。他看着江父端着一个托盘走进主卧,托盘上也是这两道菜,只是量多一些,还有两碗米饭。江蓠和高渐明结婚以后,江母病情不稳,都是江父做饭,再把饭菜端到里屋陪她吃。

不明所以的江易盛了两碗米饭坐在桌边等了半天,江蓠根本没出现。他满心疑惑和不安,终于想起看看鞋架,她的白色拖鞋静静地放在最里面,他才明白她不在家。

单位加班?同事聚会?交了男朋友?最糟糕的情况,不会……生病住院了吧?

江易满脑子胡思乱想,饭菜一口没动,又被江父大骂一通。

他出差回来,单位给了他几天假期。

一连两天,家里没有江蓠的半点痕迹,父母习以为常,正常生活,仿佛她不曾存在。

礼拜二下午三点,江易终于忍无可忍,冲进家里的主卧,进屋后他有片刻的恍惚。虽然在同一套房屋里,这间带阳台的主卧他却有二十年不曾进过。

记忆里这个房间是很大的,现在看来比他跟江蓠同等面积的次卧也大不了多少,都是一张床、两个柜子、一个书桌就占据了百分之八十的空间,走路都要蹭着墙,唯一的差别是这里的床是双人床。只多了不到两个平方米,却要住两个人,人均面积比次卧少得多。

江易站在床与墙之间的缝隙,跟床上的江母四目相对两秒,彼此都很尴尬。

他下意识地喊了一声"阿姨"便低下头去。

这是他半年来第一次见到江母,她比他离家前更瘦了些,天天吃黑暗料理怎能不消瘦。但是气色不错,面部苍白的皮肤之下透出一种蜜桃般的粉。她半躺半坐在床上,上半身靠在床头,背后垫着两个枕头,手上拿着花布和针线,正在缝一件小衣服。

她显然也被他的闯入吓了一跳,肩膀下意识地缩了缩,看清是他,讨好地笑笑,放下手里的活计:"易易?你……你坐……你饿不饿?对不起,我这些天……也没给你做什么。"

她想挣扎站起来,江易别过脸不敢看她,嘴里忙不迭用言语制止着她:"不用,不用,阿姨,我就是,就是问问……"简简单单的一句话,他说得磕磕巴巴、扭扭捏捏,自己都瞧不起自己,说到正题,他终于定下心神,转过头来,看着自己的脚尖,"蔷蔷呢?她去哪儿了?没……没事吧?"

"……"江母张了张嘴,似乎诧异他怎会不知情,疑问到了嘴边,小心翼翼地自圆其说,"她……她没事。你爸爸怕影响你工作,没跟你说,她已经……嫁人了。"

江易反应了十几秒钟,才抬头来看着江母,眼里的情绪过于复杂,表面只能看出木然:"嫁……给谁?"

江母虽然没看懂他的万千思绪,但她平等地恐惧所有人,对这个向来面色阴沉的继子尤甚,特别是他现在的脸色前所未有地阴郁,她不知道他对女儿的感情,却也清楚他跟高渐明不对付。特别是江蔷告诉过她高渐明对于江易母亲的不当言论,即使江母认为那是童言无忌,甚至还有几分道理,在江易的角度也完全能理解他受的伤害。为了女儿好,她坚持促成这段婚事,面对继子,她还是不能不愧疚。

江母大气都不敢出,斟字酌句地答道:"就是渐明……高叔叔家的儿子……"

她提心吊胆地看着江易,他却并无明显表情,那是因为他内心波涛汹涌,表情已经无法表达,而且这件事他其实已经有一定的预期,不管怎么说,江蔷还是好端端地活着,已经比他预想的最坏结果好得多。

他只是转过头，飞快地走出主卧，冲出家门，砰的一声摔上防盗门，江母瑟瑟发抖了许久。

马路上，路边景色飞驰而过，江易脑子里一团乱麻。他不是不想亲手上演速度与激情，但是他没车，只能打了出租车，叮嘱司机快一些。

虽然不来往，但他一直都知道高渐明新家的地址，不说别的，单位群里的信息采集接龙表就写得清清楚楚。

司机接单办事，对他来说这不过是一笔普通的生意，哪顾得上后座的人思绪万千。

路途中，江易手机响起，是他爸。江易看到这个名字就怒从心起，直接挂断，一秒钟之后，江父又打进来。

江易忍无可忍地接起，他还没说话，就听江父在叫骂："你他妈敢挂我电话？你以为你是什么东西？你干吗去了？你是不是去找渐明了？我警告你个畜牲别乱来……"江易夺门而出后，江母心里七上八下，又惊又怕，便给江父打了电话。

江易毫无征兆地在出租车上怒吼起来："你凭什么让她嫁给高渐明！"他声音粗哑低沉，浑厚的吼声在狭小的车厢里横冲直撞，后视镜里司机投来不耐烦的目光，江易知道不妥，但实在控制不住，顾不得个人形象。

江父不甘示弱地吼回来，每句话都跟刀子一样："不嫁给渐明嫁给你吗？江易，你以为你那点恶心的心思我不知道？没有伦理没有道德的东西，说你畜牲都是轻的！再说你是个什么烂货？人家看得上你吗！她跟渐明孩子都有了，你给我死了这条心！"

江易狠狠地摔掉手机，手机掉在车里被多少人踏过的深棕色的地毯上，砰的一声。司机终于忍不住一脚刹车停在路边："你这单我不拉了，下去吧！"

江易拿着碎屏的廉价手机站在路边，眼看着出租车扬长而去，他知道司机心里一定在骂他娘，只觉得人怎么能倒霉到这个地步。

两个小区间隔并不远，还没到晚高峰，路上并不堵，原本也就十多分钟的车程。司机已经开了将近十分钟，剩下的路他自己走，走走停停，不一会儿也就到了小区门口。

　　这小区绿化做得很不错，里面种满参天大树，小区门也做得高大气派。

　　他走到高渐明家楼下，那是三十三层高的电梯房，从地面望去高不胜寒，每层楼的窗台压缩饼干般层层密布。又是阴天，没有夕阳。

　　高渐明家在十八层，挺有争议的数字。他想去他家家门口等待，进了楼门大厅，等电梯的时候，在电梯间的镜面墙壁看着自己风尘仆仆、乏善可陈的脸，突然望而却步。

　　上去又能怎样呢？他要做什么？以什么名义？是什么目的？他们应该都还没下班，他只能在门口等，他不敢想象他们挽在一起的手，更不敢想象江蘅看向他的眼神。

　　他从来都配不上她，只是他单方面幻想，他给她的只有索取和拖累，她从不欠他什么，如今这是她的选择，他又能责怪什么？

　　身后的单元门被推开，他一惊，下意识往角落躲，在镜子里看到来者是两个二十五岁左右的女孩，打扮入时，化妆过后相貌中等偏上，大概是公司同事兼合租室友的关系，正在抱怨房东配的家具质量差、老板压榨劳动力。

　　两个女孩你一句我一句，义愤填膺地上了电梯，全程没往他缩在的角落看一眼，他的存在感大概还不如旁边的大号盆栽。空气中满是她们余留的劣质香水刺鼻的味道，江易只觉得这样的女孩他也远远配不上，何况霁月光风的江蘅。

　　何况她跟高渐明已经有了孩子，他才后知后觉地想起江母手中线、线上衣，他难道还能去拆散这个崭新却已完整的家庭？

　　虽然他一直讨厌高渐明，但他不能否定，这个人各方面都比他优秀，甚至对待江蘅都比他执着，比他耐得住寂寞。

　　他一直是个懦弱的人，逆着她的拒绝坚持一年，已经是他极致的勇敢。最后一次在红枣枸杞茶香中被她戳穿小心的窥探，他溃不成军龟缩取暖。而她拒绝高渐明的态度比对待他坚硬得多，高渐明居然这么多年热度风度都不减，每回来看江母，都意气风发、笑容如春风拂面。

他自愧弗如。

他几乎没有去照顾过江母，其实不是不想去，不是怕脏怕累，不是忘恩负义，不是不想床前尽孝、端茶倒水。

他是羞愧，是自卑。他没脸见她，更无颜面对她的母亲。

无论如何，高渐明对江蘅，也算是多年如一日的真心。他相信高渐明会对她好的，江蘅那么好，得到她的人是多么幸运，怎么可能对她不好呢？

想着想着，他彻底失去质问反对的底气和勇气，他掉头离开，走出那热带雨林般的小区庭院，在路边又叫了一辆出租车，用平静到不像自己发出的声音告诉司机目的地，安分守己地坐在后座，没有再被赶下车。

某办公大厦门口。这个大厦还没有高渐明家的居民楼高，里面是多个小公司，大厦楼下贴满广告。

本就不透亮的天色彻底变成灰色，已经过了五点，下班员工鱼贯而出。每个人都神色疲惫，步履匆匆，虽然面孔各异，气质却相同。他们都是无名之辈，时代的小人物，但你也休想占到他们任何一人半点便宜。自食其力已经很艰难，绝不会再惠顾他人。

下班时间一到，不强制加班的公司马上人去楼空，强迫加班的企业依旧灯火通明。出版社准点下班，但汤旧画依然是最后一个才出来。

她永远是这样，被挤压，被插队，被抢先。

江易远远地看着她，她跟八年前一样，穿着毫不起眼的土色衣服，低低地梳着长发，垂着头，缩着肩膀，抱着一个文件包，走得很慢。

她似乎感受到什么，动作幅度极小地抬头看了一眼，见是他，马上又埋下脸去，脚下却无声地朝他走来。

乌鸦在楼间滑翔而过，发出并不悦耳的叫声。

后面的剧情陌生又熟悉，经济连锁酒店，钟点房，狂风暴雨。

奇特的是，他连续三天都来找了她，有人说那种事是滋润，但对她来说就是浩劫,三天下来她已经不能平稳走路。第四天,礼拜五的下午,他甚至提前打电话把她叫出来。

很简单的一句话:"现在出来,我在你楼下。"

她想跟主任请假,当然主任不准假她也会选择一声不响地早退扣工资,她从毕业就在这家出版社工作,三年来不曾请过假,但她永远不会忤逆他。到了办公室门口,才发现主任本人好像已经早退了,办公桌上散乱着多年不签的文件,人和皮包都已不知去向。

她无声地下楼,心内惶恐而愧疚。

天气很干燥,甚至有点沙尘暴,天色昏昏黄黄,不是夕阳的金黄,是沙土的暗黄。

她走在楼下的平地,迈腿的姿势有几分不自然,只见江易站在路边,旁边停着一辆出租车。他熟悉的黑色外套,让她有种归属感,昨天晚上这件衣服压在她身上。她还是羞耻得瞬间低下头去。

她以为又要跟着他去酒店了,他直接拉开后排右侧车门坐上去,头也不回地说:"上车。"

她甚至有点不敢相信他是在跟自己说话,偏偏路上没有别人,她依言过去,小心地拉开左侧车门坐进去,又轻轻地关上,用力之小,好像车子是豆腐做的一样轻拿轻放。

她一侧脸,看到他坐在她身旁。

说起来,她还从没跟他一起坐过车,每次见面,不是他带她走路到就近的酒店,就是他提前把地址发给她让她自行前往。她有种恍惚感。

他的问题更让她恍惚,他说:"你户口本带了吗?"

她迷迷糊糊地摇头表示没有带,额前的碎发左右摇晃。

江易语气颇为不耐烦:"在哪儿?"

汤旧画下意识地开始发抖,低声报出自己家的地址。

司机师傅依言发动车子,行走在昏黄里。

宛如一张朦胧的沙画。

三十

这也是江易第一次去汤旧画家。没想到她家居然住在城区高档的小区，大学城附近，寸土寸金的地段，黑白色调的洋房。门禁还很严格，车辆凭出入证进出，出租车禁止入内。

江易让师傅停在小区门口，叫汤旧画进去拿户口本。汤旧画怕让他等，又紧张又忐忑地加快脚步，平坦的沥青路，她却走得深一脚浅一脚，披着长发的单薄肩膀一直在发抖。

出租车里，师傅百无聊赖听着劲歌热曲，江易坐在后座，面无表情地看着窗边黄天，动感的音乐左耳进右耳出，只觉得缺氧又心烦，他自觉应该进门拜见一番，但想想自己不是什么女婿，只是个罪犯，实在无颜见受害者家人。

等了约二十分钟，车门被轻轻打开，汤旧画埋着头坐进来，车门又轻轻地关上了。她不像同龄女人，没有香味。

江易无意地扫了她一眼："拿了吗？"

汤旧画闻言点点头，她把脸埋得很低很低，下巴几乎低到锁骨里，长发也散了下来，遮住大半张脸，但江易还是看到她右边半张脸都高高肿起，脸上犹有擦拭过的泪痕。感受到他的注视，她双颊一片滚烫的红。

江易什么都没问，他不知道她跟她家人又发生了什么，只是想起她高三那年，他掀起她的上衣，映入眼帘的那对被抽打得像圆茄子一般的乳房。

他不明白这世界上为什么要有这么多的不幸。

不只他看到了，司机师傅也看到了。这个中年大叔扭过头来，不耐烦地反复询问接下来去哪里，至于汤旧画脸上的伤，当然是事不关己，视而不见。

江易目视前方，回答："民政局。"

司机闻言启动，这个承载悲欢离合的地点在他听来已经跟殡仪馆没什么不同，只是一场生意的一个环节。汤旧画也没有出声，她湿漉漉的睫毛轻轻颤动，就像最朴素的蝴蝶翅膀。

等红灯时，司机摇下车窗透气，空气竟似混有沙砾，有点呛人。

今天实在不是个好天气。

他们是当天最后一对办理结婚证的新人。

事情来得突然，两人没准备合照，只能现场照相。他们都没穿领证标配的白衬衫，衣服颜色分别是并不吉利的黑色和褐色，汤旧画脸上甚至还带着伤，工作人员反复询问是否就这么拍，汤旧画低着头一动不动，江易则不耐烦地点点头。

于是他们结婚证上的照片很别致。

从民政局出来，下班的工作人员离去的步伐比他们更为体面快速。江易又叫了一辆车，一段陌生的道路，一个陌生的小区。

爬上两层楼，江易拿钥匙打开三层左手边的门，走进去，汤旧画低着头跟在他后面进门，站在门口被过堂风吹着，却不敢动手带上户门。她在原地纠结至少半分钟，才畏首畏尾地伸手，又像对待豆腐一样轻轻关上门。

这是格局简单的两居室，装修简陋，墙壁没涂漆也没壁纸，就是简单的白色，老式的铁皮暖气管露在外面。一进门是客厅，左边是厨房，右边有个过道，过道上有两扇平行的门，两间卧室。

江易指指里面那间卧室，言简意赅地说："你睡这儿吧。"

汤旧画顺从地点头，她还没换鞋，也不知道换哪双鞋，不敢往里走。

江易根本没想到这一层，他们干惯脏活累活，对这种卫生并不讲究。他上下打量她两眼，汤旧画顿时感觉自己如同赤裸。她埋下头去，他依旧盯着她看，眼里升起怒意。她不知道自己做错了什么，手足无措地站在原地。

他劈手便给了她一耳光，扇在她完好的那半边脸上，她又挨打了，喉中没发出声音，身体被打得一个踉跄，然后被他抓住长发，用头撞墙。她头晕脑涨，昏天黑地，他一松手，便站立不稳沿着墙边跌坐在地，又被他一脚踢倒，继而被踢了更多脚。他似乎有很多的愤恨与冤屈，全都以拳脚的形式发泄在她身上。她原来就不会反抗他，现在更不会，缩在墙角抱着自己无声地承受着，比沙包还顺手合脚。他终于停下脚，伸手扯住她的胳膊，把她拖进卧室，甩在床上，也不宽衣解带，直接拉下裤子粗暴地进入。

结束后，他起身出去，重重摔上她的门。她痛得失去感知，良久才看清这周遭。

不大的房，配有不大的窗，窗外暮色已晚。心里久久不能平静，她忍着剧痛坐起，翻出刚才办理的小红本，心情跟天色一样模糊而迷蒙。

她居然结婚了。

好像是梦一场。

那么接下来的日子堪称噩梦。

他每天都会跟她发生关系，不做措施。他们这些年来，除了最开始的两次他是临时起意没做准备，后来的每一次他都有戴套怕出意外，但这段时间他没有。她意识到却不敢问，以为是因为已经结婚，也不敢有异议。

他每天都会对她拳打脚踢。她生性懦弱，总是不能保护自己的权益，本来不想请婚假，最后还是请了，还是通过微信跟主任请的。因为她每天都鼻青脸肿，实在无法见人。

她自觉应该洗衣做饭，操持家务，做一个合格的妻子。但他每天只有晚上回来，工作日上班，双休日加班也要上班，显然是不想跟她独处。他三餐都在外面吃，自己的衣服自己洗，禁止她进他的房间，每次事后都回自己的卧室睡，从不曾跟她同床而眠。

他跟她的交流，全部是在夜晚，用拳头巴掌皮鞋或者性器官。

她不敢出声，不敢询问，甚至连哭泣都只敢在他离开之后躲在被子里。她不知道自己做错了什么，他看着她的眼神永远包含愤恨与悲痛，然后就是各种不堪回首的痛苦……但她能感觉到他也并不快乐，这让她自责万分。

江易并没有办酒席，也没有发朋友圈，甚至没有告诉任何人。

但因为他的工作性质，局里的领导同事还是都知道了，还传到他爸耳朵里。江父打电话欲质问，才发现自己已经被拉黑。

刚好那天，江蘅来看江母。江父回家的时候，厨房的门关着，她在里面。

江父有点失控，他伸臂推开门，这是近二十年来他跟这个名义上的女儿第一次面对面。

江蘅正用勺子搅着锅里的汤，侧过脸看看他，轻声问好："江叔叔。"

江父深吸了一口气，开口道："江易结婚了。"

江蘅莞尔："是吗？那太好了。"

她眼角微弯，唇角上扬，那笑容一看就是出自真心。

江父不禁替江易悲哀，无论对错，爱了那么多年的人，对他毫无男女之情。

江蘅怀孕之后，高渐明很想珍惜这个徒有其形的家庭，他很努力地想要忘记和不在意，但是每到夜深人静，喧嚣散去，陷入自己考问的安静，那些事就会毒蛇一般缠上心头，怂恿、啃啮、鞭策，让他不得安宁。而她看在眼里，心知肚明而无动于衷，非但没有愧疚，甚至没有同情，仿佛一切都是他无事生非，自作自受。这个态度更让他无法释怀。

夜里两点，万籁俱寂的房间里突然响起他的声音："我知道他是谁了。"

开门见山，直入主题。

效果堪称惊悚。

而江蘅只是缓缓睁开眼，目如止水，毫无意外。

高渐明翻身坐起，他压抑已久，难免要来一番推理秀："你不说，我只好自己查。我干警察这么多年，从没有干过违规的事，这次因你而破例。你的开房、通话、消息记录，完全没有异常。你的邻居同学也都毫无察觉。我想你妈妈大概也不知情，否则以她的贞操观，大概早就声泪俱下地求那男的娶你进门。总结一下，这是一个不需要手机就能跟你联系，还做到不为人知，并且你还必须隐瞒你们的关系的人。"

"你身边这样的男人只有两个,不是江叔叔就是江易。以我对江叔叔的了解,他虽然有缺点,但不至于是兽父。"

他下床走到窗边,顺手拉开窗帘,打开窗户,月华满面。他转过身看着她,目光熠熠:"那个人是江易,对吧?"

江蘅站起身,月光直白映在她清泉般的眼眸。

高渐明还在推理:"江叔叔大概也知道,所以想方设法把他调去外省办案,你们根本没敢告诉他我们的婚事吧。"

江蘅安静地站在风口月光里跟他对视,她从不否认事实。

"所有人都说你没交过男朋友,因为你的男人也是哥哥,回到家关上门,你们就开始享受乱伦的禁忌刺激,反正没人会知道的。"

江蘅毫无解释欲,呼吸绵长而放松:"现在能甘心离婚了吗?"

月光勾勒出她白皙的脸颊,美得很圣洁。她平静而从容,因为她早知道会有这么一天。

高渐明看着她依旧平坦的小腹:"你已有了我的孩子,还开口就是离婚?"

江蘅淡淡道:"这孩子,要不要,谁来要,都可以。"

无论是孩子还是婚姻,她都没有留恋半分。

"江蘅。"高渐明深吸一口气,到底还是沉不住气,一把掀翻旁边的椅子。椅子砰然倒地,生硬的椅子角在木地板上划出无法消除的划痕,"你根本不觉得自己有错是吗?"

江蘅发梢都没动一下,静静地看着他,全身上下写着问心无愧。如果他是她自愿交往的对象,她可能会有些歉意。但他(和他家人)逼她结婚的手段以及婚后的行为,实在也算不上光明正大。

高渐明被她逼得怒气横生,下一秒又硬生生地压制下去:"好啊,离婚也行,我就一个条件。你自己公布贵兄妹的情史,让所有人知道你们是什么样的人。"

"什么样?"她声音清淡如水,"你口中的所有人,包括你本人,根本不知道事情的全貌,怎么做出全面的评价?而且,这些人都与此事无关,我没有义务也不会去向谁解释说明。也因为如此,你不能用不相干的事来作条件。"

水能让濒死者转生，也能让大活人溺毙。

高渐明这么善于辞令的人，居然跟她说不通，他两步走到她面前，背影都充满愤怒。

而江蘅全程眼睛都没眨一下，好像置身事外。

高渐明冷笑道："我不需要知道你们是怎么眉来眼去勾搭在一起，怎么干柴烈火迈出第一步，怎么恐惧被发现又控制不住丑陋的欲望辗转反侧甚至抱头痛哭。我只知道，你们做的事情多么卑劣下流。你六岁就成为他妹妹，从小一起长大，你妈妈是他爸爸的妻子，你们用着同一个姓氏，住在同一个房子，还有过一个共同的弟弟，跟亲生兄妹又有什么区别，但你们这兄妹居然做到床上去。如果大家都知道这个事实，你就会知道什么叫身败名裂、工作不保、无处立足。"

他说的确实是乱伦的常规模式，但是跟事实情况严重不符。江蘅撇撇嘴角，抱怀看着他，举止跟眼神都很随意，这是她不经雕琢最本心的想法，她不在乎。

那为母亲而报考的工作本非她所愿，至于名声她更无所谓。高渐明以为她光鲜亮丽，在鲜花和奖牌中长大，最苦不过受皮肉伤，但他实在搞错了。且不说因为她的身世，她听说多少闲言碎语，哪怕是她在省队最风光的那些年，收到的谩骂和恐吓与赞美和仰慕同样多。

没有人能让所有人满意，荣与辱永远共存。所以寄到家里雪片般的信件，她从来都不拆开看。

跟习惯夸奖一样，她早已习惯了辱骂，习惯到充耳不闻、宠辱不惊。

高渐明看着她无所畏惧的神色，眼角都要裂开，满目怒意，突然又笑了出来："如果你妈听说，她脆弱的心脏能承受吗？"

江蘅一直没什么妊娠反应，这一刻突然很想呕吐。她一手扶住墙，调整着呼吸，强忍着不适看向他，脸庞仿佛覆上一层霜，神色克制而冷漠，语气平缓地说："高渐明。"

这个理由的有效期还有多久？

她母亲的状态，医生最乐观地估计，也不过三五年。江母一旦离世，她彻底离婚自由。虽然他们有共同的孩子，但适才她已经表达得毫不遮掩，她对这孩子只有责任没有感情。一个人的母性是有限的，她早已给出了全部。

作为女儿，她不能明说她母亲的大限，只是连名带姓地称呼他，是通知，也是预告。

记忆里，她从没这么生疏地称呼过他。高渐明已经明白她的意思，他脚底是平地，却好似被她逼到悬崖边。

他抬脚把那把椅子踢得更远为自己开路，迎面朝她走过去，一字一顿地说："就算你妈不在了，你的情哥哥还在啊。"

江蘅呕吐欲更甚，扶着墙的手却放了下来，她背脊直挺站立，目如寒潭地看着他。

高渐明侃侃而谈："您学历过硬，外语流利，随便换个工作就能重新开始。他二本警校毕业，他爸求了一堆人，好不容易弄到这个岗位，如果这件事曝光了，他在队里待不下去，这么个一无是处的人，该去搬砖还是开出租？"

江蘅凝视着他，没有回应。

高渐明又给她扔出一个消息，话里还带着调侃的笑意："对了，他刚结婚了，你知道吗？对象就是那个十七岁就跟他的女人，长得还不错，不比你差。如果你这嫂子兼继任知道这件事，会不会影响他们的关系呢？"

似乎有乌云遮住了月亮，房间暗了许多，江蘅原本站在窗户对面的月光里，此刻陷入阴影，因为光线改变，很难看清她的脸色已经白得发青。

高渐明："你不必担心我没有证据……"他从睡裤的口袋里拿出手机，把屏幕转向她，上面赫然是录音界面。

江蘅淡淡笑了笑，然后开口，没有表情也没有语气："你想怎样？"
高渐明不再笑，眼里漆黑一片。

其实到了这个地步，他们彼此都明白，他还是想跟她在一起。

她已经是他妻子了，已经有了他的孩子，如果他能放下心结，也不是不可能幸福。

偏偏他不甘心。

他知道江蘅有温柔可亲的一面，他知道她很会安慰人，她甚至连江易那种茅坑石头一样又臭又硬的人都能抚顺。但她对待他这么冷淡生硬，他又怎能甘心。

当然即使她温言软语地安慰，推心置腹地解释，甚至退无可退地哀求，他也不会甘心。因为她犯的是在他看来任何理由都不可原谅的错误。

三十一

他这次摊牌，无异于撕破脸，底线都已突破，他开始放飞自我。

三天后，他下班回家，她坐在卧室电脑桌前，已经过了十点，她还穿着上班的正装，没换家居服。

他声音虽轻但不容置疑地说："你过来。"

江蘅没什么表情地起身走过去，举手投足的动作还是流畅而坦然，充满魅力。

高渐明凝视着她，这么一个清风朗月的人，居然做过那么下三滥的苟且之事，若非亲眼所见，实在难以想象。

她走到跟他间隔两米处停下，脚下几乎没有声音。

房间里静得可怕。

高渐明突然问她："这个孩子是我的吗？"

江蘅毫无波澜："等他出生后，你可以去做鉴定。"

高渐明笑了，笑声爽朗，但更显得惊悚。

他拿着一样东西操作了一下，然后啪的一声，抬手将之扔在床上。

是一块带有录音和定位功能的塑料儿童手表，鲜艳而丑陋的黄色，跟同款电话手表一样，比普通机械表大了三倍不止。

江蘅静静注视着它，已经明白了七八成。

高渐明也不掩饰，直接挑明："我带了个礼物给你，毕竟你还是个姑娘的时候就把持不住了，现在身体趋于成熟更需要监督。你最好二十四小时随身佩戴，开着录音机和定位系统。如果你不配合，会发生什么,三天前已经讨论过,我就不赘述了。"

江蘅抬起头,目光罕见地如两道闪电般射向他。她从小到大,受过很多侮辱,但从没有一回像这样,被胁迫着自取其辱。高渐明毫不回避,利用身高优势,居高临下地俯视她。

他还很"贴心"地提示她:"当然,为避免别人看到问长问短,你可以戴在脚上,表带长度足够。"他弯起嘴角,"你不是一向以你的脚为骄傲吗?"

他知道她不可能跟江易藕断丝连,也不需要这种千日防贼的方式来重拾所谓的信任和安全感,这块表传来的讯息音频定位,他甚至都不一定去看。

他只是想羞辱她,从内而外,每分每秒。

虽然电子设备有辐射,不适合孕妇用。但他查过,这手表辐射剂量还没手机大,更比不上电脑,而她每天上班还不是跟电脑面对面,再说她本人都不在意腹中孩子,他又何必在意。他爱孩子主要是爱屋及乌,现在他恨这屋。

江蘅目中寒光却一点点收了回去,终于恢复平静。她伸手拿起那块手表,表盘是塑料外壳,金属内置,结构复杂,甚至有几分沉甸甸。

他又在床上放了一块充电器:"别让它没电。"

江蘅没有回应,只是顺手也将之收走。

从那天起,她确实每天都戴着那块表在右脚脚踝,他要的功能始终开启,电量从未缺失。那是冬天,所有人都裹得严严实实,没有人发觉蛛丝马迹。当然夏天也无所谓,离开球场以后,她一直穿长裤。

高渐明对她的"配合"并不满意,她甚至当着他的面,若无其事地给那块手表充电,神色平常如对待充电台灯。

他想看她羞耻的遮掩,深夜的哭泣,卑微的低头,忏悔的哀求。然后他站在高点不予原谅,说一句早知如此何必当初。

他日常见缝插针地找她麻烦,电视电影、社会新闻、八卦周边,只要是跟男女关系相关的,都能绕到她身上,类似某艺人被曝出轨,他就让她分析出轨和乱伦的异同。而江蘅基本是充耳不闻,不予理睬。

慢慢地,他的范围开始扩大。比如,某天,他关注的北京警方公众号,推送了一条"悲痛!××派出所民警×××同志在岗猝死牺牲"。

文中提到其妻子痛哭流涕,悲痛欲绝,但很快坚强起来,表示会守护好这个家。高渐明就盯着坐在书桌旁的江蘅看,然后冷笑:"如果有一天我不幸牺牲,你会掉一滴眼泪吗?"

江蘅这回倒没无视他,而是静静地看了他一眼,依然没有出声。

高渐明的声音更冷:"那如果牺牲的是江易呢?你是不是泪流成河?"

江蘅脸上一片平静。

高渐明逼她到桌前,双手撑着桌面俯视她:"你为他哭过吗?"

江蘅正视着他的眼,终于开口道:"渐明,我在体校的时候,有个队友很喜欢看长篇言情小说,有一回还推荐给我。我不想辜负她的好意就看了,那本书有六百多章,我对它的评价,就像是洗过衣服剩下的肥皂水。你现在给我的感觉,越来越像那本书。"

她并没站起来,坐在原地,语气轻缓,娓娓道来,仿佛只是在讲述一段往事。当时看那本书,读了三个章节她就想合上它,不过她这人有个习惯,虽然她不太喜欢阅读,但只要打开一本书就一定会看完,她认为这是对文学创作者的基本尊重。所以她熬夜读到两三点,看男女主毫无原因地非你不可,毫无必要地你逃我追,毫无逻辑地死而复生,纠缠六百个章节,打退无数纸片般人设单薄的情敌,终于看到全文完他们毫无意义地在一起。然后她开始写数学题,一夜没睡才完成给自己制订的当日计划,没耽误学习进度。

高渐明怒极反笑:"你说我只能拿来冲马桶?"

江蘅淡淡道:"不是你这个人,是你处理我们关系的态度。"

高渐明冷笑:"我的态度?你什么态度?未成年就跟继哥哥上床还毫无悔意的态度?"

江蘅再次确定跟他沟通是一件愚蠢的事情。

高渐明依旧日常发作,只是白天毕竟要上班,他的进攻多数都在夜晚。

一个夜晚，他当着江蘅的面，从柜子里拿出一样银白色的东西，是她送给他的那面镜子，六年级统测数学满分区队给的奖品。

那是她送给他的，唯一一样东西。那么多年，他本来一直放在怀里，直到他猜出她跟江易有过不伦关系后，他才改为收在柜中。

他打开它，有无比熟悉的冰凉金属手感，镜面年岁已老，他一直擦拭得很明亮。他轻声说："这是区队给你数学统测满分的奖品。江蘅，足球，数学，你外表多完美，背地里却有乱伦这么肮脏丑陋的一面。这是个镜子，但连你本质的面目都照不出来。"

江蘅靠着墙站在旁边，神情淡薄，没有一分辩解欲或在意的情绪，她想说的只有离婚，但按照经验他会以种种理由威胁她留下来，她便没什么可说的。

他扬手重重把它摔在地上，清脆的破碎声音，碎玻璃散落一地，像是晶晶亮亮的波光。他气息渐重："你收拾吧，我看一眼都觉得恶心。"

江蘅的呼吸全程都很平静，她拿来扫把将破碎的镜子扫起来，倒进垃圾桶，动作就跟踢球一样优美自然，随后将扫把就近靠在墙边，方便他再摔东西时继续清理。

高渐明见她毫无波澜，怒意更盛，走过去打开她用的那格衣柜的门，拨开为数不多的几件衣服，直接把衣柜里的暗格抽屉卸了下来。

他把抽屉甩在书桌上，手劲并不太大，但比鞋盒还大的实木抽屉还是震得桌子左右打晃，抽屉里面更是一片金银铜翻滚，哗哗作响。

响声安静下来，只见抽屉里面是数十块奖牌和数十张照片，牌上印着××赛冠军、亚军或季军的字样，大多是镀金的，因为年岁已久边缘处隐隐生出锈迹。奖牌的涤纶颈带被数度清洗，还是被岁月的痕迹染黄描黑。那数十张照片则都已泛黄，照片里的奖牌却仍熠熠生辉，张张笑颜还是年轻的模样。

奖牌原本梳齿般排列整齐，照片也是摞成几沓，方方正正如切块蛋糕。只是被他这么一摔，纷纷乱了位置。抽屉底面垫有纯白的丝绸，显然她极为爱惜，才会数度搬迁一直收在身边，从省队宿舍带回江家又带到此处。

高渐明心里微微一痛，或许她也曾想过跟他过一辈子。但是，他转念一想，她答应这桩婚事，根本与他无关。

现在她站在他身边，抱着怀，微微扬着下巴，淡漠地看着他，如同置身事外地观看一场表演。

他开始冷笑："江蓠，畜牲尚且知道辈分尊卑，你这种乱伦背德的人，连牲畜都不如，怎么配教练的指导、队友的配合，怎么配球迷的瞩目和欢呼，怎么配踢凝聚无数前人智慧和心血的足球。"

他拿出最为陈旧的一张，那是拍摄年份最早的一张，那是她的第一次联赛、第一个冠军，照片里消瘦的她站在边缘，抱着一束娇艳欲滴的鲜花，抿着双唇，笑容青涩，眉眼喜悦之中还带着不敢相信的迷蒙。

那时她还不敢相信她们是冠军，那时的她才十岁。

他也记得，那年他十二岁，个子长得很快，男子的高大身材初具雏形。临近期末考试，他却翘课去看她比赛，那天早晨还下了雨，有点堵车，他坐在走走停停的公交车上，听着别的乘客的抱怨和牢骚，心里比谁都着急，下了车就往体育场跑，比百米冲刺还着急。到了门口，他看到好多来看比赛的家长都抱着鲜花，也不知道缘由，就也在旁边的花店买了一束，抱着花手忙脚乱地验票入座。

这是她第一场决赛，他感觉比自己要中考还紧张，看台的塑料座里积了雨水，他却激动得忘了擦，一屁股坐在水里，也不觉得倒霉。

因为她发挥得很好，梅开二度，蟾宫折桂。

她颁奖后拍照，别人都有花，就她没有，他赶紧给她送去，裤子上的水还没干，跑起步来凉飕飕的，心里却只有欢喜。

他也曾是个傻乎乎的少年。

那时他费尽心思地对她好，如今却反过来竭力伤害她，这其中的转折和改变，不都是为了她吗？

他拿起那张照片，撕成了三半，撕碎了她怀里花的枝丫，终究不舍得撕她的脸颊，把残片重重扔回去，纸片不受力，反而在空中飘浮许久，才徐徐降落，轻若鸿毛。

高渐明不想再看，扭头道："你自己扔掉吧。"

江蕤完全没有犹豫，干脆利落地拿起抽屉，转身，倾斜，数十枚奖牌和照片尽数倒进垃圾桶，奖牌相互碰撞，似是恋恋不舍的呼唤，缠绵悱恻，转瞬即逝。

抽屉倒空，连垫底的白色绸布也坠入垃圾桶，盖在一片金银相间之上，就像是收殓。

江蕤没有多看一眼，把抽屉放回桌上，很平静地看着他："球衣要扔吗？"

高渐明看向衣柜最里面挂的那件印有姓名的白色球衣："不用了。"

她没多问他一句，直接拎起垃圾袋，大量金属奖牌几乎把单薄的塑料袋坠断，抱住袋子的底端便走了出去。她的身形依旧纤细，虽然小腹微微隆起。

高渐明走到阳台窗边看着，只见她走出单元门，直接把垃圾袋装进垃圾桶，转身便走，没有多看那包东西一眼。

那是她最引以为傲的历史，是她最深沉的爱与理想，是她五年的奋斗，无数次奔跑和练习的结晶。

她居然一眼都没有看。

高渐明却看了很久，直到她本人上楼，进门，款款走到他面前。

高渐明忍不住问："你……不喜欢足球了？"果然是个水性杨花的女人，对人对物都一样。

江蕤却毫无悬念地回答："喜欢，不仅喜欢，而且爱。"

高渐明再难掩震惊，江蕤淡淡地又道："在我心里，而不在那些身外之物上面。"

他看着她，月华映着她的脸，白得好皎洁。

就是这样的她，让他爱得欲罢不能，恨得覆水难收。

他蓦然转身，摔门而出。

又过了半个多月。她小腹的线条愈加明显，他却并没对她好一点。

夜里睡觉前，她洗澡出来，湿漉漉的长发依旧盘在耳后，身上穿着淡蓝色的睡衣，脚上穿着白色凉拖鞋，脚踝光洁如玉，没有表带的痕迹。

他坐在床边，朝她招招手。

她走过去，他没说什么，突然站起来伸手摘掉她的黑色皮筋，长发散下。因为还带着水，没有水墨般流下，而是一缕一缕形似海藻般垂下。

她的长发乌黑而顺滑，原本是直的，因为长时间盘发微有翻卷。

这是他第一次看到她长发披肩。

据说这种发型最女人，甚至有人说只属于丈夫。

江蓠多年人前人后均不散发，主要是因为江母年轻时一直是长发披肩的柔顺女子形象，而她潜意识里不愿成为那种姿态。他突如其来打破她的常规，她面色却没有一点波澜，也不着急再梳起。

她目不斜视地看着他，下巴微微上扬，长发垂在肩膀，长发柔顺的黑色在脸颊坚定的白色衬托下变成陪衬。

她散发的气质跟盘发完全一样。

她跟那个符号所代表的群体完全是两类人，其中差异，何止发型。

高渐明说不清是满意还是不满意，他拿起枕头边的手机，调出一个视频，举到她眼前。视频上方有红色的标题"兄妹骨科高清无码"，内容是男人坐在床边，女人跪在床前，嘴里含着什么，喉中发出呜呜声。

江蓠扫了一眼便伸出手，精准且轻易地关闭视频。

高渐明无所谓地笑了笑，他知道该看的她都已看到，顺手把手机丢在床上，看着她问："你跟他这样做过吗？"

江蓠一个字都懒得言语，但也没有移动，走开两步没有意义，总之他都会用她母亲逼她驻足，否则她早已不住这里。

高渐明好像也不是很想得到答案，他居然坐在床边，一副驾轻就熟的样子："那现在跟我做吧。"他顺便指指衣柜，"穿着你的球衣，效果更佳。"

江蓠看着他，居然笑了："可以啊。"转身去拿出那件白色球衣，球衣略有荧光材质，虽已十年过去，仍洁白如新。

江蓠当着他的面，直勾勾地脱掉身上的浅蓝色睡衣，里面是白色的文胸。她直接松手让睡衣掉在地上，这是更衣室的习惯。她套上球衣，球衣宽松，她比十四岁时的身高并没长高多少，虽然胸围见长，腹部微隆，却也丝毫不显得紧。

她把长发从短袖领口处撩出，一恍神，白衣白面，仿佛还是十四岁那个女孩。他凝视着她，她很松驰地朝他看了看。

她施施然走到房门口的衣架上，取下高渐明挂在那里的警服，走回床边给他披上，还亲手为他戴上肩章，戴好后，用指肚在缀钉轻轻一抹，金属不染纤尘，光亮明净。

高渐明看着她白皙纤巧的手指，突然也展颜而笑："我开玩笑的。"

三十二

数日后。

女足世界杯预选赛最后一战，中国队对阵菲律宾队。

女足虽不比男足出名，进军世界杯的消息也能冲上头条，引起从领导部门到网民百姓的关注。

各部门积极参与，江蘅所在的商务局也增添许多相关业务，因而需要人现场参加，跟进情况。

这些年，江蘅在单位一直不温不火，如高渐明所言，仅仅完成本职工作，没有建树表现，也没想有。其实她的西语水平绝对不逊于任何一个同事，但是她对往上爬实在没有想法。

本来这种抛头露面的事自有一堆积极青年争抢，她从不参与。她领导得知她曾是女足省队队员，曾入选U15，执意要她前往。江蘅本来是拒绝的，虽然她知道她出现也掀不起什么风浪，当年对她趋之若鹜的球迷早已忘记她的名字，日新月异的足坛更从不曾记得她，但她还是不想再有牵连。最后她却又同意了，毕竟这么重要的赛事，毕竟她差点便是国家队的一员，于情于理，她还是应该去看看。

比赛当天，体育场内座无虚席，彩旗金纸飘扬，欢呼声如浪朝。

观众席声势浩大，场上女将成熟高大，相比之下，儿时回忆如过家家。她参加过很多场足球赛，作为球员、替补球员、普通观众……做工作人员，这是第一次。

工作区在赛场边，看台垂直下方，摄像区附近，这是摄影机背后，是除非航拍大远景镜头一扫而过，根本不会给到镜头的区域，很多看直播录播的观众根本不知道这里。

刚过12月，已到年末，寒风呼啸，球员和观众自是热血沸腾，不觉寒冷，工作人员却是冷到骨头里，别人来都是为了热爱，他们是为了糊口，就算有那么一点喜欢，天没亮就起床，提前两小时便过来在寒风中布置工作，场上队员热身的时候，他们早已冷透了。

他们裹得严严实实，按要求穿着深色的衣服，只有脖子上戴着工作证，那种白色的轻飘飘的塑料卡片，上面写着单位、姓名、职务。

只有江蘅颈中空空，因为她这辈子在体育场里，也包括体育场外，除了跟高渐明婚礼当天戴过项链，只佩戴过一种物品：奖牌。

她甚至没有竖起羽绒服的衣领，露出漂亮的锁骨。不是不冷，她当然冷，高渐明的"治疗"并没让她缓解，反而更严重。但一看到似曾相识的绿茵场，她竟忘记了寒冷。

旁边的同事忙着手里的活，忙着赛前倒计时，没有人关注她，就像她也不关注他们。

一男同事抬头看着露天体育场的弧形顶，跺跺脚，感慨："太冷了，我们在风口。"

江蘅静静地站在旁边，他不知道整个足球场都是风口。

一女同事刚去厕所贴完暖宝宝，回来看着场上短袖短裤的球员，疑惑地问："她们不冷吗？"

江蘅嘴角似乎勾起笑容，冷，但是奔跑起来，一点都感觉不到。

整场比赛，她手里有条不紊地处理着本职工作，眼睛却不曾离开过球场。

这就是国家女子足球队，不是U15、U17、U20、U23，没有前缀，堂堂正正，长大成人。

比赛有点沉闷，常规时段一直是零比零。很多工作人员都到后面不再看，觉得无趣冗长，何况球场之大，这个角度平视过去，甚至看不清球员模糊的脸,更是索然无味。就连场上观众都有些低头刷手机,觉得还是赛后集锦好看。但是江蘅全程目不转睛。

时代果然在发展,技术理念在进步,成人跟孩子的差距更是一目了然,他们的阵型体系、传接配合,都跟儿时大不一样。

当然还有一个人,高渐明也在手表另一边聆听,他很少听直播的,但这回意义非凡。他以为江蘅会撕心裂肺、望穿秋水。江蘅的领导点名要求她来,其实多多少少是他促成,他借着父亲的关系找到她的领导,跟这个领导说,江蘅退队多年很是想念,想借此机会再重温一回。其实他是想刺激她的那还爱着足球的心,没什么比这种今非昔比更折磨人,昔日脚下的绿地,如今只能遥望,昔日平起平坐的战友如今还在场上身影矫健、前途无量,而她却寂寂无名、早已退场。

但她的眼神平静而温柔,就像看着阔别多年蓬勃发展的故乡。

加时赛,曾经她时常幻想却从没品尝过的续命药水。赛到最后,观众开始摇旗呐喊,工作人员也投来目光。

比赛第一百一十二分钟,中国队9号一脚挑射,球绕过门将的手套,落入球门。解说兴奋地大喊:"球进了!9号,钱泳仪!球队的主力!"

全场沸腾。

山呼海啸。

"钱泳仪!钱泳仪!钱泳仪……"

男女老少都在呼喊她的名字,声浪如涛,嘈杂粗糙,浑厚混乱,音色不美妙,也没有旋律,但绝对是一个球员一生之中能听到的最动听的声音。

队员们一拥而上抱着她,每个人脸上都是狂喜。

这个来之不易的比分被守到了八分钟后,终场哨声响起,又是一阵欢呼雀跃:"我们出线了,我们出线了!"还记得2001年这五个字,以红色的字体出现在大肚子电视机上,整个国家欢庆成海洋。

观众欢笑着离场,感叹女儿自强不虚此行。记者专区,麦克风闪光灯此起彼伏,也终于收集足够的素材,关掉设备收工离开。各个部位的收尾工作也紧锣密鼓完成,工作人员纷纷离开曲终人散更显寒冷的球场。菲律宾队神色黯然,早早离场,那些混血线条粗犷的姑娘们,眼泪也同样晶莹。

只有一身红的球员和教练,还在场上回味,久久不退。

钱泳仪剪了短发,这个发型很适合她坚毅的长相,肌肉似乎比儿时更结实,皮肤为健康的小麦色,她目光开阔,单手叉腰,挺立着站在场中,环视着空荡荡的球场。她视线突然聚焦场边,广告牌兼分界线之外的某一点。

江蕤站在那里,静静地看着她,面庞白皙,目光平静,一如当年。

她想也不想便朝她奔去,身穿的球衣飘扬,穿过碧绿的草场。

她的速度比当年更快,转瞬而至。

"江蕤!"

"泳仪。"

十多年过去,她们再度在球场面对面,只不过一个在场内,一个在场外,隔着到腰的广告牌。

她穿着一身纯红色的球衣,短裤短袖,长袜球鞋,傲立寒风,英姿飒爽。而她穿着一件黑色羽绒服,长至小腿,衣服宽大,苍白脸色,气质病弱。

钱泳仪的眼神坚定而明亮,如今她已是女足的栋梁,江蕤的眼睛里,却也有种不强烈而无转移的光亮,如同水滴不穿的玉石。

钱泳仪脸上犹带喜色:"好久不见。"

江蕤也在微笑:"是的,好久不见,恭喜,感激。"她说得很简短,但字字发自真心。

钱泳仪也笑了,她们当年的关系虽算不上融洽,时至今日,已然云淡风轻,甚至可以算得上重要的老朋友,但也因为关系特殊,语气有两分小心:"你来看比赛吗?"

江蕤:"你们踢得很好。"

钱泳仪微笑:"你也高兴吗?"

江蕤:"当然,虽然我不是国家队的一员,但永远是国家的一员。"

她的语气温和平静,钱泳仪释然笑道:"你一点儿都没变,最近怎么样?"

江蓠："挺好的，你呢？"

钱泳仪低头看看自己的脚："就那样。"

一路走来，多少艰辛，多少血泪，多少次想放弃，都融在三个字里。

两人沉默片刻，难免就聊起当年的老队友。

钱泳仪跟她们还有联络，她踠踠脚下的草皮，天然草细腻柔软："她们现在大多数都不踢了，考大学或者找工作。有些是觉得没前途，有些是觉得太苦。只剩几个还在踢职业，进了俱乐部，但女足整体不受关注，俱乐部更不被重视，都不太如意。"

遇到故人总是容易打开话闸，钱泳仪开始细说："你还记得周蓓吧？她高中就出国了，家里给安排的去英国读音乐学院，据说有很多艺术家校友。毕业后也没做音乐，嫁给了英国一个连锁珠宝品牌的董事。她家生意虽然也做得不错，相比之下还是只能算小门小户。她老公比她大二十多岁，但挺儒雅有风度，对她很好。现在她有好多个展柜的首饰，琳琅满目。以前她最喜欢霸道总裁，也算是梦想成真。"

钱泳仪又说了几个队友的现状，有好有坏，但都远离了球场，江蓠默默点着头，一张张年少气盛的脸庞在脑海中浮现，她们都已经不是少年。

钱泳仪最后道："咱们队的人，入选成年国家队的只有我一个。"她深深地看着江蓠，"如果你还在，应该是两个。"

声音不大，但直击心灵。

对手的评价最有价值。钱泳仪在球场多年，合作、对抗过形形色色的球员，没几个前锋比得上江蓠。如果她能留下来，如果她能接受更高端、更全面的训练，前途不可限量。

江蓠没有马上回答，她的视线越过钱泳仪，投向宽广的球场，无声的全是爱。

钱泳仪正准备说两句安慰的话，江蓠却开了口，声音如泉："听说现在的孩子入队不用赞助费了。"

声音里只有期许和喜慰。

钱泳仪道："是啊，很多以前的教练都被判了，环境干净多了，现在主要是看实力。"

江蕑含笑道:"那就好。"

钱泳仪看着她,还是说道:"现在这样也很好,你考上了北大,优秀的人,到哪里都出色。"

江蕑跟前队友几乎没有联系,只是她高考那时,离队不过三四年,出身体校考上北大的事颇为传奇戏剧,也被体校拿来宣传,所以队友都有耳闻,至于后来她弃研考公结婚等事,旧时队友却是毫不知情。

江蕑轻笑了笑,收回视线,刚想说不是,钱泳仪又说:"而且,你都要做妈妈了,这可是大喜事。"

她衣衫宽大,看不出小腹微隆,但在运动员捕风捉影的眼睛里,没有秘密。

江蕑也没想遮掩,只是浅浅地说"谢谢",还没有当年面对"金榜题名"的祝贺时由衷。

钱泳仪又问:"你丈夫就是当年那个经常来看你的男生?"

江蕑淡淡地看了看她,点了点头。

钱泳仪一副意料之外情理之中的表情:"今年十月份,他打电话跟我问起你,我就知道你还是选择了他,我以前就对他印象很不错。"

江蕑没什么特殊的表情,又淡淡地点了下头。

她已经习惯脚踝上手表的重量,有时候甚至可以忽略。

钱泳仪的队友在离场口喊她:"泳仪——"

她们在这里只是暂住,马上就要飞往另一个城市,准备下一场比赛以及世界杯的小组赛。

钱泳仪朝她们喊:"就来了!"她转回头,对江蕑说:"我先走了,后年我们预计会跟西班牙队踢,在C体育场,你会来吗?"

在体校的时候,谁不幻想有朝一日,能在C体育馆踢球。

江蕑微笑道:"好,加油。"

钱泳仪拍了下江蕑的肩膀,笑着朝她挥挥手,朝气蓬勃。她转身跑向她的队友们,跟同样红色战袍的她们会合,潇洒地离场,奔赴下一个战场。

江蕑凝视她们的背影和她们离开后空荡荡的球场,看了很久很久。

每年最寒冷的时节来到，春天也就不远了。

如期而至的还有新春佳节。

这也是他们结婚后的第一个新年。按照传统，春节应该阖家团圆。

高渐明跟江蘅私下再怎样，也从没在各自家人面前表现半分。高渐明对江母一直热切关心，甚至前一晚刚给江蘅制造一堆麻烦，第二天清早起来就去给她妈妈道早安。江蘅跟高家父母接触不多，她始终以礼相待，高妈妈没事找事，她也从不计较，倒是高渐明每次都把对江蘅挑三拣四的亲妈"请"出家门，当然高妈妈把这理解为江蘅怂恿，判断她罪加一等。

所以江蘅还是陪着高渐明回他爷爷家过年。那几天他们倒没闹矛盾，因为那段时间的绝对主角是高妈妈，她全程都在给所有人脸色看，不仅是对江蘅不满，家里没有一个人让她看着顺眼。总算是她的公公婆婆丈夫儿子儿媳全让着她，她才没把房子掀翻。

高奶奶今年八十五岁，身体不好，虽然高妈妈看婆婆很不爽，但让这么一个风烛残年走路拄拐的老太太做年夜饭确实是为难了，所以她就去指示江蘅。高渐明是不同意的，而江蘅表示没关系。跟她原来在江家，基本就是一份糖饼的差别。

不知道嫂子喜欢吃什么东西。

寻常人家的兄妹，哪怕各自成家，也应该时常聚一聚，但他们关系比较敏感，当然是要避嫌的，所以婚后江蘅跟江易除了生日祝福根本没有联系，江易更不敢打扰她。

其实"年"对于江易意义很深，但是脱离了江蘅就毫无意义了。所以他完全没有过节的意思，汤旧画也不敢主动提，而且她在原生家庭里也不被允许过年，对正常的生活并没有概念，两个人就糊里糊涂地过日子，跟平时一样。

她不知道传说中的年夜饭该做什么，结结巴巴打电话问他，被他吼了一句不用。她不知道他的口味，因为他根本没跟她吃过一顿饭。三十那晚，他也没回去吃饭，而是在值班室点了外卖，就一份芝麻酱糖饼。也许是出锅时间过长，饼皮又凉又硬，糖汁甜得发腻，完全不能跟她做的比。吃着吃着，眼泪就掉了下来。

晚上十点，他终于回到"家"里，居然看到江父和江母坐在沙发上，汤旧画低着头坐在旁边，见他开门进来，江父瞪着他满眼愤怒，江母则是小心翼翼地看向他，汤旧画脸埋得更低，年前他频频加班，没怎么回来，自然是没有打她，所以她的脸还是完整的。

江父一句习惯性的"畜牲"都到了嘴边，碍于汤旧画在，强忍着咽下去，但还是重重站起身来，朝江易骂骂咧咧："你怎么才回来？打你电话怎么不通？我短信让你回家没看到吗——"

江易的吼声冲口而出："谁让你来的？滚出去！"

汤旧画顿时不能自控地颤抖如筛子。江母手足无措地站起来，她看着这一幕，心里很为难。这个长发披肩、低眉顺眼的女孩子，浑身上下写满怯弱，从他们进门到现在，就没有见她抬过头。她不但怯弱，而且木讷。江父问她一些类似查户口的问题，她低着头结结巴巴支支吾吾半天都说不清楚。眼前这情况，虽然不愿相信，江母还是很难不猜测江易打过她，而且可能很频繁。她作为继母实在不知怎么应对，只有眼泪无助地掉下来。

江父只觉得江易让他丢了面子，也是勃然大怒："你在跟谁说话！我是你老子！你住的地方，我不能来？你找的女人，我不能见？让你回家你不回去，大过年的我跟你阿姨来找你，坐着等了你三个多小时，阿姨从小把你带大，她身体不好，你问都不问一句还在这儿大喊大叫，有没有良心！"

本来江易听他说"我是你老子"云云，一脸被塞了满嘴屎的表情，全身发抖大有动手之势，但是江父说到江母，他态度瞬间软下来，马上低下头，朝着江母的方向道歉："阿姨，对不起对不起……"

江母慌乱地摇头又摆手："没有，没有……"

江易喉头发酸，想说"您身体怎么样"，又想问"蕤蕤最近还好吗"，却满怀愧疚，难以启齿。他来不及理清自己的思绪，就过去把江父往门外推，虽然他也不想发生冲突，但他实在做不到跟此人共处一室，咬着牙低声说："你出去，你走，我不想看见你。"

江父怒道:"你这个——"

江母扶着墙走过来,拉住江父的袖子,低声说:"那个,要不,咱们就先回去吧……"

江父看着满面病容的妻子,很难说出拒绝的话,想想时间已经不早,妻子也该休息了,便近乎彻底放弃地看了江易一眼,又甚是失望地看了看角落里的汤旧画,她不知道什么时候也站了起来,面对丈夫跟公公吵架,居然埋着头缩在沙发跟垃圾桶之间发抖,也不过来劝一劝。这么无能的女人,怎么操持一个家?

江父最后对江易说:"你以为我想见你!你死外面才好!"

说完,他就头也不回地走出户门,但却没下楼,因为他要等江母一起。江母正在看江易,字字小心地说:"易易,对不起,我跟你爸爸没有别的意思,打扰你了……你别生气……新年快乐……"

江易又低声说了一遍:"阿姨对不起。"他更加小声地说,"阿姨新年快乐。"

江母勉强地笑了笑,轻声道:"那我们先走了,你们有时间就回家看看……"她又看看角落里的汤旧画,赔着小心地点了点头。虽然汤旧画低着头,但她其实也有感觉,她的反应是,更深地低下头去。

江母终于也走出户门,并帮他们把门带上,锁扣轻轻一声响。

江父扶着江母下楼,江母在柔声细气地劝他:"你别动气了,易易也有他的难处,他刚成了家,工作压力也大,难免心情不好……"

江父拍拍她的手背,柔声说:"我不管他了,你也别因为他的事操心,身体要紧。"

江母轻声说:"我没事,你别担心。"

他们走出单元门,走进寒冷的冬风里,江父脱下羽绒服披在江母肩上,扶着她的肩膀。

小区里有些小孩在玩那种荧光棒般的小烟花,小孩大概十岁左右年纪,他们看着那些孩子被火光照亮的脸庞,不禁鼻头发酸,如果那个儿子生下来,也该这么大了。

江父把江母搂得更紧:"没关系,我们两个都还在,以后我会照顾你的。"江母靠在他怀里,路灯把他们的影子拉得很长,江父身材发福,有啤酒肚,江母虽瘦,也不似年轻时窈窕有致,但他们相互搀扶在一起,比起郎才女貌的年轻夫妻,更有一番动人之处。

而楼上的单元房里,他们离开后,江易跟汤旧画各自站在原位,时间仿佛静止,良久,江易才转过身走向她,她不敢闪躲,抖得更厉害。

江易厉声问她:"谁让你给他开门的?"

汤旧画早已怕了他,喉头颤抖:"对不起……"

江易其实不是不明事理的人,他当然知道,汤旧画对他们江家的父子恩怨一无所知,在她的立场,有个自称她公公的人来敲门,她不可能不开。甚至他跟她关系都到这一步了,他还没安排她认识他的家人,本来就是他的错。

他的错又何止这些。

他看着她低头认错的样子,抬手一巴掌把她扇倒在地。

她在他这里,实在没有得到过一点儿妻子的待遇。

三十三

年还是过完了,生活继续。

比如江蘅还是要定期产检。她怀孕满六个月,虽然身体状况欠佳,情绪状态也一言难尽,但胎儿发育得不错,各项指标都正常。

自从江蘅查出怀孕起,她每一次产前检查高渐明必定要请假陪同。她也不反对,虽然她独自一人完全可以应对。

她怀孕六个月的孕检,他们约的是下午的号,做完检查便直接回家了。

结果一切正常,总归是件好事,他们难得地和平共处,尽管没怎么交流,至少气氛也不算太糟糕。

这时候她的肚子已经不小了,不懂这方面知识的人,可能会以为她已近临盆。

从医院回来,执行任务三天只睡四小时都不觉疲倦的高渐明,突然觉得有点疲惫。

他拉着江蘅，随随便便地坐到客厅落地窗边的地毯上，看着窗外夕阳下来去匆匆的车辆和行人。

江蘅静静陪他坐着。原本她不会浪费大好时间看夕阳西斜，纵然有意用眼睛欣赏，耳朵也不该空闲。但是现在她愿意做出妥协和改变，其实他不触及她底线的时候，她都默默配合了。

不仅是因为他的胁迫，她也在主动接受从她自己到一个妻子和母亲的转变。

高渐明看着橙红色的夕阳里，拥堵交织的出租车和私家车，拎着公文包的年轻人，带小孩的中年父母和推车卖糖葫芦的小贩。

他鬼使神差地伸出手，轻轻抚在她腹部，这是他第一次这么做。孩子似乎感受到父亲的触碰，突然动了一下。日落晴空、风动晚霞之中，那种血肉相连的感觉，不可谓不美好。

江蘅侧颜看着他，原本纯白的脸庞被赋予温润的色调。

高渐明的声音少有地轻柔，就像天边一抹红霞，带有向往和憧憬："你说以后他会从事什么职业？当个警察？翻译？或者……足球运动员？"

他说的都是他们现在或曾经的领域。

江蘅的语气也难得地温和："看他的意愿吧。"

高渐明缓缓收回手，看着黄昏里的城市，只差一点点，便要伸臂将她搂入怀中："无论他想做什么，我都会尽我所能地支持，哪怕倾家荡产。"

江蘅明白他的意思，他指的是，她十四岁那年，拼尽全力走到U15女足国家队的门前，却看到那座一百万赞助费的大山。

但她的思绪毕竟不是凝固的，她也记得，他让她早睡早起，说她的努力是一种自残。

梦想本就是要奋不顾身，本就是一种不健康。若不自残，怎么超越极限。

她柔和的表情渐渐消失，高渐明看在眼里，却会错了意，他的眼神也锐利起来，灿烂的夕阳变得冰冷，他一个字一个字地说："你是不是不喜欢这孩子？因为他是我的？"

江蓠没有回答。

她的确对孩子不似正常母亲深情，但他这样直接地质问出来，答案却也没那么简单。

这场婚姻，本就非她所愿，婚后的经历，此时此刻还在脚踝上的那块沉重的智能表最清楚。但毕竟是她的孩子，她身体里的肉，一个无辜的生命，何况已经这么大月份，已经是一个有手有脚的人，她不可能完全没感情。甚至连高渐明本人，她其实也不怨恨，更不会因此而迁怒孩子。

但她不善于表达，这问题又过于复杂，一时间便没作答，反而扶着腰，站起身。

高渐明见她不答，面色更是阴沉，直接长身而起，挡住她的去路，语气越发刻薄："你想生谁的孩子？江易的？"

江蓠又恢复那种平静如湖面的表情。

窗外，夕阳已冷透，天色一片青。

数分钟的短暂温情过后，他们又恢复了前几月的状态，甚至比原来更糟。

他们生活在一起，虽然高渐明一直带着情绪，但日子毕竟是诸多琐碎的日常组成，情绪并不能代替做饭洗碗扫地倒垃圾。

他们一直貌离神离，也没什么分工，就是各做各的事情而已。江蓠跟在江家时一样，做家务的时候都戴着耳机听西语，不做家务的时间就在看书，看的也还是西语。这个习惯，高渐明并没有理由反对，他只能嘲讽她，乱伦背德的丑恶，多少知识都美化不了。江蓠当然是充耳不闻的。

明明是他天天没事找事、喋喋不休、翻来覆去，但他觉得自己压抑得快要发疯。

家里是她，局里是江易，哪怕出警执行任务他俩也在一个小组，江易还对他阴着一张瘪三般的脸，高渐明又不得不在其他同事面前装得若无其事，就算这样还有不了解内情的人问他们舅哥和妹夫怎么如此疏远。

高渐明不知道江易凭什么对他拉着脸，这件事本就萦绕在他心头阴魂不散，纵然眼不见心亦烦，何况当事人天天在眼前打转，简直不得安宁。

江蘅怀孕八个月的某天，他回到家里，她还坐在书桌前看书，一般他回家的时候，她晚饭都已经吃完，也算是警察家庭的普遍现象。

她坐在桌前，翻看书本，不时记录，笔记轻盈，平心静气。

高渐明把一张B超单扔到她桌上，语气挑衅，隐含怒意："看看是男是女？"

江蘅怀孕以后，高妈妈跟江母都很想知道孩子的性别，什么酸儿辣女肚尖肚圆清宫表之类说法都没有科学依据，江蘅随便找了医学影像的书看看，很容易就从影像上看出是儿子。他们俩本人倒是无所谓，两家的母亲都很欢喜。

那只是截图，只有黑白双色的胚胎照片，没有诊断意见和患者信息。江蘅垂目看了一眼，以她的速度一眼应该已足够，但她又拿起那张纸，仔细看了看，才不轻不重地放下，抬头看向高渐明，目光透彻："你自诩道德，做出来的事情，就是滥用职权，窃取他人隐私？"

高渐明知道她已经会意，却没在她脸上看到他所期望的表情，便说："你没听过近墨者黑吗？再说，我这也不算窃取，毕竟我们是一家人。"

"一家人"三字，他咬得很暧昧，江蘅又有种作呕的感觉。

高渐明终于收回话题："是个女孩吧？"

江蘅没回应，从这张图像来看，胎儿大概四个月左右，应该确实是女孩。

高渐明似笑非笑："那以后更得注意跟他们家保持距离，以免这一男一女，跟你们一样，发展成龌龊的关系。"

江蘅不予理睬，看着他的眼神，竟不再平静如许。

高渐明还嫌不够，乘胜追击："怎么，看到你的奸夫跟别的女人有了孩子，有种心痛的感觉？我也很不明白，怎么会有女人看得上他……"

江蘅站起身来，动作协调流畅得让人忘记她是孕妇，她直视着他，目光如刀刃，一个字一个字地说："你怎么说我都随你，但你不能侮辱他。"

她当然知道这么说无异于火上浇油，也没有实质意义，高渐明不会因为她三言两语而改观，江易也受不到什么牵连，但她无法忍受别人伤害江易的侮辱，哪怕只是言语。

高渐明闻言愣了一下，这些天，他对江蘅说尽了没有最难听只有更难听的言辞，她从来都是满不在乎，这回居然因为他一句实话直言反击。

他重复着她的话，语气凝满戾气："我侮辱他？"他走向她，很短的距离，却走得很缓慢，似乎走过似水流年，"他是你哥哥，也是你男人，他什么样你不知道？江易是个相貌丑陋……"

江蘅制止道："高渐明。"

这是她第二次连名带姓称呼他。

他不管不顾甚至加快语速说下去："身材佝偻、举止猥琐、智商低下、情商为零……"

江蘅再次打断："你——"

高渐明反而放慢速度，加重语气，不给她说话的空间："家教缺失、父亲不疼、母亲不爱、人见人嫌、一无是处的人，不仅如此，他还是罔顾人伦染指妹妹的禽兽，管不住下身玷污少女的流氓，警队的败类，社会的渣滓。"

他虽然厌恶江易，但扪心自问，上述评价，没一条是冤枉，全都是良心话。他确实不明白江蘅跟汤旧画看上这个百无一用的人什么。甚至就连那方面他都考虑过，他跟江易相识多年，也曾一同上过茅坑，见过对方的某部位，说江易发育不良有点夸张，只能说中等偏下。高渐明无法想象这么一个人，怎么通过所谓的女性通道，走进女人的心，还进了两个人。

他论述完，江蘅终于开口，她目光雪亮，声音不大，但力度与情绪前所未有："绝大多数人都很普通，我哥哥只是不出众。你明知道，他从小就没有妈妈，他爸爸对他粗暴而刻薄，他一路走来很不容易，怎能如此恶毒？"

高渐明的情绪也随之而起:"你还有脸叫他哥哥,发生过肉体关系的哥哥?是我恶毒,还是你们无耻?没妈的人就能肆意妄为,乱伦有理,是不是杀人也无罪?"

江蘅昂首看着他,这是高渐明第三次看到她素来静如湖面的双眼出现怒意,甚至比让她戴录音表之时更为执着而清晰:"我哥哥不是坏人。"

好人坏人,单纯得似乎只有小孩子才会做出的评价,却也是她发自真心的信任。

他们婚后一直敌对,但以往均是暗流涌动,这是第一次你一言我一语地争吵。

高渐明怒意值几乎爆表:"你的意思是,我是坏人?果然你们乱伦的人都没有三观,在你们那里做错事情都不需要付出代价,批评惩罚做错的人反而是错的!"

江蘅的语气依旧很稳:"什么错?任何事情都不是独立的点,都有前因后果,忽略缘由,简单粗暴地以结果做判断,本来就是错误的。"

高渐明怒极反笑:"好!我就先不说任何事情都不是乱伦的借口,听听你的狡辩、你的理由!"

他整理着袖口盯着她,示意她开口,江蘅却没立即接话,看着他的双眼,目光如结冰的河流:"我没有义务对你解释。"

高渐明冷笑着走到她身边:"理亏了?你以为现在闭嘴我就不知道?你刚才不是都说出来了吗?他妈走得早,他爸对他不好,我估计是他先觊觎你,你心疼他不忍心拒绝,半推半就就发生了,对吧?"

江蘅又恢复了平静的表情,随便他怎么说。

高渐明少有地情绪失控,他几乎是吼着说:"江蘅,他跟你从小一起长大,我也是啊!我只比他晚认识你两个礼拜啊!"

江蘅字字清晰道:"他是我哥哥,你只是同学。他没有妈妈,你父母双全。"

高渐明被她气得脑门生疼,愤怒到不想就事论事,直接语气沉重、掷地有声地道:"我是你的丈夫!"

江蕙淡淡道："我不喜欢翻旧账。"

她看着他的眼神，一语多关。

高渐明却都听懂了，他已堪称是暴怒，又不能把她怎样，顺手拿起汤旧画的B超单，撕成碎片，纸屑如雪。

江蕙扫了一眼桌上她自己的病历本，那里面也夹着她的B超单："你觉得很有意思吗？"

三十四

他们的矛盾愈发尖锐。

她怀孕近九月的一个周末，下午时分，她妈妈拖着病体来看她，现在的江母并不能独自出门，所以江父也陪着她过来，但他没进门，送江母上楼后就借故离开，说是有事出去一会儿再来接她，其实就是坐在车里等着。

高渐明很热情地接待了岳母，一声声妈甚是亲热，相反倒是江蕙淡淡地没什么热忱。他们在客厅坐了一会儿，主要的话题当然是江蕙腹中的孩子，高渐明跟江母细细聊着她的饮食起居、习惯体征跟民间传说的异同，江蕙坐在旁边根本没说两个字。这本来也不奇怪，以前在江家，她也不常言语。

高渐明还体贴地替她解释："妈，蕙蕙昨天晚上没睡好，要不让她再回屋休息一会儿吧？"

他说的是实话，她确实没睡好，准确地说是一夜无眠，已经5月，夜风暖得接近热，他特意开了制冷的空调，温度设的是十六度。

江母当然没有意见，连连点头，小心翼翼地说："月数大了是容易睡不好，那……她会不会影响到你？"

高渐明笑道："怎么会。"

现在他只有当着别人的面，才会叫她蕙蕙，不过江蕙是一点都不介意，她也确实不想坐在这里，跟高渐明扮演恩爱夫妻，遂站起，往卧室走，肩上一暖，他居然还过来扶她。他的动作温柔而体贴，江蕙虽然没有迎合但也没拒绝，两个人自认为没什么破绽。

高渐明把江蘅送到主卧，体贴地替她关上门，笑着走向江母："妈，吃水果。"

他刚才给江母切了一大盘五颜六色的水果，刀工摆盘都很不错。江母暗自庆幸自己找了一个会照顾女儿的女婿，殊不知他一次都没给江蘅切过。

江母诺诺地应着，吃了一小块苹果，小心翼翼地问："渐明，蘅蘅……是不是惹你生气了？"

高渐明一愣，他自以为做得滴水不漏，还是低估了江母的敏感程度，但还是很自然地笑道："没有啊，我们好着呢，妈怎么会这么想啊？"

江母却已经深信不疑，她感觉高渐明不愿意告诉她事情来龙去脉，那大概就是还不想离婚。她低着头，用赔罪和祈求的口吻："渐明，蘅蘅年纪小……"说到这里她自己脸都红了，江蘅已经二十五岁，实在不能算小，也只能硬着头皮说下去，"她从小就没有爸爸，很多事都不懂，是我没教好她，都是我的错。看在她怀着孩子的分上，求你别跟她计较，求求你……"

她眼泪都掉了出来。

高渐明一手轻扶着她颤抖如筛糠、瘦得只剩骨头的肩膀，一手拿纸巾给她擦眼泪，用哄孩子一般的温柔语气说着："妈，你这是怎么了？什么事儿都没有，蘅蘅只是没睡好而已，要不等她起来，你问她好不好？蘅蘅一直知书达理，哪谈得上不懂事？我们相处得很融洽，说实话，这一年来每一天都很幸福像做梦一样。退一万步讲，如果我们有什么小摩擦，那肯定都是我的错，我反思还来不及，怎么可能计较什么？如您所说，蘅蘅……爸爸走得太早，我知道你们受了很多苦，我当然会加倍疼惜她。这么多年，我对蘅蘅、对您怎么样，您应该最明白我对她的心意呀，我怎么会对她不好？"

字字句句，诚挚如发自肺腑。

他的眼神温柔而明亮，谁能想到，他心里想的其实是，当然是你的错，你作为母亲，继子和女儿发生奸情，本就是教育的失败，居然还一无所知，简直愚蠢至极。

江母握住他的手,灰白的手指瘦得皮包骨头:"渐明,你知道我没有多少日子了,以后……求你照顾好蘅蘅和孩子……"

高渐明稳坐在沙发上,宽阔的肩膀,沉稳的语气,听者心安:"他们是我最重要的人,我哪怕自己死了,也不会让他们受半点伤害。您别胡思乱想,好好养病,一定会长命百岁的。"

江母终于被他安抚得眼泪停息。

她又坐了一会儿,便要去厨房给江蘅炖个汤。本来她想在家里煲好带过来,江父怕她劳累不让她进厨房,她只能把食材带过来准备在这边煮。高渐明当然也表示他来就好让她休息,但江母又泪花滚滚地说想给蘅蘅和外孙做顿饭,下次不知什么时候才会有机会了。高渐明只能扶着她走向厨房,穿过餐厅的时候,她看到餐桌上的牛奶,轻声问:"是……蘅蘅在喝吗?"

相识多年,她知道高渐明脱离他妈管制后不喝牛奶。

不是什么大事,高渐明随口答道:"是啊,蘅蘅虽然不喜欢,但为了孩子的营养,还是每天都喝。"

他想起那个雪花飘飘的冬晨,她飞快喝尽的那杯牛奶,现在她已经能若无其事地正常速度吞咽,但他知道她依然是排斥的,因为从离开省队到得知怀孕,整整十年,她一口奶都没喝过。

江母神色有点不自然:"渐明,你别误会,蘅蘅她不挑食的,她不喜欢牛奶,只是因为……"她声音渐低,几乎轻不可闻,"她小时候,曾经……曾经看到……她爸爸把……把牛奶泼在我……"

她深深埋下脸,被病痛和恐惧折磨得憔悴而虚弱的脸上写满羞耻。

高渐明瞬间豁然开朗,不留痕迹而很贴心地说:"对不起,妈,我刚知道,那从明天起我们就不喝了,用别的补营养也一样的。"

江母又开始发抖:"不,不是,渐明,我不是这个意思,有营养还是要喝的……"

高渐明嘴角上扬:"我明白的。"

江母走后,江蘅当然还是每天都喝牛奶。

她肚子越来越大，也准备了生产需要的母婴用品，就连孩子的小衣服小被子纸尿裤奶瓶都买了，衣服多是蓝色。

她怀孕满九个月，算起来是预产期之前最后一次常规产检。

高渐明照例陪她去，结果仍是一切正常。

当日是阴天，天色阴沉，暮霭沉沉。

回到家里，高渐明一眼就看到今天牛奶瓶还在餐桌上，玻璃罐装的牛奶，白得很刺眼。

他的脚步和视线一起停住。

察觉到他的动静，江蘅也没动，静靠在餐厅的墙壁上看着他。

已过 6 月，算是夏天。他穿着黑色的衬衫，身形挺拔如墨色的松柏。她穿淡蓝色短袖、白色长裤，虽然身怀六甲，但肚子并不很大，相反圆润的线条还很漂亮，身上也没有任何多余的赘肉，身材依旧纤细轻便。

高渐明："你今天还没喝奶？"

这显然是明知故问，他现在就盯着答案。

随后，他拿起那瓶牛奶走向她，走到离她一两米处站住，撕开封口的橡皮筋，拿掉牛皮纸，毫不避讳地扔在她早晨刚擦过的地上。

他看着她洁白无瑕的脸，每次去产检，总能看到别的孕妇脸庞浮肿、皮肤暗沉、长满雀斑，类似症状她一点也没有，还跟少年时一模一样，跟 Y 大附中清北榜上的一模一样。

高渐明抬起手臂，在那一瞬间，江蘅突然开口，声音居然还是平静的，没有一点急躁："你想用它泼我？"

高渐明动作一滞，江蘅继续道："然后问我，他有没有在我脸上射过？"

高渐明眉心开始发抖，江蘅注视着他，语气依旧平缓："就像我爸爸曾对我妈妈那样？"

高渐明握着牛奶的手臂开始不易察觉地发抖，江蘅完全不知道他跟江母的谈话，但她见到他看着牛奶再转看她的眼神，就什么都明白了。

江蘅淡淡道："小时候我不喝牛奶，确实跟这有关，但是过了这么多年，早已能够客观看待，现在我对牛奶的态度跟酒类一样。"

她总是这样，三言两语，平心静气，就像一潭湖水，再大的怒意投入其中都会消于无形。

而这一次，他厌恶了这种消融。

他扬手把牛奶瓶掷在地上，沉重的玻璃瓶砸在脆弱的木地板上，一声巨响，在向来表面安静的室内回荡。

乳白的液体、透明的玻璃碴四处飞溅，一地狼藉。

高渐明看着她，眼里满是戾气："你现在对于自己的乱伦是怎么评价？"

江蘅目不斜视，鬓角的发丝都没有一丝颤动："跟你没关系。"

高渐明猛地双手抓住她的双肩，把她重重按在墙上，力度之重，仿佛要将她钉在墙面。

结婚近一年，他虽然天天精神暴力，但从来没有动过她毫发。

江蘅没有慌乱，甚至没有挣扎，仿佛事不关己。

高渐明盯着她的脸庞，那种事到临头仍青山不改的态度让她更美，高渐明咬着牙，似是在问她，也似问自己："我为什么要看向你？为什么要拉你上球场？"

他手里力度越来越重，似是想捏碎她的肩膀，江蘅看着他，眼神里刚才回话时的刚硬褪去，竟恢复了平静："你考虑清楚就好。"

高渐明握着她的双肩，俯身在她耳畔耳语："你不想，我也不想。"

他抬起膝盖，重重顶在她腹部，用了全力。很多时候，他抓捕嫌疑人，都不曾用过这么大的力气。触感居然软绵绵的，就像撞在棉花上。

他站定，轻喘着问她："疼吗？"

江蘅似乎哼笑了一声，她靠在墙上，肩膀舒展，背脊直挺，神色平静得很安然，呼吸也很平缓，看上去仿佛什么事都没有发生。

如果不是鲜血顺着双腿流下，融进地上的牛奶和残渣，开始只是白里展开红丝，渐渐地越晕越大，最后完全覆盖，只见红而不见白。

实事求是地讲，跟肠破裂那次疼痛程度差不多，翻江倒海，仿佛那个受到致命伤害的孩子在拼命而盲目地拉扯她的五脏六腑试图留下。只是那次她没站起，这次她没倒下。她甚至根本没有晕过去，全程意识清楚，情绪平静，相反高渐明则神态恍惚，亲耳听到医生说出"胎儿已经死亡"甚至嘴唇发白，站立不稳。

失血过多，死胎滞留，紧急手术。

她做的是清宫手术，不是引产。这个孩子，完完全全是死在他父母手里。

手术室在做准备，他们还在门口等候，这时护士拿着术前同意书要家属签字，她怀疑地看着高渐明这个全程没有丝毫交流魂不守舍的陪同人员："你是她什么人？"

高渐明一时间没回答，江蘅很平静地阐述事实："办过结婚证。"

护士都愣了两秒，才明白过来，没听过这么形容夫妻的，她也没多问，直接把纸笔递给高渐明，高渐明机械地签上他的名字。

他从小练书法，写得一笔好字，从来没觉得自己的字迹这么陌生、这么扭曲。

护士当然是不在意他的字体，拿到签字后就回了手术室，很快，里面就别的护士喊着准备完毕匆匆出来把江蘅推进去。

手术是局麻，她始终未睡去，医生的每个操作她都知道。

确实是个男孩，五斤七两，发育良好，哪怕现在早产生下来也能存活。

三十五

术后，单人病房。

江蘅在病床上，她最讨厌浪费时间，此时就静静地枕在枕头上，不知是在养神还是在思考。高渐明坐在她身畔，难得地没有抬着头。

室内静得能听见点滴的声音。

毕竟是6月，静坐也能汗流浃背，直到暮色降临，坐在室内晚风送爽，高渐明才注意到窗户开着一道缝，他起身去关上窗户，又拉好窗帘。江蓠看了看他，并没说什么。

高渐明坐回来，两个人陷入沉默，他终于开口："对不起。"

江蓠侧过脸，很平静地看着他，似乎这只是一件无足轻重的小事。

两天后。

分局刑警支队。

刚散会，江易坐在自己办公桌上纠结，没有人注意他，他在队里也没什么存在感，跟同事没有交流，在领导面前不会表现，出任务不利落，开会不发言，各项考核永远挣扎在及格线边缘。

他看着隔壁高渐明空空无人的工位，对方已经两天没来上班，高渐明这个人积极上进，除了陪江蓠产检，向来是全勤的。本来以他社恐的性格，只会把疑窦埋在心里，但联想到产期将近的江蓠，只觉得担忧难耐，还是硬着头皮去队长办公室："队长，高……高渐明怎么没来？"

队长正在忙着，看见是他进来，也没给什么好脸，听他又没什么正事，本来都不想理会，如果江易问的是其他同事，必然训斥两句不专心工作让他出去，但队长也知道高渐明跟江易两人的"亲戚"关系，抬起头瞥他一眼，随口答道："你不知道啊？你妹妹孩子没了，他在医院。"

江易瞪着眼睛皱着眉头愣在原地，好像被劈了一刀，半天说不出话来，然后才咬着牙关，颤颤巍巍地问："她……怎么样了？"

队长对他更是鄙视，好歹身为刑警，什么场面没见过，听到这么个消息就抖得跟蒲公英一样，根本衬不起那肩章："那是你们家的事，你问我啊！"

江易答非所问："她在哪家医院？"

江易在队长的警告和呵斥声中冲出单位的大门。

病房里，江蓠已经能坐起来，跟床边椅子上坐着的高渐明基本等高，各自无言，这两天，他们就没说过话。

门突然被推开，一个人冲进来，带进一阵风。

两个人下意识地看向他，只见江易风尘仆仆地出现在门口。他跑了一路，气喘吁吁，安静的房间里，他的喘息声格外清晰。

高渐明坐在床墙之间，角度关系，江易第一眼看到的是床上的江蕾，此时他已经一年多没有见过她，他日思夜想，魂萦梦牵，此刻相见，她跟记忆中一模一样。她穿着蓝白条纹的病号服，很奇特的是松松垮垮软软绵绵被赋予病弱寓意的衣服穿在她身上就变得跟休闲装一样，她脸色并不憔悴，神色也不悲伤，仿佛只是走累了，坐在这里休息。

江蕾当然也认出了他，她非常自然地说："哥哥，你好。"神态语气，均同从前一样。

高渐明看到江易，便觉得胸口万千情绪全被引爆，江水决堤，滚滚洪流，飞沙走石，但他保持了最大的克制，只是扭过头不去看他。

而江易根本遗忘了房间里还有第三个人，听到江蕾的声音，马上自惭形秽地低下头去。

江蕾记得汤旧画怀孕的事，算起来孩子也已五个月，以前没合适的机会问候，便道："嫂子还好吗？"

这是他第一次听到江蕾说这个称呼，更是羞愧得无法抬头，抽抽鼻子，点了点头。

江蕾微笑道："那就好，谢谢你来看我，我没事，你先回去吧。"

江易站在那里，忍不住抬起头看着她，他那双并不好看、不精细的眼睛里，翻滚着千言万语。他想问她过得怎么样，他想问她孩子怎么会没有，他想问她高渐明待她好不好，但一个字也说不出来，又觉得只这样站在原地看一看就足够。

一直强行克制的高渐明终于忍受不住，长身而起，保留着最后的风度，伸手把江易揽出去："没听到她说让你走吗？你不回家照顾你怀着孕的老婆，在这里看着我老婆做什么？"

高渐明说最后半句的时候，江蕾侧过脸看向窗外，显然高渐明这么称她让她很不舒服，但也没有阻止。

江易脸上半红半白，如高渐明所言，他对汤旧画完全没尽到丈夫的责任，对江蕾也不是合格的兄长，相反，他是个双料罪犯，终于还是被身为警察的高渐明带出了病房。

此时是工作日上午十点过,天光明媚,走廊明亮,医生已经查过房,也不是探视高峰期,过道没什么人,安静得适合说悄悄话。

高渐明给江蘅带上门,顺手就松开江易的肩膀,他多碰他一下就会感到恶心。

江蘅对于他们俩,有一种奇妙的安定效果,门一关,走出数米远,江易的情绪也爆发出来,他突然侧过头,朝高渐明低吼:"你是怎么照顾她的?"

他强压着音量,每个字的力度还是很饱满,他声线本来就粗,说出来的话模糊一片,但高渐明还是听懂了,他本来也在崩溃边缘,开口便是反唇相讥:"你照顾她照顾得很好?照顾到床上去吗?"

江易脚下一滞,抬起头看到高渐明的愤怒而讥讽的表情,他总算听明白,高渐明已经知道他跟江蘅的事情,但对具体情况似乎并不了解,原有的愤恨跟恼羞成怒加在一起,他双拳紧握,却击不出去。

高渐明看着他的手,露出嘲讽的笑容:"赶紧走吧,在这儿卖脸呢?"

说完,他居然头也不回地转身就往前走,江易被晾在原处,简直比被一拳打倒还屈辱,他脸上忽红忽白,想起了什么,别无选择,只能更加屈辱地迈步追上高渐明。高渐明看都不看他一眼,还故意加快脚步,健步如飞。江易毕竟也是通过考核的刑警,不至于跟不上,但有话要跟高渐明说,只能伸手拉他的胳膊,被高渐明一把甩开,并扔来一句:"有话就说,别拉拉扯扯,脏了我的衣服。"

江易笨嘴拙舌不知道怎么还嘴,也顾不得计较,强忍种种不适面对高渐明俊朗而刻薄的脸。高渐明一米八几,中等身材,宽肩长腿,而江易一米七一,身材消瘦,袖口遮手,他们这一对视,显得江易瘦小而渺小。

高渐明居高临下地俯视江易。江易瞪着高渐明,几乎是咬着牙,这段话他说出来都觉得痛苦:"你,是不是,打,了,她?"

他想不到比这个更合理的解释,江蘅怀孕都九个月了,一直安然无恙,她又不是粗心的人,若不是有人故意伤害她,怎么会发生意外?

而高渐明如此介怀，发泄到她身上的可能性太大了。想到江蕲那么顶天立地的人，居然受到高渐明这种无耻小人的欺辱，江易心如刀割。

但高渐明勾起嘴唇，给了他一个更加讽刺的笑容，语气流畅地说："打女人这种事，不是只有你们这种具备优良传统的家庭出身的人才做得到吗？你打过那个汤旧画吧？"他知道江易这么多年，仅有的两段关系就是江蕲和汤旧画，显然江易绝对没动过江蕲，不必多此一问，那就只能是说后者了。说起来，汤旧画到现在连有高渐明这么个人都不知道，但高渐明早就能搞到她的病历报告。

话如刀，句句刺进江易的死穴。江易嘴唇抽搐，表情扭曲，额头青筋暴起。高渐明本来只是无凭无据随口说来羞辱他，让他无则改之，有则加勉，见状发觉还猜对了，他向来擅长即兴发挥，便凑到江易耳边，轻笑道："也像你爸那样用皮带抽吗？"

二十年前，江父失去理智用皮带抽打江易妈妈时，江易曾慌不择路给高叔叔打电话求助，是高阿姨接的电话，她奚落江易一番就挂断电话，第二天吃早饭时还跟丈夫儿子说起这件事，用的是鄙夷的口吻。

江易奋力推了高渐明一把，但高渐明早有准备，只是气定神闲地直起身来继续俯视他，脚下皮鞋都没移动过，还随意地拍了拍江易腰间的皮带。

江易瞪着他，目眦欲裂，眼神恨不得将他生吞。

高渐明又笑了，他的唇很薄，线条却很精致漂亮："江易，我早就说过，你这么烂的人，只配跟那种没有尊严没有人格的女人在一起，你只有在那么软弱无能的女人面前才像个男人。"

说完，他就一个转身拂袖而去，给江易留下一句话："如果你再敢找她、联系她，我会帮你告诉她，你有多男人。"

江易就那么站在原地，穿着并不合身的警服，看着他男模般挺拔的背影走向近在眼前又遥不可及的那间房，那整洁明亮的长廊，在他锃亮皮鞋的踢踏脚步声里逐渐扭曲。

高渐明其实也没有立刻回到病房，他从楼道另一侧的侧门出去，站在每层附带的小阳台上，吹着夏风点了一支烟，他原本很少很少碰这个，跟江蘅结婚这一年来却没少抽。

烟蒂燃尽，他又站了很久，等烟味差不多散去，才起身走到病房。

江蘅坐在床上在看书，这是昨天，她能坐起身以后，他回家给她拿过来的，除了封面书名基本都是西班牙语。

他关上门，居然没有对江易的到来说一言半语。

江蘅倒是先开口，她看到他进来，随手将书放在床头柜，动作轻而流畅。

她的语气也同样舒缓："你回去吧。"

高渐明本来想走回他的椅子坐下，闻言停在原地。

这是这两天她对他说的第一句话。其实这两天他虽然人在这里，但没有做任何照顾帮扶她的事情，并无实质意义，都是她本人自力更生。并不是他不愿意，而是他们不约而同地认为，这种情况下再有肢体接触是一件尴尬的事。

高渐明顿了顿，才道："他走了，你就要我也走？"

江蘅淡淡道："你知道我什么意思。"

高渐明又沉默了半响，他竟也变得沉静下来："你是要跟我离婚？"

江蘅完全没犹豫地说："是的。"

高渐明再次停住，莫测地看着她，江蘅再度开口，又是那种阐述事实的态度："婚姻本该是两个人的事，你我之间的矛盾无法调和，这个孩子不在了，彻底没有继续的必要，我希望你不要再把我的亲人牵扯进来。"

高渐明缓缓道："如果我不同意呢？"他也不知道他为什么要做出这么难看的姿态，不能潇洒地离开。

江蘅没有看他，随意地看着病房里某处，很平静地道："2159。"

高渐明瞬间变了神色，他难以置信地看着她，半响才说出话来："你怎么知道的？"

这四个数字是他给手表设定的密码，没有密码便不能查看里面的录音，毕竟他也知道自己的行为不算光彩，不希望她掌握那些音频。而她居然有了这个密码，也就说明有录音，而录音里他干的事情，别说丢掉工作，进监狱都是有可能的。

这个密码完全没有特殊意义，不是任何生日纪念日或者代号数字，他所有密码都不一样，每个都堪称随机，想破解应该只能用排列组合尝试，但她不像会做这种事的人。

江蕗淡淡道："2019年暑假，我去开通学校要求的银行卡，我妈妈一定要你陪我去。当时，你说你没办过那家银行的卡，顺便也开了一张。你设定密码之前，看了一眼时间。"

当时他们被两个工作人员带到两架并排的机器前，分别在工作人员的帮助下办理。工作人员态度良好，耐心细致，每一步都会引导。江蕗的业务比高渐明单纯开卡复杂些，所以她还没弄完，高渐明就到了最后输密码的阶段。安静的银行大厅里，江蕗听到给他服务的工作人员说："请您在这里输密码。"

她当然没有看，别说他们机位隔着安全距离，就算肩并肩，她也会主动回避，所以她只是专注于自己的屏幕。

但她的余光看到高渐明掏出手机，点亮屏幕却没解锁，看了一眼锁屏的屏幕，便收回手机，顺利地输入秘码。

她便猜测高渐明的习惯是，用设定密码的时间作为密码，当然也不能肯定，但一试便知。的确如此，六位数字，是日分秒；八位数字，是月日分秒；四位数字，便只有分秒。

那个电子表，高渐明当着她的面设定密码，她当然知道时间。他当时并没有特意看手机，因为手表屏幕就有时间。他以为她永远不会知道。但其实多年前她就已经知晓。

她并没有听那录音，只是用自己的设备下载了相同软件，登录同一个账号，同步保存。

高渐明眉头收紧，他不该犯那种错误，他不该当着她的面设定密码，应该提前操作好，这不是他一贯周密的风格。其实不过是因为他对她做这样过分的事情，内心也是风云激荡、紧张不安，乱了阵脚。

他看着她，良久道："那你……之前怎么不说？"

他那么多回挑战她的忍耐力，她却从没用这个还击。

江蕗静静地看了看他，没说话。

因为她并不想跟他闹得鱼死网破。

他猛然转身走出去。

三十六

江易走出医院，思绪一片混乱，队长好像在给他发消息喊他回去，指责他无假外出，催促他完成任务，但他根本无心工作，也不知道该去哪里，兜兜转转，就回了他跟汤旧画的出租屋。

简陋得一览无余的客厅，江易换下警服，系皮带时手在抖，气鼓鼓地坐到沙发上。他无法承受这短短几个小时发生的骤变。江蘅的孩子居然没有了，虽然他不喜欢高渐明，但只要是她的孩子，他都看得很重要。他无法想象现场发生了什么，也无法想象江蘅的真实状态。另外，高渐明在走廊里说的话更像一把火，在他脑袋里熊熊燃烧，挥之不去。

他没开灯，一动不动地坐着，日渐西斜，天色渐暗，室内的色调也清冷下来。

墙上的挂钟指到快六点，正是家家户户最热闹的时候，放学的孩子，下班的大人，刚出锅的饭菜。

他们"家"安静得像个命案现场。

门锁终于轻轻"哒"的一声，然后门板被慢慢拉开，汤旧画低着头走进来，轻轻带上门，手依然轻得好像门是豆腐做的一样。

她腹部也已隆起，比怀孕前还瘦得多，脸颊凹陷，脸色蜡黄，皮肤暗淡，长发披在肩后，额前有几缕垂下来的碎发，更显憔悴。

她低着头回过身，准备在鞋柜前换鞋，却感觉到有人，僵在原地，抬眼看清那人是江易，也看到一旁的警服，迅速低下头去，他看不见她的眼睛。

这是她第一次见到他有警服，在此之前，她根本不知道他的职业。

江易也看着她，面色阴沉，眉毛慢慢拧在一起。

他已经三个月没打过她，自从知道她怀孕后就没有了，但她对他的恐惧有增无减。

她低着头，步步后退，直到后背贴上墙壁："你回……回来了……你想……吃……点什……什么？"

她实在不敢跟他说话，又觉得为人妻子必须问候，声音稀碎。"结婚"以来江易根本没在屋里吃过饭，哪怕周末假期都要出去，她每天都在内疚之中。

江易怒视着缩在墙角的她，站起身，大步跨过来，伸出胳膊左手抓住她的长发把她扯到自己面前，右手重重给了她一耳光。以前他打她的时候，她完全没有动作和声音，就像一块柔软的木头般无声地承受。这回她也没有出声或闪躲，却抬起手，下意识护住了腹部。江易看到了，他也不知道心里是什么滋味，接着又是两个耳光，然后松开抓她头发的左手，顺势一拳砸在她头上，她直接摔倒在地。

她眼前一片模糊，本能地一手撑住地面，一手还是掩在腹部，腿部着地，摔在生硬的地板上，她太瘦了，哪怕是大腿都是皮包骨头，没有肉做缓冲，一摔之下，骨头都在剧痛。

她一手扶着地，勉强找到身体的平衡，双膝跪在他脚下，埋着脸低声求他："求……求你别伤到孩子……等孩子生下来再……可以吗？"

她居然求他等孩子生下再打她，又不敢说"打"这个字，怕他不爱听。

江易简直暴怒，又是一拳砸在她头上把她打倒在地："闭嘴！"接着他就是一脚踹过去，然后又是连续数脚，她在他脚下挨着，连求饶的力气和空隙都没有，更没有办法自卫或逃避。

他在泄火，却越泄越多，高渐明的声音犹在耳畔，在催促，在恐吓。儿时的记忆似在眼前，在嘲弄，在招手。

他再也无法忍受，反手抽出腰间的皮带，重重抽在她肩上。她只穿着件单薄的套头衬衫，"啪"的一声脆响，只觉得被割了一刀，大面积的剧痛让她忍不住"呜"了一声，江易不由分说，第二下，第三下，接连抽了下去……

皮带落在她身上，抽破了衣服，抽破了皮肉，她缩在地上，全身都被抽遍，没能再说出一句话，体无完肤，手臂还螳臂当车般地遮掩在肚子上。

江易的余光看到玄关处的立式试衣镜，镜面里清晰映出室内的画面，他站在地上，挥舞着皮带抽打她，她倒在地上，毫无自保之力。

现实和记忆在重叠，又有些参差不齐。

江易的妈妈是个倔强的小个子女人。当时她全家反对她跟江父交往，她一意孤行，为此和娘家断绝关系。但两个人婚后又有诸多矛盾，她从不退让，也拒绝沟通，每次意见有分歧，她就把自己锁在房间里，放到现在就叫冷暴力。江父是直来直去的急性子，每每破门而入，要讨论出个结果。然而，任他说干唾沫说破嘴，她也只是冷冰冰地看着他不予理睬，就像看着一个小丑。江父忍不住动手推搡她，她就会发疯一般地还手，相应地江父也来了脾气，家暴正式诞生。

江易母亲是女人，当然打不过受过训练又盛怒之下的江父，每次都处于下风，但就算是受伤流血，她也从不肯松一次口、低一次头。并且江父第一次动手推她以后，她就再也没让他碰过。

江易比他母亲懦弱得多，父母打架的时候，他永远躲在房间里抱着自己哭。

他连上去挡在母亲面前都不敢。

包括江父用皮带抽他妈妈那一回，他是听到他们闹了很久，本来就哭得涕泪交流，听到啪啪的声音，哆哆嗦嗦地摸索去看，只看了两眼就吓得跑回屋里，哭着拿起电话筒。

他不知道，江父其实并没有抽几下，因为他不小心抽到她的脸上，他马上就停下来，想去查看她的伤势。

他伸手过去，还没碰到她的脸，她突然张开嘴往前一凑，狠狠咬住他的手指，他吃痛想收回手，已经来不及了。

她目光血红地瞪着他，牙齿切进他的肉里，摩擦着他的骨骼。

他忍着剧痛，费了好大的劲，才掰开她的嘴，抽出鲜血淋漓的食指。

那一刻，她的脸被一道穿过鼻子的红痕分为上下两部分，上半部分，双眼直勾勾地盯着他，目光雪亮；下半部分，嘴巴还在做撕咬状，齿缝间全是血。整张脸每寸皮肤、每个器官甚至每个毛孔都写着同一个字,就是"恨"。

那个表情,他这辈子都忘不掉,常常出现在他的噩梦中。

他食指里外两道伤口深可见骨,两个月才长好,留下了终身难消的伤疤,远远看去,竟像一个指环。

这些事情江易都不知道,江父不想被孩子看到他包着纱布的手,那两个月都住在单位没回过家。

他以为终于变成最厌恶的模样,或者说早已堕落,甚至是生来如此。

但他毕竟知道他母亲性格刚硬,知道汤旧画有孕在身,所以他比他的父亲更卑劣。

汤旧画已经瘫软在地,薄薄的棉布衬衫被抽得支离破碎,碎片又被鲜血染红,斑斑驳驳,遍体鳞伤,甚是凄惨,更凄惨的是她还在用血肉模糊的双臂遮挡着腹部。其实他早就想停下来,他根本就不想打,但是他就是收不住手,他已经回不了头了,只能麻木地抽下去。

直到他被情绪烧红的视线,终于看清她全身被鲜血染红,双腿间还在渗出的血液,就像一个很小却在不断扩张的红色湖泊。

她浑身上下几乎只有脸是完好的,就连脖子都被打得鲜血淋漓。因为当年他母亲脸上那道红一直在潜意识中鞭策着他,他有意避开了她的面部。

江易看清她的伤情,也被这惨状震惊。他没想把她伤成这样,江父抽打他母亲那回,母亲脸上的伤处只是略有红肿,不到一个礼拜就恢复如初。他忽略了他父母那次是在冬天,母亲穿得很厚,除了江父失手打在她脸上的一下,身上几乎没有留下痕迹,但即使是脸上那一下也没有破皮,因为他不知道江父最多只用了五分力。而现在是夏天,绝大多数人穿短袖,汤旧画也只穿了单衣单裤,基本起不到遮挡作用,而且他被怒火冲昏了头,蒙蔽了理智,每一下都用了全力。

他知道应该送她去医院,但没有像电视剧里那样将她拦腰抱起,他根本不敢动她,脑子一昏,扔下滴血的皮带,扭头就冲出了户门。

痛得生命都岌岌可危的汤旧画,浑身都在痛,根本不敢看自己血迹斑斑的身体,扶着肚子艰难地爬到鞋柜边,找出手机,自己拨打了 120，然后半跪下去用纸巾擦拭地上的血迹，最后颤抖着捡起那条皮带，指尖碰到它坚硬的皮革，那上面还有他手掌的余温和她黏稠的血，她感觉一股痛苦传入手心，传遍四肢，几乎昏厥。她好不容易才拿起它，举步艰难地走到卫生间打开水龙头简单冲洗，直到池子里的水变得清澈，关掉水。她不知道他平时怎么放置衣物，更不敢进他房间，不知道该把它放在哪里，犹豫了半天，身上痛得实在站不住，就轻轻把它放回地上，江易刚才扔下它的位置。动作之轻，皮带落地硬是没发出半点声音。她跌跌撞撞地走到卧室，拿了高领的衣服套上，做完这些事，她感觉前所未有地疲惫，再也支撑不住，倒在地上再也起不来了。

医护人员来的时候，她已是半昏迷状态。江易特意租了个离他原本生活区即江家和他单位都挺远的房子，相对偏僻，周边只有一个二甲医院。因为就近原则，她被送到这家二甲医院急救，她一直也是在这里做的产检。

抢救的时候，医生不可避免地看到她身上的伤，青青紫紫的淤血和皮开肉绽的伤口，难以置信地问她："这是怎么弄的？需不需要报警？"

汤旧画躺在检查床上，闻言别过脸去，面朝墙壁，额角贴着床单："不，不用，是我自己不小心……"若不是怕孩子有意外，她绝对不会就医，就是怕这一刻。

她这个解释当然是肉眼可见的虚假，甚至都不能称作谎言，只能说是扯淡。但医生护士都见惯人间百态、生死悲欢，最懂得本职工作以外的事不管不问，虽然这个社会最需要管闲事的人，但被管的人本身很可能不需要，不必出力不讨好。

他们马上就像没看到她的伤痕一样，该测胎心测胎心，该做 B 超做 B 超，该给药给药，甚至对于抢救这个孩子也没有多大热情，这明显就是家暴嘛，被打成这样还不知道反抗，当然会有一次就有无数次，这回费劲巴拉保住了，没准几天后又被打得更重，直接胎死腹中。

万幸的是，江易毕竟没有直接撞击她的腹部，她又始终用手臂挡在腹前，孩子只是受到间接的冲击，经救治并无大碍，依然安稳地睡在母亲肚子里，吸取养分生长发育，身心的痛苦恐惧绝望，都只属于大人。

她住院三天，没有人来看过她。她出院的时候，也是一个人走的。她脸颊的红肿还未消去，身上看不见的皮带伤更没愈合，所以炎炎夏日，她穿着长衣长裤，靠在墙边走得很慢很慢。

她当然很惨，但是所有医生护士都觉得她不值得同情。

她没有回去，不敢面对他，最主要是怕他伤到孩子。她去了公司宿舍。宿舍是八人间，上下床。公司对床位没有安排，全凭自选。她本来是个下铺，住了半年，又来了个女孩，当时只剩一个上铺空着，女孩不愿意爬上爬下，环顾一周就汤旧画最好欺负，不由分说占了她的床位，让她去睡那个上铺。汤旧画不敢反抗，就依言搬过去。

几年过去，那女孩早已租了房子搬走了，就把那个下铺当个储藏空间，堆放杂物。汤旧画大着肚子，不敢爬梯子，低声细语请求那女孩把东西搬走，让她暂时住几个月。被对方一通冷眉冷眼加冷嘲热讽"别以为怀孕别人就应该让着你"，最后那女孩要了她一千块钱，才勉强同意把东西挪到那个上铺，汤旧画一直低着头小声说着谢谢。

三十七

十五天后，江蘅终于出院了。虽然她表现得很淡定，但她身体状况其实很堪忧，经过多种治疗，各项指标才勉强达到出院标准。

她当然没叫任何人来，简单收拾一下就自己离开。毫无疑问，她没回高渐明家或江家，也没住单位，而是直接租了套小房子。离婚后，她总要有个去处，再不想跟别人合住。经过这番大量失血，她似乎更加怕冷，出院那天，她还披了件线衣，而那天最低气温都有三十度。

她在出院后很快就回单位上班，别的同事看她小腹变平难免好奇，但她表情平静得让人没来由地恐惧，没人敢过问。

高渐明一直没有出现，两人过着与对方无关的生活，这当然再好不过，但他们毕竟还有点历史遗留问题需要处理。

所以,十天后,下班回到租来的房里,江蘅主动拨通高渐明的电话。

他很快就接起,居然没有说话,很难得地保持安静,省略譬如"身体还好吗"之类的套话。

江蘅语气平淡开门见山:"明天有时间吗?把离婚申请办了吧。"

高渐明开口,他音色清亮而富有磁性,若非专爱说不好听的话,他声音本该很好听:"那见面谈谈吧。"

江蘅道:"我认为没什么可谈的。"结婚时间不长,婚内没财产、没债务、没孩子,如果离婚是题目,他们无疑是最简单的那一种。

高渐明没有再争辩,而是直接说出:"五小足球场。在哪儿开始,在哪儿结束。"

他知道这是她无法拒绝的地点,无法拒绝的理由。

江蘅沉默地拿着手机,抬起眼睛看着窗外,如他所愿地没有反驳。

高渐明道:"晚上九点半见。"

江蘅终于"嗯"了一声。

晚上九点半,江蘅准时踏上五小的足球场,高渐明还没来。

毕业十五年,校舍翻新扩建,他们上学时,水泥地面的操场,简单地铺了几块草皮,用他爸爸安装的简易球网,当作足球场踢得不亦乐乎。现在整个球场是塑胶底面,装有四季常青的人造草皮,机械印刷的边界线白得发亮。

正是暑假,五小的操场对外开放,附近的孩子常常来踢球玩耍,中老年人也会来操场遛弯散步,还有年轻人来跑步快速走,很是热闹,九点过后他们陆续回家,归于平静。

她没有站在场中,而是走到场边,静静地注视着全场。沉静下来的球场自有一番万古江流般的气度与魅力。

她去过很多足球场,但跑道二百米的,已有多年未曾见过。踢惯了正常的十一人制标准场地,这里倒显得袖珍而童趣,作为儿时的记忆倒很合宜。

这里是她足球的启蒙地,也是她梦想的开始。虽然重新修葺过,但场地的方位、朝向、背景居民楼都没有改变。似曾相识的画面里，球门静静张开怀抱，月光隐隐发光，晚风微微作响。

她看得出神，感觉到背后有人走来也没回头，忽然听到一道熟悉又陌生的圆球擦过草皮的声音，脚踝清晰的触感，她身体的记忆复苏，下意识地将球停住。

他的声音随风而至："蘅蘅，你踢得好好啊。"

跟十六年前一字不差。

她眼眸湿润，闻声回头望去，他站在她站过的角落含笑看着她，嘴角的笑意有些苦涩，眉眼尽是温柔："当时你就站在这里颠球，练了一次又一次，头发有点乱了，也开始喘息，但脚下越来越灵巧，连续颠的次数越来越多，七个，八个，九个。你一直看着球，我一直看着你。从那时起，我就在喜欢你。"

原来他出声唤她以前已经看了良久，就连她颠球的数字，都记得清清楚楚。

他缓缓向她走来，穿过了半个球场，从场外入场内，又由场内出场外，十几米的距离，他们走了十六年。

江蘅看着他走过球门前。当年她打入第一粒进球后，他欢喜雀跃地跑进球网为她捡球的身影历历在目。那时的他，永远笑容灿烂，后来就变得工于算计、咄咄逼人，这里面有她多少的责任呢？

高渐明道："这么多年过去了，我们都已长大，当年的小学生已近三十而立成家立业，我娶到了我十一岁就喜欢的女孩，初恋修成正果，梦想成为现实，但我怎么就把日子过成了这样？"

他在笑，笑容无奈又自嘲。江蘅静静地听着，慵懒的晚风蹭着她鬓角的碎发，让她的气质变柔软。

高渐明忽然道："我有东西要给你。"

他从怀里拿出叠放着的一张照片和一面镜子，拿在齐腰的高度递向她，江蘅一览之下，面上浮现出温柔的笑容，伸手接过来。

照片在上面，底片已发黄，在洁白的月光里被敷上浪漫的色彩，照片上有两道撕裂的痕迹，又被不留缝隙地粘贴在一起。相片上十岁的她身穿浅蓝色球衣，胸前戴着一块闪闪发光的金牌，怀里抱着一束红艳艳的鲜花。那是她第一个冠军的赛后合影。

江蘅看了许久,才拿开相片,翻开那面镜子。镜子外壳是白色金属的材质,上面有数道细细划痕,内部镜面大大小小恐有数百枚的碎块都被粘回原位,道道裂痕如水纹般舒展开来,纹理间映的是月光下她的面容,画面虽然模糊弯曲,但依然是她这个人。纵然裂痕不可消除,却终究是完整的,修复这么一面镜子比新制作一面难千百倍。

江蘅静静地看着,道:"你又捡回来了啊。"语气前所未有地温和。

当然是他捡的,他的本意不是玩这种幼稚反复的游戏,但那天晚上他看着她把所有奖牌和照片扔垃圾般扔进垃圾桶,只感觉心底深处的血肉都被撕碎。他无法忍受,夺门而出,冲下高楼,其实这个过程里,他心乱如麻,千头万绪,却看不清一丝一缕。

进到一层大厅,隔着玻璃门看到那个垃圾桶,他心里只剩下一个念头——去把它捡回来,一定要捡回来。只是他怕她在楼上看到他打脸的举动,愣是在大厅的沙发上坐了几个小时,等到天都快亮了,清洁工都推着垃圾车过来要清理,他猜想她绝对不可能还候在窗边,才走过去装作不经意地捡起那包"垃圾"。事实上她根本不会玩这种猫鼠游戏,他离开以后她就坐到桌前看西班牙语,虽然一个词都没看进去。后来他把它们带到单位,细细地清洗、擦干,然后整整齐齐地收进锦盒,锁在密码箱里,珍藏至今。

那面镜子,也是同理。他捡出所有的碎片,用了一个又一个夜晚,一点一点粘回去。

高渐明并没解释,而是轻声说:"对不起。"

他声音很轻,却是出自真心。

江蘅收起照片,抬起头来看着他,月光映在她的眼睛,又折射进他的眼眸。

高渐明低声开口,他看上去很疲惫,疲惫得再也无力武装只剩诚恳:"我做那些都只是跟你赌气,其实我从来都没有从内心否定过你。如果我否定你,也就等于否定我自己。因为我……哪怕我最不能接受你的时候,也一直在爱你。"

江蘅的目光逐渐动容。

高渐明扯扯嘴角，很坦诚地说："我承认我介意你跟江易，因为这个做了很多不该做的事，我们都有错，也都付出了代价。"他看看她平坦的小腹，"我想这个代价已经足够大。"

江蘅没有出声。

他用双臂环住她，在她耳畔轻语："就到这里吧，好吗？我原谅你，你也原谅我，在我们开始的地方，把所有的不愉快都结束，把过去的事都翻篇，我们重新来过。你的过去，我可以都忘记；这个孩子，我们把他接回来。"

回到熟悉又悠远的起点，她想起了十六年来的一幕幕，看到了长大成人的每个脚步。

她初次踢球时他的赞叹和伸来的手，她第一次上球场他传来的球，他带她去他家看的录像和端来的点心，她被同学推倒他为她打的架，老师家长讨论体校学费时他说让他爸来出的提议，他逃学去看的二百三十一场球赛，她夺冠时他送的花，她丢冠时他的安慰，她负伤在家时他的看望和对不起，她放弃 U15 后他的愤怒，他送来的中考复习笔记，他高考前的电话和高考后的到来，他大一穿着警服问她好不好看，她高考后他陪她看的榜单，她大一跟他看的足球比赛和他关于"破"的言论，他对她妈妈无微不至的照顾……

她终于慢慢抬起手，轻轻抱住他。

高渐明感受到她的回应，随后挺起背脊，胸膛触到她脸庞。

月光温柔地洒在街头巷尾，洒在球场内外，洒在他们身上，就像一场洗礼、一次愈合。

当月亮隐去、太阳升起，一切都会过去的。

再次回到他家里，房子和人都没变，气氛却截然不同。他变得温言软语，主动关窗，她也和颜悦色，配合早睡，也算是一种物是人非。

至于那块电子表，清宫手术前被他拿走后再也没出现，她也没有过问，就像是不曾存在过一般。准确地说，过去所有事情，他们都只字不提。

但是，双方家属毕竟没有失忆，还是需要给两边等待添丁之喜的父母一个交代。

两边父母都是高渐明去告知的,他的解释是胚胎自行停运自然流产,尽可能让长辈容易接受,只好再次对不起那个早夭的孩子。

高母表示,她早就知道娶了江蘅就没好事,然后就恶语连珠地细数江蘅的坏处,第 N 次上演骂江蘅、责渐明、怨高父三部曲。

江母闻言,便是哭着跟高渐明道歉,又把自己哭进了医院,高渐明哄小孩般安抚疏导劝慰,她感激涕零他的宽宏大量、通情达理,还把江蘅叫过来,泪眼婆娑地嘱咐她,用最快的速度再怀个孩子作为补偿。

面对病床上的母亲,江蘅当然是点头同意,其实这事她已经跟高渐明说过,事实上这也是她对于和好唯一的要求。虽然高渐明讲把孩子接回来很感人,但于情于理下一个孩子是个崭新的个体,轻易用生命开玩笑太作孽,她希望等他们的关系稳定下来再考虑这个问题,加个期限就是三年。

他表示同意,话说到这个份上,除非他不想继续,否则不能不同意。

他们总算是和平共处,虽然谈不上琴瑟和鸣、举案齐眉,至少也算是风调雨顺。

在单位,高渐明把江易强行当作空气无视,每天忍着没冲过去把他撕烂,忍到崩溃的边缘。

而江易对于他们没离婚这件事,也说不清是喜是悲,他已经被高渐明刺激得神情恍惚、目不识丁。高渐明让他"照顾他怀孕的老婆",他不是不想做个顾家庭爱老婆的好男人,但他觉得自己恶行累累,任何会被给予正面评价的事情都应该与他无关。并且他很难把汤旧画跟"老婆"关联起来,在他心里,他是个罪犯,她是被他犯罪的人,他们是施害者与被害人的关系。他亏欠她太多,错误太严重,以至于自觉没有弥补的资格。

那天他放心不下回出租房,地面已经被清洗干净,只有一卷同样干净的皮带,她不知所踪。他不知道她去了哪里,也不知道孩子有没有保住,如果大人或小孩任何一个有三长两短,他都罪该万死。他甚至不敢问，不敢联系她，只能独自日夜煎熬。

而汤旧画更不敢联络他，她在公司波澜不惊地生活着，肚子一天比一天大，还无人问津地住在宿舍里，同事主编都在当面背面地笑话她。

10月，初冬，她怀孕九个月，她身体一直不好，提前早产。她自己叫的救护车到了医院，因为她过于虚弱，产力不足，孩子出不来，没办法需要剖腹产。让她联系家属，她怯怯缩缩不敢；让她自己签字也可以，她又磨磨蹭蹭不签。她不是没有主意，而是她觉得孩子也是江易的，他也有决定权，又实在不敢联系他。在医生和胎动的催促之下，她终于满心愧疚和亏欠地拿起笔。

要不是这个医生从她建档就负责她，绝对误以为她是个聋哑人。手术顺利，母女平安。

听到孩子发出第一声啼哭，汤旧画紧绷的神经终于放松。她躺在手术床上，浑身到处都在痛，痛得昏昏沉沉，医生把简单清洗过的婴儿抱到她眼前，给她看性别："看一眼啊，是女孩。"医生的语气有些微妙，剖腹的时候，看到她身上数道血红色的伤疤，很难不戴着有色眼镜看她。

汤旧画也知道，她羞耻地侧过脸去看孩子，女孩哭声微弱，身体因为早产格外瘦小，气息也有些微弱，但总算是活下来了。这是她的孩子，可她这个样子，怎么配为人母？她刚才已经尽了力，用了全部的力气，就是生不下来，好像无力可使。她睫毛颤抖，惭愧得低下头。书上说，新生儿视力尚未发育完全，那再好不过，否则孩子第一眼见到的母亲就是低眉顺眼的。

麻药劲过后，汤旧画痛得下不了床，她一个人住在医院里还要照顾孩子，万分艰难，也还是走了过来。

出院那天，医生觉得汤旧画根本不可能自己处理各种事宜，直接让护士越过汤旧画给江易打了电话，建档的时候留过家属电话，虽然这个所谓的家属从验出怀孕到生完没有露过一面。

打完电话不到一个小时，江易就出现在病房，他是跑着来的，还在喘息。时隔四个月，他终于知道她跟孩子的消息，她们都幸存，他简直像是被告在庭审中听到无罪释放般的欣喜万分，但随后，他又陷人无边的恐惧和自责,他居然做父亲了,他这样的人也配做父亲?

护士把孩子往他怀里送:"你抱着吧。"她态度说不上好,没有人会对已知家暴孕妇且孩子出生不露面的男人态度好。

江易一愣,甚至不敢看那襁褓里的婴儿,扭过头后退两步。

这护士以为他是重男轻女,工作期间虽犯不着动气,也不想憋着自己,半科普半鄙夷地说:"生男生女都是男人定的。"

江易把头扭得更偏,护士甚至看不到他的侧脸。

他当然知道女孩没有不好,虽然他自己是男人,但他这辈子唯二爱过的两个人都是女人。汤旧画怀孕这么久,他从没想过她怀的是男孩还是女孩,因为他觉得自己不配做父亲,儿子女儿都不配。当初让她怀孕,是江蘅和高渐明有孩子后的应激反应,看着她的肚子一天天大起来,他感觉自己犯了巨大的、无法弥补的过错,日益惶恐。其实说心里话,他喜欢女孩比男孩多得多。只是他想起自己对女性的伤害,无颜面对他的女儿。

而且,他们的女儿九个月能存活,江蘅的孩子九个月却没保住。如果江蘅没怀那孩子,他并不会有这个女儿。虽然他模模糊糊地感觉早晚要跟汤旧画结婚(假如她愿意的话),但没有推动力始终跨不出那道坎,所以年复一年。结果他们的孩子平安出生,她的孩子却没能生下来,简直造化弄人。

他不知如何面对这个局面,不知怎么尽为人父的责任,若不是医生跟他说让他帮忙办出院,他只想扭头就跑,虽然他也不知道他能提供什么帮助。

最后孩子还是汤旧画抱的,江易只是跑上跑下办了各种手续,走出去的路上拿她为数不多的住院用品。

护士翻着白眼把孩子交到靠着墙上、缩着肩膀、低着脑袋、瑟瑟发抖的汤旧画怀里,没多看她一眼就扭头走了出去——没见过这么懦弱的女人。

听医生说已叫江易过来之后,汤旧画就穿好衣服站在墙边等他。他进门后,护士跟他说话,他应答不及,同汤旧画没有任何语言或视线交流。这是那顿残暴的皮带殴打后他们第一次碰面。汤旧画全程埋着头发抖，虽然她从来没有抬过头。她本就不敢对他说话，那次暴力以后，更是连声音都不敢发出。见他不愿抱孩子，她也不敢说一个字。她觉得自己麻烦他，本就是她的错。

医院门口，江易单手拿着汤旧画为数不多的行李走在前面，汤旧画抱着孩子跟在后面。她依旧是瑟缩低头无比卑微的体态，刀口每走一步都撕扯般地痛，但她只是低头忍着，甚至不敢喘息。她瘦到极致，穿着冬装都像是竹竿，不，竹竿也有重量，她应该像是纸片。

那天风很大，有讲究月子里不能受风，但是汤旧画产前只记得买宝宝需要的各种物品，自己的什么都没准备，就连排恶露需要的卫生巾都忘记了，她又不可能请别人帮这种忙，只能用纸巾代替。

她没有买专门的帽子，降温的10月已经穿棉袄或者羽绒服。棉衣外套自带帽子，但是出院前她带着刀口照顾孩子又收拾东西，全程还处于巨大的精神恐怖之中，忘了戴上外套的帽子。走出楼门后疾风刮到头上，已经来不及了。她也没有想什么，只是把孩子抱得更紧些，怕她被冻到。

江易本来是个特别不敏感的人，但是因为江蕤怕冷怕风，他对这两样反应特别快，然后他又看到汤旧画披散的长发被风吹得杂草般乱成一团，他觉得很难过，就伸手把她的帽子拉起来，遮住她的头。

这只是一个再正常不过的动作，类似于她快高考的时候，他拉上她校服的拉锁，但是他触碰她衣服的时候，她身体僵硬，肩膀瑟缩，她显然以为他是又要打她了，发现他只是给她戴帽子以后，她反而更加恐惧，因为这超出她的认知范围。

回到那个出租房里，她看到那个熟悉的恐怖地点，又开始肉眼可见地发抖，江易也非常尴尬，四个月前，就是在这里，上演了那场触目惊心的殴打。

宝宝似是感受到氛围的不对，大哭起来，哭声绕梁，江易觉得是他吓到她和孩子，非常内疚，无地自容。汤旧画被哭声吓到，头上的帽子也滑落，她却更怕他生气，手足无措地哄宝宝想让她安静下来，但她刚做妈妈毫无经验，根本哄不好，只能把孩子放进里屋，又走出来。哭声还在徐徐传出，江易在门口发愣，看到汤旧画走到客厅边缘，跟他几米之距，然后就双膝跪了下去。她太瘦，动作又太轻柔，以至于双膝落地，一点声音都没有。

她低着头，声音比人更低微："对……对不起，我……我不该……不该出去住……我……我错了……"她居然又给他下跪，还是为她"离家出走"道歉，江易无比尴尬，看着她那个颤抖怯懦的样子，又莫名其妙地心生怒意，眉毛竖起。

不过孩子的哭声一遍遍提示着他，他们已经有了孩子，她已经是一个母亲，他尊重母亲，尊重所有成为母亲的女人，何况她还是他孩子的母亲，他应该用一生去保护她，永远不能再伤害她。但是他实在不知道该怎么面对她，尤其是她的膝盖，转身就从户门走了出去，还有点重手地摔上门。

她跪在那里，听着摔门声，浑身颤抖。宝宝还在哭着，她使了全身力气，站起来走进屋里，忍着刀口的疼痛，轻轻将宝宝抱起，跟她一起哭泣。

三十八

江易一个月没回去，后来慢慢地还是偶尔回去一下，想看看有什么能为她们母女做的，但她什么都没让他做过。

他跟她本就是分房睡的，有了孩子，孩子自然是跟她一屋，一墙之隔，孩子甚至没进过江易的房门。孩子完全是汤旧画一个人带的，不分昼夜，事无巨细，他从来没搭过手，偶尔在卧室间的过道遇见，她永远是靠到墙边深深低着头，不敢看他的脸。

江易继续日复一日地加班，每次回去后就缩在他的卧室，每当听到女儿哭声的时候，他都为自己的不负责感到无比羞惭。婴儿的哭泣跟成年人不同，尖锐嘹亮，声嘶力竭，纯粹得不带情绪，执拗得不以物喜、不以己悲。他什么都没做，并不是不在意，相反，是觉得这事情过于重大，他不知道怎么负责。

虽然他没有尽过一分做父亲的责任和义务，没喂过一次奶，没洗过一次尿布，日常不回来，甚至没有抱过女儿，但是汤旧画已经对他感激不尽，同时，她也在提心吊胆着。他没有动手的时间越长，她越害怕。她不敢对他表达任何，只是每天躲在房间里，陪着女儿慢慢长大。

那几个月已经是汤旧画有生以来最幸福的时光。

女儿脸庞五官都像江易，客观地说并不漂亮，但她喜欢得不得了，孩子的每根手指她都觉得好可爱。她不会说话，但母爱不需要言语，尤其是孩子咿咿呀呀还没学语的时期。女儿经历的第一个冬天，窗外冰天雪地，室内暖意融融，她跟女儿并肩躺在柔软的床上，女儿很喜欢贴着她睡觉，睡梦中会蹭着她拱来拱去，每当感受到那柔软的力度，她只感觉幸福感充斥全身，陈旧的伤口也不再疼。

她的产假只有三个月，九十八天后出版社就要求她回去上班。孩子不能没有她，她也不能没有孩子，所以她只有选择辞职。

她当然知道做家庭主妇是件很危险的事情，何况他们的家庭状态这么……不正常，但她没有选择。

生活就在混沌里日复一日，冬去春来。

2月，又是一度新春佳节。联欢晚会上演着岁岁相似的热闹喜庆，仿佛时光流转，改变的只是年份数字。

今年江父没有来找江易，因为自从江蘅流产以来，江母情况就不好，断断续续一直在住院和治疗。在他的视角，而这一年来汤旧画作为儿媳都没有去探望婆婆，简直冷漠不孝，对她全无好感。江易没告诉任何人汤旧画怀孕，江父完全是孩子出生上户口后才听说，他更加埋怨汤旧画不懂事、目中没有长辈，打电话质问江易，之前江易因为询问江母的病情解除了对他的拉黑，一听父亲说汤旧画又挂断通话拉入黑名单，江父对汤旧画的印象更是糟糕到极点。

事实上汤旧画并没有不记挂，她一直记得江母友善的笑容和江父说的"阿姨身体不好"，只是她不敢问，这些年她很少胆敢主动跟江易说话，仅有必要的询问，九一不被他吼回来。那顿皮带以后，她连看着他都不敢了。

她产后，他只是偶尔回家，她听到他在便缩在卧室不敢出来，他也不会来找她，他们就像宾馆相邻房间的住客，同一屋檐下几乎互不见人。

次年3月中旬。

高渐明正常下班，回到家里，居然看到江蕠坐在餐桌旁，看样子已经坐了很久，目光平静地看着他，平静得令人生畏。

她面前没有书籍或电脑，宽大的浅色木头餐桌上只有一个玻璃花瓶，里面是一束精致的米黄色假花，有种会议谈判的错觉。

他换了鞋，强作笑容地朝她走过去："怎么坐这儿了？"

江蕠静静地看着他，拿出一张检查报告单推到他面前："这是怎么回事？"

高渐明看她拿出这张单子，其实就有了预感，他慢慢地垂目看了一眼，很难描述他的表情，他在努力控制，却还是流露出如释重负，就像终于完成了某项任务，到达了某个目的地。

那是一张印着加号的HCG化验单，名字是江蕠，日期是今天。

他答应过她三年之内不要孩子。而她九个月前那回大月份流产对身体各脏器都造成一定的损伤，一直在吃药调理，不能同时服用避孕药，所以只能是他戴套。

也是因为那回流产的伤害，她的周期变得很不规律，所以他其实也在关注，但无法确定，也不敢询问。

若是以前，他一定脱口而出，我都没有嫌弃你乱伦过的身体，需要对你解释什么？但现在，他耐着性子坐到她身旁的空椅子上："这种事情难免会有意外，那个的包装上面都写着不能保证百分之百……"

江蕠看着他的眼睛，淡淡道："别人可能会有意外，但你不会。"

他是高渐明，缜密严谨的高渐明，从无失误的高渐明，会做的题便不丢一分的高渐明。

高渐明动了动嘴角，也淡淡地说："如果我滴水不漏，我们上一个孩子就不会没有。"

那天江蕠跟他说考虑清楚，事实上她越那样说他越冲动，虽然他以为自己很冷静。但看到她血如水流，他怎么可能不后悔。

后悔是最懦弱愚蠢的感情。他天天质问研判席上的嫌疑人后不后悔，他们越是悔恨万分、痛哭流涕，他越是鄙视他们早知今日何必当初。这几个月来，他日日夜夜都在鄙视他自己。

江薇不喜欢翻旧账，她甚至都不想评价这件事，因为她内心深处一直认为，从客观理性的角度看，流掉那个孩子是正确的。

她直言道："我想了很久，你应该是半途摘掉的。"

她确实想了很久，因为她对这方面不了解不关注，也不想了解不想关注，但她确定避孕套没有针眼和破损，问题只能出在使用过程中。这是她能想出来的，唯一合理的解释。

他这么骄傲的人，居然会做这样的事情。

按理说，他不该承认的，哪怕为了面子，也应该矢口否认，反正这事永远无法取证。

但他居然没说话。

换作别的女人，可能会哭会闹会指责会嘲笑，而江薇什么都没说，只是静静地看着他，轻声问道："这几个月你是不是觉得很辛苦？"

高渐明跟她四目相对，相对无言。

自从他们和好以来，生活表面归于平静，心里的苦只有他自己知道。再也没有人提起过去的事情，糟糕的是，他不知道江薇的想法是怎样，但他自己从未遗忘。更糟糕的是，他惊愕地发现，他们之间除了那些事情，竟然无话可说。

他们看似有近二十年，长大后除她的拒绝和他的发泄一无所有。

他当然爱她，这么多年，对她的向往早已融入骨血心脏，跟她暮暮朝朝是他的梦想，追逐坚持退让至今终于如愿以偿，却不知道怎么跟她共沐朝阳。

他学着传说中恋爱的模样，周末假期同她去西餐厅、海洋馆、电影院、落雪的故宫，平时有时间就会去接她下班，晚上睡前也会跟她聊着所见所闻所感，她也很配合地跟他交谈，两个人说了一路，事后回想，竟全不记得说了什么。

因为他规避掉所有跟不愉快记忆沾边的话题，避来避去，只能说些无关痛痒的细枝末节。

有一天，他看江蘅的头发有点长了，本想提议带她去理发店修剪一下，顺便做个护发保养，话到嘴边又咽下，他怕她想起他摘下她皮筋让她给他口交的那一幕。

过去的一年，他在生活的点点滴滴都对她极尽羞辱，如今想要回避，就像在地雷战中走路，步步小心。

他仿佛戴着微笑面具般的枷锁，不堪负荷，筋疲力尽，却更不敢摘下来。

他实在太累了，要这个孩子也不是想有恃无恐地放纵，只是想适当地放松，再不松快些，他就要被面具勒得窒息而死了。

其实他的感受，江蘅完全明白，因为她也一样。

她也是个很敏锐的人，所以他那么看了她一眼，第二天她就自己去把头发剪回合适的长度。

她的声音依然很轻："你觉得在这种情况下要这个孩子，是个负责明智的举动吗？"

高渐明沉默，良久才道："我已经在改变了。"

她不愿跟他争辩。与其说他在改变，不如说他是在忍受。而只要是人，就总有忍无可忍的一天。他要这个孩子，不正是因为快要忍不住了吗？

但她还是不能否认他已经尽力，没有再多言，站起来回了房间。

虽然她没说，但她还是配合医嘱每天服用叶酸等营养品，还是如期去医院做孕检，还是接受了这个孩子，接受了他的选择。

每分每秒都有受精卵形成，每分每秒都有人出生，也都有人死去。

这已是江易跟高渐明参加工作的第六年，他们虽然面不和心更不和，毕竟是同一支队，父辈是好友，江易业务能力又太差，别的同事都难以忍受他，所以他日常跟高渐明一起出警。

礼拜天，上午十点三十分，天色阴郁，灰云密布，目不见日。

接到报警，急救中心称有人在家死亡，医生无法判断是意外、自杀还是他杀，遂报案。

警车开进事发小区,该小区位于中心地段,高档电梯住宅,高耸入云,俯瞰城市,这里一套房子可以买两套普通别墅,看来这户人家经济条件很不错。

救护车停在自动双开玻璃门的楼门前,一栋楼只有一个单元。

报案的医生也在门外等候,小区物业工作人员也来了,还拉了一道警戒线,部分邻居在线外围观:"警察来了!"

喜欢看热闹是永远改不掉的人性,无论贫富。

因为还不确定是命案,暂且就他们两个人来了解情况。高渐明走在前面,一边大步向前,一边跟报案的急诊医生交谈,眼神清亮,询问细致。江易阴着脸、闭着嘴走在后面,毫无作用且影响观感,连看热闹的群众都不想多看他一眼。

该医生大概三十五六岁,在急诊工作多年,见的死人不比老刑侦少,非常淡定地讲述来龙去脉:"逝者名叫崔昌,男性,五十一岁,今天早上九点四十七分家属打120说他在家里昏迷,我们十点整赶到,看到人都已经硬了,初步判断死因是急性低血压,但他没有相关基础疾病,感觉不太正常就报警了。"

说话间,他们就乘电梯上楼。案发人家在三楼,这种景观楼买三层实在有点吃亏,价格便宜一毫半厘,体验却天差地别。

一楼层只有一户,该户人家的家门敞开,里面隐隐传出女子的哭声。

走到屋里,室内的装潢简洁而上档次,墙壁贴着米色壁纸,没有图案,只有枝蔓般的纹理,壁纸肉眼可见的质地上乘。家具也都是简单不失华丽,比如那沙发,款式厚重精美,布面不知是什么材质,隐隐发着绸缎般的光芒。但是墙上屋里都没有张贴或摆放任何摆设,包括全家福之类的相片都没有,空空如也。餐桌、茶几表面均空无一物,没有生活气息和家庭氛围。

他们家所有的房间,客厅、卧室、走廊、厨房全部窗帘紧闭,仅靠灯光照明,并且整个房子都是瓷砖地面,大理石花纹的砖面黑白参半,显得更加冷清幽暗。

客厅后面第一个卧室就是主卧,医生做个手势:"就在这里。"

他们走进去，主卧跟外面一样的风格，收拾得非常干净，简直像太平间，唯一的差别是正对房门的落地窗那窗帘拉开了一半，窗户也是开着，已经带有几丝暖意的春风吹进来，一个倩影立在青天白日之间。

卧室里唯一的大床上只有一个枕头，上面躺着一个男人。他身上简单地盖了块白布，一个女人蹲跪在床边，披头散发，双手掩面在哭泣着。虽然看不到脸，从略显丰满的体态判断已不年轻。

她是这房间里唯一的声源，但高渐明和江易进屋的第一眼都没看她。

因为玻璃窗前，有一个女孩背靠薄薄的窗户，站在这楼的边缘，沐浴在春风里。窗外的天光勾勒着她的轮廓，室内的灯光映射着她的面容，她大概十八九岁年纪，身材苗条纤细，上身是浅绿色衬衣，下身是白色长裙，长发披肩，肤白胜雪，五官温婉雅致，脸庞线条柔和，唇色很淡，气质温柔，神色却很模糊。

她静静地注视着屋内的一切，分明看到了他们两个警察走进来，却像没看见一般，没有反应，没有态度。她的眼眸看不出情绪，目光始终开阔而迷茫，只有看向那哭泣的中年女子之时，会充满爱怜之情。

他们还没说话，那中年女子听到脚步声抬起头来，只见她双眼早已哭肿，神色憔悴，一张圆脸，脸因为中年发福和泪水浸泡更圆，眉目依稀可以看出年轻时她是珠圆玉润甜美类型的长相，年华老去显得格外可怜，额头还有大片淤青。她看到医生上楼，哭泣着连跪带爬地扑到医生脚下，拉着医生的裤腿苦苦哀求："大夫，求求你救救他，求求你再试一试——"

那女孩似乎在忍耐着什么，走过来试图搀扶她，步履娉婷，像她这个级别的美人随便做什么举动都会美得浑然天成。那女人被她触碰，却哭得更厉害。

高渐明戴上手套，掀开白布的一角，布下那个男人早已死去，他嘴唇乌紫，双眉紧锁，遗容仍很英俊，那女孩跟他有三四分相似。

高渐明将白布盖回去，看到旁边的床头柜上有一个大号咖啡杯，杯中咖啡尽数喝光，只有杯壁残存干涸的棕黑色液渍，他拿起杯子闻了闻，是浓郁苦涩的黑咖啡，嗅不出别的味道。

医生尴尬地拉开那女人的手，弯腰将她扶起："您的心情我们可以理解，但是逝者已逝，还请节哀。"他向高渐明介绍，"这是逝者的妻子。"

那女人还在哭求医生："求求你——"她哭得站立不稳，全靠那女孩搀扶着她才没倒下。女孩面容平静，非但没有一滴泪水，甚至没有一丝悲伤之色，甚至听医生说到"妻子"二字，还咬住嘴唇，遮掩不住的反感。

高渐明完全没给她们调整情绪的时间，说："请出示身份证。"

那女孩站在一旁没动，那女人哭着摸索来两张证件递给他。

她本人的高渐明只扫了一眼，现年三十九岁，冯凤，户口所在地是一个偏远山村。

他重点看了看那个年轻女孩的，崔红萼，上个月刚满十九岁，户口所在地就是脚下这套房产。

高渐明把证件扔给江易让他做登记，问她们母女："家里就你们三个人吗？"

崔红萼依旧一言不发，冯凤哭喘着说："她还有个哥哥……毕业工作了……没在家里住……"

这个"她"显然指的是崔红萼，高渐明表示理解地点点头道："他比她大几岁？"他语气暧昧和嘲弄，只有江易明白他何出此言，但顾不上跟他较劲，他在看崔红萼，并不是用看犯罪嫌疑人的眼神。提到这个哥哥，她眼里有种难以描摹的光彩，又瞬间黯淡下来。

只有冯凤在老实单纯地回答问题："九岁。"

高渐明目光锐利地看着她："你今年三十九岁，大儿子都二十八了？"

冯凤抽噎着说："她哥哥的妈妈……去世了……"

高渐明点点头，意味深长地说："重组家庭。这个二十八岁的哥哥，结婚了吗？"

冯凤道："没有。"

高渐明又犹有深意地看了看江易，才回归正题："给他打电话了吧？他什么时候到？"

冯凤流着泪摇摇头，道："忘……忘记了……"

高渐明对崔红萼道："你也忘了？"

崔红萼眼神有些发直，没有回答。

高渐明道："好吧，你们不用打了，我们会联系他。"

崔红萼突然说："您别在上班时间，他是上手术台的医生，不能分心。"

这是他们第一次听她说话，她音色柔和，语气轻缓，声如其人，相由心生，她应该是个很温柔的人。

高渐明道："这个不在我们考虑范围，再说让他分心的也不是我们。"

他目视崔红萼，突然问道："你跟死者什么关系？"

崔红萼轻声道："是我父亲。"这答案显而易见，而父亲暴毙如此平静的女儿实属罕见。但是她居然承认了，并且轻松坦然，和高渐明预想的不一样。

高渐明目不斜视地看着她，手里出示警察证："我们是××分局第一刑侦支队的，请你们跟我们回去配合调查。"

江易反驳他："你要调查什么？"

他们虽然私下恩怨已久，但工作中基本没有矛盾，因为通常都是高渐明主导江易陪跑，这还是江易第一次直接质疑。

高渐明给了他一个警告的眼神："有公民不明原因死亡，不应该调查吗？"

冯凤也哭泣着走过来，双手手指交织在身前："警察同志，我……我们今天早上起来，他……他就成这样了，我们什么都没做过……"

高渐明对冯凤露出毫无善意的笑容："有没有做过，一查就知道了。"

他的视线透过摇摇欲坠的母亲投射在女儿身上，崔红萼平视着他，并不闪躲。

三十九

崔昌的遗体尸检，家中物品被带走检查。

他们确实查出了一些东西。

一个没有心血管病史的人，突然死于低血压，本来就是一件不合理的事情，每件不合理的事情，都能找到合理的解释。

利××。

一种过去常用的降压药，因药物副作用大，严重时可致死，使用有风险，已经逐渐被淘汰，但还未禁用。

崔昌的体液里查出大量利××成分，有百片的药量，但胃部没有发现未完全消化的残留药片，而他生前所使的咖啡杯、煮咖啡所用的咖啡机内壁和管道均检测出利××，推测是将药物和咖啡豆一起放入咖啡机，煮成咖啡服下。

利××的药瓶和药盒也被找到，均在他本人的书房柜子里，即市面所销售每瓶一百片的那种，瓶中空空如也，药瓶上检验出他本人、他女儿和他妻子三人的指纹。他妻子的指纹被他们父女的所覆盖。

而咖啡机没有检测出指纹，准确地说，他家任何厨具基本都没有指纹，厨房里有抽取式盒装一次性手套，他家做饭似乎都必须戴着手套无接触。

崔昌本人是独生子，父母均已过世，现在除去妻子、儿子、女儿并无其他亲人。

审讯室。

他们先审问的是冯凤。

冯凤坐在椅子上，浑身都在发抖，似乎惊魂未定，她眼睛早已哭肿，还在不停地哭着。

任谁看过她脸上的伤，都不可能对她毫无看法。高渐明全程公事公办，铁面无私的表情之下是鄙视的心。江易则全程埋头记录，没有抬头看她一眼，因为不忍。

冯凤听到"利××"这三个字，因哭泣浮肿的脸庞瞬间苍白，然后就是使劲摇头，眼泪鼻涕都摇了出来："我不知道，不知道，我们都不知道……"

江易低着头递过去一张纸巾，高渐明在心里翻着白眼："药瓶上已经查出了你的指纹，碰都碰过了，还说不知道？"

冯凤不明所以，还在梗着脖子摇头。

江易忍不住道："那个药瓶在人家家里的，收拾东西随手碰到很正常，不能证明她一定就知道那是什么东西。"

高渐明厉声道："注意你的立场！"

江易含怒瞪着他，他觉得高渐明过于严苛，又知道自己的愤怒立不住脚，只能怒而不言。

高渐明看向冯凤，缓缓道："再说，如果完全不知道，听到这个药名害怕什么呢？"

冯凤哑口无言，只能继续摇头："我不知道，真的不知道……"

高渐明整理了一下衣领，问道："那你脸上的伤怎么来的，你知道吗？"语气随意中带着轻蔑。

不出所料，冯凤还没反应过来，惯性般地还在摇头。

高渐明道："他打的？"完全是肯定的语气。

冯凤顿时满脸羞耻之色，说不出话来。

高渐明的语气没有改变："他经常打你？"

冯凤更加羞耻，如同被剥去衣物全身赤裸，下意识地摇头，又不知所措地埋下脸去。

高渐明突然发问："你恨他吗？"

冯凤摇头如捣蒜。

高渐明勾起嘴角："你女儿很恨他，对吧？"

冯凤僵硬了片刻，又是摇头，只见她脖颈僵硬，动作比之前缓慢得多。

她实在不善于撒谎。

母亲之后是女儿。

崔红萼坐在椅子上，她清秀的容颜在冷色调的白炽灯光下更显出尘。

江易全程埋着头，在他眼里十八九岁的人还是小孩子，而他虚长近十岁，一事无成，实在惭愧。

其实高渐明这个人，也不是一本正经，有时候也会问些与案情无关的问题，活跃气氛，声东击西："十九岁，有男朋友吗？"

崔红萼以为是人际关系调查，随口如实回答道："没有。"

高渐明装作随意地追问道："谈过恋爱吗？"

崔红萼对这个事情本就没有概念，现在更是无暇顾及，只是摇摇头。

高渐明不动声色地打量她两眼，语气变得略带暧昧："你的名字不错，谁给你起的？"

崔红萼蜻蜓点水般地看看他，说："我妈和我哥。"他们已经知晓，崔昌跟冯凤是二婚，他有个前妻，在二十年前因病去世，两人育有一子，名叫崔尊，也就是崔红萼同父异母的哥哥，今年二十八岁，北医C院的主治医生。

高渐明状似随意地说："哦。"他更加暧昧地念道，"哥哥。"

他意味深长地看看江易，江易手指僵硬地在电子笔录里敲下"哥哥"二字，强忍着把笔记本电脑合上抽到高渐明脸上的冲动。

高渐明似笑非笑地道："'翠尊易泣，红萼无言耿相忆'。挺浪漫的。"

崔红萼抬头看了他一眼，这是一句不算冷门也不著名的诗，念得出来的人并不多。比如江易就没听过，他甚至不知道前后两个"易"和"忆"该怎么写。

高渐明拿起茶杯饮了一口，举手投足平心而论非常帅，拍成短视频发到网上会有一堆女生发弹幕喊老公的那种。

他放下杯子，下一句话让江易暴打他的冲动更猛烈。

他说的是："你跟你哥关系好吗？"

崔红萼没有回答，但眉眼间无法遮掩流露出温柔又哀伤的神色，显然兄妹感情深厚而复杂。

高渐明微微眯起眼睛，崔尊是他亲自通知的，这位三甲医院甲状腺乳腺外科主治医师，接电话的时候，确实正在手术台上。崔医生的声音儒雅温和而斯文，显然有很好的学识和涵养。

高渐明告诉他，他父亲暴毙家中，他并没有什么反应，还在有条不紊地让护士递器械。但是一跟他说，崔红萼有作案嫌疑，他马上就放下手术刀跟护士说他不做了。

他实在是看不出来这种相互挂念的兄妹跟情侣有什么区别。

高渐明看着崔红萼年轻的脸庞："你是S师大的？"

这是事实。崔红萼没有承认，也没否认。

高渐明忽然又笑了："你爸是985的本科，你哥是北大医学部的本硕博，你就考个S师大，好意思吗？"

崔红萼毕竟还年轻，她咬住嘴唇，左右手不经意间交握在一起。

江易终于对高渐明怒目而视："你在说什么，人家学校怎么了？"

高渐明无视他，继续自问自答："也对，你妈是小学肄业，虎父犬女也有道理，但是你哥他妈也只有初中学历啊。"

崔红萼的手指扣得更紧。

江易忍无可忍地吼道："高渐明——"

高渐明继续无视他，却突然收起调侃的腔调，加快语速，用审问的语气对崔红萼道："昨天晚上你们家发生了什么？"

崔红萼的表情一片平静，平静得不正常，一个字都没有说。

她从进来态度就是这样，很沉默，不配合。

高渐明终于忍不住："我帮你开个头，先从你妈脸上的伤开始。"

崔红萼别过脸去，显然不愿提这个话题。

高渐明并不意外，气定神闲地说："不方便说吗？那我能不能理解为，是你们母女自己弄的，达到诬陷你爸爸的目的？"

崔红萼终于开口，声轻如烟："不是。"

高渐明道："那是什么？"

崔红萼看着他，她似乎有一瞬间的情绪，目光就像一把双刃刀，随即刀刃就幻化于无形。

高渐明道："你妈都跟我们说过了，你觉得还有必要瞒着吗？"

崔红萼依旧不说话。

江易的眼神里充满深切的同情，高渐明则不以为意："这个没什么不好意思的吧，你妈妈挨打了，你应该主动向警方寻求帮助啊。"

崔红萼目光平淡地直视着他，她觉得这位警官应该很幸运，没经历过家庭暴力。

高渐明终于直奔主题："一个没有心脑血管疾病的人突然死于低血压，你没有疑问吗？"

崔红萼依旧是淡淡地摇摇头。

高渐明开始说重点："他的死亡原因是服用过量的利××，服用方式是将利××和咖啡豆一起研磨吞服，利××是什么，需要我多说吗？"

崔红萼缓缓道："这个药是他自己买的，你们可以去查购买记录。"

这句话倒是出乎高渐明的意料："你们家三个人包括你哥都没有高血压，他为什么要买这个药？"

崔红萼瞳仁乌黑发亮："他并不是买来治病的。"

高渐明道："那你认为他用来做什么？"

崔红萼抿着唇，没有出声。

高渐明连续询问三遍，她都像没听见一般。或者听见了，只是有意不开口，因为一开口就会说出实话。

高渐明只能转变问法，道："目前的检测结果显示，利××药瓶上都有你的指纹。"

崔红萼点点头，再无过多表达。

高渐明出其不意道："你妈说那咖啡是她给你爸煮的？"

崔红萼果然开口道："不是，"她还补充道，"那个咖啡机我妈妈根本不会用，你们可以去调查，应该能印证的。"

对于这个情况，高渐明也不意外，继续问道："那么是谁煮的？怎么会有利××进去？"

这么关键且答案非此即彼的问题，崔红萼居然丝毫没有着急，她连坐姿都没改变，也没有做回应。

高渐明和江易回办公室，调查了崔昌的手机、电脑等电子设备。他确实有网购利××的记录，时间为一个月前。

江易松了口气："他就是自杀，可以结案了。"

高渐明冷笑道："他死亡当晚八点还约了客户明天见面。"这个也是从崔昌的手机查出来的记录。

江易急道："这种家暴男情绪通常都很不稳定！前一秒还一切正常，后一秒就打人、杀人、自杀了！"

高渐明含笑道："你的亲身体会吗？"

江易气得咬紧牙关。

一个面无表情的齐耳短发女警察走进来，是队伍里唯数不多的女警，她声音语气均没有情感态度，只是陈述事实："崔昌的儿子崔尊到了。"

崔尊不是嫌疑人，所以女警察让他等候在审讯室隔壁的休息室里，那里有沙发、茶几、电视机。

崔尊没有坐，他站在窗边，休息室也没有明窗，只有一扇开向过道的窗户勉强通风换气，过道狭长，并没什么采光，但他在这里，室内如蓬莱生辉，骤然明朗。他匆匆赶来，略带风尘仆仆之意，眉目间也带着忧思之情，却无损于其本色，眉清目俊，身姿如竹，瘦而不弱，温润如玉。高渐明记得他是穿白大褂的职业，却见他一身黑色的衣衫，而黑色穿在他身上，跟白色竟相差无几。纯粹，典雅，温和，洁净，扑面而来的文化气息，学者而绅士。他自成光源，光却是黑色，厚重而沉着。

他跟高渐明差不多，都是一米八有余，一米七一的江易站在他们旁边，就像两只仙鹤间插入的野鸡。

江易自惭形秽地低下头，相比之下，他怎么配做哥哥。

高渐明也很好看，他脸颊的线条并不尖锐，明朗的眉眼，洁白的牙齿，笑起来阳光灿烂梦回少年，但是他的笑容总是寒冷而有攻击力。此刻他毫无笑意，看着崔尊这个各角度、各方面近乎完美无缺的男人，眼神却锐利得近乎轻蔑，视他形同赤裸。

崔尊见他们进来,立刻转身向他们走来,顾不上细究这两位警察并不正常的神色,直接询问道:"警官,我是崔红尊的哥哥,请问现在什么情况?"语气有不着痕迹的急切,但同样不失礼数。

很好,父亲遇害,妹妹有嫌疑,见到警察第一句话介绍自己是妹妹的哥哥,而不是父亲的儿子。他心之所系的是谁,竟是毫不掩饰。

高渐明面不改色地答着:"还在调查中。"

沙发就在旁边,没有一个人坐下去。

高渐明看着崔尊,忽然问:"你是1999年的?"

崔尊有点意外,还是答道:"是。"

高渐明看了一眼表情复杂的江易,说了句更出人意料的话:"咱们三个是同龄人。"

他们都是九十年代最后一年出生,江易是1月,崔尊是3月,高渐明最小,生于5月。

这句话表面亲切,语气却有些古怪,崔尊一时间不能判断他的意思,说实话,他现在也没有心情关注办案警察的年纪,但他见惯生死,性格随和,便也只是淡淡地点点头。

高渐明收起唠家常的语气:"要不要去看看你父亲?"

崔尊眼里闪过一丝错综复杂的情绪:"不用了。"

高渐明仿佛给他机会一般地道:"他是你们的亲生父亲吗?"

这问题实在没礼貌,分明是侮辱他们的母亲,崔尊抬眉看着他,眼底含着隐痛和怒意:"当然。"这也是他们一生最大的悲哀和耻辱。

高渐明冷笑道:"丧父之痛,在你们身上可是一点儿都看不出来。"

崔尊不想继续这个话题,又心念另一要事,终于忍不住问道:"您说我妹妹有嫌疑,是什么意思?"他尽可能不动声色,但他这么提问,已经是暴露无遗。

高渐明当然不正面回答:"你看起来并不意外啊。"

崔尊当然听得出他话里的导向意味,他眉目间神色略凝重,知道此时解释越多越易出错,只是答道:"您这是什么意思?"

江易忍不住插嘴道:"别听他的,根本还没搞清楚——"

崔尊明白了几分,他们想必还没有确凿的证据,所谓嫌疑应该仅限于怀疑，羁押二十四小时没有证据，按规定就该放她们回家。他略放下心来，神色清明地朝江易点头。

高渐明扫了江易一眼，嘴角带着讥笑："已经很清楚。"

江易含怒看着他，崔尊一时不知道该作何回答。

高渐明也没有展开这个话题，问崔尊道："他们三个人最近一次联系你分别是什么时候？"

崔尊道："和我妹妹是这个月初，阿姨还有他……"他显然对"父亲"这个称呼非常排斥，虽年长九岁，竟还不如崔红萼能忍耐和接受，"已经很久没有联络。"

高渐明道："并不久，九个月而已。"

崔尊跟继母确实很多年没直接联络，但他最近一次跟崔昌是去年6月6号打了一通电话，距今不到十个月。

提到这件事，崔尊咬着嘴唇侧过脸去，脸上的神色复杂而痛苦。

高渐明玩弄猎物般看着他。这些信息，他们警察早已从崔家人的通话记录里查到，崔尊跟家里联系确实不多，除了跟崔昌那通电话，多年未联络，跟崔红萼稍微多一些，最近一次是在崔尊的生日，崔红萼发给他的："哥，生日快乐。"

巧了，跟他结婚这两年，江蘅跟江易联系说的都是这句话，不过比姓崔的多一个叠字。

"哥哥，生日快乐。"

去年看到这条信息，他摔了她的手机，屏幕粉碎如沙，根本没有修复的余地。

而她只是淡淡说了句："那你每年都得摔一部。"

他也没想到，待到今年，同样的内容，他心里千般不愿，却只能装作没有看见。

是不是所有兄妹都喜欢祝生日快乐？因为那一天他们从同一个通道来到人世间？那江蘅他们并非亲生，又算什么？感谢你的降临，从此与我共存？

高渐明点点下巴，思绪飘浮，一时间竟未言语。

崔尊却说了一句让人意想不到的话："高警官，我见过您。"

四十

高渐明回过头,他实在是个很好看、很有辨识度的男人:"是吗?"其实他也有过这种猜测,崔尊在第C医院工作,江蘅两次怀孕产检都是在那里,不是没有可能遇到过。

果然听崔尊接着道:"两周前,在我们医院妇产科。恭喜您要做父亲了。"

崔尊的声音平淡温和,就像恭喜他的病患病愈出院,但他突然发现旁边的另一位警察闻言猛然抬起头,看着高渐明,眼里交杂着震惊、愤怒、怀疑、怨恨,甚至还有羡慕和嫉妒。

那绝不是正常同事之间会出现的眼神。浓烈到几乎溢出的情绪,说是听见自己的妻子怀了高渐明的孩子都不为过。

高渐明却视而不见,对崔尊回以微笑:"谢谢。您比我还年长几个月,怎么还没成家呢?"

崔尊眼里浮现出一种深沉的哀痛,或者说,一直都有隐痛埋在那里,只是闻言凸显出来而已。

高渐明看着他墨竹般的身姿体态,似在想象他一丝不挂地趴在崔红蓴身上的画面:"听说你父亲长期家暴你继母?"

崔尊的神色也变得很复杂,他再次看向窗外,这回几乎是半张脸都侧了过去,然后缓缓点了下头。

高渐明讥笑:"那么你就把她们扔在家里,自己搬出去享清静?真是个好哥哥。"

崔尊没有辩解,也没有转回脸来,他看着阴暗的过道,这也是他毕生最愧疚的事之一。

情况毕竟还不明朗,崔尊再着急也只能压在心里,高渐明问完,他只能离开。

他们二个人一起从休息室出来,沉默地走过一条走廊,走到一个分岔口,一边是办公室,一边是大门,崔尊礼貌地跟他们点头示意走向大门。他的脚步声远去，高渐明和江易也走出几步，然后江易再也忍受不住，他自从听说江蘅怀孕，就魂不守舍、心神不宁，送走了崔尊，终于爆发。

他顾不得时间、地点，直接扑向高渐明。高渐明却像早有预料一般反手推开他，靠在窗台上，表情闲适地看着他。

江易看着他衣冠楚楚、肩宽腿长的身体，咬牙切齿："你……你凭什么又……又让她……她上次……才九个月……"在江易看来，高渐明人品极差，根本不配让江蘅生儿育女。更重要的是距离江蘅上回流产后仅九个月，江易虽然不懂医理，但汤旧画产后医生说三年内不能要二胎，江蘅的情况想必也差不太多。高渐明居然让她这么快就再次怀孕，完全不考虑她的身体情况，简直禽兽不如。

高渐明和他之间的连线和窗面构成四十五度角，斜睨着他以逸待劳地说："我们夫妻什么时候要孩子，轮得到你来问吗？"他故意放轻语气，用只有他们两个能听见的声音接着说，"她给我用的什么姿势，是不是也要告诉你？"

他前半句语气虽然尖刻，江易还勉强能忍受，因为这两年来高渐明待他都是这个态度，他纵然不想忍也忍了过来；但后半句话，高渐明不但侮辱他，还在侮辱江蘅。江易当时就跳了起来，一拳向他砸过去："畜牲！"

高渐明似乎笑了一声，轻而易举地侧身避开，江易继续扑过来抓住他的衣服。高渐明就像看着无理取闹的泼妇一般任他胡闹。

这里是公安局，别人当然不会任他胡闹，马上就有同事过来拉开江易："干什么呢！"

江易被两个同事很专业地控制着，倒不是他们故意刁难他，而是众目睽睽之下，他还在不依不饶地红着眼睛瞪着高渐明，试图朝他扑过去，嘴唇颤抖着不断吐出两个字"畜牲"。

而他对面，高渐明拍拍被拉乱的衣襟，在天光下他更是如玉树临风。

队长都被惊动了，闻讯赶来，厉声喝问："怎么回事？什么情况？居然在局里打架！"

江易瞪着高渐明怒道:"他,他——"

高渐明坦然自若地看着他,似乎还笑了笑,英俊的脸正直无瑕。

队长道:"说啊,他怎么了?"

江易话到嘴边,怎么也说不出口。他怎么可能给外人复述高渐明刚才说的话,那无疑是对江蘅的二次羞辱。

高渐明终于有条不紊地开口,说江易和自己是对案情的看法有分歧,但也不能怪他,他是和嫌疑人经历相似、与之共情。队长听后厉声斥责了江易一通,最后大事化小地让他反省写检查并退出崔昌的案子。江易一个字都没来及说出来,结果已定。

队长说完转身回去,那几个同事也松开江易,用古怪又鄙夷的眼神看看他,各忙各的。高渐明也很轻蔑地扫了江易一眼,转身离开。江易站在后面看着他的背影,大口喘着气,恨不得自己顿时气绝身亡——他一直都觉得自己非常没用,此刻尤甚。

从小到大江易每回想打高渐明,最后吃亏的都是他自己。一方面是他确实打不过,还有一方面是对形势的反应、判断和把握都比他差多了。

接替江易相关侦查工作的便是那个年轻的短发女警察。但是她本来也有自己的事,对崔家的案子更是没兴趣,不上心,再说多一事不如少一事,高渐明向来很能干,他们局里的同事包括江易都很相信高渐明的能力,这案子本来也主要是高渐明在管,该女警察基本就是挂个名,不愿思考,更没什么意见。

五点下班,女警察到点就走了,高渐明一个人坐在办公桌前若有所思,终于站起来,径直走到冯凤所在的房间,跟值班女警打个招呼,"请"她再次回到审讯室,这一次只有他们两个人面对面。

冯凤的双眼红肿,显然哭了一整天并且还在哭着,很难想象她们这种女人哪来的这么多泪水。她再次被带过来,战战兢兢地埋着头不敢看他。

很少有人这么怕警察,除了罪犯,还是心理素质特别差的那种罪犯。

高渐明看着她瑟缩的、略有发福的身体，无心跟这种阿姨辈的费口舌，开门见山："您可能对现代刑侦不太了解，现在的技术手段，基本能将整个作案过程还原，什么都瞒不住的。"

冯凤更深地埋下头，很难说她是否听懂了。

高渐明把一份鉴定报告推到她面前，直入主题："我们在利××的药瓶上发现了崔红萼的指纹。"

冯凤颤抖着抬起头，重复着他的话："红萼的指……指纹？"

不知道她是对这些基本的刑侦常识一无所知，还是受的刺激太大失去思考能力，总之，她目光疑惑又犹豫、表情恐惧而困惑，不像是听懂的样子。

高渐明从小到大都在国内最发达的城市，也是从警这些年才知道文化程度不同的人之间差异性有多大，2025 年，有人甚至还不知道什么叫作血型。

高渐明只能把话挑明："这能证明是崔红萼给崔昌下的药，也就是说，是你女儿杀害了你丈夫。"

冯凤如遭雷击，她脸色惨白，浑身发抖，心跳如擂鼓，想摇头又动不得，想流泪也流不出。

高渐明微笑道："您应该早就知道吧？"

他关注着冯凤的表情，冯凤慌乱得手足无措，抓住自己的衣角。

高渐明道："你们可能是想瞒天过海，装作什么事都没有发生。但事情做都做了，不付出代价是不可能的。现在你有两个选择，要么有一个被枪毙的女儿，要么有一个被判刑运气好过十几年还能出狱的女儿。在证据面前，隐瞒没有用，否认更没用。如果您为她好，就主动交代，我还可以给她算是有自首情节，争取从轻量刑，否则故意杀人，杀的还是自己的父亲，很大概率会判死刑。我们墙上的字认识吧？"

那蓝色墙壁上印着八个红色大字：坦白从宽，抗拒从严。他说这些话的时候，表情语气严肃郑重至极，心里一直暗暗好笑。同样的案情换一个嫌疑人家属他也不会这么说。即使冯凤交代，也不能算是崔红萼自首，于轻判无用。何况这个罪行本身，家庭内部矛盾，崔昌目测还有家暴情节，作案手段并不算残忍，本来就不太可能判死刑。而如果她们什么都不说,时间一到他们只能放人。物证不足,人证只要冯凤不松口就同样是没有,只要崔红萼本人不招供,谁也不能定她的罪。

但他赌以冯凤的智商水平根本想不到这些,她本来就是那种没有自己的想法、别人说什么便是什么的脑子,何况现在已经被吓呆了,这件事显然远远超出她的承受范围,她想说什么又怕说错,支吾不语。

高渐明有点不耐烦,只能再给她下一剂猛药:"你不说,有人替你说过了,你们家对面那栋楼好几户人家都看到她在厨房把药片加入咖啡机。虽然你们家厨房窗户拉了窗帘,其实用技术手段也是能看清的。不过他们的话只能算证词,不能算自首。我是给她一个活下去的机会,既然你愿意看着她死,我也没办法。没什么事你可以准备回去了,法院判决再到执行差不多要一年,一年以后你来给她收尸吧。"这当然是假话,但是他猜她肯定分辨不出来。

说完,他就无视冯凤颤抖如水泥压身的身体,站起来转身便要出门。

他还没走出两步,冯凤就从椅子上滑到地上,连滚带爬地扑过来,跪在他脚下,抱住他的腿,声音含糊不清,泪水沾湿他的警裤:"警察同志,警察同志,都是我的错,孩子都是为了我,是我有罪,该枪毙的是我,求求您饶过她,求求您……"

坦白地说,一个中年发福的阿姨跪在地上用已哭到沙哑的嗓子哭求的场面并不好看,没什么美感,只让人觉得悲哀,高渐明还觉得有点可笑。这也不是第一个给他下跪的嫌疑人家属,他从来都不是个心软的人,他转回身,不容分说地把她拉起来:"起来!"他把她按回椅子上:"坐好!"

他退开两步,打开录音录像设备:"现在愿意说了?"

冯凤流着泪点头如捣蒜:"只要能不杀我女儿,我什么都愿意……"

高渐明似乎笑了笑,坐回椅子上,示意她开始。

四十一

晚十点，高渐明再次提审崔红萼。看管她的女警察告诉他，她从早上到现在，滴水未进。

崔红萼坐在椅子上，脸色异常苍白，唇色也变得很淡，神色虽寡淡，眉眼依旧黑白分明，几缕发丝垂在眉间，美得朦胧而含蓄。她的目光比上午更加麻木，麻木到涣散，似乎在等待着什么。

高渐明开门进来，他英俊的脸依旧神采饱满。

没有明窗的审讯室里就只有他们两个人，亮着一盏白炽灯，日夜难分。

高渐明关上门："你有什么新内容要对我说的吗？"

崔红萼麻木地摇头。

高渐明没坐，径直走到她身后："我有。"他拿出一副明晃晃的手铐，这是崔红萼第一次近距离看这东西，高渐明还逗了她一句："认识吧？"

崔红萼还没有反应过来，他已经抓住她纤美白皙的手腕，红萼一看就是十指不沾阳春水的大小姐，她的双手比江薇的细嫩很多，堪称柔若无骨。

但高渐明毫不怜香惜玉地把这双手反铐在她背后，他甚至故意铐得偏紧。崔红萼下意识地挣扎，难抑那种令人酥软的少女的喘息和痛吟声。

她的力气在高渐明手里当然是约等于无的。高渐明关闭手铐保险，轻轻地放开她的手臂，站在她面前，俯视着她的眼睛："恭喜你，正式从有嫌疑升级为被拘留。"

崔红萼坐在椅子上，背铐着双手，昂首看着他，她只觉得双臂都被扭转，疼痛难忍，但相比被束缚的难受，这含义更让她难以接受，她终于开口，声音沙哑："什……什么意思？"

高渐明坐回去，心情愉悦地说："冯凤已经指认，是你给崔昌下的药，你还有什么要解释的？"

崔红萼有点难以置信地看着他，她原本精致的唇苍白而干裂，一时间没说出话来。

高渐明道："怎么？不信？要不要听录音？"

他居然真的放了审讯冯凤的录音给她听，当然，只有后面问答的片段。

冯凤哭得颠三倒四，说得语不成句："今天早上起来，她站在她爸爸卧室里，她跟我说，她爸爸以后再也不能……让我以后……都是我的错……她都是为了我……"

这些话听在崔红萼耳朵里，就像是把把利刃插到她心里。她瞳孔在针尖般收缩，半响才松开干裂的唇："您……跟她说了什么？"她智商毕竟还是在线的，甚至随着时间的推移，距离她父亲死的那一刻越来越久，她的智商水平也在回升。

高渐明很善意地道："我什么都没有说，已经按规定放她回家。所以你还是赶紧交代吧，配合调查，争取从轻处理，早点出去跟她团圆啊。"

崔红萼停顿半响，目光混沌而模糊，声音也不清脆，但字字清楚："我不知道，我没做过。"

这倒是有点出乎高渐明意料："到了这一步还不说实话，你妈怎么可能冤枉你这个亲生女儿？你以为不承认，警方就拿你没办法吗？人证已在，你不认也一样能判。我问你，是给你机会。"

崔红萼的声音更坚定："我没有。"

高渐明侧脸看了一眼录像机，展眉轻笑道："嘴还挺硬的。"

他目视着她长身而起，那一瞬间，从出生就跟家暴男打交道的崔红萼有种感觉，他要对她使用暴力。

她毫无恐惧瑟缩之意，温柔清秀的眉眼定定地看着他。

高渐明当然没有打她，他径直走到窗边，一把推开了朝过道的窗，又开门走出去，将过道对外的窗子开到最大。

正值3月下旬，虽然南方已经春暖花开，北京的夜晚还基本处于冬天的状态，寒风凛冽。

而崔红萼的外套早已被脱掉，上午她出门走得急，里面只穿了件衬衫。她一整天滴水未进，身体里没有半点热量，寒风仿佛吹到骨头里。

他缓缓坐回去，气质深沉。

她被风吹着，难免会想这难道是文明的逼取口供手段，未免过于简单。

一个小时过去，她才发觉这方法的厉害。她的人跟她的手一样，娇嫩柔软，显然就是温室长大的花，虽然温室的内部可能有过摧残，却没受过外面的风吹雨打。这种娇生惯养的女孩子，在空调房、私家车和毛绒围巾里长大，普遍都是怕冷的，崔红蕚也不例外，她的肩膀很快就开始发抖了，来回改变坐姿，不知道是想找个相对避风的角度，还是通过运动让自己热一点，但她被铐在那么一把窄小的铁椅上，怎么调整当然都是徒劳的。人在疲惫的时候很难适应，换言之，她并没觉得习惯这个温度，反而越来越冷。风雨向来是润物细无声，温暖向来和幸福、安稳同框出现，而寒冷则让人感到烦躁和恐惧。

她已经四十多个小时没有合过眼，很想睡一会儿，却冷得无法入眠。

而高渐明就那么坐在她对面，有时候会看她一眼，目光深沉而复杂，却没有一丝同情或怜惜。

他仿佛很恨她，却也不是嫉恶如仇。

他穿得也不多，他向来不怕冷，冬天的衣装也挺拔利落。里面一件衬衫，外面一件警服，再无更多。饶是如此，他也觉得这屋里并不热。

这几个月来，为照顾迎合江蘅，他们卧室的窗户只在白天短暂透气，晚上根本没开过。

吹着清冷的晚风，他突然觉得有一丝爽快。

不知道是午夜几点，他开口问道："冷吗？"

崔红蕚没说话，反而把背挺得更直。他知道她冷，她的脸已经一片惨白，肩胛都在发抖，呼吸声都变得疲软而颤抖。其实她对温度绝对没有江蘅敏感，但反应却比江蘅大得多，后者根本不会发抖，表情平静得就像是无梦的睡眠。

崔红荨被迫跟他面对面坐了一晚上。

高渐明也没想到，她居然咬死了不松口，直到第二天早上还是声音寡淡地说自己没做过。

第二天一上班，江易并没写检查，而是直接去打听崔红荨的情况。他听说崔红荨被正式拘留，原因还是她妈的指认，更是按捺不住，直接到办公室找高渐明。

一夜没睡仍不显疲态的高渐明坐在办公桌前看东西，办公室里人来人往，江易站到他桌边，旁边有同事想起他们昨天走廊的纷争，欲言又止。江易居然也有些语塞，杵在那里没说出话。高渐明余光见是他，头也不抬，依旧用只有他俩能听见的声音讽刺："这就又来了？本来以为你怎么也该矜持几天，就这点出息？"

江易低声道："她……身体怎么样？"他本来是要叫蘅蘅的，但他九个月前曾这样问蘅蘅恢复的情况（那时她刚流产不久），高渐明猛地站起身，步步逼近，说了一通极尽挖苦和羞辱的话，虽然没有动手，但浑身充满压迫力和攻击性，比普通的、喝得醉醺醺的家暴男恐怖得多，最后警告江易不许再这么叫她。江易都没见过那种暴力气息，他害怕高渐明因此事生气对江蘅不好，只能改口，他又做不到对江蘅直呼其名，只能模模糊糊地说"她"。

高渐明当然一听就知道他说的是谁，冷笑道："不用你关心。"

江易本来不是个喜欢忍耐的人，但他在高渐明面前总是不得不忍："你要好好对她……"

高渐明看着电脑，屏幕的微光照着他的脸，有种别样的生动，他继续冷笑："这个更不用你操心。说完了吗？滚吧。"他摆姿势，其实就只是故意气江易。事实上，江蘅是什么性子，怎么可能配合他玩什么花样。再说这半年来，他对她礼让有加，又怎会提这种要求。

面对他这样的态度，江易咬紧牙关，忍气吞声。江蘅的事情当然也是他俩之间的深仇大恨，但论一千道一万，江蘅都接受了，他又能说什么？何况不管怎样，只要大人孩子都平安，怀孕总算是件喜事。而崔红荨的事近在眼前，这关乎她一辈子的发展和自由，决不能袖手旁观。他终于咬着牙问："崔红荨的妈妈怎么会指认她？你跟她说什么了？你就会忽悠老实人！就像你哄骗我阿姨——"

江易闭上嘴，高渐明终于抬头看了他一眼。他明白江易想说什么，就像他哄骗江母逼江蘅结婚。高渐明笑了下，其实那更多是无心插柳。两位母亲也不一样，江母是愚昧，冯凤是愚笨。

高渐明脸上一片正义："我从没有忽悠哄骗任何人，完全是依法办案，你现在什么情况？准备包庇嫌疑人？"

江易的情绪完全挂在面上，跟他形成鲜明对比，他愤怒、焦急甚至语带恳切："你干吗非要为难这么可怜的一家人呢？"

高渐明冷声道："可怜的是儿女皆不孝的受害人。"

他是怎么做到把这个名词短语用在一个家暴者身上的？江易简直想要呕吐。他还没说出话来，只听见那女警察又走进办公室门口喊道："高警官，崔红萼家属来了，他们要翻证。"

高渐明长身而起，快步出去，江易追出去。

接待室，冯凤和崔尊等在那里。冯凤看他们第一句话就是："警察同志，那个药根本不是红萼放的，我昨天……昨天只是被您吓到，顺口胡说的。"

高渐明冷笑："被我吓的？你连她怎么和你解释作案过程、交代后事的话都一字不差告诉了我，这是能编出来的？"

冯凤辩解不清楚，只能翻来覆去地重复："我都是胡说的，不是她，不是她。"

高渐明根本没听她毫无意义的解释，他眼睛看的是崔尊。

崔尊站在旁边，扶着站立不稳的冯凤，依旧是黑色的衣衫，依旧是身姿如墨竹，他沉默地扶着他激动不已、涕泪交流的继母，眼睛却平视前方，气质儒雅而深沉。冯凤回去以后当然就把来龙去脉都跟他说了，崔尊当然第一遍就听明白什么对面楼的邻居都是杜撰的，那个指纹也不能当证据，高渐明的意图就是诈出冯凤的证言。

冯凤还在哭："警察同志，是我说错了，我解释清楚了，能让我女儿回家了吗？"

高渐明用一种堪称戏谑的眼神打量她："证言签过字、按过手印，具有法律效力，不能随意更改。"

这个问题显然崔尊也教过了，冯凤非常流畅恳切地说："都是我不对，您要是觉得我干扰司法什么的，把我拘留吧！"

　　高渐明怒极反笑："怎么确定你哪句话是说谎？昨天还是现在？"

　　冯凤又急又怕，她甚至都分不清昨天现在分别说的是什么，生怕再说错害了女儿，只能一遍遍强调："我女儿没有，没有……"

　　江易早就忍不住了，这事他完全站在崔家人那一边："证言怎么就不能修改了？她都说是误会了，就带他们去办手续——"

　　冯凤连连躬身感谢："谢谢，谢谢。"崔尊的神色却更为复杂。

　　高渐明看着他，语气随意道："北医的博士是吧？应该有点法律常识。知不知道按照规定，有串供可能跟被人指证一样都是构成拘留的标准？"江易回过头去，高渐明似乎扫了他一眼，"你已经跟这个案子无关了，检查写完了吗？还想违规放人？"

　　他这几句话，冯凤完全听不懂，泪眼迷茫地看向崔尊。崔尊想宽慰她又不知怎么说，只能沉默不答，听说江易要写检查，投来关切的目光，而江易被"揭短"则满面愧色，差点当场扭头离去。

　　高渐明毫不退让地直视崔尊的双眼："你挺有闲心啊，你妹都快被以故意杀人罪起诉了，还有心情关注别人。"

　　冯凤攀住他的胳膊，近乎哀求地道："没有，她没杀人，没杀人……"

　　高渐明抬起手臂摆脱她，语气充满鄙夷和嫌弃，就像她的手很脏一般："她有没有你心里清楚。与其现在到这里哭，不如反省一下自己，最应该愧疚的就是你。"

　　冯凤这种懦弱善良的人本来就很容易产生愧疚感，顿时羞愧地低下头去。

　　崔尊再好的涵养，却也忍无可忍，道："这位警官，你怎么能这么说话？我阿姨从来没伤害过任何人——"

　　高渐明嘴唇的线条如精美的雕刻，嘴角带笑，笑容讥讽而鄙薄："没有伤害过任何人？让女儿常年跟家暴的男人生活在一起不算伤害？在警察面前作伪证包庇杀害丈夫的凶手不算伤害？"

　　江易粗声道："你够了！"他都不敢看冯凤的脸，他觉得高渐明这么恶语中伤一个很值得同情的长辈简直是人性泯灭。

冯凤脸色一片惨白，身体打晃，摇摇欲坠。崔尊赶紧扶住她，甚至难以置信自己听到的，他是医生，也算是看尽人间辛酸百态，但也没见过这种专挑痛处戳的话语，他惊怒之余，还没忘记及时替妹妹反驳："红尊不是凶手。"

高渐明冷笑。

他尖锐的言辞，连江易和崔尊两个大男人都听不下去，何况冯凤这个脆弱的当事人。高渐明嘴上说得很尽兴，眼睛始终锐利地盯着她的每一丝微表情。他这么做除了借题发挥，当然也是想攻破她的心理防线，他知道一般这种视家庭为全部的女人，作为母亲，她当然会无条件、无底线地维护女儿；作为妻子，她也会无限度、无自我地盲从丈夫。

他便是想挑起她对亡夫的愧疚。

显然效果非常成功。她满面通红，终于转为死灰色，咬住嘴唇，双手掩面，跌跌撞撞地跑出去。

毫无疑问，她肯定是找地儿自杀去了。

崔尊当然要追出去，出去之前，他回头看到高渐明的脸，对方居然还在冷笑："你们俩想因为包庇她入狱，我也不拦着，一家人整整齐齐。"

崔尊向来温和的声音里已经带有恨意："你——"

四十二

他们走得虽然狼狈，但一天后，他们更狼狈地回来了。

崔红尊已经被送到看守所。

若不是崔尊搀扶，冯凤差点又给高渐明跪下，她说的大概还是昨天那些话，只是因为焦急更恳切，又因为长期的哭泣更虚弱。

这回连崔尊都不再沉稳，任何一个关爱妹妹的哥哥遇到这种情况，都不可能沉得住气："如果没有确凿的证据，是不是该先放她出来？"

他尝试了各种方法和高渐明沟通，当然都是徒劳无功。

冯凤哭着扑向江易，抓起他的双手："这位警察同志，你是好人，你救救我女儿，求求你——"

没有高渐明的"帮助"，江易确实束手无策，面对她"好人"的评价，他更是羞愧难当，不忍推开她，于事无补地安慰："阿……阿姨，您别着急……"

崔尊回过头，轻轻将冯凤拉回来，不让她给江易造成困扰，然后诚恳地对他点头示谢："谢谢您，给您添麻烦了。"

江易实际什么忙都没帮上，内疚地侧过头："没有没有。"其实事情到这一步，他虽然嗅觉不敏感，思路也不敏捷，却也能猜到崔昌大概就是死于崔红萼之手。但是他实在认为这种家暴渣男有错在先，他的死是合理的，他的妻子和孩子是受害者，根本不应该受惩罚。

但现在的法律并不这样规定，尤其是从伤痕来看，崔昌的主要施暴对象是冯凤，这个伤害的程度（司法鉴定意义上）似乎也不严重。那么崔红萼能从轻量刑的度并不多，判无期徒刑都算是据理力争、酌情考虑的结果。毕竟故意杀人既遂，且不能算作激情杀人。这对于她太不公平。他绞尽脑汁，也想不出怎么帮她才好。

十五点。

崔红萼已经被拘留满四十小时。

商务局内，江蘅坐在桌前核对翻译资料。虽然是为了妈妈考的工作，但对本职都尽职尽责，她工作近四年，一个标点符号的错误都不曾有过，哪怕经常整夜不睡觉。

她的桌位靠窗，洁白的天光映得她的脸庞更白皙，甚至泛着光晕。

有个接待处的同事走进来，想来是有人到访，这种事通常与她无关，她继续看着文件。

但那女同事径直走向她，对她附耳道："有人找你。"

江蘅轻声问她："是谁？"自从她入职以来，除了高渐明，从来没人到这里找过她。

那女同事道："好像说是你产检那医院的医生。"

江蘅觉得有些奇怪，也没多说什么，起身走出去。

会客室有桌椅。崔尊站在桌边等着她，他清俊雅致的眉目间满是焦急和疲惫之色。

江蘅走进来，他反应了不到一秒，随即点头致意："您好，是高渐明高警官的爱人吗？"

因为这个关系找她的，他是第一个。显然这才是他来这里的意图，而不是因为医院有什么事。从高渐明的职业判断，眼前这位谈吐不俗但神色焦灼的医生找自己多半不是什么好事。

江蘅没有多问，也没提他跟前台自称医生的事，只是说："您是？"

崔尊知道她是个孕妇，虽然她身材纤细如初，其实已经有满三个月的身孕，便道："我们坐下说吧。"

他想走过去帮江蘅拉开椅子，江蘅看出他的意图，她也算是运动员出身，哪里需要人这么照顾，便自己拉开椅子，崔尊也没有心情客气，直接坐下，待江蘅也坐好，自我介绍："我叫崔尊，是北医C院腺外科的医生，通过院里找到您的单位信息。"他翻出自己的医师证放在桌上，"我很抱歉侵犯您的隐私、打扰您的工作，但实在是情急之下，没有办法。"

江蘅在听着，没有说话。

崔尊坦白道："三天之前，我父亲在家里服用过量降压药身亡。药是他自己买的，也是他自己服食。他生前就是个不可理喻的人，一直在侮辱和殴打我继母，高警官因此断定他的死跟我妹妹有关，在没有任何证据的情况下，强行拘留她，到现在已经四十多个小时了。我妹妹是个很温柔和善的女孩，她跟她妈妈这么多年受了很多苦，她从来都只是挡在她妈妈面前，没有伤害过我父亲，她绝对不可能杀人。我……我没能保护好她们，是我的错。她上个月刚满十九岁，还在上大一，她该回学校上课……我跟高警官沟通过很多次，但他完全听不进去，言语之间，对我妹妹和阿姨非常不友好。我实在没有办法，只能来找你，请求你出面劝劝他。我是北医17临八的，咱们是校友，我在19年见过你，可能你没看见我。"提起这层关系，他们的称呼从

"您"变成"你"。

江蘅新生入学报到那天，他是志愿者。北大固然有不少气质美女，但像江蘅这种光风霁月的找不到第二个，崔尊自然记住了她，就像是记住电影里惊鸿一瞥的某个漂亮女演员。后来在医院人员混杂之中他一眼看出她跟高渐明，也是因为她的出尘，当然高渐明也不是大众脸。

他的学历和职业都是受人尊重的，正常来说极少这么低姿态地求过人，到最后甚至搬出微不足道的校友关系来试图打动她。他着实诚恳万分，眉眼间亲情流露，甚是动人。

江蘅静静地看着他："我也见过你，新生入校的那天。"

崔尊下意识对她笑了一下，当然他此时心情非常低落，但依然能看出他骨子里是个非常温和的人。

江蘅视力和记忆力一向都很好。她脑海里已经清楚，她见过眼前这个人至少三次，今天是一次，两周前在北医 C 院是一次，还有一次是在北大校园，大一入学注册那天。他们两个人之间没有任何交集，但她对于视线范围内的人和物一般都一览无遗，何况是戴着红袖箍的志愿者。

江蘅轻轻地说："如果是这样，应该能用法律途径解决。"她知道以崔尊的学识，不可能不知道可以申诉换别的警察来负责等规定，只能解释为他不能接受高渐明的处理，又不敢扩大事态。她相信高渐明很可能是带了情绪，因为这是一个有哥哥的"妹妹"，但他应该不会冤枉无辜，更不可能随意拘人。而他家人的过往经历，有多么值得理解，也有多么可疑。她是没做过，还是没证据，或者仅是证据不足，大概只有这位兄长自己清楚。

崔尊沉吟了一下，对于这件事情，他当然也有自己的判断，甚至就像高渐明所言，他并不意外，这甚至是个很合理的结果，只是这么多年他一直心存侥幸。

江蘅注视着他，声音很清净，似乎能让焦躁的心瞬间宁静："如果是你妹妹做的，你是想要我劝他以自杀结案吗？"

崔尊眉心发紧，喉头似堵，终究是开不了口正面回答，只能强调："不是她做的。"

江蘅温言道："我知道，只是假设。"

崔尊沉默。虽然法律未必合情，但一定合理，如果没有法律，私刑滥用，一定会有更多伤情害理的事情发生，他怎会不明白。

他毕竟跟只读过两年小学的冯凤不同。冯凤听说女儿会性命难保，就吓得什么都招了，又听说女儿有希望无罪释放，当即便又改口。而崔尊终归不同，他知道德，懂是非，明白纵然没有法律也不能杀人。有人说过，有文化的人就讲道理，这理论未必适用于所有知识分子，而崔尊显然是的。

但红萼才十九岁，他无论如何都说不出让她接受法律制裁这种话。如果说因为她的行为，她被审判是必然，那她做的事情，也是必然的。这是宿命般别无选择的悲剧。

她的声音轻柔得像安抚，他们对话的氛围安静得像谈心。

崔尊突然感觉很疲惫，身体发软无力，他感觉自己太没用，甚至视线都在变模糊。他强行忍住，如果他在拘留红萼的警察的妻子面前掉眼泪，就更是坐实自己的无能。

江蘅体谅地看着他，也觉得这件事很为难、很棘手，她也非常希望不是那个女孩所为，但即使最坏的结果出现，也总要面对。

"我很能理解你的心情，"她轻声道，"我也有家人，如果他遇到这种情况，我也愿意以全部去换取他的自由平安。"

崔尊在听着，其实以他现在的心态根本听不进去什么，但她的声音偏偏就能入耳。

江蘅的声音更温柔："但是只有一种情况，是我认为我能做主的，就是他伤害的人是我。"

崔尊是外科医生，日常上手术台，他的手指一向稳如磐石，此刻却在轻轻颤抖。十指连心，可见他心里是怎样的煎熬。

如果可以，他宁愿进去的人是他，反正他活着早已是行尸走肉。

江蘅很为他悲伤，杀人跟伤人不同，如果没出人命，很多事情都还有余地。比如她能选择不追究橙衣10号，而如果那一脚要了她的命，只怕没这么容易平息。何况崔红萼已经成年。只要活着，总有机会。但有的人，却是不死不休。

比如家暴，堪称世纪难题，杀死一个家暴男远比感化他容易得多，尤其是被家暴者不愿离开的情况下，这几乎是破局的唯一方法。

没有一个花季年华的女孩愿意跟只能给家人带来灾难的施暴者以一换一，但是受难的是她妈妈。女儿总是愿意为妈妈做任何事情。

江蘅很想为他做些什么，但她实在不知道自己能做什么。关于高渐明，这是他的职责，她不能劝他不尽职。即使她劝，他也不会听。即便没有他，也会有别的警官。

崔尊双臂支在桌上，双手交握撑在额头，他的眼泪终于落了下来。

一个成年男子在第一次认识的异性面前落泪，本应是很尴尬的事，但江蘅是那种不会让人觉得尴尬的人。

她陪他坐了很久，两个人都没再说一个字。

四十三

刑警支队。

下午五点，同事纷纷收拾好东西离开，高渐明没走，他打算继续去陪崔红蓉。五点半左右，手机响起，看到来电人，他有一瞬间的恍惚。

她很少主动给他打电话，上一次还是约他去离婚。办公室还有另外两个值班的同事，他马上起身出去，找个方便的拐角无人处："喂，蘅蘅？"他还是关心她的，虽然连续两天没回过家，但每天都会给她发短信问候。江蘅的声音一如既往地平静："渐明，你今天回来吗？我有些事情想跟你说。"自从他们"重新来过"以后，都恢复了对彼此的称呼。

高渐明顺势道："什么事？"这是很平常的疑问，江蘅却没回答。他倒也不意外，如果她愿意在电话里说，就不会问他是否回去。很显然她要说的不是什么好事，联想到手头的案子，甚至有了预感。

"好，一会儿见。"

他确实没多久就动身回家了，到家差不多六点，夕阳已尽，暮色罩大地，只剩最后一丝余晖。

家里没有开灯，色调很清冷。

江蕙没有在客厅，她听到他进屋的声音，从主卧走出来。

高渐明没有脱外套，也没换鞋，警服笔挺，皮鞋锃亮，他把钥匙随手扔在餐桌上，清脆的响声打破室内的安静："你想跟我说什么？"

江蕙朝他走了两步，站在客厅的边缘，声音和神色都很轻柔："那个名叫崔红萼的女孩。"

她居然都不循序渐进地铺垫，或许所有拐弯抹角的前言，在揭露主题时都虚伪不堪如欺骗。

高渐明启唇，早有预料般："居然都传到你这儿了。"他语气带着调侃，眼里没有一点笑意，"谁告诉你的？她哥还是你哥？还是你监听我？"

说实话，他对她的语气也跟审讯差不了多少，江蕙不想回答，为避免不必要的误会，只能说："是个医生。"

高渐明"哼"了一声："你跟他以前认识？"

江蕙："不是。"

高渐明基本明白了，坐到沙发上："我从没管过你的工作。"他找她们领导"推荐"她去参加预选赛等"功劳"，当然是忽略不计。

他态度算不上和善，江蕙依旧站在对面，好好跟他说："你是专业的警察，不会因为私人的经历，影响办案的态度。"

高渐明道："当然不会。"他语气就像家暴者说再也不会打你，"我怀疑她是有理有据，拘留她也是合法合规。"他看着她，双眼明亮如镜，"你应该能想到，她无罪的话，她哥哥该去找督察、媒体，而不是你。他们竟然以为找你就能改变现状，简直幼稚得可笑。而你居然还答应了，江蕙，你太让我失望了。"

他目光逐渐锐利如锥，或者说，他就不该对她抱以希望。她果然跟她哥哥是一类人，今天下午江易刚来找过他，指责他严苛，要求他放人，说得还很动情："她还是个孩子！"他当然像看小丑一样看着他，也没跟他上纲上线地论证崔红萼在法律上已经成年，甚至还带着游刃有余的笑意:"你难道没听过,这句话的固定搭配就是,请不要放过她?"

江蘅静静站着跟他对望:"我不是这意思。"她不是欲盖弥彰的人,这种事她说不是,就真的不是。

但高渐明已经习惯于怀疑:"那你是什么意思?"

江蘅一直都知道他很会说难听的话,但她实在无法接受他那毫无悲悯、高高在上的姿态,她二次怀孕身体欠佳,声音都有些轻飘飘的,但语气却很悠远:"在球场上,我们也不会因为对手家世悲惨,需要胜利来改变命运、安慰病重的母亲而放弃射门。但是这并不妨碍比赛结束后跟对方拥抱。场上是对手,场下也可以是朋友,就算没有友谊,至少也有尊重。"运动员黄金的年龄并不长,其间重大的比赛铩羽而归,连续几届赛事败北告终,职业生涯抱憾收场,在某种程度上,跟判她无期徒刑也没有区别。

她的声音很轻柔:"渐明,我想你在处理案件的时候,至少可以带有一点理解和体谅,能让人看到一点人性,她家属也不会那么难以接受……这跟求真不矛盾。"

她很少主动跟他提足球,那是她内心深处的净土,是她最大的诚意,高渐明听懂了,她的意思是,这是他的工作,于公无法抬手,于私可以同情,但是他不敢苟同:"你可能有点误会,做警察这件事对我来说不是工作,而是爱好。让罪人付出代价,本就是大快人心之事。她只是个罪犯,有什么值得尊重?除了罪犯,谁会跟罪犯交朋友?"

江蘅平静的眼波里出现无法理解和不可理喻。

高渐明看出来了,却说得更露骨:"对于恶意犯规的人,你也拥抱?好像还真是,那个橙衣 10 号,你不就原谅了吗?"

话一出口,他少有地闭上嘴看向别处,难得地感受到尴尬和难堪,坐立不安地站起。这段话对于他自己好像同样适用,他同样伤了她的肚子,她同样拥抱了他,甚至他造成的后果比橙衣 10 号严重得多,否则他们的儿子大概已经会叫爸爸妈妈了。

他的偏激和矛盾,她都没有回应,一字一字,依旧在说崔红萼的事:"她不是罪犯。即使她犯了法律意义上的罪,她也不该被以罪犯之分概括。她有很大的苦衷和无奈，她是不得已。"

高渐明冷笑，转回来看向她，眼里已经没有一丝松动，明知故问："她有什么苦衷？"

江蘅道："你大概也知道她父亲是怎样的人。"

高渐明的笑容更冷漠："我不知道。"江蘅微微眯起眼，空荡的屋里只有他的声音在飘浮，"十个杀夫的女人，至少九个说丈夫家暴。十个杀妻的男人，至少九个说妻子出轨。这种犯罪嫌疑人，为了博取同情给自己减罪，什么都说得出来。"

江蘅淡淡道："是不是编造的很好查。"这个比谋杀容易取证，就算没有直接的录音录像等证据，伤痕、病历、邻居都能作证。甚至不必那么麻烦，受过虐待的人，精神状态都异于常人，一眼就能看出来。冯凤显然就是这种人。

其实高渐明当然知道崔昌的家暴绝对属实，甚至可能都不仅限于家暴的范畴。很多罪犯背后都有值得同情的点，但是高渐明从不同情，那些悲惨过往只让他更觉得他们下贱。

高渐明直白地说："所以呢？哪个犯人没有悲惨的历史？都要温柔对待、笑脸相迎，监狱是不是应该办成幼儿园？"

江蘅道："这不是非黑即白的事。"

高渐明道："法律是道德的底线，连法律都黑白不分，这社会能生存吗？"

江蘅声音很轻，却非常清楚："近人情和分黑白不互斥，同一种罪名，也有很多种判罚标准。"

高渐明道："那是法律的尺度，不是执法者的态度。"

江蘅沉默片刻，道："你是单纯因为法律吗？"你是憎恨犯法的人，还是你恨的人恰好犯了法。

高渐明会意，他的眼神更凝练："就算崔红萼没有哥哥，我的态度也不会有任何改变。"

他说得斩钉截铁，但是事实如何，只有他心里清楚。

他背靠在墙上，手插在腰带处，沉默地看着她。

她也不再言语，站在原地跟他对视着。

至少那一刻，他们都觉得自己没有错。

崔红萼被拘留的第三天。

她坐在高渐明面前，苍白脸颊消瘦了些，胶原蛋白依旧很满，玉腮仍如新荔光滑，年轻本来就是一种美。

她的长发还是很柔顺，自然中分别在耳后，显得脸庞更是小巧白皙，清纯佳人。这段时间不能洗澡，按理说三天不洗头长发总会油腻，昨天晚上她是在厕所用冰冷的凉水洗了头，擦了澡，虽然好像有一点感冒，说话都带了鼻音，当然也可能是被高渐明冻的，但无论如何，总算是维护了形象。

像她这样的美人，都是爱惜容貌堪比性命，不过她维护的不是容貌，是仪表。

高渐明看着她调笑："这几天你哥哥为了你想尽办法，甚至还找了我妻子。"

短短三天，崔红萼已经变得很平静，双手平放在桌上，她的手铐被调整过，改为铐在身前，比后背舒服不少。

听高渐明这么说，她也只是微微垂眉看了眼自己的手铐，高渐明又道："别扛着了，没有用的，早点说出来，给他个痛快。"

崔红萼看着自己的手，神色非常平静，她轻轻地说："高警官，您看过一部叫作《大小谎言》的美剧吗？"

高渐明没什么表情，看不出他是否知道："然后呢？"

崔红萼轻声道："大概是说，有个家暴的男人，"她脸上浮现出很温柔的讽刺笑意，"不过那个家暴的程度实在不算什么。"但在编剧眼里已经是闻者伤心、见者落泪了，"他在孩子学校的舞会上动手，还打了几个阻止的人，最后他被另一个从小有家暴阴影的人推下楼梯，扎在钢筋上死掉了。"

她轻轻讲述着，声音微微有点哑，但也因此更加温柔，高渐明难得地没有打断她，审讯室里变得很微妙，甚至有点和谐。

崔红萼接着讲道："他妻子跟在场的那些人串供，说他是自己跌下去的，警察看出来了，但结局只是说了一句：那又怎样？"

她终于说到重点，高渐明以为她要用这个剧论述她应该被释放的合理，已经开始轻蔑地微笑。

但崔红萼看着自己的手，并没看见他的笑容。

她轻声说："我不喜欢这个结局。"

高渐明第一次有些意外地看着她。

她依旧没有抬头，看着自己被禁锢的、皓白如玉的手腕："杀了人的人不应该逍遥自在，像什么都没有发生过一样继续生活，这是不对的，无论她杀的是个什么样的人。"

高渐明旁边，女警官快速打字记录。

高渐明目光深沉地看着她，他知道她说的是实话，就像他知道她父亲虐待她母亲也不假。他说："你终于承认了？"

"不，不是，我不承认。"崔红萼说这几个字时，可能是因为说多了话，声音到了最沙哑的时候，语气却也最平静。

高渐明靠在椅背上看着她，他的眼神更复杂。

崔红萼依旧低着头，额前的碎发在轻轻摆动："所以，高警官，请你相信我，我不会背着人命逍遥法外，"她终于抬起头，神色平静如许，眼波却滚烫，"我没有，请你放了我。"

高渐明看了她良久，什么都没有说，突然站起来走了出去。

女警察跟出去。

走廊里，高渐明头也不回地对女警察道："先放她走，关注她后续的动向。"

女警察略有不解，但她不求甚解，点头说道："知道了。"

崔尊接到通知他来接崔红萼回家的电话，难以置信的欣喜。高渐明还说红萼状态不稳，不要让她一个人，崔尊再三道谢。到看守所是那齐耳短发的女警察带他办手续，高渐明没出面。崔尊很难不把这意外之喜跟昨天与江蘅见面联系起来，也许江蘅改变了主意，也许高警官虽然不近人情但还是能听进去他妻子的话，尽管略觉不解，但是心里被愉快的情绪占据，来不及过多思考。

他和冯凤站在看守所门口，看着崔红萼出来。他随随便便站在里面，便是玉树临风，仪态不凡。冯凤则一直探着脖子翘首以盼。

崔红荨原本是目视前方的，短短几天，她也没有怎么憔悴，脸庞依旧水润，长发依旧乌黑，只是苍白了许多。

他们兄妹已经有半年未见，但哪怕隔着再久，在这个所有人都希望你过得不好的社会里，他们是彼此可以完全信任的人。

崔尊努力让自己的表情看上去自然而安然无事，仿佛只是放了暑假，他到校门口接她。冯凤却已经泪水决堤，哭到哽咽。

但崔红荨看到他的第一眼，就迅速别开脸，然后一直看着地面。她还是不愿面对他，类似羞见江东父老。

女警察面无表情地打开铁栅栏，让她出来，然后自己也跟了出来，冯凤站在一边，看着崔红荨泪流不止，因为警察在侧又不敢过去多说一句话。

崔红荨神色原本很淡，听到母亲的哭声，不觉拉紧了衣摆。

女警察本来应该告诉她，近期不要离京，随时可能再找她配合调查。但高渐明让不用说，直接全程监控并跟机场和车站的同志打好招呼帮忙留意着，便直接扔下崔红荨回去。

女警察走远，冯凤终于敢过去拉住女儿的袖口，语气卑微："红荨，对不起——"

崔红荨终于有了点反应，她缓缓抬起手轻轻拍拍母亲的手背："妈。"

冯凤心里翻涌着千言万语，她想说女儿瘦了，想问她在里面过得怎么样，警察有没有打她，想说还以为再也见不到她了，但她什么都不敢说，被长期虐待的人大概都是这样，噤若寒蝉，沉默保平安。她只是小声又小声地说："回来就好。"

崔尊还在调整眼神，崔红荨看着地面反射的阳光，轻声地说："哥，你……"她停顿了一下，"你没去医院？"

崔尊同样轻声答道："没去，咱们回家吧。"他甚至都没说一句请假之类的解释，因为他不希望红荨觉得工作比她重要。

冯凤点头如捣蒜："对，对，先回家去。"

四十四

崔家。

家具陈设都没变，只是少了一个人，房子似乎空旷明亮了很多，亮得人心里发慌。

三个人都没说话，还是冯凤先开口，怯生生地问他们想吃什么。

崔红萼似乎摇了摇头，她的目光一直水平向下，似乎很疲惫："妈，我什么都不想吃。"

她真的没胃口，连为了哄母亲高兴假装都做不到："我只想睡一会儿。"

冯凤向来是对别人言听计从："好的，好的，那你先睡会儿……好好休息一下……"

崔红萼抬眼，又看了她一眼，眼波无限温柔："妈，你也睡会儿吧。"

冯凤继续顺从："好的，好的。"她走进她的房间，不是主卧，她和崔昌一直是分房，崔昌从不接受他的卧室里住有别人。

崔红萼看着她关上门，转身对崔尊道："哥，我没事，你去忙你的吧。"声音平淡而安静，没有半点青春朝气。

崔尊小心措辞道："红萼，我没什么要忙的，我……你想做点什么？"

崔红萼却只是轻轻摇了摇头，她略微垂着头，白得近乎透明的脸庞竟有些梦幻感。

崔尊还在努力逗她开心："最近出了这么多事，该去做点开心的事情。要不要去看电影，最近有几部新片上映。要不去游乐场？今天天气很好。或者，"他的温柔里有一丝不易察觉的伤感，"咱们哪都不去，就聊一会儿天，不想说话也可以，咱们就一起待一会儿。"

崔红萼的态度好像变成石头的水面，再精巧的石子扔过去，也荡不出涟漪："我只想睡一会儿。"

她一觉睡到下午夕阳西下。

她走出房间，冯凤的房门还关着，母亲也是几天没合眼，身体衰弱，紧绷的精神骤然松懈下来，睡得比她还要久。

崔红萼没换衣服，还穿着被警察带走时的绿衬衫白长裙，甚至没整理一下略散乱的头发，径直就走向家门。

窗帘依旧紧闭，灯却开着，一年四季如白夜。她看到崔尊居然还坐在沙发上，声音很平静地说："我出去透透气。"

崔尊向来是尊重她，顺着她，甚至惯着她，他没有多问，只是站起来走向她："那么哥哥跟你一起去。"

他的眼睛看着地面，他知道这个要求并不合理，不尊重她的隐私和自由，简直像最招孩子讨厌的控制欲家长。红萼经历了这样的事，她需要一个人独自放松，但他实在不能放心。

崔红萼看着他半晌，继续往前走去，只轻轻说了一个字："好。"

崔红萼先开门出去，崔尊跟在后面，然后他轻轻带上门，保证睡眠中的冯凤听不到半点声音。

他们进了电梯，四壁的镜子映出他们的身影。

是崔红萼按的按钮，她没按1，反而按了顶楼。

崔尊有种不好的预感，他想说什么，却说不出口。

他们住的这个电梯房共三十三楼，崔家是三楼，崔昌买的本来是二十三楼，后来发现红萼天生就怕高，正好三楼的住户想买高层没买到，崔昌就和他们换了房子，虽然他买这儿的景观房本意就是想看风景的。饶是如此，崔红萼还是不敢走近窗户，尽管他家所有窗户包括厕所和客厅都装有护栏，不可能有危险，崔昌本来就是个很严谨的人。但她还是怕，她不敢看窗外面那种空旷感，这是他家常年窗帘紧闭的主要原因。

现在这个连窗户都不敢去看的女孩，主动上了天台。

正是下午五点，日落时分，春风拂面，夕阳披肩，城市的黄昏美得能让人忘记一切。

但他们背负的东西却不是能忘记的。

他们独自站在高楼之巅，仿佛能俯视整个城市，又仿佛被这个城市所抛弃。

天台少有人至，只有九十厘米高的围栏，看上去难以承受生命之重。

他们默然站了片刻，崔红萼开始往前走。她以前看着家里的窗户都会腿脚发软，现在步子虽然也不大，却迈得很稳，仿佛行走在康庄大道："哥，你不问问事情的真相吗？"

崔尊陪着她走，迎面就是晚风，他回答："只要你在就好。"

崔红萼微笑着，脚步却不停："我记得哥一直勤学好问、不留疑点的。"

崔尊从小成绩就优异过人，这种学生当然不可能是不求甚解的人。

他后来为学医选择理科，但其实他更喜爱文学，他很喜欢姜夔的诗句，红萼出生后，崔昌向来不管孩子起名的事情，冯凤想破脑袋才想出一个"小红"，崔尊想到《暗香》那句"红萼无言耿相忆"，"崔小红"就变成"崔红萼"。时年九岁的他，并未觉得用关乎爱情的诗给妹妹起名有什么不妥，他只想借用那种美的意境，没想到后来会被高渐明这种本来就先入为主印象观点的人误解。

他们小时候，红萼"十万个为什么"的年纪，只简单认得几个字的冯凤基本什么都回答不出来，崔昌则公司太忙经常不在家。

所以，小红萼每一声为什么都是崔尊解释的。不仅如此，睡前故事、启蒙教育、陪伴玩耍、安全教育，方方面面都是他在做。并不是冯凤不尽心，而是按她老家的养法，只能教出六七岁还不识字、只会玩泥巴的土娃娃。

其实那时候，他也只是个十一二岁的孩子。虽然知识面相比同学广泛，也不可能包罗万象，所以几乎每天他都加班到很晚。

那时候，红萼做对第一道十以上加减法，他比自己考上市里最好的私立初中还高兴。

红萼三年级，他第一次陪她写作文，作文题目是"我的梦想"，红萼写的是，我的梦想是当一名老师，像哥哥教我一样教其他小朋友，陪伴他们长大。

那个长发乌黑、齐齐刘海、脸庞圆润而白皙，看着他的双眼永远闪闪发光、充满信任和崇拜的小女孩，再次浮现在眼前。

他心如刀绞，被愧疚感淹没。

眼看她离栏杆越走越近,楼下一盘散沙般的景物若隐若现。他拉住她的衣角,小心着用力转变她的方向,就像儿时带她过马路时一般。

崔红萼并没有拒绝,她随着他的手,绕着天台的边缘走,看着远方的斜阳开口。

这一次,换她给他讲,她的声音很轻:"就是我杀了他。"

声音随风入耳,宛如风吟。崔尊对这个结果并不意外,意外的是她说了出来。

虽然左右无人,他还是立刻制止:"红萼,别说出来。"

崔红萼微笑了一下:"没关系的。"她的笑美如梦中的云霞,"做都做了,就算不说,也是做过了。"

她语气平淡得如走到人生的尽头:"这么多年,什么都尝试过了,没有别的办法了。

"小时候以为考上大学就一切都能好起来,但是我租了房子,妈不愿意跟我走,她不愿意离开他。而他,是不可能不伤害她的。"

她说得很慢,走得亦然:"那利××是他买的。一个月前一天,我妈给我打电话,说了很多叮咛诀别的话。

"我赶回家,看到了那个药。"

实际情况当然不是这么轻描淡写。

"我还抱着一点希望,去问他,他说,妈这种人,没必要活下去。

"我受不了了。"

她三岁的时候,曾经在他抱着她逗她玩的时候,抱着他的脖子请求他,爸爸,你以后不要打妈妈好不好?我们一家人好好的吧!

然而崔昌把她放到地上,嗤之以鼻地笑了一声。

他从没把冯凤这种"低级"的人当作家人,他视这个"低级"的女人不如猪狗,肆意践踏,而冯凤在传统思想的局限和常年的打压折磨之下已经失去自我,只剩恐惧。所以崔昌每次施暴,她都缩在角落抱着自己颤抖着承受,精神恍惚如经受噩梦。

红萼一直想阻止,但是崔昌身材高大而精悍,动作如疾风,将冯凤包裹在内,她别说挡在他们之间,纵然是靠近都很难。

报警无助，哥哥无应，她在绝望中长大，但少女的力气比女童强不了太多，距离崔昌还是弗如远甚，何况她本来就是偏文静柔弱的女孩。

她十五岁那年，崔昌又一次摧残冯凤的时候，她站在门口，苍白的脸因为悲愤和激动隐隐泛着红晕，她用全身力气说，爸，你再打我妈，我……会杀了你的！

当时手心都在发颤，近乎虚脱。虽然说着威胁的言辞，声音还是婉转和柔美的，语气里甚至还带着颤抖和软弱。

崔昌哼笑了一声，顺手又给了冯凤一耳光。

红萼只觉得天旋地转，满目黑暗。

她那时候还是没能下决心，因为她实在不愿伤害任何人，包括崔昌，只是他一次次伤害冯凤，逼得她一步步朝这条路走近。

但她毕竟是善良的，一直在纠结，在犹豫，在忍耐拖延。

崔红萼轻柔的声音带上一丝怆然："我本来就是个强奸犯生的孽种，抵上这条命跟他同归于尽，还妈妈一个崭新清朗属于她自己的后半生，也算是物尽其用、死得其所。"

崔尊眼里的情绪复杂得难以言喻，他甚至于无以言表，只是不住地摇头。

崔红萼终于回过头看向他，绚烂的夕阳把她的眉眼染得好温柔："对不起，哥，让你花的那么多精力和心力，都白费了。"

她永远不会遗忘，他对她生活上悉心照顾、学习上耐心辅导，他承载了她的整个童年。

崔尊摇头，用尽全力对她露出一个笑容，眼里又有波光闪烁："不，红萼，一直都是哥哥对不起你。你很好，都是哥哥不好。"

他在她童年时对她很好，但也仅仅是童年。

她九岁那年，他十八岁考上大学，哪怕在备战高考的关键时期，他依然每天都给小学三年级的她辅导作业。

他高考排名全市前十，报考北医临床医学八年制本硕博连读专业，崔昌对于他报的专业颇为不满，说他以后只是个小医生没出息。冯凤不懂，不敢说好，也不敢说不好。最高兴的人就是崔红萼，向来腼腆害羞,新学期少发她一本课本都不敢举手,还是他给她包书皮时发现去找老师要来的小女孩,那段时间,不管是老师同学邻居,逢人就说:"我哥哥考上北大了!能读到博士呢!……"

想起那一声声银铃般毫无保留的"哥哥",眼泪都要掉下来。

后来……后来啊,他在北大认识了一个女生,再后来他们交往、同居,他回家的次数越来越少。

甚至,在崔昌虐待母亲的时候,她习惯性地向他求助,他却因为那个女生挂了她的电话。

虽然当时他眼神无比愧疚,却更怕那个女生看他的眼眸。

她虽然情窦未开,不知道爱情的魔力,也未经人情世故,不知道兄弟姐妹终究会各自成家作亲戚,但细腻敏感的女孩还是明白,现在跟以前不一样了。

她很想有骨气地再也不找他,但是下一次暴力来临,她还是拨了他的电话。

他是她哥哥,她唯一的哥哥,她不找他,又能找谁呢?

她被拒绝了一次又一次。

最后一次,她已经快十二岁了,对着听筒说了很幼稚也很诚心的话,她说,哥,你救救我妈,我会一辈子感激你的!

若是三年前,她才不会这么说,因为他们是不用说谢谢的关系。

但是得到的回答,还是他在女朋友面前假意聊的家常。

那次以后她再也没找他,她仿佛变成一个普通正常的妹妹,只在逢年过节的时候,有礼貌知深浅地问候。

如今十九岁、亭亭玉立的红萼,目光温和而坚定地看着他,字字清晰:"哥,你今天如果拦我,我会恨你一辈子。"

说完,她就毅然往栏杆跃去,裙裾如裳,似要拥抱最后的霞光。

她的身体突然被紧紧抱住,崔尊的声音在耳边响起:"对不起,我宁愿你恨我一辈子,也要你活着。"

他奋力将她往回拉,崔红萼最后的理智也被他的力度攻破,她挣扎着:"你放开我!"

此情此景,崔尊完全顾不上法律和公平,如果说法律,法律为什么不曾保护过她？如果说公平，这对红萼又公平过吗？他扶住她的肩膀，苦心劝说："红萼，这件事咱们不说出去，谁都不知道，你可以不受影响，开始新的生活……"

崔红萼放眼看向楼下，道："我自己知道，这就已足够。"她从不在意别人如何看待于她，只求问心无愧。

崔尊道："你就当替你妈妈想想，她只有你了，你怎么忍心扔下她一个人？"

崔红萼看着夕阳落幕："我努力过，但我做不到。"她眼里的痛苦之意逐渐被明亮覆盖，目光变得温暖，"一个苟活的女儿，不如早死的女儿。她才三十九岁，还可以再结婚，等再有了小孩，一切都会过去的。"

那天早上，她跟冯凤简单交代完，本来就想上黄泉，可是冯凤哭着求她，还抱着万一的希望叫救护车。她实在不了解什么叫作利××。

但红萼还是同意了，因为她毕竟不是崔昌，冯凤跪在她面前，她无法不心软。

崔尊道："你太轻视你自己，你是不可替代的！"

崔红萼淡淡地笑了笑，美若黄昏。她的声音变得柔软而疲惫："我不想苟活，也不想服刑。你如果为我好，就成全我吧。"

她眼里的光泽和夕阳一起下沉，她说的是心里话，她迫切地需要这成全。

崔尊什么都愿意答应她，唯独这件事。

他们站在天台的边缘，一拉一拦，大腿甚至抵上了栏杆。崔红萼甚至怀疑，如果她全力纵身，他们两个会一起掉下去。

突然听到一个很爽朗的声音，语调却很闲适："情感剧演得差不多了吧。"

这绝对是他们两个现在最不想听的声音。

四十五

崔尊刚要回头,崔红萼突然发力,振臂一挣,居然成功将崔尊甩开,随后便要奔出栏杆,动作行云流水,坚决如铁。崔尊始料不及,却见高渐明已经把她的双臂反拧在背后,轻而易举地把她拖回来扣在怀中,如取囊中之物。

有时候抓人和救人只有一线之隔。

高渐明把崔红萼押成最屈辱被动的、被捕的姿势。

那一刻她的表情比死还难受。

高渐明表情很绅士:"看到我意外吗?其实我一直都在。"

崔尊咬紧牙关:"你先放开她。"高渐明反而把她按得更紧:"不好意思,她是嫌疑犯,犯的还是故意杀人,很危险。我得控制她。"他的风格一向是故意往他们痛处戳:"她这种情况进去以后,不仅有手铐,还要戴脚镣,你知道吧?"

崔红萼并没有感到绝望,她羞耻得只想立刻死去。

崔尊却几乎下意识要上前抢夺她,高渐明语气悠闲,这天台的风吹得他很适意:"袭警和拒捕,都是罪加一等。"

崔尊强忍着停在原地,强行保持冷静,内里已经心急如焚:"你听到了什么?"

高渐明似笑非笑地看着他:"你是个勤学好问、不留疑点的好学生。"

他一直在附近,上这天台只比他们晚了两步。他们都不是粗心的人,但高渐明是专业的,动作轻到声控报警器都不会报警。

崔尊只觉得这天台在旋转,在坍塌。

高渐明含笑看着他们,他心情大好,嫌犯落网,正义之道。

他站在朗朗乾坤下,容光焕发,脸庞俊美,身材挺拔,笔直的警服腰侧有一点凸起,那是配枪。

崔红萼被他一只手扣着两只手腕押在身前,她努力克制自己不挣扎,因为她知道她绝无可能挣脱,只是自取其辱,不如保留最后一点点体面，只是转头看向他，眼里满是清澈的愤怒："我跟你说过的……"

她跟他说过的，她不会逍遥法外，凭什么剥夺她自行归去的权利。

他侧脸对着她的耳朵回答，声音随风传入崔尊耳朵，话里犹带笑意："我怎么会让你就这么死了？那不是太便宜了你吗？"他从头听到尾，居然没有一丝理解的同情。

高渐明拿出一副手铐摇了摇，明明反光，叮叮作响。崔红萼绝望地闭上眼睛，甚至都没动一下。

崔尊却突然冲过来压住高渐明的手，好像那是崔红萼大量出血的伤口。崔红萼惊讶地睁开眼看着他，高渐明饶有意味地等着他下一步的举动。

崔尊本来也是个很优雅稳重的男人，现在却慌乱无措自乱阵脚："高警官，您听我说。您刚才都听到了，您应该也知道了，我父亲本身有很大的过错，红萼是被他逼得没办法……"

崔红萼打断他："不要说了。"她虽温柔但骄傲，以给自己找理由为耻。

崔尊坚持道："你让哥哥说完。"他看着高渐明，表情诚挚至极，"他活着，别人就活不下去。这些年她们过的日子受的苦，是外人难以想象的。红萼对其他人、对社会都不会有任何的危害……"

崔红萼数次打断他失败，终于非常痛苦地别开脸："难道你觉得我会苟且偷生吗？"何必要说这些话，把最后一丝尊严抛下。

崔尊迫切地、仓促地安抚她："红萼，你还小，你不明白。"人生最悲哀的事情之一，就是还没领略人生的意义，就失去了长久的自由或者全部的生命。

崔红萼这个岁数的年轻人，当然认为自己非常成熟，她只是感受哥哥的善意和急切，一时说不出话来。

但高渐明想起江易说的"她还是个孩子"云云，几乎笑出声来。他调侃般地打量了崔红萼，冷笑道："她小吗？"他姿态甚高，语气竟似下流。若不是这身衣服和他俊朗的面容，崔尊几乎要以为他是个流氓。

崔尊顾不上细想，继续恳求："您说过我们是同一年，我妹妹小我们九岁，您想想您像她这么大的时候，您觉得她很大吗……"他就像个为孩子求情的家长。

高渐明没有回答,崔尊回归正题:"这件事没有物证,我家也没有别的亲友,没有人会追究,您就当她刚才什么都没说过,您什么也没听到,求您了——"

他目光灼热中带着伤,泪水都遮住了眼底。在江蘅面前,他还保留着道德标准,甚至不能点下去头。但是此时此刻,警察就在眼前,要给她戴上手铐,把她带走,让她从此不清白、不自由,他完全无法接受,根本做不到配合警察工作,只想付出一切去阻止,哪怕让他立刻跳下去也愿意。

高渐明居然很配合地任他拉着手腕,听他说完,远远望去,他们竟像是握手的朋友。

他甚至还友善地询问,让崔尊看到希望:"她们受了什么苦?"

崔红萼目光如油尽的残灯,疲惫而失望地对着崔尊摇头。此刻她最后悔的事,就是那天早上妈妈哭着跪在她面前抱着她腿的时候,没有拨开妈妈的手。但她实在拨不开。

崔尊却已经开始诉说:"我父亲只找没有学历、没有经济能力、思想传统的女人,因为他可以肆意对待压榨,不需要任何成本。我阿姨是被我父亲骗来的。那时我妈妈刚走一个月,他出差回来,在车站看到独自来京的单纯善良的阿姨,她……很符合他心里理想妻子的想象。"他神色遗憾而伤感,这是崔红萼悲剧的开端,"他去接近她,才知道她在老家已有意中人,他直接骗她说给她介绍工作,却把她带走关起来……"他停顿数秒,虽然明知道这是非常重要的环节,却怎么也无法当着崔红萼的面说出那个词。

而高渐明非常"体贴自然"地替他说出来:"关起来做什么?连日强暴吗?"他语气里没有半分不忍,甚至有点调笑的意味。这让崔红萼自被他控制住以后,第一次剧烈挣扎,她红着眼睛,咬着牙齿说不出话。

崔尊想松开高渐明拿手铐的手去拉她,高渐明反手握住他的手腕,另一只手轻而易举地制服崔红萼,又轻笑道:"急什么?刚才你自己不是还在说吗,做都做了,说不说出来,都是做过了啊。再说没那事哪有你？"崔尊妈妈过世是哪年，崔红萼今年多大岁数，这么简单的推理和数学题，他瞬间就做出来了。

崔红萼眼睛一下红了："我希望没有我！"

崔尊急道："红萼，别胡说。"高渐明只言片语间的不敬，他听来也很难受，但现在"保住"她是最重要的。

高渐明居然也顺便"安抚"她一句："别闹情绪，你哥在说话呢。"

他看着崔尊，以采菊东篱下的姿态不放过任何一个疑点："你知道得这么清楚，当时扮演了什么角色，看门还是送饭？"其实他知道崔昌不太可能让当时还在母亲孝期、与他有重大间隙的儿子参与此事，但是他还是要这么问，顺便羞辱一下他，何乐而不为？

崔尊忍着屈辱，解释着不堪回首的细节："我是见到阿姨以后，从细节看出来的……"

高渐明含笑道："什么细节？"其实他当然想象得到，别说他也接手过强奸案，那种情节他在小电影中都见过多回。

崔尊发不出声音，他怎么可能当着红萼详述她母亲缺失的衣扣、脖颈的指痕，他又怕不说高渐明不相信，就像主刀一场死亡率百分之九十以上的手术，实在艰难。

崔红萼也已经说不出话来，她情绪痛苦得连制止都没有力气，崩溃得闭上眼睛，别过脸去。

高渐明也讲究点到即止、见好就收，毕竟把犯人逼到绝境只会导致事态失控，反而达不到预期效果，其实他对阿姨辈的黄色章节也没兴趣。所以，他很轻松地转移话题："都这样了，你当时怎么没报警呢？"其实他深知纵然崔尊报警，冯凤也不会指控孩子的爹。

崔尊却面色苍白，眼神模糊，他后来总觉得他曾有机会改变局面："当时……阿姨怀了孩子，决定和他在一起，我……不能让孩子没有家庭……"

高渐明嗤笑一声，略一施力，强迫怀里的她转过来抬起头，虽然她还闭着眼，还是能感觉到光的变化和崔尊的视线。

高渐明："你问问她，想要这样的家吗？"

崔红萼紧闭着眼睛，自欺欺人地掩耳盗铃，虽然努力控制，泪水还是落了下来。

崔尊心理防线早已溃不成军，虽然背还是直的，肩膀却已垮了下来，毫无是非地认错妥协："是，是，都是我错了，都是我不对，但是红萼没有错，她干净、清白，她是个好孩子，她只是想救她妈妈……"

崔红萼声音沙哑得几乎成空气："哥，别再说了。"

她实在不想让崔尊说下去，但她哥不听她的，崔尊还在争取虚无缥缈的、打动高渐明的机会和希望："那时候阿姨才十九岁。我父亲……他从来没尊重过阿姨。我妹妹高考以后，他甚至想让她服药自杀。她被他打击了这么多年，根本没有逃离的意识，红萼只是想救她妈妈，让她因此去坐牢，实在太不公平。求您放过她，求您了。"他目光里满是诚恳。

高渐明一字不落地听完，还嫌不够，又细问："他是怎么不尊重她的？"

崔尊眉心露出极度痛苦的神色："他需要什么，她必须完全做到；他不需要的，一点都不能有。只要他在家，她除了做他要求的事，不能主动说一句话，不能走动，不能弄出半点声音，只能在限定时间内上厕所，甚至不能生病。但她必须时刻留意察言观色，他感觉口渴，她必须立即倒好温度合适的水递过去。他要用纸巾，她必须马上抽出来递过去。他看一眼窗户，她必须立刻判断出他是要开还是要关并执行。他的包快要倾斜了，她必须当即扶好。诸如此类的事，我阿姨早已经被折磨成本能。如果有哪一点没做到，他就会使用暴力，她……被打过很多……很多次。"

这实在已经超出家暴范畴，简直骇人听闻。纵然是对待一条狗，也没有这样做的。

高渐明居然没有意外，他从不对合理的事感到意外，这种施暴方式确实很符合崔昌高学历、高标准、低共情能力的人设。

崔红萼听崔尊说这些话的时候，表情痛苦如受刑。高渐明看在眼里。

崔尊咬咬牙关，说出最让人无法接受的点："而红萼跟我怎么劝他、拦他、求他，他的回答都只有一句话。"

"他说，她这种人没价值，不需要尊重，不配有地位。在他眼里，没学历、没知识、没能力就低人一等。"崔尊在悲痛激动之下，甚至没解释人称。但当然不影响高渐明理解，他神色如常，还很有耐心地低头问崔红萼："是这样吗？"他的姿态几乎是将她整个人扣在怀里，她能嗅到他克制的香味，感受到他的体温。

让她回忆这些事，无论承认还是否认，无疑都是一种巨大的折磨。崔红萼痛苦得极力挣扎却挣不开，身体终于松懈疲软，已经精疲力竭，全靠他支撑才没倒下。

高渐明反而饶有意味地追问："那他对于S师大怎么评价？"

崔尊下意识看了崔红萼一眼，崔红萼的表情很平静，甚至带有哀伤之色。

她高考是发挥失常，她本该是北师大的水平，被S师大录取时，崔昌虽然失望，却什么都没说。

他向来把孩子和其母分开看，对红萼更是给了他所能给的一切，别说动手，重话都没说过。

高渐明看她的反应，随后抬头看着崔尊，面带微笑："你说完了？"

面对他明朗却没有温度的笑容，崔尊顿时生出不好的预感。

高渐明一寸寸抬起手，动作不快，让他清晰地感受被脱离的全程。他开口，语速也不急，确保让他听得字字清晰："你有证据吗？也许你只是欺负死人不会说话。"

崔尊的心沉了下去，还是坚持道："红萼曾报过警。"

高渐明明知故答："我看过，记录里写的都是家庭纠纷，经调解已解决。"红萼光十二岁一年就报警十六次，每次都被以"家庭纠纷"不耐烦地打发掉，后来警察甚至来都不想来。谁见过一方被控制得一动不能动，被打都不敢求饶的纠纷？

家事最难取证，但他们的母亲都没想过跟崔昌对簿公堂，至于他们兄妹两人，且不说录像录音很容易被崔昌发现，他的嗅觉灵敏堪比猎豹。就算录下来，本身也是对冯凤的伤害。再说，冯凤不配合离婚，什么样的证据都没用。

高渐明切换正式语气对崔尊道："即使你说的属实，你父亲做的事也不能跟故意杀人既遂相比,她是青出于蓝而胜于蓝啊。"

他语气正式却带着讽刺,英俊的脸上带着残忍的神采,气定神闲,高挑挺立,竟似闪光。

崔红萼就知道他不可能好心放过她,当然她也不需要,她一心只想找个高渐明不注意的时机,奔出边界,一跃而下。却听崔尊咬着牙无比痛苦地说了一句:"他也杀过人。"

这话实在惊悚,红霞逐渐淡去,清冷夜幕来临。

崔红萼惊讶地看着崔尊,他神色不像有假,高渐明也问道:"嗯?"

崔尊道:"他杀了我妈妈。"他每个字都吐得很痛苦,这是他在心里埋了十几年的秘密,"我妈妈是个很好很好的人,她只是因为家里重男轻女,早早辍学,她其实很聪明的,她会心算,会写诗,会讲很温暖的故事。她跟我父亲……不完全是被欺骗,她是喜欢他的,在他什么都不是的时候,义无反顾、无怨无悔地跟着他。但他看不起她,对她……跟对我阿姨一样。即使如此,我妈妈在我面前,永远笑得很温暖。我七岁那年,妈妈查出来……当时是能治的,那点手术费对当时的他来说完全能承受,但是他说,"他停顿了一下,想重复父亲当年的语气,终于无法说出口,只能转换为第三人称,"他说……她……她没价值,不配治病。"

崔红萼晶莹的眼里满是震惊,甚至忘记了手臂的疼痛。

崔尊的表情也非常痛苦,他仿佛又回到儿时那个竭尽全力也无法保护母亲、只能看着她生命流逝的男孩:"他看着我妈妈死去。"

四十六

当时,他求了能求的所有人,想了所有能想的办法。

崔昌把跪在地上的他拽起来,扔给他一句"别那么掉价"。他去他妈妈的老家,但他妈妈跟某些不幸的重男轻女家庭里的姐姐一样,父母收了一笔对他们来说是几年的收入但在城里买不到一平方米的彩礼,就算是被丈夫一次性买断,娘家的人和钱与她再无关。七岁的他跪在姥姥姥爷舅舅舅妈面前，喉咙都哭哑了，都要不出一分救命钱。他向医院里的医生护士、学校里的老师同学求助，也没有一个人帮助他。

他从来没有感觉过，这个社会这么冷。

他妈妈没有哭，相反，一直在哄他，安慰他。她最后的日子，一直是带着微笑的。崔尊整夜陪在她床边，她会给他讲很多话，很多嘱托和叮咛，阴晴冷暖，一日三餐，她脸颊是银盘般的圆，后来虽然消瘦了很多，线条依旧是圆润温柔的，笑起来依然有两个暖暖的小酒窝。

她说，如果妈妈不在你身边了，你要照顾好自己。学习上别给自己太大的压力，这件事不用听你爸爸的，学历高当然是好的，学历低的人也不是就低人一等。妈妈只希望你健康快乐就好了。遇到什么不开心的、困难的事情，就写信告诉妈妈，一切都会有办法的。

她说，爸爸以后再娶的阿姨，你要有礼貌，爸爸生气的时候，要保护她啊。

她说，有了弟弟或者妹妹，你要爱护他/她。

她说，等你长大了，谈恋爱、结婚，你一定要尊重女孩子，要好好对待她。人与人之间，尊重最重要了，所以妈妈才给你起名叫尊的。

她说，尊尊，你别怪你爸爸和舅舅。

他其实已经懂事了，很明白将要发生什么，却怎么都无法接受。他点头又摇头，眼泪止不住，他一遍遍地哭着说，妈妈，你别走，我什么都听你的，你别走啊……

妈妈只是笑着给他擦眼泪，他明明看到她的眼角也湿了。

其实那时候她的病情已经很严重，别说没有钱，就算有也已经治不了了。

崔昌没给住院费，他们根本没住在医院，而是在家里。妈妈走的时候是个白天，崔昌不在家，只有他们母子两人。

弥留时分，她拉着他的手，要他答应她，永远都不会动手打人。

他哭喊着要去叫救护车。妈妈没放手，眼睛亮晶晶地看着他，等待着他的回答，他看着妈妈眼里斑斑点点跳动的泪光越来越微弱，终于明白妈妈要走了，他所有的舍不得都只能徒增悲伤，让妈妈放心不下。他回握住她犹带暖意的手，一遍遍地点着头。

妈妈闭上眼睛时嘴角都是带着笑的。

崔昌作为合法丈夫处理后事时，甚至没有看她一眼，完全把她当作一个报废的机器、一个没有用了的垃圾。

多少个夜晚，崔尊淹没在悲痛和内疚的泪水里，甚至不想看到明天。但他是妈妈唯一的孩子，唯一的血脉，太阳升起，清晨到来，他不得不努力活下去，努力生活，努力学习，成绩优异，学医从医，每次遇到因为经济原因放弃治疗的患者，他都倾囊相助，不知道帮过多少病人。

没人知道，他心里一直住着一个守在母亲床边却拉不住她手的男孩。

他母亲的死因，在此之前，他只对两个人说过，一个是他爱了好多年却留不住的女孩，还有一个就是当年刚住进崔家的冯凤。他第一次见她就告诉了她，让她快离开。但那时冯凤已经怀了红萼，她只能含着泪，把当时八岁的他拥入怀中。

后来，就连红萼他都不曾讲过，只说他母亲是病故。因为，虽然崔昌每天都在刷新恶行，但他还是不希望红萼知道这些阴暗的事，也不愿面对当年那个无助又无力的自己。

现在，他亲手撕开最深处的伤口，想换取她一丝生机。

他抬起眼，眼神脆弱而充满希冀，但却看到高渐明眼里的笑意更锐利。

高渐明看着他清秀而颤抖的双眼，突然想起了七岁那年饭桌上，他妈给他夹菜时，江易别过脸掉的那滴泪；想起了二十一岁那年，跟江蘅看U11组的足球赛，她说的那句观念不合、不可调和；想起了前两天，她结婚以来第一次主动叫他回家，跟他说崔红萼有苦衷。

高渐明看着崔尊，字字残忍："就算死的是她亲生母亲，你们也无权剥夺别人的生命。她根本不知道吧，所以这算不上动机。这件事裁定时能不能算是你父亲的过错都不一定。夫妻之间本有救助义务，你妈，还有你，没有起诉申请强制执行，默认同意放弃，事后反悔，过期不候啊。"他当然也知道，司法过程有多复杂冗长，何况那是零几年，相关的法律和规定未必普及，就算起诉，病情每天都在恶化的人也不可能等得起,但他偏要这么说。

法律有时候可以用来攻击受害人,因为他们不会使用。

这种话在崔尊听来,当然无异于往他心里插利刃,但他还抱着万一的希望,忍下所有耻辱,恳切地请求:"高警官,您马上就要为人父母,您想想您的孩子被逼到这种境地……"

崔红萼闻言转过头看高渐明,眼波惊讶而清澈,她不太知道高渐明会怎么教育他的孩子,但无论如何总还是为新生命的诞生而感到欣喜并祝福。

高渐明却没有关注她的眼神,无情地解答着崔尊的问题:"如果我孩子被别人以找工作之名诱骗,说明她极度愚蠢,如果她还因为怀孕嫁给这人,我根本不会再把她当作我的孩子。如果她最后还受不了杀人犯罪,只是有规定亲属必须避嫌,否则我想亲手送她进监狱。"

崔尊哽住,他已经无话可说。他还无法接受即将来临的一切。

崔红萼似乎吸了口气,抬起头对高渐明道:"你先放开我,我跟你走。"

她的意思已经很明显,不要当着她哥哥的面给她戴手铐。

高渐明听在耳里,微微垂目看着她,嘴角又勾起一丝笑意:"不行。"

说着,他握着她手腕的手一带,另一手将手铐扣扣上,不容置疑、干脆利落,"啪嗒"一声响。

崔红萼侧过脸,不敢看崔尊的眼神。

高渐明嘲笑道:"觉得羞耻了?早干吗去了?别说你妈劝你,事实就是你隐瞒事实试图逃脱法律的制裁。就算你从这里跳下去,也只是畏罪自杀。"

崔红萼不想跟他争辩,你永远无法对恶意揣测你的人解释清楚。

崔尊却忍不住了,他双眼发红,胸膛压抑,他愤怒到不知如何表达的地步:"在法律上,也许她有错,但在道德上绝没有。她需要畏惧什么?她只是因为高尚。"

"高尚?"高渐明似乎听到什么笑话,"你们以为她是攘奸除恶、劈山救母的英雄,其实只是个可耻的杀人犯。"

说着，他就拉着崔红萼身后的衣襟转身，动作强硬，仿佛只当她是个猎物。

他又回过头，天高云淡之下，眉眼舒展，对崔尊道："忘了告诉你，其实我上来之前就通知队里的同事了，在这里陪你聊天，只是给你面子。"

他利用他救人心切的心理，欺骗窃听他们掩埋多年的秘密，然后极尽奚落踩在脚底，再告诉他们只是一场从来都没有过机会的骗局，杀人诛心，不过如此。

崔尊已经连话都说不出来。

崔红萼看着他，她知道一两年以内这是她最后一次见到哥哥了，不得已使用偶像剧常见戏码："哥，你能答应我一件事吗？"

崔尊道："当然，你说。"

崔红萼柔声道："以后……请你帮我照顾我妈妈。她虽然不是你亲生母亲，也请你看在多年的情分……"

崔尊含泪道："当然，你放心，她也是我的母亲。"

高渐明冷笑："与其求他，还不如求我，你妈目前涉及伪证罪和包庇罪，我马上就得请她过来谈一谈。"崔红萼瞪着他，目光如虹。他话锋一转，又道："不过她这么蠢，要求她像正常人一样负法律责任，确实有点过分。"

他当然知道，冯凤未必是蠢笨，那是长年累月高度紧张只能服从造成的呆滞和迟钝，但他还是要这么说。

他轻笑一声，道："你爸说得没错，你们两个的妈，一个生出成为杀人犯的女儿，一个生出包庇杀人犯的儿子，她们的命确实都是负价值。"

崔红萼猛然抬头看着他，目中主要的情绪是难以置信，不敢相信他怎么能说出这种话，她仿佛看见恶魔。崔尊的身体在发抖，看着他铐着红萼大放厥词，从激情杀人的角度，他现在完全有动机把高渐明从楼顶扑下去，他自己也不想再活，只是他做不出，母亲床边的誓言，文明已经成为难以打破的习惯。

高渐明说完，押着崔红萼下天台去跟他的同事会合。崔尊本能想追过去，终究是忍住了没有。红萼也没有回头，何必徒劳增添眷恋。但走到楼梯口回头，她还是看了一眼。

崔尊也在望着她，四目相望如河。

而高渐明直接拉了崔红萼一把，她踉跄一步，背后的长发一晃，人已经被拽着走进黑暗阴影中。

崔尊再也看不到她。

天依旧淡蓝如洗，不以心情为转移，却比乌云密布更压人。

公安局。

崔红萼被再次刑事拘留。

她被两个女警察带去办手续，手腕戴着手铐，身上穿的衣服还没换掉。其中一个是高渐明的现任搭档，还有一个她不认识。两位女警都是一脸严肃，给她铐的手铐比高渐明铐的还紧。

相比某些悔不当初或大喊冤枉的嫌疑人，崔红萼过分安静，甚至有点心不在焉，不怎么理这两个女警官，只是淡漠地配合，不过对于她们来说，这样工作就算完成。

崔红萼面上没有什么表情，心里情绪复杂又明了，这当然不是她希望的，没能自行了断，她很失落。但是如果一定要在现在和以前选择一个，她还是会选现在。

她被捕的事情在局里传开，江易听说以后，马不停蹄地赶过来，在她被带去看守所前总算追上她们。

他跑到她们面前，看着她手上的手铐，脚黏在原地，满目惊讶，不忍相信，不愿相信："你……你……怎么……"

崔红萼也认出了他，虽然他只在最开始那天审问过她，但他对她的善意她不会忘记。她朝他笑了笑，那笑容就像朝阳下的玫瑰："江警官，您好，对不起，是我违反了法律，给您添了麻烦，辜负了您的信任。您是个好人，祝您一切都好。"

江易听完，满脸羞愧之色，他没能帮上她，甚至还间接害了她——高渐明对这个案件这么执着，上来就做有罪推定，穷追不舍，多多少少都有他跟江蘅的原因在。他低下头，连连摆手，声音模糊支吾地说:"别……别这么说……不……"他想说让她在里面照顾好自己，找个好律师打官司，又觉得他的处境说什么都尴尬而错误，女警察勉强等了一分钟，看他跟挤牙膏一般费劲，甚是不耐烦，直接说:"该走了。"也不等江易回答，就拉着崔红蕚向前走去。

从此以后，她的大好年华，只能裹在囚衣里。

当晚，回到出租房，崔红蕚的笑容仍时常浮现在他脑海里。

对她，他共情，同情，惋惜，不平。

除此以外，还有一种特别的情绪。

她是个保护母亲、杀死暴力父亲的女儿，他是个对女儿的母亲施暴过的父亲。

虽然他甚至没有好好看过他的女儿，但他毕竟是个父亲。

那回用皮带以后，他再没有动过汤旧画一根手指，但是他从未忘记自己的罪恶和暴行。他觉得女儿长大后杀了他也是他罪有应得，只是不愿她为自己这个不值得的父亲赔上自己的人生。他是不是应该去自杀？

崔红蕚看他清澈的眼神、纯净的笑容、真心的祝愿烙在他心底，他每分每秒都活在羞愧之中。

四十七

当晚，高渐明跟他的同事依法到崔家带走冯凤，然后带着崔红蕚还原犯罪过程，当然没安排母女见面，避免不必要的煽情和麻烦。至于崔尊，直接以"请勿干扰办案"强制要求离开。

红蕚没有跟警察玩任何花样，她如何拿走崔昌放在书房里的利××，如何把药物临时收在自己房间，如何在煮咖啡的时候将之加入，如何摆放杯子和咖啡机，全都如实告知，事实永远是最好证明的。

崔昌认为手不能直接接触食品和厨具，所以他们家进厨房必须戴一次性手套。她从小潜移默化，居然也习惯了，那天制作利××咖啡也戴了手套，不是为避免留下证据，只是习惯，她当时已经想好去天台跳楼的路线。

有了她本人的口供和物证，冯凤做证与否都不影响大局。

但高渐明当然是要找她聊一聊。

阳光无法普照夜幕也不降临的审讯室内。

高渐明对待冯凤就很直接，甚至不屑于语言艺术。

他仿佛化身正义而理智的审判者。

"你说得没错，她做的一切都是为了你。

"她才十九岁，风华正茂，前途光明，就为了你，毁于一旦。

"在你们那种家庭里，还能没进精神病院，考上大学，实属不易。

"逼她走上犯罪道路的不是她父亲，而是你。

"这十九年来每一天，如果你坚决离婚，这件事都不会发生。甚至几个月前她租了房子要带你走，如果你同意，他们也不会走这一步。"

有的家暴男会极端地不同意离婚，但是崔昌不属于这一类，他的暴力只有贬低没有占有，他不可能挽留一条狗。

从来都只是她不走。

"你爱她吗？"

早已泪雨滂沱的冯凤不住地点头，她唯一的女儿，她怎么可能不爱呢？

"你为她考虑过吗？你作为母亲，本来应该是你保护她，你却让她保护你。

"你教过她是非对错吗？你们的家庭里处处是错，而你只知道服从。她努力想改变，你还不配合。

"你跟她住在同一屋檐下，你知道她是怎么想的吗？你知道她想要什么吗？

"你知不知道，如果没有你这么个妈妈，她会过得比现在好得多？"

他简直在考问她的灵魂，其实他问的不止她一个人。

只是那个人，他永远都不能这样去问。

冯凤无法通过思考得出什么深邃的道理，但她的心却在剧烈震动。

"你都没有，你怎么配说爱她？"

高渐明从来不是二极管，他只是最懂得对什么人说什么话最伤人。

"从根源上来说，你丈夫跟你女儿都是被你害的。"

冯凤虽曾经来公安局翻证，在事实上是伪证，但高渐明当时并没采纳，甚至没做正式记录，所以在法律上她构不构成犯罪都不好说，就算构成，也判不了多久的。

高渐明说完，就直接释放了她。

而从公安局出来，冯凤就去买了农药，死在了路边。

她这种人，不会有什么"在哪开始，在哪结束"的仪式感，她扛不下去了，直接就地归去了。

崔尊被通知去收尸的时候，他对高渐明的恨意达到顶峰，空前绝后，甚至超过对崔昌。

他虽然不知道高渐明跟她说了什么，但是以这个人的话术，逼死本就脆弱软弱又连续失去丈夫和女儿、濒临崩溃的冯凤，实在是太容易了。

面对冯凤气味刺鼻、面色发黑的尸体，一动不动地躺在停尸床上，身高变成尸长。

他想起二十年前，第一次见她的时候，她穿一件皱巴巴的桃红色棉布衬衫和黑色长裤，乌黑的长发编了两条麻花辫，圆润的脸庞带着稚气和迷茫，水汪汪的眼睛里蒙着一层雾。

那时的她跟现在的红萼一样大，年仅十九岁。

本来父亲在他母亲尸骨未寒又再娶，虽有母亲要他善待阿姨的叮咛，他还是难免有点负面看法，但是见到冯凤第一面，崔昌的粗暴和她的求饶，让崔尊对她瞬间就只剩同情。随后他注意到她衣衫的破损、身上的伤痕，已经八岁略懂男女之事的他，开始合理推断，得出可怕的答案。

他不想和崔昌说话，私下去问这个年轻的、新来的、负伤的阿姨。冯凤不会说谎，也不敢承认，只有眼泪大颗大颗地流下来。

他知道他猜对了，震惊和悲伤之余，他劝她快走。为了劝她，把妈妈的遭遇倾囊相告。

但她已经怀着刚满两个月的红萼了。

她听他说完他妈妈的事,只是流着泪把他拥入怀中。

那温暖而柔软的怀抱,她搭在胸前那粗粗的长辫子滑过他的脸,她怕硌着他,匆匆把辫子背到肩后。

最开始她是那样一个善良而细心的姑娘啊。

崔尊甚至都能想象,就是这样一个女孩,小学就被迫辍学,在家照顾弟弟,刚刚成年,离家打工,穿着新做的桃红色粗布衬衫,编着长长的麻花辫,迈出车站,满怀对大城市的憧憬和信任,水汪汪的眼充满单纯和好奇。

然后她就看到了崔昌,一表人才、成熟稳重的崔昌。

他和她攀谈,她毫无戒心把她的情况包括恋情都交代得很完全。他说给她介绍好工作,她就感激地跟他走了。

她的长辫子在背后一甩一甩,就像晃动的钟摆。

她从此就告别了少年。

等待她的是一个阴暗的小房间,露出狰狞面孔的男人,毫无人性地殴打和强暴……

从来只听闻城里的姑娘被拐卖到偏远山区的悲惨案例,谁能想到她从山村来到首都居然遇到异曲同工的手段。

她当然没有那些从小被教育自立自强的女孩烈性,第一次的时候哭泣着央求,后面就不作声了。

即使是农村,漂亮又听话的女孩也不好找,而崔昌没耐心花时间找对象。她怀孕后,他随便给她娘家邮了四万块钱,她父母只觉喜出望外。

她老家那里,彩礼就是一次性买断,均价是两万八千块。

其实早期崔尊母亲的医药费,比四万高不了太多。但是那种病即使治愈,也得终生精心护理,保证情绪,避免劳累。崔昌是商人,最会理性到没人性的数字计算,他觉得不值。

冯凤从此坠入深渊。

后来,每一次,崔昌对她施暴的时候,她都是一声不出地承受,只怕被两个孩子听到。每一个次日,她都是遮掩着身上的伤痕,轻手轻脚地爬起来给他和红萼做早饭。

就算冯凤不聪明，不优秀，思想局限，也被岁月和崔昌侵蚀，也不能掩盖她有颗善良的心。

虽然她客观上促成了悲剧，但她从没想过害任何人，从没。

这对她太不公平。

崔尊泪满眼眶。

他不知道怎么对崔红萼说这件事，她本来只是想救她妈妈，却间接造成她妈妈的死。

高渐明居然还在旁边站得很正很直，问心无愧的样子。

他转过身，不敢再看阿姨漆黑的脸，看着高渐明，目光如刀："你为什么放她出来？"他以为高渐明会一直一直关着她直到审判，在局里虽然糟糕，至少安全有保证。

高渐明居然在笑："调查结果啊。"

崔尊咬着牙，几乎把牙齿咬碎："那你为什么不通知我来接她？"

红萼出来的时候，他明明通知了。

高渐明继续笑得很优雅："她是经调查无罪，不需要家属来接。崔红萼是具有嫌疑，证据不足从看守所释放，需要家属办手续。"

这理由无可置疑。

崔尊简直要被他逼疯了："你昨天跟她说了什么？我要听录音！"

高渐明冷笑道："当然可以。"

有一说一，他并没有故意刺痛冯凤逼她自杀的意思，只是借机发泄而已，出现这个后果他只觉得可笑，因为他认为说的都是事实。而那些话虽然难听又伤人，在法律上是没有问题的，没有一个字有诱导成分，甚至每句话还都有几分道理。

但是在崔尊听来，那字字句句都是高渐明促使冯凤走的绝路的地砖，是他杀害冯凤的铁证，并且是虐杀。

崔尊终于不管不顾地冲过去，抓住高渐明的衣服，字字含血地质问："是你杀了她，是你杀了她的！"这是他活了二十八年第一次跟人动手，突破本性的儒雅和对母亲的承诺。

他根本没有造成任何实质伤害，甚至没要高渐明出手，他马上就被其他警官拉开制服，厉声斥责："别胡说啊！""这跟我们没关系！""注意控制情绪！""死者是自杀！"

他根本看不清这群警官的脸,也听不清他们在说什么,如同身陷流沙,快速被吞没。

他听见高渐明说:"农药是她自己买的,也是她自己喝的,何谈我杀了她?你不如反省自己,你不是答应某人照顾她妈妈吗?才不到一天,就照顾到地府去了?不过她也不能怪你,如果她没杀人,又何至于此呢?但是她做这事本来就是因为她妈啊。只能说冯凤既是结果,也是原因。"

简直是逻辑鬼才,把自己择得干干净净。

高渐明朝他的同事们摆摆手:"算了,他短短几天家破人亡,体谅一下吧。"

警察们松开崔尊,他只看到高渐明离开的背影。

他有种感觉,就算拿刀架在高渐明脖子上,捅到他胸腔里,他都不会后悔。

高渐明走得很洒脱,他确实不后悔。他对冯凤只是摆事实,讲道理,服毒自杀完全是她自己的选择。他天天跟杀人犯周旋,心早已比他们更狠。若说人命,他亲手侦破、逮捕过多名后来被判死刑的凶手。若说罪不至死,他跟江蘅的第一个孩子,何罪之有?

他当然不会因为冯凤感到抱歉,但是她的死也带给他难以言喻的冲击和刺激,甚至于离开单位时还在失控,或者他早已不想自控。

案子告一段落,他终于得以回家。在这之前,除了江蘅给他打电话那回,他每天都住单位。

他进家门的时候,她坐在沙发上看书,这也是这半年来他主张的,她总是坐在卧室的书桌旁,他觉得每间屋她都可以坐,她是这个家的女主人,她基本没有照做过,但现在她做了,似在等他。

她穿着白色棉质家居服,长发盘在耳后,额头有几缕发丝顺耳垂下,闲适而随意,她的背是直的,线条看上去却很顺,又靠在墨绿色的沙发里,书放在膝盖上,翻得不快,转眼却过了数页。看到她,就感到一种别样的静谧。

高渐明进来,她也没什么大反应,很轻松地一抬头,虽动犹静。

高渐明一用力，如抽皮带般解下领带，衬衣最上面两个扣子都没系。

"太热了，"他径直走到窗边，"开窗降降温，你没意见吧？"

江蘅什么都没有说。

高渐明拉开窗户，久违又熟悉的凉意席卷屋子。

他朝她走来："你想不想知道那个叫崔红荨的女孩的近况？"

她确实有想要问这个，把那本西班牙语的书放到茶几上。

高渐明的表情似乎很享受："她已经在里面了。我从她哥哥怀里，亲手抓进去的。"

江蘅凝眉道："你很喜闻乐见？"

高渐明道："我说过，罪犯得到应有的惩罚，本来就是大快人心的事。"

江蘅站起来，这么多年，她身形还是轻盈如风。

她还未开口，高渐明便打断她："不要再对我说她有苦衷之类的，有些事情做了就只配惩罚和唾弃，无论任何理由。"

听到他那句"任何理由"，江蘅的目光突然变得很冷又很热，仿佛穿透了很多年，只凝结成一个字："你……"

她声音依然很轻，以高渐明之敏感，迅速察觉其中异常，反问道："我什么？"

江蘅却很快平静下来，双目又变回无波的湖泊："我认为，什么样的错误都可以谅解，我唯一不能接受的，就是你这种不容置疑的态度。"

这是她对他说过的，最发自肺腑的一句话。

高渐明双臂抱怀，品味了一遍她的话，语气很荒凉："犯错的人你都能谅解，不原谅错误的人，你反而不能接受？"

江蘅默认地看着他。

高渐明朝她走来，迎着初春的晚风，步步靠近，声声入耳，每一步都沉重，似乎并不想走，又仿佛已经走了很久。

江蘅并没迎上前，更没后退，站在原地静静等着他。

他站在她方寸之间，却听不见她的呼吸："江蘅，绝大多数人都是代入受害者，恨不能严惩施害者。代入加害者，生怕她因此受苦受罪，我见过的人里，你是第一个。"他看着她皎洁的脸庞，"人往往跟自己相似的人共情，你跟他们是不是不仅身世相似，选择也类同？"他看着她，目光寒凉，"你父亲的车祸，是意外吗？"

江蘅双臂抱怀，轻轻笑了一下。且不论她的品行，她父亲出事之时，她只有五岁两个月，高渐明是对五岁的小孩子有什么误解，感觉她可以收买司机改造汽车制造一场车祸？

她完全不做解释，淡淡道："受害者和施害者很难绝对分清，当一个人受害时，没人帮助、保护他，他在这种扭曲的状态下伤了别人，就被评价为纯粹的罪人，这不公平。"

高渐明道："就算是这样吧，那公平的方式应该是把以前加害他的人也抓起来，依法判处。"

江蘅道："但不是所有的伤害，法律都能惩处。"

高渐明眼里反而赋上带笑的光芒："你没想过为什么吗？很可悲吧，目前这就是无解之题。但是有些事情可以，比如故意杀人。"当然也包括故意伤害（致人流产），只是她不愿意。

他是个很聪慧透彻的人，对家暴等社会顽疾也有了解和见解，但唯独没有同情。话里说着"可悲"，嘴角还带着笑意。两个陌生人之间的纠纷，该怎么办就能怎么办，而家庭内部，经济、感情，缠得越紧，顾虑越多。有几个孩子能真的做到把家长送进监狱？就算有，把老子抓起来，谁养儿子？如果设保障机构，又需要多大成本？能怨谁呢，伤害你的人也给予你生命，只有认命。

江蘅直视着他："惩罚他人，应该是件悲哀的事，而不是饱含快感。"

高渐明瞳孔漆黑："那都是罪人，你在同情什么？"

江蘅道："他们也是人。"

高渐明突然想起崔尊转达的崔昌那句"不配有地位"，嘴角不经意扬起一抹笑容，笑得很讽刺。

他们明明面对面而站，却好像隔着宽广的江流各立一岸。

高渐明不能理解她为什么会为那些人悲哀而怜悯，就好像江蘅无法理解他怎么会如此冷漠和残忍。

高渐明说:"她哥哥,就是你见过的那个医生,说了很多煽情的话试图腐蚀我。"她无法接受地看着他,他非常残忍地扯扯嘴角,"当然失败了。但我从他那里学了一句话,是他父亲经常说他后妈的,叫作,有的人不需要尊重,不配有地位。"

崔尊重述这几个字,是字字惋惜,字字含悲。但他的语气里满是轻蔑、嘲讽、贬低,仿佛无师自通,深得精髓。

江蓠再平静,眼里也难免显出难以置信的意外神色。

他的目光亮如烛,点燃收不回的火:"你说,这句话,对于乱伦的人是不是也适用呢?"

那个久违的词说出口,有一瞬间的惘然,回忆起崔红萼夕阳下的发梢,突然觉得好畅快。

他以为她会一如既往地平静,没想到的是她的目光停滞了一下,随后恢复自然,无悲无喜地和他对视。

高渐明看着她光洁白皙如初的脸庞,并没有再追问,而是抬眼看看窗,今天是阴天,没有夕阳。

日落时分,只是天色渐暗。

高渐明轻笑道:"那个崔医生再找过你吗?"

江蓠凝视着他。

高渐明看着一缕烟云化作乌有:"也对,他应该忙着给他后妈处理后事。"

江蓠眉心微沉:"什么?"

高渐明转回来看着她,语气随意:"应该很好理解,如果你妈知道你为她杀了你爸,大概也活不下去吧?"

江蓠言简意赅地说:"如果是这样,他不必找我。你做了什么?"

高渐明眼中闪烁光芒,如衣锦还乡:"我只是跟她说,如果没有她,她女儿会活得比现在好得多。"

他们面对面而站,虽然他是口述,每个字都比白纸黑字更清晰。

他不知道冯凤有没有听懂,但他知道江蓠一定听懂了。

对母亲的侮辱,向来是江蓠最不能容忍的。无论是对她自己的母亲，还是别人的母亲。何况江母本来就是他们婚姻的主要原因，何况他对江易母亲的言论一直是她的心结，当年在球场边他说他那时是年幼，如今却亲自明示他从未改变，甚至比当年更狠，造成不可挽回的后果。

江蘅的眼神变得冷清而透彻，看了他片刻，随即转身便往房门走去，什么都没带，两手空空，一身轻松。

孩子才三个月一周，发育得并不太好，还不显怀。她的腰肢依旧纤细灵活，身材依旧苗条轻盈。

高渐明并不去追，甚至没有转头看一眼她的背影，只是站在原地，开口提示："那天你跟我说，让我考虑清楚就好，今天换我对你说这句话。"

字字沉重，如砸到心上的石头。

江蘅也没有回头，她走到门边，开门出去，发丝浮起，不带一片云彩，一步都没有停留。

窗外的天空没有层次，如同青灰色的石板。

四十八

第二天，高渐明正常上班，他坐在椅子上，目光有神，谁也看不出他心不在焉。

江易听说冯凤被他讯问之后自尽的事，又跑来对他兴师问罪，他看着对方的胸襟，一句话让其闭嘴："一个用皮带把妻子打得先兆流产的人渣，居然来替犯罪嫌疑人家属伸张正义，自己不觉得可笑吗？"他连汤旧画的B超报告都能弄到，怎么会不知道她被打入院呢？

本来义愤的江易瞬间安静了，他甚至左右别过脸，无言以对。

高渐明看垃圾一样看着他："你这种人居然也配做父亲。"

这一天，江蘅拿掉了孩子。她没有去一直产检的C院，而是换了一家。

术前，医生再次告知她风险："上次大月份清宫本来就没完全恢复，子宫壁很薄弱，这次如果手术有很大风险，以后再怀孕几乎不可能。"医生虽然公事公办，但妇产科医生对短时间重复人流的患者态度总不会太好。

而江蘅由内而外非常平静，不能再孕对她来说根本不是问题。

跟上一次一样，医生的每个动作细节，她都清清楚楚。不同的是，上次是取出死胎，这次是让活胎死去。

孩子已经十四周，可以看出，也是个男孩。

说把原来那个孩子接回来，当然是唯心的想法，每个孩子都是崭新独立的个体。

他们杀死了两条生命。

手术过程如医生所言并不顺利，她大量出血，宫壁破裂，虽然经处理并无大碍（除了生育能力不可逆的影响），只是需要住院观察。她没有告诉任何人这件事，全程一个人。

第二天，她就坚持出院，原本医生主张她至少留院观察十天的。

随后，她就去了她母亲所在的医院。

江母住院已经有一段时间，自从上回因为江蘅"胎停育"晕倒以后，她就断断续续地反反复复不见好。

晚上，多数时间是江父陪她，江蘅或高渐明也会来，但她不敢让他们多待，怕耽误他们的生活。高渐明曾说给她请个护工，也被她婉拒，她一向很有"边界感"，生怕麻烦了别人，让别人不满。

江蘅到病房是下午一点，开门进来的动作并不重，江母还在睡梦中。

江蘅并没有叫她，只是默默站在床尾，注视母亲的脸庞。她才四十多岁，容颜其实并不苍老，只是非常虚弱。她跟江父生活这么多年，总算是能睡个安稳觉。以前跟江蘅父亲生活时，一点点细微的响动都能让她惊起，缩到床脚。

江蘅一生再也不会做母亲，虽然并不遗憾，面对自己的母亲，毕竟还是有种奇妙的感觉，就像一条逐渐干涸的小溪回溯着初生的湖泊。

护士过来换吊瓶叫起江母，江母醒来，下意识地答谢着护士："好的好的，谢谢。"她看见女儿，露出惊喜的神色："蘅蘅，你怎么来了？你好像又瘦了……"

好像母亲永远觉得孩子瘦了。江蘅站在原地，微微欠身，一时间什么都不想说出口，只是唤了一声："妈妈。"

护士麻利地处理完就出去了，江母连声答应着："蘅蘅你快坐。"她虚弱着自己想坐起来，江蘅过去扶住她的背，帮她摇起床背，这些年她已经很熟练。她感觉母亲的背又单薄了一些，她的生命每天都在被透支。她顺着母亲的话，坐在床边的椅子上，目光平静地凝视着母亲的病容："妈妈，您最近感觉还好吗？"

其实她进来之前已经问过医生，妈妈是一天不如一天。

江母的视线就没离开过女儿的脸颊，自从江蘅结婚后，见面就不那么容易，她看不够似的一看再看："我很好，很好的，你跟渐明好吗？他对你还好吗？准备什么时候要孩子？"

这第二个孩子，她和高渐明都很默契地没告诉家里人。

江蘅沉默片刻，窗帘没有拉严，温暖的阳光映在她脸上，不知怎的就变成冷色调。

江母顿时有了不好的预感，手撑着床坐起身来，清亮的眼眸里露出急切的神色。

江蘅开口，声音很轻："妈妈，对不起，我已经尽力了，实在没有办法继续跟他在一起。请您理解。"她看着江母，眼里有种很柔软的感情，"请您原谅。"

江母眼眸颤抖地看着她，神色比当年听说她想出国留学还震惊而伤心一百倍，眼泪一下子流了下来，结合她如今的虚弱病容，甚是凄楚动人："什……什么？蘅蘅，你……你是想要……离……"她连说出那个词都觉得恐惧和罪恶，"离婚吗？"

江蘅很温柔地看着她，她的意思已经表达得很明白。

江母并没有责怪的意思，她这一生从未责怪过任何人，她只是着急，只是担心，担心到支着床坐起来，她眼里泪光闪烁，泪水流过脸颊边缘，纯粹得还是年轻时的模样："你们……是不是吵架闹别扭了？

怎么能轻易说离婚呢？你还小，你不懂的，结婚都是这样的，什么事忍一忍就过去了，女人总是要听男人的话，别顶撞他。渐明已经很好了……"她看着江蘅完好的脸庞，这至少说明没有被打。

她苦口婆心，叨叨念念，句句诚恳，江蘅全程都沉默地看着母亲，目光平静而沉着，只又说了一句："妈妈，对不起。"她虽然没说一个字反对，但显然一个字都不同意。

江母见状，越来越着急，而她如今的身体已经很虚弱，说了这么多话，体力耗得厉害，累得接连喘息。江蘅搀扶着她靠回床上。江母其实还想说下去，不愿跟她距离拉远，但是身不由己，也实在没了力气，只得倚靠在床背。她想起这些年，高渐明也曾数次这般照顾自己，更是痛心，气息上不来，脸庞灰白，呼吸微弱地说："蘅蘅，你要跟渐明好好过日子……"

江蘅拍抚着她，这回是一个字都没回答。她虽然表面一切正常，其实也是非常亏空的状态，尽管她想好要主动跟母亲把这件事说清楚，但她母亲软弱又根深蒂固的观念，她身体和心理的最佳状态都没办法，又何况如今。

她毕竟不是铁人。

她正面对江母哀求的目光沉默着，病房门被打开。

高渐明走进来，没穿警服，一身黑色便装，皮鞋擦在瓷砖地，声响不大，但很清亮。

病房的门正对病床，江母先看到他，又挺身坐起，露出苍白的笑容，语气卑微近乎讨好地道："渐明……"

江蘅没有回头也没看他一眼，只是站起身来，身形依旧纤细而轻盈。她当然想转身跟他说，我们出去，有什么事情我们自己解决，但是她知道他绝对不会听。

高渐明笑着，笑容并不爽朗："妈。"他走进来，没有靠近江蘅，停在床边距离她一米处，接近床尾的位置，他站定，脸上笑意终于消失："这是我最后一次叫您妈了。"

江母的笑僵在脸上，这大概是她这辈子，听到的最让她崩溃和伤心的话，以至于她根本不敢相信自己听到了什么，如遭雷劈，愣在床上,随后就开始止不住哭泣:"渐明,不要这样好不好,你们是不是闹别扭了,蘅蘅是不是做错了什么事?她一定会改的,你们不要离婚好不好,你给她一次机会,你原谅她一次,求求你原谅她……"她根本不知道发生了什么事,但在她的观念,女人以夫为纲,只要跟丈夫发生矛盾就是妻子的不对,只要丈夫提出离婚就要求取原谅。

她哭得很软弱、很悲伤,说得很恳切、很动情,但整个病房其实很安静。

因为高渐明和江蘅都没有出声。

高渐明听着这些毫无尊严的哀求话语,他本该面带笑容以嘲讽的,但是怎么都笑不出来。

而江蘅平静地看着窗外树木枝梢的嫩芽。别人若是看到这一幕,一定会说她是多么不孝的女儿,看着她病重的母亲为保住她的婚姻哭求她的丈夫还无动于衷。她不是不想制止,而是知道都是徒劳。妈妈和他都不可改变。这么多年她努力过,拒绝过,也妥协过,结果都是失败的。

运动员都是不服输的,但是她同意退队的那一刻,本来就是认输了。

明媚的天光透过明亮的玻璃窗,映得屋里窗明几净,干净明亮。

江母哭得无比伤心,她只是身体插管移动不便,否则早已跪了下来。

高渐明似乎也到了极限,开口说道:"她宁愿失去生育能力,也要打掉我们第二个孩子,手术都做完了。"他的语气虽然故作轻松,却还是难掩沉重。

信息量过大,江母实在没反应过来,她不由得睁大双眼,带着泪水的眼光在他们两个身上打转:"什……什么?"

江蘅终于转头看了他一眼,其实她一眼都不想去看,随后俯下身来,为江母把床放平,让她平躺,轻轻按压着胸口,动作娴熟而轻巧。她用非常温柔、看幼儿般的眼神温柔地看着江母,但没能起到一丁点的安抚作用。江母气息奄奄,还在不停问着:"蘅蘅……?你……又怀孕过?孩子……打掉了?"

江蕤拍抚着她，终于开口说了一句话，其实她一个字都不想说："别说了，好吗？"没有主语，不知对象。语气很轻也很淡，就像一杯水，品不出任何味道。

高渐明快速答复江母："她喜欢的可能一直都是江易，她十六岁就跟他上过床，您知道吗？"

他说完就头也不回地离开。

按摩不再有效，劝说更百无一用，江母倒了下去，心电监控设备警钟齐鸣，因为角度关系，她侧脸倒在枕头上，远远看过去，跟睡着了没什么区别，她是个很软弱的人，晕倒也是柔软的。

医生护士很快带着设备蜂拥而入："家属出去在外面等。"

江蕤在走廊里犹豫了片刻，还是给江叔叔打了电话让他过来，也算是尽到义务。她靠窗站着等了许久，天色寸寸变暗，一片灰蓝。

终于门开了，医生走了出去，对她摇了摇头："我们已经尽力了，患者短暂恢复意识了，你进去跟她道个别吧。"

江蕤却没动，再次问道："没有办法了吗？"

医生摇头，催促着："快去吧，时间不多了。"他转身离开，刚才已经说得很清楚，体谅家属不死心，这已经算克制，很多下跪磕头大声哭号的。

江蕤也不再犹豫，快速进病房，几乎瞬即就来到母亲床边，妈妈躺在病床上，身上盖着被单，肩膀露出来，病号服刚才因为抢救已经脱掉。她侧头看着女儿，眼里还含着泪，目光前所未有地明亮而温柔，嘴唇颤动着，似乎想说什么。

江蕤蹲下来，离她再近一点。她伸出手，拉住江母的手。江母的手瘦瘦小小，轻轻一握就将之包裹。她年轻时候，双手也白皙纤秀。

她轻声道："妈妈。"她神色非常温柔，声音满是歉意，却没再说对不起，不想影响妈妈最后的心情。

江母用力地握住她的手，那是一个人生命垂危弥留时分最后的力量。她努力地发出声音，几乎是一个字一个字、艰难地说道："是……妈妈……对不起你，是……妈妈……的错……让你……受委屈了……"

江蕤没想到母亲会这样说，一时间甚至没有答出话来，睫毛微颤，下意识摇头，反应了一下才回答："没有，没有，妈妈。"她努力忍耐着，眼眸还是湿润了。

从她记事开始，就一直充当保护者，一当就是这么多年，以至于连自己都忘了，其实她内心可能也有个柔软的角落，需要被温柔呵护着。

江母已经说不出话来，只能看着她，眼里满是心疼和怜惜。

她是传统，是软弱，但她也是个妈妈，妈妈永远不会认错自己的孩子。

她知道如果不是到了万不得已，江蓠不会放弃腹中孩子。

她知道如果江蓠跟江易发生了关系，她一定不是自愿的。

她虽然不了解她的能力，却明白她的品行。

她不知道也不敢想象她在江家和高家都经历了什么，也没有时间去知道了，却知道她去这两个家庭都是自己造成的，所以她脱口而出的是"对不起"。

她一生胆怯卑微，有事无事都会低头道歉，这是最出自真心的一次。

一千人听说你的负面传言，可能会有各种反应，居高临下的鄙夷、义愤填膺的唾弃、装模作样的惋惜、满不在乎的忽视、就事论事的分析，只有妈妈会无条件地相信你。

江母温热的眼睛终于缓缓闭上，再也不会睁开。心电图变成一条直线，那颗脆弱的心脏永久地停止了跳动。

江蓠握着她失去力气的手，在床边待了很久很久，直到江叔叔赶到。他从单位直接过来，路上耽误了时间，没能见上最后一面。他先是无法接受，找医生护士质疑，得到冰冷的答案后，半信半疑地站到江母床边，唤了她好多声得不到回应，最后扑在她身上痛哭流涕。

江母的病情本来就岌岌可危，稍有差错就会阴阳两隔，从某种角度来说，她能活到现在，已经是个他们处处小心呵护出来的奇迹，所以江叔叔根本没有怀疑她有可能不是正常死亡，他只是红着眼睛问了江蓠一句："你妈妈……留下什么话没有？"

江蓠顿了下，缓缓摇了摇头。

事实内容，她不愿详述，或许应该编出"让您保重"之类的话给他安慰，但那一刻她实在没有任何心情。

相比别的逝者家属，她过于安静，甚至全程眼泪都没有滴下来。

只有她自己知道，这是她此生最糟糕的一天。

四十九

殡仪馆。

手续已经办好，等着亲属来做最后告别。

江母是个家庭主妇，亲友并不多，江父联系了她的弟弟一家，对方也走过场般来刷了个脸，江母的弟媳即江蔺的舅妈还顺便提出要求北大毕业的江蔺给其读小学的小儿子当免费家教。江蔺根本不想看这张儿时借宿姥姥家时每天对她们母女横眉冷对的脸，直接转身出去。

江母的直亲还有江易这个继子，他来的时候全程大脑空白，表情呆滞失魂落魄，一个字都说不出来，就像被雷劈过，甚至都忘记了跟江蔺说一声节哀，还是江蔺看他神态不对，主动去安慰他："哥哥，别太伤心了。"

江易闻言，只觉得这种情景，他不能给她帮忙，连一句体己的话都不知道怎么说，反倒要她来照顾他的情绪，自惭形秽，自责万分。除了本有的因江母离去的伤怀，听到她轻柔的声音，从未淡忘的爱意和依赖更是瞬间涌上心头，却早已失去表达的资格，想到这些年不能实现的思念和犯的错，泪水夺眶而出，无法止住。

晚上回到家里，夜深人静，他更是哭得一把鼻涕一把泪，不能自已。虽然他咬着牙关，但一墙之隔，其实汤旧画还是听见了，她不敢问，抱着孩子缩在房间里。

江父要求江易让汤旧画抱着孩子都来看江母最后一面，理由是汤旧画也是江母的儿媳，孩子也是江母的孙女。江易主观不愿意，他潜意识里没有把汤旧画当成家人，而是个被他拐骗的受害人。退一步说，哪怕是从男女关系的角度，他也不愿意让她跟江蔺见面，他觉得那很尴尬，他无法面对，对她们双方都是。

他无法直说，只是反反复复地说不行，江父大怒，两个人几乎在殡仪馆吵起来。江蘅不知详情，觉得如果不要汤旧画参与江母后事，嫂子会觉得江家没把她当一家人，她又以为江易只是感觉她跟汤旧画见面尴尬，她其实也有此感，主动以买后事要用的物品为由离开。

江易见她如此表态，他向来是听她话的，便打电话让汤旧画抱孩子过来，又到殡仪馆门口接到她们，带着她们走去冒着寒气的停尸房。

汤旧画终于明白昨天夜里他哭泣的原因，她想起那年除夕见过的一言一行都柔软小心的婆婆，只过了一年多，竟已阴阳相隔，心里也悲伤难过如堵塞，也很担心他和江父的情绪（她不知道有江蘅这个妹妹，没人告诉过她）。但她见到江易却什么都不敢说，一路都低着头不敢看他，她一直很怕他，怕他的凶狠，更怕他的脆弱，其实就算平时她也是没有敢看过他。

仅有五个月大的孩子，被阴森的气氛吓得在汤旧画怀里啼哭不止，江父满脸不悦："怎么连个孩子都哄不好。"

汤旧画结结巴巴地说："对……"她一句"对不起"还没说完，江易就瞪着江父说："孩子小本来就爱哭。"汤旧画本来苍白的脸变得通红，她埋着头不敢看旁边的江易，努力安抚女儿，但女儿生来就胆小爱哭，哭起来没个二十分钟半小时很难平息，现在她本人都紧张害怕得手足无措，更是怎么都哄不好，只能匆匆行礼就离开。

出了殡仪馆在路边等网约车时，女儿都还在哭着。汤旧画手忙脚乱地抱着她，现在的宝宝比刚生出来大了两圈，汤旧画却瘦了两圈，她一米六四的身高，只有八十一斤，抱着孩子其实已经很吃力，双臂酸疼得使不上劲，妈咪包挂在肘部，更是快把胳膊拉断了，她数次使足全身微不足道的劲力把孩子往上推。但她脸上没有半分受累的烦躁，只有愧疚，愧疚她没有带好孩子，打扰逝者的清净，让江父不高兴，给江易丢人，孩子也跟着受罪。

江易很想帮她抱孩子或拿包，又怕越帮越忙，只能数次催促司机快点来。汤旧画听着，以为他是不耐烦，更是惶恐。

他们全程都没有眼神交流，汤旧画低头看着宝宝，江易埋头看着屏幕。

最后一个晚上，也是江蘅陪着江母。

江母静静地躺在冰柜里。江蘅站在她旁边，穿着黑色衬衫和长裤，更显皮肤白皙，长发低盘在耳后，露出纤细光洁的脖颈。

房间里只有黑白两色，静止如画。

门再次被推开，一个高挑的男人走进来。

江蘅原本就站得很直，闻声没有动，也没回头。

高渐明没有穿警服，而是一身黑衣。他难免先朝江母看去，还好她在冰柜里，否则他不知道怎么面对她的遗容——他毕竟不是完全没有良心。

他走到她旁边，她置若罔闻。

按照常理，此时应该是她充满戒备地质问"你来干什么"，但她视他若透明。

终于还是他先开口，为自己的到来找理由："我当然有权来这里，我现在还是她的女婿。"

他家老人普遍长寿，爷爷奶奶姥姥姥爷均健在，他并没有直接参与过后事的处理，当然因为职业的关系，见过不少尸体，也来过殡仪馆，却还是第一次作为亲属，也是第一次作为……凶手。虽然法律上不一定能认定，但于情于理，从过程和结果分析，他做的事情，都可以算是谋杀。

他的解释简直不攻自破，既难堪又无耻，甚至姿态还很难看。但江蘅并没有反驳，她根本没有理会，就好像他是空气。

高渐明看着她静如止水的侧脸："你好像并不是很难过？"

其实当然只是看上去而已，江蘅最擅长的事情之一就是控制情绪，内心最激烈波动的时刻，表面都是风平浪静。

她目视前方的白色墙壁，继续不做回应。高渐明凝视着她的双眼，却无法在里面找到自己的影子，那里只映着一片白色。

"你恨我吗？"他说。其实他最讨厌这种肉麻又煽情的话了。

江蘅依旧没有回头,平视着前方,却开口淡淡道:"这件事的直接原因,是我没处理好跟你和跟他的关系。根本原因,是我没照顾好我妈妈,让她的身体和心理都脆弱得不堪一击。"

高渐明看着她白得近乎透明的脸,明明他们这段婚姻,她失去的比他多得多,她的健康,她的母亲,甚至那两个孩子,也是她身上掉下来的肉,但他怎么觉得那么委屈和受伤,好像胸口被挖了洞。

他情绪渐起,也不顾逝者为重,直言道:"其实我一直不明白,你怎么那么爱你妈,她对你并不好。"

"你知道我第一次有这种感觉是什么时候吗?"他已是高挑的成年男人,说着孩童时期,"你到我家看录像那天,我送你回家,晚上十点半,你家里的灯都关了,没给你留着,她也没在客厅等你。"

空荡荡的停尸房里,隔着生死和岁月,有种悠远的错觉。

江蘅没有回答。

高渐明继续说着,这些话他早就想说了:"如果她爱你,她会在江叔叔面前维护你的利益,不会给你穿旧布鞋,不会让你干那么多活,不会在你初三时怀二胎,不会同意你放弃足球。"

诸如此类的事件,他能说出很多很多,三天三夜都说不完。

事实上,他说得不无道理,但江蘅从来都没怪过妈妈,因为她从有意识开始就在保护她,她生父每次对江母拳打脚踢的时候,都是她挡在江母身前。她生父离开后,都是她给母亲擦眼泪和伤口。

如果你也曾长年累月地保护过一个人,她又是如此弱小无助、柔弱善良,纵然她因为这种性格做事有些不妥,你也绝对不会生出一点儿怨念。

况且经过昨天,她终于感觉到,妈妈就是妈妈,是最希望她幸福的人,做的所有事都是想要她过得好。嫁夫从夫是根深蒂固的观念,深爱女儿是无法割舍的本心。

她的声音很轻,看着母亲的目光很温柔,仿佛江母只是睡着了,不想扰乱她睡梦:"她已经做到最好。"

是她不好。

她从有意识开始就想对妈妈好,照顾她、保护她,不让她受伤害，但从来没有实质上帮到她，没能改善她的生活质量，也没能解放她的思想，只知道一味地顺从、隐瞒，最后还是害她直面她无法承受的打击。

她不是个好女儿。

高渐明看着她的脸，看着她浅蓝色的双眼，慢慢忘掉了谈话的内容，忘记了所有的矛盾和冲突、介怀和恩怨，有那么一瞬间，仿佛又回到远远看喜欢的女孩一眼就欢喜一整天的少年。

不可能了吧？

从来都没有可能过。

只要他是他，她是她，就是不可能的。

他们走到今天，死死伤伤，都是强求可能的结果。

他的呼吸变得急促，感情几乎喷薄而出。

她听见了，也感受到了，视线从母亲上抬起，再度看着白色墙壁。

他转身扬长而去，走得很快，一步也没回头。

尘归尘，土归土。

江母入土为安一周后，他们在法院调解离婚，这样更快速。

已经是4月，草长莺飞，杨絮纷飞，春光明媚。

虽然延后近一年，依旧是最简单的题目、最简单的答案。

无共同财产，无共同子女，无共同债务。

在调解书签字，高渐明先签，他一笔写完三个字，笔尖没离开过纸面，画画相连，说不清到底是潇洒还是纠缠。

江蘅落笔的时候，高渐明故意看向别处，余光全部注意力却都在她笔下。江蘅也察觉到，她本来写字跟踢球一样速度很快，但她知道她如果毫不犹豫一气呵成，他一定会耿耿于怀好多年，所以特意略微放慢了笔速。

字迹和原来一样轻，那个"蘅"笔画良多，她都是点到为止，两个字看上去疏密程度相差无几，细看其实不少一横一竖。这是她的风格，写别的字也是一样，举重若轻。

她没练过字，但实在是一笔好字。

江母安葬第二天，她就给单位交了辞呈。领导并没有批准，她只能不再去单位，长期旷工，便被辞退。她现在的情绪和身体状态属实不适宜再工作。而且往后她想过另一种生活。

很无奈。

别人看来理想的体制内公务员，工作清闲，待遇亦可，一直都非她所愿，只是她对江母眼泪的妥协。

那个听说谁出轨都能议论闲话几个月的办公室，确实是不适合她。如今妈妈不在了，她也不必再勉己所难。

她重新租了个小房子住，继续过物品极简、日常戴着耳机听西语的生活。至于高渐明家里的东西，她都没有去拿过。

包括奖牌、合影和球衣。

她不想再去他家，也没有请保洁去帮她清理，以高渐明的性格，绝对会认为那是对他的厌弃和侮辱，就让他自己处理吧。

从法院离开，婚姻关系已不再，高渐明神智都是恍惚的，阳光照在眼睛里，感觉冰冷又眩晕，他回到车里，开出一段距离，在路边停下，按着鼻梁，泪流满面。

他最讨厌哭的，他认为那是软弱的象征，已经很多很多年没哭过，上一次掉眼泪，好像还是三岁。

但这是人体悲痛至极时本能的反应，他感觉生命里无比重要的东西被割掉，感觉一部分自己死去。

就这么结束了吗？

这段婚姻，这段爱情。

没人知道她答应跟他结婚，他有多高兴。他们新婚第二天，他就因为睡觉时间跟她吵架，其实他根本就不在乎她几点睡，他们小学时他就和她看录像到十点多，他也喜欢她争分夺秒的模样，只是带着前一夜留下的怀疑情绪，借故发挥。开窗也是同理。如果没有江易的事情，他一定会对她很好很好的。

没人知道他有多想让过去过去，跟她好好过下去。他尽力了，尽力去忍耐，去忘记，去改变自己，可是他实在忍不住，忘不了，改不掉。

他实在做不到。

他也问过自己，如果结婚前，他就知道她跟过江易会怎样，答案是肯定的，他依然会介意，但也依然要结婚，结果大概……不会有任何改变。

他还是爱她，还是要跟她在一起，也还是无法认同她，就像无法被她认同一样。

哪怕现在婚姻结束，爱也无法结束。

明明双方都已经努力过、尝试过，机会都给到泛滥了。

怎么还是不甘心？

他曾说过他们的关系是一场决赛，他不同意这样结束。

五十

他并没有在外游荡很久，很快就启程回单位，他开着车到公安局门前之时，居然在门口看到一个清俊的人影。

车贴着单面的膜，他应该看不到高渐明的脸，但高渐明一眼就认出了他。

高渐明看到他，目光如凝聚，怒从平地起，恶向胆边生，心底残余的悲伤和遗憾都转化成恨。

这个人对他简直是意义重大，先不说在他心态不稳定时出现对他的刺激，还越过他去联系江蘅，导致他们双方辛苦坚持了九个月的表面和平归于破裂，破罐破摔，破镜难圆。

他情绪翻涌，一刻也不想等待，在路边停下，起身下车，迎面向其走去，神色已经风平浪静，脚步又举步生风。

崔尊也看清楚了他，他眉清目秀的双眼饱含悲愤和痛苦，他显然视高渐明为这痛苦的根源。

他们都是黑色衣衫，但最沉寂的颜色穿在他们身上，展现出的是收不住的恨欲。

旁边的老树还没长新芽，不知道是不是经过寒冬，已经不知不觉地死了。

高渐明步子很快，转眼就走到崔尊两步开外，他开口便是优秀口才正常发挥："你是不是当医生当久了，跟医闹学会了无理取闹死缠烂打？"

崔尊并没有什么反应，相比高渐明的所作所为，他再说什么相比之下都已不重要。这时距离红尊被捕、冯凤去世只过了半个月，对他来说，却仿佛过了半个世纪。他显然还没走出来，甚至还无法接受这现实，他不得不给自己找出口，那就只能找最直接的当事人高渐明了。理智上，他知道这没有实质意义，高渐明既不能让崔红尊无罪释放，更不能使冯凤人死复生，但要他独自冷静，那种煎熬就像要一个年轻人什么都不做，活着等待老死。

崔尊看着他仪表不凡的面容，岩石般坚硬的神情，片刻之后才道："我父亲那番有人应该被特殊对待的言论，我一直认为我见过的人里只有他本人符合，你是第二个。"

对别人的苦难毫无同理心，对亲人的逝去无动于衷。

五天前，他院里妇产科的同事，就是他拜托帮忙查江蘅工作单位的医生顺口问他，她孩子怎么没有了，还顺便告诉他以她的身体情况这个孩子没保住，以后基本上与小孩子无缘了。

因为产前检查每个月的时间都是提前预约，江蘅上个月已经约过却没来，若是普通产妇医生可能根本不记得忽略掉，但是江蘅的形象气质都是见一眼便难以忘怀，何况还有崔尊这一档子事，那医生就主动打电话给她询问情况。

江蘅本来并不打算解释很多，只说不去了。偏偏这位医生也是个固执的人，说建档后没有特殊情况不建议转入其他医院，说不定期检查对大人小孩的危险，说每个产妇他们都有义务追踪到底记录在案。她一连串连珠炮扫射以后，江蘅才回答，谢谢，不用了，孩子已经没有了。说完，她就把电话挂了。

崔尊很难不把这件事跟他自己联系在一起。

所以他想了半天，要了江蘅的电话拨过去。他们对彼此而言都是陌生号码，他打了两遍，她才接。

她的声音很轻但不飘移："喂，您好。"

崔尊道："你好，我是……"他也很难描述他对江蘅的感觉，她是高渐明的妻子（他不知道那时马上就不是了），按理说应该是敌对的关系，但是那天的见面，她让他觉得被尊重，"那天我们在你单位见过。"

其实他不必再做介绍，江蘅已经听出来他是谁，她停顿了一下才说："我很抱歉，关于你的妹妹和继母的事情。"话虽如此，她声音里其实没多少歉意，更多的是遗憾，她这个抱歉的含义类似"sorry for hearing that"里的sorry。

这些天，崔尊满脑子都是他妹妹和继母的事，但是此时却没有任何说这件事的想法，他脑海里就像冬日高铁车窗外飞驰而过的风景，明明有很多内容，却一片模糊而苍白，仿佛置身于一片嘈杂又宁静的混沌之中，掠过了所有铺垫和寒暄："你……你的孩子？"

江蘅没说话，呼吸声依旧平静。

算起来他们认识不过半个月，连朋友都算不上，但询问这么私密的事情竟也不觉得突兀，因为他们之间的联系是一条条人命。

崔尊道："我方不方便问一下是怎么回事？是……因为我家的事情吗？"

江蘅似乎停顿了一下，语气依旧轻如浮云："不是。再次向你们道歉，建议你给你妹妹请个好律师。"她态度是不佳，作为道歉不够虔诚低微，作为建议不够细致到位，但是以她的精神状况，已经是竭尽全力。

崔尊根本没有在意她的语气措辞，他对高渐明切齿痛恨，就凭那天她接待他的温和有度，他对她就只有尊重，他只是难以想象，她是怎么跟高渐明那种人共同生活的。

尽管她否认，语气也没有难言之隐欲说还休之处，他还是不太信。两件事几乎同时发生，算起来，冯凤出事后很快她就流产了，而他去找她那天她看起来还算健康。他很想再问一问，是这件事影响她的情绪，孩子自然流产，还是……她跟高渐明发生争吵，甚至肢体的冲突和碰撞？但察觉她不愿说，他也不便再追问，医者的本能涌上心头："你……现在感觉怎么样？有没有哪里不舒服？"

江蘅道："我没事，谢谢。"

崔尊感觉到她不愿多言又不能主动挂电话，只好说了再见。

那通电话什么都没问出来，说实话要是问出来东西才奇怪，江蘅明显不是那种满腹苦水逢人就倒的怨妇。

不管怎样，他再次来到高渐明面前，本以为至少应该在他脸上看到一丝遗憾和悲切，毕竟他刚失去了孩子，而且是第二次失去。这绝对不是他想看笑话，他虽然厌恶高渐明，但是不厌恶江蘅，何况就算两个罪大恶极之人的孩子也是无辜的，甚至他也因为这个孩子没能活下来心情再度蒙上一层灰，他只是期待高渐明还有一丝人性。

结果他居然还是那么气定神闲、自信张扬。

高渐明视角当然以为崔尊说他符合崔昌言论是指他对崔红尊法不容情、对冯凤杀人诛心的事："照你这么说，警察冷酷无情，罪犯敢想敢做，价值观这么歪曲，不愧是从小没妈教的，强奸犯的儿子，杀人犯的哥哥。"

高渐明总是能用最少的字眼，制造最强的杀伤力。

不过崔尊到这个地步，经历过亲人一个个离开的切肤之痛，他这点言语攻击相比之下已经算不得什么，他看着高渐明，目光清冽如泉："警察不可能都和你一样人身攻击侮辱人格。"

高渐明是那种最擅长抓住对方微小失误给予重击，跟他说九十九句晓之以理动之以情的话第一百句有点逻辑漏洞就能借题发挥全盘否定你的人："罪人本来就应该这样对待，这是全社会除了你这种罪犯家属的共识。"

崔尊咬了咬牙，承受这种言语暴力实在不是件容易的事，意志稍微脆弱一点，势必掉进 PUA 的漩涡，脾气略微急躁一分，必然上前撕他的嘴巴。

春日晴天他目不见日。

崔尊深吸一口气，转身离开，他踏上青灰色的沥青路，黑色衣衫衣摆微扬，这是他原有的衣服，在冯凤孝期拿出来穿，以前穿还是合适的，短短几天过去就衣带渐宽。最该为冯凤哀悼追思的人却还一无所知。他不知道怎么告诉她。红萼最后一次站在阳光下，还在想她妈妈再婚良人重获新生，她最后的请求，是拜托他照顾她妈妈。她做的一切都是为了她妈妈，他要怎么告诉她这一切都成了空。

他不知道要去哪里，也不想回医院，他最爱的人个个都再也回不来，实在没有余力去救治他人。

没有家人，没有爱人，没有理想，没有明天，只剩恨意和自暴自弃。

高渐明回到单位，本应按部就班做接下来的工作，心绪却停不住，看到旁边江易的身影，更是气愤难耐。凭什么他妻离子散，害他的源头还是一家三口。

他翻找到汤旧画的号码拨过去，是通的，铃声响了十几声，自然断掉。

无人接听。

他不甘心，再打，依然无人接听。

什么毛病，电话都不知道接，果然跟她男人一样让人倒胃口。

他想了下，编辑一条短信发过去。

"我是江易继妹妹的前夫，他们在高中时就上过床，他爱的一直都是她。他用皮带抽得你先兆流产那回，是因为她流产。"

这是他第一次跟她直接对接，其实他早在听师弟说她跟江易去图书馆之前就知道她，她只比他小一届，名字不俗，长相又美，成绩年级前三（他没毕业之前，她还没转文科班），学校里不知道她的人恐怕不多。

他高中时候经常找老师讨论问题，在物理教研室见过她好几回。实验班的物理老师喜欢叫物理最好的几个学生去办公室做拔尖训练，他自己当年也是其中一员。

优等生通常都是乐于表现的，她的同学们中气十足地争辩解法思路的优劣繁简，而她永远坐在角落里，沉默着埋头书写。好几回，她明明最早得出答案却不举手，还怕别人看她停笔，无意义地反复检验。直到别人在她后面算出，比她先说出答案。

甚至有时候，根本没有其他人算出来，老师反复询问，以为大家都不会开始讲解，而她明明早就做出来了，却始终不开口。

本来他以为她是不屑，后来才发现她是不敢。

那时候他就在她看不到的地方，对她报以鄙夷的笑容。

即使高二的她做出来的题目，当时马上高考的他看一眼就放弃。

后来她转文了，官方解释是她妈妈的意思，老师都出面挽留，她居然听从家里的意思，简直贻笑大方。再后来她跟了江易，更是可笑至极。最后她考了个普通一本，活成了一个不好笑的笑话。

他见过她挺多次，但除了证件照没看过她脸，因为她从来没有抬过头。

高渐明一直觉得她是他见过最无能的人，因为有能力表现不出比一无所有更卑贱。

信息发过去，显示已送达。

两分钟，一刻钟，一小时，如石沉大海，没有丝毫回音。

公安局门口很宁静，江易的手机也安静地躺在他裤兜里。

第二天江易来上班，也是神色如常，完全不像闹过一场。

高渐明愤而起身，直接抄起手机走出去。

江易根本没注意到他的离开，他还沉浸在江母去世的悲痛里，本来就不灵敏的感官功能大幅下降。

高渐明开着车一路向北，不出两百米就感觉有人跟随，似有似无地嗤笑一声，视而不见，继续向北。

江易租的房比较偏远，开车不堵车半小时才能到，小区环境也很脏乱差，住户以租户为主，暖春时分，上午阳光正好，楼下连一个晒太阳的老年人都没有。

楼里也没有电梯，江易租的这户在三楼，楼道狭窄肮脏，他都嫌脏了他的鞋子。

他走到门前，楼下有细微的脚步声，他充耳不闻，拍了拍301的门。

没人来开，那脚步声倒是停在二楼半的位置，他装作不知道，不受影响，继续敲门，边敲边说："我昨天给你发过短信，开门，我知道你在里面。"

他卓越的听力听到木门里极轻微的声音，能想象她站在门前踌躇瑟缩的样子，只好再下一剂药："你想要我在楼道里说吗？"

这招对那些脸皮薄又早已卑微到没有脸的人最管用。

门不出意料地打开一条缝。

他直接把门拽得开成九十度，顺手把她扯出来。

汤旧画被他拖得跌了一步，她被拉到门外，身上穿着朴素得近乎老气的黑色高领线衣，长发披在肩后，头低得看不到脸，骤然看去跟十七岁没什么区别，只是更消瘦、更单薄。

楼道本就狭窄，高渐明又高大，气势更是逼人，显得她更弱小。

高渐明道："为什么不回我？"他说话不喜欢带主语，这样压迫感比较强。

汤旧画头更低，额前发丝在轻轻发抖，她根本不知道怎么回复他，因为对于他短信里说的事情，她不知道她应该是什么态度。从她个人角度，她其实没有任何怨念。江易心里有别人，这个她一直有感觉，虽然不知是谁，但她一直希望他们能在一起，事实没有，她也很替他难过。高渐明说那是他继妹妹，她才知道他有个继妹妹，还是并没有觉得自己有资格管什么。至于他提起那顿皮带，她第一感觉是羞耻，她一直长袖长裤藏得小心翼翼，这个陌生人怎么会知道，会不会对江易有什么不好的影响。其实，江易看到她见红就停下手，她很感激他。对高渐明的短信，她关注的重点其实是，江易妹妹流产的事，这实在太沉重，她连询问都不敢。

但站在高渐明的角度，她能感觉到他很愤怒、很在意，她不知道怎么回复，尤其是意识到这件事其实是高渐明跟江易的矛盾，她不敢越过江易去处理，更不敢告诉他，只能不做回应。

高渐明问她："我已经离婚了，你呢？"

汤旧画还是低着头，声音微不可闻："对，对不起……"

高渐明看着她那低眉顺眼的样子，不禁思考，他一直都希望江蓠能对他服软示弱,但如果她软成这样,他还会爱她吗?

没尊严的人不是用来爱的。

他随意伸出左臂,左手压在她肩膀旁边的墙上,有点"壁咚"的感觉,就是江蕠说的那种"洗衣服剩的肥皂水"小说里常见的情节,他从来没对江蕠做这种动作。汤旧画被他压迫得后背贴在墙上,她低着头下意识浑身发抖,脑子里一片空白。

高渐明语带玩弄的笑意:"江易有哪儿好?你看上他什么?"

汤旧画低着头,只能看见他笔挺的裤管和发亮的皮鞋,看不到他眼里模糊的情绪,却能听出他语气强烈的不正常,她不知道如何作答,只想逃跑,刚擦着墙移开半步,被他一把按回去。

高渐明看着她的线衣领子,想到什么,嫌弃地抬起手,轻蔑地笑了:"就这样你还要带着孩子留在他身边?"

他没再看她一眼便转身下楼。

汤旧画理解他话里的含义,站立不稳摇摇欲坠,勉强抱住自己肩膀,退回房里。

高渐明快步下楼,走过一段楼梯来到二楼半,直接开口道:"你有事吗?"

崔尊站在那里,他又穿着那件黑色衣服,眼里的恨意从未消失,此刻更多的是震惊之色。

跟踪肯定不是光彩的事情,他却根本不想解释什么,他跟高渐明对视,他们身高相仿,基本是平视。

崔尊道:"高……"他没有直呼其名的习惯,事已至此,却也不愿称他警官,说了一个"高"字便戛然而止,"你离婚了?"

高渐明冷笑:"你这么关心我?"

他没再理他,转身下楼,崔尊也不想在楼道里说,便也走下楼梯,这老式楼房层高不高,他们走得又快,片刻就重见天日。

出来后,走出十余米,崔尊终于在心里梳理完,还做了一番犹豫,勉强启唇问:"刚才那是江警官的妻子吗?你……你跟她是什么关系?"

高渐明微微扬唇,没想到有生之年,第一次听到别人问他们四个人的纠葛，居然是问他跟汤旧画。刚才他跟汤旧画表现得确实有点亲密暧昧，主要是因为他强势得充满侵略性，而她又太软弱。他心里本就有气，索性将错就错，笑道："是啊，我跟她有关系，我是她第一个男人，她女儿也是我的。"

这不过是他在口头对江易微不足道的报复，听在崔尊耳朵里完全变了味道。难怪他对江蘅不重视，她小产不足一个月就离婚，原来他早就有了别的女人、别的孩子。难怪那天江易听说他爱人怀孕，会露出那样悲愤嫉恨的表情，看来他也是知情的，不知道为什么没离婚呢？

崔尊本就对江易和江蘅颇具好感，当下对高、汤二人更是厌恶。

高渐明说完就想扬长而去，他追上去又问了一句："你……你爱她吗？"

高渐明侧目看了他一眼，明白他指的是汤旧画，更觉得讽刺，随口道："我从十一岁就爱她了，这辈子唯一爱过的人就是她。"

明明是假意嘲讽，却说得心口钝痛，一刻也不愿停留，大步离开。

崔尊驻足原地看着他的背影消失不见，本来他还有些怀疑，但看高渐明说爱汤旧画的时候，故作轻松后藏不住的遗憾和悲伤，那绝不是假装。

良久，他回头看了看那栋楼的三层，楼房的漆已经老化失色，看不出原本颜色。

五十一

接下来一个礼拜，他每天早中晚都来这个小区，很快就发觉了汤旧画的生活规律，每天上午十一点左右，她会抱着孩子下楼晒太阳，顺便把垃圾袋带下来扔掉，再在小区里的小卖部买些蔬菜水果，大概十二点之前回家，这是她每天唯一的外出。

而江易这七天只回过一趟家，晚上十点多到家，早上六点多又出门，看上去连饭都没吃一顿。崔尊表示理解，一个人在心不在的妻子和一个根本不是亲生的孩子，这种家显然没有回的必要。

崔尊在网上购买了麻药。虽然他是医生，不知详情的人可能以为他有接触药物的便利，但其实药房管理严格，精确到片，不可能顺手牵羊。他也不想那么做，他自行购买，在这个做法上，和他的父亲殊途同归。他选了一种短时间快速注射满一定剂量必死无疑的药剂，很轻的分量，却承载着生命之重。收到药那天，他一身漆黑，他自从红萼出事以后便再没穿过白。一身漆黑，融入黑夜。

做这些的时候，他表现异常冷静，其实他的理智早已透支，透支到一定程度，会误以为自己很理智，类似濒临冻死会感到反常热。

除了对高渐明彻骨的恨意，他同样恨着已经不在人世的崔昌和软弱无用的他自己。他无法消化这种恨，只能放任它，乃至被它吞噬。

他认为他已经安排好一切，他母亲早已去世，冯凤已安葬，已给红萼请好成绩斐然的律师，他挚爱的女人早已不需要他便能活得很好。

他原先的患者都有其他医生接手，甚至就连崔昌留下的两三千人的公司，他都跟董事会办好了交接手续。种种恩怨，欲归于一针。

他学医从医多年，一直诚爱博精，竭尽全力，救治捐助过的病人不计其数，而如今却用医学知识做这种事。他知道他已经违背了希波克拉底和母亲病床前的誓言，也知道他即将罪不可恕，但他愿意付出代价。

次日，他天不亮就等在她小区，看着太阳一寸寸升起，直到阳光明媚，橙黄光晕洋洋洒洒照耀大地，惠顾众人。

是个难得的好天气。

上午十一点五分，汤旧画抱着孩子走下楼来，她一如既往地扔掉一个垃圾袋，然后抱着孩子在阳光下踱步。

没见她推过婴儿车，每天都是全程用手抱着。以她的体重，抱着半岁大的孩子明显是有些勉为其难的，但她虽然不时变换胳膊受力，却从来没有把孩子放下。

工作日的中午之前，小区里空空荡荡，除了外卖或快递送货员急匆匆掠过，再无旁人。

　　崔尊站在斜对面那栋楼墙边下的阴影里，很是隐蔽。而汤旧画本来习惯低头，又满眼都是她的孩子，当然不会注意到他。

　　看上去她还有些母性，但可惜那是高渐明的孩子。何况生下前男友的孩子，让孩子生活在这般复杂畸形的家庭，怎么也不算负责的母亲。再说以高渐明种种毫无人性的话语和笑容，能和他情投意合的女人道德品质可以想见，这孩子也很高概率遗传他们，将来长大后对社会有害无益。

　　她抱着孩子站在阳光里，单薄肩膀上，发梢泛着金黄，线条满是人畜无害的温柔。孩子抱着她的脖子，贴在她怀里，显得甚为依赖，她不时拍着孩子的后背，举手投足满是爱怜。

　　孩子抱着汤旧画的脖子拱了拱她，那小巧玲珑、雪玉可爱的小手在强光下白得发光，刺痛了他的眼睛。

　　孩童是无辜的，无论她父母是什么人、什么关系。何况纵然是婚内出轨生下孩子，也远远罪不至死。

　　崔尊别开眼去，退入更深的阴影里，他想起天台上红萼最后跟他的对视，冯凤乌紫的遗容，从前崔昌不在家时的语笑晏晏，永远不可能再实现的团圆，她们难道就天生命贱？

　　他要高渐明体会什么叫永失我爱，其他都已不重要。

　　他不疑有他，向前走去，双眼看着旁边一棵树，速度不快也不慢，就像毫无关联的路人。汤旧画看着她女儿细腻皮肤上细小的绒毛，当然一无所察。

　　崔尊走近她、经过她，似是要擦肩而过的时候，他一直自然摆臂的右手突然速度飞快地伸向她的脖颈，指间别着组装好的微型注射器，动作稳快准，就像上学期间做实验前处理小白鼠。

　　唯一的阻碍是她穿的高领线衣，针头可能穿不过去，他没有动左手，右手小指拨下其衣领露出一块皮肤，持针四指一转，针头已经进入皮肤，拇指也随之推动，药剂注入身体。

　　她根本来不及反应，只觉得颈中一凉，就失去了意识。

　　但是，就是那么一瞬间，他看到他手底、拨开她衣领露出的那块脖颈边缘，有一点扭曲的红，他小拇指自然而然又将衣领拉下两厘米，见是一道扭曲褶皱的红疤，应该是皮带之类的东西抽打留下。

母亲和继母曾经受过的伤痕浮现眼前，他不可能去伤害她们同样的受害者，拇指猛然收住，再也推不下去。而汤旧画已经陷入昏迷，身体软软地倒了下去，手里失去力气，孩子眼看就要落下。

他是上手术台的医生，非常擅长处理紧急情况，右手顺势轻轻一带，她就倒在他胸口上。至于她的女儿，他在孩子刚刚感受到失重开始啼哭时，左手已经一把接住她。

说实话，他也没想好这个局面要怎么收场。

怀里的孩子抽着鼻子啼哭不止，他不想引人注意，只能顺便也给她来了一点麻醉，让她跟她妈妈一样地睡过去。

这么小的婴儿用麻药当然必须慎之又慎，但他是最优秀的外科医生，掌握这分寸易如反掌。

他把汤旧画拦腰抱起，把她跟那小女孩一起抱进小区门口他停着的车里，随后驾车离去。

从他接触她到带走她，整个过程不超过十秒，除了孩子两声啼哭没有发出任何声音。

崔尊也不知道把她带去哪里，他有房子，但潜意识不愿将她带回去。因为那是他跟那个女孩的婚房，虽然婚事取消，他还是不愿用来处理这种事情。

他略作思索，给一发小朋友打电话。这名发小父亲生病住院曾找他帮忙，他帮忙找他们主任为其父主刀，其父治愈出院，现在这发小已经出国，还经常对他表示感激，他当然从没收过。

这发小全家都不知道，虽然他从未表现出来，他心里对这个一同长大的发小始终有个隔阂。因为他妈妈生病的时候，他也找他家借过钱。他知道他们没义务，也没有责怪过他们，他中学时还是帮对方做作业，对方出国后回国他也去接机，只是他无法再把对方当作知己。他无法控制自己不去想，如果发小家愿意借钱，他妈妈就能活下来，那样要他怎么报答他都可以。

电话里，他提出想借用这名发小闲置房屋的地下室"放些杂物"，发小当然一口同意，当即就告诉他房屋的地址。他出国，房子当然是租了出去，但地下室是无人使用的。路上，他随手从汤旧画衣服里找出她的手机，扔出车窗，避免干扰。发小帮他联系了那租户，他赶到的时候，地下室的钥匙已经被租户放在地下室门口。

那楼盘挺高档，地下室却很清冷。

毕竟住这种小区的人，一般没有什么大包小包的杂物，更没有需要挤在地下蜗居的亲戚。

地下室大概有十几平方米，崔尊开门进去，空气里飘浮着一层灰。室内空荡荡，水泥地上只有个空无一物的储物架和一个积灰的小沙发。

崔尊把汤旧画放在墙角，一身黑色衣服的她被放在深灰色的水泥地上，四周是没刷漆的白墙，她的脸是发黄的苍白，那画面了无生机。

崔尊把她女儿随意放在一旁的小沙发上，他给她女儿的药量不足给她本人的七分之一，但考虑大人小孩体重发育差异，孩子昏睡的时间大概只会比她长。

普通人遇到这种诡异的、跟两个几乎陌生的活死人同处一室，可能会很慌张，但崔尊是见惯了血肉和生死的医生，他冷静得全程每个动作都条理清晰。

他从车上拿来一把锋利的手术剪刀，他车上常备着医疗器具，本来是方便救助紧急发病的路人，没想到还有这种用处。

他坐在她旁边地上，手启刀剪，动作干净而漂亮，就像处理烧伤、烫伤之类的急诊外伤时一样，给她的套头高领线衣添了一道没拉索的拉链，将之从中间分开，线衣分为两段，里面有件卡其色的哺乳内衣，遮挡视线，一并剪掉，让她的胴体完全展露。

她前胸纵横交错，伤疤至少有二三十道，道道鲜红而扭曲，显然没有经过医学修复自然愈合，疤痕边缘褶皱变形，蜿蜒如缝线似爬虫，整个前胸伤疤无处不在，包括因哺乳略有下垂的乳房，只有小腹少一些，只有数道短疤，想来是有东西遮挡住了，但那块皮肤也并不光洁，因为有剖宫产伤疤和少量妊娠纹。

崔尊凝视着疤痕的颜色，判断这些伤痕还算新鲜，大概形成于一年前。

　　一年前，这孩子应该还在她肚子里。

　　是江易打的吗？因为得知孩子不是他的？虽然这算是个合情合理的理由，但崔尊这辈子都不会认同暴力，何况亲眼看着这些牲口烙印般的红疤。

　　只要是个人，就不应该被这样对待。

　　他直起背，指尖依旧扣着剪刀的把柄，手指的热量传导至冰冷的金属，刀逐渐有了温度。

　　他看着汤旧画的脸庞，她现在应该是完全没有意识的状态，跟睡眠不一样，睡梦中还可以做梦，但是麻醉是绝对的昏迷，没有任何感知，一般这种患者都是面无表情的。她的眉眼却都还是低顺的，看上去没有一点脾气或性格，那种柔弱已经入骨。

　　医用麻药不是武侠小说的迷药，配备解药，随时可解，只能等待机体自身新陈代谢，逐渐转醒恢复意识。

　　他站起身来，算着时间，等待着。

　　地下室没有窗户，暗无天日，只有屋顶一个小功率的白炽灯，灯光清冷。

　　等待本来应该是煎熬的，他的心却莫名地安静。

　　为避免她醒来吵闹场面失控，他用医用扎带将她的双手双脚捆起来，右手加固绑在墙角的暖气管上，如同做实验时绑过无数只白鼠、兔子、青蛙，绳结的打法她绝对解不开，扎带的材质利刃亦难断。至于她喊叫则不足为虑，这个小区的隔音效果很良好。

　　约两个小时后，大概是下午，她的睫毛终于动了动，随后终于缓缓睁开眼。

　　比他计算的时间晚了半个小时，大概是因为她身体素质比较差，恢复得慢，此时大概也只有意识恢复，身体四肢还在麻痹状态，要自由行动大概还需一个小时。

　　汤旧画完全不知道发生了什么，只觉得脑袋昏昏沉沉，隐隐作痛，映入眼帘是一个完全陌生的空间，一个素未谋面的男人站在她旁边，神色幽深复杂地看着她。那一刻震惊、困惑、恐惧充斥大脑，她的眼眸剧烈发抖，说不出话来。她看到孩子被放在他身后的小沙发上，好像是睡着了，下意识想过去抱她，试着移动身体，才发觉无法动弹，努力低目看去，四肢居然都被捆绑，右手还被捆绑在暖气管上，胸前衣服和内衣全都被剪开，上半身形同赤裸，那些她小心翼翼隐藏的伤痕就这么暴露人前，整个人被羞耻感和恐怖感贯穿。

她不知道她为什么会在这里，不知道这个人是谁，不知道他要对自己和女儿做什么，不知道怎么做才能安全。

这绝对是她这辈子经历过的最恐怖的一瞬间。

她多年不曾直视别人的脸，此刻却木偶般愣愣地看着崔尊。

崔尊也看着她，神色冷淡得完全不像面对衣不蔽体女子的年轻男人，更似是面临尸体的法医。他见她睁开眼，开口提问，简单直接，没有一句废话："你为什么要跟高渐明交好、生下孩子？既然跟他如此相爱，又为什么跟别人成家？这些伤是江易打的吗？"

汤旧画很瘦，脸庞很消瘦，美得很寡淡，她大脑被恐惧充斥，根本无法正常思考，也做不出表情，如斯恐怖，她只是睫毛细微颤抖，下巴略显僵硬地摇头。

他这三个问题，没有一个是能回答的。她永远不会对任何人说出指证江易的话，哪怕面对铁证如山也只会否认。至于前两个，高渐明虽然找过她，从没说过他姓甚名谁，她连这个名字是什么人都不知道。

崔尊看在眼里，解读成另一层意思。出轨生子这种不光彩的事，没有确凿的证据，正常人都不会承认，他没有耐心陪她耗时间，左手一把抱起她女儿，右手一转，银光一闪，剪刀锋利的刀尖贴在孩子脖中，那块皮肤之下是颈动脉："回答我的问题。"

汤旧画只觉得太阳穴刺痛，情不自禁想要站起来过去，用尽全力却也只能将上半身抬起十五度左右，长发耷在肩后，她看着崔尊，字字艰难："没、没有，不是……我……孩子是江……"她跟江易这么多年，这还是第一次说他的名字，只觉得难以启齿地尴尬和羞惭，再无法说出他的全名，"的……我……只跟过他一个人……"

她的眼波木讷而诚实，实在不像谎言。崔尊目光投向臂弯里的婴儿，第一次仔细看了她一眼，六个月的孩子已经长开，不再是新生儿科保温箱里相差无几的模样。这小女孩小眼小嘴长鼻梁，并不能算漂亮，五官跟江易如出一辙，与仪表堂堂的高渐明没半点相似。

他心下生疑，高渐明但凡见过这孩子一面也不至于误信，难道关心则乱？他重新看向汤旧画，目光依旧没有松动，虽然他已相信孩子姓江，但这并不代表她跟高渐明清白，更不能说明他们没感情。高渐明说爱她的表情，堪称刻骨铭心。

他剪刀依旧抵在孩子脖子上，微一用力，压出一道血痕，再次问道："你跟高渐明是什么关系？"

他的动作揪着汤旧画的心，孩子被伤动依旧沉睡，毫无反应，她顿时更是惊惧无比，细看发现孩子鼻翼有收缩，还有呼吸，猜想她是跟自己一样被用了麻药，勉强放下心来，面对他口中这个名字，还是近乎崩溃："我……不……不知道……这……是谁……"

她的样子不像是说谎，崔尊无法不对自己产生怀疑："上个礼拜到你家找你，让你离婚的那个人。"

汤旧画终于对号入座，还是无法理解怎么会有这种误会，她隐约感觉到眼前的人跟那个人有很深的矛盾，因为误会了她和他的关系，她跟孩子才会在这里，她处于巨大的白色恐惧之下，根本无法思考来龙去脉，只能用眼睛恐惧而哀恳地看着他，颤抖着、顺着他的话回答："不……不太认识……"她已经没有体力，支撑身体的手臂一滑，上半身跌回地上。她如此瘦弱，皮包骨头的后背跌在水泥地面，本该撞得生疼，但麻药还没过，只觉得一片冰凉。

崔尊看着她，虽然她语无伦次，也没拿出什么证据，但他还是愈发相信她："那他为什么跟你说他离婚，质问你还带着孩子留在江易身边？"

汤旧画轻轻咬住嘴唇，这件事涉及江易和他妹妹的隐私，她当然不能说出来，只能道："是……因为别的缘故。"

崔尊见她隐瞒的神色，显然是私密的难言之隐，江易、高渐明和江蘅的形象在脑中交替闪过，高渐明和江易是肉眼可见的不合，如果他们矛盾的根源不是汤旧画，那是……他想到江蘅对他说的那句"我也有亲人"，又想起高渐明对他跟红萼兄妹无端的恶意，一种晦涩而合理的可能逐渐浮现。

"江易和江蘅是兄妹，是吗？"

汤旧画不知道江易妹妹叫作什么，只是替他们解释道："……是继兄妹。"

这句话一定程度能减弱其背德的程度，但是在很多人的道德观里还是属于乱伦，而崔尊则是另一种理解，他是个有妹妹的哥哥，换位思考，设身处地，哪怕红萼是冯凤二婚带过来的孩子，他对她的感情也不会有任何改变，就是一个需要、应该全力疼爱呵护的妹妹，若说跟她发展成男女关系，哪怕只是做个设想，他都感觉生理性不适，感觉和染指母亲或者女儿差不多。

他说出那句推理，因为良好的教养表达得很委婉："他们……有超出兄妹的情感？"

汤旧画替江易和江蘅感觉被揣测和被指摘的不适，毕竟这只是高渐明单方面的说法，虽然她也隐隐感觉，并不是空穴来风。

崔尊虽然表面是在询问，事实上，他基本已经确定，江易他不想回忆，毕竟他也没看出来那个看似老实又心软的人能用皮带抽得孕期的妻子遍体鳞伤，而江蘅，那么朗月清风的人，居然也能做出这种事，他属实难以置信，但再没有比这完美解释所有事情的理由。

事实揭开，他的所作所为、造就的境况都成了笑话，他把孩子放回小沙发上，将剪刀也随手扔在旁边架子上，再次走近她，目光如雾，声音如飘浮："错的是他，他还这么对你？"

汤旧画却挣扎着抬起头，眼波粼粼，情真意切地说："不是的，他对我很好。"她表情很诚恳、很坦诚，显然这就是她的真心话。

她就是认为江易待她很好。

崔尊不语，他单膝蹲下，伸手抚上她胸前一道疤，随后一路向下，感受她纵横交错的、沟壑般的伤疤深深浅浅、坑坑洼洼。

汤旧画如受电击，试图闪躲，却没空间，也没力气。

他的手经过前胸，滑过肚脐，来到下腹，触碰裤腰，停顿。

整个空间仿佛一同静止，鸦雀无声，只有她的身体在隐隐发抖。

他感觉父亲留在他体内罪恶的因子在作祟。

二十年前，父亲跟继母是不是就是这样，暗无天日的密室，无力反抗的女人，单薄的颤抖，上下的手……

他又听到最后一面，细雨中她分贝不大却重击他心的那一句，先天，你血脉相连，后天，你耳濡目染，你怎么不一样？

就让我犯罪，如你所言。

若非如此，我怎能甘愿。

他不再停顿，同时拉下她的裤子和内裤，露出同样布满疮痍的双腿，抬手调整了一下她脚踝处的扎带，让她的双腿能分开一定距离，然后俯下身去。

汤旧画剧烈颤抖，从他触碰她开始，她一直在战栗，只是不敢出声，不敢动作，怕刺激他，他实际开始的那一瞬间，世界如同崩塌，她失去思考能力，只能徒劳无功地闪躲抵抗，但是她双臂和双腿都还寸步难移，四肢又都被牢牢捆绑，右手被固定于暖气管，根本无法逃脱，只能一遍遍说着恳求的话："不，不，别这样，求你……"声音细密紧绷，她已几乎窒息。

他完全不受影响地做着他要做的事。

五十二

室内的灯光清冷而清幽，汤旧画却好似回到高三那年，冰冷黑暗的图书馆。

她的身体早已不再青涩紧致，但那种痛苦和无能为力，对自己羞耻悲哀和对外界恐惧疑惑从未改变。

当年她还没成年，未经人事，是个距离高考仅六个月的高中生，如今她为人妻母，她的女儿就在旁边，她还在哺乳期，胸口甚至还有漏出的奶渍。

她也不知道哪种更脆弱、更可耻。

在这个过程中,她的知觉似乎逐渐恢复,那种清晰的感觉更让她崩溃,白色的天花板仿佛变成白雾云烟,目不视物。

被他无视的恳求之后,她没有再发出声音,只有满是痛苦混合呜咽的呼吸声。

到后来,她四肢好像能动了,但是层层捆绑,挣扎已经没有意义。

她僵硬如木头,偏偏又在发抖。

直到他结束,离开。

人在极度受伤的时候,机体会自动开启自我保护模式,产生"这一切都是错觉"的错觉,汤旧画的身体里充斥着这种错觉,但她知道那是错觉。

她很难接受这一切,躺在那里,感觉不到身体的存在,无意识地、僵硬地不断颤抖。

崔尊站在她旁边时,已经整理好衣服,他似乎清楚了些,又好像更糊涂了。

他终于认了命,接纳了来路,选定了归途。

承认自己生来就是坏种比努力去做好人轻松简单太多了。

他静静地看着四周白色的墙壁,什么时候地上能传来警笛声?

他们都没有说话,直到屋里响起一丝婴儿的哭声。

汤旧画也被迫地被拉回现实、面对现实,她习惯性想过去抱女儿,但稍一移动,手脚都被束缚,右手还被捆在暖气管上,根本寸步难移,身体的酸痛更让她羞愧崩溃到浑身无力,瘫软下去,眼泪也无法控制地流出。

崔尊回过神来,走过去抱起孩子,他当年内外妇儿全科优异,略一查看就知道孩子是饿了,他安抚着她,等到使用麻药后可以喝母乳的安全时间,抱着她走向汤旧画,后者不可控制地抖得更厉害。

他把孩子放到她身上,让孩子的嘴对着她胸口的位置,淡淡道:"孩子饿了,你给她喂奶吧。"

汤旧画没有声音,孩子已经熟悉地找到她的"奶嘴"伸嘴过去张开含住吸吮起来,崔尊转身走了出去,还带上了门。

她身上他的余温虽已冷透,体内却还存留他的……原本再正常不过的母乳喂养，都变成了对女儿的亵渎。

她被衣衫不整地绑在那里，连翻身都做不到，她无颜面对女儿，只能转过脸去面朝墙壁，双目紧闭，闭合的双眼间泪流不止。

宝宝喝完奶，趴在她身边的地上，像往常一样跟她亲热，蹭来蹭去。汤旧画从泣不成声变成欲哭无泪，宝宝毫无察觉，搂着妈妈的腰又睡着了，可能是麻药效果还没完全过去。

汤旧画被她抱着，浑身紧绷，无地自容，更不知道以后该怎么面对孩子，孩子长大以后知道她被人这样对待过，会不会以她为耻。

她是不是从来就不配做母亲？

她看向右手上那坚韧如鞭的扎带，再看看旁边白色漆皮的金属暖气管，想着要不撞过去死了吧。

但是……这样宝宝就没有妈妈了，她爸爸会再婚，他本来就不怎么喜欢她，后妈若是对她不好，她该怎么办呢？

就像她自己那样。

她该怎么办呢？

泪水越流越多，她一生几乎没有看到过希望，却从来没如此绝望。

很快，房门再次被打开，他再度推门进来，听到开门声的那瞬间，汤旧画明显又缩了下，随后就又浑身僵硬。他关上门，走过来单手把孩子抱回小沙发上，然后将他带来的一条洁白的被单轻轻盖在她身上。

被单干净而柔软，盖到身上，她居然还是颤了颤。

崔尊看着连接她右手和暖气管的扎带、被单下其他扎带的轮廓，眼里闪过些许犹豫，转念还是没有伸出手。

已经下午七八点，她的家人应该快发现她跟孩子失踪了吧，他一路开的是自己的车，没有躲探头，等他们报警，警察很快就能锁定这里赶过来，让警方看到最完整的案发现场，大家都轻松。

汤旧画缩在被单里，总算是有了那么一点点人格尊严，没再发出一点声音，怕再刺激他。

他坐在室内另一个角落，无言地等待着。

但是，直到夜深人静、破晓时分，孩子又哭了几次，喝水喝奶，大便小便，纸尿裤都换了两条，警察也没敲响地下室的门。

他们当然都是一夜无眠。她被绑着，自然是他来照顾孩子，他虽然没有孩子，但在儿科轮转过，照顾过上百个孩子，颇有经验，手法熟练而温柔。

最后一次哄孩子入睡后，他略带疑惑地看着她，随后又想通了，江易上个礼拜只有一天回了家，这个礼拜想必也差不多，看上去他们之间少有联系，她的娘家想必也不关心她——否则怎会她都被打得满身是伤，打她的人还安然无恙？别说那是她自己选的，在爱里长大的女孩，怎么可能选择这样的人？

他想了片刻，走过去，轻轻掀开她的被单，她当然又剧烈颤抖起来。

他看她的眼神从来就没有过半点情欲，尽管她几乎是裸体。他解开她双腿和双手间的扎带，只留下绑着她右手跟暖气管的那根，肢体如果长时间被捆绑会有缺血坏死的风险。

他绑得平心而论有些紧，毕竟那时候还没想好要怎么处理她，经过一个晚上，她的手腕脚踝几乎都痛得没有知觉了，束缚解除后，血液流量骤增，更是肿痛难忍，但她只是低着头，咬着嘴唇，没出一声。

他重新用被单裹住她，弯下腰扳着她的肩膀，扶她坐起来，让她靠在墙上，然后又倒了杯温水给她放在她旁边的地上，是她的左手刚好能够到的距离。随后他便转身出去，给她带上了门。半小时后，他再回来，拿来一杯白粥、一杯水、一片药放在她身边。

她用很低很低的声音说：「谢谢……你……能不能让……我跟孩子走……我绝对不会说出去……」她当然是不会说，但是也绝对不可能在这件事发生以后若无其事地继续跟江易相处，她心乱如麻，一片混沌，只能低着头，避免他看到她的眼。

他没有回答。

他当然会让她们走的，但一定要是以被警察救走的方式。

否则，他施的害、她受的伤都毫无意义了。

虽然江易一时间没发现，但他终究会发现的。

他又出去一会儿，带来一张纯白的单人折叠床垫和一套衣服，他先把床垫垫在她身下，她的后背、脊骨和双腿都被水泥地硌得疼到麻木了。他把她放在床垫上，然后准备脱掉她被剪开的上衣和被扔在地上沾满灰的裤子给她换衣服。

他买来的衣服是一套黑色的套头高领线衣配黑色裤子。线衣领子刚好能遮住她脖子上的伤疤，衣服是宽松的款式，纯色没有花纹图案，和她原来那件看不出区别，大小正合适。其实他很会给女孩买衣服，小时候是给红萼，后来……

她显然不愿意他的触碰，却不敢挣扎怕刺激他再招来他的侵犯，只是极力瑟缩，后背贴在墙边，僵硬着身体不配合。这当然难不倒专业和人体打交道的他。

她的上衣早已被剪开，基本只剩两只袖子挂在身上。她右手被绑着，他先拉过她的左腕，她的左臂一直在往回缩却无果，他轻而易举地脱去她的左袖，看到她的手臂，他手里不禁一顿。她则深深低下头别过脸，闭眼不敢面对。

她整条小臂布满紫红色的伤疤，密度之高，数目之多，不细看还以为是穿着紫色带镂空花纹的紧身袖套。结合她腹部的空白之处，崔尊很容易就想明白，这是因为江易抽打她的时候，她用手臂护着腹部的缘故。

他不忍再看，快速为她穿好新买来上衣的左袖，随后在她左手绑上与右手同样的扎带，再拆去右手扎带，脱掉她原有右袖，她右臂和左臂一样惨不忍睹。他没有停顿，给她穿好上衣，拉好遮蔽她身体，再穿裤子。

汤旧画全程万分羞愧，他面对女人的身体似乎很坦然，就像工程师看着机床，但是她实在是无法直视。

他的动作轻而快，不到一分钟就处理完上衣，给她穿裤子的时候再次动作停滞。他看了她的膝盖数秒，她很瘦，几乎是皮包骨，她的膝关节形状角度均异于常人。

汤旧画察觉到他的关注，也不敢睁开眼，慌乱地摸索着用脱离桎梏的右手提起裤子，遮住膝盖。

崔尊没有拦，他已经看得很清楚，那是从儿时起便长期、长时间下跪才能造成的结果。

他站起身，她背对他缩到墙角，看着她单薄的、颤抖的、消瘦的后背，他突然觉得后悔。

实在不该伤害一个已经这么不幸的人。

他没有再碰过她，甚至没有再跟她说话，也没有解开她的扎带，放她离开过墙角。他每天按时给她送饭送水，拿来洗漱用品让她刷牙洗脸，端来热水让她擦洗身体，甚至还会给她痰盂让她大解小解，权当她是个没有自理能力的卧床病人，她羞耻得不愿做这些基本的生理活动，他便用医学手段帮她做到，她数次羞耻得昏死过去，又被他救过来。

但他待她女儿很好，吃喝拉撒，无微不至，孩子没什么防备，很快适应了他的怀抱，在他怀里不哭，也不挣扎，他抱着孩子哄她入睡，拍抚她的指尖尽是温柔。

汤旧画看在眼里，满心都是对江易的愧疚。她却不敢对崔尊说什么，他们其实没有讲过几句话，除了他给她生存需要便再也没有交流。

他们三个人形成了一种怪异的宁静。

崔尊心里也平静异常，他甚至完全没有去想曾经的事情。

他母亲去世以后，他立志从医，治病救人，想竭尽所能避免和母亲类似的遗憾。曾经他还考虑过学习心理学专业，成为心理医生，有时候他感觉心理疾病比身体的疾病更难医。后来他打消这种想法，是因为他跟红萼的成长过程里，阻挡崔昌施暴的同时，也在努力劝说冯凤离开，但冯凤每回都只哭和摇头，他们兄妹都心软，看到她的眼泪就都不忍逼迫她，久而久之，深陷于漩涡。

他十三岁那年，终于忍不住带冯凤去看了心理医生，四岁的红萼不懂何为心理医生，他跟她解释心理医生就是"可以让人痛苦和烦恼变成快乐的医生"，红萼觉得很神奇，也抱以很大期待，他查了很多这方面的信息，预约了一个颇负盛名的心理诊所里的一位介绍里以处理家暴问题为专长的专家，两个小时收费是一千零六十元，对此时的他来说不算什么，当时他每月的零花钱都有三千。

这事当然是瞒着崔昌的，崔尊专门预约在他出差的门诊时间。

终于等到那一天，他跟红萼一块把冯凤"骗"到诊室，之前他建议冯凤去看心理医生，冯凤觉得家丑不可外扬，连连摇头，他们只能用骗的。冯凤一直在哭，只能由崔尊在那位专家不耐烦的目光中讲述他们的情况。而崔家的事情复杂而隐晦，他下意识想最后再提他妈妈，用了倒叙，讲得艰难而缓慢，那位专家医生根本没有听完，只听到"冯凤因为没及时递面巾纸被打"就打断他，用辛辣讥讽的语气，对着冯凤连挖苦带讽刺，说她没人格、没尊严、不配当妈等等，冯凤泣不成声，掩面跑出去。红萼含着泪花去追她，崔尊也觉得没有咨询下去的必要，起身离去，就此决定医人先医身。

北医带给他很多，底蕴厚重的学术气氛，国内顶尖的专业教学，良好和睦的同学关系……以及她。

崔尊成绩优异，性格温和，待人接物友善有礼，形象气质眉清目敛，温文儒雅，从小到大同学关系都很好，却没有谈过恋爱，甚至不曾暗恋过任何人。无论他多么努力优秀，方方面面都接近完美，他内心始终冰天雪地，和正常环境里长大的自尊自信的女孩有着天生的隔阂和疏离。

他那届北医临八的大一大二都在北大本部就读，北大校园面积虽不能算辽阔，但也不是两室一厅，他也不算多么善于交友，开学一个月，也只是跟医学部的同学将将熟悉了些，平时走在校园里，绝大多数都是陌生的面孔。

9月底，平时生机盎然的校园逐渐萧条，枝繁叶茂的树木叶子开始变黄脱落，来自天南地北的学生纷纷订票回家。

大一的十一假期，应该是大学生非特殊情况最想回家的时刻。最思乡的时候，若非刚刚离乡，便是离乡已久。

当然跟崔尊没有太大关系，他家就在北京，而且他每个周末都回去,并不是想家,而是随时准备着调节崔昌对冯凤的伤害,每趟回家都会给红萼带她喜欢的点心、他觉得适合她看的书本、夏秋换季给她买的新衣服。虽然上大学不算出远门,但只要出门就想给她买些礼物。

这天,他刚下课准备去食堂,走在路上,隔着很远就看到有个女生弯着腰在沿途路边的草丛里翻找着什么,其他路人同学都走着自己的路,他下意识加快脚步准备过去帮忙。

他走近她,只见她弯着腰看不到她的脸,只能看见她瘦得骨节明显的手扒着草和灌木,身体埋得很低,手指却很用力,像是压抑之下压不住的情绪。她头发原本扎着马尾,现在蓬松散乱,耷过左肩,垂在前胸,跟着她的动作摇晃,跟她前额和两鬓散下去的头发一起遮挡她的视线,她忍了七八下,忍不住烦躁地抬起手狠狠将马尾和碎发一起甩到背上,带着泥土的指尖戳过她的脸,留下几道红痕。也许是运动量的关系,她一直在喘息,喘息里带着隐藏很深但同道中人清晰可闻的哭腔和怒吼、委屈和恨意。

他走到她身旁,也弯下腰,轻声道:"同学,你没事吧?什么东西掉了吗?别着急,我和你一起找吧。"

那女生动作一停,手指一滞,随后又去拨草地,头也不抬地回答:"不用,我自己可以。"声音很单薄而倔强。

崔尊没走,他温言道:"找东西是烦心的事,两人一起会好受些,找到的概率也更大。你在找什么呢?耳机、戒指,还是……钥匙?"

他看到她连小草都要翻开,想必那物件很微小,校园卡、银行卡都面积超标,她并没有耳洞,遂做出如上猜测。

他说前半句,那女生似乎还不太认同,自顾自地拨着杂草翻开,听他说完,她沉默了会儿,慢慢地说:"对,是钥匙。"

崔尊柔声问道:"大概是丢在哪里,你还有印象吗?"

那女生直起身,她大概一米六左右,穿着件很宽松的灰体黄边的套头T恤,她很瘦,衣服挂在肩膀上,更显得身材小。她肤色微黑,单眼皮,眉毛淡,鼻梁不高,薄唇尖颏,她并不美,却有种独特的清苦又倔强的味道,眼眶是红的,泪光却很亮,透着脆弱的强硬。

她指指一教的方向:"我从一教回宿舍,发现钥匙找不到了,我已经沿路都找了两遍,就是找不着。"她说着,又急又气又委屈,眼眶更红了。

第一教学楼离宿舍相对较远,沿途找一把普通大小的钥匙,几乎是大海捞针。崔尊却只是点头,神色里只有体谅和温柔:"别担心,肯定能找到的,钥匙有什么特质吗?"

那女生道:"没有钥匙环,就是单独一把钥匙,跟创可贴差不多大,不锈钢的颜色。"

崔尊点点头,略一思索,温和地劝道:"你休息一下,我这就去找。"

说着,他就朝一教走去,沿途开始找。那女生当然没有休息,她还是弯下已经酸痛不已的腰,顽强而脆弱地翻找着。

最后是崔尊找到了,他花了一个小时用手机闪光灯把这条路细细照了一遍,最后是利用反光,找到了那把闪闪发光的小钥匙。

他拿着钥匙找到她时,她还在沿途的一个小湖边摸黑搜索,不是大名鼎鼎、众所周知的未名湖,而是一个普通无名、其貌不扬的小湖。他跟她说过用光照,她不听,不愿意引起同学注意。

他把钥匙递给她,温言道:"是这把吗?"

她站起来,低头看了一眼,伸手接过来:"是它。"

她合起手掌,把那把两个人苦苦找来的钥匙按在手心,肩膀松垮下来还犹在颤抖,就像经过一场浩劫。崔尊刚准备说两句安慰的话,她的眼里突然闪过强烈的充满恨意的光芒,随后她定住肩膀,举起手,重重将那把他们两个人苦苦寻回的钥匙抛向湖面,那轻薄的金属钥匙落在水面,"啪嗒"一声清响,瞬间沉底不见。

那响声仿佛砸在他心上。

校园里有水治理工程,各水域循环流动,钥匙会随水流走,再也不可能找得回来了。

她看着迅速恢复平静的湖面,眼神混乱空虚之中有种酣畅淋漓的快感,接近筋疲力尽,她扭头,用后脑勺对着崔尊,语气生硬地说:"谢谢,我给你转笔账吧,一百够吗?"

正常人到这里就算不发火也必然满心不悦,崔尊却完全没有,因为他感受到她那种恐惧、撕裂、痛苦和想摆脱的决绝,他只是缓缓地说:"不用,没事的。"

女孩说:"你辛苦找了这么半天,不能让你白找吧。"

崔尊道:"没关系的。"

那女孩转过来看着他,她脸上没有半分血色,眼里犹带泪光:"你是哪个专业的?"

崔尊如实回答:"17临八,崔尊。"其实她并没有问他的名字,但他还是说了出来。

那女孩缓缓道:"我叫许微。"她眼里突然又闪过那种很受伤的光芒,语气硬而狠地说:"我不是你们学校的。"说完,她也觉得自己态度过于糟糕,又轻声补了一句,"我是北工大的。"

北大和北工大有"双培"专业,也就是北工大的学生大一大二在北大学习,大三大四回本校,"双培"专业分数线比北工大其他专业高些,当然远远不及北大和北医临床。

崔尊马上感受到她的敏感和自卑,柔声道:"这不能说明什么,你以后可能发展得比很多本校的同学还要好。"

她本来以为他会说"学历不重要""北工大也很好"之类的表面正确但在她听来就是凡尔赛加"何不食肉糜"的话,已经做好准备吵一架分道扬镳了,没想到他会这么说,虽然没有实质意义却顺耳得多,湖边正静谧,水面荡漾微微水波,映着他们的倒影,她也意外平静下来,跟他多聊几句:"你是北京的吗?"

他们俩的普通话都很标准,她做出如此猜测。

崔尊回答:"是的。"

许微点点头:"我也是。"她看着他的眼睛,"你是学理科的吧?你高考多少分?"

她本人当然也是理科,想着临床医学应同是理科,他们是同届北京考生,做的应该是一张卷子。崔尊有点尴尬,还是老实回答:"六百九十六。"

她点了点头,眼睛颤抖着发出雪亮的光,夺目又渺小。她只有六百三十七,还是玩了命的情况下。这是拼尽全力的普通优等生对尖子生的仰慕和敌意。

她抬起手取下已经松垮的皮筋重新绑了个中马尾，虽然很不整齐但是立了起来，如气势拔地而起："厉害。"

崔尊道："没有，我……"他试探性地看着她，"我能请你吃个饭吗？"

许微盯着他看了会儿，并没有拒绝。

从来没觉得食堂这么有味道。

饭后，他们走出食堂，夜里的风有些清冷。

五十三

那个十一假期许微没回家，崔尊也没有，骗红萼说加课，红萼有点失望还是更关心他别太累。

之后，崔尊常常约她一起吃饭或自习，许微想过拒绝，但终究没有。他们常常下课后一同去吃食堂，再一块去图书馆自习，有时候还顺道去食堂吃夜宵。

许微是个很容易委屈的女孩，如果她买的菜品尝了一口发现难吃，她就会感到委屈，甚至能引申到觉得来北大读这个"双培"是一种错误，她一个字都不会说，全写在脸上。每当这时，崔尊就会马上主动提出来他想吃那道菜让她拨给他，然后再去给她买一份别的。

他们一起自习的时候，许微做作业，崔尊作业通常在宿舍已完成，这不是什么问题，他从来就不是课内作业写完就万事大吉的学生，作业只是开始。他带些学习资料自习，就能坐一下午。

他们会找个安静的角落，面对面而坐，白色桌面上是书本和水杯，画面很静美。但许微情绪明显不高，她看着作业题，十道有八道胡乱写几笔，然后眼睛里又露出吃到不合口的菜品那种委屈的神色，双唇紧抿，就要哭了。

她课本纸张的边缘都被窝折得皱皱巴巴，足见主人内心的压抑不平。她的笔记前几个章节还记得比较详细，后来越来越潦草，最近一章甚至只是有几个公式和标题，显然是跟不上老师讲课的进度逐渐也不想跟了。她笔记写到第十章，作业只做到第五章，也是同理。

许微的专业是"给排水科学与工程"，崔尊怕刺激她，只能以"对这方面有兴趣"为由，借来她的课本学习，再以"有不理解的地方和她探讨"给她讲，至于基础学科高数大物之类，则是称"对该题目有其他想法"小心翼翼地教她，他的用意许微哪会不知，她阴郁而沉默地听着、思考着，时常想要拂袖而去，终究还是拿着笔去写下一题。

这不是她喜欢的专业，她从来就不喜欢理科，对文科也无感，准确地说，她没有任何爱好和专长，完全因为理科专业多、好就业选择理工，全凭题海战术和死记硬背考了个略显尴尬的"高"分。"双培"计划本就是针对教育资源不发达的区的考生，许微的高中母校比二中还要差些，六百三十七分已经年级前五。她父母都没经历过高考，对报志愿一窍不通，被学校忽悠着报考北大北工大"双培"专业，便于学校对外宣称有学生"金榜题名考入北大"。

进入北大校园，她根本来不及欣赏那美丽的博雅塔，就被老师的教学风格和同学们的理解能力打趴下。她本来是个刨根问底、严谨到较劲的学生，老师但凡说一句模棱两可的话就要举手问个究竟。但是到了北大，老师说一句话，她还没反应过来哪里不明白，老师已经又讲了十句，一节课能讲半本书，她甚至跟不上翻书的速度，而其他同学却都游刃有余，时不时还能跟老师互动交流、旁征博引、师生尽欢，只有她一知半解、精疲力竭、委屈愤怒。

其实她在中学的圈子里也算好学生，自然有几分自负，进北大后落差过大，自卑又不甘。加之从九岁小学四年级努力至今，多少也有点强弩之末，又受到人外有人的刺激，难免已有些厌学。

在这种心理之下，面对崔尊的好意，她几度激动反驳，不过又都被安抚下来。

如此三个月。

1月底，期末考试过后，成绩虽还没出来，许微对了答案，考得还可以，开始从末流迈入中下游。

考试周结束，北大的学习氛围不会结束，图书馆的人只是略有减少，他们依旧坐在角落。他们通常会坐到闭馆，这时窗外早已黑透，馆内的灯光依然亮着，有种温馨和执着的感觉。

对许微来说，能跟上课内的进度已经是很大的进步，她还不算学有余力，所以对完答案，改完错题，她基本就在边看书边休息，那天崔尊虽带了资料，却看得心不在焉。

九点半，浮云掠过月影，夜色更浪漫。崔尊从书本间抬起头，看着对面她的容颜，他说："我……喜欢你。"

许微抬起头，漆黑的眼睛对他看了又看，大家都不是三岁小孩，相处这么久，他对她是什么感觉，她怎会感觉不出来。

她没有直接回答，而是合上手里的书，盯着他的眼睛，问了一个问题："你家庭氛围是什么样子？你父母关系好吗？他们之间有暴力吗？"

崔尊被震住，一时间无法回答。

不过这不算个很正常合理的提问，甚至有可能哪怕是良好家庭出来的男孩，也会被这问题劝退，这多多少少体现出女生思想并不太阳光。

许微也没太在意他的反应，她自顾自地说了下去："那天我扔的是我家里的钥匙。"崔尊知道，他当时看她那么焦急，就知道不会是宿舍的，因为宿舍钥匙在食堂一楼二十块钱就可补办。

许微又跟他说了很多，或许是因为对他有些信任，或许只是因为需要宣泄，而以前没有人愿意听："我出生前，我家里从各种民间经验推测，我一定是个男孩，早早给我取好了名字，许威，威力的威。

"生下来才发现是女的，全家人都失望得连新名字都没有心情想，直接拿了威的谐音字，微。"

得益于当年的计划生育，他们虽然做梦都想再生个儿子，现实里终究是不敢，虽然不喜欢女儿，但毕竟只有这么一个女儿，不对她好还能对谁好？

她的父亲会节衣缩食给她买一双新鞋，母亲会十年如一日早起给她做早饭，从小到大家里什么吃的用的也都是先尽着她。

但她永远不会感激他们。

"他们的问题远远不只重男轻女。我父亲很暴力。我没有称他为家庭暴力，因为我就不认同家暴被特殊对待的概念，难道殴打家人比殴打无关的人过错轻？恰恰相反，殴打路人，是一时的伤害；殴打家人，却是长年累月的迫害，伤害的程度比前者高得多。"

她父亲施暴的具体原因和程度，她没说，怕有诱导的隐患，不过通过她对"丢钥匙"的恐惧，崔尊大概可以猜到。她父亲应该是个因为生活琐事对妻子女儿无差别大打出手的人。比如崔昌不会因为他或者红萼丢钥匙发一点儿脾气，只会直接换锁。因为他对孩子除了成绩没有要求，当然若是冯凤丢的就另当别论。

事实上，许微的父亲不酗酒，不赌博，无不良嗜好，他只是生气就会动手，而他生气的原因太多了。他性格暴躁易怒，妻子女儿犯任何一点小错，便是一顿毒打。五岁的许微爬楼梯速度略慢，从一楼到六楼用了五分钟，关上家门后，被他打得三天下不来床。家里水管坏了，许爸爸去修，让她妈妈把扳手拿过来，她妈妈把扳手递给他的时候松手过快，扳手掉地，她赶紧捡起来再送过去，被他抄起扳手抡了脑袋，血流一地，缝了十三针。

只要她爸爸在家，她们母女时时刻刻都得提心吊胆如走钢丝，生怕做错事情。

不过她爸爸因工作原因不是每天都在家，但是她妈妈在常年被暴力之下，也变得急躁暴力。许微拉肚子上厕所时间长一点，她妈妈就冲进来把她从马桶上踹翻在地。许微小学每天都用保温杯带杯水去学校，她接完水拧杯盖没有对准，拧了三下才拧好，她妈妈夺过水杯，重重抡在她脑袋上，当时她才八岁，登时眼前一黑，直接晕过去，送医院是脑震荡，爸爸也闻讯赶来，妈妈怕他怪罪，又撒谎是许微自己撞到柜子上。

许微和所有正常孩子一样，生来就是很爱母亲的，但是许母凭实力一次次让她失望，即使如此，她还是维护她。

许微九岁那年，她妈妈犯了个大错误，那晚她爸爸也在家里，她妈妈在用瓷质砂锅炖汤，她拿下锅盖准备盛汤，因为锅盖太烫着急松手，锅盖在灶台没放稳，掉地上，摔得粉碎。锅盖的体积分量都比普通碗盘大得多，顿时一声巨响，溅起无数瓷片如浪花。妈妈顿时吓得嘴唇发紫、面无人色。

当时许微也在厨房里帮着拿碗筷，见状直接吓呆，手里的碗也直接掉回碗柜里。

只听她爸爸厉声喊着"怎么回事"，旋风一般冲进厨房，他脚下带风，很多原本还在跳跃的瓷片被震得叮当作响。

他一看情况，就朝许微妈妈扑过去，同时扬起巴掌："你在干什么！"妈妈马上条件反射般侧过身子闪躲着，抱着自己闭上眼睛缩成一团。许微其实也怕得四肢发麻，她还是使出全力，用竹竿般的小细胳膊拉住爸爸水桶般发福的腰："你不许打我妈！"她爸爸头也不回地吼了一句："滚开！"随后一挥胳膊，九岁的她被甩到满是瓷片的地上，她本能地手撑住地面，手掌被无数瓷片刺入，更多瓷片透过衣服扎进她的身体，但她根本顾不上，顽强地坐起来，看着又朝妈妈挥起拳头的爸爸，使出全身力气准备爬起来冲过去保护妈妈，小脸上只有清澈的焦急。

然而，他手落下的前一刻，妈妈双眼紧闭、双手抱头地尖叫出声："别打我！是微微打碎的！微微打碎的！别打我啊！"那叫声比瓷片还尖锐无数倍，能割碎人的心。

父亲闻言转过头，看着坐在瓷片里、身上渗出斑斑血迹、眼神震惊到呆滞的许微，厉声喝道："是你？"

许微根本没有反应过来，呆呆地看着他，没点头，也没摇头。

父亲一脚踹到许微脸上。他怒吼着，使出全身的力气殴打这个体重还不到他本人一半的小女孩——他的亲生女儿。

在暴雨般的殴打中，许微终于逐渐明白了是怎么回事，她终究是咬着嘴唇，什么都没说。

那回许微被打得不成人形，请假在家里躺了一个月，妈妈坐在床边哭，她的脸也是肿着的，后来许父还是打了她一顿，责怪她没看好许微，让许微动了锅盖。

妈妈哭着骂她爸，她每回都这样，挨完打就对着许微哭着咒骂她爸爸，但是只要许微插嘴说一句她爸的不是，她马上就会把许微骂得狗血喷头。

关于"甩锅",她解释了一句:"你也别怪我,你是你爸的亲生孩子,他会收着点劲,要是我,他可能会打死我的。"

许微当时整张脸都是紫黑的,已经看不出表情,但她确实没有表情,定定地看着天花板。

那时候她在心里发誓,以后许父再打许母,她绝对不会再拦。

她也确实是这么做的。

她把全部的精力都用在学习上,她也不知道学习能不能改变命运,但是坐着等待什么霸道总裁拯救更不可能。

不过她父母都不太在意她的学习,毕竟他们都没有上过高中,不太了解知识的意义。她父亲甚至从没有因为成绩这个最普遍的打孩子的原因打过她。

她节节攀升,从班级中游来到班级上游,稳定在全班前几名,这一点儿都不影响她父亲对她施暴。就跟她无视她妈妈被打一样,她妈妈也同样不会帮她,甚至会在旁边煽风:"许微这个孩子就该这么教育!"

许微比她妈妈好一点,每回她妈妈被打,她虽然不帮忙,事后却都会劝她妈妈离婚。

而她妈妈永远说:"没有不打人的男人!离了婚你跟谁?跟着我,后爸打你只会比亲爸狠。跟着你爸,后妈再给他生个儿子,你不但挨打还得当丫鬟伺候他们一家!"

许微本来觉得她是胡言乱语,但她在家族圈子里观察,发现居然确实是这样。爷爷打奶奶,姥爷打姥姥,大伯打大伯母,姨父打姨妈,舅舅打舅妈……

她同学老师家里,她不了解,她只知道她父母在外人面前也算是有说有笑、恩爱和谐。这给她造成巨大的冲击,在路上看到亲密和美的男女并肩,脑海里就会出现这男人满目狰狞朝这个女人挥动拳头的画面。而且离婚也没用,所有男人都一样,换个男人换汤不换药,同样的配方同样的味道,没准还因为是二手货被打得更狠。

值得一提的是她的大伯母,她小时候一直非常同情这个女人,因为她是被打得最惨的一个,曾被打断过腿,因为没去医院治疗,留下了瘸腿的毛病,走路一瘸一拐。

大伯母有个儿子，是她和大伯的独生子，也是她爷爷这一脉的"独苗"，从小备受全家宠爱，虽然他爸发脾气的时候也会打他。许微对这个堂哥没什么印象，除了过年一起吃年夜饭，她基本没有见过他。

　　她十六岁那年，她堂哥许扬十八岁上大专，交了女朋友，结果没几个月就因为看哪部电影把他女朋友打进了医院，女朋友的父母报了警，大伯和大伯母都赶过去处理，还给许微爸爸打了电话，让他们夫妻也去撑场面。许微没去，但是大伯母周末来他们家串门，说起这件事，许微当时在卧室做作业，听得很清楚。

　　大伯母恨恨地说："提起那小贱人我就来气，不就是打了她几下嘛，又上医院又报警地折腾我们家。打她还敢还手，把扬扬手背都挠了两道子，想起来我就想抽她！她妈还说什么不要医药费就要把扬扬送进去，有什么闺女就有什么妈，恶毒的老贱人！"

　　许微妈动情地应和："就是，哪有这种不懂事的女人，看哪个电影还要跟扬扬争，家里也不知道怎么教育的，被打不是活该吗？嫂子你也别生气，反正咱们也骂回去了，扬扬也没吃亏，她女儿的脸没个十天半月出不了门，耳朵还穿孔了一只，还有别的什么的。也是因为挠了那一下，派出所警察才说是互殴，要拘留两个人都得拘留，都得被学校开除，她们家才老实。想想她挠扬扬那只手，整个都被扬扬碾得血肉模糊了，消毒就能疼死她！"

　　许微的笔尖戳烂了纸面，她想起大伯母的瘸腿，想起她母亲本能的抱头。

　　她第一次，脑海里响起强烈的声音。

　　她活该。

　　她们活该！

　　当一个受害者对受到同样伤害的人毫无同情，她也就不值得别人同情。

　　她拼命地学习，她也难说清，她是想脱离原生家庭，还是想让他们可望而不可即。

　　然而上了大学，跟原生家庭也不可能完全割裂，她妈三天两头打电话叫她回家，说多么想她、她爱吃的菜都买好了之类的，她本来不想理会，但是那个十一假期，她差点就要回去了，因为她跟北大的差距太大，几乎就要回那个蛙井般的家找存在感。她再厌恶那里，她也是那里的一部分，甚至她考的每一分背后，都有她挑灯夜战学习时萦绕耳畔的父亲打骂母亲的声音。

结果就是她把钥匙弄丢了，她很慌张，很焦急，还很气恼，不知道是气父母还是气自己。许微是个有责任心的人，虽然她不待见父母，但钥匙丢失这种事不可能当作没发生，让他们房屋安全得不到保障，她势必要告诉他们，以她父亲的脾气秉性接下来会发生什么可想而知。

然后她就遇到崔尊。

他把那把钥匙递给她的时候，她本该如释重负，但是她就好像看到斩不断的枷锁。如果这钥匙没丢过这一遭，她可能不会扔，但它丢过，她体验了寻找的焦急和焦急背后的畏惧，更觉得它不值得。所以她手起如刀落，把它扔入湖泊。

她当然也没有回家，只是挑了个晚上，站在那个湖边给家里打了个电话，告诉他们，她不回去，她把钥匙扔了。她妈又在尖叫"白眼狼"，她爸更是破口大骂，她近乎失控地吼回去："你干吗？想打我吗？我是北工大的学生，你连高中都没考上，有什么资格打我！"

其实人身安全和学历并没有必然关联，哪怕一天学都没上过也不应该被打，但她只能在这唯一一件可以通过努力获得并且已经初步获得的事情里找安全感。

说完，她就挂断电话，直接把父母全部拉黑，气得自己胸膛都在剧烈起伏。湖面秋水微澜，一如她压抑的心声。

她做好了父母来学校闹事的思想准备，但他们没来，反而还找其他亲戚联系她，让她不要拉黑父母，其中就包括她最厌恶的大伯和大伯母——她当然也给拉黑了。

令人意外的是崔尊一直找她，这在她的生命里是头一回。因为她妈"没有不打人的男人"的理论，她看到男人就感到厌恶，也因为她妈和大伯母等女性"榜样"，她看到女人也想作呕，所以对所有人态度都冷漠而蛮横，加上她乏善可陈的外貌，也没有人愿意和她交朋友，她一直是一个人。

崔尊的示好和接近让她感到诧异，但她并没有回绝，因为他是个好学生，也因为她感觉他好像是个好人。

夜幕下的图书馆里，她盯着他的眼睛，再次问道："所以，你父母是怎么样的人？"

崔尊空咽了下，答道："我妈妈是个很善良温暖的人……她在我小时候就去世了，我父亲……我跟他关系不太好，不怎么说话。"他顿了顿，补充道，"我有个继母，她人很好，他们有个女儿，就是我妹妹，她很可爱。"

许微敏感地问："为什么关系不好？"

崔尊看着她锐利的目光，他或许该说实话的，但他无论如何说不出口，只能避重就轻地道："他……不支持我学医，更倾向于金融或者科学之类的专业。"

许微对这事并不是很关心，她只是再次追问："他有没有打过你、你妹妹、你妈或你后妈？"

其实崔昌做的事情何止是"打过"，但是崔尊看着她漆黑却透亮的双眼，他不知怎的就鬼迷心窍，或许他心火情愫从未燃烧，第一次点燃就让他受不了，他回答的是："没有。"

许微就这么成为了他的女朋友。

跟她分别，回到宿舍，躺在床上，他久久难以入睡，难以置信刚才发生的一切，他们就此有了关联，巨大的欣喜冲淡了所有不安和忧虑，他第一次知道原来人可以这么开心，宿舍里拉着深色窗帘，没有镜子，他看不见他相由心生露出的灿烂笑容，和他眼里亮晶晶的光芒。

那个冬天他前所未有地温暖，因为许微要留在学校，他也没回家，虽然他知道家里很需要他，他还是骗红萼说学校有事回不去，红萼和冯凤都毫无怀疑地相信他，只有崔昌一针见血地质疑他是交女朋友了。红萼来电话问他，他很害羞地没有否认，红萼很兴奋，问什么时候可能见嫂子，崔尊含糊地说等有机会吧。他能感觉到，许微对亲情很淡薄，她并不想跟他的家人走近，何况以他们相处时长来看还为时过早。

知道他谈恋爱以后，红萼也很懂事，家里的事情尽量不打扰他，但还是难免有她无法忍受的时候。崔昌殴打冯凤的时候，她还是无法保持冷静，而她能做的，除了螳臂当车般地阻止，就是求助于崔尊。

崔尊除了上课和睡觉其他时间全部跟许微在一起，他接到电话的时候，许微永远在旁边。他也曾以"家里有点急事"回去过两趟，其实他也帮不上什么忙，因为他答应他妈妈的永不动手，可惜有时暴力只有暴力能解决，他只能和红萼一起于事无补地劝阻，更多的意义可能是给红萼心理安慰和支撑。但是从第三次开始，他发现许微看他的眼神充满怀疑："你家又出事了？到底什么事？"

他别开眼，努力控制眼神不流露关切而急乱的心情，把表情调整为轻松愉悦，假装电话那头一片风平浪静，自问自答地聊了几句家常，最后总结一句我有时间就回去，便在那边崔红萼焦急的、恳求的"哥""哥"的呼唤声里，匆匆挂断了电话。

他扭过头，对许微说着自己都不齿的谎言："没什么，前几天是我阿姨身体不舒服，现在已经好了。"

他都不相信他居然这么有表演天赋，可能是人为了非常想要的东西会迸发出自己都不知道的潜能吧，他的神态语气全都滴水不漏，许微那么细致敏锐的人，居然也没有起疑。

五十四

说来别人可能不信，他对许微的爱慕非常单纯，没有欲望，更没有图谋，只要跟她待在一起，便是求之不得的满足。

他们绝大多数时间都在图书馆学习，准确说是他以探讨为名辅导她，当然也会去做些情侣该做的事，诸如吃饭、逛街、看电影。许微是个非常要强的人，一点儿都不肯在钱上占他便宜，凡事都要AA，虽然他们两家的经济水平相差甚远，在崔尊眼里这自然也是她可爱的地方，所以他们常去的餐馆都很平价。至于衣服，她购买风格是干脆利落，只去便宜实惠的门店，按需选完买完就走，从不反复挑选货比三家。许微不太喜欢打扮，因为她知道自己长得不太好看，更因为她认为有能力的人不应该花时间打扮，除非其能力是卖脸。她从不费心装扮，一直都是偏中性的风格。

对于看电影，许微态度复杂。她主观有些排斥文学、影视类的东西，更愿意把时间花在学习上，想成为心无旁骛、一心研学的高才生。但是坐到电影院里，她又会无比代入，随着剧中人物牵动情绪，做出很多感性的事情。

比如，某次他们看了部反映人性题材的灾难片，里面有个情节，是两个男人在一条孤舟之上，他们本是肝胆相照的朋友，但不幸遇到暴风雪之类的极寒天气，两人只带了一件羽绒服，他们便争抢起来。其中一人为了活命，把他的挚友推下船，穿上那件羽绒服，看着朋友在冰冷的海水里冻成冰块。

电影到这里只演了三分之一。许微却当场转过头看着崔尊，字字清晰地问他："如果我和你遇到那种情况，你会把羽绒服给我穿吗？"

崔尊转过来看着她，眼里满是温柔，他说："当然会。"这事他没有说谎，他对她除了家里的事情再没说过谎。不管如何情况，他都肯定会优先保障别人的生存，这是医者的职责，何况她是女士本就该优先，何况她是他最爱的人。

但是许微没有丝毫感动之意，她半边侧脸被投影屏的光亮映上白光，眼里水波渐起，有种清冷、幻灭的感觉，她薄唇微启，声音堵塞，喉中仿佛被塞了东西："你是不是觉得我很矫情？"

说着，她直接拎包站起，头也不回地穿过一排观众席，走下台阶，走出放映厅。

崔尊连忙收拾东西去追她，他跑出放映厅，突然增强的灯光照得双眼刺痛，还好影院的通道很长，许微走得虽快也还没到出口。他看到她的背影，她在抬胳膊用手抹眼泪。

他追上去，试探地轻轻喊了声："微微……"

许微瞥见他，眼里还带着泪，泪水一般都是脆弱的，但她的眼泪给人的感觉是狠，因为她泪腺流出的，除了少数痛苦和伤悲，绝大多数都是压抑和仇恨。

许微咬牙道:"你还来找我做什么?你们北大那么多才貌双全的女生,你为什么偏偏找上我?我长得丑,成绩又差,你喜欢我什么?你是戏弄我做不出你们信手拈来的题,还是可怜我有个只会打人的爹?养成游戏好玩吗?你以为你是什么拯救者吗?你以为到了那一步,我会稀罕你的施舍?我宁愿冻死都不会穿你让给我的衣服!我知道你就是看不起我!你们都看不起我!看不起我就算了,干吗要来招惹我、欺负我……"

她泪如泉涌,满脸是水痕,哭得上气不接下气,气得浑身都在发抖,这些话她几乎每个礼拜都会说一遍,崔尊已经不知道该怎么哄她,他只能伸出手臂,将她抱在怀中,许微很喜欢这么被拥抱:"是我不好,都是我的错,都是我的错……"

旁边的影厅散场,里面观众走出来,抱怨着电影的单调乏味,看见他们哭泣拉扯,似乎又是一场好戏。许微意识到有人在看,甩开崔尊恶狠狠地瞪了他们一眼,吓得某个刚准备掏手机拍照的中年妇女一哆嗦。

许微转过身快步跑出去,崔尊赔礼般朝中年妇女等人笑了一下,再度去追赶许微的脚步。

他们就这样别扭地过着,虽然许微在崔尊帮助下日渐提升到班级中等水平,但她的自卑没有丝毫改善,因为她的成绩在北大什么都不算。

大三,他们结束在北大本部的生活,崔尊去了北大医学部,许微去了北工大。他们的关系当然没有就此终结,周末、节假日,他每天都去北工大和她在一起。

大三的寒假,许微提出跟他开房。

因为她认为两个人都不小了,该做那件事了,而且她在这方面是个正常的女人,身体一直给她发送信号,类似于饿了要吃、渴了要喝、困了要睡觉一般的需要。截至那时,他们的亲密程度仅限于拥抱和牵手,甚至吻都没有接过。

崔尊很紧张,说来可笑,他从来没想过这件事,因为他父亲是个强奸犯,他总觉得这事对女孩是种伤害。甚至许微主动提出,他还数度推辞。许微生气，质疑他瞧不起她，嫌她长得不好、成绩不好，他才不能再推脱。

　　酒店里坦诚相见，他不敢看她的身体，完全在她的主导下行动。他们两个人都毫无经验，不过这个时代多少都能无师自通一点。

　　但是，她把他拉到她身上、让他用力、他照做的时候，她突然叫了一声，随后重重将他推开。

　　疼。

　　可能是小时候疼多了，她对疼痛比常人更敏感。

　　她从网上学了很多方法，做前戏、垫枕头、润滑油，都没用。

　　他一施力，她就不由自主地尖叫，把他一把推开。

　　崔尊很心疼她，就说："以后再说吧，这个事情……有没有都没关系的。"他是完全的柏拉图式恋爱主义者，只是看到她、触碰她，他已经无比内疚，准备用一生赎罪了。

　　但许微是个执拗的人，她更不能接受自己有这种"缺陷"，别人都轻而易举成功，她怎么可能轻易言弃。于是她们第四次尝试失败后，她坐在被子上，向崔尊提出："要不用麻药吧。你是医学院的，能想办法开点利多卡因出来吗？"

　　崔尊刚披上睡衣，闻言眼带震惊之色："什么？"

　　许微撩撩头发："我都查过了，网上很多人都是用利多卡因软膏做成的，只是利多卡因是处方药，市面上售卖的药来源没保障，如果从院里开更好些。"

　　崔尊坐起来，神色少见地严肃："微微，网上的信息可信度很低，就是确有其事，那也是对自己不负责的表现。利多卡因是处方药，就是因为它如果使用不当，可能有严重的后果。利多卡因过敏如果抢救不及时可致死，如果使用过量，可能眩晕、恶心、惊厥……"

　　他向来对她百依百顺，合理不合理的要求全部答允，这是好像他第一次反驳。许微居然也没有生气，反而觉得他展现专业知识比迎合讨好她有魅力，只是说道："利多卡因可以使用于生殖器官的手术，怎么到这件事就不成了？过敏的话，可以皮试。过量有风险，就控制在适量。"

崔尊坚持道："很多风险是不可预测的，我不能让你冒这种不必要的风险。所有药物都只应该在必要时使用。麻醉又是很特殊的药物，让一个人失去痛觉和知觉是很严肃、很危险的，如果仅仅为了那件事，我不能同意你采取这种方式，我也不能接受非医学需要地使用麻醉。"那时他绝对不会想到，七年后他亲手欲将致死量的麻药注入一个素不相识之人的身体。但从客观上说，那么多过量即可致命的药物，他会选择麻醉药，就是想打碎说这段话的自己。

许微听他说着，看着的他眼里罕见地亮起光，她倾身上前，抱住他的脖子，额头抵上他的额头，低声道："那就再试试。"

说着，她就那么抱着他仰倒在床，把他扣在自己身上。

那回他们做到了。

后来，他们又做过很多次。从第三次开始，许微的痛感完全消失，快感无与伦比，她拥抱着他，想到一部电影的名字，《踏血寻梅》。不过她当然不会说出来，以免诱导他犯罪。而崔尊，他生理上当然也难免有快意，但精神上永远只有煎熬，他要怎么坦白，这件事对他的罪恶意义。

年复一年，许微大四面临毕业。这一年，在他们两人都竭尽全力的情况下，她考上研究生，专业还是她的"给排水科学与工程"，成为了心心念念、名正言顺的北大学子。

查到录取结果那一刻，许微直接蹦起来，然后又哭又笑，到后来喉咙都哑了，头发也乱了，散下的发丝间眼神如两道极光，面带红光的脸上满是黏稠泪水，崔尊从来没见她那样，他甚至没有见过任何一个人那样，好像走了好远好远的路，受了好多好多的苦，终于在某个被她无限放大的方面，让自己觉得满意。

她一直想考上北大，她固执地认为这证明她变强大，就再没人能欺负她。但是傻孩子啊，那些人对她不好，根本与学历无关。在那种原始丛林般用拳头说话的家族中，名校的毕业证远没有一身腱子肉管用。

同年，崔尊开始下临床实习，他们在她学校旁边租了房子同居，他早出晚归地和她共同生活。

绝大多数家务都是他做，他会做一手好菜，而她连个泡面都煮不好。而且他非常愿意照顾她，甘之如饴。只有一回他值完班回到家，她在厨房用砂锅煮粥，他感到无比感动和满足。

他冲过澡换衣服的时候，她站在灶台边，关掉火，用抹布垫着端起锅，随后把它扔出去，整只锅落地，大块瓷片反弹的高度逼近她的腰部，她身下仿佛开出巨浪，瓷片溅得到处都是，旁边他清洗过的一些蔬菜和水果都被波及不能要了。地面上瓷片混合着白米粥，碎块稀汤，不堪入目。

崔尊听到"咣当"一声响，他一面把胳膊套进家居服的袖子，一面跑去厨房看，只见许微站在一片狼藉中，嘴角下垂、面无表情地看着他，眼睛里带着不经意流出的雪亮怨恨。

"微微，你没事吧？有没有伤到？来，咱们先出来，小心脚下啊。"他赶紧过去，拉着她的胳膊，注意着力度，轻轻把她拉出灾难现场般的厨房，在餐厅里简单查看了一下她。还好锅着地的位置离她的脚有一定距离，没有砸伤，因为是秋天她穿着长袖长裤，虽有一些瓷片和粥汁溅到她身上，却也没有刮伤或烫伤。

崔尊见她没受伤，松了口气，仔细拂去她衣服上残存的碎屑，大致清理过以后，抬起头温柔地看着她，柔声道："微微，你先去换身衣服，休息一会儿，这里我来收拾，你想吃什么，我去做。"

许微没动，全程神色冷淡如审视："锅太烫了，没拿住。"

崔尊应着："是的，那个锅是很不方便，把手没有隔热处理，是我买得不好。微微，都是我不好，没有照顾好你，以后做饭这种事都是我来做。"

许微又来了脾气，使劲一扭肩膀甩开他转过身："你什么意思？讽刺说我笨手笨脚，不会做饭做家务，没自理能力吗？"

崔尊从她身后轻轻抱住她，她向来喜欢他这么拥抱她，她的长发味道清凉到刺鼻，她一直用薄荷的洗发水："微微，我没有那个意思。我只是觉得，你上学已经很辛苦，回家应该多休闲和放松，而且我很喜欢做这些生活上的事情。我知道你很有能力，你做得比我好得多。"

许微又甩开他，尖锐地说："我研究生学业重，你实习医师的工作量轻吗？我这粥水多得像米汤，而你会做佛跳墙。你拿我当傻子敷衍吗？"

崔尊再度抱住她，只有一遍遍道歉、顺着她说："不是，不是，微微，都是我不对，都是我的错……"

他又哄了许久，她才勉强安静下来，回屋换衣服，她走进房间之前，崔尊依稀听见她说了句："我是想帮你啊……"语带哭腔。

崔尊又跟过去，无限温柔地感动道谢道歉反省，许微根本不理他。

这个锅碎后，她整整一个月没怎么跟他说话，他日复一日的无微不至，她才渐渐平复，心平气和地对待他。

她逐渐能独立完成学业，不再需要他帮助，硕士毕业设计和论文也做得很漂亮。后来她又考了博，毕业前跟某国企设计院签下三方合同。穿着镶红边的博士学位服毕业那天，她终于自认成了和他平等的存在。

他们一直住在一起，早已跟夫妻没什么两样，除了那张纸。崔尊一直希望能跟她结婚，虽然他不是封建的人，但总觉得那样才是给他们的关系一个交代。

博士毕业这一年，二十七岁的她终于同意跟他结婚。

五十五

虽说到了谈婚论嫁这一步，双方家人本是不可避免应该见面的。但是许微根本不想让崔尊见她父母，她也不把他们当作父母，一直没有跟他们和解，也没有回过家，始终拉黑着他们的电话。她父亲老了，老人的态度总是容易软化。她母亲数次换新号码打电话给她，哭着跟她道歉，诉说生她养她多么不容易，许微见一个号拉黑一个。她母亲逢人就哭诉女儿不孝顺，没良心，白眼狼，辛辛苦苦养大她，她居然不认爸妈。

许微对崔尊家人也没什么兴趣，已知他母亲早逝，父亲再婚跟他关系也不亲近，不是很有见面的必要。不过她能从只言片语间感觉到，崔尊对他那个妹妹很有感情，这应该算是他比较重要的亲人。而算起来，这一年他妹妹刚好十八岁参加高考，她就主动跟他提出："我们一起去送你妹妹进考场吧。"

崔尊当然赞同，他等她同意进展已经等了很久，何况这也是他一直想做的事情。

他们都觉得高考是件很重要的事情，重要到可以改变命运，那么他作为哥哥，自然应该陪伴红萼走上这命运的舞台，虽然他亏欠她已经太多。

他事先询问崔红萼的意见，崔红萼知道这意味着许微终于答应跟他成家，也很替他高兴，当然不会拒绝。

6月7号，崔尊和许微都请了假，起得很早，穿着打扮一番，虽没有都穿一身"开门红"，却也都收拾得清爽干净，崔尊一直是个很清秀文雅的男子，许微褪去自卑和阴戾变得自信以后，也变得亮眼了很多。

那天天气炎热，阳光明媚，就像个普通的晴朗夏日。

崔家到考场大概需要十分钟，九点钟开考，八点十五进考场，八点钟他们准时到达崔家楼下，许微在怀旧自己当年高考的情景，没注意旁边崔尊的心神不宁。

昨晚他打电话给崔昌，跟他说自己和女朋友要来送红萼高考。他本来也不想打这个电话，只是担心崔昌也要送红萼，双方遇到，崔昌说出什么不得体的话。

没想到崔昌非常反对，理由是他们来很有可能让红萼分心，这么重大的考试，不要有任何影响情绪的状况。崔尊没办法说服他，也开不了口回绝许微，只能强硬地扔下一句：已经跟红萼沟通过，她很愿意我们送考，我们肯定会去，如果你执意闹得不痛快，就是你影响红萼高考。

他只能赌崔昌那么在意这场考试，不可能因一时情绪当场发作。

事实证明，他赌的还是对的，他们在楼下等了两分钟，就看到崔红萼跟父母一起从楼里出来。宽大的玻璃自动双开门，能同时容纳五个人并肩同行，他们三个人也没分什么先后顺序，崔红萼在中间，右手拉着冯凤的左手走出来。崔昌是苦出身，不讲究穿，平时都衣着简单随意，今天特意穿了西装，意气风发，挺拔轩昂。红萼穿着校服，柔软的头发梳起来，空着的左手里拿着透明的笔袋，淑女而乖巧。冯凤也穿着款式颜色都很正式的裙子，但价值不菲的衣裙在她身上仍显出是朴素笨拙农村妇女粗布围裙的效果。她缩着脑袋，跟在女儿旁边。

崔红萼看到崔尊和许微，便笑着朝他们问好，唇红齿白，模样娟好："哥你好，许微姐好，谢谢你们来送我。"她面对许微，似乎还有些紧张。红萼就是这样，虽然知道哥哥就是为这个女人一定程度上抛弃了自己和妈妈，那一刻她还是只怕自己表现不佳，影响这个未来嫂子对哥哥的印象。

崔尊给许微介绍红萼，许微只是在旁边敷衍地点点头，崔尊走到红萼身前，关切又小心地说着："红萼，对不起，哥哥来晚了。你什么都别想，坐在那里做题就好，以你的实力肯定没问题的。"

许微不知道他说的来晚了是什么意思，他们不是还提前了两分钟吗？

崔昌已经听不下去，他目视前方，看都没看崔尊，淡淡地说："想让她静下心，就少说两句吧。"

崔尊很克制地看了他一眼，自从他母亲去世，他就无法正视这个父亲，今天只是碍于红萼高考且许微在场，他勉强退后两步，朝许微介绍他们："微微，这是我父亲，这是我阿姨。"又对他们介绍许微，"这是我的女朋友，许微。"

崔昌看了许微一眼，他跟崔尊差不多高，看向许微的眼神是俯视，让她很不舒服。显然他满心都是崔红萼的高考，对许微只是一扫而过，比许微回应红萼还敷衍了事地点点头。冯凤则是动都不敢动，生怕自己又出错误，面对继子的女朋友对她来讲是件非常困难的事情，她干脆松开女儿的手，彻底躲到女儿背后去了。

许微看了冯凤几眼，就完全洞悉那逃避的原因，那是恐惧。没人比儿时的她能了解恐惧。

她充满怀疑地看向崔尊。崔尊瞬间预感不好。崔红萼也注意到这个眼神，跟着紧张起来。

事实上，冯凤确实是常年处于恐惧中，今天早上情况还有点特殊，因为她下楼前刚被崔昌训斥了几句——因为她想像往常一样，早上出门时顺手把家里的垃圾带下来扔掉，所以崔昌和崔红萼都基本换好鞋了（崔红萼注意到妈妈没来，特意等她，故意拖延地没穿第二只鞋），她还收拾厨房、厕所等屋的垃圾桶，崔昌只是说了她一句"不分主次"，她顿时吓得六神无主，半天缓不过来。当然他已经是照顾崔红萼的考试情绪，否则按他的脾气早已动手。

他们五个人虽然各怀心事，表面还算和谐，就一行人往小区门口走。学校离得近，步行过去即可。

走路的顺序，则变成崔昌和崔红萼在最前面，崔尊和许微在中间，冯凤跟在后面。许微几次回头看冯凤，冯凤均有受惊的迹象。

过马路，人行道前等红灯，崔红萼显而易见地紧张，她扣紧怀里的文具袋，阳光映在她脸上，珍珠般的光晕。崔尊看着，心中感慨又酸涩，正想说句什么宽慰鼓励的话，崔昌突然朝她手中的文具袋伸出手，说着："我再检查一遍考试用具和证件。"

崔红萼遂拿给他，他接过打开查看，整个过程并无异样，再正常不过的父亲的心。崔尊也关注着那个透明文具袋里的东西是否齐全。

但是，崔昌伸出手的瞬间，站在最旁边的冯凤，剧烈地缩了一下。

红绿灯前车来车往，阳光刺眼，崔昌专注于文具袋，没留意冯凤的反应。只有他没留意，除了他以外在场三个人都瞬间变了脸色。

这个近乎本能的肢体反应意味着什么，许微再清楚不过了。她环视一周，看着崔昌高大的身躯，冯凤颤抖的肩膀，崔尊眼里的解释，崔红萼眉间的忐忑，她已经确定，崔昌绝对打过冯凤，并且他的子女都知道。

那一刻，她没有任何兴趣再陪他们一家站在这里等红灯、送他妹妹去考场，她直接转过身，朝来路也就是崔家的相反方向走去。

崔尊眼里有种崩塌般的情绪，崔红萼的思绪也乱作一团，红灯终于变绿，崔昌也检查完毕，他拉上密封条，把袋子还给崔红萼，红萼居然看着远方没注意接。他顺着她的视线看去，发现端倪，根本没想许微离开的原因，只觉得这个女人非常不懂事，他强压着语气催促女儿："红萼，该走了。"

崔红萼接过考试袋，脚却没动，她看着许微的背影头也不回地越走越远，转过脸焦急担忧又为难地看着崔尊。崔尊似乎也有些想追过去，但他终究没有，而是看着红萼，努力展眉柔声笑道："没事，没事，红萼，许微姐姐只是临时有点事，咱们先去考试，她让我跟你说加油呢，你好好考试就好，没事的。"

崔红萼虽然在劝说中走向考场，但她的心再也无法平静。她心理素质本来就不太好，模拟考试前夜崔昌对冯凤发脾气，只是摔了个杯子并没动手，她就被影响得少考了三十分左右，搞得崔昌后来也是小心翼翼，生怕刺激她的情绪。而崔尊高考前夕，他还因为冯凤做了比较油腻的食物直接打了她，两个孩子在旁边拦得浑身是汗，也并没有影响考上北医。

高考当天，虽然表面风平浪静，实则居然出了这样的剧变。考场上红萼也无数次告诫自己专心、沉住气，不管什么事考完再说，但她看着题目，许微的背影时不时就会闪过脑海。她知道哥哥是多么喜欢这个姐姐，喜欢那么多年，如果因为送自己高考间接导致他们产生隔阂，那该怎么办啊……而且姐姐离开得很决绝，看上去不像会回来……

这个问题比卷子所有题目都无解。

崔昌、崔尊和冯凤都没有离开考场门口，他们一直等在那里，崔昌满心在想题目难不难，冯凤不停地心惊胆战，害怕她是不是做错了什么事，她当然没有做错什么。

而崔尊，他一直在给许微发消息打电话，结果是——他已经被拉黑。

这些年他跟许微从未吵过架，除了利多卡因从未有争执，这种情况第一次出现，就是她的底线。

他确实慌了，但他必须等在这里。

十一点半，红萼考完出来，神情恍惚。崔昌没有问任何考试情况，考一门忘一门，这时候问是最愚蠢的。他已经从先出来的同学嘴里听见作文题目，不是崔红萼擅长的题材，他心里很担忧，表面也没有丝毫表现，还安慰了她几句："考过了就算了，本来咱们的强项就在数学和英语,接下来正常发挥就行。"

崔尊好像是生平第一次跟崔昌站在一边,说着差不多的话。

红萼听话地点头应着,回家的路上,她小声问崔尊:"哥,许微姐还好吗?她跟你联系了吗?"

崔尊愣了下,继续撒谎:"联系了,她很好,你别担心,就是哥哥跟你说的,她就是工作上临时有点事,你中午吃了饭好好休息。"

他神色和语气都温柔又耐心,但红萼还是看出来不对劲,却也不便再问。

下午,又陪红萼考完数学,吃过晚饭,他终于离开崔家,一路堪称归心似箭,回到出租屋,果不其然,家里已经没有许微的任何物品。

他在她公司楼下等,等到六点多,天色转阴,下起小雨,淅淅沥沥,丝丝缕缕,他衬衫湿了一半,终于看到她下班走出来。

许微看到他也并不意外,她早知道他会在这里等,直接准备绕开。

崔尊不要尊严地迎过去,挡在她面前,不让她走,语气已带哀求:"微微,请你听我解释一下好吗?"

他额前脸上有些雨水,很憔悴,很狼狈。

许微也干脆停下来,盯着他的眼睛,问了他九年前,他表白后问过的那个问题:"我再问你一遍,你爸有没有打过你后妈?"

崔尊脸上露出她从没见过的痛苦之色,他已经不能再隐瞒,终于是点了点头。

他眉间的雨水滴了下来。

"啪"的一声,许微直接利落地扇了他一个耳光。她看到他的眼里,是久违的、雪亮的、充满恨意的光芒。

崔尊脸被打偏过去,半边脸都红了起来,他也不去捂,就那么侧着脸近乎屈辱地说:"是我错了,我不是故意要骗你,我只是……"

许微道:"只是什么?只是想跟我在一起?你明知道我不可能接受你!"

她一眼都不想看见他,转身又掠过他走开,她动作很用力,姿态也很坚决。崔尊再次祈求般地追到她面前,近乎哀求地说:"微微,看在我们这么多年感情……"

许微道:"别跟我提这么多年感情,这都是建立在你的谎言之上,是我被你骗了这么多年!"她情绪逐渐激动,眼眶也慢慢变红。

崔尊看她这样,更是心如刀割,眼里也是一片模糊:"对不起,这件事我是骗了你,但我爱你决不是骗你,我爱你绝对不是骗你,请你相信我,我爱你……"

他试着抱她,被许微狠狠推开。

崔尊从小就是很聪明的学生,能做出无数书本上的难题,可怎么生活里关键的问题,他没有一个能处理!他看着许微的脸庞,仿佛她即刻便要离去,他别无办法,只能哀求:"微微,我错了,我对不起你,但是我发誓我跟他不一样,我们相处这么长时间,你还不了解我吗?我永远都绝对不会对你动粗的。我发誓我以后再也不会骗你,什么都告诉你,求你给我一个机会……"

许微盯着他的眼睛,终于停下来,道:"你把你家里的情况原本详细地告诉我,不得再有半点隐瞒。"

这似乎代表她的态度有所松动。

崔尊点头,到这个地步,她说什么他都会答应,她还愿意跟他说话,他就已经感激不尽。她对待她亲生父母的决绝,他是看在眼里的。

他说了,他什么都说了。他说了他的生母婚后的遭遇,说了那场噩梦般的病,说了他求遍所有人却求不来的医药费,说了母亲消瘦后更加明显的酒窝,说了母亲临终时他的承诺,说了冯凤到来的过程,说了他第一次见她就劝她走,她却只能流着泪把他拥入怀中,说了他跟红尊想过多少办法劝崔昌停手和劝冯凤离开,说了崔昌一句句"她不需尊重,地位卑贱",说了那个言辞刻薄的心理医生……

他全都说了,完完整整,事无巨细,毫无保留。

说了整整一个半小时,直说得一年里白昼最长的时期,天完全黑透,只有雨点还在掉下来。

他讲的整个过程,许微都没说话,黑暗里,他看不清她的神色,只能听着她的呼吸声,很重。

许微心里不相信她所听到的。她相信会有人能看着自己的结发妻子病故不肯出医药费，但不相信两个长期被虐待的女人都还保留着善良的心和温柔的性格，不相信她们的孩子还会是善类。

他结束后，她才开口，声音和黑夜混在一起，悠悠传来："所以你才找我，是吗？你爸专找没学历的女人，便于奴役拿捏，大一的时候，你在全校的天之骄女中独独选我这个'双培'生，就是这个原因吗？"

崔尊急切地说："当然不是，我是因为……欣赏你，从我看到你把钥匙扔进湖里的那一瞬间，我就爱你，跟你是什么学历完全没有关系。"

许微冷笑："你欣赏我什么？因为我跟你都有个暴力的父亲，所以你看我觉得亲切吗？"她的语气逐渐激动，唇齿间咬字愈发用力。

崔尊道："不是，不是的。"他从来没有剖析过爱慕她的原因，短时间内想证明他喜欢她不是因为这个她拼命想摆脱的阴影很有难度，因为摘除所有的修饰和文学表达，这就是最直接的原因。

换言之，如果许微出身幸福的家庭，如果他那天下课，看到的是她站在路边，给她家里打电话，神态自然、话语流畅地说这件事："倒霉，钥匙丢了，要工人换锁了，明天回家的时候得你们帮我开门。"父母笑着埋怨她："你这孩子就是粗心。"她则半道歉半撒娇地说："下回注意嘛。"

他肯定不会爱上她的。

他们相似的家境，是他爱慕她的基础，也是她排斥他的鸿沟。

深层次的解释大概就是，家暴是把快乐建立在别人的痛苦之上，有些女孩愿意被建立，而许微不愿意。

崔尊的母亲、红尊的母亲都属于前者，她们善良、包容、忍耐、柔软，宁人负我，亦不负人。但是他潜意识里，并不希望女孩子忍受。所以，他才会那么喜欢许微，哪怕这段爱情是一场得到远少于付出的苦旅。

这也注定她肯定不会原谅他，她不是会原谅人的人。

许微一字一句地说："崔尊，从现在开始，我跟你没有任何关系。"

其实她让他讲他的家庭，并不是想要给他机会原谅他，她只是想听到自己被瞒了这么多年背后的真相。真正的原谅是没有条件的，有条件的都是威胁。

崔尊如蒙重击,哽在原地,痛彻心扉,不仅仅是因为分手。他声音沙哑成一条线,就像是多年努力撑起巨石,让光透进来的缝隙:"微微,我跟他不一样。"

许微看着他的眼睛,她的眼里是同初见时一样的、脆弱又倔强的光亮:"先天,你血脉相连;后天,你耳濡目染,你怎么不一样?家暴的本质是自私,把自己的快乐建立于他人的痛苦,把自己的舒适凌驾于他人的尊严。你明知道我最在意的是什么,还执意欺骗我,骗取我这么多年的光阴和感情,并且为了骗我,把活在水深火热之中的继母和妹妹弃之不顾,这就足以证明你跟他是一样的人。"

她的话就像一下下凿击,砸碎他苦苦支撑巨石的臂膀,他虽然还是站着,实质上已经颓然倒下,轰然崩塌。从小到大,这么多年,他是真的竭尽全力想要做个好人,结果却被他最爱的人全盘否定,最可悲的是,他居然也认为她说得很有道理。

他是个比家暴男更龌龊的人渣。

她没有再看他一眼,转身离开了,这回,他没有去追。

他已经被压得不能动弹,对所有事物的追求都已经封死。

他在细雨中站了很久,意识逐渐恢复,想起还有红萼的事。高考还没结束,他必须让她安下心来,不能让她多心,影响了她整个人生。

五十六

他匆匆回出租屋洗了把脸,许微虽然使劲了,但她本身力气不大,他的脸过了一夜便了无痕迹。他又赶去崔家接红萼,陪她走完接下来的考试。

他一直强颜欢笑,状态不佳连崔昌都看出来了,何况心思本就细腻的红萼。

红萼在难以抑制的担忧和胡思乱想里结束了为期三天的考试。最后一科生物考完,回家对答案结合以往赋分情况估分,结果居然只有五百九十分。红萼平时虽然不如崔尊当年,至少也有六百五十多,她的理想院校原本是北师大，现在很显然只能S师大见。

崔昌怒不可遏，当时便开始砸家里的东西，崔尊怕他伤害崔红萼，一直有意挡在他与红萼之间。崔红萼本人倒是没有躲，她已经哭得泣不成声。这个结果，她比谁都难过，没有人知道，她有多么努力。除了她本身就是个文静听话的好孩子，平时除了学习也没有别的事做，还因为一种很朴素的情感——哥哥是北大的博士，她也不能太差。在考场上，她已经很努力去专心，已经很尽力控制思绪。

其实凭崔尊的力气拦不住崔昌，但是崔昌根本就没有要对红萼动手的意思。他推开拉着他的崔尊，愤怒地指责他和许微不该来，他就不该找许微这个女朋友。虽然他只见过许微一面，以当时的情景和之前的种种，已能感觉到崔尊唯许微马首是瞻，事事不敢忤逆她，他不知道这种女朋友找来做什么。若干年后，红萼的亲人只有崔尊这个哥哥，有个许微这样的嫂子，红萼遇到困难，崔尊怎么帮助她？就算是婚恋自由，随他自愿，为什么要掺和红萼的高考，害她多年努力付诸东流？

自从崔尊进入大学（交往许微），基本上就跟家里渐行渐远，这几年他跟崔昌的唯一瓜葛就是用父亲的卡帮无力支付医药费的重症患者付救命钱。他是什么用意，崔昌当然一清二楚，只是公司事务繁多，家里红萼小升初又中高考，懒得搭理崔尊而已。

崔尊没有反驳，他根本没有力气再做任何反驳。他也认为他害了红萼，他也认为他不该找许微，他从来都配不上许微，配不上任何人。端正的皮囊、高知的学历、神圣的白衣……都无法粉饰他本质的龌龊和下流。

红萼擦着泪水，低声说："不关哥的事，是我学艺不精，是我自己的问题。"

冯凤也在一边痛哭流涕："都怨我，都怨我，是我不该收拾垃圾。"她根本没有看到后续的风波，还沉浸在那"不分主次"的过错里。

这样悲哀又无奈的局面，崔尊连说一句自我谴责的话都没有力气，他捂住脸，靠在墙边。

崔昌烦躁不已，径直走回书房摔上门独自气闷，留下他们母子三人相顾沉默。

其实崔昌才是他们家一切悲剧的根源,甚至包括许微看出端倪这件事,根本原因和直接原因都是他作的恶。但是崔尊已经认定他跟崔昌是同等的罪责,陷入无边的黑夜。其实他本来也没有见过光明。

他对许微的爱情,其实也只是单方面自燃而已。

他和许微分手以后,还有个很狗尾的后续。

许微的爸妈,尤其是母亲,退休以后终日无事,把心思都放在许微身上,不知道从哪里打听到她有崔尊这么个男朋友,后来又不知道如何得知他们分手的消息,许母立即带着一堆七大姑八大姨杀到北医C院,瘸腿的大伯母也在其中,一行人怒气冲冲,杀气腾腾,浩浩荡荡,进医院大门就引起保安警觉,怀疑是来医闹的。

保安还没上前询问,许母就声音高昂、表情扭曲地叫出来意——你们这儿有个叫崔尊的医生道德败坏,跟我女儿谈了九年说分就分,一点儿责任心都没有,欺骗我女儿青春!

许家的众亲戚纷纷帮腔,他们根本不知道详情,在他们看来,分手离婚肯定是女人吃亏,男人对女人最大的伤害就是抛弃她,家暴是随意的,离婚是没门的。女儿被女婿打了,娘家人只会说以后注意点别惹他;女儿被女婿甩了,全家人都得上阵收拾他。

他们当然不知道分手是许微提的,而且确实是缘于崔尊"欺骗"她,但是他们还是口口声声说崔尊"骗"了她,因为他们管这种没修成正果的恋爱关系统称"被骗了"。

一帮亲戚就这么在医院大厅闹开了,路人纷纷围观拍照,当天崔尊刚好出门诊,很快被叫过来。许微妈一看见他就冲上去张牙舞爪地挠他脸,其他亲戚也扑过去七脚八拳群殴他,崔尊全程只是遮掩、道歉,没有辩解一句,更没还一下手,只是说,阿姨,我们出去说,不要影响其他患者就诊。

旁边的患者都忙着看好戏,许微妈边揍他边尖叫,就要在这里让别人好好看看,你穿得人模人样,是个什么狗东西!

院方当然要维持秩序,保卫处集体出动拉这群大妈,结果几个大妈一屁股坐地上，仰天长啸，没道理啊，我们家闺女被骗了这么多年，受这么大委屈，单位助纣为虐偏袒男的，还有没有人管啊！许微姨妈还原地躺下，捂着心口喊叫她有心脏病，刚才被保安拉了一把，心脏不舒服了，这下没人敢过去了，只能报警。

其实崔尊一直说不报警，但是院方当然不可能听他的。

警察到场时，许微妈和其余几个亲戚还在殴打辱骂崔尊，崔尊满脸挂彩，没有丝毫还击。严格地说，这还是他长这么大第二次被人打。

众大妈和崔尊都被带到派出所，警察也给许微打了个电话说明情况，让她过来一趟，许微妈还跟警察抢电话，对着话筒喊"微微，微微，妈妈给你撑腰，给你出气了"云云，正在工地戴着安全帽忙于图纸和工程进度的许微只觉得无比恶心，表示他们两边都跟她没有关系，遂挂断电话。

许微妈瞬间变成霜打的茄子，也没兴趣管崔尊了，坐在地上大哭起来——这个没良心的，我都是为她好啊，她还不领情，我怎么生了这么个白眼狼，我的命怎么这么苦啊……

崔尊过去扶她，被许母狠狠甩开：滚！谁要你扶！都是你撺掇得我闺女跟我生分的，没你她能这么对我吗！你算什么东西骗我的女儿！没妈的东西！活该你妈短命！

五十五岁的许微妈妈，尖嘴瘦腮，皱纹深深，满眼仇恨，眉毛倒拧，龇牙咧嘴，朝一个自幼丧母的人说着对他而言最恶毒的话。

崔尊闻言背过身去，没有回话，事实上这几年，他一直把许微妈妈当作自己母亲，礼敬有加，日常关心问候，逢年过节探望，数次劝许微跟母亲和解，因此都被许微训斥甚至以分手警告。而许微妈一开始也对他笑脸相迎，希望通过他恢复跟女儿的联系，后来发现这个准女婿很好说话，而女儿根本不为他所动，便拉下嘴角昂起脸，时常便说一句，我们微微找你这样的实在是便宜你了。

警察调解了几句，大妈们相互扶持着、你一言我一语地骂着许微和崔尊走出派出所，事情才告一段落。

虽然在法律上崔尊并无责任，但院里还是以男女关系处理不当做出记过处分，取消五年内申请副高资格。

从始至终，崔尊都没有任何一个瞬间责怪过许微，相反，他觉得许微有那样一个家庭，实在太不容易。她的敏感、偏激，他也都能理解了。

她离开后，他每天晚上都睡沙发，一觉起来，还总是习惯性轻手轻脚地到厨房做双人的早餐，然后轻轻去敲卧室的门，像以前一样叫她起床，看到卧室已经空空荡荡。

他又一次失去了自己的挚爱，他蹲在床边痛哭流涕，不知不觉胳膊趴在床上，脑袋枕在臂弯里，好像又看到妈妈的容颜。

她朝他微笑着，还是健康年轻时的模样，银盘般的圆脸，两个酒窝温暖而甜蜜。

妈妈，你在那边还好吗？我都按你说的做了。我对阿姨礼貌，我照顾妹妹，我也尽最大努力对她好……但是我骗了她，我把她蒙在鼓里，违背了她的初衷，我真的没有不尊重她的意思……我知道错了。我对不起她，对不起阿姨，对不起妹妹，对不起你。

妈妈，你能原谅我吗？我不敢求她、求阿姨、求妹妹，我只敢求你。你说过遇到难事就给你写信，这些年我写的成山海，每年清明、鬼节、你的生日和忌日都烧给你，你看到了吗？怕你担心，写的都是好消息。这一回，我是真的好想告诉你，我不是个好儿子，我做了很多错事，我活得一点都不好，我好想你。

我知道我一定让你失望了，你不原谅我也没关系，求你陪我一会儿吧，打我骂我都可以。

他哭到呛咳喘息，却见模糊泪眼里，妈妈的影子逐渐消失不见，他的目光被眼泪冲得支离破碎。

妈妈已经走了很多很多年，他也早已不是那个可以在她床边肆意哭喊的少年。

他是医生，是患者和家属的希望，他继续穿梭在狭窄的诊室、安静的手术台、人满为患的走廊。同时，他也是兄长，虽然已经生疏而尴尬，但兄妹之情其实从未减少，高考成绩出来那天，他还是提前回家，和红萼一起查询。

红萼总分数是五百九十四，比她估的高出四分。

由于已经估过分，崔昌并没有说什么，看了眼屏幕就转身出去。

红萼当然也有心理预期，看到教育考试院的页面白纸黑字地呈现出来，还是反应了一会儿，看着那些数字和上面的姓名、准考证号，直到彻底确信那属于自己。随后她平静下来，静静地看着她十二年寒窗苦读的结局。

崔尊站在旁边，只能沉默不语。

冯凤什么都不懂，她知道这个分数比女儿平时得到的低一些，却不知道相差的几十分将意味着什么，她只是躲在一边看着他们的脸色，担心着他们会不会生气。

红萼当然与北京师范大学无缘，最后报了S师范大学，第一志愿依然是她早已想好的学前教育，这个专业在S师大是以二本分数线提前批录取，她又"浪费"了几十分，不过并不重要。

她依然保持着儿时的初心——"我的梦想是当一名老师，像哥哥教我一样教其他小朋友，陪伴他们长大。"

录取通知书寄到那天，崔昌也是看了一眼就走了，以他的为人和性格，不做评价已经是最大的温柔和包容。冯凤依然战战兢兢，红萼自己拆开信封，看着她的专业那栏"学前教育"四个字，脸上还是浮现出温和的笑容。

崔尊在旁边，看到那四个字，他惭愧得无地自容，于事无补地低声说道："红萼，对不起，都是哥哥害了你。这不是你的水平。要不我们复读一年……"

崔红萼的指尖微微颤了颤，随后垂下。显然她也考虑过，崔昌更是大力主张，但她最终放弃了，她温柔地安慰他也安慰自己："不用了，哥。做老师，教孩子，在哪里都一样的。再说，只要他在家，每天都……我强迫自己学习已经到极限了，不想再坚持了。"

对绝大多数学生来说，学习本来就是痛苦的事情，何况在父亲虐待母亲的环境里坚持学习，苦上加苦，非寻常人所能承受，而红萼在这种境遇里，还维持着六百五十分左右的成绩，已经是勉强自己到无能为力了。

崔尊明白她的意思，他只觉得更心酸难受，婉言道："你可以暂时从家里搬出去，如果你愿意跟哥哥一起住就住我那里，不愿意就单独租个房子备考，或者选择住宿制的复读班。"

红萼温和而简短地说："我不能抛下我妈。"不能扔下妈妈一个人，这样爸爸欺负她的时候，连个保护她的人都没有。

崔尊道："我回家里住，我来照顾她。"他绝对没有说谎。

红萼神色很柔和地说："哥，谢谢你，但是你有自己的生活，以后还会有自己的家庭，当然你随时回这里住多久都可以，不过照顾我妈，我来就好了。"

崔尊看着她雪白细腻、还有婴儿般细小绒毛、气质却文静如画中人的侧脸，他意识到他们是真的生疏了，曾经那个喊着"哥""哥"、扑进他怀里、对他无话不谈的红萼，再也不会回来了。是他亲手推远了幼年的她，回首时她已经长这么大了。

红萼抬眸，目光澄澈地看着他，问道："哥，许微姐跟你没事吧？她终于肯来见咱们家的人，本来是件好事，结果弄成那样，我很担心影响你们的关系。我知道她对你来说非常重要，你们这么多年也很不容易。如果可以的话，你能不能再安排我们见一面，我想跟她解释一下。她好像看出爸跟妈关系不正常，但是你跟爸爸是不一样的。你很爱她，你是不会伤害她的。"

崔尊本来还在想要不要编一个"他跟许微没事"的谎话安抚她，听到那句"你跟爸爸不一样"，他的泪水瞬间夺眶而出。崔红萼惊愕而担忧地放下录取通知书去扶他："哥，你怎么了？"记忆中，这是她第一次看到他的眼泪。

崔尊强忍着脆弱，再也无法编造，答道："我们分手了。"

红萼急道："为什么？"

崔尊不愿多说，他要怎么向红萼承认他的低劣和卑微，只能回答："是我对不起她。"

红萼更着急："你做什么了？"

崔尊看着十八岁、水灵灵的她，他已经想不起来自己高考完的样子，却一直记得当时九岁的她蹦蹦跳跳地仰着头跟所有人报喜："我哥哥考上北大了——"

他没有回答，只是摇摇头，说了句："红萼，对不起。"

随后他就离开了，红萼一直在后面喊他，他也没有停留。

五十七

但是崔尊还是低估了崔红萼对这件事的重视程度，红萼无法接受他的恋情就这么告终，更无法接受他疑似伤害了一个女生，在他这里得不到答案，她便直接去了许微所在的设计院。

崔尊没有告诉过她许微的具体单位，但说过许微北大博士毕业，在国企任职地下水管道工程师，凭着这两点在网上稍微一查，就查到她的就职信息。

这天，许微下班出来，大厅里站着一个穿连衣裙的女孩，她觉得好像在哪儿见过，细看了两眼才想起，此时那女孩已经朝她走来，走姿很文静而淑女。红萼是温婉清秀、气质雅致的漂亮，不是她喜欢的类型，对她来说没什么记忆点。

许微跟高考那天没什么区别，微黑的皮肤，凛冽的眼神，挺拔而傲气的姿态。

崔红萼走到她对面，局促地拉着自己的裙子，礼貌地说："许微姐，你好。"

许微绕过她，继续向前走去："我和你之间没有什么好说的，我跟你哥已经结束了，如果你们再来打扰我，我会报警的。"

她个子并没有红萼高，但胜在高跟鞋和步子快，红萼用小跑才追上她："请等一下，许微姐，我只说几句话，就几分钟。"她没谈过恋爱，许微跟崔尊交往这么多年，她早已把她当嫂子看待，嫂子就是一家人，她不能理解，一家人怎么短短数日就变得这么绝情？哥哥做了什么事情伤害她至此？

她态度堪称温良恭俭让，许微仍没放慢脚步半分，红萼只能一路追着她往外走，边追边问："许微姐，你方便告诉我你们为什么分手吗？是因为高考那天你看到的吗？"

许微快步走着："我不想再回忆你们家的事情。"

红尊从许微脸上的厌恶判断自己猜得没有错，急道："许微姐，我知道我家情况是很不好，但这不是我哥的错，他出生在这个家庭这不能选择，他也没有办法……你跟他在一起这么多年，你应该了解他。他是个好人，对所有人都很好，他从小就立志学医，他用自己的存款给经济困难的患者交手术费，帮助了很多人，不求回报。而且他很爱你，这些天他都很痛苦，如果只是因为我家的原因，你能不能再考虑一下？"

许微本来不想理她，她不想跟强奸生出来的孩子多说话，但听她越说越多，终于忍不住胸腔内的屈辱和愤怒，停下脚步看着崔红尊，语速颇快地回答："出生在你家他不能选择，但他可以选择实话实说。他对我表白的时候，我就明确告诉他不接受有暴力史的家庭，但他否认了。你说他是好人？欺骗、隐瞒、强迫别人接受不愿接受的事物，这是好人会做的事？他学医行医、救助病人是因为高尚吗？他只是在弥补内心没救回他妈的遗憾而已，说到底还是为了他自己。他对所有人很好？他对我只是一场骗局，对你们更是不尽职，我跟他大一大二那两年，你总给他打电话叫他回去帮你妈，他只因为怕我发现装聋作哑。这样自私的人不配谈爱，痛苦也是他应该。他这个人、他的欺骗、你们这个家庭，我都不可能接受。"

许微把崔尊全盘否定，他多年以来学习生活方方面面对她的好，全被她用两个字概括——骗局。他早说他是这样的家庭，她不会跟他多待一分钟，不需要他这种出身的儿子为自己做任何事。

何况对于他为她做的一切，她本来就带着恨意。她恨她有被帮助的需求，恨他有帮助的能力，恨她明明想有骨气地拒绝，却选择说服自己接受，反正是他愿意。

她终于也成为了北大的博士研究生，拥有了她曾经梦寐以求的高学历，可以高傲地俯视众生，但面对他的时候，她还是会想起大一的时候，题目不会做、上课听不懂、路边找钥匙那个弱小狼狈的自己。

她的话把红萼震得僵在原地，半天没说出话来，良久才低头道："对不起，我不知道……如果是我哥骗了你，那是他不对，我……也向你道歉。"

她的脸颊白皙如玉，透着善解人意和知书达理。许微讨厌她雪白的脸和清澈的眼眸，因为她自己的经历，她根本不相信这种家庭的女儿会是善类，只觉得崔红萼从头到脚都很虚假，说不出地反感："你也不必总是装出一副乖巧可怜的样子，你跟他没什么区别，都是自私自利又做作虚伪的人。你作为女儿，眼睁睁看着你妈天天跟强奸她的罪犯生活在一起，还管强奸犯叫爸爸、认贼作父，一边同时享受着强奸犯的物质条件和母亲的陪伴照顾，一边又装作心疼母亲、为她求救，好处一点儿没少占，还要竖个好女儿的牌坊。"

崔红萼闻言抬起头惊愕地看着她，首先她绝无好逸恶劳的意思，她无数次劝说、哀求冯凤离婚，至于做作表演、自诩孝顺更是不存在，当然她没能帮上母亲肯定是她不对，但还是不太能理解这番批评。她最不能理解的是出现三次"强奸"二字，觉得肯定是有什么误会："你说……强奸是什么意思？"

"你不知道吗？你妈是被你父亲非法拘禁、连日强奸有了你才嫁给他，哪个正常人会跟你们这样的家庭结亲？"

崔红萼闻言，明明是晴天白日，却如五雷轰顶："什……什么？"

许微看着这个乖乖女般的小女孩震惊失色的表情，感觉她可能确实不知道，又觉得说不定是他们家祖传的表演天赋，又怀疑会不会是崔尊编故事骗她博取同情，总之，她对他们一家只有厌恶，迈步离开："别再来骚扰我了。"

这回崔红萼当然没有再追她，她已经快要忘记今夕是何夕，此地是何地。

夕阳西下，她终于浑浑噩噩地回到家，刚打开门，冯凤就过来抱着她哭，因为女儿从来没有无故晚归过，崔昌站在一边沉着脸说，以后不回来也记得接电话，崔尊也关切地过来问她去了哪里，红萼看着清冷灯光里她三个最亲近的家人，好像一个也不认得。

她当时什么都没说，陪着妈妈去洗过手准备吃饭，坐在餐桌前，毫无胃口，只想呕吐。

她又忍了好几天，终于在崔昌又一回对冯凤施暴的时候，她当着父母哥哥的面，颤抖着问出口："爸，我妈怎么会嫁给你的？"

崔昌像是没听见，继续无视崔尊的阻拦殴打着冯凤，而冯凤非常痛苦地抱头痛哭，这个反应让崔昌更嫌弃她。崔昌虽然不是好人，他也懂得女孩心思细腻，让红萼知道实情对她成长不利，从来没有说过，冯凤更不会说。这个问题红萼小时候问过，被崔昌搪塞过去，已经很多年不提了。

红萼开口，让心底的疑惑泉水般流出来："是你囚禁她强迫她有了我，她才嫁你的吗？"

崔昌意外地停住了，抬头看了她一眼，冯凤摇头缩到一边，崔尊也难以置信地看着红萼失魂落魄的眼神，红萼这几天的反常都有了答案，他不能相信红萼怎么会突然知情，还有她知情的过程——这件事除了崔昌、冯凤和他，只有许微一个人知道，他们三个都绝对不会告诉红萼，那么还能是谁呢？

红萼本就知道许微不可能空穴来风，看见他们三个人的反应更是不疑有他，但她还是看着崔昌，不死心地追问着，声音并不大，依旧是细细的，却带着颤抖和哭腔："你说啊，是不是这样？"

崔昌不是矫情的人，他也不认为他有错，只是顾虑对女儿的心理影响，到这程度自然不会否认，直接承认："是。她小学辍学在家里务农，十几岁出来打工遇到我。如果她学历过硬，各大公司争相录取，会轮到我来诱骗她吗？"

崔红萼的眼泪夺眶而出，她站在平地，却感觉身躯在极速坠落。她自幼也不能算幸福，至少总还有些期盼，如今彻底破灭。她是个罪证，是个孽种，是罪恶的产物，是罪犯的后代，她的身躯是母亲受辱的结果，她的生命是捆绑母亲的元凶。

红萼是个非常善良的人，如果这些年崔昌待冯凤很好，冯凤也完全接受了他们父女，她可能会说服自己，用好好对待母亲来补过，让过去过去。但是崔昌没有一丝悔意，而冯凤被他折磨得根本没有判断是否自愿的能力。

红尊侧过脸，看到冯凤脸上沾着泪水的伤口，那一刻，她想跟她的父亲同归于尽。这种想法以前也有过，此刻最深刻，因为她内心深处觉得，这是唯一正确的纠错改错。

她心里虽然有杀意，眼神却不可怕，而是令人心碎的悲凉。

不知道崔昌是怎么解读她的眼神的，总之，他冷笑了一下，扔下这个无解的局回了书房。

崔尊和冯凤都来到红尊旁边，口不择言地劝解着。

崔尊说，红尊，你冷静，冷静一点，不是你想的那样。他语无伦次，崔昌本人都承认了，他还在说这是个误会。

冯凤一直在哭，说的话却像笑话，她说，红尊，你爸爸跟你开玩笑的，他没强迫我，没强迫我。

红尊到后来已经没有感觉了，听不清他们说的什么内容，只是机械地答应着，她觉得自己是一具木偶，在为他们表演。

有的孩子知道父母一方出轨过，就感觉世界崩塌，请问你知道得知母亲是被父亲强暴生下自己的感受吗？

那种，自己本来不应该存在的感觉。

崔尊劝解安慰她很多次，她都只能作出礼貌而机械的应答。

但是无论红尊多崩溃、多绝望，她毕竟还是善良的，善良的人，哪怕还有一丝机会，就不想事情发展到无可挽回。

在经过了一个暑假跟冯凤母女间的相互劝说，女儿劝母亲离婚，母亲劝女儿爱父亲，最终还是红尊妥协。去学校报到前，她来到崔昌的书房，她长裙曳地，梳着文静简单的发式，垂目看着瓷砖，不愿看跟自己有三分像的他的脸，自那天的询问后第一次对他说话，字字艰难："过去的事情……已经没有办法改变，请你……从现在开始，对我妈好一点，至少……别再伤害她。"双手背在身后，咬着唇，头垂得更低，万分困难地说道："求你了，爸。"

而崔昌又给了她一个嗤之以鼻的笑容，就跟她三岁那年抱着他的脖子对他说"爸爸以后别再打妈妈了，我们一家人好好的吧"时一模一样。

她军训后回家，冯凤脸上的伤证明，他什么都没变。

她第无数次绝望，她来改变，她在学校旁边租了房子，要接冯凤出来住，但是冯凤不愿意。红蓦跪下来求她，冯凤也给女儿跪下，哭着说"他是我的男人，我不能离开他"。

死局。

直到那天红蓦上课的时候，接到冯凤颠三倒四却告别意味浓重的电话，她旷课回家，找出那盒利××。

她问崔昌，崔昌回答"她活着没价值"。

她认为她已经别无选择。

她搬回家里住，买了一台操作复杂、功能高级的全英文咖啡机，理由很简单，就是冯凤看不懂不会用，到时候即便想给她顶罪，也不能被认为有嫌疑。她给崔昌和冯凤解释是她自己想喝咖啡，买给自己用，他们都没起疑。

得知自己的来由以后，承受了原本不能承受之重，她的心理素质呈指数爆炸般增高。以前看到哥哥女友生气离去就被影响得高考断崖式失误的她，如今计划着弑父而面不改色。

崔昌本来就有每晚喝咖啡的习惯，以前是冯凤煮，换了新机器后就只能是红蓦煮。她也确实每天都煮两人份，跟他一起喝，就是为免他怀疑。不过崔昌根本没有怀疑过她，而冯凤还以为这是女儿在向他示好，暗自高兴。

两周后的一天，崔昌出门谈事，红蓦进他书房拿了柜子里的利××，当然药盒药瓶都留在原位，只把药片倒出来装走，最大限度防止他发现。他也确实始终没发现，因为他根本就没有查看。家里除了他只有女儿和冯凤，他从未想过她们会动它。

本来按计划当晚就该动手，但是她没有。她终究还是善良的，还是期盼奇迹出现，如果崔昌就此停手了呢……

然而，十天后的一个晚上，崔昌又一次对冯凤使用暴力。

那天晚上，她把药粉和咖啡豆一起放进咖啡机，只煮了单人量，只够装满崔昌的咖啡杯，本来她也考虑过还是煮两杯，再买一瓶药加进去保证浓度。

但她一直活得很简单纯洁，非法购买到处方药这种事，距离她很遥远。而且她生来怕高，希望自己在最大的恐惧中死去，是她对父亲最后的愧意——毕竟除了冯凤的事情，他对她挺好的。

直到最后，他都没有想过她会杀他，虽然她十五岁的时候就那么说过。

他买利××是嫌冯凤"低级"，更因红萼为这"低级"的人站在他对立面。

崔尊和汤旧画在地下室那三十二天，是他一生中最宁静的日子，他完全没有回忆这些事，而以前这些往事盘旋在他脑海里，没有一刻停息，其中任何一件都会让他肝肠寸断，现在思绪终于得以平息。

因为，他自以为他终于接受了名为命运的东西。

他等待着这本不该有的宁静消逝，换来永暗夜长安宁。

然而那一刻来得比他设想的要晚得多。

第三十二天，上午十点左右，汤旧画的女儿刚喝过奶重新睡着了，崔尊把她安放在沙发上，突然传来敲门声，是个女人的声音："开门，安全检查。"

汤旧画的眼神瞬间僵直，很少有安全检查地下室的，何况她的语气有种强制要求的意味，显然是个警察。

崔尊就更了然，这位女警察他见过的，她的声音他也听过。

他神色坦然而宁静，仿佛终达彼岸，顺手再整理了下孩子的衣领，转身走向门的方向。

他听到汤旧画在他背后唤他："请你……求你能不能解开它……"

崔尊脚下一滞，他知道她指的是扎带，他听出她声音里的急切和羞耻，他理解她大概是不想被别人看到这副模样，他转过头，果然看到她屈膝缩在墙角，右手拉着左手手腕的扎带，她当然拆不掉，她的动作只能把树脂扎带拉成一条移动的直线。

但其实没关系,她是受害者,可耻的只是他而已。他没有回应她,直接走去打开地下室的门。

汤旧画从那一刻起就闭上了双眼。但无法捂住双耳,声音能起到跟画面同样的效果。她听见门锁的轻响,疾风灌入,密集有力的脚步声,不知名的男警察声音喝着"不许动",手铐的清脆响声,女儿因为受惊大声啼哭,很多人围住她,相机咔嚓的取证声,手腕的束缚被剪断,随后一张毛毯之类的东西粗鲁地裹住她。

唯一让她觉得安慰的是,江易没有来这里。

虽然她始终没有睁开眼,但他早已是她不用眼睛就能感受的存在。

五十八

江易是不能来也不想来,其实他甚至不想报警。

他发现这件事已经很晚了,因为他跟以前一样很少回去,何况这个月还发生了不少事。高渐明他妈不知从哪得知他离婚的事大发脾气,毕竟是自以为体面的人,做不出去单位大闹的事,江母又不在了,她只能拉着高父去找江父说了一堆狠话发泄情绪,高父虽不认同,却拿妻子没办法。高母虽只是说说而已,但她说的着实让人很难听得下去。她指责江蘅骗婚害她儿子平白无故成为二婚的同时言语间难免辱及江母,江父本就处于丧妻之痛,闻言更是恼怒,直接联系正在上班的高渐明让他把他爸妈带走,闹得连江易都知道了。在高母激烈的言语里,居然对江易只字未提,显然不知道他们的前尘旧事。

因为高渐明没说过。

江易和江蘅的过去,哪怕是她打掉他们第二个孩子离婚以后,最恨她的时候,高渐明也没有告诉任何人。即使他曾用曝光此事威胁过她,但事实上他做不到。他连亲自送走她妈妈都做出来了,却唯独做不到对别人说她的不好。

他这个人向来慕强而不怜弱。在他心里,她至少有一部分还是优秀卓越的,无论她犯了什么在他看来是不可原谅的错误,他本人可以贬低她、折损她，但绝不容许其他人指摘她半句。他告诉汤旧画，是看准后者的性格最多只能跟江易闹闹（事实上她根本不会）。

所以根本没有人知道他们是为什么离婚的。

江易得知这件事以后，花了三天才鼓起勇气给江蘅打了个电话，她接了。她从来没有拒接过他的电话。

他结结巴巴、吞吞吐吐、欲说还休，她很耐心地等着，过了半天，他才说出来完整的话："蘅……蘅蘅……你……你跟他……离婚了？"

她的声音静如止水："是的。"

江易神情恍惚，他其实一直都不想江蘅跟高渐明在一起，他们结婚的时候，最难过的人就是他，但是现在他们离婚了，最难受的人还是他，因为这证明蘅蘅这段婚姻过得不幸福。

他迷迷糊糊地说："那……你现在住哪……"

江蘅依旧是很平淡的陈述语气："租了个房子。"

尽管她说得轻描淡写，他却根本无法放心，他很想说让她回家住，又想她妈妈不在了，她跟江父单独在家，她肯定是不愿意的。他反复犹豫，仿佛被架在火上烤着一般焦灼，良久才问出心里的话："蘅蘅……对不起，都是我不对，我不应该……你们……是因为我吗……"

江蘅声音轻柔："哥哥，你别多想，我跟他是观念不合。"

她都这样说了，他也无法再追问，但通过高渐明对他的态度，他再傻也知道高对那件事是非常非常在意的，所以才那般针对崔红尊，红尊的案子刚结束，江母忽然逝去，他们的婚姻随之破裂，虽然他想不通其中原委，也能感觉到肯定有某种关联。

他噤声，良久才小声问出害怕越界也害怕答案的疑问："那……孩子……呢……"他记得崔尊说过，她体内……应该还有个小生命。

江蘅没有意外，也没有问他怎么知情，只是淡淡回答："做了手术。"

江易虽已有预料，还是感觉身体内仿佛有什么东西破碎。他知道她就是这样，多惨烈的过往都会说得云淡风轻，只能从事实感觉触目心惊。他不敢想象，她跟高渐明两年的婚姻里都经历了些什么。他前所未有地自责，痛恨自己的平庸和无能，但凡他有能力有建树，甚至哪怕只是像个男人一样光明磊落敢于担当，怎会让她受这样的欺辱？

而高渐明还在单位里，他们俩的桌位还相邻，抬头不见低头见，高渐明表面看不出什么，好像什么事情都没发生，跟以前一样，该做什么做什么，但是一旦静下来，他眼里的阴戾几乎溢出，令人不寒而栗。

其实江易这两年以来，越来越不愿意跟他交集。他们自幼相识，自幼不合，以前高渐明在他看来就是个嘴巴恶毒的小人，对之态度主要是厌恶。自从他跟江蘅结婚以后，气质就逐渐改变，尤其是近一年，斯文外表下满是暴戾，比江父那种拳打脚踢的家暴恐怖得多。他不想承认，他已对高渐明隐约有种回避甚至是恐惧之意。

无论如何，江易觉得她跟他脱离关系总归是件好事。

他又开始无尽的担忧，深觉自己没有用："那你一个人住……谁照顾你？"

江蘅为安慰他轻轻笑了笑："我没事，哥哥，你专心工作吧。"

电话挂断，但思念挂不断。他沉浸在绵绵无期的伤感和虚幻里。

他原本就不怎么回去，他本能地拒绝面对汤旧画，原来主要是不想，后来是不敢。何况这段时间又发生这么多事情，他直到汤旧画"失踪"十天后才第一次回去，见屋里空荡无人，说实话他没有任何想法。

他从来没觉得自己有资格过问她的去向。

接连十天，她和孩子都没回来，他给她打了个电话，关机。他以为她们不会回来了，觉得很理解。他一无是处，对她又如此刻薄，她离开他太正常、太正确了。

又过了十天，他才陆陆续续地发现，厨房里有她给孩子准备的已经腐烂的辅食，卧室里有她和孩子很多必要的物品包括证件，如果这是离家出走，未免太草率。

他终于觉得有点不对劲，去小区物业查监控。

他是租户，要求查看的日期不明确，时间又比较久远，工作人员很不耐烦，边查边抽烟翻白眼。

这小区的监控设备跟楼房外漆一样年久失修，画质不清晰，摄像头还有污点，人脸都模糊得看不清，找了三个多小时，江易终于发现汤旧画。

她的体态气质，就算不看脸也一眼就认得出来，何况还抱着个孩子。

当时监控回放是三倍速，他几乎是一眨眼她跟孩子就不见了。

工作人员边抱怨边给他调慢倍速。

只见汤旧画抱着孩子在晒太阳，孩子在玩闹，画面宁静而和谐。一个高瘦清俊的男人从旁边走来，两人本来没有交集，但他经过她的时候，似乎伸手摸了摸她脖子，随后她倒在他怀里，她的孩子也被他接去，他把她们母女拦腰抱起，转身离去。他们站过的地方，只剩一块洒满阳光的石板路。

江易久久盯着屏幕，又拜托工作人员回放一遍，他才认出来那男人，是每回站在对方面前，都会感到自惭形秽和羞愧抱歉的崔尊。

崔尊动作太快，录像又模糊不清，他对汤旧画的接触，看起来确实就只是蜻蜓点水一下的抚摸。

工作人员又好笑又鄙夷地看着江易，仿佛他脑袋会发绿光似的："我就说没事吧，浪费我半天时间。"

江易脑袋里乱哄哄的，没有跟物业解释，胡乱走出监控室，拿手机想给崔尊打电话，当初崔尊的手机号是他登记的，但是很遗憾，他只记得第一位是1。

他着急忙慌地打车到单位，翻了办案时做的记录，找出崔尊的号码拨过去，无人接听，打给他单位也就是北医C院，医院说他自从妹妹出事被从手术台上叫下来以后，就没回去上过班。

他甚至翻看到崔尊名下的房产，还过去敲门，半天无人应，小区的物业说这家还没住过人。

他的预感越来越不好，他虽然不聪明，却也不认为汤旧画会自愿跟崔尊走。他去找相关部门的同事，请求对方帮忙查他们的去向。

由于事件性质有点严重，崔尊是嫌疑人家属，汤旧画是刑警妻子，还涉及仅六七个月的婴儿，没人敢轻举妄动，甚至本能地拒绝这种恶性事件的发生——他的同事纷纷质疑，会不会是他搞错了，想太多了。

他不得不给他们看了那段录像,并且又说了一遍,他也希望是搞错了,所以不想走流程报警,只想先找到他们。

其实警察内部帮忙查点事没有那么难,但他的同事们不愿意为他违规破例,依然表示必须合乎规矩。

就连他刑警队的同事都不太相信这件事,比如那短发女警察就代表大伙说:"如果他想报复,选择我们任何一个人都比选你可能性大。"

值得一提的是,高渐明居然没有借题发挥难为他,他全程都反常地沉默,而江易顾不上留意他,他完全身不由己地报案,然后看着他们启动调查,只花了十几分钟,凭崔尊的车轻而易举地锁定位置。

现场江易没去,他的同事鱼贯而出时,他躲回自己的椅子里。

结果比他们预想的好一些,至少汤旧画和孩子还活着。

崔尊的态度很配合,他简明扼要地阐述他的行为,故意杀害、麻醉、捆绑、囚禁、强奸,并对每一样提供有对应的证据。唯有动机,他无法明说,只是一笔带过。

而江易听同事讲完这些以后,说的第一句话也是唯一一句话是:"没事就好。"

他所有同事面面相觑,啼笑皆非。作为一个男人,妻子被别人掳走、强暴了一个月,得出的结论居然是没事?

汤旧画那边,她先被带到一个类似休息室的地方采了指纹和血样,稍作调整后,就被短发女警察带进询问室,她女儿则由其他警察帮忙看管。

她全程都低着头,沉默无声着、顺从着。

负责询问她的是这个女警察和高渐明。

高渐明过去之前,特意"好心地"去办公室叫了正抱着奶瓶发愣的江易一声:"到她了,我允许你来旁听。"

江易摩擦着手指,头也不回地说:"不去。"他手指上都是半融化的奶粉,同事让他给他女儿冲奶粉,他从来没冲过,不知道应该加多少水,还弄了自己一手。其实他根本不知道自己在干什么,还沉浸在

"劫后余生"的眩晕感里。

高渐明"体贴地"道："你不想知道细节吗？"

江易觉得他简直有精神病，背过身不理他。

高渐明懒得跟他废话，直接抓起他的肩膀把他拖出去，他们身高的差距，让这个动作略像老鹰抓小鸡。

江易完全是被动地被他拖向询问室，进门前一秒高渐明才松开他的肩膀顺便把他推进去，并在他耳边说："等你以后每天晚上睡不着觉，猜想他们俩在一起的画面的时候，就会感激我了。"

江易只觉得生理性不适，不是因汤旧画也不是因崔尊，完全是因为高渐明。

他回过神来，人已经在屋里，询问室很狭小，他一定神就看到坐在对面的汤旧画。

汤旧画也感觉到他的气息，顿时深深埋下头去，深得连她额头都看不到了。

江易见到她，第一时间只感觉尴尬，旁边的人都以为他们是夫妻，他们事实也是，还有孩子，但他本人从未这么觉得。

他对崔尊一点怒意都没有，哪个强奸犯会因为别的人强奸了自己强奸过的女人感到愤怒？他甚至依然对他很抱歉，崔红萼和冯凤的事，虽然他没做什么，但目睹这样的悲剧什么都没做，让他永远问心有愧。

他还没反应过来，高渐明已经关上门，坐到询问席上，不动声色地说："开始吧。"

那个女警察公事公办地打开笔记本准备记录，江易连把椅子都没有，坐也不是，走也不是，脑子都是木的，只能僵硬地靠在墙上。

汤旧画感觉自己处于海啸中央，四面八方都是无形而无尽的压力，压得她几乎窒息。

室内的气氛诡异到极致，一个刚被强暴过并因此被审问但事实一直在被强暴的妻子，一个妻子被强暴来旁听但本人也是个强奸犯的丈夫，一个刚失去妻子负责审问她其实跟她被强暴有种种渊源的前妹夫，一个跟进案情又一无所知的年轻女警察。

案件毕竟比较敏感，女性警察主问，她完全不带感情色彩的声音："讲一遍4月17号到今天发生了什么。"

4月17号当然就是崔尊带走她的日期。

女警察、高渐明和江易的眼神都难以避免地聚焦汤旧画。汤旧画从来最怕别人的目光，何况是此情此景此人，顿时如万箭穿身，一个字都没有说，反而更深地埋下头去。

她小学的时候，老师叫她把解题过程讲给大家，她不敢出声，愣是在她墙角的课桌旁站了一节课。后来老师再也没叫过她，即使除了她没人会做。

论比沉默绝对没人是她的对手，她可以缄默到地老天荒。

女警察率先忍不了，直接开始逐点询问。

"他是怎样把你带走的？"

"他是怎么限制你自由的？"

"这些天他对你做了什么？"

其实这些问题崔尊都已回答过，他们只是在她这里核实。

但是汤旧画还是沉默着。

女警察手指放在键盘上等着记录她的话，双眼略带不满地看着她。

高渐明终于开口打破沉默，说出最敏感、最刺痛的问题："他是怎么强迫你发生关系的？"

江易责备地看向他，认为他问得过于尖锐。

女警察如实记录着这个问题。

汤旧画的头埋得更低，他们只能看到她漆黑的长发。

她终于说话了，声音细若游丝："他……没有……强迫我……"

声音虽小，但询问室狭窄而密闭，声音回荡在这小空间，每个人也都听清了，却也都没听懂。每个人眼里都出现困惑不解之色，女警察以为她是因为江易在这里，不愿承认已经发生过的事情，便补充道："你不用有思想包袱，我们现有的证据，已经能证明他跟你发生过关系。"这证据是崔尊留的纸巾，他当然是为了把自己送进监狱故意为之，以他的职业当时也不觉有什么不妥，在他看来那性质就跟手淫出精液装进试管送化验科差不多。

415

汤旧画闻言，没有抬起头，她颤抖了两下，停顿数秒，再度开口，重复了刚才的内容："他……没……没有……强……强迫我……"
声音发出得比刚才更艰难，也更生涩，但每个字还是很清楚。
这回她的意思也随之清晰，崔尊没有强迫她，她是……自愿的。
高渐明哼笑了一声，笑声满含轻蔑和嗤之以鼻。
江易想起二中的图书馆，瞬间低下头去，只感觉无比羞惭。
女警察面无表情地把她的答复白纸黑字记录在案。

五十九

其实本案究竟是强奸还是通奸，依然有很多疑点，但是江易本人作为直系亲属毫无追究之意，另外，高渐明觉得没必要深究的态度也带动了大多数人。

关于那捆绑的扎带，高渐明分析为："可能是给我们看的，也可能有些花样就得这么玩。"

至于孩子也在旁边，他解释为："方便同时照顾着，还更刺激呢。你们看，孩子跟他比跟她爸还亲呢。"

对于麻药，基于汤旧画体内未检测到且她本人否认，高渐明如是说："也许他只是绝望想自杀，没自杀成是因为遇见了她。"

这件事最终被定义为误会。

崔尊无罪释放，江易被指责"害大伙白忙活"。

崔尊在候问室等候警察带他办正式刑事拘留的手续，一个警察走进来，却松开他的镣铐，扔给他一句"可以走了"和一个古怪的眼神。

如今这世道，出轨常见，为了替女方掩饰自称强奸的情夫实属罕见。

他追上对方细问，才得知汤旧画居然否认。

公安局里，他面前的走廊窗户明亮。走出大门，迎面是太阳。

他突然就明白了警察敲门时，她为什么要他松开他。她不是怕丢人，是不想他入狱。

他确定她不可能爱上他，他没有做过任何一件可能引起情愫的事情，没有多说一句话，她看着他的眼神也只有恐惧。

那么，是什么支撑着这么怯懦弱势的一个人，当着警察和丈夫的面，揽下完全不属于她的过错。

排除掉其他不可能，唯一的理由只有善良。

他为摧毁自己寻找的受害人，居然默不作声地维护他，他万念俱灰放弃自己的时候，居然还能遇到这样的善意。

世上最珍贵的，不只是坚持正确时的信任，还有迷途愿返时的体谅。

原来，除了妈妈，还有人能不需理由地原谅你，原谅你的错误，原谅你的卑鄙，原谅你的丑陋，原谅你的所有。

那一刻，他终于完完全全地放下了，放下了崔昌，放下了高渐明，放下了没能帮助生母、红萼和继母的自己。

他终于能全心全意地祝福许微幸福，与他无关的幸福，永远幸福。

他曾以治病救人为己任，未来却与医途无缘，他因长期旷工被开除，但他甘愿。纵然院里没处理，他也不可能再放任自己行医，运用过医学施害的人，不能再穿白大褂、碰手术刀。因祸得福的是，因为他们父子，警方发现并查处了多个非法销售处方药的网上商家。

从此以后，他虽然不能做医生，至少还能有机会做个好人。

他走上空气清新、洒满阳光的小路。

从询问室出来，汤旧画抱着女儿，低着头往外走，江易走在她前边。

他知道她这回经历了苦难，不能无动于衷让她自己带孩子回去，就送她们。

女儿又长大了一个月，汤旧画抱着她更吃力，而且他来来往往同事的眼神，砸在她身上，简直是石刑。

那些同事其实也没恶意，甚至只是看看她而已——能跟嫌疑人家属带着孩子出轨,还出得这么声势浩大的女人实在难得一见。

汤旧画跟在江易身后,踩着他踩过的脚印,她整个人都在控制不住地发抖。女儿也感受到不安,抱紧了她的脖子。

高渐明在后面目送他们,他们都走出七八米,他突然开口,语气轻松明快:"江易,你还让她抱着孩子,不嫌脏吗?孩子要是知道她有个这样的妈妈,宁可没有妈妈。"

汤旧画的脚顿时就像是钉在地上再也动不了,整个人又僵硬又晃动,就像正在瓦解的石雕。

江易在汤旧画"失踪"以后第一次感觉到"愤怒"这种情绪,回头朝高渐明吼了一句:"滚!"

高渐明靠在门栏上,神色很悠闲:"别急着恼羞成怒,先去做个鉴定,还不一定是你的孩子呢。"

江易其实并不在意孩子是不是他的,他本来就觉得他女儿是他强奸汤旧画的罪证,就算她是汤旧画跟别人生的,他也没有资格说什么。他不能接受的是,高渐明对汤旧画的轻贱和侮辱。

何况追本溯源,当年要不是给这个人拍什么见鬼的光荣榜照片,他根本不会认识汤旧画,就没有侵犯她的契机,她肯定能考到比现在好的大学,拥有跟现在截然不同的人生,至少也能平安度日,不会受到这么多伤害。现在这害她一生的罪魁祸首居然还嘲笑讥讽她的千疮百孔。

因为江蘅,他本来就很恨高渐明,再想到汤旧画,那恨意蓬勃得胸腔都装不下。江易目如喷火地瞪着他,高渐明无所谓地朝他笑了笑,他笑起来实在很俊朗。

汤旧画原本一直是背对高渐明的,她也实在没有勇气转过去,但是听高渐明质疑孩子的来历,她实在怕江易也误会,颤抖着转过一点点角度,不敢抬头,更不敢看江易的脸,在极度羞愧的心情下,用尽了力气,只能说出两个字:"孩子……"

江易闻声转回去,也不敢正视她,胡乱朝她说了句:"别理他。"便迈步向前去。汤旧画也不敢解释什么,快步跟上去。

高渐明看她那样子,更觉得好笑,谁能想到这么保守内向的女人,高三就跟校外不良青年在图书馆行云雨之事,哺乳期又跟犯罪嫌疑人家属出轨同居?

而她的丈夫,江易,一个有家暴的"光辉"历史的男人,面对这种老实人都会"匹夫之怒,血溅五步"的情况,居然没动她一根手指,相反,她一叫他,他就转回身去带她回家了。

这个带她回家的过程也很滑稽可笑。汤旧画的腿似乎很不方便,尽管明显已经努力加快速度甚至几乎跑起来,速度仍是比正常人走得慢,而江易毕竟也是个刑警,虽然他体能在队里倒数,但还是比普通人强,快出汤旧画很多,而且他好像没意识到她跟不上自己,越走越快,汤旧画只能抱着孩子在后面跌跌撞撞地一路跟。

高渐明哑然失笑,江易好歹也心仪过江蘅,怎么还能接受这么无能笨拙、腿部残疾的女人?

江易又是打车带她回去的,他坐副驾驶,她跟孩子坐后座,孩子在晃晃悠悠的车里睡着了,他们一路无言。

每回跟她坐出租车的时候,江易都感觉很抱歉,因为他相比同龄人太逊色,别说房子,就连车都没有,没给她和孩子好的生活。不过汤旧画根本没往这方面想过,她甚至觉得他肯跟她同乘,她已经很感激。

高渐明的话,让她羞愧万分又胆战心惊,怕江易不再允许她接触女儿,在内心深处,她也认同自己已经没有拥抱女儿的资格。

她甚至认为,孩子长大以后,一定会唾弃她、厌恶她、冷漠她的,她已经提前开始恐惧女儿人事不知、纯白无瑕的睡颜。

路边的风景逐渐变得熟悉,出租车驶回小区,今天又是个晴朗的好天气,阳光灿烂,碧空如洗。

汤旧画隔着车窗,看到小区楼下里的某处,身体突然剧烈地抖了一下。

颤抖对她来说是太正常的事情,以至于江易都没有特别在意。

他们下车,上楼,她细得过分的双腿还是一直在打颤。

对她来说，家里家外，处处是恐惧，没一处安全。

因为她抱着孩子腾不出手，江易用钥匙开门。

进屋后，"家"里熟悉的气味扑鼻而来，她眼眶突然湿润。

江易关好门，跟她尴尬地共处，本来想开口问问她有没有受什么伤，却见她就近把孩子放在餐桌前的椅子里，然后就朝他跪了下去。

她的头一直低着，以至于只能看到他的鞋。

没法形容她的心情，羞耻、愧疚、自责、自弃、恐惧……如果没有孩子，她只希望自己立刻就死了。她也不知道她为什么还在害怕，她觉得自己做了这么不可原谅的事情，他怎么对待她都是应该的。

她是怕肉体传来的疼，是怕血肉模糊伤口的狰狞，是怕无法维持身体平衡的无助，是怕任人宰割的耻辱，还是怕这一切都是她应得的那种认命的绝望。

明明她三岁的时候就认命了，明明从来就没有质疑过，怎么还是会害怕呢？

她是木讷，但从不麻木。

她怕得根本没有思考的能力，怕得全身从头到脚连每根头发都在发抖，就像冬末一片被践踏过千千万万遍，又听到人声和风声的残破落叶。

她的声音就像那残叶被风吹，发出的最后余音："对……对不起……"

很多人，一辈子，都不一定能听到这么悲苦又卑微的声音。

从她跪下开始，江易就呆在原地，他终于反应过来，下意识做的第一件事就是把她拉起来。他的手接触她的上臂时，她没有闪躲，却颤抖如瓦将解。

他把她提起来，然后便赶紧松开。说来也怪，发生过那么多次亲密的关系，甚至育有共同的孩子，居然碰一下手臂都觉得尴尬。

汤旧画僵在原地，一时间不知所措，她后妈的"教育"方式，让她在自觉犯了比较严重的错误的时候就会给江易跪下。这么多年，她已给他跪过不少次，除了生产后出院回来那天，每次都被他打得更重。这是他第一次什么都没做还把她拉起来，在她犯了最严重的一次错误以后,为什么?怎么会?

她不解而恐惧到了极点,连呼吸都不敢。江易见状,更不知道说什么才好,囫囵说了句:"我单位还有事回去一趟……"就匆忙出了门。他本来手就比较重,仓促之间关门声音有些大,椅子上的女儿受惊哭泣起来。

汤旧画脚下打滑,膝盖再次跪了下去,跪在女儿身旁,抬手去安抚女儿,却抖得比女儿还厉害。

那天以后,她每次看到他都会跪下来,他就会把她拉起来,她的卑微和软弱让他无所适从、心烦意乱,又不知道怎么解决。

江易比以前回去频繁了些,大概三五天就回一趟,不是因为他想回去,而是因为她的状况。

他本来仍是一周回去一天的。她和孩子回来以后,他第一次回去的那天晚上,在房里书桌前无聊地坐着。他没什么爱好,对阅读、电影、游戏都没有兴趣,在房间闲得无事,就只是静静地坐着。

好像听见门响了两下。

"啊?"他下意识地问了一句,自从江母生病、江蔺长大以后,已经很多年没人敲过他的房门。

过了几秒,门又响了两下,声音颤巍巍的。

江易一愣,确定是有人在敲门,屋里没有别人,女儿那么小不可能会敲门,那就只能是她。

他站起来,走过去把门打开,果然看到汤旧画低着头站在门口。

他把门拉开以后,两个人面对面,她又不出意料地跪下来。

别这样,他想说,却开不了口,只是弯腰再次把她拖起来。

她全程低着头,他的力度传到她手臂上,她又开始颤抖。

她低着头,颤抖着说:"对……对不起……那……那个……"

她过于恐惧,半天都说不出成句的话,江易不耐烦地催促道:"你快点!"

"对……对不起……"她下意识道歉,又抖得跟筛糠一般,尽最大努力,还是字字艰难,"孩子……明天要打疫苗……你……可……

可……"她的声音卑微成一条线:"可不可以去……"对她而言,面对他是非常羞耻和困难的事情,她很想发短信跟他说,又怕他觉得怠慢他,只能硬着头皮来找他。

这么简单的一件事,她说了两分钟,江易强忍着听她讲完,第一反应是蒙,她从来没有提过类似的要求,她从来没有对他提过任何要求,孩子从出生到现在,没有让他搭过一下手,他甚至没有抱过女儿。

江易也没多想,随便点了下头。

汤旧画知道他这是答应了,低头道:"谢……谢谢……谢谢……"

江易不知道怎么面对她的做小伏低低声下气,只能关上了房门。

汤旧画站在走廊里,浑身发软,像又犯了错误一般战战兢兢地抱着肩膀颤抖着。

他以为她第二天有自己的事情要忙,结果是她抱着孩子跟他一块去的,虽然全程低着头,他只需要跟着她们,什么都不用干。这样的事情又出现了几次,基本都是孩子有事必须出去,她就会求他同往。

他终于后知后觉地明白,她是害怕一个人出门,甚至不敢接触陌生人。那段时间,她没再去超市买蔬菜和生活物品,全部都是网购,还都选择他也在的时间送货。崔尊带给她的阴影如此之深。他不知道该说什么,只是沉默地配合。

汤旧画比他更沉默。她全天都躲在卧室里带孩子,身处在人事不知、咿咿呀呀的孩童世界,满心觉得自己肮脏而有罪,在孩子面前,更加无法抬起头来。

她当然不是自愿的,她比一般人更知耻,她也觉得那件事是道德底线,但她心里还有一条更深的底线,就是不能伤害别人。

她认为,让别人因为伤害自己受到惩罚,也是一种伤害。何况崔尊举手投足的态度和修养、他对待她女儿的温柔和细致,让她觉得他不是个坏人。

这种观念当然是错误的,但她若不是这般信念,也不可能在常年被父亲继母的迫害之下,还保有一颗善良的心。

没经历的人无法感同身受,这种环境里长大的孩子,不存在恩怨分明的可能，要么理解一切，要么怨恨所有。

她唯一能不"伤害"到崔尊的方法，只有把他做的事都说成是自愿的。

回家以后，她每分每秒都活在恐惧中。

对其他人。她原本就很恐惧他人，她的继母、父亲、妹妹、同学、老师、同事、主任、高渐明、崔尊……不敢回忆，不敢想象，不敢出门。

对江易。她从认识他就恐惧他。早在高三的时候，她就听到他的声音便会发抖。后来他让她领证同居，她每天都战战兢兢、如履薄冰，生怕惹怒他，但他还是每天都发怒，每个夜晚都毒打她、粗暴地跟她发生关系，她多次阴道撕裂，每当看到血流出来，他的拳头就会更凶狠地砸向她。她怀孕后，他就不动手了，只是时不时还会吼她。直到那天，暴雨一般的皮带抽在她身上，皮开肉绽的伤口两个多月才愈合，她洗澡时再不敢开灯，不敢看满身狰狞血红的瘢痕。这回出了这样的事情，被绑在地下室时就无时无刻不在恐惧如果活着出去他会怎样惩罚她，结果他居然什么都没做，这让她更愧疚，也更惶恐。

最击溃她的是对女儿。她对这个世界一直充满恐惧感，只有在这个诞生于她身体、跟她曾经一体的小女孩面前，她才感到一丝安全。女儿出生那天，那是她第一次在一个人面前不会害怕。她从来没有想过有一天女儿会嫌弃她，因为代入自己，她从来都没有一个瞬间责怪过她的妈妈啊。但是高渐明告诉她，孩子不会想要她这样的妈妈。

她最后一点点希望和信任都破灭了。

她这辈子从生下来就在承受来自各种人、各种形式的伤害、轻贱和侮辱，但是她实在不想面对来自女儿的指责和辱骂。

她好想逃啊。

唯一能逃避的方式只有死亡吧。

她很想死，可是她不知道她死后谁来照顾女儿。她觉得江易肯定会再婚的，而他再婚的妻子会像她继母那样对待她的女儿。

她觉得自己太对不起女儿了，她那么小，什么都不知道，就被带入这样的困境。肮脏下贱的生母，虐待她、羞辱她的继母，哪一个伤害小一点呢?

她不知道,陷入无尽的纠结和后悔——她后悔自己没有在怀上女儿以前,早早地就去死了。

六十

三天后,傍晚。

有人敲门。

汤旧画以为是她在网上买的宝宝生活用品,走过去开门,到门前先从猫眼看了一眼,就这么一眼,她触电般后退数步,脸上的血色瞬间褪得干干净净,神色惊恐无比,不知所措,非常罕见地往卧室跑去,她那不便弯曲、细如竹筷的双腿跑起来说不出地怪异凄惨。她跑回房间里关上门,缩到床边地上,跪在那里,拉过被子把脸埋进去,就像鸵鸟把脑袋沉进沙漠。

敲门声不止,声音并不重但一直不断,节奏频率也没有变化,显然敲门的人耐心而坚定。

江易观察能力不好,她的脚步声又太轻,他根本没留意,过了半天才发觉敲门声音,也没多想,便走去开门。

听到他的脚步声,屋里的汤旧画抖得更厉害,想要做些什么,却完全不知道怎么办。

江易嘴里问着"谁啊",甚至都没从猫眼看一眼,直接就恍恍惚惚地把门打开。

门外的人是崔尊,一身黑衣,神色沉静,透着学术气息。

江易呆呆地看着他,愣在原地,手还握在门把手上,忘了拿下来。

还是崔尊先开口:"江先生。"他看着江易的眼神略显复杂,他对他的印象原本很好,即使到今天依然感谢他对崔红尊的善意,但汤旧画那一身伤疤,让他再叫不出一声"江警官"。

江易回过神,讷讷地收回手,侧过身后退了一步,面上出现羞惭之色。他对崔尊一直很愧疚,他总觉得如果没有他,崔家的悲剧是可以避免的，至少冯凤不该死，如果高渐明没有因为记恨他跟江蘅说那些似是而非的话。

但是崔尊根本不是为这事来的，他走进门里，顺手带上门，为避免邻居听闻。他举手投足一直都细致而有素质。

崔尊站在那里，周身还是散发着墨竹般让人心旷神怡、赏心悦目的气质。他看着江易，很平静地道："江先生，我想解释一下，我那天在公安局说的，都是事实。是我用麻醉药迷晕她把她带走，在她药效未消时，用医用扎带绑着她，是我强迫她，在她完全不同意且没有反抗能力的情况下。她心理和身体都长期受到严重伤害，这种精神状态下的陈述并不该被采纳。我也向警方说明过，但你们还是用这种不符合实情的结论结案。希望你不要误解她，她没有做过对不起你跟孩子的事情，她才是最大的受害者。"

他说这些话的时候，神色非常平静而坦然，就跟他在公安局做的一样。当时他以为他该在牢里度过余生，警察却来通知他可以走了。他得知她对警察的说法，就做出如上解释，直接被警方忽略，强制要求他离开。

事已至此，他首先担忧她的人身安全，毕竟江易在她怀孕五个月的时候都对她那样残暴，出了这种事情，很难想象他能管理好情绪和拳头。其实崔尊很想劝汤旧画离婚，他从不相信施暴的男人会收手，但是以他的身份说这句话似乎很不纯良、很尴尬，只能先解释清楚这个误会。他又考虑站在江易的视角，有可能会觉得他的解释是越描越黑，反而对她造成更大伤害，犹豫数日，最后还是决定不得不来。

他阐述得非常平和，就像诉说着一件与自己和是非都无关的事情。江易听着，一会儿面朝左，一会儿面向右，坐立不安，表情羞愧又窘迫。崔尊对他解释就让他感到很惭愧，因为这把他视作汤旧画的丈夫，而他觉得自己根本不是。崔尊提到"她身心长期受到严重伤害"，更是让他直接想起他的所作所为，后悔万分。

崔尊说完以后，室内陷入更尴尬的安静，江易看着地面，终于含糊不清地说了声："我……我知道……"

他那唯唯诺诺像个包子的表现，实在很难和像抽牲口一样抽打怀孕妻子的形象重叠起来。

崔尊道："你有任何不满，都请对我来，与她无关。"他语气平缓而公正，仿佛只是在参与一场事故责任评定，毫无私情。

江易就快要面红耳赤了："我……没有不满……"他声音压得更低，"这都是我的错……"

这种普通男人可能一辈子都化解不掉的心结，他根本没往心里去。

崔尊意外地看着他，他不是不能理解，而是不能相信，难以置信能动手打人的人，遇到普世价值观里完完全全受害者加成的 buff 居然会自我反省。

良久，崔尊才道："我能跟她说几句话吗？"

江易下意识地点头，他朝汤旧画的卧室房门看了看："她在屋里。"

崔尊答应了他一声，便朝那门走去。江易只觉得自己的存在就是个错误，转身就从户门走了出去。

崔尊敲了敲汤旧画的门。门里的汤旧画全程在被动地听着这一切，他敲门的时候，她抱着膝盖缩在墙角里，后背靠着墙，感受冰冷而自欺欺人的安全感。她当然没有去应门，崔尊其实也没想进去，他们隔着门板互相沉默。

崔尊终于开口道："对不起，我知道道歉没有意义，但还是要说对不起。"

没有回答，汤旧画把脸深深地埋在膝盖里。

但爬行垫上的宝宝听出了崔尊的声音，这孩子像她爸爸，反应比常人慢，崔尊都说了半天话她才认出来。随后就朝门的方向爬去，咿咿呀呀地伸出胳膊想要他抱抱。毕竟共处了一个月，他对宝宝又温柔细心，宝宝跟他很亲呢。

汤旧画连忙伸臂搂住宝宝，她顿时又被羞耻感包裹——孩子居然跟别的男人这样亲密，实在对不起孩子的父亲。宝宝不满妈妈的阻拦，扑腾着哭了起来，汤旧画更是满脸通红。

崔尊也听见动静，猜到室内的情景，苦笑了一下，轻声道："我还是建议你跟他离婚，没有别的意思，只是我觉得……暴力是不能原谅也不会改变的。"

在孩童咿呀的哭声里,她的声音低低地传出来,似乎也带有哭腔:"没……没有……他……他……对我很好……真的……"

她上回对他说这句话之后就发生了那件恐惧的事情,那回说实话她确实带有自卑的色彩,但这一次绝对是心悦诚服。

她带给他这么大的耻辱,他都没有动她一根手指,甚至没有骂她一句。

如果这还不算好,什么才算呢?

崔尊想到江易刚才的态度,也大概能理解她的意思,沉默了许久,道:"我能给你些什么补偿?"

他已经想了很久,不知用什么合适。钱吗?崔昌其实算是成功的企业家,家财万贯。可他的子女,红萼只想当个普通的老师,跟妈妈安稳度日,崔尊觉得财产只有捐助患者和赔偿汤旧画时才有意义。但是他没办法主动开口,性和金钱相提并论,虽然他主观只是想赔偿,却好像容易被解读出轻贱之意。他也想不出还有什么方式能弥补她,只能直接询问。只要她开口,只要他有,他都会答应。

只有孩子的哭声传出来,汤旧画又了无声息。她抱着双腿,脸埋在膝盖里,沉默地摇头。她当然不可能要什么补偿,知道摇头他看不到,却无法发出声音。

那起被误读为出轨的严重犯罪的第一场后续就这样沉默而尴尬地结束。

这件事的余波才刚刚开始。

周六的傍晚,江易在屋里,他们都很安静。

突然传来一阵敲门声——准确说应该是砸门声,伴随粗暴的吼声:"江易,江易!"

孩子当时还没睡,坐在床上玩软积木,她也不会拼具体的形状,只是把条条块块都堆在一起。汤旧画抱着膝盖缩在墙角看着她。那急躁的、粗鲁的砸门声和喊叫声突然传来,汤旧画手心一片冰凉。她听出来者的声音,是她只见过两面的江易的父亲、宝宝的爷爷——江父。宝宝的性格像她,胆小怯弱,虽然听不懂发生了什么,也受惊般地扑进她怀里。

旁边卧室的江易当然也听到了,他从房间出来,走路时脚拖在地上,显然不愿意去处理此事,走到客厅玄关处朝门外喊了一声:"滚!我说过别再来找我!我不想见你!"

他虽然打过她很多次,但一次都没骂过她。听到他带着恼怒、压抑和厌烦的骂声,虽然隔着一道门,她还是吓得浑身发抖,喉头发不出声音。

江父的回应是抬脚猛踹房门:"你以为我想见你?我巴不得没生过你!我的脸都被你丢尽了!自己是个废物,还娶回来一个婊子!"他一句接一句地吼着,前几句,汤旧画越抖越厉害,听完最后一句,她已经没有力气颤抖,身体缓缓从床沿滑下,跪在床边,泪水从她低垂的脸上掉到地面。宝宝不知所措地爬过来,抱住她的头,跟她一起哭。

也是听到那个最侮辱女性的词,江易把门大力推开,又惊又怒地朝江父吼道:"你说什么?!"记忆里,江父虽然口中无德,却也从来没有说过这个词。他跟他生母说得最多的是"精神病"三个字,对继母更是没说过粗话。他居然用这种话来称呼汤旧画,让江易一时间完全无法相信。

门被敞开,江父看到江易的脸,他因年岁增长逐渐暗淡的皮肤,嘴角的胡楂,粗哑的声音,居然有种陌生感,觉得眼前人是个陌生男人,而不是自己唯一的儿子。

那种恍惚也只是一瞬间,随后就变成了失望和愤怒。江父上前一步,用更大的声音吼骂道:"你还有脸说!你能干成什么!娶的是什么烂人!孩子还没断奶就出轨嫌疑人的哥哥还同居,弄得尽人皆知,你还不马上跟这种婊子离……"

他一语未毕,江易就重重推了他一下,江父猝不及防,向后仰去,差点被门槛绊倒,所幸他是多年的刑警,虽然发福身体协调性依然很好,立刻扶住门框没有摔倒。

江父站直身体,回过神就扇了江易重重一耳光:"畜牲!你居然为了个婊子跟我动手!"

他反复说那个词，刺痛着江易的神经，他非常想一拳还过去，但是不能，他现在为人父母，已经不能像十六七岁时那样肆无忌惮地跟父亲对打，他只是瞪着父亲，一字一字地说："她不是那样的，你不能那么叫她！"

江父朝他吐了一口唾沫，唾液沾了他满脸："绿帽子都戴成这样了还护着她，你还真是贱啊！你还有没有点尊严？"

江易只是抬起手臂，抹了一把被打肿的脸沾上的口水。他当然下贱，当然没有尊严，因为他只是个卑鄙下作的强奸犯。

江父吼道："你要还是个男人，必须跟她离婚，拿上证件，现在就跟我去民政局！"

江易重重道："你别管我的事！"只要汤旧画不主动离开他，他不会主动结束，无论发生任何事情。至于男人，如果可以选择，他希望自己不是男人，这样他就不能伤害江蕺和汤旧画，她们的人生便不会是现在这样。

江父抬手就想再给江易一巴掌，又觉得江易这个畜牲从小就冥顽不灵说不通，直接就要往里冲："她在里面吧？我去找她！"

江易想都没想就挡住江父："你干什么？"虽然他不聪明，也知道绝对不能让江父跟汤旧画见面，汤旧画根本承受不住。

江父怒道："你让开！"

这气氛实在诡异，依稀记得以前都是他要打江易，江蕺挡在中间的。现在为了汤旧画，他们父子再次发生肢体冲突，那些冲撞声几乎把汤旧画撞碎。

最后还是年轻的江易赢了，他把江父堵住、拦住、推了出去，并且重重关上了门。

江父在门外骂道："江易，你这个不知好歹的畜牲！你完了！哪天你跟武大郎一样被灌了药，死都不知道怎么死的，别指望我给你收尸！"

汤旧画跪在卧室里，崩塌般地颤抖，就像是木头从内部，按照年轮的线条解体一般。片刻之后才明白他的意思，心里震荡，如果有一天她跟江易只有一个人活下去，她会毫不犹豫地选择死亡，竟然会被误会至此，一定是她做人太糟糕、错误太严重。

女儿抱着她的脖子还在哭泣着，哭得很伤心委屈，汤旧画甚至不敢去拍拍她，以至于孩子越哭越厉害。

江易回了一句："我就算死了也不想看见你！"

江父的脚步声终于远去。

江易站在原地，他知道汤旧画肯定也听到他父亲的吵闹声了，只觉得尴尬而抱歉——是他把她拖累到这种境地。他想去安慰她两句，又不知道怎么面对她，更怕她又给自己下跪，何况他脸上还有伤，本能地不愿意她看到，居然开门走了出去。

而屋里汤旧画浑身无力，她从女儿的臂弯中滑落，弯腰跪在墙边，在孩子的哭声里，抬起手不断抽打自己的脸，仿佛回到了儿时漆黑的夜晚跪在继母面前，每打自己一下，心里就默念一句，我错了，我该死，我不应该生下来……

直到宝宝哭得累了躺在床头那堆软积木上睡着了，她还是跪在那里，跪了一个又一个夜晚。

江易住了三天单位宿舍后回出租房，他脸上的伤已完全看不出。

他回来的时候，汤旧画并没有在卧室，她在阳台晾衣服。虽然她每天都自责不已，悲痛欲绝，但是有些家务还是必须做的。

出租房并不大，进门就是客厅，户门正对阳台。汤旧画听到他的声音，顿时就跪在地上瑟瑟发抖。

江易有些心烦，那一瞬间他想把她扔在那里不去管，他当然不能那么做，只好走过去拉她起来。

阳台、客厅的灯都没开，只有玄关处亮着灯，光线遥遥传过来，微弱而昏暗。

他走近她，影子把她瘦小的身体遮蔽，她抖得更厉害，呼吸都不敢出声。

他握住她的肩膀把她拽起来，她猛地抖了一下，虽然她头埋得很低，他还是看到她双颊都有些肿。

他把她扳过来睁大眼睛看了看，发现她脸肿得比三天前厉害得多——汤旧画虽然没有多大的力气,她打十巴掌可能不如别人全力的一掌,但如果她打了一百、两百下呢?

江易立刻问道:"你脸怎么了?谁打你了?"

汤旧画慌忙地摇头:"没……没有……"

江易当然不信,以前他打她的时候,别人如果问她,她肯定也这么回答。他握得她更紧,声音也激动起来:"他又来过吗?"他指的当然是江父。

汤旧画怕他误会,努力摇头,恐惧、愧疚、羞耻、不知所措……她的眼泪不受控制地流出来:"不是,不是,是……我自己……"

江易一愣:"什么?"他握她的手松了些,她低着头不敢看他,膝盖一软又跪了下去,不停地说着:"对……对不起你……对不起……对不起……"

江易心烦意乱,他脾气本就不好,发狠地把她硬生生拎起来,同时吼了她一句:"起来!你没完了?!"

她顿时吓呆了,喉中没有一丝声音,身体软烂如泥,颤抖的力气都失去了,眼睛像是一戳就破的水泡,面上没有任何像是活人的表情。

那是恐惧到极点,意识都已经模糊,再进一步就是精神完全崩溃,通俗地说,也就是成了疯子。

如果连续经历这么多伤害还神志正常,那才是不正常的。

如果从公安局回来那天他就对她暴力相待,她可能还能承受。但是他没有,她在巨大的恐惧和愧疚中等了这么多天,悬而未决的不测最恐怖,她长期受虐待形成的承受能力已经尽数消磨,不知不觉已经脆弱得不堪一击,客观地说,再经不起半点风雨。

江易虽然不懂,也被她那反应惊到,急忙松开她,立即后悔没控制好脾气,其实他完全没怪她,只是时间长了有些烦乱。

他想解释,想告诉她,他没有生气,让她别害怕,但是他说不出口。作为一个男人,让一个女人这么怕自己,让他觉得很羞愧。是他对她太差了。

他也不敢再看她受伤的脸,别过头去,用尽量平和的语气说了句:"别,别再这样了。"

汤旧画恢复了一点点意识，她大概明白他不喜欢她道歉的姿态，颤抖着很小声地还在说："对……对不起……"

江易简直不知怎么跟她沟通，只能转身回了卧室。

从那以后他再也不敢跟她大声，准确地说，他从来没怎么跟她说过话，她怀孕前他给她的只有粗暴和殴打，怀孕后则一直是各待各的房间，各做各的事情。

六十一

这件事以"哺乳期警嫂出轨嫌疑人哥哥"的版本传遍公安系统，不需要任何人推波助澜，它本身的戏剧性就已经足够。出轨本来就是人们津津乐道的话题，何况他们的关系这么敏感。

江易每天在单位都会收到无数异样的饱含同情、嘲讽和幸灾乐祸的眼神。当然他们原本看他的眼光也不友善，他从入职开始，在他们心目中一直是平庸无能的废物兼关系户。现在又多了一顶绿帽子，还是他袒护过的嫌疑人哥哥亲自为他戴上、全队同事替他见证捉奸的超大绿帽子。

现在的人无论心里多么鄙夷，明面上都会保留几分和气，所以绝大多数人都只是对他冷眼相待，当面跟他放肆的只有高渐明。

高渐明在他面前肆无忌惮也不是一天两天，从小他就没对他客气过，青少年时期就没把他放在眼里，日常无视，偶尔奚落几句；"得知"他跟江蘅的往事，发泄对象原本是江蘅（虽然屡屡受挫），但失去第一个孩子后，想挽回跟她的关系不能再对她提，这事又盘踞在他心头挥之不去，只要想起来就会对江易极尽羞辱，已经成为常态。而江易怕他对江蘅不好，一直忍气吞声，加之内心深处也自觉有错，向来不怎么反驳。

这天，他走进办公室，高渐明看着他，就像欣赏一个玩物："今天皮带挺干净啊，昨晚没用过吗？"

江易脸上闪过一丝晦暗，这件事每每想起，他都觉得万分羞惭，尤其是在崔红萼那天朝他微笑以后。他居然因为高渐明一句话,那么凶残地抽打完全无关的汤旧画,让她全身都留下无法消除的伤疤,高渐明居然还引以为乐,再三提起,简直变态。

江易不想回应,装作没听见坐到椅子上,但高渐明没有打算放过他,靠坐在椅背上,继续挑逗他:"江易,你让我很意外,她没做错什么的时候,你都能下那么重的手,现在她干出这种事,你在犹豫什么?"

江易实在不想听他那表面悦耳、实则刺痛的声音,站起身往外走,高渐明居然跟了上来,干净明亮的走廊里,他在他背后提问:"她让别的男人射在你的通道里,你居然没反应吗?你不会天真地以为她是被迫吧?你可以问问她,这个月过得幸福吗?跟他做了多少次?用了哪些方式?他跟你,"明镜般的玻璃下,他露出嘲讽的笑容,"两位好哥哥,谁更强啊?"

江易忍无可忍地转回头瞪着他喘着粗气道:"你闭嘴!"

高渐明冷笑道:"事情是她做的,你都接受了,别人说两句,你反倒听不得吗?"

普通男人被这么一激,控制力差一点,可能就要拔刀相向了。但是江易从来都没有把汤旧画当作妻子,所以这些问题完全刺激不到他,相反,只觉得高渐明是个折磨人的天才,心里生起一种可怕的猜想,他不会也曾用这些问题折磨过江蘅吧?

高渐明还在稳定输出:"你可以往好处想,她不配合警察,可能是不想验伤,怕别人看到你皮带的杰作。"走廊里只有他们两个人,说话不必避讳谁,高渐明明亮的双眼一直盯着江易,江易则不适地侧过身。

高渐明又道:"要不我给你提供个思路,你让她去把崔尊捅了以明志,控制位置别捅死就行,反正他跟你们一样都不喜欢报警。你可以跟她说,如果她不做,就再也别想见到孩子。她不是很爱孩子吗?"

无论结局是江易失控把汤旧画打死打残、汤旧画听话地把崔尊捅死捅伤,还是汤旧画崩溃自杀,她那个女儿成为没妈的"草",高渐明都很乐意一见。

如果江易没见过崔红萼最后的微笑,如果他对母亲这个身份没有这么深的执念，可能就跟以前一样被高渐明牵着鼻子走了。现在他只感觉到愤怒和恐怖，一个人要残忍恶毒到什么程度，才会用不让见孩子的方式威胁羞辱一个母亲？他一直很难过遗憾江蘅的孩子没能诞生，现在突然有点因祸得福的感觉，如果孩子生下来，高渐明会不会用孩子来侮辱江蘅？他不知道的是，早在第一个孩子在江蘅肚子里的时候，高渐明就拿它侮辱她无数次了。

江易怒道："她从来没得罪过你！"

高渐明冷笑着站直身："这种道德上的罪人，随便谁都可以裁决。"他走近他，对他附耳道："不过，你这种乱伦背德的人渣，跟她这样淫荡下贱的女人，确实很般配。毕竟淫人妻女者，其妻女必被淫。你们的女儿以后上学，人家都会说她妈偷人，其实还应该加一句她爸乱伦的。"

江易几乎跳起来，高渐明挑衅地看着他笑了笑，江易像被压到底终于反弹般吼道："高渐明！我是对不起蘅蘅，但是从来没对不起你！她更没有！那时候她跟你根本没关系！汤……跟这些事更是一点儿关系都没有！你别老做得好像所有人都欠你一样！"

他称汤旧画则连名字都没说全，因为这个名字他其实从来没喊过，他觉得这三个字都充满罪恶。而叫蘅蘅的时候，流畅自然发自肺腑，不是故意要叫江蘅的小名显示亲昵，而是这个称呼早已深植他心底，自然而然地唤出来，但在高渐明听来，简直就像他跟江蘅偷尝禁果时的呻吟。

这是江易第一次正面回答高渐明他跟江蘅的事情。他这套"不欠你"的言论，跟江蘅的"与你无关"异曲同工，高渐明表面还在冷笑，心里几乎在磨刀："你还有脸说吗？不仅是我，你们这种违背伦常的行为，欠所有遵守道德的人。"

如果道德成为侮辱别人的武器，那还是道德吗？

江易咬牙道："没有你说的那么龌龊，这种情况在法律上也是允许结婚的！"其实他对江蘅做出非分之举时只有十八岁，江父的教育又失败，他并没有很强烈的是非观，他现在当然明白那么做不对，但是绝没有高渐明说的那么丑陋。

高渐明冷笑道:"法律还规定出轨无罪。不过你亲身经历被出轨,好像还一直维护她?"

江易站在地面,身体因发力而前倾:"你什么都不知道,凭什么说她出轨?!"

他虽然不了解来龙去脉,但他知道汤旧画绝不可能是自愿的,她对那件事的理解一直都只有疼痛和恐惧,何况她满身的伤疤,不可能主动示人。至于她否认崔尊强迫她,她当然会否认,如果她会愿意告崔尊,她高三的时候就该起诉他了。

江易每次听到汤旧画的名字跟出轨关联出现,都会很不舒服。因为首先,她没有出轨,那只是一种错误的、逆来顺受的观念。而且他们的婚姻,这个"轨"本身,就基于她这种错误的观念。她全程都是受害者。

高渐明皮笑肉不笑地说:"没准我知道的比你多。"虽然他不知道江易跟汤旧画的前史,却很清楚崔尊肯定是强奸,甚至连动机他都猜到了——那是除了崔尊本人,就只有他一个人知道的原因。

他明明都知道,但他还能那么坚定、鄙薄、居高临下地羞辱她的不贞。

江易不明白他什么意思,不解地看着他。

高渐明开口,嘴角还带着淡淡的笑意:"就算是他强奸她的,那不是更说明她贱吗?被强奸不愿意起诉,比出轨还不如。随便哪个男人用强都能上她。"

他话音未落,江易就一拳砸向他的脸,同时从牙缝里发出声音:"畜牲!"这是他概念里骂人最重的话,因为他从小就被江父这么骂。

高渐明心里略有意外,他本以为江易听到这话应该回家抽汤旧画的,随手格开江易的胳膊,冷笑道:"这么暴躁证明你也知道我说得对吧?"

江易因气愤而喘息,双目通红,嘴唇颤抖却没说出一个字,他本来就笨嘴拙舌,情绪激动之下更是脑子和舌头都转不过弯,无法用文字提炼总结表达自己的想法。最难受的是,他不得不承认,高渐明说得有部分道理,甚至也跟事实不谋而合。但是他听不得高渐明把汤旧画选择沉默和原谅归结为贱。虽然他不了解，她这个样子，就是因为被作践得太多。

让他激愤的，还有一个重要原因，就是高渐明的话触到他内心深处的一根弦。这一年多以来，他一直有个困惑，就是高渐明口口声声批判他们兄妹乱伦，却好像并不知情事实是他强奸未遂。他不知道江蘅有没有跟他解释过，又没脸问，很多次他都想主动告诉高渐明做错事的只有他一个人，又怕跟她的意见相左。现在看来，就算他说了也没有用，高渐明不会有丝毫体谅江蘅，相反，只会说得更难听。

他心里百感交集，却一个字都说不出来，高渐明没再看故障散热器般的他一眼，直接掠过他走向走廊的终端，走出办公楼，走出单位大门。他手头还有一堆事情，居然都不管了。

江易情绪也糟糕得根本无法静下心工作，直接从相反方向离开，从另一个门走出楼门，什么任务也顾不得了。

高渐明走在路上，夏日的风温热和煦，吹在他身上，没感到半分暖意。

离婚不到两个月，他妈虽还没骂够江蘅"骗婚"，又已开始张罗给他相亲。这回他已经没有情绪礼貌对待，只在电话里给母亲扔下三个字"不可能"。

虽然他和江蘅也已经没有可能，但他永远不可能接受别人。

他在街道上闲逛，没有明确的目的地，脑海中很多地点：五小、体校、商务局门口……以往的一幕幕相继在眼前铺展开来，有种身体从内而外被灼烧的痛觉，仿佛置身于一场比赛，从始至终只有他一个人在单向奔赴、追逐、较劲、强求，如今只剩一片茫茫，没有未来。

他明明那么想跟她有幸福快乐的结局，亲手写出来的却是悲剧的结尾。这是他跟她的矛盾，也是他自己内部的矛盾，无法化解和改变，也不能忘怀或接受。

他在青天白日下走了很久，拿出手机通信录里最熟悉不过的号码，可悲的是他对她的称谓跟江易一样，都是"蘅蘅"，而且这么多年都不曾变过。

他在拨号的按钮前停顿、停留，想按又不想按，难以言说地纠结和落寞。

最后，他在脑海里一再劝说自己，这只是个按钮，就跟冲水马桶的开关一样，只是个按钮，才终于点了下去。

意外地，电话是通的。很多夫妻离婚后都会彼此拉黑，何况他们闹到这个地步，她居然没拉黑他。

她没有铃声音乐，就是最简单的嘀嗒声，可以带人回忆电子产品不发达的童年。

更意外的是，三声之后，电话就接通了。

她竟然接了。

虽然她没说话，甚至连气息声都没有，但他知道她就在听筒对面，他能感觉到。

多可悲，这么遥远而虚无的接触，他居然觉得满足。

有人说爱是卑微到泥土里开出一朵花，他开出的那朵一定花瓣写满了恨。

短暂的沉默过后，说了一句他自己都没想到的开场白："你不是很不喜欢接我电话吗？"

她的声音很平淡，好像是从梦里传来："我也有话对你说。"

他记起大一去她家拜年以后，他每三天给她打电话，她都拒不接听，逼得他打她家或宿舍座机，才能听到她略带疲惫的声音。转念想想，那时她应该就跟江易睡过了，他难得平静下来的心再起波澜，直接无视她想说什么："你听说了吗？你亲爱的嫂子出轨的光荣事迹，不愧是一家人。"这个尺度在她第一次怀孕那几个月他说的话里，算是很温柔的。

江蘅的语气还是很平淡："这件事的实际情况，你应该最清楚。"江蘅尽管已离婚离职，毕竟也在这个系统里待过，也加过不少同事微信群，当然也已经有所耳闻。而她虽然没见过汤旧画，但接触过崔尊本人，他不可能做插足之事，何况是在失去所有至亲的至暗时刻。相反，他最恨的人是谁，他最可能想做什么，而他实际做了什么，她固然不清楚高渐明具体起到怎样穿针引线、推波助澜的作用，却能想到这场所谓出轨的本质肯定是一件因误会引发的犯罪。

高渐明连否认的心情都没有："所以有话跟我说？"只有别的人出事，她跟他才有话说。独属于他们两个之间的话题，只有一个，就是分离。

他本来以为江蘅肯定会回答跟他无话可说，却听见她说："不是。"

他难得地安静下来，听她说话。

她的声音就像那起雾的夜里朦胧而透光的月亮："我想说的是，还不能结束吗？"

高渐明冷笑，过了片刻，反问道："你觉得呢？"

你以为我不想吗？

你以为我不想控制吗？

你以为我想以侮辱你跟你相关的人为乐吗？

你以为我不想结束这种无意义的纠缠和伤害吗？

你以为我不想停止爱你吗？

他把家里她的物品、她的痕迹，包括数度发生纠葛的奖牌、照片、球衣、镜子全部丢弃，却无法将她从心里抹去。

听筒那边不再有声音传来，也没有忙音。

月光又被乌云遮蔽，世界陷入无声的黑暗。

高渐明的声音冷漠而讥诮："你以为你哥是什么好人，他跟你爸一样，只是他不喝酒。"

他没有直说，而是绕了个圈，顺便刺一下她那不堪的童年，但是以江蘅的理解能力，当然瞬间就听懂了。

这是离开球场以后，第一个拨动她心弦的信息。虽然冯凤自杀、江母去世也都给她很大打击，但那些其实都是可以预见的结果，远没有这件事让她震惊而悲切。

虽然家暴具有遗传倾向，虽然江父那种教育模式下的男孩很难不暴力，但江蘅从来都没有想过，她从小照顾保护、看着长大的男孩，被父亲打肿眼睛在她怀里哭着喊妈妈的男孩，有朝一日长大后，会动手打他的妻子。

她向来是个极聪慧的人，很多事情都能推测、预料，蛛丝马迹都能窥一斑而见全豹,唯独这件事完全出乎意料,她从不曾怀疑过。

高渐明一年前就知道这个足以扭转她对江易印象的消息,却始终没有告诉她。因为他得知此事的时候,已经亲自做掉了他们的孩子。他潜意识里觉得自己的过错比江易更严重,所以没有说。

但现在一切都无所谓了。

高渐明说出来的时候,有种剥落伤口的快感:"你第一次清宫住院他来看你,那时那个女人怀孕五个月,他回去以后用皮带抽得她差点流产,她浑身都是伤疤。如果你不信,××小区××楼301,掀开她衣服的高领看一眼。"

他等了几秒,听到她轻如云的声音:"你我之间的问题,从来都不在于他人,而是在两个人自身。"

高渐明没有答复,也没有反驳,直接挂断了电话。

电话那端,江蘅静默良久,起身出门。

六十二

江蘅住得并不近,她来到江易租住的小区已经是午后。

她进楼、上楼、敲门,连续而顺畅,她敲门的声音轻柔而清晰,很能让人感到礼貌和尊重,门里只隐隐传来极轻微的脚步声,声音停在门内,却没开门,隔着一道门板,她甚至能感觉到门内人的恐惧和卑微。随后,隐约听到婴儿的哭声。她走下楼梯,初夏中午温热的风迎面而来,她拨通江易的号码。

江易当时正在某个街角发呆。

他不想回单位,也不想回跟汤旧画的出租房,然而他除了这两个地方无处可去,便只能在大街上游走,走到一个陌生的地点就停下来发呆,和每天坐在书桌前呆坐一样。他以前就不愿跟汤旧画独处,出事后更不愿,当然不是因为高渐明说的"看见她就恶心"之类,而是看到她甚至只是想到她,都会感到尴尬和悲哀,那种感觉远不如他对江蓠的思念浓郁、强烈、纯粹，它暗淡、隐晦、复杂，但就像阴影般笼罩、摩挲。

他感觉到手机振动，以为又是队长，对方上午已经给他打过两个电话，第一个批评他擅离职守，勒令他马上回单位，被他直接挂掉，第二个他压根就没接。他正准备连续按两下锁屏键再次挂断时，却看到来电人的名字。

意识突然模糊，又瞬间清晰。

他匆忙接起来，把手机贴到耳朵上，这么简单的动作，他硬是做得手忙脚乱。终于把手机举到耳边，却不敢开口说话。

江蓠的声音很平静，听不出喜怒："哥哥，你在工作吗？"跟崔红萼不想打扰崔尊一样，江蓠原本也不想打扰江易，但她确实认为这件事比工作重要得多。

换句话说，动手打女人的人，实在没有必要参与工作，何况他的工作还是除暴安良。

江易根本没想那么多，他有些不好意思又实话实说："不……不在。"

江蓠道："那你能回家一趟吗？"

她说什么，江易都会马上照做，他想都没想就说："好，好的。"

在回家路上，他才隐隐觉得不对劲，说不清道不明地紧张，又似乎有点期待。赶回小区楼下，他就看到江蓠的身影。浅蓝衣衫，身影绰约，一如记忆里的模样。

初夏的阳光明朗而温暖，照在她肩膀上，仿佛遥不可及的梦突然照进了现实，但他突然感到无比羞惭，不敢上前。

江蓠主动朝他走来，看上去她每一步都很慢，却转眼就到面前。她的表情很沉静，声音也听不出悲喜："哥哥，你打过嫂子吗？"

但江易如雷轰顶，眼前发黑，阳光似乎变成灰色，那一刻他根本没有想江蓠是如何得知，更没有想汤旧画有怎样的过错，甚至连高渐明对他的催化、诱导作用都完全忘记了，只有无尽的悔恨和自责。崔红萼那温柔又有力的笑容再次浮现心间，跟江蓠白皙的脸庞虚实结合，无不映衬出他的阴暗和低劣。

他低下头默认,不敢看她的眼睛,没有一个字辩解。

良久,他才听见她的声音:"我想见见她。"她的声音依然是温和的甚至还带有歉意,只不过温和的对象已经不再是他。

她抱歉的原因,大概就跟培养出伤害别人孩子的家长一般无二。

江易当然不会反对,他什么都没说就上了楼,拿钥匙打开门。户门打开,"家"里客厅、厨房依旧干净得空空荡荡、冷冷清清,毫无居住痕迹。

江易还在糊里糊涂地想着怎么把汤旧画从屋里喊出来,就看到她已经半跪半缩地抱着孩子瑟缩在客厅角落,大概就是那年三十江父在这客厅跟江易争执时她站的位置。

她过度瘦弱的身体缩成小小的一团,放眼望去她怀里的孩子比她体积还大。她在颤抖着,这段时间,她没有一刻不发抖。她其实也不想的,她很想保持静止,不被别人注意,不惹别人厌烦,可是她怎么努力都控制不住。她内心的恐惧和痛苦太深了,藏不住了。感觉到江易和江蘅进来,她单薄的肩膀顿时抖得更厉害,如同被冬风吹刮只剩茎秆的残叶,仿佛下一秒就要破碎了。

江蘅的敲门声她当然听见了,也走到玄关处看过,她不知道这个陌生女子是谁,不敢问,更不敢开门,也不敢当作没听见,六神无主的时候,女儿哭了,然后敲门声便消失不见,她怕自己耽误了什么事情,也怕江易回来责备她,跪在客厅不敢动。

现在江易跟江蘅一起进来,她更觉得自己做错了,误了他们的事情,她很想很想说对不起,可是她太卑微、太恐惧,喉中发不出声音。

这些天她本就已经愧疚得不想活了,现在又多了个怀疑怪罪自己的事宜,只觉得幼年时继母说得对,她有错,有罪,该死,她就不该生下来。

她这辈子没做过一件正确的事情,全是错的,最大的错误就是没有早早去死。

江易看到她这个样子,只觉得惭愧又难堪,想过去把她拉起来,又不敢轻举妄动,她脆弱得似乎一碰就要碎了,而且他也不敢当着江蘅的面触碰汤旧画,他觉得他的手都有罪。

这是江蘅第一次见汤旧画，虽有心理预期，还是无法不震惊。她也算是阅人不少，却从未见过这般凄惨破碎的人。汤旧画现在的精神状态，几乎就跟被拐卖到山村、剥光衣服、脖子套着铁圈、拴在猪圈、被无数次殴打强奸、折磨到精神涣散的人差不多。

看见她颤抖的身体、瑟缩的肩膀、近三十度的天气还穿着的高领长袖和长裤，高渐明说的显然是事实。客观地说，他说的时候她就知道不是虚假，特意赶来，只是不愿意相信。

但是高渐明见过汤旧画吗？如果他见过一眼，怎么还能用那种话羞辱她？

如果江蘅是那种能言善辩、温暖热情、喜欢站在道德高地俯视、评价、帮扶别人的女生，可能会要上演单方面温情的一幕。强调单方面，是因为言语或许可以温暖一个孤单的人，但不可能缝补一个破碎的人。汤旧画如今的情况，即使对于经验丰富的心理医生来说，也是个棘手的难题，何况本性同样内敛不善言谈、尚未从丧子和丧母之痛里走出来的江蘅，何况她们之间的关系又如此复杂。

江蘅只是缓缓走过去，单膝蹲下来，用非常非常轻柔的声音说："……你好，我是江蘅，你知道我吗？"她并没有称呼汤旧画为嫂子，把她迫害至此的男人，不能称作她的丈夫。

江蘅的态度已经非常非常温柔，但汤旧画的肩膀还是又抖了下，随后缩了起来，埋着脸面朝地板，很羞耻的样子，含含糊糊地说："对……对不起……"她知道"江蘅"这个名字，崔尊跟她提过，想到那天后来发生的事情，她顿时如蒙鞭挞。她认为自己对不起江易，也愧对他的亲属，哪怕这个亲属跟他有非同寻常的关系（高渐明说的）也一样。她以为江蘅对待她的态度，至少也会跟江父差不多，她已经准备接受一顿扑面而来的指责和批判。

江蘅见状，知道她大概是听说过自己的，不知道是听谁说的，也不知道具体内容，她也不想解释什么，只是轻轻伸出手，想把汤旧画扶起来。但是汤旧画似乎完全没有起来的意思，江蘅碰到她的时候，她浑身紧绷地向墙角缩，喉中不可控制地发出恐怖至极的呜咽，但她本来就已经贴在墙边，以至于身体缩得更紧。她无法接受除江易和孩子任何人的接触，无论男女。当然她也很恐惧江易，只是他是她概念里应该服从的人。

她怀里又抱着孩子，江蘅怕碰到孩子，没办法再用力，只能扶着她的肩膀，帮她换了个姿势，让她改为折着双腿坐在角落里。这期间，她余光看到汤旧画的膝盖，虽然隔着裤子，还是清晰可见其肿胀和骨骼畸形的轮廓。她心下震惊悲伤，却只能不留痕迹地收回目光。

不知不觉中，江易已经无声地出去，他根本无地自容。

江蘅离汤旧画距离很近，发现她其实生得很美，眉眼、五官、脸庞的线条都很古典，人如其名，只是过于消瘦，脸颊略凹，眼窝微陷，嘴唇和脸颊都呈灰白色，显得凄苦而病弱。

江蘅半蹲半跪在她身旁，左臂自然下垂，右臂搭在右膝上，背脊是挺直的，气质却很温柔，她凝视着汤旧画，非常诚恳地说："我很抱歉，非常抱歉。"

这么多年，江易对她是什么感情，她当然很清楚。就算他没有亏待汤旧画，也至少亏欠她爱情。如今从他的所作所为来看，他远远不只是"亏欠"，简直是骇人听闻。他们是近亲，而她居然一直浑然不察。

但汤旧画当然不觉得江蘅需要道歉，这就跟江易没有打她一样让她意外，一时间恍惚而惭愧，不敢说话，只是摇头再摇头。

江蘅居然也不知道该说什么，她其实很想劝汤旧画跟江易离婚，因为她认为暴力是绝对不能接受的。她却很难说出来，因为她跟江易关系特殊怕被曲解，因为她知道很多被家暴的女人最不愿意听到的就是离婚。但是她实在没办法看着她活得这么恐惧却袖手旁观。

她斟酌再三，用最温柔的声音轻声说："我们离开这儿，好吗？"

汤旧画显然听懂了，下意识地摇头。她倒不是不敢离婚、贪恋家庭完整之类的，她从来不知道什么叫作婚姻或家庭，她只是觉得，他没有开口让她滚出去，她就没有离开的资格，而且崔尊让她彻底怕了外面，甚至已经不敢出门。

汤旧画的情况看上去让人费解，她跟江母不同，她是新时代生的人，受过高等教育，怎么还能容许别人这样的侵犯和伤害？

其实是很好理解的，因为她从不曾被爱着。很多人劝被家暴的人离开时，都会说你爸妈辛辛苦苦生你养你，难道就是给他打的吗？家人的疼爱和呵护，会转化为自尊和勇气，被欺负的时候，能站起来反抗脱离，能坚信那不合理，能勇敢地保护自己。

江蘅跟崔尊一样，也猜测她原生家庭想必对她不好，想问问她的家庭情况，又觉得那样冒犯而越界，只能轻轻地问她的想法："为什么？"

她当然得不到回答。汤旧画什么都不会说，连"对不起"都没有。因为如果广泛地传播歉意，往往带有请求原谅的意味。她埋着脸沉默，她能沉默到天绝地灭，但是她很快又因为让江蘅等待感到抱歉，她不知道怎么应对这个局面，眉目间满是羞愧、局促和艰难，而且好多年没人这样柔声细语跟她谈过心，她心里隐约有种酸楚的感觉，泪水又盈满眼眶，她本来就在发抖的身体也逐渐抖得更厉害。

江蘅抬起手，轻轻地扶起她瑟缩着的肩膀，柔声道："这并不是你的错。"

她触碰到她衣服的那一瞬间，汤旧画就像木偶般一动不敢动。她的衣服和江蘅的指尖都是冰凉的，听完她说的话，她就一直垂着头，像认罪般地摇头再摇头。江蘅心情糟得一句话都不想说，但她若一言不发，就等于冷漠，只能尽力说些什么，哪怕是微不足道的安慰。她根本不需要去问江易打汤旧画的原因，眼前的情景，是她此生见过最适用高渐明"没有任何理由"之理论的一幕。任何理由都不是把一个人折磨成这样的借口。不管汤旧画做过什么，这件事都已经不是她的错。

而汤旧画全程愧疚且恐惧地缩在角落里发抖，直到江蘅离开。

她走下楼，走出从不关闭的、狭窄的、生锈的旧单元门，看到江易站在门口的墙角下，他一直在这里。

他一直在等她下来，等待夹杂着胆怯，终于看到她，他的第一反应，还是无比羞愧地低下头去。

他猜想过江蘅的各种反应，又觉得怎么都猜不出，只能把一切交给她审判。

江蘅的目光没在他脸上停留片刻，他站在单元门口，她必然会经过他，路过时，她停下脚步，语速偏快地说："她什么都没说，只是我的猜测。她跟你……第一次的时候是自愿的吗？"

大一暑假，高渐明约她去看少儿组的球赛，在看台上跟她说过江易跟未成年读高三的汤旧画在其中学图书馆发生关系，她当时满心想着高渐明对于江易母亲的不妥言论，以为那是江易跟女孩的个人自由。但今天她终于见到汤旧画本人，她无法相信这么怯弱封闭的人，哪怕是年轻十年，会跟江易在公众场合做那种事。

江易如遭雷劈，同时又有一丝解脱的感觉，不管怎么样，他终于有机会承认、直面这件多年来压在他心里的罪恶。他什么都没解释，只是摇了摇头，却已经坦白了千言万语。他已经做好准备，怎样的谴责、惩罚、痛恨、失望，他绝都不会有半句怨言。

他对不起汤旧画，对不起江蘅，对不起他女儿，对不起他母亲，对不起江蘅每一次将他护在身后，对不起她教他系的鞋带和给他擦的药水，对不起她给他洗的每一件衣服和做的每一顿饭，对不起她每一年春节给他做的糖饼，对不起他母亲流在他体内、沾在他身上的每一滴血。他受到女性那么多恩惠，却亲手伤害了另一个女性。

如果说江蘅心里有个平静的湖泊，多年来源源不断地供养、洗涤她的思想和言行，让她度过了一件又一件常人难以承受的遭遇，但是这一天，这片湖泊的角落开始坍塌。

她转过身去侧对着他，没有说一个字，也没有再看他一眼。她的表情依然是平静的，眼里甚至找不到半分厌恶和嫌弃，她从来都是个冷静而克制的人，把他当作空气般地忽略，已经是她能表达出来的、最大的负面情绪。

她从来没有这么对过他，江易顿时感觉万箭穿心，他站在原地，感觉自己化作了一道墓碑。

片刻之后，江蘅说："你先回去吧，不要再伤害她了。"她声音很轻，但不再柔和，而是疲惫。她没有明确说是让他回单位还是回家，那意思类似于"做该做的事情吧"，她已经不想再跟他说一个字。只因汤旧画不愿离开，她也不能强迫，暂时想不出好的办法，只能做些微不足道的劝说，自己都不抱什么希望，她也认为打人的男人都会打到打不动的那天。

江易向来是她说什么便听什么的，何况她说的内容本来也是他准备做的，只是出于巨大的羞愧，大脑都变麻木，喉头仿佛被堵住，发不出声音，更无法解释或请求原谅，只有点头，甚至连点头都不敢有什么明显的幅度。

江蘅没有再理会他，彻底转过身一步步走开。

江易心里满是慌张，他生怕再也见不到她，她走出几米，他控制不住，腿像自己会动一样，追着他依赖的方向，他不敢靠近她，更不敢伸手去拉她，只是距离她一臂间隔，跌跌撞撞地跟了几步，目光发颤地看着她的侧脸，语气小心、试探、卑微地小声喊她："蘅蘅……我错了……蘅蘅……"带着哭腔的声音里满是乞求。

他跟着她走过了一栋楼的距离，还没到下班时间，小区没有别人，空空的楼前空地只有他们两个人。江蘅没有停下，没有回头，没有看他一下，却也没有加快脚步，终于淡淡地回答了一句："你先回去吧，让我想一想。"语气和刚才一样，甚至更增了几分疲惫。

她还愿意理他，他已经喜出望外、感激至极，他不敢再纠缠言语，像个做错事的孩子一样站定在原地，讷讷地点头又点头。她没有再说什么，继续往前走。直到她的背影都已消失了很久，他终于转身走回楼上。

他打开户门，汤旧画还瑟缩在客厅角落里，他走进来，她的身体又开始颤抖，缩成一小团。

江蘅虽然说不是她的错，但是她当然还是根深蒂固地认为，都是自己的过错，自己罪不可恕。

她对江易充满歉意，只是她发觉江易好像并不喜欢她下跪，遂不太敢那么做，却不知除此以外，该如何表达她的歉意。她看见刚才江蘅的态度，怕自己影响了她跟江易的关系，更是抱歉，又不敢说话，只能瑟缩。

江易看她那样子，更觉得他罪孽深重，也不敢去动她，只能远远走开。

汤旧画又缩了很久，直到孩子排便后不舒服哭泣，她才挣扎着抱着孩子站起来回卧室拿干净的纸尿裤。她走路时，双膝异常僵硬，每迈一步都会痛如刀扎。她当着江易的面不常下跪，每个夜晚她都还是跪着的。

六十三

江蘅离开以后，在街上走了很久，走着走着，就红了眼眶。

汤旧画的事情实在太让她难受了，她的悲惨，以及这悲惨跟江易息息相关。

她本来是个很能接受现实的人，从不曾抱怨命运，此时却情不自禁地想，如果妈妈再婚的对象不是江叔叔，她从不认识江易和高渐明，该有多好。

她第一次怀疑自己的选择。

她想起十四岁时，在她的卧室里，高渐明那句"不起诉就是纵恶"。

她想起二十五岁时，在他的卧室里，她那句"我哥哥不是坏人"。

人生最大的悲哀之一，就是经历了很多辛苦和磨难，却发现多年来的坚持是错误的。

这几天，她基本没有睡觉，也没进食，想了很久很久。

她想明白了十七岁那年3月，他那场突如其来、撕心裂肺的哭泣，任她怎么问，他都不肯说为什么，只是一遍遍淌着眼泪说对不起。

也想明白了那年春节，他摔掉她做的糖饼，又跪下来拉住她的手，像溺水者祈求浮木般求她给他一次机会。

他一直都知道错了，只是无法自拔，越陷越深。

她想起江易遭受过的暴力，被撞倒的鞋架，被打肿的眼睛，被骂过的"畜牲"。

她想起六岁时那个夜晚，在他的房间里，他埋在她怀里哭泣着，一声声对妈妈呼唤，他说的那句，她不要我了，她把我一个人扔在这里。

她想起十六岁在她床前，他跪在她面前，讲他母亲走的那天，后悔他怎么没起来。

她一直都认为，那么爱妈妈的孩子，不会是个坏人。

她想起她第一次去高渐明家看录像晚归，到家后，妈妈已经陪江叔叔睡下，江易却瞬间推门出来。

想起她去体校那天，他始终压着却不敢拉开的门把手。

想起十四岁那场半决赛前夕，他小心翼翼地提出能不能去看。

想起 Y 大附中教室后窗的目光。

想起他约她在咖啡馆见面说他成绩有了进步那紧张期待而雀跃小心的眼神。

想起他军训结束回家那日，在洒满阳光的阳台，他说跟她换个城市，没有冬天的海南和四季如春的云南。

他对她的感情应该很早就生根，深到难以收场的程度。是不是她没有控制好分寸，只想着对他好，却忘了可能会拨动少年的心？现在想想，她给他的照顾帮助和带给他的痛苦堕落相比，哪个对他影响更大？她让他受了太大的挫折从而寻找了错误的出口，却又没能及时发现，才有了如今的局面。

她也有很大责任和过错。

那段日子，是江易有生之年最煎熬的时光。

最开始的三天，他老实地白天上班，晚上回出租房，等待着江蘅的审判，她说她想一想，那在她想好之前就不能打扰她。她想好了应该会通知他的。

过了三天，他开始害怕，如果她想出来的结果是再也不理他怎么办？毕竟他错得这么严重，他感觉这很有可能，他知道自己的罪孽不可饶恕，他也无颜面对知情后的她，他也想就此退出她的生活，但是想到他们从此形同陌路、再无瓜葛，他就感到一种难以言说的恐惧，感觉如果她不要、不认他了，他在这世上就永远孤身一人。

又勉强忍耐了两天，她依旧没有回音，他越来越恐惧，仿佛置身于无边的黑夜，又被冰冷的河水淹没。

第六天，他开始反复编辑短信，当然不敢给她打电话，没有勇气面对她的声音或者忙音，每次打出的都是同样的内容："蘅蘅，都是我不好，都是我的错，我再也不敢了。"循环往复，却不敢发出去，怕所有的道歉都是骚扰，所有的诚意都是负担。

第七天、第八天，依旧没有她的消息，他终于发了出去，有了第一条就有无数条，他没有文字功底，也不懂得开脱的辩解、煽情的回忆，只是一遍遍地说"对不起"和"我错了"，到后来就是"我是畜牲"。

其实江蘅并不是他最亏欠的人，但他却控制不住地向她道歉，因为她是他最重要的人，是他活下去的基石，是他的信仰。只要她一句肯定，他便可以笑着迎接死亡；如果被她遗弃遗忘，万事万物对他而言只剩虚无。

他夜不能寐，日日夜夜地看着短信界面，期待着也惧怕着她的回复，然而没有只言片语，仿佛那号码是空号，这种痛苦简直没有人能够承受，那种牵肠挂肚又无依无靠，穷其所有又一无所得，那沉寂的屏幕如一潭死水，他恨不得跳进去溺亡其中。

江蘅依然没有回复他。

第九天，他开始焦急、害怕，他最害怕的已经不是她不原谅他，而是她在情绪低落之下出什么意外。他跑到她单位去偷偷看下班的人群，人群里没有她，他焦急万分地去问值班工作人员，人家告诉他他才想起来她已经辞职了。

他只能继续给江蘅发短信，短信的诉求已经变成："蘅蘅，我错了，求求你说句话好不好，就说一句好不好，求求你理我一下。"到后来，已经是毫无自尊地重复着"我错了，求求你"，发了一遍又一遍，就像一个迷失在茫茫人海、哭着找妈妈的三岁小孩。

第十一天，礼拜六早上，水面终于有了波澜，长夜终于照入一道光亮，他的手机响了一声，屏幕显示一条短信："如果你下午有时间，回××谈一谈吧。"

××是江父家所在的小区，江易自从知道江蘅结婚以后就没再回去过。他无法描述那种欣喜，仿佛如蒙特赦，朽木逢春，他快速地敲字，因为太着急数次打错，恨不得给自己加三倍速，一分钟后才发出去："有，有，好，好。"

从来没觉得时间过得那么慢。

小区的一草一木都没有改变，门口的老大爷都似乎还是那张脸，却恍如隔世。

江易拉开家门，还是熟悉的格局和味道，屋里干净得看不到杂物，江父的职业病。别人家可能离了女主人，就乱得没处下脚，但他们家反而干净得空无一物，只有空气里飘浮着尘埃。

沙发空空荡荡的，电视机关着，屏幕已经落了一层灰，似乎很久没人开过。以前江父在家里只要没在吃饭睡觉上厕所基本雷打不动坐在这里看电视，江母病重以后，他就没心情看了。今天是双休日，江父却不在家。江母离去后每个周末他都不在家，都去墓地看她了。

江易轻轻走过餐厅，看着自己以前的房间，房门并没有关严，他颤抖着轻轻推开，屋里没有拉窗帘，洒满暖光，只见江蘅站在书柜前，平视着书架上褶皱发旧的习题册，昔日备考做过的往届题记忆犹新，而如今就连他们当年考场做的试题，都已经淡出现今学生的模拟卷。

岁月最无情，但她一点都没变，小小的房间，一眼就望到头，门在这头，窗在那头，床在门边，书柜和书桌在窗旁。她一身淡蓝色衣衫站在窗边，柔和的天光勾勒出她的线条，纤长的身形，明净的脸庞，随和的目光，微散的鬓角，一如当年。

这画面太美好，美得似幻似空，他还以为是梦境，忘记了呼吸和谈吐。

但她却转过身来看着他，目光虽不温和，但也不锐利，语气平淡地说："哥哥。"

虚幻感如丝抽走，江易回过神来，面对她的眼眸，想起现实发生的一切，猛地低下头去，他已经做过各种心理准备，已经判定自己罪无可恕，他准备好接受所有能想象到或者不能想象到的惩罚，竟然还能听到她叫自己哥哥，他实在喜不自胜，又不胜惶恐，肩膀颤抖，说不出话来。

江蘅却似已听清他心中所想，缓缓道："曾经你想跟我成为男女关系，如果是那样，我们早已一拍两散。但你是我哥哥，不管你做了什么，你永远是我哥哥。"

她说得很平静，完全不煽情，就像在讲一个数学定理，但江易还是红了眼眶。他以为后面还有"但是"或"除非"，然而他等了又等，却没有下文。

他终于忍不住抬起头，看到她温和而稳定的目光，他明白上述就是全部。

他顿时热泪盈眶："蘅蘅……我……对不起……"

他知道道歉毫无意义，甚至也不很准确，愧疚却还是难以自持。话一出口，他就更深知多少句"对不起"都无法抵消他的错误，满面愧色，声音悄然而绝。

但江蘅静静地看着他，没有正面回答，她停顿半晌，问他："你怎么看待你跟她之间的事情？"

江易愣了愣，止不住地说："都是我对不起她……都是我亏欠她……"虽然汤旧画的事情搞得风言风语对他很不好，但他知道她是被迫且她就是这个性格，就算她是主动自愿又怎样，他们的婚姻只是一场漫长的强奸，别说所谓的"出轨"，无论她对他做什么，哪怕是找个男朋友一起合谋把他女儿摔死，再把他乱刀砍死，都不可能比他对她的伤害更大。

当然，即使这种情况，某些人还是会认为是汤旧画的错，他们的逻辑是，不管最初是怎样，自愿跟他领证就是嫁给他了，就必须尽妻子的义务忠诚于他，至于她有没有得到过婚姻所赋予的权利则不予考虑，毕竟任何理由都不是出轨的借口。但江易绝对不属于这种人，否则，他从小就跟高渐明称兄道弟了，很多矛盾反而都不会发生，他们三人的纠葛也就变成"兄弟俩爱上同一个女人"的言情剧。

江蘅神色缓和了些，轻声问："你还伤害过别人吗？"她的意思是，除了汤旧画，他还有没有伤害过别人。

江易却看着她，眼里满是惭愧，当然有，就是她本人，十年前的冬天，就在对面的房间……

江蕲明白他的意思，神色如常地问："还有吗？"

江易心头一阵刺痛，他的所作所为已经足够被当作多次伤人、伤害多人的惯犯，他自觉过错已经足够多，甚至没有脸摇头辩解，反而又低下头去。

江蕲会意，静静地看着他，目中从充满倦意渐渐泛起温柔："过去的事情已经无法改变，现在只能尽量弥补。我劝她离开你，但她不愿意，她现在跟你在一起，时时刻刻都生活在本不必有的压抑、恐惧和自责之中，你有办法改变这种状态吗？"

她本是就事论事地探讨，江易听来，却被羞愧占据大脑，他膝头一软，双膝跪倒在距离她五六米之处，视线被愧恨的泪水模糊："我错了，我不会了，再也不会了，我错了……"

江蕲看着他，停顿良久，终于缓缓走过去，伸臂将他拥入怀中，柔声道："我知道你也很痛苦，我知道你也不想，我知道你不是个坏人。"

江易的肩膀剧烈颤抖，那熟悉的幽香丝丝传来，温柔的臂弯将他庇护，他埋在她怀里，泪流满面，一声声地说着："对不起，对不起……"

江蕲轻柔地拍抚起他的后背，回答着："没事了，哥哥，没事了。"

无论她实际能否原谅他，她都必须这么做。她是他最后的港湾、屏障、怀抱，不管发生什么事情，她都不能抛下他一个人；无论他犯下多严重的错误，她都会跟他一起承担面对。

虽然他们不是爱人，但是他们是亲人，从某种意义上来说，那是比爱情更悠远、更深邃、更永久的关系。

何况她知道他在那迷途早已知返，他挣扎得好苦，她必须为他撑起回家的路。

有时候，宽容比谴责更能救赎一个人。如果你是想让他以后过得好，而不是拿他泄愤或取乐的话。

在那羊水般温暖的怀抱里，江易重获新生。

江易回去后，整个人都焕然一新。这些天汤旧画感受到江易山崩地裂的情绪随之惊恐莫名，整日缩在角落里大气也不敢出，他放松下来以后，她相应地才敢相对正常地呼吸。

六十四

两天后，江蘅给崔尊打了个电话，她觉得汤旧画背后还有很大的悲哀，这件事不能不了了之。她也觉得自己处境尴尬，不然不会避嫌这么多年，但是现在事情到了不能不处理的程度，说实话，她不认为江易有这个处理能力，更不能指望江父，那江家就没有别的人了。

他们约在一家咖啡厅，白色的色调，简约的风格，湖泊形状的长桌。

江蘅穿着蓝色衬衫，崔尊则是白色衬衫，这是崔红萼出事以来他第一次穿白，依稀可见往日白衣风采。

崔尊看着她，先是职业习惯地问：“你最近感觉怎么样？定期复查了吗？各项指标都还正常吗？”因为性别关系，"白带""出血"等细节都没问出口，虽然他已经不是医生了，但看着江蘅的眼神还是带有担忧，他的同事告诉他，江蘅第二次怀孕前的检查数据就并不理想，第一次大月份流产损伤过大，连肝肾功能都有损伤，短时间二次流产对身体的伤害是普通人流的数倍。

他看着她白皙的脸庞，其实对她颇具歉意。虽然江蘅否认打掉孩子跟他有关，但从各方面来看肯定有所关联。

江蘅只是淡淡地摇摇头：“谢谢，我没事。你妹妹的案子处理得怎么样了？”至于实际有没有事，和他没有关系。

说起这事，崔尊更觉得惭愧，他一时冲动做出多么不负责任的行为，若非汤旧画宽恕他，红萼的事情后续都无人处理。目前只有律师能见红萼，她数次通过律师问她妈妈的情况，崔尊不知怎么答，长此以往，她也明白了，只说了一句，"也许我该向他屈服的。"

崔尊不知道红萼说的"他"是指崔昌还是高渐明，无论是谁，他都一遍遍拜托律师告诉她"不是的"。这场悲剧追溯起来长路漫漫，甚至有可能他没告诉许微那段黑暗都能避免，眼下只能全力应对官司，准备以被害人有重大过错和家庭纠纷引发这两点争取从轻处理。他歉疚地回答江蘅："在准备应诉。"

江蘅缓缓点头，这实在是件不幸的事情，但好像不是她约他来的主要原因。

她静静地看着他，缓缓道："江易是我哥哥。"

这个事情崔尊已经知道，她主动提出，他大概猜到她的来意，轻声道："那么你找我是要说我跟你……嫂子的事情吗？"

江蘅轻轻点头道："是的。"

她的眼神很清明，崔尊已经很久没见过这样的目光。

崔尊道："这件事警方结论与事实不符，她不是自愿的，希望你们家的人不要误会。"

江蘅并无意外之色，以她跟他们两人见过的寥寥数面，已经可以判断他们不是这样的人，她只是又点点头。

崔尊看着江蘅皎白的脸颊，忍不住道："你跟她关系怎么样？"

按照常理推断，如果江蘅也跟江易有染，那她跟汤旧画的关系不太可能友善。但是崔尊感觉汤旧画对江蘅并无负面情绪，江蘅也不像是无理吃醋的人，总之，她们的关系有点怪异，不像姑嫂，也不像情敌。

江蘅低声道："没有怎么来往。"

崔尊沉默片刻，道："我不知道你跟江易发生过什么，但我觉得你是一个很好的人。你对于暴力也是抵触排斥的，他也有这种情况并且很严重，你知道吗？"

这句话其实信息量很大，但是江蘅基本没有惊异的神色，她也没解释，只是说："我很抱歉。"

崔尊倒有些不好意思："这不关你的事。"

江蘅看着他，静静地道："你可以告诉我为什么那样做吗？"

事实当然没什么不可以，只是崔尊怕她误会汤旧画和高渐明的关系，影响汤旧画的名誉（已经荡然无存），就像他对警察隐瞒那样，微微摇了摇头，只说："是我的错。"

江蘅轻声道："你怎么会知道他们的住址？"

传言都说崔尊是在江易家楼下"接"走汤旧画母女的，崔尊怎么会知道他们家的地址，无论汤旧画还是江易，都没有理由告诉他。

崔尊选择说谎："自己查的。"

江蘅声音依旧很轻："我相信如果你想查是能查到的，但是你为什么要查他们？"

当时他请同事查她的单位，意在找她劝高渐明。而他"带走"汤旧画的时候，崔红尊已经被捕，事情已经无力回天，崔尊已经没有必要去争取什么，说是破罐破摔的报复还差不多，但是他应该恨的人是高渐明，怎么会报复到江易那里去？

崔尊当初挂断红尊求助电话在许微面前装作安然的演技不知去了哪里，或许是他自己也想不出合理的解释，只能沉默不答。

江蘅看着她，她的眼神并不锐利，只是清明："你怎么知道我跟江易以前发生过什么？他自己告诉你的吗？"

崔尊下意识摇头否认，更加语塞无法回答，他总不能说实话，更不能说他是凭空猜测。

江蘅的眼睛就像澄碧的湖水，这件事原先只有四个人知道，江易、高渐明、江父（从他在她婚期调走江易和告诉她江易结婚时的神情判断）和她。首先排除江父，那么如果不是江易说的，就只能是高渐明说的。虽然现在江易在她心里的形象也已经崩坏，但是相对于高渐明，她还是觉得后者可能性大一些。不过高渐明也不太可能跟崔尊说这事，相反，他最有动机告知的是另一个人，他已经把那个无辜的人牵扯进来很多次，比如违规搞到她的B超单并撕碎。

江蘅缓缓道："我想，大概是高渐明找到她住处去说这件事，你在旁边听到了。你为什么会在？应该是你接受不了家庭的巨变，反复找他这个直接相关的人，他去找她的那天，你尾随他跟了过去。"

崔尊无法不震惊地看着她，她猜得跟事实几乎完全重叠。

江蘅的语气依旧非常平静："在这个过程中，他的一些举动，让你误会他们关系很亲密,所以你那么做只是想报复高渐明,对吗?"

江蘅很了解高渐明,他总是很强势,充满压迫,还伴随愚弄和挑逗。而汤旧画,她们虽只有一面之缘,还是显而易见,那样的女人遇到高渐明的居高临下并不会反抗,可能会呈现出阴差阳错的和谐。

"你本来确实是想用麻药杀她的,是推药时看到她脖子上的伤疤,你联想到你母亲和继母下不了手,但她已经被麻醉,你无法收场,就先把她带到那个地下室,在环境和情绪的作用下,就发展成那样子。"

麻药、地下室等细节也都广为传播,不过传言的版本里是,崔尊为了帮汤旧画隐瞒出轨事实,自称要用麻药杀害她,其实麻药是他买来准备自杀的。但是江蘅几乎一目了然,她不知道崔尊家里的强奸史和许微的否定,想不到崔尊心理层面的原因,其他推测几乎与事实完全吻合。

而崔尊震惊之余,肯定不会为自己做什么辩解,只是低头道:"是我错了。"

江蘅看着他,目光渐复杂,她的理解是崔尊的目标应该是她才对,她对汤旧画的亏欠就更多。而高渐明既然全程参与,以他的智商想必早就想通来龙去脉,电话里还说出那么羞辱汤旧画的话,她再次对他感到愤怒。不过转念想想,高渐明的偏激多少也是她导致的,想来想去,还是怨她自己。

不过崔尊从来没有想过报复她,哪怕她是高渐明妻子的时候也没有。一方面,他对她印象很好,而且她都因崔家的事情流产离婚,怎么可能再行报复?另一方面,江蘅自身的气质,但凡对美有概念和追求的人,都不可能侵犯她。而汤旧画也不可谓不美,但那种怯懦顺从得没魂魄的美,本来就容易诱发人的侵略和攻击。

江蘅看看崔尊,没有说出话来。单论这件事而言,崔尊当然罪不可恕,但是整体来看,他也是个家破人亡的受害者,她甚至觉得她自己的责任都比崔尊大——万事有因果,她也是间接导致崔尊家破人亡的原因之一,如果没有她,高渐明不会说那些刺激冯凤的话。如果冯凤还在,崔尊肯定不会走上犯罪道路了。

崔尊同样无言,其实辩证地看,如果他没找过江蘅,或者冯凤没自杀，江蘅和高渐明也未必走到今天这一步。

接着，她又去了一趟二中，他们所在区最好的中学，汤旧画和高渐明的母校。

二中的门禁管理比数年前严格了些，进门必须老师确认，江蘅说了一位老师的名字，原来理科实验班的班主任、现在依然是高三实验班班主任的老师。这位老师当然就是高渐明曾经的班主任，他跟高渐明关系很好，高渐明跟所有老师同学领导同事关系都很好，也被高渐明请来参加了他跟江蘅的婚礼。老师毕竟是教育系统，对好学生有油然而生的喜爱，听说江蘅是北大毕业，跟她多聊了几句，毕竟二中已经三十多年无人考入清北了，他难免心生向往，聊天的感受，就是北大不愧是北大。

保安给这个老师打电话核实，该老师当然记得江蘅，因为她名字不大众，北大毕业，又是他得意门生的妻子，江蘅就成功进校。

正值6月，高考已过，中考将近，各年级都在复习期末考试，学校里气氛本应是紧张的，这会儿是午饭后的自由活动时间，篮球场有男生在打球，女生们挽着手说笑着去洗手间，校园里林荫茂盛，沙沙作响，阳光穿过树冠，留下地上斑驳的影，青春面孔的学生从那影子上走过，有种别样的舒缓和轻快。

高渐明已经高中毕业十年有余，昔日正当年的老师也已经年过五十，头发花白，江蘅说了一句"老师您好"。她穿着白色的短袖，眉梢眼角还有知书达理的学术气息。

老师看到江蘅，有点意外也有点高兴，朝她点头笑着问："渐明没来吗？"

江蘅一向很诚实："我跟他离婚了。我今天过来是想问这里毕业的另一个学生。"

老师瞬间面露尴尬之色，其实他是过来人，又见过那么多孩子，那天在婚礼上看到他们双方的学历专业、家长面貌、脾气秉性，他就隐隐觉得他们并不合适，何况以他跟高妈妈打交道三年的经验，那绝对不是一位好相处的婆婆。也许爱情能跨越一些问题，然而他们之间的爱情并不明显。准确地说，高渐明对江蘅的爱慕之意显而易见，但江蘅的……恕他没看出来，她全场平静得就像参加一个任务。

老师强颜笑笑，回答她的话："是谁呢？哪一届的？"

"她的名字是汤旧画，2018届。"

那是九年前的事情，江蘅本来都没有抱多大希望，但老师却很快回答："汤旧画啊，我记得她。"他看着江蘅，试探地问："她是你的……"

江蘅道："是我的亲人。"

老师放下心来，开始跟江蘅回忆汤旧画的往事。

老师是教数学的，二中的理科老师，没有人会忘记汤旧画，那种教一辈子书都难得一见的天赋和怯弱。她的数学和理综都非常好，物理每回都近乎满分，语文、英语差一些，稍有提高就清北在望，学校准备重点培养她拼一把时，她却在高三的9月转了文，理由仅仅是她妈妈的意愿，最后只考了个普通一本，从来没见过那么可惜的学生。作为老师，他们不便干预；作为看官，却是难以忘怀。

老师又说，她最强的就是物理，她的父亲和继母都是985大学物理系的教授，对了，她还有个同父异母的妹妹，初中也是我们二中的，中考去了Y大附中，应该是前年还是大前年高考，竞赛保送进清华物理系，不得不说，基因遗传学很有道理。

老师会记得这么清楚，主要是因为二中历年考入Y大附中的学生屈指可数，汤旧画妹妹是极少数在没有加分的情况下考上的，并且不是压线，而是远超录取线，甩了那届二中中考年级第二名三十分，全校无人不知。而初中部跟高中部的老师聊天，自然提到她的父母情况，发现各种信息跟汤旧画的父亲继母完全重合，确定是同一家庭。这对姐妹都是学校里的知名人物，老师自然也就记下来。因为二中历年高中部没有"亲生"的清北生，对于中考进入别区名校的学生都会关注追踪，出了清北生便会写进自己的校史便于宣传和招生，所以汤旧画妹妹保送清华也为他们所知，重点是她的专业：物理，跟她姐姐实在不谋而合。这个故事更没有人会忘记了。

根本原因大概是，二中是全区最好的中学，小升初学籍户籍不允许跨区，区里最好的学生都会来这里，而高渐明、汤旧画和她妹妹无疑都属于这一档，江蘅如果没有去体校，初中想必也会到这里来的。

汤旧画根本不知道，有这么多人记得她。

江蘅沉默了片刻开口，她的声音伴随着风吹树叶的声音："您知道她的妹妹叫什么名字吗？"

老师答："御理，汤御理。"这个名字并不算好记，但是太符合他们家的"物理"特质，以至于提起便能想起来。

江蘅突然发现她好像也知道那个妹妹的。

她是北大毕业，虽然在校期间专注于学业和照顾妈妈，但是她毕竟处于那个圈子，也有些正常的同学关系。而清北两校素来对立又相连，他们学生之间也多有联谊，江蘅即便没有去过聚会，也会辗转得知些隔壁的传说。

汤御理比汤旧画小六岁，江蘅比汤旧画晚一届，汤御理于江蘅毕业后一年入校，按理说是毫无交集，但是汤御理实在过于光华耀眼、声名远扬。她入选国家集训队保送清华，大学常年班级第一，从小到大在校园内外任何场合，甚至包括竞赛考完出考场后，都有诸多素来优秀得一览众山小的男生上前请求她留个联系方式。因为她让人惊艳的不只是学识，还有美貌，据说她拥有看到她就心神不宁、无法专注的那种美貌。

其实清北有很多才貌兼具的女学生，年轻、优秀本来就是一种美，但汤御理据说是两个学校全部现有在校生都不能比拟、独一档的美，更难得的是两校女生都认可。她成绩遥遥领先的同时加入课题组，获尽学生能得到的学术荣誉，节节攀升，在国际期刊发表论文，参与导师的科研项目并出色完成任务。她选择的研究方向也很迷人。

她是清华那一届三千多学生最出名的学生之一，虽然江蘅离她很远，却很难不知道她。

她原本并没有想过汤御理会跟汤旧画有关系，一是因为，两个月以前给妈妈做墓碑时，江父要求加上"儿媳"的名字，江蘅才知道她的嫂子姓汤，在那之前，她只知道江易结了婚，为避嫌从没问过任何信息和细节。二是因为，正常都不会因为同姓便猜测亲戚关系，何况汤旧画和汤御理的差异如此之大。

江蘅谢过老师，离开二中。

江蘅本科期间跟大多数同学都关系尚可，她虽然不是什么招人喜欢的性格，可也不招人讨厌。特别是她很喜欢学习，也很珍惜在北大的学习资源，对于讲座她时间允许都会去旁听，关于什么的都有，生物学、数学、建筑学、医学、物理学，等等，大概只有文科类无福消受。

她也有各类专业同学的联系方式，遂联系一位物理专业硕博、跟清华物理系联系颇多的同学，请她帮忙转达汤御理，要和她见面，理由是为家里的事。江蘅猜测汤御理这种人，跟研究生部也肯定会有联络的。

约汤御理的人当然很多，但是基本都是男的。不过该同学虽然稍感讶异，也没有多问便帮忙了，毕竟不是什么大事。

两天后，同学回复江蘅，汤御理答应了。

江蘅和汤御理约在礼拜六下午，距离五道口有一段距离的某咖啡厅。

时间定在三点半，她们俩几乎同时准点到达。

江蘅穿着白色短袖淡蓝色长裤，汤御理则是黑色长袖长裤休闲装，她虽是长衣长裤，但散发着裸体都不能比的魅力和吸引力，那黑色能让人愿意粉身碎骨，上衣款式宽松仍遮不住身材凹凸有致，黑色长发微卷披在肩头，她皮肤白得像雪山之巅的白鸥，一双眼睛发着美得不可一世的光芒。单论形象，她确实是江蘅见过的最美的女人。

汤御理坐下后，那双逼人的眼睛看着江蘅，很深邃，又很明亮，仿佛洞察一切般有力、自信而悠闲，嘴角带着若有若无的笑意："江蘅是吗？听说你是北大西语的。"她唇齿留香，声音跟她的外貌同样迷人："因为家里的事找我？"

最后半句话她是用西班牙语说的，标准、流利、动听，汤御理笑得很有锋芒,她代表清华大学出国交流多次,会英语、法语和西班牙语,每门均可以跟老外直接交流,都不逊于专业学语言的学生。

江蘅很平静地回视她,没有理会她炫耀般地切换语言,淡淡用中文问:"你好。你知道我找你的原因吗?"

汤御理似乎觉得有点意外又有点有趣,也说回汉语,语带笑意:"你姓江,对吧?那应该是汤旧画的事情吧。"她当然不会答应莫名其妙的邀约,甚至熟人的邀请都很少答应,她的卓越不是大风刮来的,通常她不是在实验室、图书馆、自习室,便是在去这三个地方的路上,不过她的社交肯定比江蘅多些。

那个北大的学姐转达她的时候,说有人因为家事要见她,她本来没想理会,甚至觉得有点好笑,不过听学姐说约她的女生是北大西班牙语专业毕业,她才多问了是本科生还是研究生,学姐告诉她保研了没上,汤御理才有了点兴趣。学姐说出江蘅的名字以后,她答应了见面。

六十五

汤旧画"婚内出轨"的事情,在体制内流传甚广,不知道什么人挖出她父亲继母都是985大学教授,他们二位也被波及,汤御理当然也听说了。也是通过这件事,汤家才知道汤旧画的丈夫叫江易。汤旧画继母得知此事,并无幸灾乐祸之意,她小心翼翼地看着汤父的脸色,怕他不高兴,她一辈子都在看他脸色。汤父沉着脸,只说了一句,这种婚前非处、不知廉耻的女人,做出这种事完全不意外。汤御理在他背后微笑,她心想,最不知廉耻的大概就是你吧。

所以听说一个非亲非故、素昧平生的江蘅这个时候要见她,她基本就猜到应该是那个江易的亲属。

她念"汤旧画"三个字,明明是比黄鹂更动听的声音,江蘅却感到一股寒意,因为声音里没有一丝姐妹亲情,只有无关痛痒和冷漠笑看。

江蘅打断她，目光如霜，神色严肃："她是你的姐姐。"江蘅来找汤御理就是希望有个能让汤旧画信任的人，以完全站在汤旧画那边的立场参与此事，惩罚伤害她的人，给她温暖、爱和支持，带她回家。显然她父亲和继母靠不住，江蘅结合自身经历，很信赖兄妹姐妹之情，再从汤御理的年纪和学识来看，她具备这个能力，只是没想到她对姐姐没感情。

汤御理通过她的表情和语气，判断她对汤旧画毫无责怪之意，反而只有维护，她觉得更加有趣："似乎更像是你的啊。你是她的什么人？"她看着江蘅的脸，猜测着她的年龄，"大概是小姑子？你们关系处得不错吗？她那样的人，也能跟别人相处出感情？"

汤御理那分析、洞悉的眼神，调侃、倨傲的口吻，都让江蘅很不舒服。她在来之前，已经觉得汤御理至少也是个不作为的施暴者，看着她的反应，显然她知情汤旧画受的伤害和由此带来的影响却完全不以为意，更是毫无好感，努力平复情绪，问道："她成长过程里，你，还有你的父母是怎样对待她的？她的膝盖发育畸形，是什么原因会造成这种结果，我想你应该很清楚。她以理科见长，你父母却在她高三要求她转文科。"

汤御理的微笑美得无懈可击："你怎么不去问她本人？"就凭这个笑容，她显然知道汤旧画是什么都不会说的。但汤御理显然是凭实力自信的人，这种人不会完全躲在卑鄙的盾牌背后，她接着说："不过转文那件事，我那母亲有时候就会有些奇特的想法，就让她学理又如何？我不需要她让着我。"她眼里光芒闪烁，以汤旧画转文前的成绩来看，纵使她以理科生参加高考，名次和成就显然也不及汤御理。

江蘅不能接受她那盛气凌人的姿态，道："以你们各自高中的状态来说，确实如此。但是我想你从启蒙阶段，便被你父母精心培养，享有过很多栽培辅导吧，而她有吗？同时她所承受的，你当然也没有尝过。如果她受到跟你相同的培育，没经历那些负面的影响，你们孰强孰弱，还未可知吧。"

汤御理的目光不易察觉地凝结，这也是事实。汤旧画常年在那种境遇里，居然还能考到六百六十左右的分数段，如果她从小顺风顺水，确实难料高下。

自家兄弟姐妹是手足也是对手，这种思想江蘅也理解，但是汤家的问题早已不止于此，她缓缓道："你的父母，高级知识分子，为人师表，德高望重，私下竟然虐待孩子。而你，学业有成，颇负盛名，面对这一切居然无动于衷。"

学历从来就不能代表人品。

汤御理的笑容没有丝毫改变，江蘅发现她对她父母的态度也很冷漠，甚至不比对汤旧画有感情，脸上带着论证定理般坦荡的笑容："如果你们家替她鸣不平，她的丈夫怎么不直接出面？他本人就是警察，怎么不直接以虐待罪之名进他们任教的学校将他们带走调查？就算证据不足、追诉期已过，也足够让他们两个名声扫地、颜面尽失、职位不保。是因为这只是你这位热心小姑子个人的想法，还是因为他也只是个强奸犯，五十步不敢笑百步？"

她语气悠闲自得，前面的内容，江蘅还不算多么意外，只能说不善良的人有文化的可怕，但汤御理含着笑意说出"强奸犯"三字，她难以掩盖地露出震惊之色："你什么时候知道的？"

汤御理看着她的神色，勾唇微笑："我一直都知道啊。"

汤旧画高三寒假回"家"，汤御理一眼就看出来她的变化，她原来也害怕，那时怕得更浓重，也更疼痛，就连走路姿势都有微小的改变，虽然不明显，无视她的父亲和表面聪明实则愚蠢的母亲看不出来，而汤御理一目了然。汤旧画那么木讷闭塞的人，怎么会在高三主动跟人做这事呢？她当然只能是被强暴的，而且汤御理知道她以后如果结婚，肯定是嫁给这个人，因为汤旧画受她们的父亲"女德"的洗脑至深。虽然她跟汤旧画没说过一句话，但她们住在一个房子里十二年，她怎么可能不了解她呢？

汤御理也没放过江蘅一点点微小的表情："看来你也知道，你对我不满，想必跟你哥关系不赖吧，但明知他强奸过当时没成年的高三女生，还选择护短纵容，你又高尚在哪里呢？还来找我，指责其他人对她的摧残，不觉得虚伪荒诞吗？"

江蘅静默了，她不能否认自己的错误，这件事她于左于右，怎么做都不可能正确的。不过她知道这件事之时，事情已经无可挽回，汤旧画跟江易已经有了孩子，她本人都不想离开他。如果高中就知晓，肯定会征求汤旧画的意见，如果她本人愿意报警，江蘅只会支持赞同，她若是不愿意，那便只能尽力补偿，当然绝不会再让江易有下一次，无论用任何方式。还有江叔叔，她相信他也会是同样做法。

她沉默良久，道："我是不对，但是请问你既然知情已久，为什么不做点什么？"她绝不是想用反问的方式体现汤御理的责任以撇清自己的错误，她只是不能理解，汤御理怎么能对她亲姐姐如此冷漠？就算血缘不能打动她，难道在她周边发生的、十年如一日、日积月累、成为日常的虐待场面也不能吗？就算是个毫无关系的邻居，江蘅觉得有人性的人都不可能完全置身事外，纵然身为孩子改变不了父母、改善不了局面，心里至少也会有内疚和悲痛。

汤御理笑了，有种讲述成功之道、处事原则的自信和磊落："我从不为不重要的事情浪费时间。"一个人完全没有得到人应有的对待，在她那里只是件"不重要"的事情。

江蘅也不多说，只道："那今天你为什么来？"

汤御理的神色精英干练而优雅自得："礼拜六的下午，原本就是我的休息时间，来休闲一下也没什么，顺便我也有点好奇她所谓出轨的后续发展。我知道你肯定不是来闹事的，否则你应该在我家小区和清华校园里拉横幅，而不是找我面谈。当然也可能是因为你学历还可以，有点基本的素养。所以我过来欣赏一下，一个转正的强奸犯是怎么看待另一个后来者强奸犯的？还是由你这个隔壁毕业的妹妹转述，应该挺有意思的。现在看来你们好像还有些自知之明，大哥没有笑二哥。"她语笑嫣然，说的话却锐不可当，非常善于利用别人的每个弱点给予对方重击。她眼波流动，似乎看到了什么画面，目带笑意，"不过她肯定愧疚自责到下跪吧，是不是现在还跪着呢？"

她能猜到汤旧画不可能自愿高三偷尝禁果，当然也能想到她不可能自愿婚后出轨，何况带着孩子，那只能是又被强奸了。她听说这"出轨"时还笑了，回想了下汤旧画的长相，感觉也不算倾国倾城，怎么有那么多男人对她起冲动？大概是因为她看上去就弱得不敢报警吧。不过以她那毫无自我、三从四德的脑袋，肯定会比普通的出轨还卑微地在她丈夫面前一跪再跪。

这回江蘅不再意外，已经对她无法忍受，直截了当地问出最后一个问题："她妈妈呢？"

汤御理的气质却很锐利，美而强大，似乎将眼前事物均玩弄于股掌之间，即使没有掌控的，她也有种掌控的态度："本来我没有义务告诉你，不过看你是隔壁的，当年学习也算不差，保研却不去读，辗转在家长里短之间，这么志存高远、闲情逸致，就给你答疑解惑一下，她生母在她六个月时就离婚离开了。"

如果江蘅不是北大毕业，就算明知道她们是法律上的姻亲，汤御理也不会看她一眼。

过度强调学历，本来就是一种三观不正。

江蘅无视她的明嘲暗讽，又问道："然后呢？"她妈妈去哪里了？多久回来看她一回？她妈妈知道你们这样对待她吗？

汤御理一笑而过："没有然后。"

这四个字向来都是悲剧结局，用在母女关系里，更是悲剧之大者。

事实证明，过度的愧疚会害人，而适度的愧疚是为人的基本。汤家全员的愧疚心，大概都长在汤旧画一个人身上了。

江蘅不可能得知汤旧画的过去，因为知情人没有一个会说出来的。

汤旧画小时候确实经常跪着，确实很多年、很频繁，多是晚上，她很少有夜晚不是跪着。

让她这么做的人，确实是她的父母，准确地说，是她的继母。

汤旧画的父亲，当年是985大学物理系高才生，沉默寡言专于学术，鲜有社交，大二代表学校去某综合性大学交流比赛，在校园里无意看到一个女孩的背影，从此那高挑潇洒的背影走在他梦中，走了一辈子。

那场比赛他很意外地输了，就像和她的爱情一样，输得彻彻底底。

他不善言辞，不会表达，只知道把一颗心捧到她面前，还怕她嫌丑陋。

知道她是学中文的以后，当年高考语文背诵默写直接放弃的男生，花了一整年，硬生生背下来唐诗宋词三千首。他不会引用，只会最简单的首尾字相同，她每说一句话后，他就接上一首以她最后一个字开头的诗，尽管内容风马牛不相及。

当时他们食堂有道鱼粉，是很有名的小吃，甚至一度提起他们学校，必提鱼粉。每天本校学生排着长队，还有很多外校托人代买，也不知道是确实美味，还是人云亦云。

他入学两年，从来没尝过，每回看到那乌泱泱的长队，只想感慨一句浪费时间。

她只是随口问过一句，他每天都排着大队给她买上一碗，用保温饭盒装着，平平稳稳地端着，走两里路，送到她面前。

就那么送了两年。

全年无休，风雨无阻。

她终于吃了他端过去的鱼粉，答应跟他交往，闪婚，闪孕，闪离，走向诗和远方。

只给他留下一个女儿，和女儿的名字：旧画。

失去了她，他的生活失去所有色彩，学业都不想理会，那没留住她妈妈的襁褓婴儿更是无心照料。

这时候，另一个女孩出现。或者说她一直在。

这是他本科期间的同学，她同样美丽而出色，而且多年以来，对他一往情深。她对他用的心思、花的时间，不比他对那个女孩用的少。

但他一直无动于衷，只当她是个普通同学。

本科毕业的时候，他已经跟他钟爱的女人交往，他被保送研究生，她放弃了很好的、能进研究所的机会，竭尽全力也考上他导师的研究生，只为留在他身边，多看他一眼。

后来他结婚、离婚，她也没有多说半句话，只是默默忍受着他的无视，替他打扫家务、照顾女儿。

谁能想到一个才貌兼具的女大学生，因为爱情卑微成这样。

一年、两年，他终于确定那个她不会回来，他终于感动眼前人的情深不换，他娶了她。

他们双双研究生毕业留校，同年结婚，成为神仙眷侣。

滴水穿石，盼得云开，幸福结局。

只有她知道自己没那么伟大。

那么多个等待煎熬、爱而不得又无法放下的日日夜夜，那么多次在自己面前崩溃哭泣，想不通，她比她差在哪里？

凭什么？

她最美、最可爱、最宝贵的年华，全用来等待和不甘了，即使最后等到，当初那份善良单纯的初心，早已遗忘。

何况纵然是如愿以偿，仍是终日小心翼翼，生怕他不满意，他虽然待她和颜悦色，相敬如宾，但她知道，他从未爱过她。

白天，她是受人尊敬的教师；傍晚，她是贤惠温柔的妻子；只有在深夜，她才是她自己，或者说，是多年压抑下扭曲的另一面。

那不可告人的阴暗面，都释放给了一个最弱小、最无助的小女孩。

汤旧画不到一岁的时候，她就开始打她。

她还站不稳的时候，她就让她跪在自己面前，一跪一整晚。

她欣赏她的泪水，玩弄她的祈求，践踏她还未形成的尊严。

她最喜欢打她的脸，她是受过高等教育的人，但这种最简单粗暴的方式，更能获得最直接的快感——那种羞辱、凌虐、居高临下的快感。

汤旧画三四岁的时候，她就开始让她跪着自己打自己的脸，边打边说"我不该生下来""我错了""我该死"。

她的丈夫，一开始也许不知道，但是后来，他还是感觉到了，毕竟一个屋檐下，怎么可能毫无察觉。

他发现的时候，她也曾紧张过、恐惧过，甚至后悔过。

但是他什么都没说。

那是汤旧画五岁的时候，那天晚上，他推开门，小屋里没有开灯，完全的阴暗。她站在黑暗里，后背发凉，呼吸急促，努力想要解释，却说不出话来。他也没有看她，客厅橙色的灯光照射进来，照到跪在角落里的汤旧画，她满面愧色，把头埋得更低。在继母的"教育"下，她从来都觉得都是她做错了。

他很少正眼看这个女儿，细细看她的脸，她其实相比她的母亲，像他更多一点。他看到她肿起的膝盖、红肿的双颊、流血的嘴角、低垂闪躲的眼。

那么超脱出尘的人，怎么会有这么懦弱无能的女儿？

他的眼里逐渐充满失望、鄙夷和轻蔑，转身出去。

继母放下心来，黑暗笼罩了童年。

六十六

次年，继母和汤父的亲生女儿出生，继母给孩子起名为御理。

她是个完美的母亲，就像是完美的妻子一样，教育方式温柔而科学，但是她永远情绪稳定、面带微笑的背后，所有的负面情绪都得有个出口。

汤旧画就是这个出口。

她已经上小学，继母也是高级知识分子，不可能阻碍义务教育，倒也注意影响，只在寒暑假打她的脸。

后来，她的第二性征开始发育，继母找到替代方式——需要上学的时期，就像抽耳光那样，抽打她的乳房。

继母从不必担心她会向老师或同学告状，因为这孩子在还没学会站立的时候，就被要求跪着。她没有伤心和仇恨，只有恐惧和服从。到后来，甚至不用继母开口，哪怕是她根本不在家的夜晚，她也会自觉地跪在房间的角落里。

从心理学角度来说，若不继续，以前那么多年的逆来顺受就变得滑稽而无意义。

长年如此，她的双膝发育畸形，自己花了很长时间，才让举步维艰不那么明显，而体育测试从来没及格过。

她从上学第一天就非常孤僻，常年低着头双唇紧闭地缩在角落里，没有人会对这样的小孩有好感，所以慢慢地也没人跟她说话了，她在班级里的存在感还不如空气。

毕竟如果缺氧，人人窒息，而如果缺了她，对别的同学来说，不会有任何影响和改变。

小汤旧画的心一直是木木的，有时候她都不知道自己还会有感觉。

她甚至不敢思念自己的妈妈，因为继母的"教育"，她一直认为自己生来有罪。这并不是说她认同继母"她是她爸爸跟其他女人的孩子，所以该死"简单的理论，而是因为她自身由此延伸出的思考，妈妈不要她，爸爸嫌弃她，继母厌恶她，说明她确实就是个讨人嫌的累赘，就是不该生下来。

她是个很软弱的孩子，觉得自己不配想念妈妈，从而更加软弱，也更加想念。

她很想很想看看妈妈长什么样子，但不敢跟爸爸提，事实上，从她有记忆以来，爸爸就没有跟她说过话，她的所有事情都是继母处理，而继母对她……

唯一一次，爸爸参与她的生活，就是五岁那年晚上，继母打她的时候，爸爸推开了门，看了她一眼就转身离去，虽然她低着头，也感觉到他失望轻鄙的眼神。

她比恐惧继母还要恐惧他。

十岁那年，她终于等到一个正当的理由，四年级，学校举办"母爱难忘"主题活动，要求每个同学交一张母亲的照片制作幻灯片。

她鼓足勇气、满怀期待、双膝颤抖着站在父亲面前，低着头跟他说出藏匿多年的请求，因为太过于害怕，声音断断续续、时有时无："爸爸……学……学校母亲节的活动要妈……妈妈的照片……您……您能不能……给……给我一张……"

她指的妈妈当然不是继母，她一直都叫继母"阿姨"，因为继母从来说得很明白也做得很直白，她不是她的妈妈。

汤父当然听懂了她说的妈妈是谁，他抬脚便踹在她身上，瘦得轻飘飘的她被踢出五六米撞在墙角里，他冰冷而充满嫌恶地说："你不配叫她妈妈。"

不配叫她妈妈。

不配有妈妈。

不配做女儿。

不配做自己。

其实他当然是留有她妈妈照片的,有他们两个人的合影,但多数是她一个人的独照。

他有一本专门的相册,他经常擦拭、翻看,时不时就会红了眼眶。

继母当然也知道,但她从来不能说什么,甚至不敢动一下,她知道她哪怕把那个女人的照片弄出一道褶皱,都会成为一把刀,把他们的婚姻就此斩断。

汤旧画十二岁那年,升入初中,她的生活状态略有改变。

在小学阶段,她的成绩最多算中等偏上,只有数学好但也不算拔尖,语文和英语都堪堪维持在平均线。这也是她父亲厌恶她的原因之一,她一点都不像她妈妈。

进入初中,数学难度提升,物理化学加入,跟她体内的理科因子不谋而合。尤其是物理,仿佛生来就会,不需要老师指点,看一眼思路就会自动浮现在眼前。

也是很合理的事,遗传是种科学,但也正因如此,她日渐优越的分数没能带给她半分自信。她父亲和继母都在那领域研究至深,相比之下,她那一点点成绩实在算不了什么。

她依旧缩在角落,依旧举步蹒跚,依旧低眉顺眼,依旧沉默寡言。

她依然是没有自己的自己。

她从不提出需求,穿着永远简朴如老年,她想要额外的练习册,也不会跟"家"里说,只是频繁地去图书馆。

学校的图书馆有很多习题册,主要都是往届学生毕业时留下的,她几乎做了个遍。

相比阅读,她更喜欢做题。

她毕竟还是像爸爸。

虽然爸爸从来没有提起过她的妈妈,但是从他的神情态度里,汤旧画隐约感觉到妈妈应该是一个诗情画意的人,她的名字就是证明。

她努力想离妈妈近一点，在图书馆找艺术类的书籍，找到了一本绘本，叫作《时光电影院》。

她翻开看，那个故事跟书名一样，娓娓道来，却又有种朦胧的岁月感。大概的内容是，一个女孩的妈妈在她很小的时候就离开了她，留下了一条黄丝巾，黄丝巾很香，是她妈妈的味道。她妈妈很喜欢看电影，所以每次她想妈妈的时候，爸爸就会带她去看电影，跟她说，妈妈最喜欢看电影了，也许会遇到她。

她没有后妈。

里面有一句女孩的独白大意是这样写的：妈妈，我只是想告诉你，我不恨你，我不怪你，我只是好想好想你。

汤旧画读到这里，眼泪瞬间掉下来。

后来，她升入高中，御理进入小学高年级。御理也跟她的名字一样，展示出对理科浓厚的兴趣和卓越的天赋，继母欣喜之余，把大部分精力都用来培养女儿，汤旧画在她眼里逐渐变透明，后来甚至同意让汤旧画去住宿。

虽然女生宿舍也有其钩心斗角的可怕之处，但至少不用下跪。环境得以改善，数理化生难度加剧利于拉开分差，汤旧画高二以后，稳定在年级前三，六百六十分左右。

当然她这个人的气质没有任何变化，寒暑假回"家"，她还是沉默得像个影子。继母闲得无聊打她的时候，她还是柔顺地承受不闪躲。

继母和父亲直到她高三的9月才注意到她已经是"向清北冲刺"的人选。

继母的反应是要她转文科，实际意图是怕她考得太好给御理压力，说出来的理由却是因为她母亲是学文的，汤父深以为然。

当时，汤旧画低着头，尝试着说了一句："我……能不能……不转……"

虽然语气卑微，姿态低微，但是这已经是她一生中，在他们面前唯一一次争取。她知道她优势的科目是理数和理综，高考很可能是她改变命运的唯一机会。

一个生来就跪着并且还在跪着的人，在让她跪的人面前，说一个"不"字都很艰难。

继母没有言语，她父亲一脚踢在她脸上："她怎么会生育出你这样不识好歹、不懂感恩的东西？"

汤旧画被踢倒在地，她低着头，捂着脸再次跪起来，低声道："我……我错了……"

两天后，她就转进了文科班。

很多影视剧里这种情况，老师、班主任、年级组长甚至校领导都可能会出面反对，但事实上，学生考好考坏根本不影响他们的工资和生活，何况汤旧画也仅是前三，而非主角光环常见的"稳居第一""全省状元"之类，他们只是尝试性地劝说了两句就悉听尊便。

考试的科目骤变，从得心应手变成不甚了解，她难过、崩溃，还有种恍惚的惘然，但还是很快接受现实，当时她很多文综的基础知识点都没背过，于是去图书馆借文科的书。

那天，阴暗的小径，折旧的黄昏，她遇到那个面色阴沉的人。

汤父虽然不喜她，但也传输给她价值观。他是个非常保守、传统甚至有点封建的理工男，再热的天哪怕是在家里也必须穿长裤配长袖，对妻子女儿也是一样的要求，不能露出手腕和脚踝。他说异性之间非必要不能说话，那些相互打闹嬉笑的男孩女孩都不检点。他说男女之事是道德底线，清白是必须坚守的道义，没有结婚就进一步发展是无耻、无道德，无论男女。

这些观点，继母完全没有反驳过，汤旧画从小就沉默地听着，后来的汤御理则是表面一笑而过，内心嗤之以鼻。

其实汤旧画也觉得生而为人价值不应该局限于此，但是当事实发生，她还是被惊惧、惶恐和羞耻席卷包裹。

她总是低着头缩在角落里，但教室后排跟其他座位毕竟没有地理隔离，何况她高一高二堪称名列前茅，怎么也是班里不容忽视的一部分。她又生得很美，自然也有男孩向她抛来橄榄枝，体验很奇怪：对她说话，她不应；送她东西，她不接；约她见面，她不去。

但她的态度也不是忽视，而是恐惧。她恐惧所有人，那种恐惧深得让被恐惧的人都觉得不适。所以渐渐地，她的座椅又成为了无人区。客观地说，任何正常的追求方式都难以得到她的回应，她不可能自愿跟任何人建立男女关系。

江易简单粗暴地强迫，她当然也恐惧，恐惧至极，她想当作什么都没发生，想逃避，但是他又来了，又来了一次又一次……在一定程度上，对她是种认可和包容。

她从无法逃脱到逐渐接受，加上她父亲"从一而终"的思想，她甚至产生了一点点依赖。

所以她高考前他最后一次来，事后他为她拉上拉链，她情不自禁地靠在他的肩膀上，问他还会不会再找她，却被他一把推开，后脑重重撞在墙上，直到坐在考场上，都没能完全清醒过来。

虽然后来他还是去她的学校，但她再也不敢表达，甚至也不再有表达的欲望，她只会沉默地顺从，如果哪天他销声匿迹，她也会沉默地接受。

但是她潜意识里还是觉得要对他忠诚，以至于跟别的男生点头打个招呼，都害怕得跪下来道歉，反倒导致他暴怒，从而她更怕他，恶性循环。

他们的关系居然就这么持续了好几年。

御理高中时考虑竞赛所学对大学学习更有利选择竞赛，不过她如果正常参加高考，裸分上清华物理系也没有任何问题。那年高考已经改革，不分文理，六选三，赋分制，但绝对实力能适应所有规则。

汤父向来低调，不喜社交，这事也没怎么宣传，道贺者寥寥，而继母笑容洋溢，仿佛年轻了十岁。她终于渡过长夜，终于与自己和解，终于释然了当年单恋的苦楚和卑微。

她的女儿光彩夺目、出类拔萃，这比什么都重要。

她把家里里里外外打扫了一遍，包括汤旧画当年的房间，也都拉开窗帘，拂去灰尘，让阳光洒进来，微风拂过。

她释怀了，放下了。

她只当汤旧画是个用来发泄的出口，现在已经没有怨气，不再需要，便当其不复存在。

汤旧画早已从她的生活里消失，大学毕业后就住公司宿舍，逢年过节也不回"家"，她从来都知道，那里不是她的家，他们都不要她。

江易让她回去拿户口本的时候，她其实已经三年没有回去过。

那天是周五，继母有课，她父亲没有课，很巧的是御理也在家里。

她站在父亲面前，低着头，眼睛只能看到他的鞋尖，这是记忆里她跟父亲第四次接触，相比四年级要妈妈的照片时，她的存在感又变得浅淡了许多，就像被调高透明度的照片。

她几乎是用气声说出"户口本"三个字，汤父目光深邃地看着她，似乎要把她穿透："你用来做什么？领证？"

汤旧画颤抖起来，拉紧了衣摆，不知道该不该点头。

他凝视着她的腿，她走姿经过努力控制还是不自然，虽然她自儿时便因为某种原因走路不利落，但膝盖不能打弯和双腿不能并拢，他还分得出来。

他压低声音："你是不是做了不要脸的事？"

那是江易连续三天的结果，汤旧画肩膀重重抖了一下，深深埋下脸，语不成句："我……"

汤父抬起手，重重扇了她一巴掌："我没有你这么不知廉耻的女儿！"

汤旧画摔在地上，她埋着头，跪在父亲面前，也不敢叫一声爸爸，只是捂着脸哭泣。

汤父把户口本扔在她脸上。

那本子打在她眼睛上，她视线本就被泪水模糊，看不清东西，户口本掉在地上，她手忙脚乱地捡起来，跪着又对父亲说了一句："对，对不起……"

她再也没有胆敢回那个家，宝宝出生，她也没敢告诉父亲他做了外公。她知道父亲说到做到，这辈子都不会再把她当作女儿，也不会认她的女儿是外孙女。在汤父看来，宝宝一定是羞耻的果实，作孽的产物，罪恶的延续。但对她来说，女儿是纯洁的至美。

后来又遇到崔尊的事情,如果婚前性行为已经罪大恶极,那么她岂非已罪该万死。

六十七

礼拜二白天,江蘅又来看汤旧画。

这回虽然江易也不在,但汤旧画已经认识她了,从猫眼里看到她便开了门。

不可否认,江蘅还是不留痕迹地细细看了看她的脸颊,感觉好像没有新伤,她觉得稍感安慰,轻声问她:"你这些天过得还好吗?"

汤旧画先是点点头,又觉得自己不应该"过得好",遂摇摇头,又怕被理解成抱怨,顿时又像做错事一样惶恐地僵硬起来,不知所措地拉住自己的衣摆,随后又意识到不能这样站着,低着头朝沙发走去,请江蘅坐到沙发上,她自己则垂首站在旁边。

不大的客厅,气氛很诡异,她们两个人都怀揣着不同的愧意。

江蘅也没想到自己这样平常普通的一句问候都会带给她这样的压力,必然是漫长而全方位的羞辱和打击才能把一个人折磨成这样。

能声讨施暴者的受害者其实已经相对幸运,严重的伤害能让人失去发声的能力。

她想拉拉汤旧画的手,她知道有时候肢体的力量比言语更有效,但是她又担心汤旧画多心,还是只能用口述。她知道过多地强调她没有错,会让她曾经接受承受变得荒唐滑稽,她只是轻轻地扶着汤旧画坐下。此前除了陪江父江母那回,她没坐过沙发,以前是坐在她房间里,现在是跪在房间里。她受宠若惊,愧不敢当又不敢躲避,只能低头,再低头。

江蘅看着她惊恐的样子,悲伤而温柔地道:"我……了解过你的事,你真的什么都没错。"

江蘅扶着她的肩膀,试图让她直起腰来,轻轻开口,声音微哑:"你没有对不起任何人,都是别人对不起你。你原谅了那么多人,也应该对自己宽容一些，何况你什么都没有错。"如果一定要说汤旧画有错，那么她也只有对不起她自己。但是，又是谁一再迫害她？是谁害得她失去了自卫的能力？

所谓，哀其不幸，怒其不争，更应该怒的是让她失去争的能力的人。

汤旧画想摇头，却动弹不得，她难以相信自己听到的内容，她以为自己余生都会活在唾弃和辱骂中了，胸膛很痛又很热。

江蘅道："别害怕，再也没有人能伤害你了。"

你知道汤旧画听到这句话的第一反应是什么吗？是她马上就要死了。对她来说，只有死亡是不被伤害的唯一道路。她依旧低着头，小声回答："谢……谢谢。"声音还是那么单薄，那么低微，那么收敛，仿佛捆绑着自己。

江蘅轻声道："从来都没有人能伤害你。以前的事情，让法律来处理，好吗？一桩桩、一件件、每个人，都会得到应有的惩处。你要相信，没有人能伤害你。"她是真诚的，就像把江易拥入怀里同样真诚，喉咙甚至都有些发堵。

但汤旧画从沙发滑落到地上，身体缩成一团，抱住自己的双腿，脸埋在膝盖上，不断地摇头。她不可能起诉任何人，她不想因为她"毁掉"任何人的人生，即使她的前半生被他们摧残得所剩无几。

江蘅沉默着，她这辈子最大的缺点之一，就是明知道对方做得不妥，也从不忍去纠正。

她缓缓蹲下，单膝跪地，俯身到汤旧画耳边，用非常非常轻、只有她们两个人能听见的声音说："我知道是江易强迫你的。有人对你说过我跟他的过去吗？其实我，"她用尽全力，才轻轻说出那句十年不曾说出的话，用来劝她，"跟你一样。"

她声音极轻，但汤旧画还是听清了，并且听懂了，她第一次抬起头看向江蘅，秋水般的双眸满是震惊和悲伤，她的嘴唇艰难地动了动，说出来的居然是："对不起……"

江蘅不置可否地摇头，低声道："这样你愿意离开他了吗？"

汤旧画的泪水滑落，她低下头，泪水落在地板上，她披散的长发每根发丝都带着愧意,她的声音闷闷地传来:"对不起……"

汤旧画就是这样,不管什么事情,不管谁是谁非,她都觉得是她的错。某同事打翻水壶烫到另一同事,她都觉得她做错了。何况这件事,在她看来,本来就与她有关,因为她……不能离开江易,那么他的错就是她的错。

江蘅已经明白她的意思,虽然只见过她两面,却已经很了解她,完全感受到她的胆怯、卑微和罪恶感。她实在难以接受汤旧画的决定,且不说她不认为曾是施害方和受害者一方的两个人,可以构建平等幸福的家庭,亦不谈和强暴过自己的男人朝夕相处是多么残忍,如果汤旧画继续跟江易在一起,一辈子都将活在子虚乌有的负罪感里。这是江蘅万分不愿看到的局面。

她想了许久,却不知如何再劝。

她沉默着,她们相对无言。

直到屋里传来女儿的哭声,汤旧画剧烈颤抖了一下,然后面如死灰、满面愧色地站起来,好像听到的不是孩子的哭声,而是她的骨血在对她破口大骂。当然她在做出回应,她颤抖着低着头小声对江蘅说:"对……对不起……我……我进去一下……"

江蘅只觉得难过而震惊,哪有去看看哭泣的孩子还要诚惶诚恐甚至低声下气对客人请示的妈妈?

她看着汤旧画走进卧室,听着她哄孩子的声音,全程都是孩子在呀呀吧吧,而汤旧画只能发出一些类似于哭喘般充满恐惧和歉意的呼吸声。也不知道过了多久,孩子终于安静下来,汤旧画走出来,整个人从头到脚都还在颤抖着,仿佛刚经历了一场批判。

江蘅一直都没坐,而是站在客厅里,她缓缓扶着汤旧画再次坐下,问道:"你害怕你的孩子吗?"

上回她过来,看过一眼汤旧画怀里的孩子,熟睡着,小小一团,人畜无害,眉眼很像江易,那是她第一回见这个宝宝,她这辈子不会做母亲了,本该是很喜欢这个侄女的,但看到汤旧画的样子,她心情实在复杂。

汤旧画闻言,她颤抖的频率更密集,肢体也更僵硬,虽然她没点头或摇头,但江蕶已经很明白。

江蕶温柔地擦着她脸颊的泪痕,又重复了一遍:"你没有对不起她,你一直在保护她,你已经做得很好。"

汤旧画的泪水突然就流了出来,她眨眼,想忍住,但越流越多。江蕶缓缓地为她悉数擦去,她的动作那么轻柔,似乎还带着幽香。

她的手指柔软温暖,她的神色更柔和,虽然在为她擦拭,但特意控制着自己的高度略低于她,动作更是无比轻柔,她想让汤旧画觉得,自己是被尊重的。

江蕶道:"你这么善良,孩子不会是个苛刻的人的,何况你本就没做错什么。"她面上浮现温柔的笑意,"如果是我母亲,哪怕她做了比你错误百倍的事情,我也会选择跟她站在一起。我想有良知的女儿都会这样。如果未来孩子知道一切,还责备你,那么跟这样的女儿断绝关系也并不可惜。"

江蕶说到这里,汤旧画已经别过脸面朝墙角,她潜意识里在拒绝这些推心置腹的话语,怕引发内心深处苦苦藏匿、努力遗忘的名叫"委屈"的情绪。早在很小很小的时候,她就说服自己相信别人伤害她都是合理的,都是她的错,都是她应得的。否则,她早就因为这种委屈和落差扭曲发疯了。而且,江蕶毕竟没有孩子,她不能理解为人母亲的心情,何况是除了孩子一无所有的人。作为一个被母亲放弃过的孩子,她不可能放弃自己的女儿,她只会放弃自己。

虽然汤旧画还是低垂着脸,低眉顺眼,但江蕶还是察觉到她的排斥。她还有一句话没有说出来,她不觉得汤旧画对这个孩子有抚养义务,不希望她被这孩子捆绑今后的人生。因为,要求她对这孩子尽抚养义务,就跟劝说被拐卖到山区的妇女为了孩子留下一样无耻。

其实汤旧画脖子上也有根无形的链条,困住她的,就是某些人口中那偏激到变质的道德。

江蕶努力调整了语气,完全从她的角度出发,尽量说她能接受的话:"你受了很多苦,在这样的情况下,还是坚持生下她,把她养到这么大,你已经很坚强了,你是她的骄傲,不是耻辱。"

她的目光就像清澈的湖水,似乎也能倒映出一切,但并没有透视的压迫力，相反，让人有种被理解的温暖和舒服，就像泡在温暖的湖水中。

汤旧画终于忍不住转过来面朝她，颤抖地抬起眼眸和她对视，窗外的天光洒在她脸上眼里，发着近乎圣洁的光芒。

最后，江蘅又一次柔声地询问她："你带她一起出去，好不好？"

汤旧画停了停，还是低下头，她早已从心底接受了江易，这种接受是无法改变的常量，低声道："谢……谢谢……对不起……"

她依旧屈膝缩在角落里，没有往外挪一寸。

江蘅睫毛微颤，她努力保持柔和的笑容朝她摇头，汤旧画当然低着头看不到。

良久，江蘅才柔声道："以前，是不是没有人听你说话？以后你想说什么都可以的。"

汤旧画依旧沉默着，她早已失去了表达的欲望，她甚至已不想发出任何的声音，只是面对江蘅的好意，她必须感激，她仍是埋着头，小声而诚恳地回答："谢谢……对不起……"

她还是只说了这么一句话。

虽然江蘅劝她很多，但重建永远比摧毁困难，到底还是高渐明的观点更深入人心，她还是无法不觉得自己卑贱，还是害怕有朝一日女儿会以她为耻，以前她不敢面对那一天，想提前用死亡逃避，而江蘅的话给了她一点点勇气去面对而已。就等到孩子唾弃她的那一天再去死吧，她想。

其实汤旧画确实不是个轻言生死、动辄自杀、情绪化严重的人，否则，早已自杀数千回了，只是她的困境确实太难逾越。

六十八

几天后，又是礼拜六，汤旧画正坐在床上，抱着孩子陪她又在玩那套软积木。宝宝是个单纯而专一的宝宝，一样玩具玩几个月也不会腻。

突然有轻轻的敲门声。声音轻而沉闷，汤旧画听见了，瞬间又开始颤抖——对他的恐惧，已经跟那些皮带的伤疤一样，烙印在她身体上。她努力张开嘴巴想回应，但是喉咙发不出声音。她使劲站起来想去开门，但动作慢得力不从心。

她刚下床站稳，门就被他推开，他对她向来不是很有耐心。她从不锁门，不是不想，而是不敢。她甚至都不敢保护自己。

江易站在门口，他左手拉着一只行李箱，汤旧画并没有看到，因为门打开，他的气息扑面而来的那瞬间，她就缩起肩膀埋下头，开口就是道歉："对不起……"他们的女儿坐在床上，眨着眼睛看着江易，眼里满是陌生和畏惧——她见江易太少，还不认识他，见妈妈这么恐惧，便也害怕起来。

江易尴尬地摇摇头，干涩地说："那个……我……"他也说不下去，直接走进来，房间并不大，床和墙的间距刚刚够两个人擦肩而过，他走过来的时候，汤旧画下意识地身体紧贴墙面，生怕挡着他。江易走到柜子旁边，拉开柜门，打开行李箱，箱子是空的，随后他把柜子里的衣服拖出来，装进行李箱里。

宝宝好奇地看着他的动作。汤旧画不敢抬头，她觉得她这辈子都没有资格在他面前抬起头了。

其实她固然是受她父亲的"守贞"教育影响，但是她只用这种思想要求自己一个人。就好像她听高渐明说过江易和江蘅，却完全不影响她对他们充满尊重和愧疚。平时听说谁谁谁出轨被扫地出门，她对其身无分文满怀同情。但只是对她自己，她只苛责她自己。甚至知道江易对江蘅也是强暴以后，她反而更自责也更怕他，从而在他面前更加卑微。

她听到动静，大概猜到他在做什么，她以为他是嫌弃她脏要赶她走，连问都不敢问，只是跪了下来，他将她拉起，她埋着脸又跪了下去。江易拿她没办法，只能先去收拾东西。她则跪在角落里，细细碎碎地颤抖着。

汤旧画自己并没有两件衣服，宝宝的衣服又都很迷你，她俩的衣服总共只放了三分之一的衣柜，剩余的格子里都是宝宝的杂物，奶粉、奶瓶（她现在奶水不太够，是混合喂养）、纸尿裤等等，江易一一拿出来装进箱子里，很快就把衣柜搬空，又去拿书桌上的东西。书桌很小，面积跟上学时候的课桌差不多，也没有几样东西，主要都是宝宝常玩的玩具、图册之类，江易都给她们装好，包括床上的软积木。最后他又把抽屉里、浴室里她们的东西譬如床单被罩、毛巾牙刷也全部拿过来塞进箱子。

他做完这些事，整个房间除了多出床上的宝宝，已经跟搬来时一模一样。汤旧画全程低着头跪在旁边，她从来都没有想过勉强他要接受肮脏的自己，但她实在害怕外面，害怕外面的人，除了他和女儿的所有人。

江易拉上行李箱的拉链，喘了口气，抹抹额头，站直身体，神情恍惚似在等待，汤旧画也不知道他在等什么，不敢出声地跪在原地。

终于门口传来敲门声，江易马上就扭头过去开门。宝宝扑到床边，抱住妈妈的脖子，清澈的眼里充满对变故的恐惧。

汤旧画轻轻搂搂宝宝，不知怎的，眼泪滴在孩子的肩头。

她好像听到江易说了几句话，提到红萼、律师等字眼，她从不敢偷听别人说话、窥探别人隐私，丝毫不敢去听去想，只是低头看看孩子。两分钟之后，江易走进来，看到她们母女抱在一起，他似乎有两分尴尬，随后低声说："你出来。"

汤旧画不知道他要自己做什么，下意识地服从，轻轻松开宝宝，颤巍巍地站起来，宝宝要妈妈，咧嘴就要哭了。汤旧画很怕江易生气，又开始发抖，颤抖着低头摸摸宝宝的头发哄哄她，后退两步，跟着江易走出卧室，走过卧室门口到客厅那短短的过道，她一直都是低着头的，隐隐觉得客厅里有人，也没看到是谁，但心里却有种很不好、很慌张的预感。

她听到江易说："你带她走吧。她……"

她终于抬起头看了一眼，她看到的是她绝对意想不到的人，一身白衣的崔尊。

她吓得呆了，甚至没有看清崔尊的表情，就膝盖一软，跪在江易脚下。江易本来还在说话，见状直接反手把她拉起来——她跪得太频繁,他已经习惯。他提住汤旧画上臂接近腋窝的位置不让她再跪,还拉着她走向崔尊:"别害怕,他……会好好对你的。"

汤旧画极为抗拒,她埋着脸,一步都不愿意动,完全是他硬生生地拖过去,仿佛回到高三时被他拉去图书馆的路上。

崔尊实在忍不住,问道:"江先生,你这是什么意思?"江易打电话叫他过来,先是问了几句红尊律师的辩护方向相应准备,还算是合理正常,怎么画风突变。

江易拉着汤旧画站在离他一步之遥,汤旧画抖得跟筛糠一样,江易看着崔尊,也有些意外地脱口而问:"你……不愿意娶她?"

崔尊一时语塞,他是对汤旧画很抱歉,但从来没想过这种补偿方式,而汤旧画羞耻得几乎当场昏死过去。

江易完全没意识到气氛的尴尬,又问:"你不喜欢她吗?"他想了很多天崔尊怎么会强暴汤旧画,最后得出的结论是,他不知道怎么认识了她,爱上了她。他根本不相信崔尊本来是要杀汤旧画,以为那麻药只是他用来带走她的办法。

汤旧画已经数次试图跪下来求江易不要再问,但江易每回都强行拉着她不让她折身,同时等着他的回答。崔尊扯扯嘴角,面露尴尬之色,他对她当然没有那种心思,那件事完全是个机缘巧合和一念之差,他向来认为一生只够爱一个人,他爱的当然只有许微。只是当着汤旧画的面,他又不便直说,只能沉吟不答。

江易见崔尊不太情愿,暗暗着急,居然开始像媒人一般列举汤旧画的好处:"她是……很好的,你看她比一般人要好看,她家里住在大学城那边一个小区,条件很好,她以前在出版社工作,后来是因为生了孩子才辞职的,她是一本毕业的,这也是因为她高三的时候,我……我总去欺负她,不然她肯定会考上更好的学校,有更好的事业……总之都是我不对。那个……"他面上出现一丝难堪的表情,"她身上,你看见了吧……那个……都怨我是畜牲,你别……别介意……"

他说前几句,她显然已经听得非常痛苦,却不敢开口说话,只是缩着肩膀,泪水涟涟,不停地摇头,全身上下都在哀求他不要说下去,但江易都没在意,说到最后一句,汤旧画已经无力再颤抖,无论是这件事本身,还是它被崔尊知道的过程,抑或是现在江易直白地说出来,都让她的心跟身体一样体无完肤,她身体软如烂泥,提不起半分力气,只有手臂被江易吊着,否则早已瘫软在地。

崔尊到这里,现在已经不是震惊,而是愤怒,他觉得江易今天的一言一行都是在故意羞辱他跟汤旧画。他不会怪江易侮辱他,但无法接受江易这样对待汤旧画,他觉得这简直让人切齿。上回他声明是他强迫她,江易表示认可,怎么又这般让她难堪。如果是从未相信,他只能说充满失望,或者就不该对残忍毒打妻子的男人抱以希望。如果江易接受强奸的事实,不接受她没起诉等后续,那么要把她嫁给囚禁强暴她的男人,更是残酷至极。

江易还在说着:"你如果愿意把她跟孩子都带走,那最好了,她……想跟孩子在一起。孩子还很小,什么都不懂,以后就是你女儿,姓改成你的,叫你爸爸,我不会去打扰你们……然后你们可以再生一个。如果你不愿意带上孩子也没关系,只要你对她好就行……"

江易其实完全是一番好意,自从江蘅宽恕他,他活过来以后,就在想怎么安置汤旧画的问题,想了很久,再三考虑,觉得崔尊形象、学历、家境、修养都比自己好得多,对她又"有感情",最好的结局就是让他俩在一起,虽然她现在比较害怕崔尊,相处久了肯定就会发现他是优秀可靠的,何况她最怕的就是江易他本人。

他说这些话都是诚心想撮合他们,他夸赞她的优点,解释她的缺陷,提出他觉得可能让崔尊同意接受她女儿的方案,毕竟不是每个男人都愿意给别人养孩子,而她又不愿意跟孩子分散。

他都是为了她好,只是他从来没有把自己视作她的丈夫。而这个行为由丈夫来做,实在充满了羞辱的意味。

汤旧画还在摇头,饱含痛楚羞愧的眼已无泪可流,已经感觉不到自己的存在。崔尊则已不能忍受,见过那一身伤痕,他本来就不赞同她继续跟江易在一起,何况现在亲眼见到她跟江易的相处,她不敢抬头,不敢说话,下跪跟呼吸一样自然,江易还要这么羞辱她。想必汤旧画也不会愿意跟他共度余生,至少他可以先把她们带走,安顿好她们的后半生。如果很小很小的概率,她愿意跟他在一起,他也不会逃避自己的责任，他将用余生来还欠她的债，保证好好供养、照顾她跟她的孩子，他肯定比江易对她好。

他理清了思绪，表情随之平静，点了点头："好。"

江易不太明白："你是说她一个人，还是她跟孩子一起……"

崔尊当然不会让她们母女分离："她们一起。"

江易很高兴，觉得终于办了一件好事，遂放开汤旧画已经毫无力度、软得像棉花一样的手臂，说："你去抱孩子出来吧。"

汤旧画却没动，他刚放开她，她就又跪了下去，他们离得很近，她的脸甚至蹭到了他的裤子，她抖了一下，随后却也没有缩开，就那么跪在他身旁，他隔着裤腿可以感受到她的眼泪和颤抖。自从她怀孕以后，就没再跟他这般近距离地接触。

她这个反应，崔尊毫不意外，他只觉得悲哀。

江易很蒙，都忘记了扶她，只是看着她问："怎……怎么了？"

汤旧画闭着眼睛，使劲摇头，他们距离如此之近，她的脸埋在他裤腿里。江易本来打算像劝崔尊那样劝她，列举一番崔尊的优点，感觉着她眼泪的温度和颤抖的柔软，不知怎么的，却没说出来。

崔尊在旁边轻轻地替她说："她还是想跟你在一起。"

江易就像被电击般震了一下，低头看着她，居然感觉很不好意思，嗫嚅着半天才说出话来："是……是这样吗？"

汤旧画埋在他裤腿里，他们看不见她满是泪水的脸，但还是很清晰地看见她在点头。

江易蹲下来，低下头，靠近她，用只有他们两个人能听见的声音说："我早就有了喜欢的人，没有喜欢过你，第一次……是因为她拒绝了我，这么多年都对你这样不好，你……你还愿意跟我在一起？"

因为角度关系，她不能再埋在江易裤腿里，又不敢看他的脸，只能努力低头，他只能看见她的额头，却看到她又点了点头。他说的这些，她早就知道或想到了。

那一瞬间，排山倒海的感动。他伸出双臂，握住她的双肩将她扶起，也不敢把她抱进怀里，只能看着她依旧低垂的面庞，哽咽着发誓："都……都是我对不起你，以后……如果你不嫌弃，我会……好好弥补你。"

从出生开始,他生命里的每个人都在他跟其他之间选择了其他,这是他第一次被选择。

一个一生都在被抛弃的人,不会拒绝被选择。

汤旧画的受震撼程度比他更高,她涣散的瞳孔再次一滴滴流出泪水,流过满是泪痕的脸,流过满目疮痍的昨天。她一生从未提过要求,本来也不会请求留下来。只是如果可以选择,她必然会在任何人和他之间选择他。

如果没有经历崔尊的事情,她可以带着孩子独自生活。但是现在,她已经彻底不敢独自出门。如果没有孩子,她必然自生自灭,有了孩子,就必须为孩子着想。毕竟江易是孩子的父亲,如果这个世界上,她还能相信一个人不会杀害她和孩子,她能相信的只有他。

而且她发自内心觉得他是个好人。她一直在被各种人伤害,只有江易对她的伤害是有底线的,至少她见红的时候他停手了。何况他为她拉拉链,在酒店等她起来,给她戴帽子,顶撞他爸爸,驳斥高渐明……这么几个微不足道的瞬间,对她而言,已经是非同寻常、此生难觅的善待。何况她带给他如此奇耻大辱,他甚至都没有责怪她,她觉得这已经不是一个"好"字能形容的了。

崔尊不知道什么时候已经出去了,并且替他们关上了门。

六十九

虽然江易很想弥补汤旧画,但他不知道怎么做,他连同性朋友都没有,何况异性,无人可问。他只能从百度上找答案,然后就照葫芦画瓢。

他带汤旧画和宝宝去吃饭,他们进餐厅的时候,餐厅的迎宾服务员说了一句:"来客两位大人一位小孩。"汤旧画本来就低着头,顿时就把头埋得更低了——她根本不认为自己是"一位",她从小就被虐待,有时候都很难接受被正常对待。

服务员送上餐具、柠檬水和菜单。汤旧画看到江易的盘子有个缺口，她就无声地把自己面前的盘子跟他换了一下，然后又反应过来，他会不会嫌自己碰过的东西脏，顿时又自觉犯了错误，自惭形秽地埋下头去，满心都是活着是个错误。

　　餐厅灯光有点昏暗，江易根本就没看到桌上的细节，他把菜单给汤旧画，让她点菜。这是他们俩第一次一起吃饭，他不知道她的喜好，让她来点总是没错的。

　　汤旧画没敢接，她畏畏缩缩、战战兢兢地摇头，意思是她不配挑剔，她甚至觉得自己不配跟别人同桌就餐。

　　继母从来没有让她上过餐桌。她从小每天只能吃一顿饭，那便是夜晚，继母会将一天下来的剩菜剩饭拿到她房间里给她，她只能跪在角落里吃掉。

　　她上小学以前，继母喜欢把剩饭倒在她面前的地上，让她跪俯着像狗一样去吃地上的饭菜，并且不能发出吞咽咀嚼的声音，告诉她，她连狗都不如，吃完后还要让她擦地板，当然也是跪着擦。

　　所以她长大以后才那么没有尊严，任人欺辱。她读小学以后，继母比较少让她像狗一样吃饭了，但也都是让她跪着吃。

　　她爸爸从未对汤旧画没出现在餐桌上有过疑义，他从不曾考虑过这个孩子是怎么活下来的。他是个克制的人，继母每餐都必须做得适量，所以即使是一日三餐的剩余加在一起，通常也装不满一个小碗。她没有一天不是饿着的。上学的日子，学校规定必须在校吃午饭，很多同学吐槽是猪食的食堂饭菜，她觉得已经是人间至味，只是因为她沉默而木讷，从来不敢跟打饭师傅再要一碗。

　　她上高中后住宿，假期不得不回"家"，继母已经把她边缘化，有时候连剩饭也没有了，她只是木讷而老实地饿着。

　　因为长期的营养不良，她发育缓慢，十六岁才来例假；生长也受到限制，她爸爸一米八五，她生母也高达一米七七，而她只有一米六四，而且极度瘦弱，江易把她按在图书馆的皮墩上时，她甚至没有挣扎的力气。

　　江易带她出来吃饭，她本来就意外地受宠若惊，当然不敢接菜单。

江易再三地推给她，她不敢接，更不敢不接，怕他不耐烦，更怕他觉得自己不识抬举，颤抖着接过来，把菜单放在桌上，双手不安地放在并拢的双腿上，埋着头支支吾吾地问他："你……你……喜欢……吃什么……对……对不起……"她只觉自己居然连他的口味都不知道，实在很羞愧，直接忽略了他们从来没一起吃过饭的事实。

江易喜欢的倒是不少，但是现在他也处于巨大的愧疚之中，哪敢提要求，只说："看你……我都行……"

汤旧画缩着肩膀说："我也……都行……"

旁边等候的服务员实在是受不了，提示道："两位如果没有要求的话，咱们这儿有双人套餐，您看可以吗？"

他们两个人都如蒙大赦，一起点头。

还好江易选的是个西餐厅，虽然他是看推荐说这家店比较有仪式感。西餐不需要怎样夹菜，但他们两个还是都尴尬得像被绑住手脚一般不自在，如果单纯被捆绑还要好些，重点是他们还得强迫着自己去叉东西，放到嘴里，咀嚼，吞咽，实在是度分钟如年，那个双人套餐什么味道，他们俩都没尝出来。

全程只有宝宝比较开心，虽然八个月大的她不能吃餐厅里的食物，但她一直在玩他们配菜里的西蓝花和土豆块，玩得满手黄黄绿绿黏糊糊，玩得不亦乐乎。一般的母亲早就制止了，然而汤旧画不敢，她只是不时地拿纸巾给宝宝擦擦手，还怕宝宝烦她。

她跟江母最大的差别，大概就是她不可能改嫁，其次江父让江母把江蔺拉开那种情况，江母会去拉，换作汤旧画，她只会原地跪下来，她不敢忤逆任何人。

他还带着汤旧画去价格高昂的女装专卖店买衣服，在此以前他从没给她买过任何东西。

汤旧画的反应还是惶恐而惭愧，她觉得自己"肮脏"，出现在他面前污染他视线已经很抱歉，哪里敢要他的礼物，只是不敢说走，推着婴儿车站在原地踟蹰退后。江易现在对她无比耐心，当然不会再不耐烦，但是他完全不知道汤旧画的心理，还以为她是怕贵心疼钱，就只是一边说"没关系",一边拉着她在店里转。

虽然他们看上去不是有钱人,但店里没有别的顾客,服务员还是盛情接待,推荐了很多商品。汤旧画一直埋着头,怯怯懦懦地摇头,已经笑容练成面具的服务员都快拉下脸了。

终于,他们走到几条丝巾面前,其中一条是黄褐色,没有具体的花纹,图案只是两股色彩相互扩散融合,如水乳交融。

她想起初中时看过的绘本,《时光电影院》里那小女孩抱着的黄丝巾,一时没有挪开眼,泪水又盈满眼眶。

服务员立刻察觉她对这条黄丝巾很不一样,但这条黄色的丝巾基本上是没人买的款式,有点疑惑地问:"你喜欢丝巾吗?这个颜色不太适合你的年龄,这条粉的呢?"

汤旧画又缩下头去,实际她的意思是她什么都不配购买,而江易以为她是喜欢那条黄丝巾又不好意思说,便对导购小姐道:"不用了,就要这个。"

导购小姐早已是强忍不耐作欢颜,当下也不再废话,结账、打包、开小票。

那条丝巾折后价是一千八百八十八元。江易付完款,把装丝巾的礼品袋递给汤旧画,汤旧画无比惴惴不安地接过来,小声地说:"对不起……"这些日子她每天说无数遍对不起,江易永远都只能小声回答:"是我对不起你……"

他们都低头沉默,各自无话,不知道还有没有比他们相处更累的"夫妻"。

汤旧画其实很想把钱转给他,又怕他觉得她不识好歹,只觉得自己怎么做都不对。

回到家里,她把丝巾轻轻用手洗净、晾干,戴在宝宝脖子上,宝宝很乖,完全没有意见,还拉着她的手摇。

汤旧画任宝宝拉着,看着那条丝巾黄昏般的色彩,想起那绘本的故事,眼泪又模糊了视线,也模糊了指尖的触觉。她想着,她死了以后,宝宝会想她吗?她觉得肯定不会的,她还是相信高渐明说的,宝宝只会宁可没有她这个妈妈。那样也好,至少不会想妈妈,恨妈妈应该比想妈妈好受一些吧。

她怎么样做都会对不起宝宝，只是宝宝现阶段需要人照顾，她暂时还不能走。

但愿她走的时候，能戴着这条丝巾，那样就等于妈妈和宝宝陪了她最后一程，她就很满足很满足了。

她隔着泪水看着人事不知的孩子，只希望她长大以后，平安顺遂，幸福快乐。

数日后，江蘅再度来到江易的出租房。

入夏渐深，天气更热了，汤旧画的状态稍稍好些，她依旧是颤抖低头、高领衣服、长袖长裤、长发披肩、怯弱低顺，不过她的精神似乎稳定了些，也就是说，她稳定在这个卑微的状态里。

不过她现在意识基本清醒了，还低着头给江蘅倒了杯水——上两回她太害怕太错乱，都忘记了，不过她倒水的时候都还在觉得自己脏，并感到无比抱歉和无地自容，她双手把那杯水放在江蘅面前，水面和她的手指一同在颤抖。

江蘅陪她坐了会儿，喝完了那杯水，温柔地提议："我们出去走走吧？"

汤旧画第一反应就是低着头摇头，小声地说："对……对不起……可……不可以不……不要出去？"

江蘅看着她苍白的脸庞，柔声道："当然可以，我只是觉得你应该出去走走，别害怕，不会有人再伤害你了，而且我会陪着你的。"

她之前不知道汤旧画这个月没有江易在便不敢出门，看她恐惧躲避的神色，已能猜到她心里的想法。

汤旧画其实还是不敢，但是她也不敢反对，就像跟江易去西餐厅一样，带着宝宝跟着江蘅出了门。

宝宝已经八个多月，汤旧画再如何强己所难也已经无法长时间抱着她，只能把她放在婴儿车里，最开始几次，宝宝哭着要妈妈抱，汤旧画也愧疚地跟着哭，弯下腰抱宝宝一会儿，实在坚持不住，只得把她放回车里，宝宝便又哭闹，如此循环。约莫十次过后，宝宝看懂妈妈的眼泪就不闹了，并喜欢上坐小推车玩游戏般的感觉。

她们走到小区附近类似公园的地方，找了个长椅坐下。汤旧画一坐下就又把宝宝抱在怀里了。感受着夏日的微风和阳光，其实直到今天，江蘅还是不喜欢风吹在身上的感觉，只是她不再刻意避免。

宝宝脖子上还系着那条黄丝巾，她难得出门，见到蓝天白云、绿树黄花，心情很好，看什么都会笑。汤旧画看着她的状态，表情很愧疚，她又觉得自己太没用，让孩子生活得没有色彩，想到其中缘由，更是羞愧自己让孩子蒙羞。

江蘅看着她的神色，柔声道："嫂子，你已经做得很好。"虽然她不赞同，但也只能接受汤旧画要和江易继续在一起生活的决定。

江蘅看着她完全没有个性和棱角的脸，轻轻地说："我知道你很优秀，如果你身体允许，要不要去考物理专业的研究生，然后从事相关工作？孩子可以请人照顾，他不会反对的。"其实她也知道时隔多年跨专业重来的可行性并不高，但尝试总比什么都不做好。

汤旧画缩起肩膀，如果是别人问她，她会理解为对她认错态度的试探，肯定不能表达出一点点不安分、不知足的念想，但是江蘅待她很好，她本能地相信她，双臂抱着宝宝，双手放在膝盖上，低声说了实话："对不起……我早就做不出来了……"

她上大学以后，也曾多次找物理题来做，大一大二还好，后来逐渐就不行了，毕业工作后，做不成中档的题目，此时此刻，大多定理的推导过程都已经遗忘。她的学生时代，也是夜以继日地刻苦，但是努力和天赋，终究被现实消磨腐蚀。

江蘅柔声道："曾经有过这种能力，很容易就能捡起来的。你……你绝不比汤御理差。"

汤旧画的肩膀颤了一下，声音更是细小地问："你……你知道御理吗？"

江蘅不能告诉她实情，只说："她在清华很出名。"

汤旧画毫无怀疑，她垂下脸去，良久，轻声说道："御理比我更热爱，也更擅长。同样的教育资源，给了她，还有跟她水平相当的孩子，比给我更值得。"

她其实也是知冷静、懂道理、有条理的人，只是生活很少给她表达的机会。她称汤御理为"御理""孩子"，就像个普通的赞美、维护妹妹的姐姐。哪怕她跟汤御理没有直接说过一句话，哪怕她知道汤御理对她毫无姐妹之情，她心里还是一直有她，并且在潜意识中保护她，为她的成就感到开心。反观汤御理那句"不重要的事"，大概就是善良和不善的区别。

汤旧画低头抱着女儿，给她擦拭流下来的口水，她早已不幻想跟物理的缘分，她准备先做线上的兼职，类似之前的文字校对，毕竟这是她所学的专业。她现在仍怕出门，却想通等人老珠黄便没事了，那之后是否出去工作她会听他的意见，除了工作的时间都用来做家务照顾孩子，直到他们不需要。

江蘅不再说什么，她看着阳光照在汤旧画遮住整个脖子的褐色领子上，心里觉得很难过愧惜，觉得汤旧画不该这么活着，但是她这个人最大的毛病之一，就是不忍心干涉别人的决定，何况这件事怎么做都没有绝对的对错。其实汤旧画虽然比她高一届，但是夏天的生日，而江蘅是冬天的生日，算起来汤旧画只比她大半岁而已。

汤旧画穿的还是褐色的衣服，她的衣服很少，十件有八件是褐色的，因为她妈妈给她取的名字。她一直很爱她母亲。

江蘅轻轻地问她："你想找你的妈妈吗？"

肯定能找到的，毕竟那是她的亲生母亲，法律都会帮助她。

汤旧画的瞳孔震动，这么多年，从来没有人问过她这句话。其实，她第一次看到江易有警服的时候，请他帮忙找妈妈的想法确实在脑海里一闪而过，不过以她的性格，酝酿一两年都不一定说得出来，但随后他就给了她一身伤痕，再加上后来崔尊的事情，她觉得自己没有保护好妈妈给她的身体发肤，愧对妈妈，也无颜再见她。

她喉头哽住，沉默良久，才语带哽咽地说："可……可以吗？"

江蘅温言道："当然。"

汤旧画无声半晌，微不可闻地道："我……我不打扰她……只……只想知道她过得好不好……"她的头埋得更低，自惭形秽如提无理要求，"如果……如果可以的话……我……我可……可以……要……要一张她……她的照片吗?"

她埋着头,手指绞在一起,身体抖得很厉害,江蘅的目光也开始颤抖,那是纯粹、无杂质的动容。

江蘅没有说话,轻轻拍抚着汤旧画的后背,她瘦得像一张纸片。

汤旧画双手掩面,声音从指缝间破碎而单薄地传出:"谢谢……谢谢……"

她不知道说了多少遍谢谢,声声诚恳,发自肺腑。

她们在阳光下坐了很久很久。

江易确实很快就找到汤旧画妈妈的现状,她确实过得很好,好得早已把这个女儿遗忘。

汤旧画对于她而言,就像是旅途中被路过的一家面馆老板坚持不懈盛情邀请良久,进店点的一碗不可口的拉面,尝了一口就弃箸而去。

江易给汤旧画拿了一张她的照片。汤旧画一个人在房间里看了很久很久,眼泪一滴滴落在照片上,多年来的心愿终于实现,她终于看到了妈妈,妈妈真好看,比她好看多了,利落的齐肩短发,高挑有致的身材,她的腿很长很长,一步就能迈很远,她皮肤紧致,眼神明亮,显然活得很好,很自由,很自我。

这样就好。

七十

这一个月,江易日子好过了很多。他在汤旧画身上做了那么多错得离谱的事情,早已不敢对江蘅心存幻想,其实从汤旧画怀孕开始,他的核心痛苦就从"对江蘅可望不可求"加上了一个"无法接受他对汤旧画的亏欠",后者的占比甚至越来越大。汤旧画性格所致从没怪过他,这并不能给他丝毫的宽慰,相反,每天她在他面前低三下四,还不时下跪,更增加他的罪恶感,类似于强奸了没有反抗意识的精神病人。他内心深处,一直提心吊胆怕江蘅知道,他以为她绝对不会原谅他，现在江蘅突然知晓了一切，她依然承认他是她的哥哥。

原来，她如皎洁的月，他是月光下的阴影，在阴影里做尽龌龊，如今，月华终于照进黑暗，每个角落都只剩圣洁。十九岁心中熄灭的灯，终化作永恒的柔光，洒满心房。他终于得到宽恕和救赎，得到重新做人的机会。

他第三次在她怀里哭泣时，也终于放下心里挥之不去的执念，完完全全接受、满足于把她当作亲人，当然也是他这辈子最最重要的人。

全部想通以后，阴郁的气质消失殆尽，现在他是一个反应慢、脑子笨、胆子小的老实人——这是他原本的模样。

时间也稀释了很多东西，现在同事看他的眼神恢复到出事前的状态，就是看见他跟没看见一样地无视，毕竟流言蜚语的浪潮总有退潮时，每天都有事情发生，一个新闻传着传着就旧得无趣了。

就连高渐明都没有找他麻烦了。

高渐明见他告诉江蘅江易家暴后，江易只是魂不守舍了不到半个月就改头换面、洗净铅华，不用问也知道，想必是江蘅原谅了江易。

他看着江易埋头写材料那表情单纯的脸，一言未发，扣着茶杯想了很久。

他反反复复地想着她说的那句，"你我之间的问题，从来都不在于他人，而是在两个人自身"。

他想起，他们决裂的那个傍晚，她说的，"什么错误都可以原谅，唯一不能接受的就是不容置疑的态度"。

他突然明白了，他和江蘅矛盾的关键，从来就不在于江易，甚至也不在于乱伦这件事本身，而是黑白是否分明、宽容是否正确、凡事对错是否唯一，简而言之，就是他们对于"情有无可原"这个问题的分歧。

其实她也算是一以贯之，对他并没双重标准。她第一次怀孕期间，他对她做了那么多过分的事情，那天在五小足球场，她还是拥抱了他，事后从未提起。哪怕是他害死她母亲，关系完全破裂，她都没有以任何形式报复他，他没记错的话，她是有录音的。

她和原谅别人一样原谅了他，她只是不想跟他生活在一起了。

她是觉得他们无法融合，那第二个孩子就算生下来也只能面对割裂的局面，所以才会拿掉他的。

　　高渐明终于悲哀地想通了，就算没有江易或者江易跟她完全清白，他们也是完全不可能的。

　　原因就是观念不合，看似虚无缥缈，却是再怎么深爱都无法跨越的距离。

　　7月中旬，盛夏当时，热浪滚滚，骄阳似火，绿树浓荫。

　　国家女子足球队对阵西班牙队，比赛于C体育场举行。备受重视，万众瞩目，球迷从各地不远万里赶来观看。

　　因为赛事重大，安排警力负责安保工作，原本这次任务和高渐明他们分局无关，但是高渐明不明原因地强烈请求参加，由于他表现优秀、领导喜欢、父亲关系，上级最终同意他的申请，考虑单独把他一个人加过去有些突兀，遂把他的搭档江易一起塞过去。

　　那天天气很好，阳光并不刺眼，洒在大地上，每个人都闪闪发光。他们着警服，戴警帽，带配枪，在场馆外围执勤，维持秩序，一切正常。其实也没有什么需要维持，没有球迷骚动，没有路人闹事，也没有突发事件，最多就是观众乱扔垃圾、黄牛现场售卖高价票、个别没买票的人想趁乱浑水摸鱼混进场馆，基本现场的保安就能解决，根本不需要他们刑警出面。

　　江易跟高渐明一起站在出场口，他不知道高渐明为什么要坚决来执勤这场比赛，他猜可能是借足球思人，然后他就恍恍惚惚地想起江蘅2015年的半决赛。那时，他和高渐明也都去了，他们坐在观众席上，她在场上，过程有点乏善可陈，但她压轴出场，罚进制胜点球，他永远不会忘记那时无比单纯的满足和感动。最重要的是结束时她平平安安，回想起来他就觉得已经完美。

　　说来惭愧，足球是她最重要的部分，他却因为自卑，只看过她两场比赛。另一场，那场决赛……童话中的情节在现实上演，可是后来她被那个橙色衣服的女孩子踢倒了……虽然过去那么多年，他想起那一幕还是心痛不已，就像儿时看到江父用皮带抽他妈妈一样痛。回忆是漫长的,以至于他根本没感觉到时间的流逝,一场比赛,九十分钟,就这么恍恍惚惚地过去了。

高渐明全程似乎都在等待着什么,翘首以盼,若有所思。

直到比赛结束,他们都没知道赛果。

他们负责监督离场,球迷退如潮水,他们就是岸上岩石,要等到最后一秒,退场的路太漫长,江易和高渐明渐渐也走散了。

人去场空,慢慢只剩些零散、不着急的球迷,有人来问路,江易也耐心回答着。

突然,他看到一个熟悉的身影,那是时时刻刻都在他心头的江蘅,她穿着浅蓝色短袖和白色长裤,正从体育场走向园区出口。

他已经一个月没见她了,自从他和汤旧画稳定下来,江蘅就没再出现于他的生活,此时看到她,他眼睛瞬间一亮,来不及想她怎么会在这里,当即便朝她走过去,向她招手:"蘅蘅!"

江蘅往外走着,表情很平静,其实她远远就认出了他,听他叫她,微笑应答:"哥哥。"

江易已经走到她面前,他终于敢在她面前抬起头看她的脸,看着她白皙的脸庞,只觉得说不出地高兴:"蘅蘅,你也来看比赛?"

江蘅点点头,温言道:"嫂子好些了吗?"提到汤旧画,江易还是感到很尴尬,他垂下眼睛看着地面,点了点头。

高渐明的声音从侧面传来:"好久没来足球场了。"熟悉的声音,却没带熟悉的笑意,出现在这空荡的离场大道,显得有些模糊。

江蘅依旧保持着面对江易的站姿,眼睛都没有眨一下。江易却被吓了一跳,蓦地转过身看见高渐明,瞪大了眼睛。他以为高渐明又要羞辱、挖苦他跟江蘅的事情,平时私下骂他也就算了,今天江蘅也在这里,他绝不能容忍高渐明对江蘅不敬,脱口就顶回去:"你走开点。"他不会表达,也不知道怎么交涉,说了句毫无解决作用、只能激化矛盾的话。

高渐明根本没有理他,他满眼只看着江蘅。这是他们离婚后第一次见面,高渐明的表情很克制,他努力维持着体面,但眼里的情绪依旧汹涌——离开我,你过得开心吗?

她也慢慢转过来面向他，脸上平静如水，没有表情。随后，她说了句："我先走了。"说着，她便准备朝高渐明反方向离开。高渐明站在他们此时的位置和出口之间，她当然准备绕道而行。

高渐明却开口打断她："你不用走，我走。"他的语气很平静，平静得不像他。说完，他就转身背对他们，大步离开。

江易完全没有察觉到气氛的异样，他一直讨厌高渐明，觉得有高渐明就没好事，江蘅都跟他离婚了，凭什么受他的气，虽然高渐明刚才并没有说什么羞辱的话，但是他还是觉得他很强势，让人不适。他重新转回去面向江蘅，低声跟她说："蘅蘅，你别管他，他根本不会说人话，谁跟他都过不下去。"

江蘅摇了下头，并没有作答。

高渐明大概走出十余米，突然停下，拔枪，转身，开枪。

很难说他是临时起意，还是早有此意，总之，在那一刻身怀武器拥有机会，这种念头占了上风。

既然无法融合亦无法放下，就请让他做个了结，她中弹的下一秒，他也会对自己的头开枪，他们共赴黄泉。

以前他只用言语伤人，所有怨恨愤怒都裹着合法文明的外衣，这次他不想再掩饰闪躲，他要用最放肆的方式，在最公开的场合，彻底释放。

他们的情缘和足球息息相关，在足球比赛之后、场馆之畔结束这一切，也是一种浪漫。

一声枪响，划破宁静、和谐和霞光。

但他开始转身的那一刻，江蘅也突然动了，速度之快，如无色无味又有形有神的风。她反手把江易往左边推出数米，同时抽出他腰间所别有的警枪，快速也向右退开数步，同时解开保险，上膛子弹，站定脚步，抬起手臂，朝高渐明扣动扳机，动作流畅轻盈，发梢扬起流光溢彩，目光沉着专注，一如当年那前锋。

高渐明是上学时的射击第一名，他是朝她的头瞄准的，但她的动作太快、太意外，他射空了。

随后他感觉一阵疾风划过他的右臂，那是江蘅射出来的子弹，差之毫厘。

高渐明怔住了，片刻的恍惚失神，下一秒，又是一声枪响，他的右臂感到剧烈的冲击，随即是剧痛，警枪也脱了手。

血溅长街。

江蘅右臂也放下，却没松开持枪的手，只是枪口朝下。

高渐明依旧站在原地，双目注视着江蘅，目光复杂至极。

江蘅却别过脸，回避了他的眼神。

连续三声枪响，整个过程不超过十秒。

这十秒整个体育公园似乎陷入沉寂，随后逐渐复苏。高渐明和江易的对讲机疯狂作响，当然他们都没回答。

其他警察都在飞奔赶来的路上，甚至可以听见他们紧锣密鼓的脚步声。旁边路人都从震惊中逐渐缓过神，看到眼前的一幕：警察、警枪、两男一女、俊男美女、公众场合、开枪命中……脆弱者放声尖叫，胆小者四散奔逃，好事者趁机拍照。

江易几乎是最后才回过神的，他被忽然推出去，还没反应过来就接连听到三声枪响，大脑一片空白，眼睛睁着却什么看不懂，半天才看清楚眼前的景象，"啊"地大叫一声，朝江蘅跑过去，不停地问："蘅蘅，你没事吧？！"

江蘅依然没看向他，只是摇了下头。

直到警察围上来把他们三人尽数带走，他都还没有完全明白发生了什么——高渐明居然朝他们开枪？这实在太恐怖，他也很恨高渐明，但从没想过杀他。他下意识以为高渐明要杀的人是他自己，可怎么在他跟江蘅站得那么近的时候下手，不怕误伤江蘅吗？至于高渐明要杀的本就是江蘅，根本不在他的理解范围之内。而江蘅居然会用枪还能打中高渐明，他倒是没有多么意外，在他的概念里，江蘅本来就是无所不能的。

江蘅以前在体校以精准闻名，教练让她去学习过射击，她稍加练习，成绩不弱于正统训练过数年的学生。至于警枪，她当然没有摸过，但是高渐明就在她眼前开枪，无异于动作示范。她向来是看一眼就能学会的。

她踢球的时候，除了快和准，最擅长的就是在短时间内分析情势、做出判断、付诸行动。她余光看到高渐明背对他们拔枪时，就开始行动。她知道这是那时候，唯一一个他们两个人都能活下去的办法。她毕竟是第一回，第一枪打偏了一点点，有了这点经验，第二枪必中的。

　　这把枪如果留在江易腰间，等到她跟高渐明尸体都冷透了，江易都不会明白什么情况。其实他除了上学时和培训就没开过枪，每回执行任务即便带枪也没拔过，对它一直充满恐惧和畏惧之意，他在学校射击的成绩也没及格，还因此差点没拿到学位证。

　　回公安局的路上，高渐明第一次被当作嫌疑人带走，往常都是他带走别人。坐在警车后座，他并不感觉落差和丢失颜面，也没担忧接下来的审判和牢狱之灾，甚至没怎么感觉到手臂的剧痛，他内心泛起一种久违的平静和喜乐。

　　那一枪他绝对没有留情。只是她的动作快过了人眼，他没能打中，还没调整过来，她已经朝他开了一枪。他因震撼略一恍惚失神，她已经射穿他的臂膀。

　　全程电光石火，毫无拖泥带水。

　　他是真的没有想让她活下去，如果她仅是闪避，人不可能快得过子弹，即使一发不中，他也一定会再开第二枪，那么空旷的视野，不可能连续失手。他相信这种情况，哪怕算上最优秀的高才生、最有天赋的运动员，一百个人也只有一个能做到。

　　江蘅就是百里挑一。

　　她还是那个第一次颠球便灵动流畅、在赛场一脚便能决定乾坤的女孩。

　　他终于心甘情愿地认输。

　　他终于确定他所有求之不得都是惊喜。

　　他终于确信他没有错付这爱意。

　　他终于听到他满意的哨音。

七十一

　　这起事件引发极大轰动，体育公园里处处是无死角的监控，目击证人有数十名，警方很快还原现场，事件责任清晰，江蘅是正当防卫、紧急避险，不负刑事责任，而江易因警械管理不当予以开除。

　　高渐明将面临故意杀人的起诉，这起案件过于敏感，性质过于恶劣，虽然未造成实质人员伤亡，判决可能不会比故意杀人既遂的崔红萼轻。

　　所有认识他的人都觉得不可思议，他向来冷静周密，正值盛年，前程光明，怎么会做这种事亲手将人生葬送。高父一夜之间老了十岁，高母对江蘅恨之入骨。这一枪也彻底打断了高父和江父的所有友谊，他们再也不可能在一张桌子上喝酒。

　　高渐明不作解释，他的神色甚至一直很轻松、如释重负，关于动机他只说了一句话："我们曾是夫妻。"他知道这个关系在警方那里就是完全合理的杀人动机。

　　法律上最亲密的两个人，法律也默认他们有将对方杀死的理由。

　　后来，他们再也没有见过面。庭审当天江蘅都没去，因为她知道高渐明那么骄傲的一个人，肯定不愿意她看到他在被告席听候发落的样子。他必然希望她记忆里他最后的模样，还是藏蓝警服、一尘不染、执枪对望、身姿挺拔、目光深邃的样子。

　　这件事心理受影响最大的是江易。最开始，他怎么都无法相信高渐明瞄准的对象是江蘅，直到警方给他看监控证据，他才不得不信，他以为是他那句"你走开点"导致这一切，害江蘅陷入危险，陷入无边的后悔。虽然警方的结论是高渐明开枪跟他没关系，他也很难原谅自己。与此同时，他的世界观崩塌了，他内心深处一直都以为高渐明也深爱江蘅，怎么他最信任的人居然伤害她。最重要的是，他极度内疚和自责，觉得自己太没用，没有及时挡在她前面护住她。

　　他一度陷入心理疾病，封闭、蜷缩，汤旧画只会跟着瑟缩、颤抖，专业医生介入都效果甚微，还是江蘅数次开导、疏解，他才逐渐好起来。

他离职以后，找了份小区门卫的工作，每天在狭小逼仄、空气流通不畅的收费亭里收停车费，虽然工资、待遇都不如原来，却感觉轻松、踏实、安心得多。

生活逐渐安定下来。

8月底的一个周末。

夏日厚重的炎热气息已经强弩之末，温度虽高，却不再燎人。

江易和汤旧画在家里的客厅陪宝宝一起看电视，看的是小猪佩奇。宝宝才十个月，其实也看不太懂剧情，反正看到卡通图案和明艳色彩就会开心。那么简单、适合三岁以下儿童的剧情，江易还觉得挺有趣，看得津津有味。汤旧画坐在沙发边缘，依然低着头，披肩长发垂下来看不见脸，她主要在想怎么把晚餐做得好吃些。她自觉厨艺很一般，而他从不会挑剔，这让她更内疚。江易本来要照顾她，不想让她干活，但她惶恐不已，不敢让他做半点家务。每天他下班回家，饭菜永远都已做好摆在餐桌，他的杯子里永远凉好温热的水，连拖鞋也都永远摆好在门口。宝宝已经会叫爸爸妈妈和姑姑了，每回孩子叫她妈妈的时候，她都会很惭愧。

有敲门声，江易过去开门，汤旧画下意识地用遥控器把动画片音量调低了些。

江易现在学会看猫眼了，他看过以后，赶紧拉开门来，有种小心又惶恐的感觉。

江蔊站在门口，对他微笑："哥哥。"

江易连连点头："蔊蔊。"高渐明朝江蔊开枪以后，他一直处于后怕状态，觉得差点就看不到她了。他甚至还控制不住地想，如果江蔊有个三长两短……他顿时就觉得生无可恋，若是那样他只想立刻马上去找她，没有她的世界，他一天都待不下去。但是他现在已有为人父的责任，只怕不能说走就走，那便往后余生都是行尸走肉。

还好那种事情没有发生，还好高渐明进去了，对她不会再有威胁。

江蔊朝汤旧画跟宝宝问好，汤旧画还是那么拘束又沉默，虽然知道江易曾强行和江蘅,但感觉江蘅还是把江易当作亲人,他们关系还是很好的,她只怕自己碍事,很快就关掉电视抱宝宝回了卧室。宝宝很乖,虽然她喜欢看电视,却更喜欢妈妈,妈妈抱她,她就不会反对挣扎。宝宝的脖子上还系着那条黄丝巾。

江易还在恍惚,他本就不聪明,一见到江蘅智商成为负数,只听江蘅很温和地说:"哥哥,我来跟你道别。"

江易一惊,睁大眼睛,他眼睛虽然不好看,但是阴郁褪去后很清澈:"道别……你要去哪里?"

江蘅淡淡地微笑着:"南非。"

这是她一直都想去的地方。

江易更是震惊,他当然也知道她曾有过留学意向,但是没想到她现在还会去住那么遥远的异国他乡,他下意识地点头,她说什么他都听,虽然心里生出无穷的担忧、困惑和不舍。

江蘅看出他的心情,温言道:"我申请了南非开普敦大学的研究生,签证也已经通过。那里大学普遍对中国留学生友好,英语基本上可以通用。我会住在学校宿舍,不用担心安全问题。"

江易诺诺地点头,随后就开始关心道:"那你……钱够不够?学费……生活费什么的?出去要多带钱才好。"他摸摸裤腰,顿觉不好,他当警察这些年工资也不高还要租房子,江母的医药费也是一大笔开支,近一年来汤旧画又没有工作,养孩子的开销又大,他们并没有攒下什么钱,实属惭愧,他想着江父肯定还有存款,准备找他要些,江易觉得作为继父供她读研究生是应该的,何况当初北大那么好的保研名额就是江父浪费的。他也知道那主要原因是江母受高母影响哭着求江蘅,但是,家里的事情他都一股脑怨江父。

江蘅却很轻松地道:"够的,哥哥,你放心。"其实她工作这几年,商务局的收入还不如公安,她的收入除了个人必要的开销外几乎也全部拿来给江母治疗了(没有用过高渐明一分钱),同样没什么存款,不过留学南非所需的费用不高,也申请到奖学金,这几个月她也在做翻译的散活,准备出了一些,到了南非再勤工俭学就是了。

江易已经感觉到离别的伤感,悲伤蔓延,一句话都说不出来。

江蓠柔声道："你要好好照顾嫂子、宝宝和自己。"她本来还想加上一个江叔叔，但想想江易跟他的父子关系，还是算了。她大学毕业后一直每月都有给江叔叔赡养费，不过对他来说可能意义甚微，尤其那三声枪响过后，江叔叔的打击不比高叔叔小多少。

江易喉头哽住，不断点着头，视线模糊，努力眨眼挤走泪，要努力多看她一眼："那你以后……还会回来吗？"

江蓠的神色温和而坚定："会的。"也许三年，也许三十年，只要活着，肯定有一天会回来。

江易忍不住擦擦眼睛，肩膀也垮下来，用力振作挺起背来："哪天……的飞机？我……可以去送你吗？"

江蓠轻轻地笑了一下，说："不用了，哥哥，我们这就道别过了。"她早已习惯并将永习惯一个人。

江易想起她的开场白，心里很难过，喃喃追问："蓠蓠……你说过的……我们永远是亲人……"其实他想说的是，如果她不嫌弃，江家永远是她的家，只要她愿意，什么时候回都可以，只是怕她嫌弃，不敢直说，重复她曾经的话语，已经是他最大的勇气。

江蓠还是听懂了，她仅仅出于安慰的用意回答道："是的。"

三天后，首都国际机场。

这两天，江蓠去看过她的生父和妈妈，终于了无牵挂地独自踏上这条路。她还是怕冷的，正好那里是热带气候。

她拉着轻便简单的行李，深蓝短袖黑色长裤，走向检票口。她依旧保持着球员时代的穿衣习惯，衣服宽松而松弛，身形轻盈，步履轻便。

路过一家便利店，便利店的窗台上，摆着一排玻璃瓶装的牛奶。

江蓠一边向前走着，一边看了又看。

她永远不会告诉他，初一那年，她去给他送镜子，他给她的那瓶暖手用的牛奶，她喝了。

她一路把它拿在手里，回到体校，玻璃瓶内外均已凉透，她打开它，慢慢地将整瓶冰凉的牛奶咽了下去。

她对他其实不是没感情。

他是第一个肯定、支持她梦想的人，他们从小一起长大，他本人也是个有梦想并为之拼搏的人。她怎会没有动情，友情、亲情、爱情。

只是十四岁那年，他评价橙衣10号那句"没有任何理由"，她就明白他们是两类人。何况一个从小看着父亲殴打、性虐母亲的女孩，对爱情和婚姻本就没有多大的向往和信任。她从来不寄希望于别人改变或改变别人，所以选择直接放弃。她知道直说，他很难理解。她是个真诚的人，这辈子唯一说过的谎就是不爱他，便骗过了所有人。

她妈妈从她十八岁开始就希望他们交往，她坚持拒绝了那么多年，恰恰就是因为她对他有感情。

从始至终，她都没有想过跟除了他以外的任何人在一起。

她经过那家便利店，安检，登机，飞机升起。

她终于要去往她一直想去的地方，读她高考时就想去的大学，因为对她而言，南非是足球缘的一部分。

她一直都是个别人看一眼便能平静下来的人，她也需要去一个地方，让自己平静下来。

全文完

图书在版编目（CIP）数据

走火 / 盈年著． -- 北京：作家出版社，2024.11
ISBN 978 - 7 - 5212 - 2571 - 6

Ⅰ . ①走… Ⅱ . ①盈… Ⅲ . ①长篇小说 - 中国 - 当代 Ⅳ . ①I247.5

中国国家版本馆CIP数据核字（2023）第204850号

走　火

作　　者：	盈　年
责任编辑：	李亚梓
装帧设计：	琥珀视觉
出版发行：	作家出版社有限公司
社　　址：	北京农展馆南里10号　　邮　　编：100125
电话传真：	86 - 10 - 65067186（发行中心）
	86 - 10 - 65004079（总编室）

E - mail: zuojia@zuojia.net.cn
http: // www.zuojiachubanshe.com

印　　刷：	唐山玺诚印务有限公司
成品尺寸：	152 × 230
字　　数：	452千
印　　张：	31.75
版　　次：	2024年11月第1版
印　　次：	2024年11月第1次印刷

ISBN 978 - 7 - 5212 - 2571 - 6
定　　价：78.00元

作家版图书，版权所有，侵权必究。
作家版图书，印装错误可随时退换。